收穫

NOVEL
HARVEST

长篇小说 2022 秋卷

上海文艺出版社

目录 2022 秋卷

2 ■ 大医 马伯庸
212 作为方法的马伯庸 李伟长

218 ■ 培训班 傅星
317 记忆的晶体与火焰 来颖燕

324 ■ 河图 常芳
469 历史转型期中国社会素描之一种 王春林

大医

马伯庸

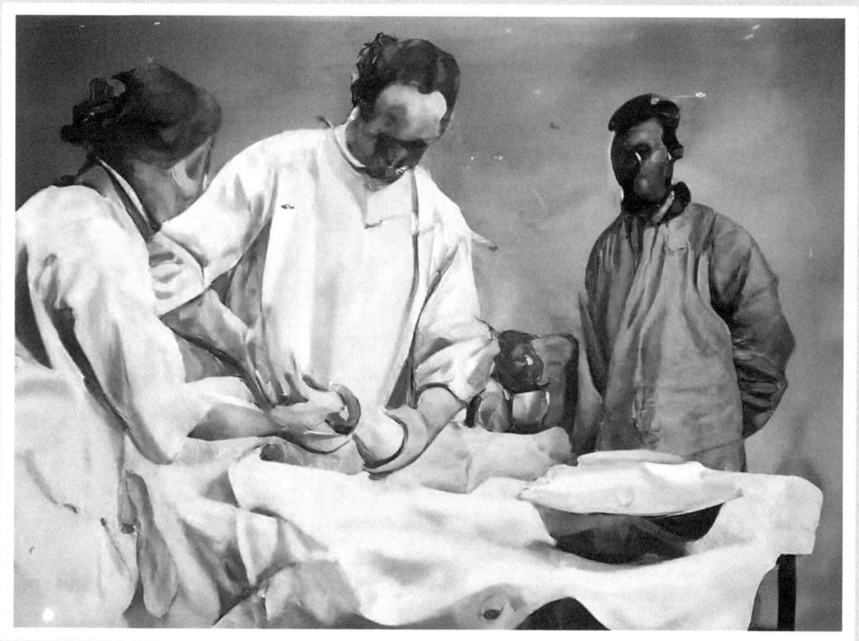

第一章　一九〇四年七月

一九〇四年七月三日，关东。

一只靰鞡草鞋重重地踏入泥泞。

"噗叽"一声，一股浊黄浆子从脚指头缝儿鼓涌上来，小腿一个趔趄，拖着整个身子摔在地上。

这是一个十几岁的半大孩子，一张方脸黑得像是铁锅底。他在泥浆中挣扎着起身，身上的深蓝色军服已变成了土黄色。他爹在旁边赶紧伸出一条粗壮的胳膊，将他从泥里捞出来，又在后脑勺重重地拍了一巴掌。

"好好看着点道儿！"老爹喝骂道。

男孩两片厚厚的嘴唇紧抿着，不吭声，满眼不服。

若是鸭绿江上的渔民看到他俩的穿着，肯定会大吃一惊。他们两个人穿的衣服，前襟有一排五枚铜纽扣，外号"倭皮子"，正式一点的叫法，是日本陆军的明治十九式军服。

一对留着辫子的关东父子，居然会穿起日本兵的衣服，这委实古怪之极。更古怪的是，在这对父子身后，还跟着足足两百多个男女老少，俱是一样装扮，长长的队伍好似一条蓝色的长虫在山林里钻行。

在这支诡异的队伍最前头，是一个和尚。他听到巴掌声，回头笑道："方村长，别为难孩子啦，专心赶路。"

方村长悻悻地推了儿子一把，对和尚道："觉然师父，咱们到底要去哪里？"

"莫急，莫急，再走一段就到地方儿了。"这和尚露出微笑。他生得慈眉善目，唯独左边嘴角有两颗黑痣，一颗大如铜元，一颗小如米粒，看上去有一种奇妙的失衡感。

这些村民来自关东盖平县的沟窝村。这是个不起眼的小山村，距离牛庄和营口港不远，主要产业是野蚕与山货。前两天，一个叫觉然的游方和尚来到村里，向村长方大成提出个古怪要求：

他想请村里出两百号人，去附近的老青山转一圈。什么都不用干，转一圈就行，但去的人都得换上日本陆军军服——这个他负责提供——事成之后，衣服归村里作为酬劳。

觉然解释说，有一位日本商人想给甲午战争时战死于此的日本兵做场法事。村长方大成虽不懂日本人的法事规矩，可心里却禁不住犯起嘀咕。

今年不比寻常。老毛子和小鬼子在关东打得不可开交，从鸭绿江到金州，枪炮声一天都没消停过。这个当口儿，觉然和尚的这个委托，恐怕不是做法事那么简单。

可沟窝村实在太穷了，这两百套衣服是一大笔横财。方大成思前想后，决定冒冒险。遇到危险，大不了往山里头一钻，多少回兵灾不都这么躲过去了么？

于是，他把沟窝村里的青壮村民都带了出来。方大成老婆死得早，只留下个十三岁的儿子叫方三响，这次也跟着父亲出来了，多一个人就多赚一身衣服。

此时已近午时，不知不觉，这支古怪的队伍钻出了老青山，爬上山麓旁的一片浅绿丘陵。

这片丘陵的形状像个摊坏了的圆炊饼，一角长长拖出，与大山恰好构成一条曲折的夹沟。郁郁葱葱的白杨、樟子松和蒙古栎盖满了阳面坡面,透绿色的茂密树冠遮住了地势起伏。

带路的觉然和尚突然慢了下来,一步三看,似乎在提防着什么。方大成见他行迹古怪,不由得多留了点心。他突然注意到丘陵上方有一群灰大眼在盘旋,久久不肯落下。

灰大眼在飞鸟里最是护家,它们不肯飞远,说明这片林子里有巢;它们又不敢落下,说明……林子里有人,而且人数不少!

方大成一惊,忙要开口提醒觉然。可他话还没出口,就听见坡顶响起一片炒豆般的枪声。一瞬间,方大成的瞳孔猛缩。

这是毛子的莫辛-纳甘步枪!这枪因为连射清脆,如水珠落地,关东人都叫它"水连珠"。哪个山头的胡子若有那么几杆,足可以称霸一方。可眼下的枪响太密集了,起码有上百支,只能是毛子的正规军。

眼下俄国和日本正在干仗,这么多毛子兵在坡顶居高临下埋伏着,他们隔着几百米,会在山坡上瞅见什么?

不是两百个穿着倭皮子、扛着烧火棍的老百姓,而是两百个全副武装的日本兵!

反应过来的方大成猛然转身,伸出臂弯挡住儿子,声嘶力竭地大吼:"快跑!"他话音未落,头顶无数子弹化为连绵水珠,暴雨般倾泻在沟窝村村民的头顶……

呼喊声、哭喊声、惨叫声,还有刺鼻的硝烟和血腥味,霎时一齐涌入方三响的感官。他的右侧小腿传来一阵蛇噬般的剧痛,可他还没顾上做出反应,父亲的身躯已重重倒了下来,把他压在身下。

"啊……"方三响发出一声惨叫。可山沟里早已哭声震天,他的声音连自己都听不见。

所幸密集射击只持续了大约一分钟,否则沟窝村的村民一个都幸存不了。待枪声稍稍平息之后,有几个胆大的村民仗着腿脚灵便,掉头就朝山里跑。可他们只要一离开沟坡范围,立刻又有几声枪响传来,准确地命中他们的后心。

"儿啊!"一名母亲发出凄厉的号叫,挣扎着要去救自己孩子。可"啪"的又是一声枪响,她一头栽倒,保持着胳膊前伸的姿势,再无声息。

方三响常年跟父亲出去打猎,对弹道不算陌生。此时他也不知哪里来的力气,声嘶力竭地大吼了一声:"不要跑!都趴沟里头,快!"

这一嗓子,让幸存者们都明白了,你从这边上,要挨枪子儿,从那边逃,也要挨枪子儿,只能老老实实趴在沟底,才能避开射界。

那一声吼,倒让方三响自己从惊慌中恢复。他试图从父亲身下钻出来。可方大成实在太重了,少年枯瘦的身子根本挣不动。最后还是附近两个村民爬过来,勉强把村长搀起身来,背靠土壁摆好。

方大成神智还算清醒,但身上的伤口不断有血涌出来,十分吓人。方三响颤抖着手,去捂父亲的枪伤,却怎么捂也捂不住,一会儿工夫,十指便满溢鲜血。方三响嘴唇剧烈地哆嗦起来,一直到这时他才意识到,那个一直如大山般庇护自己的父亲,并不总是那么强壮。

"觉然呢?"方大成虚弱地挤出一句话。

方三响扫视一圈,放眼望去全是蓝军服,没有灰僧袍。那和尚似乎趁着混乱逃走了。

方大成见儿子摇摇头,露出一丝苦笑:

"张公使也来了，你可以直接问他。"

少年朝巡警身后一指，趁他下意识回望之际，果断一蹬车子，飞速逃远。

受到愚弄的巡警抓起脖子上的警哨，玩命吹了起来。孙希知道哨声一响，前头会跳出更多警察。他车头一偏，飞速绕过威灵顿广场，一口气骑到了海德公园入口。

海德公园是伦敦最大的皇家公园，占地三百六十英亩，极为广阔。巡警和闻讯赶来的同僚冲进公园时，眼前只有深邃的绿荫大道与漫步人群。那只黄皮猴子早不见了踪影。

孙希甩脱了追兵，长长吁了一口气，掉转车头，不知不觉骑到了海德公园东北方向，一棵深灰色的大橡树映入眼帘。

这棵橡树被叫做"改革者之树"，是伦敦的一大风景。树根所延伸到的范围之内，人人皆可发表演讲，除不得辱骂王室及颠覆政府之外，别无所限。今天恰逢周日，形形色色的人们早早聚拢在橡树周围，高谈阔论。

孙希本打算穿行出去，尽快去办公使的差事，可沿途这些东西实在太好玩了。这里一不用布棚，二不需会场，只消肥皂木箱一个，便可登高一呼。有声言殖民地改革，有议论妇女投票权，有宣扬磁气治病，有陶醉于吟诗做赋，至于效果如何，全凭各家本事。所以每个人都施展出浑身解数，摇舌鼓唇。

他饶有兴趣地一家家看过去，忽然看到前方草坪上插着一块白漆广告牌，上面画着一条狗，狗脸的侧面被剖开，一根管子从脖子插进去，颇为惊悚。

孙希不由得停下自行车，从围观人群之间钻进内场。只见里面是一块不大的空地，一个穿背带裤的虬髯汉子正侃侃而谈，旁边的木台子上趴着一条杂色牧羊犬。

那狗看着温顺，细看模样却十分可怖。它的脖颈处和腹部分别有一根细管子，贴肉部分用一圈皮革固定，似乎插进了狗的体内深处。

"……各位绅士也许从没听过伊万·彼德罗维奇·巴甫洛夫，这是可以被宽恕的罪过。但我老伊万可以跟诸位赌上十英镑，今年十二月十日之后，整个欧洲都将记住这个名字。这位可敬的科学家已获得今年的诺贝尔奖提名！"

老伊万拿出一盘脏兮兮的肉块来，放到狗前面，那条病恹恹的牧羊犬见到有肉，勉强打起精神，垂头在盘子里大嚼起来。

过不多时，人群里发出惊讶和厌恶的声音。只见一团团恶心的肉糊从脖颈的管子里滑出，掉落回食盆里，又被狗吃下去。两分钟之后，连接腹部的那根管子开始滴落出黏稠的半透明液体。

"如诸位所见，这条狗的食道被切开过，重新接到了这根管子上；而腹部那根橡皮管子，则直接连通着它的胃部。"

如此残忍的手段，令人群同时吸了一口凉气，孙希却被完全吸引住了，看得愈发认真。

"你们瞧，当狗开始进食时，即使它实际上什么也没吃进胃里，但胃仍旧会分泌出胃液。"一边解释着，老伊万一边从狗的背颈处提起一根丝线，"为什么会有这样的现象？你们瞧，我手里这根线，连接的是狗的迷走神经。狗以为自己在进食，迷走神经会通知胃部开始分泌胃液，准备消化。现在我这么一提，神经中断……"

他一指橡皮管。尽管狗还在徒劳地狼吞虎咽，可胃部却停止分泌胃液。孙希瞪大了眼睛，像是看到了新大陆的哥伦布。

"这就是巴甫洛夫先生的假饲实验！他揭开了消化腺的奥秘！"老伊万得意万分地嚷道。

这个实验的精妙与残忍，让在场观众为之咋舌。老伊万见时机成熟，掏出一个古怪的棕色药瓶："巴甫洛夫先生根据这个原理，研发出了一种胃病良药。嘿，一位诺贝尔奖得主发明的神药！这有多难得不必多说。我靠着跟那位大人的同乡关系，才获得了这种药在英国的销售权，存货不多，欲购从速！"

刚才的实验，震撼了围观群众，他们一拥而上，争先抢购。矮小的孙希被挤出圈外，只好俯身从地上捡起一张印着巴甫洛夫头像的传单。上面"PHYSIOLOGY"和"MEDICINE"两个单词，在他眼中似乎激起了某种涟漪。

忽然一阵悠扬的钟声从东南方向隐隐传来，大本钟准点报时，上午十点整。孙希一听钟声，像被火钩子捅了一下，猛然想起自己本来的任务。

"大镬！这次要被张大人打死咗！"

情急之下，乡音流露，他急忙扶起自行车离开海德公园，慌里慌张地朝着中国使馆方向骑去。

伦敦西一区有一条波德兰街，它北望摄政公园，南临卡文迪什广场，东接皇家理工学院，西边不远则是建成刚刚三年的魏格摩尔音乐厅。街中第四十九号，乃是一座安妮女王风格的四层小楼，严整几何形状的门窗板条均漆成白色，与棕红色墙砖形成一个个小十字，古板而庄重。外门旁边挂着一块铜牌，上面用中英文写着"大清国驻大不列颠公使馆"。

"叮铃铃铃——"

孙希骑着车子，风驰电掣般地冲到了使馆门口，把自行车往旁边一摔。守门的英籍守卫见怪不怪，直接拉开大门把他放了进去。

孙希心急火燎地冲进门厅，门厅里正站着一位湖绉黑衫的老者，头戴礼帽，手执橡木拐杖，旁边两名随从提着行李箱，似乎是刚刚出远门回来。

孙希硬着头皮迎过去，老者淡淡道："电报难道没说明白？我这次出差去瑞士，今天十点准时返回伦敦。你不在门厅迎候，又去哪里野了？"

孙希支吾了片刻，老者冷哼一声，抄起橡木拐杖，劈头就打。孙希不敢躲，只能龇牙咧嘴受着。老者打了十来下，每一下都着实透彻。他疼得实在耐不住，连声告饶："唔好再打啦。"

"讲官话！"

"张大人您歇歇手！去年政府才颁布法条，不得虐待儿童，您不能……"

老者怒道："这里是大清使馆，只听大清皇上的。你这么多废话，罪加一等！"拐杖一挥，又敲到孙希胫骨上头，疼得他嗷嗷跳了起来。

这老者正是大清驻英公使张德彝，刚从瑞士出差回来。他今年五十有七，这一通杖责下来，自己先累得气喘吁吁，只好停下手，一脸恨铁不成钢："老夫说过多少遍，外交事务关乎国体，不可忽怠，你怎么还如此轻佻误事！"

孙希还要辩解，谁知手一抬，从衣服里滑出一张传单。张德彝一看，火气更大了："你居然去海德公园厮混，那是正经人去的地方吗？全是巧言令色之徒，哗众取宠之辈！"

"不是，我听的是科学讲座，是巴甫洛夫关于狗的……哎哟！"

"好哇，还去学什么鸡鸣狗盗！"

他训斥的声音大了些，路过的使馆随员和仆役纷纷侧目。张德彝见状，放下拐杖，随手拿起函袋对孙希喝道："跟我上楼！"

两人上了三楼的公使办公室。一进屋，画风陡变。只见房屋正中摆着一张黄梨木大书案，案后一把云石太师椅，背后还有八扇黑漆螺钿屏风。左陈香几，右放绣墩，墙上还悬着一幅"一片冰心在玉壶"的字，落款是"人境庐主人"。

初入此处，会让人恍惚不在英伦，而是到了哪位督抚的签押房里。

张德彝坐到太师椅上，去拆那个外交函袋。孙希走到旁边的架阁上取出一封大红袍，轻车熟路地忙活起来。他知道这位大人虽是铁岭汉军旗出身，但因为祖籍福建，对乌龙情有独钟，一会儿工夫便端上一盏茶香四溢的盖碗。

张德彝读着文书，斜瞥一眼，伸手接过盖碗，轻轻颔首道："坐吧。"

孙希如蒙大赦，连忙挪了个绣墩过来："我……"

"嗯？"

"小侄，小侄。"孙希连忙改口，"说英文说习惯了。"

"哼，洋鬼子称呼不分尊卑，跟他们交流也就算了，咱们自个儿可别把习气带进来。"

张德彝一边说着，一边把行李箱打开，取出一叠文件，随手搁到旁边的电报匣子里，这才端起盖碗轻啜一口。这茶泡得恰到好处，口感甘醇，确实是用了心的。张公使火气消退，语气也柔和了几分：

"你父母在南洋死得早，把你托付给我。可惜老夫公务在身，常年带着你游历海外，忠孝节义没学全，连口音都是乱七八糟的。至今思之，实在有负所托啊。"

"我觉得挺好的……"孙希小声嘀咕。

张德彝面孔一板："胡说！你爹在广东也是正经的读书人，你虽不能幼承庭训，也不可辱没门楣。你记住，在咱们大清，读书方是根本正途，除了功名，别的都是虚的。"

"您不也是同文馆的通译出身吗？"

张德彝搁下盖碗，褶皱里浮出一丝苦笑："同文馆是什么地方？实在没出路的人才去。人家说我们是未同而言，斯文将丧。别看我现在是驻英国公使，在朝中一干大员眼里根本不入流，就是个跟夷鬼打交道的舌人。我担心你将来回国，也会被人瞧不起。"

"那就不回去了呗，小侄在伦敦也挺好。"孙希颇不以为然。

"荒唐！孙家祖坟宗祠都在国内，你不回去，别说你爹娘，我都不瞑目！"张德彝缓了缓，"可叹我大清近年命运多舛。甲午之后，就是戊戌之变；拳匪闹完，又来了八国联军。去年德国人占了胶州湾，今年日俄又在东北开战。这个时候，正是朝廷用人之际——回头我寻个事机，送你回国去读书，总比在英国待着有出息。"

孙希一听要回国，颇有点闷闷不乐。可张德彝计议已定，若再废话肯定又得挨打，只好默默转身出去。正要迈出门槛，孙希瞥到电报匣子里的那份文书，忽然计上心来。

他知道这一次张德彝去瑞士，是去补签《日来弗红十字会公约》。按照规矩，张德彝需将补签后的公约文本发一份回国。不过瑞士没有大清国的专用电报线，所以他只能把文件先带回伦敦，再从使馆拍发回国。

孙希转过身来，一脸痛悔："张大人，这一次小侄贪玩耽搁正事，虽是小过，但您常教诲，勿以恶小而不为，我亦该自罚警醒才对。"

"那是勿以恶小而为之！"张德彝忍俊不禁，"你打算如何自罚？"

孙希朝电报匣里望了一眼："这封文书，不如就让小侄来负责拍发回国吧。"

公使馆是外交重地，不得使用外籍电报生，所以译发电报只能自己人来做，逐字加密。而外交信函与朝廷谕电动辄数百上千字，往往需要中英两稿并发，工作量巨大，是人人避之不及的苦差事。

孙希居然愿意主动承揽这个差事，说明是真的悔悟了。张德彝一时间老大慰怀，正要勉励两句，却见孙希眼巴巴看着自己。

"大人，拍发电报，得有密码本呀。"

张德彝一怔："你今天就要拍？"

万国红十字会的这封信函字数不少，且以法文写成。得先变成英文和中文，译成密文，再行拍出。孙希一个人来做，恐怕得忙到晚上。

"您不是教诲我说，今日事，今日毕吗？"孙希慨然拍胸。

张德彝想了想，事情虽小，却是个难得的教训，遂从抽屉里拿出密码本丢给孙希，又在文书上写了收件地址，勉励几句，让他出去了。

屋子里恢复了安静，可张德彝却总觉得心浮气躁，仿佛被那只孙猴子给传染了。他把茶碗放下，摊开一张国内带来的生宣，研墨舔笔，打算写几个字静静心。

静心字讲究的是凭意落笔，顺心而为。于是张德彝也不多想，挥笔便写，写得浑然忘我。待他写完了低头一看，自己不由

为之一怔。只见宣纸上墨汁淋漓，乃是《出师表》里的一句话：

"此诚危急存亡之秋也。"

一九〇四年七月三日，上海。

在电力的驱动下，两条粗大的铰链"嘎啦嘎啦"地动起来。两扇铁门像舞台幕布一样徐徐拉开。一束酡红色的夕阳余晖从外滩方向照射过来，让沉寂在库房中的黑影逐渐泛起光芒。

这是一辆亮黑色的四轮敞篷汽车，它最前方是一块弯曲的金属横挡板，挡板印着一排花体英文"Oldsmobile"，驾驶杆后头是可容纳两人并排的软垫高座。虽然造型与马车相似，可金属框架却赋予其截然不同的气质。

"奥兹莫比尔！"

女孩惊喜地大叫了一声，扑了上去。她只有十三岁左右，可身材已颇为高挑，一身米白色的马术短装颇为飒爽。她围着车子先转了几圈，忽然回头道："曹叔叔，就是这辆车从纽约一口气开到洛杉矶吗？"

一个戴金边眼镜的胖子笑道："姚小姐，不是同一辆，但是同一款。这是现在美国卖得最火的车子，老灵光了，光去年就卖了四千多辆。国内嘛，别的地方不好讲，上海滩绝对是第一辆。"

说上海第一辆，和中国第一辆也差不多。大清这几年时局不靖，内忧外患，但上海反倒日渐繁华，什么流行时尚、什么西洋发明，从来都是沪上尝鲜。

"陶伯伯，我们现在就能把它开回去吗？"姚英子在驾驶座上探出头来，迫不及待。

陶管家犹豫了一下，现在是海岸时下午十八点，距离日落还有一段时间。

曹经理赔笑道："油倒是都加足了，只是没司机呀。"

姚英子大声道："我来开！我来开！杂志上看了好多遍了！简单得很！"

曹经理一惊，连忙去看陶管家。

陶管家道："她七岁就在江湾学骑马了，想来这汽车总不会比骑术难。"

曹经理还想劝几句，可瞥见管家也是一脸无奈，这才意识到谁才是大老官。

十五分钟之后，这辆独一无二的奥兹莫比尔调试妥当，离开了虹口华顺码头，稳稳拐上东百老汇路。

这一段路与黄浦江恰好平行，沿岸皆是各大洋行的码头与仓库。苦力们吆喝着卸载货物，川流不息的马车在厂区进出如梭。在码头外浩渺的江面上，一串串满载着货物的驳船正冒着黑烟驶过。更远处，依稀可见外滩那一排排高大庄严的灰色建筑，如巨人远眺。

在姚英子眼中，这一切景色都在急速后退中。她从来没有享受过这么快的速度，都舍不得闭上眼睛。姚英子不由得兴奋地大叫起来："太过瘾了，要是爸爸也在车上就好了！"

陶管家在副驾宽慰道："老爷忙于万国红十字的事，等东北那边打完仗，就能多陪陪小姐了。"

"东北？打仗？红十字？"这几个词对姚英子来说，十分陌生，"红十字，那是什么？"

"哦，大概是洋人搞的善堂之类，老爷在家里提过……"

陶管家也不是很熟悉，他正努力回想，姚英子突然站起身来，指着黄浦江方向一个穿红马甲的洋人喊："你看！是孤拔！"

在这一带，码头与江面之间有很宽阔的滩涂，与东百老汇路平行。租界的洋人没事喜欢过来遛个马。这个叫孤拔的法国商人，在跑马圈里颇有名气，有好几次出言不逊，说华人不配玩赛马。

此时孤拔正骑在一匹棕黄色赛马背上，似乎在练习冲刺。姚英子好胜心起，一捏喇叭，冲孤拔用法语喊了一句，"咔嚓"一声把杆位推到了二挡。

这辆奥兹莫比尔一共三个挡位，两挡前进，一挡后退。在姚英子的操控下，拥有七匹马力的发动机如同开了锅一般轰鸣着，驱动整辆车开始加速。

孤拔似乎也注意到了竞争对手，他双腿一夹，坐骑越来越快，蹄子如雨点般落在滩涂上。可惜肉身的造物，终究难以匹敌机械的力量，二十几秒后，汽车便超过了孤拔，把那个一脸懵懂的法国人甩得远远。

姚英子丝毫不打算减速，继续在路上驰骋。她高高站起来，手扶前挡弯，任凭狂风把自己一头长发吹散。这感觉实在太好了！比骑马要爽快十倍！

"小姐，前面行人多，您得要减速了。"陶管家在副驾提醒道，屁股下隆隆的震动让他很是不安。可姚英子充耳不闻，她觉得自己几乎与车子融为一体，他们俩都天生应该纵情驰骋。

只是短短十几分钟，轮毂便从东百老汇路碾到了东唐家弄的路口。从这里开始，道路开始收窄，人也聚得多起来。沿途的小贩、报童、剃头匠与商铺伙计何曾见过这么一头金属蛮牛，听到气缸的轰鸣声，无不惊慌躲避，街面一时大乱。

姚英子正盘算要不要掉头回去再开几圈，前方却陡然出现一根粗壮的高大木杆。

这是公共租界的一根电报总杆，矗立

在东百老汇路和东唐家弄之间。它的杆头呈"丰"字形，六个端头扯出三路电报线，通过外白渡桥向黄浦延伸。

一个赤裸着上半身的脚夫本来蹲在杆子旁边，一见车子冲来，吓得朝右边闪去。姚英子急忙握住方向杆向左掰去，右脚同时去踩刹车板。可是，奥兹莫比尔的方向杆幅度只有三十度，而刹车板的位置微微凹进。初次驾驶的姚英子，根本无法在第一时间完成动作。

车轮只来得及偏转几度，车子便以极快的速度狠狠撞在了电报杆上。

在一刹那间，车头的金属零件轰然朝四方散射而去，后排高高翘起。姚英子感觉胸口被什么东西重重捶了一下，整个人一下子被甩出敞篷车厢，仰面跌落在地。

姚英子躺倒在地，剧痛从后脑勺传过来，不断鞭笞着神经，把好不容易凝结在视网膜中的影像一次次打散。她挣扎着要抬起脖子，却模模糊糊看到那截"丰"字形的电报杆头，扯动数十根长线朝自己倾砸过来。

她根本无力抵挡，只能闭起眼睛等待死亡的降临。可就在这时，一个黑影突然挡在面前，两只手臂支住倾倒下来的电报杆头，还发出一声喊。姚英子头晕目眩，看不清那影子是谁，可求生欲让她强拖着身体，挪动了半米。

那黑影见她安全移开，这才下放手臂，闪身让杆头砸在地上。

接下来的事情，姚英子不是很清楚，只模模糊糊感觉自己被平放在地上，后颈下塞了一团软软的东西。一只温暖的大手先后探过手腕、鼻孔和脖颈动脉，同时一个略急切的温润声音传入耳中：

"小姐你叫什么名字？家住哪里？"

说来也怪，一听到这声音，姚英子的心情便平息下来。她勉强回答道："我叫姚英子，住在华格臬路54号姚家花园。"声音又追问了几个简单问题，似乎只是为了确认她的神智是否清醒。

姚英子一一作答，同时感觉四肢关节被依次轻握了几下。

忽然间，她感觉右眼皮被轻轻扒开，一束光芒照射进来。同时映入她眼帘的，还有一张清俊白净、细眉长脸的年轻面孔。微熏的夕照从侧面投过来，让他的脸上染上一层沉郁气质，可暮光进入那双眸子后，却反射出透澈的活力。

"姚小姐，能看到我的手指吗？请你一直看着它动。"

一根修长白皙的指头伸到姚英子眼前。指甲修剪得很干净，指肚上有浅浅的红棕色，还散发着一股淡淡的碘酊味道。她微微皱起眉头，觉得刺鼻，但心里却涌现出一种古怪的安心感。

她驱动眼球，随着手指轻轻地左右摇摆，心情也是。

这时陶管家跌跌撞撞从马路的另外一头跑过来，他也被甩下了车，但只是摔了个灰头土脸。年轻人轻轻放下姚英子："放心好了，我刚才做了初步检查。这位姑娘并无明显的肢体创伤和出血点，不过她后脑勺受到了强烈撞击，可能会有点脑震荡，得尽快送医院检查。"

陶管家见他穿了一件浅色格子底的无袖西装，没留辫子，倒梳了个短分头，便狐疑道："请问您是？"

"哦，我是同仁医院的见习医士，姓颜。"年轻人掏出一张同仁医院的工作证。

陶管家一看是个正牌医生，登时放下心来。

此时马路附近已经围拢了一大圈人，他们好奇地盯着那台冒着黑烟的奥兹莫比尔，既兴奋又有些惶恐，浑然不知自己正在见证上海滩第一起车祸。

这里属于公共租界，很快有几个缠着头巾的印度巡捕赶过来。陶管家上前交涉了几句，塞了几枚银元。他们便很配合地驱散人群，调来一辆平板马车。

颜医生建议就近去一家德国人开的诊所，尽快处置。陶管家在医学上没什么主意，只好听他的意见。于是颜医生把姚英子小心地抱起来，手托脖颈放到马车上，然后脱下自己的西装卷了一团，垫在她后脑勺下。

晃晃荡荡的马车很快把他们送到不远处的诊所门口。这是家私人外科，德国父子二人执业。父亲大克劳斯恰好外出看诊未归，儿子小克劳斯先叫护士把姚英子抬进内室，然后毫不客气地赶开陶、颜二人，拉上白帘子。

陶管家请颜医生帮忙守在外面，匆匆出去通知姚府。颜医生把那件已然污损的西装卷在胳膊上，整个人靠在诊所走廊上的长椅，闭目养神。

养着养着，他忽然听到白帘子里传来一个德文单词，双眼"唰"地睁开。略做思忖后，颜医生果断起身，一把扯开帘子。

小克劳斯正抱着姚英子的头，一边检查一边口述病历。他见一个中国人闯进来，勃然大怒："你这是在弄脏诊室，快滚出去！"

"小克劳斯先生，我刚才听到你说颅骨凹陷骨折？"颜医生德文说得很流利。

"等我完成检查后，会通知家属的！"小克劳斯咆哮道。

"我也是一名医生，关于这个诊断，想和您再商榷一下。"

颜医生亮出了实习证。小克劳斯见那证件是同仁医院的，先面露不屑，可无意瞥到保荐人一栏里写着"Dr Juliet N. Stevens"，脸色这才一变。

Dr. Stevens是上海滩有名的医生，精通外科、热带病学和眼科。他肯签字推荐的实习医生，一定不是一般人。

颜医生见小克劳斯气势减弱，抢先一步冲到他身旁。姚英子后脑的头发已经被两枚发夹拨开固定，露出头皮上一块不规则的暗红色肿胀区域，大约三厘米宽窄。中央微微凹陷，周围一圈凸起的硬质边缘。

小克劳斯趾高气扬地指着伤口："这不是颅骨凹陷骨折是什么？"

"不，我觉得不是。"颜医生俯身下去，抓住小克劳斯刚消过毒的手，"请你伸出食指，轻轻按一下这里。"

面对这不容拒绝的强势，小克劳斯也只好依言而行，把指头按在肿胀区域的边缘，触感很硬。

"这不是很明显的骨板凹陷吗？"

"保持这个力度，等一下。"颜医生一边按住他的手指，一边看向诊台上的座钟。半分钟之后，才允许他把手指抬起来。

一个小小的奇迹出现了。那一段硬邦邦的凸起，居然在按压下消散了。虽然不很明显，但确实趋向平伏。小克劳斯面色变得铁青，如果是物理性凹陷，绝不会有这样的情况。

"我之前探查过，凹陷部分很柔软，且有波动感。周围这一圈凸起，应该只是比较硬的水肿带。所以我判断她的颅骨并未受损，更像是头皮下血肿——这两种很容易弄混。"

诊室内陷入一片尴尬的安静。直到姚

英子哼动了一声，小克劳斯才发泄似的冲护士嚷道："还不快写病历！用冷敷法处置！"

让他松了一口气的是，颜医生已经知趣地离开了诊室，大概是觉得剩下的工作太简单了，小克劳斯足可以胜任。

过了半个小时。两辆黄包车停到了德国诊所门口。两个中年男子匆匆从车上下来，一个面孔瘦削冷峻，眉眼与姚英子有几分相似；一个阔面重颐，上颌留着两条鱼尾胡，看上去沉稳敦实。

陶管家连忙上前请罪，瘦削男子沉着脸问了几句，冲颜医生一点头，推门去了诊室。不用说，这自然是姚英子的父亲姚永庚。

那阔面男子留在外廊，冲颜医生拱了拱手："老友小女承蒙照顾。"

颜医生笑道："举手之劳，何足挂齿。我们做医生的，以救人为天职。"

"看阁下年纪不大，不知在哪里高就？"

"同仁医院见习医士，颜福庆。"年轻人从怀里掏出张名片，恭敬递出。

阔面男子面色微动："哦？阁下莫非是圣约翰书院毕业？"

这一次轮到颜医生面露惊讶。

圣约翰书院是上海一所教会学校，里面有一个医学部，与同仁医院是对口机构。医学部的学生毕业后，都是去同仁医院实习。两者关系，不是业内人士很难搞明白，可此人却能一口道出，看来也是同行？

不待他问，阔面男子呵呵一笑，拱手为礼："在下沈敦和。"

颜福庆"啊呀"一声，双眼放出兴奋神色："急公好义沈仲礼，想不到会在这里见到您啊！"

沈敦和被这突如其来的热情搞得有点尴尬，不得不摆摆手："这是朋友们瞎起的绰号，当不得真。"

颜医生面色一肃："沈仲礼的大名，我可是耳闻已久。日俄在东北开战，朝廷暗弱畏缩，您首倡成立万国红十字会，聚民间之力，四处奔走呼吁，解万民于倒悬。报纸上的新闻，我都读过不知多少篇了，我还捐过一个月薪水呢——急公好义，您当得起这四个字。"

见这个年轻医生滔滔不绝，沈敦和不得不拍拍他肩膀，示意冷静一下："你今天救下的这位小姐，她父亲姚永庚平时多行善事，捐助实多。你虽是无意之举，也可以说是善有善报了。"

颜福庆恍然："原来是烟草大王，怪不得他女儿能开得起汽车。"

沈敦和叹道："老姚的太太早亡，他也没续弦，膝下就这么一个女儿，自然视为掌上明珠。英子虽然骄纵了些，其实是个好姑娘，只不过这次闯的祸有点……"

老友不在，沈敦和不好深说，便换了个话题："颜医生仁心仁术。我这里有一桩不情之请，不知唐突与否。"

颜福庆忙道："您请说。"

沈敦和拿起烟斗吸了一口。淡蓝色的烟气里，神情露出几许愁苦："东北战事连绵，死伤难民极多。目下红十字会虽然筹到不少款子，奈何医士数量却极为不足。华人医生太少，洋人又不易雇佣，局面很难打开。我看阁下手段高明，又身怀仁心，不知能否助我一臂之力，共襄善举？"

颜福庆闻言神色一肃："前辈抬爱，又涉国难民生，晚辈原应万死不辞。不过今天是我在国内最后一天，明天便要登船出国了。"

"哦，也是了。你这么优秀的人，是该

出去深造。"沈敦和表示理解。

颜福庆知道他误会了，忙道："我不是去学习，而是去南非矿井做矿医。"

沈敦和一怔，他还以为是去德国或英国学习，怎么跑南非去了？

颜医生解释说："朝廷在五月间批准输出一大批劳工，去南非开金矿。矿井何等艰苦，这么多人可却没配随行医生。我和两个同学主动报了名，随队前往，希望能让同胞好过一些。"

"好，好，好。"沈敦和连说了三个好字，大为激赏，"大医无疆，何必分东北南非。你如此年轻，就有这份悲天悯人的心思，太难得了。"

年轻人不好意思地抓了抓头："我也是看了您年初在《申报》上发表的那篇《东三省红十字会普济善会启》，大有触动。里面有几句话，我至今还记得：慨念时艰，伤心同类。危急存亡，在于眉睫，我不之援，而谁援耶？"

他背得慷慨，沈敦和也很激动："我中华之所以积弱，其中一个原因便是各扫门前雪，不能团结一心。"

颜福庆道："有您这样的有心人，相信往后会越来越好的。"

沈敦和自嘲地摇摇头："我空有财力，可却巧妇难为无米之炊。等到此间事了，我有心也办个医院和医学校，多培养几个像你这样的才俊，才不会受制于人呐。"

诊所里的座钟忽然响了十一声。颜福庆望了望，歉然道："我得回同仁医院了，晚上要值最后一次夜班。"

"你不等老姚出来？他这个人一向知恩图报……"沈敦和还想暗示一句。

颜福庆摆摆手："医者以救死扶伤为本分，岂敢恃技市恩。何况姚先生于国于民

有大功德，这是我的荣幸才对。"

说完，他略抱了抱拳，走出克劳斯诊所，飘然离去。

沈敦和捏着那张名片，凝视良久。这时姚永庚扶着姚英子走了出来。她头上缠了一圈纱布，胳膊肘和腿上的擦伤还涂了碘酊，神情郁郁。

陶管家迎上去，咕咚一下跪倒："是我看护不利，致使小姐受伤，车子被毁，请老爷责罚。"

姚永庚冷哼一声："你别替她遮掩，我还不知英子的脾气。这次出事，肯定是她肆意妄为！"

陶管家从怀里掏出一管毛笔："小姐只是不熟汽车习性，幸亏有自家的胎毛笔庇护，才不致受重伤，总算是件幸事。"

那胎毛笔上刻着"英子"二字，姚永庚一见它，面色稍缓，可声调却陡然升高："幸事？她是幸运了，可你知道她这次闯了多大的祸吗？！"他瞪向自己闺女，"她撞倒的是电报总杆！这一倒，整个苏松太道的电报全断了！"

这个苏松太道，全称叫"分巡苏松太兵备道兼理江海关"。列强租界与海关的诸多事务，多是与这个衙门打交道，乃是上海一个举足轻重的衙署。姚英子撞断的那根总杆，恰好是苏松太道与海外联络的线路。它一倒不要紧，苏松太道一封海外电报也收发不了，影响极大。

陶管家忙道："我已通知电报局。他们说一天半之内，应该就能修好。"

"一天半？！"姚永庚更是愤怒，"你知不知道，红会正在等一份从伦敦发来苏松太道的电报。晚一天收到这份电报，东北的几百名会员在战场上将得不到保护，没法对民众实行救助——而这！全因为我姚

18

某人的女儿在马路上肆意开车所致！老沈，我真是对不住你啊！"

往日被娇宠惯了的姚英子被吓到了，低声啜泣起来。沈敦和见他越说越激动，连忙劝道："姚兄，你这就有点求全责备了，英子才十三岁而已，又不是蓄意而为。我已电报北京外务部，看那边是否收到，抄一份来便是，总不会耽误什么大事。"

姚永庚一顿拐杖："老沈，今晚咱俩可有得忙了。英子，你跟陶管家先回去！一周不许出门！等我忙完再带你去负荆请罪！"

姚英子不敢说什么，低头朝外走去。

她走到诊所门口，忽然想起来什么，抬头四处看去。

沈敦和道："你在找救命恩人？"

英子脸颊有些发烫，可还是大胆答道："是！"

沈敦和把名片递给她："他已经走了。"

姚英子小心翼翼地用指头拨动着小纸片，麻面竹纸，暗绿底，上面用漂亮的楷体写着三个字："颜福庆"。纸背透着淡淡的碘酊味，不刺鼻，反而很舒服。

姚永庚叫了一辆四轮马车，让陶管家亲自赶车，把姚英子送回家，然后和沈敦和匆匆去太苏松道催电报了。

马车徐徐开动。姚英子靠在绒椅上闭目养神，可内心却没有那么平静。

她想着那个叫颜福庆的年轻医生。真可惜，自己一直不曾瞧清楚他的脸，不知什么模样。不过那也没什么打紧。光听声音，这人就当得起《诗经》那句"谦谦君子，温润如玉"的形容。

"不过他和那个医生到底在争论的是什么？"她不懂德文，更不懂医术，对此十分好奇，"是了，是了，我应该去同仁医院复个诊，顺便问问他。他既然救了我，就有义务回答这个问题。"

姚英子找到一个绝佳的借口，情绪振奋，可旋即又想到，父亲要关她七天禁闭，这个心愿很难实现，心情瞬间又低落下去。自从姚英子有记忆以来，还不曾见父亲用那么凶狠的眼神瞪自己，至于吗？那一封被耽搁的伦敦电报究竟是什么，竟比女儿受伤还重要？倘若收不到那封电报，真的会死好多人？

她突然心念一动，想起一件事来。

姚英子在骑马圈里认识一个租界电报局的洋人处长。那位处长以为一个十三岁小姑娘什么都不懂，曾随口说过一个密辛。

大英帝国的情报部门有一个习惯：利用日不落帝国的殖民地优势，在全球几乎每一处英属电报中继点，都偷偷截搭一条副线。任何消息只要经过这个中继点，就会被偷偷记录下来一个副本，供英国情报部门使用。当年南非闹独立，德皇发电给布尔人表示支持，就被英国人窃录下来，惹出一场国际争端。

上海既然是远东重镇，英国人自然也不会放过。

国际电报水线延伸到上海附近海域之后，在吴淞口与陆线相接。这里设有一个电报登陆局，由租界工部局负责管理。按处长的话说，这个中继站的体制，与大不列颠治下并无二致——言下之意，那里必然也存在一只默默监听往来消息的耳朵。

也就是说，那一封伦敦电报就算苏松太道收不到，吴淞口中继站一定会有一份留底。

如果我能找到那份留底，父亲就不用苦苦等待京城转发了。这样他就会原谅我，让我早点去找颜医生了吧？

想到这里，姚英子对陶管家喊道："路程改一改，我们去吴淞口！"

"您说去哪？"陶管家吓了一跳。

"吴淞口，我想起一件重要的事情要办。"

"绝对不行！"陶管家一口否定。老爷明确让小姐回家圈禁，何况吴淞口远在宝山县，得三十多里路，小姐刚受伤，怎么能跑这么远？

姚英子没有继续坚持。马车又跑了一阵，她忽然望见外面路边有一个摊贩，桌子上摆着个白瓷色的大罐子，罐体上用青漆涂着"荷兰水"三字。这是新近流行的外国饮料，据说是把二氧化碳打入薄荷水中，在上海滩的夏季颇受行人欢迎。

她敲敲前方窗户："陶伯伯，我有些口干，想喝点荷兰水。"陶管家觉得外头的饮料多半由井水兑出，容易腹泻，但他现在不愿触小姐霉头，只好说我下去买。

马车就地停住。陶管家下车走到摊贩前，摸出几枚铜元。小贩慢悠悠地接过钱，又慢悠悠地拧开龙头，拿木杯去接。透着薄荷香气的泡沫泛起来，还没漫到杯口，陶管家忽然听到身后马匹嘶鸣。

他急忙回头，却见一匹被解开缰绳的挽马绝尘而去，马背上似乎还有一个娇小的身影……

一九〇四年七月三日，关东。

日头坠下去很久了，整个老青山陷入瓷实的黑暗。

方三响蜷缩在父亲身旁，佝偻着身躯一动不动。饥饿与腿伤让这个孩子一点点失去活力，只有跟父亲的胸膛贴得更紧一些，才能安心。方大成的右臂搂着儿子，靠着沟壁一言不发。

吴尚德早已离开，剩下一个语言不通的魏伯诗德，没法跟村民们沟通。这位传教士索性坐在方三响的对面，暗自为这些不幸的人们祈祷。药品和食物都在傍晚前用光了，这是目前他唯一能做的。

村民们的呻吟声和哭声比白天减弱了许多，他们已经没力气了。绝望愈加深重，沉甸甸的，如同一个铁盖子扣在沟顶。

几个胆子大的村民窸窸窣窣地爬过来，说他们打算趁着夜色逃出山沟，让方三响跟他们一起走。方三响拒绝了，除非他们肯带上方大成——这是不可能的。方大成体格硕大，又身中数枪，没人愿意背着他往山里跑。

魏伯诗德从他们的手势里读懂了意图。他紧张地站起来，用生硬的中文劝阻说："不行，危险！"

日俄两军都在趁夜色不断调动、集结，为接下来的大战做准备。这时候贸然离开，等于一头扎进战场，极为危险。

可他的中文实在说不明白，村民们根本不理睬这个洋老头。他们见方三响不肯走，自顾绕到附近的一处沟隙，往外爬去。

在夜色的掩护下，高地的俄军确实没发现这一小股逃亡的人。但只过了五分钟，山沟后头突然响起一阵密集的枪声，黑暗中火光点十分醒目，不少于四十个。

熟悉军械的人一听便知，这枪声不是老毛子的"水连珠"，而是日本人的"金钩枪"——正式名称叫三十年式步枪，因为保险杠状如铜钩，在关东被称为金钩。

魏伯诗德霍地站起身来，暗叫不好。看来日本军已经运动到附近来了！他们和俄军，恰好把这条山沟夹在战场中间。

枪声像是接通了开关，立刻引发了高地俄军的反击。两边在黑暗中都不敢出击，只好隔空拼命射击。一时间枪声呼啸，火线纵横。若不是山沟避开了一部分射界，只怕此时沟窝村已经死绝了。

对射持续了十几分钟，方才中止。夜色恢复了原来的沉寂，只有浓浓的硝烟味弥漫在空气中。那几个引发了攻击的村民，再也没回来，命运不问可知。

魏伯诗德的忧心没有丝毫消退。他对现代战争的样式很了解，这种对峙再持续下去，守军肯定会调来大炮，届时这一带将完全陷入火海——事实上，那个觉然和尚骗村民们到这，正是要把俄军有限的火炮诱过来，以便在其他方向造成突破。

魏伯诗德随时可以离开，但他总觉得上帝把他放在这里是有理由的。老人蹒跚着走到方大成面前，努力想用自己有限的中文词汇把情况说明白。

但方大成没有吭声。方三响推了推父亲，可那条胳膊却从儿子肩头垂落下去。少年的心脏猛然抽紧，寒意迅速蔓延到了四肢。

他抬起手来，拼命去推父亲的胳膊、肩膀和胸膛。可那个对儿子永远有问必答的男人，此时却全无回应。

魏伯诗德俯身下去检查片刻，默默在胸口划十字架。这位村长不知何时，已是气息全无。事实上，一个身中数枪、又没得到很好止血的人，能支撑到现在才断气，已经是奇迹了。

"爹啊！你再撑撑，再撑撑啊！"方三响抱紧冰冷的身躯，一遍一遍地喊着，直到声音变得嘶哑。

渐渐地，哽咽沉落成低沉的喃喃：
"为什么，为什么，为什么……"

少年眼窝里没有眼泪，有的是无尽的迷茫。他不明白的实在太多了，与世无争的沟窝子村，怎么会突遭灭顶之灾；一直尽了本分的方家，怎么会突然家破人亡；大清的子民，怎么会在自家门口被俄国人和日本人夹攻？

魏伯诗德站立在黑暗中，神情肃穆而落寞。这些问题他知道答案，可却无法回答。

要怎样对一粒尘埃解释风暴呢？即使那尘埃置身于大时代的烈风之中，也无法明白这撕裂一切的力量从何而来。

沙皇的远东战略，新兴日本帝国的勃勃野心，风雨飘摇的清国统治，后维多利亚时代的英国政策……全球的政治板块像西伯利亚的流冰一样交错碰撞，崩裂融合，释放出无数能量。老青山的悲剧，不过是时代剧变传递到末端的一丝细微颤动。

可这一丝极微小的颤动，对眼前的少年已是天塌之变。一个人、一家乃至一村的徒劳挣扎，究竟有何意义，这些灰尘在风暴中到底会飘向何方，魏伯诗德无从得知。

他的眼神飘向牛庄方向，那里仍是一团难以稀释的黑暗，看不到一点光。

一九〇四年七月三日，伦敦。

孙希夹起文书与密码本，去了位于公使馆地下室的电报房。这间电报房里空无一人，只有一台绿壳黑圈的西门子电报机搁在屋角。虽然此时才下午三点，房间仍需照明。

孙希扭亮台灯，一屁股坐在圈椅上，懒洋洋地摊开厚厚一叠译电纸、铅笔和密码本，还弄了一碟司康饼与两瓶巴克斯顿啤酒在手边。

他记性奇佳，即使是最复杂的中文四码也熟谙于胸，之前只花了几个小时便把这份文件译为加密电稿。接下来，只要把它拍发出去就行了。

孙希抓起扁圆瓶子灌下去一大口啤酒。酒精落腹，醉意上涌，胆量像灯泡一样"唰"地被接通了电流。他拍了拍自己的脸颊："想清楚，你争取到这个差事是为了什么。"然后伸手摸向铅笔，在电稿上添加了早已酝酿好的一句话。

"搞掂！这样一来，我就能留在伦敦学医了。"

胆大妄为地改完官府文书以后，他拿起发电单，张大人用铅笔在单子上写了两个号头：送京城外务部英国股，抄上海苏松太道。

头一个地址孙希知道，第二个就没听过了。不过这些事与他无关，只要尽快拍发出去就好。孙希活动了一下手指，虚拍了几下拍发键，确保其弹性良好。然后他把电稿放在夹架上，熟练地敲击起来。

一九〇四年七月四日，上海。

这是姚英子最长的一次骑乘。

她甩脱陶管家，一口气骑了二十多里地，一直冲入宝山地界。那匹可怜的挽马累得遍体流汗，它早习惯了拉车，可没想过有一天要跑这么快。

宝山县属于江苏布政使司直隶太仓州，不过因为毗邻上海县，人员往来密切，早被视为上海外郊。得益于此，宝山也修起了一条简易的窄路，直通江湾镇。

姚英子常来这附近骑马，路途熟稔，所以不用多看，只管埋头前行。道路两侧是连绵不断的稻田与树林，黑暗中不时有蛙鸣传来。

此时她所在的位置，位于江湾乡以西，毗邻吴淞口的江岸边上。此时已过午夜，四下皆是浓墨般的黯淡，但可听到黄浦江水在远处汹涌奔流，涛声不绝。远远的，可以看到一栋三层塔楼建筑矗立在江边。

她一直跑到塔楼近处，才看清楚它真正的模样。这是一栋安妮女王风格的三层砖混城堡，红砖墙体，券柱立面，两头的凸肚窗头顶有一条券心石直垂下来。

这栋塔楼的官方名字叫做"海底电缆登陆局"，民间都呼之为"望洋楼"——"洋"字既有大海之意，也暗指是洋人地盘。它建于同治十二年，一直忠诚地监管着在这里上陆的国际电报线路，如今是公共租界的一个通讯委员会在管理。

姚英子翻身下马，差点没站住，一路颠得她脑仁直疼。对于一个刚经历车祸的人来说，这次奔波太辛苦了。

她定了定心神，径直朝着登陆房前。这么晚的时辰，她一个人跑到这种偏僻的地方来，临到头不免有些畏怯，可手一触到兜底名片，很快鼓起勇气，抬手敲了敲门。

开门的是一个黄头发洋人，戴着厚底圆镜片。他看到姚英子，第一个动作是用手去擦镜片。

午夜时分，一个穿着骑装、裹着纱布的中国少女出现在这里，任谁都要迷糊一下。

姚英子在路上酝酿了很久该如何说，可一见到工程师，霎时词儿全忘，一脱口便直奔主题："你给我查一封电报。"

工程师有点懵，他抓了抓头发，用英文问道："你是……谁啊？"

姚英子暗骂自己没用，银牙暗咬，索性把话给敞开了："伦敦有一封发给苏松太道的电报，我知道这里存有副本，我要得到它。"

工程师听着她的洋泾浜英文，忍不住笑起来，他几乎可以确定，这是同僚故意整他的恶作剧。

"这位小姐，我这里没有你想要的东西。回去告诉老汤姆，他的计谋破产了。"

"我不认识什么老汤姆。但我今天无论如何，也要拿到那封电报！"姚英子上前一步，几乎顶到门口。

工程师见她是来真的，敛起笑容："我说过了，我这没有你想要的东西。"

"这里有一条截搭苏松太道的副线，我知道的。"姚英子不依不饶，"从伦敦发过来的电报，肯定会经过这里，被自动收报机记下来，对不对？"

工程师一听便起了警惕，这可不是一个十几岁少女会说的话，肯定有人教。也许她不是老汤姆派来的，而是那些无孔不入的记者。

"对不起，这里是为公共租界与政府服务的中立机构，绝不会截留或记录过往电文。我完全不明白你在说什么。"

姚英子还要说什么，工程师已经"砰"的一声把门给关上了。

姚府大小姐何曾受过这等冷遇。姚英子站在门口，呆呆的不知所措。如果是父亲的话，大概会有一百种办法说服对方。可她除了直接开口要求，实在想不出还有什么方式。

怎么办？难道就这么回去？

姚英子突然眼睛一亮。等一下，父亲有一个办法，是她可以学到的，也是她最擅长的。

于是姚英子再度抬起手来，又敲了敲门。十几秒后，工程师怒气冲冲地打开门，怒吼着说你如果还不滚开，我就要通知警察了！

怒气发到一半，他的声音被强行刹住。因为门外这个小姑娘的手里，托着一摞亮闪闪的直边鹰洋。

不用翻译，这是国际上最通用的语言。

工程师咽了口唾沫，这五枚鹰洋，相当于他半个月薪水了。可他最终还是克制住了贪念，为了这点丢了工作可不值当。他正要拒绝，忽然看到小姑娘又往手里摞了五枚。

工程师心中的天平，微妙地发生了变化。在这种偏僻地方值班是个苦差事，捞点外快，不算罪过。租界里的大人物也没少从这里拿情报，自己却从来没有分润。再说了，今晚值班的只有我一个人，只是抄录一份电报而已，应该不会有任何人发现吧……

姚英子从脖子上取下一串珍珠项链，放在十枚银元上。这一下子，工程师的防线彻底崩溃了。

"我没听过截搭苏松太道的副线，但偶尔会有串线的情况。"工程师习惯性地掩饰了一句，"告诉我号头。我可以去查一下，但不保证。"

姚英子一喜："我不知道。但应该是最近从伦敦公使馆发出来的，接收方是苏松太道。"

工程师狐疑地看了她一眼，没多问，把银元和项链拿走，然后把门给关上了。姚英子在屋子前等了足足有半个小时，工程师才出来，手里捏着一叠满是点划的纸带。

姚英子一眼就认出，这是自动记录机，它能把电报信号抄录到一条纸带上。工程师把纸带朝前面地上一扔，对姚英子道："你运气不错，这条是凌晨前后刚收到的，号头符合，不过内容加过密。"

姚英子不知密钥，但这不重要，父亲一定知道。她俯身把纸带捡起来，塞进自己的马靴边缘。

工程师又说："今晚我也没见过你，也没给过你任何东西，我只出来倒过一次垃圾。"

姚英子压根没听他自欺欺人的话，她飞身上马，带着兴奋匆匆朝着上海飞奔而回。

一九〇四年七月四日，关东。

随着日头缓缓偏西，魏伯诗德的眉头拧到了极致。

他手里的怀表指向海岸时十七点，距离吴尚德离开已经整整二十四个小时。就在一分钟之前，一枚炮弹越过俄军阵地，落到山沟附近。巨大的轰鸣声掀起泥土，纷纷扬扬地洒在幸存村民头顶。

俄军的炮队终于拉上来了。刚才只是在试炮，再过一会儿就该覆盖射击了。日本人的反击，也会转瞬即至。到那个时候，这个小山沟会陷入火海。

山沟底下一片静悄悄，没人对刚才的爆炸有反应。他们在这里被困了足足一天一夜，受轻伤的变成了重伤，受重伤的基本都死了，即使没受伤的人，也早被活活骇破了胆，僵趴在地上，连胳膊都没法打弯。

方三响一直搂抱父亲的尸身，双眼呆滞。如果不是嘴唇还在微微呢喃，魏伯诗德还以为他也随方大成去了。这位牧师在关东见证了无数次类似的惨事，每一个人在死前似乎都满腹疑惑，但只有这一次，被一个少年明确地问了出来：

为什么？我们为什么会有这样的命？

魏伯诗德回答不了这个问题，但他现在决心要拯救问出这个问题的人。

吴尚德在牛庄的那点微渺希望，断然是赶不及了。于是魏伯诗德走到方三响面前，把自己的十字架挂在少年脖子上，尽力用中文比画道："我们快走，危险。"

方三响的眼珠动了动，却没反应。魏伯诗德伸出手去，想把少年拽起来。可他却倔强地一扭，朝父亲怀里蜷缩得更紧了些。魏伯诗德还要说什么，头顶却传来数声划破空气的尖啸。

俄军的炮击开始了！

山沟里顿时火光弥漫，轰隆震天，赤色的焰朵在山坡上连绵不断地绽放着。虽然暂时没有一枚炮弹直接落入沟内，但冲击波却猛烈扩散开来，把魏伯诗德一下子掀翻在地上。

"啊呀……"

老人趴在地上，有些头晕目眩。迷糊中，他感觉一只瘦弱的手臂搀住自己，拼命往反斜面的沟壁旁边拖动。魏伯诗德把袖子上的红十字标取下来，递给方三响："你戴着，不打你。我是洋鬼子，他们不打我。"

方三响没接那袖章，而是闷着头继续拖，直到魏伯诗德自己表示安全了，才放开了手。

"谢谢……"老人在硝烟中咳嗽了几声。

"这是我们方家的本分。"少年回答。

这一老一小背贴着沟壁等待片刻，外面忽然恢复了安静，没再听到爆炸声。

魏伯诗德觉得奇怪，怎么俄军炮击了一下，就停止了？这时方三响似乎听到什么声音，拖着伤腿奋力爬上坡面，伸直脖子朝远处望去。

他乌黑的瞳孔上，突然映出一面旗帜。

这旗帜是白底红十字,和魏伯诗德的袖章一样。它迎风招展,在周围黄绿植被的映衬下格外醒目。旗下跟随着几十个身穿白衫之人,个个戴着袖章,还有担架、挎包等物,为首的正是吴尚德。

队伍行色匆匆,两侧的军队却全无动静,似乎默许他们的行动。魏伯诗德也爬上坡来,一看到队伍,顿时长长松了一口气,连连划着十字:"上帝眷顾,这真是神迹啊……"

吴尚德飞快地跑进山沟。他顾不得叹息里面的惨状,对魏伯诗德道:"双方指挥官只给我们十五分钟,所有离开的人必须脱下军服。"

"身份问题解决了?"

吴尚德露出不可思议的表情:"我本来已绝望了。可今天早上,营口港电报局却接到上海道转来的电报,说朝廷发出公告,正式成为红十字公约国。我没敢耽误,赶紧带着役工赶过来,刚跟两边指挥官交涉完。"

魏伯诗德一听他只带役工没带医士,便知道怎么回事。大战一触即发,红会只能把还活着的人带走。他长长叹息一声,挥手道:"一切听凭上帝旨意。"

方三响已经被人抬上了担架,歪着脖子朝这边看过来。

吴尚德解释道:"情况紧急,你爹和其他乡亲的遗体,只能暂时搁在这儿。等局势平稳了,再带你来收殓。"

话是这么说,可吴尚德心里清楚。一会儿枪炮交响,这些遗体绝无留存的可能。

"要是俺和你们一样学会医术,是不是就能把俺爹救回来了?"方三响哑着嗓子问。

吴尚德"嗯"了一声,拍拍他肩膀,又去忙着搬运其他伤员。

担架缓缓抬起,少年勉强支起胳膊,抬高脖颈,眼神越过那面白底红十字的旗帜,落在一片狼藉的山沟之中。他看得那么仔细,那么专注,仿佛要把这一切都深深烙在心里似的。

与此同时,远在万里之外的伦敦,孙希扶着自行车走出公使馆的大门,远处恰好传来大本钟九点的报时声。

昨天他拍完电报之后,又伺候张大使喝茶跑腿,总算把这桩祸事揭了过去。今天早上孙希接了新差事,准备好好表现一番。

他脚下一蹬,摇晃着骑上波德兰街,嘴里还哼起一首苏格兰小调儿。

那封电报应该已经传到国内。只要接电报的人没识破他做的一个小小手脚,他留在伦敦学医的梦想,应该在数月之内就能实现。

"张大人说这大清加入红十字会就是个虚名,对我来说,倒真是一件实在的好事儿。"孙希喜滋滋地想着。不知为何,他突然莫名有了某种触动,不由得停住自行车,摘下鸭舌帽,向湛蓝的天空仰望。

今天是难得的好天气,一轮烈日在抛洒光辉。它的光芒无远弗届,既照耀在伦敦上空,同时也注视着万里之外的上海。

"你说什么?"

一个女孩的声音在同仁医院门前尖叫。

一位年长护士歉然道:"颜医生昨天是最后一天上班,他今天下午登船去南非了。"

姚英子的身体摇晃了一下,几乎要晕倒。她好不容易从宝山弄来电报给父亲,争取到外出就诊的机会。可她兴冲冲跑到同仁医院,听到的却是这么一个噩耗。

"南非？"在她心里，那地方跟天涯海角差不多，更别说他还是去某个不知名的矿井深处当医生。

姚英子不甘心地拿出名片来，让护士再确认一下，是不是同一个人。在得到肯定的回答之后，她扭头跑出医院，吩咐陶管家叫了一辆最快的马车，风驰电掣地朝着虹口码头飞驰。

可惜当她赶到码头时，时间已过海岸时十七点，那条驶往南非的客轮早已消失在航道尽头。黄浦江面无比寥廓，唯余长烟袅袅、水迹迤逦，以及悠长而惆怅的汽笛声。

姚英子气喘吁吁地靠在系缆桩子旁，心中委屈之极。

怎么会有这么巧的事，昨日他才救了我，今天便远赴重洋，难道是故意避开我吗？南非之地，远在天边，我去哪里与他联络？至于何时才能归来，更是茫茫不可期。

姚英子的心情像被铁锚一点点拽入水底，感觉这一次错过，将会是一次真正的永别。

这时，一阵混着煤灰味的江风倏然吹过，把那张绿底名片从她的指缝吹走。姚英子"啊呀"一声，急忙去抓，总算夹住名片一角，没掉进水里。淡淡的碘酊味，再度飘入鼻中。那一霎时，她心中涌起一个连自己都吓了一跳的念头。

"我要去学医！只要一直当医生，我一定可以见到他！"

想到这里，少女的忧郁消散一空，眼神灼灼，简直要比江中的日头还亮。

冥冥之中，仿佛有某种力量在牵引似的，三个相隔千里万里的年轻人，同时抬起了头。他们虽然身在不同时区，可目光却一起汇集在同一个炽热的天体之上。

就在这一天，这一刻。

在辽阳和旅顺口要塞，日军同时向俄军阵地发起决死进攻，打响了决定东亚未来几十年霸权的惨烈大战；在北京，二百七十三名贡士从中左门进入保和殿，这些天之骄子此时还不知道，这是华夏科举史的最后一次殿试；在欧洲，哈尔福德·麦金德的新作《历史的地理枢纽》在各国印厂同时开印，它将永久改变欧洲的地缘政治理论与全球格局；在美国的圣路易斯，第三届奥运会正如火如荼地进行着，虽然只有十二个国家参与，可仍吸引了人们极大的兴趣……

大大小小的事情，在地球每一个角落发生着。之前的旧因，正在落实为果；未来的果，也正在此刻种下新因。因果涨落，缘数纠葛，无数人的抉择，汇聚成了一股无可抗拒的全球风暴。

而此时仰望太阳的三个小人物，尚对未来的壮阔波澜一无所知。

第二章 一九一〇年三月（1）

孙希迈出沪宁车站的一瞬间，情不自禁地打了个哆嗦。

一股潮湿冰凉的气息，像蛇一样侵入身体。无论是双排扣毛呢大衣还是苏格兰羊绒围巾，都无法阻挡它的深入。这身衣服足以抵御冬季京津的凛冽北风，却挡不住这绕指柔般的绵绵寒意。

明明已经是三月中旬了,这上海的倒春寒,居然还这么冷。

他一出来,小贩立刻一拥而上。卖青团的、卖香烟的、卖荷兰水的、帮荐旅馆的,甚至还有举着大烟膏的。就杂乱程度而言,与北京、天津的车站没太大区别。不过上海到底是十里洋场,摊贩们见他一身洋装,迅速改换口音,喊着洋泾浜味儿的英文:"密斯""滑丁何物由王支"——孙希听了半天,才明白是"mister""what thing you want"。

他哭笑不得地亮出文明棍,拨开这些热情的人们,一边躲避着扑面飞沫,一边朝前方甬道走去。那里被涂黄木栅栏隔挡开来,只留一个两米宽的曲尺口子。口子外是另外一片小广场,停满了黄包车和大大小小的马车。

孙希扫视一圈,轻而易举便找到一辆两轮矮篷小驴车。它太醒目了,单辕上竖着一面白底红十字的布旗,一个体格魁梧的车夫斜靠车旁,正聚精会神地捧着本书在读。

孙希从怀里递出一张信函:"是红会总医院的车吗?我是天津来的医生,这是介绍信。"

车夫把书挂回篷边,认真读了一遍介绍信,也不讲话,一歪头示意上车。

驴车晃晃悠悠地上了路。车夫忽然问了个古怪问题:"先生,你从北边来,可见过一个左边嘴角有一大一小两颗黑痣的人?"

这车夫是关东口音,问题既突兀又含糊,孙希愣了一下,回答说:"没见过,你可知道名字?"

车夫摇摇头,便不再言语,专心赶车。

孙希蜷坐在车厢里,一抬头便看到那本书在眼前晃荡。它大约两百页薄厚,书脊用一根棉线抻着,吊在篷顶。封面用报纸包着书皮,看不出内容,不过看书边的磨损程度,应该经常翻看。孙希忽然很好奇:这车夫五大三粗,居然还会读书?

两人一路无话。孙希斜靠窗边,朝外面看去。窗外风景越来越偏僻,也无甚趣处,只有丝丝冷风渗入车厢。他忍不住回想,自己到底怎么落得这么个境地的。

六年之前,十三岁的孙希干了一件至今都后悔不已的事。

他在拍发那一封大清加入万国红十字会的电报时,以公使馆的口气偷偷添了一句:"俾海外熟稔洋学子弟,操习医典,以补西医不敷之状。"

这话添得合乎情理,外务部没发现破绽,直接提交给军机处。几位军机大臣觉得这个建议很中肯,是该培养中国自己的西医人才,便发报让张德彝举荐合适的"海外子弟"。

孙希本以为,这样一来自己便可以名正言顺留在伦敦学医。可他千算万算,没算到恰好在同一年,北京的京师大学堂改组,把医学实业馆拆出一个医学馆,亟需学生充入。朝廷一纸电报,让张德彝把遴选的子弟直接送回国来,充实其中。

阴差阳错之下,孙希只好百般不情愿地从伦敦回到北京,在京师大学堂医学馆就读。谁知到了光绪三十三年,医学馆被裁撤。他被迫转到天津陆军军医学堂,今年二月刚刚毕业。

"……真是偷鸡唔到蚀揸米,衰到贴地。"孙希低声抱怨,早知道当年就不去自作聪明发那劳什子电报了。

倒霉的事还在后头。

毕业之后,孙希本打算寻个机会,去

英国继续深造，不料突然接到张德彝的一封急电。

这急电的内容十分蹊跷。他让孙希于三月十六日之前到上海，去一座叫"大清红十字会总医院"的机构报到。随电报送来的，还有一张单程车票和一封荐信。

这对孙希来说，不啻晴天霹雳。可张大人手里握着他的生活费，他毫无反抗之力，只好牢骚满腹地踏上去上海的火车。

大清红十字会总医院这个名字，他略有耳闻，听说是大清红十字会捐资所建，刚刚落成不久。这种慈善医院既无名院血统，也无名医镇场，里面一群半读半工的医科生。在那当医生，没什么前途可言，薪资更不值一提。

张大人虽已致仕，脑子不至于糊涂。他这么急着让我去那家破医院，到底什么用意？为何不跟我明说呢？孙希实在是百思不得其解。

此时驴车外面的景色越发偏僻，两侧是一片片散碎的农田与细河道，房屋渐渐稀疏起来。

"什么鬼医院，去到冇雷公咁远啊……"孙希的抱怨刚刚一出口，不防驴车骤停，他脑袋"砰"的一声撞到厢壁上。孙希龇牙咧嘴地探出头去，正要呵斥那车夫，视线却一霎时定住了。

在驴车前方的黄土路上，直挺挺地趴着一个人。这人穿着件黑绸长袍，外套琵琶襟马褂，右手捂住右侧脖颈，鲜血顺着指缝噗噗地往外流。

一串慌乱的脚印，可以倒追到远处一百米外的菜田。两个农夫模样的汉子在田埂上手执锄头镰刀，远远地瞪视着，却没追来。很明显，那两个农夫砍伤了这人脖子，他跟跟跄跄逃到大路上求救，一头扑倒在驴车前面。

车夫第一时间跳下车去，弯腰去搀那名伤者。孙希急忙大喊道："别乱动他！"

他一眼就从鲜血涌出的力度判断出来，伤者是被砍中了右侧颈动脉，不知断了没有。这是极其凶险的状况，如果不懂急救贸然搬动，很可能会迅速导致失血性休克甚至死亡。

北洋医学堂以培养军医为主，战地救护对孙希来说是本行。他大喝一声："我是医生，让我来处理！"纵身跳下驴车，正要挽起袖子，却一下子呆住了。

只见那个车夫毫不犹豫地挪开伤者捂住脖颈的手，用自己的右手迅速补上。他的大拇指微屈，扣及伤口边缘，朝下方用力推压下去。说时迟，那时快，原本疯狂外涌的血流，立刻停止了喷涌。整个过程，只用了几秒。

外行人看来，车夫只是简单粗暴地一按，但在专业出身的孙希眼里，这一手却极不简单。

要知道，人的脖颈附近只有肌肉和软组织，无处受力。如果颈动脉破裂的话，很难迅速压迫止血。唯一的办法，是用外力把伤口往下压，一直压到颈椎骨上，靠物理阻断血流。

说起来容易，但抢救者必须在几秒内摸到伤口的动脉近心端，精准地将其按在第五节颈椎的横突位置，否则回天乏术。这个操作，就连资深的外科医生，也不是能轻松做到的。

这个车夫在一瞬间做出了正确的、也是唯一的选择，而且果决，精准，没有一丝慌乱。

孙希暗自惊叹，手里动作也没耽误，掏出那方白净手帕递给车夫，顺便去检查其他部位。

好在除了这一处伤势之外,伤者的身体没别的创口。孙希抬起头,看到那俩农民已经远远地跑掉了。估计他们发现闹出人命,吓坏了。

车夫突然沉声道:"不够!还有吗?"

孙希低头一看,手帕已经被血浸饱了,但还有血在继续外涌。孙希咬了咬牙,把围巾从脖子上解了下来。

这是苏格兰羊绒,上好的止血材料,就是太贵了。可有什么办法呢?孙希可是发过希波克拉底誓言的,总不能见死不救。他在心里一边骂着"真嘥料"(浪费东西),一边哆嗦着递给车夫。车夫也觉察到这围巾价值不菲,看了孙希一眼,似乎在做最后的确定。

孙希痛苦地别过脸去:"别看我了!再看我可要后悔啦!"

车夫毫不客气地把围巾一团,直接按了上去。

两人齐心合力,一通施为,勉强止住流血。但这只能救得一时之急,若不及时送治,伤者还是会死。

"距离这里最近的医院是哪里?"孙希问。

"红十字会总医院。"

孙希愣了愣,一甩胳膊:"把他抬上车送到总院!我亲自抢救!"

他并不指望一间刚落成的医院能有多好的条件,但基本手术器材和药物总是有的。至于外科医生,孙希自己就是。

"你能行吗?"车夫狐疑道。

"只要伤者是按教科书受伤的就没问题。"

孙希开了个不合时宜的玩笑。

两人合力把伤者抬上驴车。车夫刚刚赶起驴子,却听左侧一阵生涩的嘎吱声传来,轮子从车轴上掉下来,裂开一条大缝,车厢登时朝一侧歪斜,差点把孙希和伤者甩下去。

这花轮子是榆木斫出来的,榆木质脆,估计刚才那一下急停,直接把辐条给憋断了。

这可真是屋漏偏逢连夜雨。驴车眼看是没法用了,从这里到医院还有八九里路,就算两个人轮流背得动,这一路颠簸也足以要了伤者性命。

时间一分一秒地过去,孙希不由得焦虑起来。每耽搁一秒,伤者的手术条件都会恶化一分。车夫起身道:"总院里有黄包车,我现在去拉过来,你好好照顾病人。"

"黄包车不行,病人得保持平躺——你们难道没有救护马车?"

车夫摇摇头。

孙希有些失态地大声道:"连救护马车都没有,还开什么医院啊?"

车夫眉头一皱,正要开口说什么,忽然脑袋一偏,似乎听到什么声音由远及近。

那是一种低沉的隆隆声。孙希猛地振作起来,他对这声音太熟悉了,伦敦街头时常听到。没想到在上海边郊,也能碰到一辆。

"汽车?"

一辆方头方脑的黑色汽车从远处飞快地驶来,车后掀起滚滚尘土。

车夫飞跑到路中间拼命挥手。那汽车速度很快,一直冲到车夫面前一步之隔,方才勉强刹住。车轮激起一片黄土,登时把对面溅成半个土人。

直到这时,孙希才看清车子型号——凯迪拉克的 Model 30,倒吸一口凉气。这车子在美国也是新款,怎么上海滩已经有货了？

而接下来的情形，让他更为吃惊。

一张俏丽的面孔，从驾驶座探出了头。这是一个年轻姑娘，头戴一顶窄边骑师帽，看起来英姿飒爽。她按着喇叭，不耐烦地冲车夫嚷道："侬脑壳坏掉了？这是汽车，撞一下会死的好伐！"

车夫站在车前，一动不动："这里有一个伤者，能不能搭你的车送医院？"

女孩闻言一愣，先看向孙希和伤者，然后把视线转向半倾倒的驴车，视线在那面白底红十字的小旗停驻片刻。

孙希本来觉得没戏，没想到她一推车门，脆声道："上来吧！"

这款车子是双排座位，但后排很狭窄。孙希与车夫合力，小心翼翼地把那个倒霉鬼抬上后座。孙希想了想，忍痛把自己的呢料大衣脱下来，衬在座位上，免得被血弄污。

女孩在后视镜注意到这个小动作，忍不住抬了抬眉头。她还没说话，车夫已毫不客气地抬起大脚，从后面爬到副驾位置，一屁股坐下。一股血腥味扑进女孩鼻子，让她有点窒息。

"去红十字会总医院，就在徐家汇路上，一直往前开。"车夫向前比画了一下。

"晓得了，正好我今天要去那里。"女孩说。

她有意让这个没礼数的家伙吃点苦头，挂挡轰油一气呵成。直到车子冲出去的同时，才出言提醒道："——坐稳！"车夫毫无提防，脑袋"咣"的一下磕到硬车顶上。

女孩嘿嘿一笑，她"咔嚓咔嚓"连换了数挡，速度霎时又拔升一截，箭一般急驰去了徐家汇方向。孙希和那车夫不得不紧贴座位，生怕被甩出去。

孙希在后排不断与伤者保持着对话，确认他的意识还在，同时心中犯起了嘀咕。这女孩到底什么来头？她去那家破医院做什么？

他隐隐觉得，张大人安排的这趟差事，大概没那么简单。

女孩一手把住方向盘，开口问道："那驴车上挂着红十字会的旗子，你们都是总医院的人？"

孙希抢着说道："在下孙希，你可以叫我 Thomas，我是今天去总院报到的医生。"他又伸手出去，一拍前面车夫的肩膀："他是来接我的院工，你是叫……呃，叫什么来着？"

"方三响。"车夫简单地回答了三个字。

"小姐你呢？"

"姚英子。"女孩回答，"跟你一样，我也是今天来报到的医生。"

"啊？"孙希吃了一惊。女医生？这年头可是罕见。这富家小姐能开得起汽车，怎么放着清福不享，跑来一个小医院当医生？

他忍不住又打量了她一番，面容稚嫩，可能比自己还小。这年纪能读几年医科？不会是护理专业吧？可一个富家女去读护理，岂不更荒唐？

一时间无数疑惑盘旋。孙希还要再问，忽然姚英子一摆方向盘："快到了，坐坐好！"其他两人还没来得及调整坐姿，车子"嗡"地加速从大路冲下去，顺着下坡从一座幽静的私家园林大门前飞越而过，然后一个漂亮的甩尾绕过圆形花坛，在一栋建筑前停了下来。

这是一栋二层长型小楼，红瓦坡顶，褐红砖外墙，以一座罗马柱式的大门为中轴线，两侧两层各有十个拱券形的玻璃窗。

两侧塔楼的穹窿顶覆着一层绿铜,带着浓浓的古典主义风格。小楼刚刚落成不久,还散发着一股石炭酸与油漆的气味。

大门前挂着一块木牌,上书"大清红十字会总医院暨医学堂"。门顶高悬一个木制红十字,在阳光照耀下显得格外庄严肃穆。

方三响在车子停稳的同时,已推门跳了下去。孙、姚二人以为他急着去叫人,没想到方三响用手扶住大门旁的罗马柱,"哇"的一声呕吐起来……

"我知道,这叫 carsickness。"孙希有意炫耀,"我在学校里学过,它是个新疾病,可能跟人的前庭有关系。"

姚英子从车上下来,瞪了他一眼:"你病人不管,先写起病历来了?"

孙希"呃"了一声,赶紧把注意力放到那个倒霉鬼身上。

这一路奔波下来,伤者的状况实在不容乐观。面色青灰,皮肤隐有花斑,这是失血性休克的前兆。

这家医院刚刚落成,暂时还未开业。姚英子连续按动喇叭,很快从正门跑出一个身穿长袍马褂、留着两撇八字胡的胖子。

"我是院务主任曹渡,你这是……"胖子官威还没摆足,就被眼前的状况吓了一跳。

孙希把介绍信往他身上一扔:"我是今天报到的医生,路上遇到一个伤者,需要紧急手术。担架呢?割症室在哪?"

"伤者?手术?"曹主任还在发懵,不防孙希把他一下推开,径直往里闯去。曹主任的大鼻子霎时泛红:"你,你,你太没规矩了!还没办理入院手……"

一只纤纤细手搭在他肩上,曹主任一回头,看到姚英子站在台阶上:"曹叔叔,人命关天,先抢救吧。"

"姚小……姚医生,他是你朋友?"曹主任的气焰顿时下去几分,"可咱们医院还没正式开业,何登院长以及柯师太福、峨利生、亨司德三位医士都不在,这事情可难办。"

这几个听名字就知道,都是洋人。姚英子一脸好奇:"那个孙希也是外科医生,不妨看看他本事。"

曹主任俯身从地上捡起来介绍信,撇了撇嘴:"北洋医学堂?那儿毕业的学生,怎么好做手术主刀呢?"

姚英子道:"红十字会的宗旨是救死扶伤,第一个病人送过来就拒之门外,传出去名声可不好。"

"可明天就是落成典礼,万一弄出人命来,我跟会董不好交代呀……"

"您放心,出了事,沈伯伯那边我去解释。"姚英子仰望着头顶那个巨大的红十字,语气感慨,"医生,毕竟以救人为天职呐。"

曹渡知道这姑娘惹不起,只得唉声叹气着,叫几个院工过来帮忙抬人。而这边孙希已经冲进了割症室,环顾一圈,颇为惊喜。

这是一座严格按英式标准修建的房间,冷热水槽、升降台、灭菌蒸汽台一应俱全;天花板上吊着观察镜,角落里居然还有一台德尔格牌的鲁斯麻醉机。在另外一个角落的木架子上,一排纯棉质地的手术衣整整齐齐地挂着,旁边还搁着两摞口罩和国内罕见的橡胶手套。空气里弥漫着一股石炭酸特有的臭味。

"这家医院真舍得下本啊。"孙希啧啧称赞,双眼放光。

若按部就班从实习医生做起,自己不

31

知多久才有资格主刀,现在机缘巧合,可以放手施为,孙希的兴奋超过了焦虑。

割症室的弹簧门"咚"的一声被撞开了,几个院工把担架送进来。孙希迅速检查了一下伤者状况,已经显现出失温征兆,连忙直接把他抬上手术台,剪开上身衣物。

"我马上进行手部消毒。谁去测量一下血压?还有,把麻醉机打开,检查一下氯仿罐的存量。羊肠线、止血纱布和缝合器械都准备好。"

孙希吩咐了几句,打开水槽开始洗手,一回头,发现院工们傻呆呆地站在原地,没人动弹。他叹了口气,这些人当然听不懂这些指示,他需要至少一个专业护士和助手。

"方三响跑哪去了?"他心里闪过一个人。同样是院工,那个人应该靠谱多了。

这时旁边的一个水龙头被拧开,另外一双手伸到水下哗哗地洗起来。孙希侧眼一看,居然是姚英子。她此时也换上手术服和口罩,只露出一双忽闪闪的大眼睛。

"你学什么科的?"

"妇幼、外科、内科、护理、传染病都学过一点,到底哪个当主科我还没想好。"

孙希吹了声口哨:"哪家学校这么厉害,什么都教。"

姚英子拿起一块肥皂,细细蹭着手指:"我是上海女子中西医学院毕业——听过吗?"

孙希摇摇头。

姚英子耸耸鼻孔:"哼,我就知道。张校长说得对,你们男人压根连想都不会去想,女人也能做医生。"

"等等,我刚从北边过来,是真的不知道啊。"孙希叫起屈来。

"现在知道了?"

"医生看重的是医术,不是性别。你够不够格,等一会儿就知道了。"

两人斗嘴归斗嘴,手里的动作一点没耽误,很快消毒完毕,开始最后的术前准备。

不幸中的万幸是,这名伤者只是动脉破裂,而不是断裂,端口缺损不大。孙希决定用卡雷尔式血管吻合术,直接缝合动脉。这个手术难度不算大,但动作一定要快,因为这里没有输血设备,伤者只能靠自己的血量支撑。

孙希简明扼要地把手术要点讲给姚英子听,让她把一台厄兰格血压计裹在伤者手臂上,监控血压。这个容易,但那台德尔格麻醉机,可就没那么好操作了,孙希也只粗略知道一点流程而已。

他正努力回忆着手册上的细节,却忽然听到有低沉的嗡嗡声。一抬头,姚英子已经打开了麻醉机,活塞"啪叽啪叽"地运转起来。

"你……不要乱动!"

姚英子听都没听,熟练地依次拧开氯仿罐的通路阀门、节流阀和计量阀,然后连通麻醉机的负压腔——她连汽车都能摆弄明白,在机械方面没几个男人有资格来教训她。

孙希看得哑口无言,只好默默任她施为。

很快麻醉机便处于工作状态。孙希计算了一下用量,让姚英子有节奏地把氯仿泵入伤者鼻孔。过了一分钟后,孙希用钝头竹签子划了一下大腿内侧,摸了摸,伤者的提睾肌没有反应,说明麻醉已经见效。

姚英子上过解剖课,也观摩过真正的手术,但自己上手操持还是第一次。她一边要不停挤压气球,汇报血压读数,一边要准备盐水喷壶，随时清洗伤口，还得传递不同型号的手术器械。千头万绪一起涌来，让她有些慌乱，连面对血腥的紧张都忘了。

最过分的是，那家伙居然还偶尔把头伸过来，用命令的语气说："擦汗！"

姚英子之所以没当场发作，一半原因是割症室里飘散着淡淡的碘酊味道，她每次闻到，火气都会平复；另一半原因，是因为站在手术台旁的孙希，与刚才的轻佻样子判若两人。他凝神专注，仿佛全世界都消失了，只剩下眼前的患者。

姚英子咬了咬嘴唇，决定术后再算这笔账，然后伸手过去，轻轻把汗水从额头拭去。

孙希可不知她的内心活动，他正透过手术放大镜，专注于那条触目惊心的伤口。他有条不紊地拨开皮肉，在一片血肉模糊中找到动脉位置。那一双手握着手术刀与镊子，灵巧地舞动着，有如苏州的绣娘。无论是分离血管断端，还是剥除外膜，都显得游刃有余。

破裂的血管很快被缝合到了一块，针脚简洁，裂口对合紧密。姚英子围观过几次手术，知道这结扎得很漂亮。

"我刚才用的是三定点连续缝合法，这是卡雷尔血管吻合术的核心。你瞧，你得在血管的圆径上定出距离相等的三个点——你可以理解为等边三角形——从这三点缝缀，可以确保血管平滑通畅，不渗漏……来，擦汗！"

孙希一边动着手，一边还有余力给姚英子解说。

讲得没问题，可这人的语气里，总带着一股居高临下的讨厌气味。姚英子忽然发现，他的额头上其实没什么汗。本来嘛，三月份的上海室内阴冷湿润，屋子里也没生炉子，哪会有那么多汗。

他是故意的？！

姚英子一时有些恼怒，她正要扔下纱布发作，不经意看到血压计的水银柱突然跃动了一下，心中猛突。那根刚刚缝合的动脉，似乎在微微搏动，伤者的下肢也有了抽搐反应。

"不好！这是动脉痉挛！"孙希面色一变。

他没有病人的资料，所以在麻醉时只能凭直觉决定分量。孙希不确定，这个痉挛是因为麻药过劲儿的疼痛引发，还是长时间阻断血管所致，也或许是伤者被手术诱发的旧疾？

无论是哪种情况，都会对刚缝合好的颈动脉造成灭顶之灾。

怎么办？

不管三七二十一先结扎血管？不行，那会形成血栓！先处理痉挛？可伤者失血太多，无法输血的情况下，绝不能再拖延下去……许多想法涌入孙希的脑中，可它们彼此纠缠，互为因果，牵一发而动全身。

每一种情况，教科书上都有应对办法，可从来没讲过纠缠到一块该怎么办。

姚英子看到孙希的双手停在那里一动不动，这一次，一滴汗珠真切地浮现在他额头。她惊慌地又看了一眼血压读数，高声报出，可孙希还是没反应。姚英子知道不太妙，可她只能盯着血压计干着急。

"孙希，你别愣着，快想想办法呀！"她喊着，嗓子变得嘶哑。

说来也怪，姚英子和这个伤者素不相识。可在割症室里，看着对方的体温慢慢降低，她却涌现出一种失去至亲的焦虑和挫败。

"咣"的一声，割症室的大门又一次被撞开。两人同时回头，看到方三响闯了进来。

他没从晕车中彻底恢复，一张宽脸比刚换好的手术服还白。孙希见他来了，眼睛一亮，这个院工肯定熟悉医院情况。

"这里的药房有硫酸镁吗？硝酸甘油也可以！"孙希急切问道，这些都是扩张血管的药物，他觉得方三响肯定知道。

"没有。伤者咋样了？"方三响走近手术台。

"血管痉挛。"孙希侧开身子，给他看那根裸露出来的动脉。

方三响观察一阵，低头想了想，沉声道："先稳住！"然后转身匆匆离开。

孙、姚两人面面相觑，不知这人葫芦里卖的什么药。但孙希别无选择，只好用麻醉机一点点释放氯仿，希望能缓和一下。

好在煎熬只持续了几分钟。方三响匆匆又回到了割症室，这次他的手里多了一把烟枪。这烟枪是木杆铜嘴，嵌着个爪棱形的烟葫芦口，口上粘着一团黑漆漆的熟烟膏——看着像从哪个抽到一半的烟鬼手里抢来的。

方三响拿出一盏酒精灯来，反复熏烤葫芦口。这烟枪之前刚被人用过，那团熟膏很快便被熬成一团稀泥糊糊，咕嘟咕嘟冒着泡泡，有刺鼻的味道弥散出来。

他是烟瘾犯了？居然还拿进割症室里抽？

姚英子眉头一挑，正要呵斥，却见方三响一边给手部消毒，一边抬头道："拿十块纱布来，一半拿温盐水泡一下，一半给孙希。"姚英子莫名其妙，可这个院工似乎胸有成竹的样子，姑且死马当活马医吧。

方三响对孙希道："你捧好这五块，仔细接着。"说罢把烟枪倒转过来，半流质的熟膏汤子滴落下来，很快把下方的纱布浸成了浓郁的棕黑。

"你想要干吗？"孙希很紧张。

"湿敷。"方三响头也不回地说。

姚英子很快递过一块泡过温盐水的纱布，方三响拿起它来，轻轻热敷在颈动脉上，静置片刻，然后再拿起一块浸泡了鸦片膏的纱布，毫不犹豫地朝同样位置放上去。

孙希见状大惊："你疯了？"他一时阻拦不及，那块纱布已严严实实湿敷上去了。孙希气极："你搞的这是什么鬼！造成术中感染你负责吗？"可方三响的手此时就按在动脉身上，孙希投鼠忌器，生怕影响到病人，只能瞪圆眼睛看着他胡来。

说来也奇，方三响换了三块纱布之后，血管痉挛竟然逐渐缓和下来，如同被滚烫的熨斗压平了衣褶似的。方三响缓缓抬起手，拿开纱布后退一步，对孙希道："现在到你了。"

孙希一脸惊疑地俯身观察了一下动脉，又抬头瞧了那块脏兮兮的纱布，突然一拍脑袋："对了！是罂粟碱！我仲未想到。"

大烟膏子里富含罂粟碱，而罂粟碱可以有效地缓解血管平滑肌的痉挛，这是教科书上明确写过的。可是……哪有像方三响这么不规范的，也不提纯，也不调配，就这么直接蘸了烟膏子去揞动脉，太简单粗暴了！医学堂的教授们看到只怕要吓得昏倒。

任何一本教科书，都绝不会允许这种后患无穷的赌博式做法。但孙希也不得不承认，在刚才的情况，只有方三响的土办法能抢出一条生路。十死无生与九死一生，自然还是后者更好一点。

"捉大放小，先解决最棘手的问题。"方三响道。

也不知道他一个院工，从哪学到这么多怪招……孙希心想，随后把注意力重新放在患者身上。

痉挛停止后，接下来的事情就简单多了。孙希有条不紊地结扎收线，引流缝合。姚英子很快观察到，伤者的手臂与小腿的静脉恢复充盈，皮肤隐隐有泛红的迹象——这说明血液循环重新建起来了。

不过十几分钟，孙希缝到了最后一针。细细的羊肠线一扯，两侧皮肤与肌肉向中央合拢，把裸露太久的动脉彻底盖住。"当啷"一声，他把持针器扔回铁盒里，倒退一步，长长地呼了一口气。

到了这一步，说明手术基本上成功了。至于术后病人能不能顺利扛过去，就看他自己的造化了。

这次不用吩咐，姚英子主动抬起手来，用棉布擦去孙希额头的汗水。孙希冲她嘻嘻一笑，正要夸耀几句，背后忽然响起一阵鼓掌声。

两人回头，发现屋子里多了两个人。一个是院务主任曹渡，两只小眼睛紧张地盯着病人，生怕那两个新手惹出祸事来；他身旁则是一个身材修长的洋人。这人约莫二十五六岁，有着一双灰蓝色瞳孔，眼神深邃，手术帽下缘隐约可见金色发尖。

鼓掌的正是这个洋人。他们俩刚才就进来了，一直站在后头。孙希太过专注，压根没觉察到身后有人。

"作为一个医科新毕业生，能处理得这么漂亮，很少见。"洋人用英文说道。即使是在夸奖，他的口气也缺乏起伏。

孙希有点诧异地用英文回道："你是谁？"

旁边曹主任上前两步，低声训斥道："客气点！这位是丹麦来的峨利生医生，他可是咱们中国红十字会总医院的外科兼解剖主任，以后你的顶头上司。"

孙希吓了一跳，看他的面相不是很老，居然来头这么大。

峨利生医生面无表情："你的英文很好。"

"我在伦敦待过几年，海德公园是最好的语言老师。"

孙希说了个英式笑话。可惜峨利生医生的灰蓝眼睛毫无波动。

峨利生医生走到手术台边，饶有兴趣地观察伤口的缝合情况，不时询问一些细节。孙希开始对答如流，到后来逐渐紧张起来。峨利生医生的提问十分犀利，仿佛一位最严厉的考官。

趁他们两个在研讨，姚英子走到旁边，对曹渡眨眨眼睛："怎么样？我说没问题吧？"

曹渡唉声叹气："姚小姐您可不知道呀，我在外面担心得来。万一出了差错，我也要担责任的呀。"他抬起胳膊，悄悄往天花板一指："会董可正在二楼开会呢。"

曹渡正在苦口婆心，方三响走到他面前，低声说了一句。曹主任"哦哟"一声，气急败坏地挥动手臂："赶紧去！赶紧去！"方三响也不和姚英子打招呼，推门出去了。

"这个人怎么这样子？"姚英子有些不解。从一开始，方三响似乎就在回避接触，除了必要的信息交流，几乎没说过别的。

"方大夫他呀……"

曹渡还没说完，姚英子小小地惊呼了一下："他？他是医生？"

她和孙希一直把方三响当是个院工，这也不怪他们误会，天下哪会有兼职驴车夫的医生？"

曹渡扶了扶小圆眼镜，解释说："方大夫他呀……是关东人。听说是日俄战争的遗孤。沈会董筹建这座红十字会总医院的时候，顺便培养了一批约定生，他也是其中一个。约定生是五年学制，毕业后直接在医院实习。"

"那他干吗跑去火车站赶驴车？"

曹渡也很迷惑："每个约定生，总医院每月发两元两角补贴，这可比普通学徒都高了。可这个嫩头死要铜钿，天天缠着我，说愿意多做一份工。反正医院还没开业，我就让他做做小三子，跑跑杂务——可不是故意刁难他。"

怪不得他身上混着两种味道，一种是石炭酸味，还有一种是码头脚夫身上那种汗臭。姚英子心想，就为了多几个铜元？这也太不体面了，这人对医生身份简直毫无珍惜。

这边峨利生医生和孙希已结束了交流，走到割症室门口，摘下口罩："这个病例有很多值得探讨的细节，我们下周可以仔细讨论一下。"孙希表示没问题。峨利生注视他片刻，徐徐伸出右手："欢迎加入红十字会总医院。"

"在这里工作，是我的荣幸。"孙希有点口是心非。

曹渡叫来院工，把病人抬到养疴室去，然后自己跟着峨利生医生走开了。

孙希脱掉手术帽袍和手套，走到走廊外头，一屁股坐下。他才下长途火车，就做了这么一台手术，体力消耗委实不小。作为第一天报到的医生，他做得足够多了。

姚英子走过来，递给他一盒未开封的烟。孙希一看是茄力克，眼神一亮，接过去抽出一根，假意要还，见姚英子没反应，便毫不客气地把烟盒揣回怀里。

淡蓝色的烟圈从嘴里喷出来，孙希的疲惫稍有缓解，把注意力放到女孩身上："喂，你怎么不抽？"

"我不爱吃香烟，一股子臭味。"

"不抽烟你还带着一盒。也好，女孩子抽什么烟……哎，你干吗？"

孙希还没说完，姚英子已把烟盒抢了回去，赌气式地抽出一根，用两根葱白指头夹着，也不点燃，在孙希眼前晃来晃去。晃着一阵，她忽然瞥到自己停在楼前的凯迪拉克，蓦地想起孙希上车前，特意把大衣垫在椅子上，便假意咳了一声："哦，对了，你大衣还在我车里，回头我让人给你汰汰。"

"哦，记得用冷水，最好加点碘化钾溶液。千万别用热水，鲜血遇热会凝固。"孙希头也不抬，怡然吞吐，"最好快一点，明天开院典礼我得穿。"

姚英子被他这理所当然的态度气得一窒，冷笑道："明天？帮帮忙，上海不比北方，晾三天能干就算侬运道好。"

孙希一听，连声哀叹："这次我走得匆忙，没带别的礼服，难道要我光着参加典礼？"

姚英子哈哈笑了一声："等一会儿我带你去三马路，那边有几间上好的红帮成衣铺。"

"我那件，可是在伦敦找皇家裁缝订制的，上海这里做得出来吗？"

姚英子忽然好奇道："说起来，你一个北洋医学堂的毕业生，怎么会跑来上海的红十字会总院？这医院才建起来，知道的人可不多。"

孙希眼神有些迷惑："是啊……为什么啊？"

"你不要摆噱头,什么都不知道就跑来这里?骗鬼啊。"

"我是真唔知道。"孙希摇摇头。

姚英子看出他是真不想继续这个话题,便轻轻转开:"哎,你知道吗?那个方三响,也是个医生。"

"啊?他不是院工吗?"孙希吓了一跳。

姚英子把曹主任的话转述一遍,孙希恍然:"怪不得他不爱搭理咱们,换了我干这种粗笨活,也不好意思让人知道。"

"以后我们和他可是同事呢,这种事怎么好瞒得住?"

"那是你们。"孙希幸灾乐祸地喷了一口烟,"刚才峨利生医生说了,我可以直接跟着他实习,你们慢慢熬吧。"

姚英子白了他一眼,不吭声了。

忽然传来楼梯响动,从二楼走下来三个人。

为首的是一个清瘦老者,这人身穿孔雀补服的官袍,亮蓝顶戴,双眼花翎,俨然是一位朝廷大员。他年纪已经不小了,双眼几乎被褶皱挤成一条线,曹主任在旁边一脸紧张地搀着胳膊,生怕一个闪失把老爷子摔下来。

在两人背后的,则是一位阔面重颐的男子,两撇鱼尾须修得一丝不乱,正是会董沈敦和。他也身着朝服,只是气势比老者弱多了。

那老者一脸怒意,只管闷头往楼下走去。沈敦和紧随其后,姿态恭谨,表情却很轻松。两人一前一后,心境截然不同。

他们走到医院正门口,孙希和姚英子赶紧站起身来。老者扫了一眼他俩,眼神一霎都没停,直接迈下台阶。姚英子本来要跟沈敦和打招呼,一见这架势,赶紧拽着孙希默默后退几步。

过不多时,一抬四人蓝呢厢轿晃晃悠悠过来。老者一甩马蹄袖,径直钻进轿厢,扬长而去,居然连一声告辞也欠奉。沈敦和倒是恭敬地拱起手来,直到轿子离开院子,方才直起身子。

"曹主任,那人谁呀?好大的架子。"姚英子问。

曹渡缩缩脖子:"哎呀,讲话小心些,那是冯煦冯大人,京城来的……"

"很大的官吗?"

"人家原来是安徽巡抚,你说大不大。如今赋闲了,便来管红会的事。"

这时,沈敦和走过来笑道:"英子,你来啦?"

"沈伯伯!"姚英子亲热地挽住他的胳膊,"我爹他回宁波去啦,没法参加明天的落成典礼,说让我代他告罪受罚。"

沈敦和哈哈大笑:"古有花木兰代父从军,今有姚英子代父出席,我怎么罚?"

曹主任对沈敦和低声说了几句,沈敦和眉头一扬,有些惊讶地看向孙希:"我与峨利生医生相识许多年,极少见他开口夸人。你初出茅庐,就蒙他青眼有加。看来在初公给我介绍了一员大将啊。"

在初公即是张德彝,字在初。孙希一听提到张大人名讳,连忙上前施了一礼。

沈敦和道:"你知道我最高兴的是什么吗?不是你的术,而是你的道。陌路伤患,却不避污秽,全力以赴,视救人为天然责任,这才是红十字会的精神所在。你有这种精神,很好,很好!"

孙希有点面皮发烫,停车的是方三响,硬拽着他救人的也是方三响,这份赞赏多少受之有愧。

姚英子抢着道:"那我呢?那我呢?"

沈敦和笑道:"佛家有云:一善念者,

亦得善果报。英子你这一次开车救人，也算是了却当年的因果啊。"

旁人不明就里，姚英子可知道他说的什么意思，面色顿时一红。

"我办理红会多年，最为棘手的，就是缺少中国人自己的医护队伍。就拿这家总医院来说，我足足奔走了六年才成，为什么？因为夹袋里没有人，我不得不重金聘请了柯师太福、峨利生、亨司德三位海外医生，又从哈佛医学院请来何登教授做院长，才能维持运作。"沈敦和说到这里，依次打量了孙希与姚英子一番，"你们这些年轻人，一定要好好努力啊。等你们可以挑起大梁时，中国医学才能有大兴的希望。"

曹主任知道沈会董的脾气，一讲起话来没完没了，连忙提醒说还有明天的典礼要准备。沈敦和拍着孙希肩膀又勉励了几句，转身离去。

孙希站在原地，颇有些丈二金刚摸不着头脑。听沈敦和的意思，是张德彝主动把他推荐到这医院来的，这可太奇怪了。

现在追上去问，好像也不太合适，孙希只好把这个疑虑暂时憋在心里。这时曹主任指派的办事员过来，帮他们两人办好了报到手续，带去宿舍放行李。

红十字会总医院一共有三栋楼，其中位于东南的二栋是医院，西边一栋则为医学校。学生宿舍与医生宿舍都设在这里，皆是一式的单敞开间。屋里窗明几净，上通电灯，下铺地板，有一张带蚊帐的木床、一张书桌、一个铸铁炉灶和一个松木斗橱，待遇相当好了。

孙希之前跟姚英子约好了，一会儿去三马路买衣服。他把行李搁到床上，正准备离开，忽然发现荞麦枕头上搁着一个徐汇电报局的牛皮纸信封。应该是谁给他拍了电报，被勤务直接送到宿舍了。

孙希好奇地拆开信封，里面的电报纸上是一连串密文，密钥用的是张德彝所著的《航海四述奇》。这书不曾翻刻，只有手稿，所以理论上只有孙希和张德彝能读懂。

电报不长，只有二十余字，孙希眼睛一扫便已看完。可他读过之后，眉头一皱，又拿出铅笔认认真真地译了一遍，生怕出错，可眼神里的震惊却更浓了。这时姚英子在楼下喊他快点出发，孙希定了定神，把手里的译稿撕碎，扔进炉灶里烧掉，然后心事重重地走下楼去。

在火焰中渐渐卷曲的纸上，残留着张大人的指示：今晚去闸北七浦路某处别院拜访冯煦，不得为第三人知，尤其不要被沈敦和觉察。

就在孙希和姚英子驱车离开医院的同时，方三响刚刚返回。那辆残破的小驴车与凯迪拉克恰好擦肩而过。

刚才救人时，他们把驴车抛在原地就走了。这是属于总医院的财产，万一遗失的话，曹主任肯定会让方三响赔偿。他可负担不起这个钱，所以手术一结束，便匆匆赶去把驴车弄回来。

上海毕竟民风淳朴，驴车还在原地老老实实停着，轮子坏了一边。方三响只能一手抬起轿厢侧面，让它单轮着地，另外一手赶着驴子，半拉半抬地朝医院去。等进入总医院的院子里，他褂子都被汗水湿透了，阴风一吹格外难受。

曹主任絮絮叨叨，在工钱里扣了半个车轮的维修费用——车轮损毁是疏于维护之过，与救人无关，但为表彰他见义勇为的红十字精神，特意减免一半赔偿。

方三响嘴角动了动，没表示异议。曹主任收起账簿，见他没动，问还有什么事？

方三响开口道："我能不能去照顾那个病人？"

"看不出你还挺热……"曹渡突然反应过来了。日常陪护的护工每天有一角工食费，还有免费餐食。方三响主动请缨，辛苦是辛苦了点，但可以拿实习医生和护工两份收入。

曹主任一扒拉算盘，有实习医生愿意去做陪护，只须支付护工费用，很划算，便欣然同意。方三响走回到院外，从驴车上取下那本读到一半的书，连宿舍也不回，径直赶去了养疴室。

病人在病床上沉沉睡着，麻药劲还没过去。方三响先按规程消毒，然后在档案上记录下当前血压、脉搏、呼吸，便拖了一把椅子过来，安静地在旁边看起书来。

没有外界的纷扰熙攘，没有旁人诧异的眼光，屋子里只有一个尚在昏迷中的病号，连谈话都不用。这对方三响来说，大概是最好不过的地方了。他全神贯注地阅读着，两道浓眉缓缓分开，嘴角也不再紧绷，坐姿随着肌肉松弛而发生了悄然改变。

许是之前太过疲劳，方三响看着书，不知不觉竟打起瞌睡来。在浅浅的睡眠中，方三响突然浑身抽搐起来，仿佛梦到什么可怖的东西。他的眼球急转，手一松，书本"啪嗒"落在地上，书皮脱落。

这一声惊醒了方三响，他睁开眼睛，低低喘息着，表情还残留着失调的狞厉。过了良久，他勉强恢复了清醒，低头去捡书。这本书是丁福保翻译的《痨虫战争记》，精讲结核病病因，扉页上可以看到一行手写拉丁文和一个龙飞凤舞的签名："魏伯诗德"。

六年之前，他侥幸被万国红十字会救离战场，跟随魏伯诗德与吴尚德退至牛庄。战事不断扩大，他一个普通孩子只能蜗居在营口港的医院里，靠照顾伤兵难民维持生计。

等到战争结束，方三响回到沟窝村，骇然发现村里已烧成一片白地，无一幸存。至此，整个沟窝村只剩下被红会救走的十几个村民，近于绝户。

魏伯诗德给了无家可归的方三响两条选择：一条是跟随自己在东北传教；一条是加入红十字会做约定生。

其时红会在各地挑选了一批孩童，打算培养自己的医护力量。这些学生都签了契约，一毕业便入红十字会供职，称为约定生。

方三响毫不犹豫地选择了去学医，于是魏伯诗德慷慨地资助了他去上海的路费，并写了推荐信。方三响到了上海之后，因为红会医院还未建起，他和其他学生暂时寄在上海同济德文堂培训。

他此前只读过三年私塾，中文基础都不怎么好，更别说上课是用德文，整个人几乎崩溃。好在他有一股子头撞南墙的犟劲儿，昼夜苦学，再加上实践经验无人能及，总算以中等成绩顺利毕业。

在上海的求学生涯，方三响仍旧被噩梦笼罩着。每场梦里，他都回到那一天的山沟，重新体会一次痛失亲人的绝望。方三响知道，这是一种心理痼疾，除非解开心结，才能彻底驱除。

他写信向魏伯诗德请教，老人回信说："在那一天的山沟里，你问过我一个问题：为什么会发生这种事？我们到底做错了什么？——我不知该如何回答你，但我相信，如果你找到这个答案，就能击败梦魇。"

随回信寄到的，还有一套丁氏医学丛书。在丛书的每一本扉页上，老教士都手写了一行拉丁文。拉丁文早已是死语言，只有少数几个专业领域的人还在使用，所以这是一个隐晦的考验：你只有具备了做医士的资格，才能读懂。

时至今日，方三响已经可以读懂句子了，可还读不懂它的意思："愿你用自己的方式，寻到救赎。"而在这行签名旁边，还有一个方三响手绘的人头，五官模糊，只在左边嘴角点着两枚黑痣，一大一小。

这是一切的始作俑者，觉然和尚的头像。方三响画在这里，就是怕自己忘了这个该死的日本间谍。

收回思绪，合上书本，方三响晃了晃脑子，把残留的噩梦影响甩干净，朝病床看去。病人安静地躺在那，一动不动。床头悬挂一羽鹅毛，有节奏地晃动着，表明他的呼吸很平稳。

方三响不敢再睡了，起身打算在病房里溜达一下。这时门外传来敲门声，一个护工对他说："方大夫，病人的家属过来了。"

"让他到会客室等，我马上到。"方三响回答，心情稍微一松。家属来了就好，至少可以了解一下病史和伤者身份，术后的护理会更有针对性。

在三人做手术的同时，曹主任出于对成本的忧虑，把病人的随身物品翻找了一遍，找到一张名帖。原来这个病人叫刘福山，是闸北祥园烟馆的坐馆，不知为啥跑来徐家汇这一带来遭砍。

祥园烟馆名声在外，一经联系，对方立刻派人过来了。

方三响一进会客室，一人从椅子上站起来。这是个三十来岁的干瘦汉子，右侧颧骨高高凸出，一条淡淡的砍疤从上至下，把眼、嘴、鼻子顶向另外一侧。方三响一看便知，这是面部三叉神经受损所致。再一看他两条油腻腻的长袖朝内卷起，露出文身，顿时心里有数了。

这是跑旱码头的青帮分子，他们是漕运出身，忌讳"翻"字，所以衣领和袖口内卷，不得外翻。

"鄙人杜阿毛，听闻我们烟馆的刘坐馆受了点伤，不知他现在好清爽了么？"

杜阿毛讲话很客气，但有一股遮掩不住的骄横气。方三响皱皱眉头，把他带去养病房外，隔着玻璃往里端详。杜阿毛见刘福山躺在床上紧闭双目，一动不动，顿时起了疑心，非要进去看。方三响挡在门前，两边一下子僵住了。

"勿会是刘坐馆已死，侬个小赤佬摆个尸首在这里骗汤药钱伐？"杜阿毛用土话大骂起来。

方三响不动声色："他现在只是麻药劲没过，两个小时之内就会醒。"

杜阿毛还是气势汹汹："那侬怕阿拉进去作啥？"

"你没消过毒，患者创口很容易继发性感染，一旦感染发热，可是没药救的，轻者残废，重者死亡。"方三响指了一下刘福山鼻子上方的吊羽，那根雪白色轻羽有节奏地徐徐摆动，证明呼吸还在。

杜阿毛悻悻站在门边，押着脖子注视良久，一脸狐疑："格伤口好大呀，如今真勿事了？"

"暂时没事。但具体如何，还要看术后的恢复情况。"

"啧啧，伊格伤厉害！在脖颈上砍噶深一大刀，方大夫你还能救得回来，医术高明得紧，钦佩，钦佩。"杜阿毛翘起大拇指，讲话改到半土半官，看得出是真心夸赞。

"救他的，不止我一人。"方三响回答。

杜阿毛哈哈一笑，只当他是谦逊。

两人回到会客厅，杜阿毛态度变得客气多了。方三响拿出病历本子，请他谈谈刘福山的情况。

原来这位刘坐馆新纳了个小妾，打算到徐家汇起一间房子金屋藏娇。他看中一块地皮，可田主不肯卖。刘福山过于托大，觉得以自己身份谁敢惹，只身过去谈判。说是谈判，和要挟也差不多，结果气得几个农夫血气上头，追出来砍杀。若不是路遇方三响他们，刘坐馆只怕此时已凉了。

"我们青帮义字当头，有恩必报，这里一点小小心意拨侬。"杜阿毛从怀里掏出一锭银元宝，四指拈着搁在茶几上。这银锭少说八两，折成银洋得有十一二块，算是笔大钱了。

方三响看了一眼，把它平平推回去："救人是医生的职责所在，何况红十字会总医院是慈善机构，只收号金，不收诊金。"

杜阿毛误会了方三响的意思，微微一笑："方医生不爱铜钿，自然是想交朋友。"他凑过去压低嗓门："伊有个同族哥哥叫刘福彪，晓得伐？范高头手下四庭柱之一，闸北打拳的没有不知道的。如今上海头一个有权柄的人，名气响起来哉。"

纵然方三响不问世事，也听过范高头的大名。这是上海滩一霸，脑门上有个大肉瘤，所以外号叫高头。此人专门在黄浦江上截夺烟土，无论华洋船只都不放过，极为嚣张。四年前巡防营与租界联手，在浦东擒住此人枭首示众。

刘福彪能接下范高头的势力，手段定然厉害。方三响真没想到，他无意中救下一人，居然背后牵扯出这么大角色。

杜阿毛热情道："格么这样好啦。下周我做东请方大夫吃酒。到时候我把刘老大也请来一起白相。"他见方三响不甚积极，又低低补了一句："刘老大手下养着十几个跌打郎中，没一个似方大夫这般高明。伊一向最敬重有才之人，你年少有为，勿要推辞呀。"

方三响听懂杜阿毛的意思了。刘福彪手下几百号混江湖的，免不了刀头见血，常年需要医生救治。总医院不收诊金，可没规定医生休息时间出去接诊收不收。

他用钱的地方太多，若有这么一笔问心无愧的外快，自然比兼职院子工好多了。方三响有些心动，想了想，又说："救他的不止我一个。"杜阿毛哈哈一笑，说都来都来，然后拜别离去，临走前还强行留下一把银洋，说给大夫压惊。

这种钱，方三响是不敢留的，一点没犹豫，转身交到了曹主任那里。

一听这伤者是闸北刘福彪的弟弟，曹主任吓了一大跳，连连埋怨他们惹来一个大麻烦。治得不好，青帮分子定然要来闹事；治得好，传出去对医院名声也不好。方三响懒得多说，把银洋往他办公桌上一撂，回养疴室值班去了。

曹主任望着这一桌子明晃晃的银洋，腮帮子颤了颤，从抽屉拿出一本账簿。这时已近傍晚，他舍不得开灯，便就着窗边夕照，把银洋一枚枚拿起来，挨个吹，凑到耳边听出成色，才在账本上记一笔。记着记着，曹渡瞥了一眼账本上密密麻麻的数字，突然幽幽地叹了一口气，也不知想起什么来。

"阿嚏！"在同一时间，远在闸北的孙希重重打了个喷嚏。可惜手帕在救人时用了，他只能用手肘挡住口鼻，新衣袖子上粘满了星星点点的飞沫。

可他连嫌弃的心情都顾不得有，伸出指头，按动了眼前别院的电门铃。

下午时候，本来姚英子打算带他去三马路的红帮裁缝铺，那里有几个洋人师傅会做西装。孙希却一反常态，说要买一件中式长衫的成衣。她只好改去了小东门外的四大正，帮他挑了一套蓝长袍加暗纹对襟黑马褂。

挑完衣服，姚英子建议去礼查饭店吃番菜，吃完在外滩走一走。孙希却表示他已看过泰晤士河的繁华，这样的乡下地方不看也罢，气得姚英子扔下他径直回家了。

故意气走姚英子之后，孙希叫了辆黄包车，去了闸北的北浙江路七浦路。那里是公共租界范围，有一栋华洋上海会审公廨。往南一点的苏州河畔，是一溜白墙灰瓦的雅致别院。

孙希按完门铃不久，即有门房来开门。他大概早得了指示，孙希一报姓名，连门包都没收，直接开门让进来了。

正堂很朴素，没什么摆设，一看便知主人家只是临时寓居。堂内两把檀木椅，其中一张端坐着一位老者，正是白天在医院见过的冯煦。孙希不敢怠慢，赶紧上前请安。

冯煦此时换了一身便装，威严的气势减了些："在初兄说你整治乌龙茶是一把好手。我这里有一罐永春佛手，一起品品。"

茶具都是现成的，孙希不敢多问，埋头开始忙活。他有个小技巧叫高冲发香，最得张大人青睐，让水壶距离盖碗略远，手劲一倾，热水直冲碗底，激得茶沫上扬，香气生发。

不一会儿工夫，他捧着一盏热茶，恭恭敬敬端上去。

冯煦刚开茶盖，先有一股茶香蒸蒸而上，深吸片刻，他开口赞道："色清味甘，质香气醇，好茶还须识人来泡，方得成全。"

孙希吃不准他是真夸茶，还是借机说事，在旁边老老实实站着。

冯煦轻轻拨着碗中茶叶，示意他对面坐下："我今日在医院门口看到你了，只是当时不便相谈。只好劳烦你跑一趟闸北。"

孙希忙道："我……呃，小人也是接了张大人电报，方知要来拜会您。"

冯煦轻笑一声："在初兄行事警密。不愧是常年负责外交的老手。"他话锋忽地一变，"你这一次调来上海，是我让在初兄办的。你可知道为什么？"

孙希知道这无需回答。

冯煦放下茶碗，背着手缓缓在堂中踱着步。别看他年近七十，声音仍颇为洪亮，整个天井都震得嗡嗡作响："老夫要找你做一件事。不过要做好这件事，须得明白前因后果。今夜还长，老夫且给你念叨念叨。"

孙希一听，赶紧把屁股坐得深一点，双手放在膝盖上。

"事情得从六年前说起。光绪三十三年，日本和俄国在关东打了一仗，这件事你听过的吧？"

"嗯，小人那时候还在伦……"

冯煦打断他的话，自顾继续道："当时上海有一个记名海关道，叫沈敦和，筹建了一个上海万国红十字会，用来救援东北战事。我觉得此举为国分忧，乃是好事，于是和盛杏荪、吕镜宇几人一起在老佛爷面前保举此人，从官面上给予各种方便。"

"日俄战事结束之后。朝廷给沈敦和等十二名华员、魏伯诗德等三十名洋员颁发了一等金质勋章，以酬其功。沈敦和当时找到盛大人，说要建一家红会自己的医院，从此不必受制于人。我帮他斡旋奔走,在徐家汇批下一块地来,就是如今这一家红十字会总医院。朝廷对上海万国红会,对沈敦和,可以说是仁至义尽!"

"确实,确实,关怀备至。"孙希看到冯煦的眼神,知道该附和了。

冯煦满意地啜了一口茶,继续道:"朝廷觉得这个红十字会颇有可取之处,有意扶持。可其中却有一项碍难——原来那个上海万国红十字会,乃是中、英、法、德、美五国合办,各国俱有董事,难以和衷共济。中国之善会,终究要中国自个儿来操持。我跟盛大人、吕大人一合计,决定另设一个大清红十字会,把上海万国红会的华方归并过来,从此主权在我,不必再跟那些洋人掺和了。"

"今年年初,总医院行将落成。我俩奏请天子,将上海万国红会归并入大清红十字会,隶归陆军部管辖。朝廷很快批复准许,章程、会旗、关防大印一应齐备,总会就设在京城。会长一职,指派了盛大人担任。至于副会长嘛,自然是他沈敦和的。"

"其实盛大人又办铁厂,又修铁路,哪有时间真的来管红会?两会归并之后,实权不还是他的?不过换块牌子而已。挺好的事情吧?"

冯煦说到这里,冷哼一声:"可我万万没想到,沈敦和却突然拍来一封电报,说什么中国红会肇始于沪上,骤迁京城,使士绅会员莫名惊诧。你听听这叫什么话?"

冯煦索性端起茶碗一饮而尽:"盛大人和吕大人都身兼要职,只好让老夫亲赴沪上,跟他当面据理争辩。谁知这个沈敦和虚与委蛇,暗中却纠集党羽,拒绝服从朝廷调遣。"

冯煦气势很足,但语气却透着无奈。孙希听出来了,北京一个衙门,上海一个衙门,这是争夺主导权呢。只是京城的大清红会空有头衔,却没人,若没沈敦和的配合,那边压根运转不起来。

"您刚才说,沈敦和是个记名的海关道。既然他有官身,就不能请皇上下个旨?"

冯煦瞪了他一眼:"此事明明朝廷占着理儿,若请出圣旨压他,倒显得我们理屈。何况这事一传出去,租界里那些报纸主笔你是知道的,一定没好话。朝廷骂不过他们,也管不到租界,徒增笑耳。"

"是小人考虑不周。"孙希赶紧表态。

冯煦仰首望向天井外面,悠悠一叹:"此时不同往昔。各地沸如鼎镬,紫禁城四处裱糊不及,哪里还敢主动生事?捉沈氏一人容易,但他背后是沪上一干豪商缙绅,得罪不起呀。他之所以有恃无恐,也是算准了朝廷投鼠忌器。"

孙希心想,这话题可真是越说越大啦。好在冯煦一敲桌子,及时回到正题:

"老夫一直琢磨不透。朝廷既不会夺其基业,也没有剥其权柄,可以说除了一个虚名,一无所变,沈某人何以反对得如此激烈?我翻阅往来电报,到底发现了一桩蹊跷。"

冯煦两只老眼陡绽利芒,从袖子里拿出一张电报纸,孙希接过去还没看,他已悠悠道:"沈氏回绝我的电文里有一句:沪会系募中外捐款而成,殊难归并——嘿嘿,这一下,可是暴露出他的真实用心了!"

"那您还给我看电报干吗……"孙希腹诽了一句。

"上海万国红会经营了六年,劝募善款少说五十万两。这一次如果两会归并,势必要把账目都交接清楚。他沈会董倘若两袖清风,何必要强调这么一句话呢?哼,什么士绅惊诧,都是借口!我看他一定是私下贪墨善款,唯恐被曝光,这才抵死不从!"

说到这里,冯煦"啪"地把茶碗搁桌子上,震得碗盖一跳。

孙希皱了皱眉头,他今天虽只匆匆见过沈敦和一面,可感觉对方不像是那种人。要说是曹主任耍这种心眼,还更合适些。

冯煦一眼看穿他的心思:"老夫当初也以为他是个善厚仁翁。沈氏最擅蛊惑人心,你可不要被迷惑。"

"是是……"

"可惜啊。我虽有怀疑,可手里却无实据。沈氏把上海万国红会经营得水泼不进,如铁桶一般,连征信录也不肯公布,那些善款如何用的,谁也不知道。要拿到他贪墨的铁证,只好另辟蹊径。"冯煦说到这里,一双锐眼透过镜片看向孙希。

"红会总医院?"

"不错,反应还算快。"冯煦满意地点点头,"这间总医院,是沈敦和用万国红会的募捐余款修的。倘若他真的中饱私囊,这里一定能查到证据——你去医院的时候,看到门口挂的牌子没有?"

"记得,记得,大清红十字会总医院嘛。"孙希直到这会儿,才发觉这块牌子有点不对劲。

"这就是沈氏的狡猾之处了。他这是张家吃饭,王家睡觉,两头便宜都要占。哼,他们宁波人的门槛儿精着呢。不过这样也好,他既然挂出大清红会,老夫自然就有办法掺沙子进去。"

"原来……我就是那粒沙子?"

冯煦点点头:"不错。你从正规医校毕业,是红会亟需的人才,一定会被重用。何况你是张在初推荐过去的,他自家子侄,与我扯不上关系,沈氏不会起疑。"

孙希暗自"呸"了一声。原来张大人和冯煦早早便把事情定了下来。可怜自己踏上火车时还懵懂无知,此番赴沪竟不是来做医生,而是做间谍。

"你在总医院该干吗干吗,我只要你做一件事:设法把总医院的账册拿到手。能弄到原件最好,抄录一份亦善。一俟得手,立刻送来这里别院。你若做得好,沈氏贪墨之迹,必会大白于天下。从此可结万国红十字会之全局,巩固大清红十字会之初基。"

"可我,可我没学过记账,不懂那些啊……"

"查账这种事很简单,只须溯其源流,观其所隐,必有所得。"

冯煦忽然发现这年轻人面露迟疑,微微一笑:"还是那句话。好茶还须识人来泡,方得成全。朝廷公派海外留学的一等名额,必为你空出一个,我与盛杏荪亲自作保。"

能得盛、冯两位朝廷大员担保,万国无不可去处。可孙希没有欣喜,心中却浮起些许恼怒。冯煦讲了这么一大通,却唯独没问过孙希自己愿意不愿意,连个商量余地都不留。

可孙希内心挣扎再三,终究没鼓起抗议的勇气,只好起身道:"我再伺候您一盏茶。"

冯煦端起茶碗:"不必了。天色已晚。你早点回医院,免得别人生疑。"

孙希走到正堂外面,犹豫片刻,转过身来:"冯大人……倘若账册并无问题呢?"

冯煦愣了愣,似乎没想过这个可能。沉默片刻,老人一拂袖子:"你想办法取得账册便是,其他的不必去管。"

孙希走出别院，外面的天色如翻倒的墨池，抹去了朗月与明星，把路上的行人裹在一团黯淡之中。苏州河里倒还有几只小船晃悠，渔灯昏黄，船桨吱呀，隐隐有哭声、笑声与吵架声从各处船篷透出来，喧嚣而隔膜，让情绪一时也莫名烦躁起来。

他深深吸了一口清冷的水气，换出肺叶里的浊气，然后点燃一根茄力克，叼在嘴里。雾气弥漫的苏州河畔，似又多了一点惶惑的红光。

孙希忽然意识到，这世界上竟有比人体结构更复杂的东西。

第三章　一九一〇年三月（2）

"春寒料峭，冻杀年少。"

在孙希动身南下之前，一位浙江籍的同学曾叮嘱过这么一句。

孙希本以为这只是夸张之辞，可昨晚他在宿舍一钻被子，才真正领教到什么叫"冻杀年少"。

被窝湿腻腻的如冰窟雪洞，而且怎么焐也焐不热，只是贴肉部分勉强温乎一些，可只要身体稍稍一挪，立刻又陷入冰凉中。孙希只能四肢绷紧，一动不敢动。

阴冷难耐，再加上昨晚平添的这桩麻烦事，让他折腾了半宿才迷迷糊糊睡着。不知过了多久，孙希感觉脸颊发烫，一睁开眼，窗外艳阳刺得眼仁儿直疼。他睡眼惺忪地转过头去，朝桌上的座钟一看，顿时大叫一声："大镬！"

此时已是九点四十八分，红会总医院的落成典礼已开始十多分钟了。孙希慌里慌张地抹了一把脸，一边穿衣服一边朝窗户外头看去。

宿舍楼离医院楼只有几十米远，可以看到此时医院楼前已被改造成了会场。红十字标志下的券顶挂出一条大横幅，上书："大清红十字会总医院暨医学堂落成典礼"。横幅下是一个临时搭建的讲话台。沈敦和正在上面慷慨激昂地讲着话。在他身后站着院长何登。讲话台两侧各摆着七个花篮，布置得相当朴素。

在讲台对面是七八排听众席。第一排是各界要人，冯煦赫然在正中坐着，头上的红顶子格外醒目；第二排是医院挑大梁的主力医生，主要是峨利生、柯师太福、亨司德等人，以及看护妇主管克立天生女士，华人医生也有，但只有一个王培元；第三排是沪上各大报纸的新闻记者，镁光板不停闪亮；再往后则全是总医院的约定生和实习医护们。

万幸的是，沈会董讲起话来，一时半会儿完不了。孙希飞快跑下楼，围着希波克拉底花坛绕了一大圈，蹑手蹑脚朝倒数第二排钻去。那里已经被实习医生坐满了，只有一张条凳还空着半边。

"劳驾，劳驾……"孙希弓着身子，朝里面蹭去。距离空位还有一座之隔时，却被两条腿给挡住了。他一看，居然是方三响。后者正顶着两个黑眼圈看向他。

"你迟到了。"

"这才半小时不到，你看沈会董还在讲话呢。"孙希打了个哈哈。

"如果是手术，也许你的病人已经死了。"

"朋友，我昨天刚下火车就做咗一台手

术，很累的，体谅一下好匕？"

值了一整夜班的方三响听他这么说，摇摇头，把腿缩了回来。孙希走到条凳前，一屁股坐下，发现右边居然坐的是姚英子，三人正好挤在一张凳子上。

孙希拂了拂身上的长袍，笑着冲右边说："你选的这料子真软，穿着它我都睡过头了。"

姚英子"哼"了一声，把脸转到一边去。

孙希自讨没趣，只好摆好坐姿，安静地朝前看去。

台上沈敦和正讲到兴头上，他声音洪亮，响彻楼前，最后一排亦能听得清清楚楚。

"诸君都知道，万国红十字会最重要的宗旨，乃是八个字：博爱，救兵、赈荒、治疫，此人类所共有之人道精神。但鄙人以为，吾国之红会除了这八个字之外，尚还有四个字：强国、保种。"

"我中华四万万生民，人数位列寰球之冠，却屡遭欺凌，何也？盖因国民身体羸弱，不堪轻疾重疴之苦。愚以为，欲振中华之国势，必先改善国民之体质；欲要改善国民之体质，必先有良医，这个良既是良好之良，亦是良心之良。中国现在良医太少，而病人太多，强国、保种，非得从培育医生做起不可。"

孙希听在耳朵里，脑子里却想着昨天冯煦的话。沈敦和这一番冠冕堂皇的话，究竟几分是真，几分是假？那张肉乎乎的敦厚面孔，是否真的覆着一张面具？

"也许有人要问，你这一家医院，与别处有什么不同？鄙人在这里告诉诸位，这家医院乃是中国人自办，红会的血脉凝结，所以除去日常开诊，亦有急公行义之责任——这责任是什么？倘若外面有两军交战，死伤无可收容者，本院不问立场，一体收治，责无旁贷！倘若有水旱天灾，致使民众流离失所者，本院尽己所能，责无旁贷！倘若有时疫流行，波及甚广，本院倾心救治，责无旁贷！"

连续三个高声调的"责无旁贷"，沈敦和面色微微涨红，引得台下响起一片热烈掌声，孙希眉头却微微皱起。

不知前面沈敦和是怎么说的，但他目前听到的部分，这位会董明显在回避医院的性质。既不提"上海万国红十字会"，亦不提"大清红十字会"——尽管横幅是这么打起来的——而是笼统地称之为中国红会，或吾国红会。在外人耳中，这些泛称区别不大，可孙希既然知道了京沪之间的争端，不免要多想一下。

难道真的像冯煦所言，沈敦和故意说得含糊，就为了张家吃饭，王家睡觉？

此时台上的演说已接近尾声："红会精神之所在，乃无省界、无国界、无种族界、亦无宗教界。率土之滨，敷天之下，负履行人道责者，唯红十字会耳！这座总医院，是中国红会第一座医院，今日落成，必可成为人道之见证，践行大医之无疆。请诸君拭目以待！"

全体与会人士起立鼓掌，喝彩声此起彼伏，新闻记者们一拥而上，喊哩喀喳地拍照。孙希跟着人群一起心不在焉地鼓掌，心里却琢磨起自己的任务来。

想要弄到沈敦和的账册，必然要找到一个切入点。是从峨利生医生这边入手，还是从曹渡那边？前者对自己很信任，但他是技术人员，未必能接触到医院财务；后者管着医院的账，但那个孤寒鬼的脾性，孙希实在不想去故意讨好。

其实，还有一个办法……孙希的眼神，飘到旁边姚英子的身上。她家跟沈敦和是世交，从这条线摸过去，似乎更为便捷。他想着有点入神，忽然发现姚英子不知何时转过脸来，气呼呼瞪着自己。

孙希赶紧收敛思绪，赔笑道："Sorry啦，昨天是我不好，给姚小姐道歉。过几天我请你去番鬼场玩，算做赔罪。"

"我们上海叫夷场，这里又不是广东！"姚英子白了他一眼。

这是孙希的惯用招数，故意说错一个地方，对方往往会忍不住出言纠正。一纠正，就没法不理睬了。他笑嘻嘻道："那你可得多教教我这些本地词儿，不然我可要挨欺负了，跟昨天晚上似的。"——这是另外一个手法，故意留扣不说，等对方来问。

果然姚英子忍不住中了圈套："昨天晚上？"

"哎呀，我昨晚叫了辆黄包车从闸北回医院。到地方以后，我给了车夫一枚角洋，他却双手一摊，说袋袋里瘪的生司。我猜了半天也不明白什么意思，最后只好不要找零，让他走了。"

姚英子咯咯笑起来："亏你这人还在伦敦待过，难道不知道'瘪的生司'就是empty和cents的意思？这车夫是故意说没零钱，要刮刮你的皮呢。"

"这也算英文啊？"孙希夸张地高举双手。

"你不也是满口洋话，还笑话人家？"姚英子不屑道。

孙希道："他们是乱讲，我可是有原则的，好多话用中文讲出来唐突，换成英文，隔了一层就缓和多了。比如我爱你，讲出来要被当成登徒子，要是I love you，听上去更委婉一点。"

姚英子先开始还认真听，随后面色大窘，气得要打他。忽然一个高大的影子投到了他们之间。只见方三响右手腋窝挟着两把条凳，左手还抬着一把。原来典礼已经结束，他兼职院工，过来清理会场了。

"有件事，你们需要知道一下。"方三响一本正经地说。

两人对视一眼，都很好奇。这个悭吝人找他们俩，能有什么事？

方三响把杜阿毛昨天来访的事情讲了一遍，一脸严肃道："救刘福山，你们两个也有份。杜阿毛给了一笔滋补银，我全数交给曹主任了，你们可以问他去要。"

姚英子笑起来："钱进了曹叔叔那里，再出来可就难了。算了，也没几个钱。"

孙希也道："这个杜阿毛够奸猾的，十几块大洋就能把人情做得足足，我围巾和大衣加在一块，二十几英镑都不止呢！"

说者无心，方三响却听得很不舒服。他皱皱眉头，夹着椅子要走开，可忽然又想起一件事："下周刘福山的哥哥刘福彪要做东，宴请他弟弟的救命恩人。"

"刘福彪？"姚英子听过这个大流氓的名头，面色一板，提醒道，"方三响，我同你讲，做人第一件事要收根。你是要当医生的人了，不能为几个铜钿什么都做。闸北青帮里咯都是苏北逃难来的乡下人，你不在乎跟他们厮混，也要考虑医院的体面。"

方三响仿佛被一下刺痛，冷着脸道："我也是乡下人。小姐请站开一点，我要收椅子了。"说完左手又挟起一把条凳，转身走开。

姚英子略带委屈地对孙希道："这人莫名其妙，我又不是说他。"

孙希歪歪脑袋："英国作家王尔德说

过，人一旦有了自尊心，就会变得像蒲公英一样敏感。你吹一口气儿，它就炸了。"

姚英子被这个比喻逗笑了，转而又哀叹起来："一想到以后要跟蒲公英做同事，可要劳心劳神了。"

两人正说笑着，一个戴瓜皮帽的男子跑过来。这人戴着一副厚厚的玳瑁眼镜，自称是《申报》的特派记者，他说刚才沈会董的讲话很是精彩，希望再采访几位总医院的普通医生，听听他们对此有何评价。

孙希和姚英子一个身材高挑，一个容貌靓丽，人群中颇为挑眼，所以一下子就被盯上了。

见记者过来采访，孙希"咳"了一声，双手做势整理领结，然后才想起来自己穿的中式长袍，只好尴尬地假装掸了掸灰尘，开始说起来。

他讲起话来头头是道，记者听得频频点头。姚英子暗自撇嘴，这人明明迟到了半场，只来得及听个尾巴，却表现得好似演讲稿的主笔。但她不得不佩服，孙希随机应变的本事，确实不凡。

"可见是个天生的大话精。"她心想。

这时记者又凑到她面前："姚小姐，您是烟草大王姚永庚的女儿，为什么会选择学医？"

姚英子想了想，用官话道："六年之前，虹口曾经发生过一次车祸，撞倒了一根电报杆，那应该是上海滩第一场车祸。你有印象没？"

记者点点头。那会儿汽车还是稀罕物，撞倒的又是苏松太道的线路，着实哄传了一阵。他忽然想到什么，"啊"了一声。

姚英子一撩长发，毫不避讳："没错，是我撞的，还因此受了伤，幸亏被一个路过的医生所救。你知道，一个人在救人的时候，总有一种特别的魅力。那一次车祸，让我坚定选择做医生，既为赎罪，也为报恩，更是想去体会救死扶伤的魅力。"

这故事太有新闻价值了，记者两眼放光："那你为什么会选择总医院就职呢？因为你父亲也是红会名誉董事的缘故吗？"

面对这个问题，姚英子的面色有些微微发烫。但一想到他也许会读到这个报道，她鼓起勇气道："因为救我的那个医生，是圣约翰书院医学部毕业的，距离这里不远，我时常可以去看看。"

记者很是兴奋，这故事太好了，连忙叫来摄影师，举起镁光板要拍一张合照。孙希轻车熟路地摆了个姿势，姚英子却有些懊恼，她平时不怎么爱化妆，今天只是简单梳洗了一下。万一这照片在报纸上被他看到，会不会笑我蓬头垢面？她想到这里，伸手不自觉地捋起头发来。

记者让两个人站好别动，正要指示摄影师开拍，却听旁边一声大喝："等一下！"

曹主任不知从哪儿钻出来，用肥厚的手掌挡住摄影师的镜头，眼睛瞪得比绿豆还大。拼命瞪向孙希，后者不明就里。曹主任看看记者，踮起脚尖用极低的声音吼道："你辫子呢！你想让报纸说我们医院都是乱党吗？"

孙希一摸后脑勺，这才反应过来，起床太匆忙忘了装假辫子。

他吐吐舌头，对姚英子说你替我挡一下，我回去拿，然后把她往镜头前一推，转身朝宿舍跑去。不料方三响正扛着几条长凳路过，两人几乎迎面撞上。方三响躲闪不及，一条木凳从肩上滑落，朝着孙希的脸上怼过来。

这一瞬间，羞涩扭捏的姚英子，狼狈躲闪的孙希，还有恼怒的方三响落入了同一个取景框内。"咔嚓"一声，镁光板升起一团烟雾。这三个人的身影和那一栋挂着横幅的小楼，便永远凝固在了底片之上。

接下来的几天时间里，红会总医院开始慢慢地运转起来。院长何登教授是一个严谨的人，他认为目前新医生们尚不能胜任开诊要求，因此要求所有人半天在医院实习，半天在医学堂继续培训。直到他认为这批医生够格了，才会对外开放——唯一的例外只有孙希，他跟着峨利生医生。

红会医院暂时只分了内、外两科。姚英子还没想好下一步选哪科做主业，一会儿在医学堂听课，一会儿跑去爱克司电光室瞧新鲜，行踪飘忽。反正她家庭背景特殊，曹主任也不去管，随便她去哪。

三个人里，只有方三响最为忙碌。他白天上班、上课，晚上还要兼职陪护病人，全靠身体底子好在硬熬。孙希和姚英子都很好奇，他这么爱财，吃穿却俭省得很，到底钱都花哪去了？

忙碌了足足一周之后，杜阿毛再次拜访，还带了一张帖请方三响去赴宴。方三响跟曹主任请假，曹主任说依是该好好歇歇了，痛快地予以批准，但不忘把他今晚的值班费扣除。

杜阿毛叫了一辆马车，带着方三响去了闸北。其时淞沪铁路已然修成，闸北附近商栈云集、店铺连绵，虽不及租界洋气整洁，但繁盛程度却有过之而无不及。

马车停稳之后，方三响掀帘下车，发现眼前是一栋三层中式木楼，亮瓦雕栏，门口高高悬去一块祥云形状的幌子，上书四字："祥园烟馆"。

杜阿毛笑道："本来该带你去四马路吃夷菜。可刘老大嫌夷菜馆里那些仆欧伺候不周，还是自家地盘白相开心。"他伸手一指楼内："一楼吃饭，二楼搓麻将。方大夫你要有烟霞癖，馆里都是上好的印度公班土，我从隔壁庆春楼叫个姑娘来，又打烟泡、又会唱曲搔腿，老适意了。"

"吃饭就好。大烟有害健康，我劝你不要抽。"方三响有些尴尬地回答，眼睛都不敢左右乱瞧。

杜阿毛暗自笑了笑，带进楼里雅间。

馆里收拾得颇为干净，只是空气中弥漫着一股大烟味。雅间里一张大圆桌，桌子一圈坐了八九条汉子，个个袖口内卷，面色凶恶。主座是一个穿着开襟白褂的光头男子，长脸狭瘦，双腮没什么肉，可双目却精光四溢。方三响被他看了一眼，如同被一根钉子扎中似的。

"方大夫是吧？兄弟我是刘福彪，闸北跑旱码头的，请坐。"刘福彪苏北口音很重，他敛起目光，叩了叩身前的小茶碗。其他人也照样叩了几下，瓷声清脆。这是青帮礼仪，意思是有贵客上门，叩瓷代礼。

方三响不明白这些规矩，拱了拱手，然后一屁股坐下。一个汉子觉得他无礼，眉头一横，正要呵斥，刘福彪却摆摆手，端起酒盅道："刘福山是我族中小弟，这次捡回一条性命，全靠方医生援手。我听阿毛讲，他脖颈子都砍断了，你竟然都能救回来，难得！来，我先敬你一杯！"说完，刘福彪仰脖一饮而尽。

方三响也端起酒盅，辛辣的黄酒顺着食道滑下去，别有一番畅快。他搁下酒盅，认真道："令弟是脖颈动脉破裂，不是断裂。若是断裂的话，那我们一点办法都没有了。"

"哦？那你们是怎么救下他的？"刘福彪很是好奇。

方三响索性拿起两根筷子，讲解起止血术和血管吻合术来。在座都是刀头舔血的江湖好汉，可听他讲怎么用刀剪伸进肉中结扎血管，脸色都变得有些难看。

刘福彪瞪了他们一眼，笑骂道："平时听你们灌黄汤、吹猪尿泡，个个都是关老爷下凡。真到刮骨疗伤，都怂卵了吧？还不如方医生一个年轻人。"他手一挥："行啦，方医生，马上要开席，就先不讲了吧。"

自家主人请客，厨房上菜速度快得很。不一会儿工夫，桌子上就摆满了热气腾腾的盘碟。响油鳝糊、油爆河虾、黄焖栗子鸡、春笋秃肺，一眼望上去油光汪汪，香气扑鼻。

刘福彪道："方医生多包涵。我们跑码头卖的是力气，就喜欢浓油赤酱，上不了台面。好在食材都是苏州河里刚打出来的，还算新鲜。"

方三响是东北出身，吃饭口味偏重，这样的菜肴正合胃口。正好过去一周他也累坏了，毫不客气，正准备要夹菜，却发现其他人都没动。

方三响觉得奇怪，只好也把筷子放下。这时刘福彪拿起自家的一双筷子，在碗碟上依次敲上一记，其他人这才纷纷用筷子头也扫过一圈碗碟。杜阿毛知道他是外行人，悄声解释了一句。

原来这是青帮里的规矩，名曰"劝钟"。青帮创始三祖翁岩、钱坚和潘清，都曾受教于罗祖教下，算是禅宗一脉，因此立下一条戒律。虽然徒子徒孙不必忌荤腥，但帮内聚餐时，须得由辈分最长者在每道荤菜碗碟敲击一下，寓意撞钟警醒，慎少杀生。余众附从跟敲，以示不忘源流。

众目睽睽之下，方三响也只好也学着他们，拿筷子头每只碗碟敲了一记。席间气氛为之一松，众人开怀畅吃起来。

方三响吃菜之余，不忘开口询问，问他们是否见过一个嘴角左边有两颗黑痣的人，也许是日本人。刘福彪想了想，说没什么印象，问是什么人，方三响却不肯说了，含糊地夹起一筷子鳝丝，就这么遮过去了。

酒过三巡，伙计撤去了一些残碟，重新端上一盆菜。盆里的高汤清澈微白，里头炖的笋段淡黄、咸肉暗红，还有几块炖出乳白汁水的肥蹄髈，光看着便令人食指大动。

"先前那些菜，都是我们帮里自己厨子摆弄的。这道可不一样，新聘的三林大厨，手艺老灵咯，最拿手的就是这道腌笃鲜。"杜阿毛夸耀道。

方三响的筷子摆动，冲着汤里一块咸肉就去。

杜阿毛忙拦住："医学你最懂经，说到吃食还得听我的。这腌笃鲜是时令菜，咸肉只用来吊鲜味的，不必去吃，真正好的是经冬的竹笋，鲜嫩得来，能咬掉舌头。"

周围的人都轰地笑开来，仿佛笑这小医生没见识。方三响面色一红，当即搁下筷子。众人拿筷子敲过一圈，他也一动不动。杜阿毛殷勤盛起一碗清汤，放了几块嫩笋，他只去吃别的。

刘福彪又喝了口黄酒，有意无意道："方医生，你那家医院薪资是多少？"

方三响如实道："我还在实习期，一个月两元两角，包三餐住宿。"

刘福彪闻之失笑:"这忒寒酸了,祥园烟馆的门房也不止拿这些。那敢问每个月收的红包呐?"

方三响道:"红会医院还没正式开业。就算开业了,也只收号费,不收诊金。"

席间忍不住喷饭,这医生真是个戆大,怕是连红包都没听过。刘福彪眯着眼睛,夹了一口冬笋在嘴里嚼动:"明人面前不说暗话,方医生何不辞了那份工,来我这里?只要你在三祖牌位前磕了头,拜我作师傅,从此就是青帮中人,在座都是兄弟。我资助你在闸北开个跌打诊所,光是码头的生意就做不完。"

方三响愣了愣。他先前以为,刘福彪会请他业余时间来出个诊,可没想到对方想要的更多。他迟疑片刻,摇头道:"不成的。我是约定生,跟红会签了契约,违约要吃官司的。"

刘福彪眼神漏出凶光:"这还不简单。衙门里哪个推官来判,我叫人给他家里扔只斩头鸡,包你稳赢。"

这额头角撞天花板的大好事,方三响却只是摇头。他只认准一条,自己这条性命是红会救下的,如果中途毁约,有失方家本分。父亲方大成没留下什么东西,但这句话他一直记着。

宴席上的气氛一下子紧张起来,其他人小心翼翼地观察老大神态。可刘福彪没有发怒,他缓缓端起酒盅,手腕一倾,半盅黄酒洒在地上:

"方医生,我同你讲一件事情。好几年前,我刚从苏北到上海,有个拜了把子的好兄弟,在租界巡捕房里做事,他人很勤勉,又特别敬业。有一次,他在福州路上捉飞贼,被狠狠捅了一刀,肚肠都流出来了。我们赶紧把他送到附近的医院,结果洋人却不肯收。你知道的,租界里的医院不是随便进,有给洋人看病的,有给华人看病的,互相不能通融。结果我们只能再转送去肯收华人的医院,这么一折腾,人在半路就没了。

"华人巡捕的薪水,是巡捕房最低的,别说阿三,连安南人都比他们赚得多。那些医院,连阿三和安南人的亲属都能进,唯独华人不能。我那兄弟,像狗一样给洋人卖命,可到头来,死了连租界医院都没资格进,只能像一条狗在路边等死。可有什么办法呢?医院都是洋人开的,医生也只有洋人能当。他们说治就治,说不治,你只能等死。"

刘福彪攥着酒盅,指节发红,几乎要把它捏碎:"我本来也想去做巡捕,就因为这档子事,才转投了范高头。我一直在想,如果当时华人医生再多点,也许我那兄弟还能救回来。这念头想了许多年,都成魔怔了。可惜上海滩这么大,学医的中国人实在太少,少数那么几个,也都是大富豪们的座上宾客,可轮不着我们这样的人享用——我请你来开诊所,可不是为了我自己,是为手下这几百号兄弟,希望也有医生能管管我们,不必再像我那个兄弟一样死得冤枉。"

他这一番话,说得情真意切,席上其他人都垂头不语。

方三响愣怔了一阵,勉强开口道:"我与医院实有契约,确实不方便自己出来。但您这里有需要,可以随时去找我,即使我不在,亦有其他医生。红会总医院的宗旨是人道主义,绝不会对任何人见死不救。"

刘福彪眼睛眯得更细了,轻轻把酒盅搁下。

他身旁一个汉子怒道:"姓方的,师父

都这么说了，别给脸不要脸！"

杜阿毛怕事情闹僵，出来打圆场："方医生你不要头皮硬，再想想，不必这么急着回答。"说完又转向刘福彪，"老大，你不是还有别的事体要找方医生吗。"

刘福彪点点头："一码归一码。你救了福山，原是该感谢的，来，喝酒！"

方三响举起酒盅，硬着头皮干了一杯，觉得酒意翻涌。两人刚喝完，门被"咣当"一声打开，两个五花大绑的人被人一推，膝盖双双跪在门槛上，疼得嗷嗷直叫。

"那天方医生你救下福山的时候，应该也瞧见砍他的两个人了。今天请你相看一相看，是不是这两个。"刘福彪看也不看他们，只是淡淡道。

方三响面色大变，感觉酒意一下子冲上头来。这两个人他认得，正是那天砍伤刘福山然后逃开的两个农民，没想到他们居然被绑进了祥园烟馆。刘福彪不是讲道理的人，方三响救了他弟弟，尚且要被威胁加入青帮，这两个砍伤他弟弟的人，下场不问可知。

刘福彪追问："是不是他们？"

方三响咬了咬牙："正是，不过……"

刘福彪没容他把话说完，朝那几个打手道："送去黄浦江擦船底吧。"

方三响就算不熟切口，也听得明白，刘福彪这是要把他们活活沉江。可是，整件事明明是刘福山仗势欺人在先，他们忍无可忍反击而已，就算按大清律判，也该是无罪！

那两个农民不住哭泣求饶，其中一个屁股下甚至传来一阵腥臊，吓得失禁。

杜阿毛叹了口气："好好跟你们讲茶，你们偏要瞎七搭八。非等到吃排头，才来告饶，晚喽晚喽。"这时他听到一阵椅子腿划过地板的尖锐声，然后见方三响仗着一股醉意霍然起身。

"刘老大！"方三响低吼道，"我救了刘福山的人情，你认不认？"

"嗯？"刘福彪没想到方三响敢对他这么说，可前面他把话说得很满，也只好说："自然是认的。"

"好！我就用这个人情，换他们两条性命！"

刘福彪脸色登时阴沉下来，两排黄牙"咯咯"磨动了几下。杜阿毛见势不妙，赶紧抱住方三响："吃多了老酒，醉了醉了。"

方三响把他推开，声量更大了："他们没做错事，为什么该死？"——这句话，在过去六年里无数次地回荡在他的噩梦中。今天趁着酒劲，他终于有机会发泄出来。

"我刘某人做事，什么时候是按对错分的。"刘福彪阴恻恻道，"倒是方医生你要清楚，人情用掉了，你我之间以后就没什么情面好讲了。"

"救他们的命！"方三响半点犹豫也没有。

"好，青帮义字当头，这一次就遂了你的愿。"刘福彪一摆手，那几个打手把两个农民扶起来，松开绳子。他端起酒盅来："可砍我兄弟那一刀，可不能白饶。那天拿镰刀砍的是谁？"

其中一个年轻的怯生生站出来。身后打手揪起他右胳膊，垫着膝盖狠命一撅，"喀吧"一声，那人发出惨叫，臂骨应声而断。方三响大惊，气得要冲上前理论，却被杜阿毛死死拦住。

刘福彪面无表情地端起酒盅："自家兄弟饮酒！"然后转过脸去，不再理睬。

杜阿毛把方三响送出烟馆，小声埋怨道："方医生侬酒品差得来，害得我两面吃夹档。等回去酒醒了，再好好想想。只要你答应来闸北诊所，老大也不会记仇。"

言外之意，方三响若是不答应……可惜这会他酒意满涌，通红着脸压根没听见，晃晃悠悠迈出祥园烟馆。身后忽然传来两声"噗通"，一回头，两个农民也被扔出来了，面朝下趴在地上，背心各有一个脚印。

看来刘福彪还算言而有信，饶过了他们性命。

方三响赶紧俯身下去，去查看伤势。他们的右胳膊弯成一个奇怪的角度，初步可以判断是尺骨上端的肘关断裂，至于是斜型还是螺旋型骨折，得用最新的爱克司电光机照照才知道。

万幸的是，两人都不是开放性骨折，否则手术后的坏疽会要了他们的命。

"我带你们去红会总医院，这个骨折不尽快处置，会落下残废。"

方三响一边略带醉意地嚷着，一边在街上巡看，想找一根硬物来做临时固定。他好不容易捡到一把烂扫帚根，起身一回头，烟馆门口却已是空荡荡了。那两个农夫估计已被吓破了胆，连方三响都不想再接触，拖着断手直接跑掉了。

这可不是方三响意料中的发展。他捏着扫帚，呆愣愣地站在原地，有些不知所措。直到隔壁庆春楼上的姑娘们探出窗户，吴侬软语调笑，方三响才回过神来，拖着沉重的步子朝苏州河南岸走去。

他一贯节俭，既舍不得雇黄包车，也不想去坐电车，干脆徒步走回去。

要过苏州河，这一带最快捷的是走垃圾桥。这桥连通着北浙江路，平日多有垃圾船从桥下经过，故而得名。这里原先是一座木桥，四年之前被改成了一座铁桥，上头桁架交错，状如鱼骨，煞是壮观。

方三响晃晃悠悠走到桥上，脚踩砖路，手扶栏杆。清凉的河风一吹，让他的酒意消散了不少，可烦闷之意反倒更浓。刚才那一遭事情，让他浑身充满无力感。

方三响一直以为，学了医，让自己变强，便可以摆脱这种无力感，可事情却不似他想象的那样。他苦苦思索着，不知不觉走到垃圾桥中段，忽觉有些刺眼，不由得举头朝东边望去。

只见蜿蜒的苏州河上空，薄云倏然被夜风扯散，底片上显影出一轮乳白色的皎洁明月。今夜恰逢月中，那明月的形状极圆，色泽也极柔，与他在关东看到的并无二致。方三响记得，他小时候每次到了月中，都会爬到村里最高的树上，让自己沐浴在一片月光里。他从未见过亲娘，但总会猜测那种被妈妈怀抱着的感觉，应该和被月光照着一样舒服吧？

到了上海之后，他一直忙碌于学业与生计之间，再没有好好欣赏过月光。此时无意中又见到了满月，方三响不由得停下脚步，渴望再次找到被怀抱住的温柔。

可惜这美好的陶醉并不长久，方三响忽然听到沉重的脚步声从背后传来。他一回头，看到一个魁梧的黑影，正不怀好意地接近他。

这人他认得，胸口用红绳挂着个小佛像，吃饭时就坐在刘福彪身旁，还呵斥了他几句，好像叫樊老三。

"嘿嘿，方医生你好哇。"樊老三从腰间拔出一把斧子，面色狰狞，"这次让你全身离开祥园，以后师父怎么服众？他面皮薄，重规矩，只好让我这做弟子的拼了被责罚，替师父出气。"

话音刚落，斧子已经带着风势劈下来了。方三响没练过武，可一直陪父亲在深林子打猎，打熬得眼明手快。一见对方动手，第一时间后退了半步，堪堪避开斧锋。

他虽然酒劲儿未过，但基本判断还是有的。对方是老手，又有武器，绝不能硬拼。方三响大吼一声，抬腿往樊老三腹部一踹。樊老三一扎马步，运气抵御，身子居然只是微微一晃。

他微觉得意，可下一瞬间才反应过来，方三响踹人是假，借势反弹往外跑才是真。就这么一晃神耽搁，医生已经奔出去十几步远。

樊老三大怒，迈步朝前追去，眼看要到桥头，脚下却是一个趔趄。原来这座钢结构的垃圾桥，在两端桥头都放着一根粗大的铁锁链，这是避雷用的地线。方三响跑过来时，顺手扯动锁链，在身后略微一盘，成功把大汉耽搁了几秒。

樊老三久在码头与人争斗，经验比方三响丰富得多。眼看对方占了先机，他索性把手里的斧子朝那边一甩。只见斧子在空中风车似的旋了几圈，握柄正正敲中了方三响的后脑勺。

他顿时眼前一黑，脑后剧痛，速度顿时缓慢下来。樊老三哈哈一笑，再次追上去。方三响晃晃悠悠朝前跑去，可后脑的伤势实在影响太大。此时街上空荡荡的，连个求救报警的机会都没有。

不知为啥，这种生死攸关的时刻，他反而有种隐隐的快意。

眼看就要被追上了，方三响忽然看到前方有两道白光，突突地正迅速接近。他顾不得想太多，飞身扑了上去，双手挥舞着求救。汽车猛然刹住，他与司机互一对视，顿时一愣。

是姚英子？她怎么跑来这里了？

这时樊老三已经在后面嗷嗷地追上来，方三响顾不得多解释，沉声道："遭贼了！快走！"拉开门上了车。

姚英子吓了一跳，这一愣神的工夫，追兵已经快抓到门头灯了。她一踩油门，方向盘一摆，车子不躲闪，反而直直顶了过去。樊老三吓得朝旁边一闪，车子趁机从他让开的大路疾驰而去，一会儿便不见了踪影。

不一会儿工夫，车子开回了红会总医院，停在了宿舍楼下。方三响推门出来，跟跟跄跄冲到树丛里，又开始呕吐起来。他本来就喝多了酒，再加上晕车的毛病，这一路难受坏了。若不是姚英子严厉警告，只怕半路就全倾泻在车里了。

姚英子厌恶地耸了耸鼻子，从小包里拿出一块手帕递给方三响。

方三响擦了擦嘴，把手帕递还，心有余悸："下次我再也不坐你的车了。"

姚英子俏眉一立，不悦道："这条送你，龌龊死了，我还有很多！"

方三响伸出手。

"干吗？"

"你既然有那么多，再给我一条。"

姚英子还没见过这么理直气壮的，可随即发现，他后脑勺一片血肉模糊，刚才被斧子柄砸的，要手帕是为了捂伤口。

"亏你还是个医生！怎么可以这么处理伤口？"姚英子大惊，"我给你去院里拿药和纱布去！"

方三响一把拽住她胳膊："不用了，用了医院的东西，曹主任要扣钱。我自愈力强，两天就起痂。"

姚英子瞪着这个要钱不要命的悭吝人，觉得这人脑子一定缺西，要么就是别有隐情。她脑子转得飞快："难道说……他暗中跟刘福彪有勾结，怕让院方知道给他开除?"姚英子越想越觉得合理,越觉得合理就越生气。你悭吝一点没所谓,但去跟黑帮勾三搭四,太不珍惜自己的医生身份了。

"我去告诉曹主任去,看他怎么说。"姚英子甩开他的胳膊,要往医院去。

方三响赶忙又去拽,姚英子"啊"了一声:"疼死了,快放手!"方三响只好松开手。

姚英子揉着手腕,气呼呼地说:"你跟那个青皮流氓,到底怎么回事?"

方三响被这个大小姐逼得没办法,只好如实把经历说出来。

姚英子听得入神,连手腕都忘记揉了。他们三个人无意中救下的那个刘福山,居然还有这么一段后续。她打量了方三响一番,对这人有所改观:"他出钱给你开诊所,多好的事情,可比红会的薪水高多了,你真不去啊?"

"我需要钱,但我只尽着本分去赚。"方三响正色道,"何况六年之前,我在关东是被红会救了性命;这六年里,是红会出钱教了我这门手艺。我若中途跑掉,岂不是忘恩负义?方家的脸都要丢尽了。"

姚英子先前只知道他是战争遗孤,可没想到居然是被红会救得性命——这渊源,甚至比她还深。

"所以我不能离开总医院,希望姚,呃,姚小姐你别说给曹主任听……"方三响嗫着牙花子,别别扭扭地恳求道。

话说到这份儿上了,姚英子也不好逼迫太甚:"那这样吧,你先回宿舍。我去医院弄点酒精和棉纱布,先给你清创。我去拿,曹主任不会问什么。"

"红汞就行,那个刺激小一些,也便宜……"

姚英子本想说这点小钱还算计什么,蓦然想到孙希那个"蒲公英"的比喻,觉得还是别刺激他自尊心的好,便点头说好。

方三响向她道谢过,捂住手绢匆匆回自己房间了。姚英子目送他背影消失在楼门口,揉了揉手腕,转身朝医院楼走去。

刚走过宿舍楼一点,姚英子一抬头,忽然发现前方路灯下站着一个人影,脚边一个藤箱。这影子挺拔匀称,她很熟悉,甚至可以说是她最熟悉的身影之一。

"英子。"一个女子的声音传过来,带着淡淡的广东腔,清澈而富有力量。

"张校长?"

姚英子睁大了眼睛,旋即露出惊喜。她想扑过去给对方一个拥抱,冲到一半却停下脚步,面露畏怯。因为路灯下的张校长,左手垫在右手肘关节处,右手食指有节奏地点着太阳穴——这是张校长的招牌动作,要蓄势批评人了。

若说这世上有一人能镇住姚英子的话,不是她爸爸,也不是沈敦和,而是这位张竹君校长。

事实上,莫说姚英子,就是沪上那些眼高于顶的报章主笔,提及张竹君时,都会恭称一句"岭南女侠"。她是广东番禺人,光绪二十六年毕业于博济医院附设南华医学堂,与孙逸仙算是校友,是大清极少有的几个女西医之一。张竹君极有主张,一毕业便带头捐献首饰妆奁,建起了褆福、南福两座医院,面向贫民开设义诊,开岭南之先声。

光绪三十年,她只身来到上海,创办了沪上第一家女子专科医校——女子中西医学堂,担任校长,亲自授课,声言要为女子在医界争得平等之地位,名气极大。

姚英子本来打算追随颜福庆的步伐,去圣约翰书院念书,可惜书院不招女子。

她偶尔读到《申报》对张竹君的报道，便义无反顾地跑来女子中西医学堂，一读便是六年时间。张竹君对女学生很关心，周详备至，但治学极严，轻则训斥，重则鞭笞。所以姚英子对她又是极敬佩倾慕，又是畏惧到了骨子里。

"您……什么时候从广东回来的？怎么不提前拍个电报，我好去接您。"姚英子问。

"哼，我刚下火车，本想先来探望一下你，却被我看到这种事。"张竹君淡淡道。她鼻翼两侧的法令纹朝中间绞了一绞，姚英子立刻感觉被掐住了脖子似的。

"学生，学生没干什么呀。"姚英子有点莫名其妙。

张竹君一指宿舍楼门口："唔好讲大话，我亲见你刚和一个男子从车上下来，互相拉拉扯扯。这么晚了，你们是去哪里了？"

姚英子愕然张嘴，知道这误会大了，可又有点不服气："张校长怎么您也跟封建家长似的。您不是常说，要砸烂父母之命、媒妁之言这样的陋习，恋爱自由是女子争取权利的第一步嘛。"

张竹君恨铁不成钢："你毕业离校时我叮嘱你的话，可是全忘啦。我不是不许你谈，如今你连实习期都没满，诸事未成，就谈起朋友来，还有精力在医学上吗？"

姚英子见校长动了真怒，赶紧抄起她的手来，解释了一通。

张竹君面色稍霁，将信将疑道："所以你只是偶尔路过，救下一个同事而已？"

"对啊，今晚之前，我都没怎么跟他讲过话。您说，我会喜欢那样的人吗？"姚英子简单地讲了讲方三响的情况，张竹君这才放下心来，可很快又眯起眼睛。

"可北浙江路离这里好远的，也不在华格臬路附近，天光都暗了，你开车去那里做乜？"张校长每次发出质疑时，眼角都会朝两边微挑。她的颧骨很高，嘴唇微薄，这么一挑，整个脸型会变得尖锐，仿佛一把匕首抵近。

姚英子有点慌乱地回答："随便开车去兜风嘛。"

这话说得半真半假。她无意中遇到方三响是真的。但可不是兜风去的。那天下午，孙希故意气跑了她，然后只身去了闸北。姚英子一直很好奇，他去那儿做什么，这才决定去偷偷探查一番，没想到居然会撞见方三响。

当然，这是绝不能说出口的，否则张校长非气死不可。

好在张竹君没在这个话题上纠缠太久："你先去拿药给他吧。要记得检查一下创口周围，有无骨折迹象，不要用眼睛，用手去摸——我就在这里等你。"

"您怎么不去医院里等？那边有接待室可以坐。"

"沈敦和的地盘，我不要进去。"张竹君摇摇头，眼神里闪过一丝不屑。

姚英子知道校长的脾性，也不多劝，赶紧跑去医院拿上东西，迅速送回宿舍。方三响正要道谢，姚英子却不敢再多说话，替他清完创，赶紧又跑到楼下来。

张竹君此时仍站在路灯下等候着，腰杆挺得笔直。她留着一头利落的齐耳短发，穿的是男式长衫，脸上几无粉黛。头顶的昏黄光亮洒下来，深陷的眼窝里投出阴影，让一双杏眼显得格外深邃。

姚英子跑回到校长身边，大口大口喘息。张竹君摸了摸她的头发："跟我说说，你进了这家红会总医院之后，都做了什么？"

"挺好的呀。"

"别用这种模糊的词，医生讲话要精确，容不得含糊！"

这一下姚英子可有点尴尬。总医院刚刚落成，还没正式开诊。她内、外科都待过，药房、割症室到处溜达，没事还去摆弄一下那台贵重的爱克司电光机，过得自由自在。她扭扭捏捏地讲完，张竹君的眉头又皱起来。

"我在学校里就跟你说了，让你尽快定下专业方向。你个百厌星都当耳边风了？"

"我这不是还没想好嘛。"

"妇科、幼科、五官科、骨科、齿科、传染病……随便哪个分科，都够你钻研几十年的。你这不是学医，是玩医！"张竹君训斥道。她太了解自己这个学生了，聪明是不缺的，人品是善良的，唯独带着富家大小姐的散漫习气，没有危机感，做什么都像在玩。

"我当初劝你不要来这家医院，你仲要来。你个衰仔年纪小，不懂这些，那个沈敦和难道也不懂？他把你扔在这么个偏僻地方，不闻不问。我看呐，他是存心要废掉我一个好学生！"

张竹君一提这个名字，眼神里就射出危险的光芒来。

这是姚英子最无奈的一件事。这位张校长不知是八字还是血象不合，对沈伯伯极有意见，逮到机会就要开言嘲讽。姚英子毕业后来红会总医院，恳求了无数回张校长才勉强同意，但一直计较到现在。

"不要因为你们两家是世交，就觉得他是好人。"张竹君恨恨道，"沈敦和办慈善名头很大，可内里的龌龊，却很少有人知道。你非要来这家医院，我拦不住，但如果他们要搞些事情出来，我可不会容忍。"

姚英子两面吃夹档，露出苦相。

张竹君拍拍她的肩膀："好了，这都是大人之间的事，你们小孩子不必参与。你目前最关键的，是尽快把专业定下来，别耽误时间。"

两人朝着凯迪拉克走去，她们都没听见，路灯上方忽然传来轻轻的"咔哒"声，一扇二楼的窗户悄悄关上了。孙希趴在二楼床上，放开屏住良久的呼吸，眼神在黑暗中变得复杂起来。

他本来都要睡了，可忽然听见楼下有人讲话。孙希偷偷摸摸把窗户打开一条缝，支棱着耳朵，把姚英子与张竹君的对话听了个全。孙希无意窥人隐私，可张竹君那句话却在他心中激起波澜：

"沈敦和办慈善名头很大，可内里的龌龊，却很少有人知道。"

冯煦交给孙希的任务，他一直还没找到突破口。眼下听张竹君的意思，她似乎对上海万国红会的善款弊案有所了解。

要不，去找她聊聊？不过这位张校长看起来不太好惹……

孙希顺手把冰凉的棉被往上扯了扯，忍不住长长叹了一口气。也不知是因为湿冷的被窝还是因为别的原因。

而在他的隔壁，方三响也在辗转反侧。他的原因倒简单，纯粹是因为疼痛无法仰卧的缘故。

次日一早，孙希从房间出来，看到旁边方三响也走出来，两个人都顶着浓重的黑眼圈。因为之前典礼上的小口角，他们彼此相见，还有点尴尬。最后还是孙希先打破僵局："你后脑勺怎么了？"

"不小心撞伤。"方三响含糊地回答。

其实孙希早知道怎么回事，不过这棵

"蒲公英"受不得刺激，他便立刻转了话题："哦，对了，今天峨利生医生有个小研讨会，要讨论血管吻合术中的动脉痉挛处置。你上次露的那一手，他很感兴趣，要不要一起去？"

"不了。我那只是救个急，上不得台面。"

"峨利生医生对那招评价很高呢，他说医生既需要精细严谨，同时也该像狮子一样勇敢。不考虑来我们外科吗？"孙希笑嘻嘻说。

"我跟曹主任说了，我会去报内科，补贴虽然不如外科，但空闲时间多一点。"

"内科分支可多了，说不定我能给你些好建议。有没有具体方向？"

方三响看了他一眼："聋哑病相关，至少能清净点。"

"……喂！"

两个都是年轻人，几句话聊下来，那点不愉快也就没了。两个人一起去膳食处随便吃了口早饭，走到医院楼前。让他们惊讶的是，一贯爱迟到的姚英子，居然早早就到了，还一本正经地跟曹主任讨论着事情。

方三响看到她在，面色一窘，不知该不该主动打招呼，旁边孙希已经大大咧咧扬手示意。曹主任一见孙希来了，先检查他有没有戴好假辫子，然后没好气地甩过一张《申报》来："瞧瞧你们俩，医院的脸面都丢尽了！"

报纸上有一条特版报道，标题是《六年前离奇车祸牵奇情，名姝报恩学医入红会》，内文写得颇有传奇小说色彩，仿佛记者就在现场似的。文章对姚英子评价颇高，对红会总医院亦不乏溢美之词，唯独配的那张照片不太对头：前头姚英子略显腼腆也还罢了；后头孙希与方三响相撞的狼狈模样，居然没被处理掉。

万幸照片精度不高，看不出孙希没戴假辫子，否则曹主任要上门去求报纸撤稿了。

方三响趁曹主任在训斥孙希，对姚英子小声说："昨天谢谢你……"顿了顿，一本正经补充道："两块手帕，还有这份人情，我会还的。"

姚英子心说你昨天可差点给我惹了个大麻烦。她眼珠一转，促狭道："好啊，你打算怎么还？"

方三响"呃"了一下，猛然卡住了。

姚英子见他面露窘迫，鼻尖居然微微沁出汗来，突然又于心不忍。这家伙只是有点认真过头，其实人还不错。为了两个素不相识的农夫，他敢和刘福彪那样的大流氓闹翻，这得需要多大的勇气。

"好啦，好啦，依请我去荣顺馆切个腌笃鲜好啦。那里都是浦东的师傅，总比闸北青帮的手艺好。"姚英子笑道，"最多我吃笋片和蹄髈，你吃咸肉。"

这边厢曹主任刚完成训诫，就见一个人风风火火闯进楼里。方三响一见是杜阿毛，不由大惊，以为刘福彪这么嚣张，直接打上门来了？可再一看，他神情惶急，连脚下的鞋子都少了一只，不像是来寻仇。

"方医生，方医生……"他一进门就连声喊起来。

曹主任很不高兴地呵斥道："这里是医院重地，不要喧哗！不要喧哗！"

杜阿毛却已看到方三响，几步要冲过来，脚下突然一软，瘫坐在地上。

方三响走过去，发现杜阿毛的状态有些异常，面色煞白，尤其是口唇和指甲隐然发青。这时孙希和姚英子也围过来，迅速检查后发现他心率过高,额头发烫,姚英子还闻到一股奇怪的臭味,一低头,发现杜阿毛的臀部裤子被可疑的液体给洇湿了,不由得喉咙一紧。

杜阿毛虚弱地嚷道:"伤寒!伤寒!他们发伤寒了!"

曹主任一听这两个字,双颊一颤,第一时间朝后倒退了十几步,嗓音变得比平常更尖利,像只被踩住脖子的公鸡:"册那,伤寒啊!快!快把他抬出去!那伐要命啊!"

也不怪曹主任如此惊惧,"伤寒"二字,对上海人来说如阎王宣旨。几乎每年春秋之季它都会暴发一到两次,染疾者少则几百人,多则上万人,极为可怕,与霍乱并称"时疫双煞"。

这时候正是上班时段,楼门口聚着很多医护与院工。他们听到曹主任这么一嗓子,不明就里,都有些慌乱。一时间人头攒动,混乱不堪。就连孙希与姚英子,都下意识朝后退去。

只有方三响还保持着冷静,大声喊道:"不要惊慌,伤寒不会通过空气传播!"

孙希一拍脑袋:"对呀,我怎么忘了,伤寒是粪口传播,简单的接触不会有事。"可让他这么靠近一个上吐下泻的病人,孙希总觉得有些心理障碍。

方三响却不怕这个,俯身将杜阿毛搀扶起来,送到旁边的躺椅上:"到底怎么回事?"

杜阿毛断断续续地讲了起来。原来昨晚方三响离席之后,刘福彪和几个弟子、手下又吃喝了一通,当晚抽了一阵大烟,搓了一会儿麻将,索性在烟馆留宿。结果到了清晨时候,陆陆续续都猛烈腹泻起来,连带着剧烈腹痛和发烧。

也不知怎么传的,烟馆里的人都当是伤寒病,吓得立刻全逃走了,连附近的医生都不敢进来。官府的人赶到以后,只把四周围封锁起来,不让人靠近。事实上,往年华界只要有伤寒闹起来,能做的就只是断绝接触,坐等病人自愈,或者死掉。

杜阿毛的腹泻症状,比其他人要轻些。他总算还讲义气,自忖在闸北得不到帮助,便寻了个机会偷偷溜出烟馆,来红会总医院求援。

姚英子冷笑:"这年头报应来得真快啊。昨晚还在追砍医生,今天倒过来求治了。"

杜阿毛有点迷惑地转动眼球,似乎不明白她的意思。

方三响摇摇头道:"我们都是发过希波克拉底誓言的,总不能见死不救。"可伤寒该如何救治,方三响却有点含糊。

"优等生,你治过伤寒吗?"他问孙希。

孙希一摊手:"我是外科专精,这些可不在行。不过闸北那边脏乱得很,暴发伤寒也不奇怪。"

他记得去拜访冯煦的路上,看到沿街满是各种垃圾,污水肆流,早春三月就已弥漫着熏人味道,蝇群缭绕、老鼠钻行,估计再过十几天,蚊子也该上阵了。这么肮脏的环境,什么传染病暴发都不奇怪。

方三响瞪了他一眼,现在发这种感叹有什么用?

"这恐怕不是伤寒,我的孩子们,你们应该缩减在课堂打瞌睡的时间。"

一个声音忽然在身后响起。两人转头一看,一个留着浓密络腮胡的洋人双手插在兜,笑嘻嘻地走过来。

这是柯师太福医生。他是红会总医院负责内科的主任,爱尔兰人,业务精熟,性格却跳脱得像个意大利人。在红会医院，外科是峨利生掌管，内科便是这位说了算。他一出现，方三响和孙希赶紧起身让开。

柯师太福教授径直蹲下去，一边给杜阿毛检查，一边用中文念念有词："诊治病患就像是对付女人，你千万不可自作主张，得仔细观察她。她的心情不会直接告诉你，可全写在身体上了喽。"

方三响和孙希对这位的轻浮作风早习惯了，静等着下文。

"你们看，虽然患者有头疼、高热、腹泻的状况，但他的肝脾并不肿大，皮肤也没有浮现玫瑰疹。这些都是判断伤寒的重要依据。从腹泻频率和喷射呕吐的情况来看——嗯，我认为更像是赤痢。"柯师太福医生站起身来，像是在课堂上一样发问："他们的发病时间是怎样？"

方三响详细问了杜阿毛，得知刘福彪他们是从清晨六点左右陆续开始腹泻，发病时间所差无几。

柯师太福医生若有所思："伤寒的潜伏期最快也要一周。这九个人就算同时感染，根据体质不同，发病时间也不会巧合到会同时发病。这甚至不是医学问题，而是概率问题。"

"而且伤寒起病缓和，很少会来得这么急？"方三响也回忆起教科书上说的了。

"很好，如果你不用疑问句就更好了，很少有女人喜欢不自信的男人。"柯师太福医生眯起眼睛，"更大的可能，是急性赤痢——我问你们，痢疾传播的三种主要途径是？"

"苍蝇蟑螂、污水和被污染的食物。"

"很好。考虑到患者几乎同时发作，我们不能排除一种可能：昨晚他们或许同桌进食过。"

他话一出口，方三响、孙希、姚英子脸色齐变，后两人看向前者的眼神都变了。方三响也有些惊慌，连忙举起手道："我没有任何不舒服的地方，哎呀……"

远处的曹主任本来要凑近，一听这声哎呀，吓得又躲远了几步。原来是方三响急于澄清，扯动了后脑的伤口。孙希伸手去摸他额头，见一切正常，才满腹狐疑地放开了手。

姚英子见瞒不下去了，便简短地把事情原委说给曹主任和柯师太福医生听。曹主任听完气得直哆嗦，可又不敢靠近去训斥，只能用食指对着方三响抖动。

楼前的这场混乱，终于把院长何登教授也惊动出来。曹主任一见他到了，立刻跳过去告状，可何登听完之后，没有发表任何意见，先走到柯师太福医生身旁。

柯师太福医生讲出自己的判断，何登院长不置可否："严谨的结论，还是要看检测结果。"

柯师太福点头："我去给患者做一个血涂片，顺便取些大便样本，数一下菌群——哎呀，真是美好而充实的一天。"

杜阿毛被两个院工抬走时，抬起头连声喊着："不止我，不止我啊！他们还在烟馆里，求求你们去救救他们！"他的呼喊逐渐远去。

院长背起手，扫视在场的三个实习医生："这么说，在闸北的烟馆，这样的患者还有九个？"

"是的。"方三响道。

"我去过几次闸北，那里的环境很糟糕。无论赤痢还是伤寒，一旦暴发，一定会引起大范围的感染。"何登院长没任何情绪，就像在讲述一个客观事实。

只有曹主任听出了端倪，赶紧说："我

会立刻通知上海自治公所,他们不是有卫生处吗?"

其时,朝廷刚刚颁布《城镇乡地方自治章程》一年,上海开设了自治公所,在华界城厢实行市政自治,卫生正属于其辖下。

何登看着他,语气平静:"在过去三年里,上海华界一共出现过几次传染病暴发?"

曹主任胆子虽小,可记性却特别好,立刻报出了数据:"七次,两次赤痢、三次伤寒,还有一次白喉和一次吊脚痧。"

"面对疫情,华界官府做过什么吗?"

"呃……封路啊,收尸啊……"曹主任说到后来,自己都觉得不合适了。

何登缓缓道:"沈先生在落成典礼上的演讲,你们都听到了。红会总医院的定位很明确,就是服务于华人公众。而这个服务的一项重要内容,就是防治时疫,填补官府所无法完成的空缺。"

"可是……"

"这间医院是用社会善款捐助的,如果碰到公共事件我们却拒绝介入,那么它就失去存在的意义了。"

曹主任擦了擦额头的汗:"可是我们没有足够的人手。内科的正式医生只有三个,传染病专家只有您一个,剩下都是没毕业的实习医生,他们能干什么?"

何登笑起来:"这一次时疫还未扩散即被发现,对这些孩子来说,难道不是一次很好的实践机会吗?"

曹主任悻悻无语。

何登看向方三响、孙希和姚英子:"你们中国人喜欢用缘分来形容彼此的关系。我看过峨利生医生的报告,本院的第一个病人,就是你们三个一起救治的。既然这么有缘,这一次的闸北时疫调查工作,也交给你们三个好了。"

"能不能别让英子……"曹主任刚说一半,就被姚英子的眼神堵了回去。

这时孙希有点委屈地举起手来:"我是外科,也要参与疫病防治吗?下午我还有个枪弹取出术的病例研讨。"

柯师太福医生拍拍他的肩膀:"我去找峨利生帮你请假。医学理论分内外,人体可不分。想搞清楚这个精妙造物的运转方式,只关心一部分是不对的哟。"

孙希也只好唉声叹气地表示同意,不忘哀怨地看了方三响一眼。

"你们的任务很简单,找到疾病源头,切断传播途径,这是传染病防治的两个基本原则。"何登又叮嘱了一句,"但要记住,现实比课本更复杂,尤其是在疫病领域。"

三人齐声应和,然后匆匆各自去准备了。

半个小时之后,方、姚、孙三人抵达了祥园烟馆。几个黑瘦的兵勇挪开拒马,一个卫生处的官员与他们三人接上头,絮絮叨叨地介绍起情况来。

暴发时疫之后,自治公所第一时间派人封锁了烟馆进出口,并在附近洒了几圈石灰。不过他们能做的,也仅此而已了。整个上海只有十九家正式医院,绝大多数都设在租界内,华界的医生数量本来就少,还都是分散开诊,卫生处根本没有足够的专业力量。

若红会总医院不派人来支援,他们只能按老法子,让里面的人自生自灭。

这是方三响第二次踏入此间,不过相隔十几个小时,气氛已变得截然不同。

前一日喧闹鼎沸的馆内,如今却静得如同义庄。除了刘福彪和那八个倒霉手下躺在大烟榻上奄奄一息,其他人跑得干干净净。屋子里除了呛人的大烟味,还多了刺鼻的屎尿味,刺激得让人几乎睁不开眼。

祥园烟馆和其他老烟馆一样,有一个极不健康的习惯:他们几乎不会开窗通风,让大烟味日复一日地缭绕、沉积,美其名曰"养厚味"。哪家的烟味厚,烟客就觉得哪家更靠谱。

所以他们三人一进馆内,先把所有的窗户、大门都打开,尽量保持通风。运气还不错,刚开完门窗,就有一阵小风穿堂而过,把秽味荡涤到可以容忍的地步。

三人走到烟榻前,挨个审视过去。昨晚还生龙活虎的青帮汉子们,如今却瘫软在榻上,一个个面容枯槁,整个人都陷入到自己排泄出的恶臭里。排泄物半糊状半水样,红白相间,煞是吓人,里面还泡着熬了一半的大烟膏子。几个净桶歪倒在一边,来势太猛烈,根本没来得及用。

三人分别检查后在房间外面碰头商量。青帮汉子们的症状跟杜阿毛差不多,发烧、呕吐、腹泻以及腹部剧痛。不过无论症状多严重,身上都没见到玫瑰疹。

综合其他指征,这几乎可以断定不是伤寒,看来柯师太福医生的直觉是对的。方三响跟其他两人暗自松了一口气。赤痢虽然可怕,但跟伤寒比起来,还是小巫见大巫。

孙希不放心,还带了本英文的传染病学教材来,当场对着患者辨认了一下。

虽然何登院长说他们的任务是找到污染源头,但也不可能放任九人在这里。他们腹泻得太厉害了,必须尽快补水,否则很容易造成脱水性休克,会出人命的。

"我们分一下工。"方三响对其他两人说,"我来采集那九个人的血样和粪便样本;孙医生,你去找自治公所的警察,想办法找到离开烟馆的那些人,源头没找出来之前,别让他们乱跑;姚医生,你到附近的老虎灶弄点热水送过来,让他们保持体力。"

其他两个人听出来了,方三响这是把所有的脏活和累活都包揽下来了。孙希倒乐得轻松,姚英子却很不满:"你觉得我们会拖你后腿吗?"

方三响摇摇头:"不,我只是想知道,为什么我会没事。"

这确实是一桩最大的古怪。当晚青帮汉子们吃过饭之后,除了吸食几口大烟,没再吃别的,那顿饭的嫌疑最大。但方三响昨晚也同桌进食,而且吃得不少,怎么会安然无恙?

姚英子知道他不愿意受人情,耸耸肩:"好吧,随便你。"

其他两个人退出烟馆,各自去忙分配的任务。方三响独自站在屋里,呆了呆,从绣着红十字的挎包里取出几个深色玻璃瓶,也不嫌地上有多脏,直接趴下开始搜集起来。

九个人的粪便、脓血和尿样,都需要分别搜集,依次编号,再用橡皮膏贴好。这是个既细致又肮脏的活,好在方三响早就习惯了。跟满是难民与伤员的营口港医院相比,这里简直像是皇宫。

他搜集完成之后,卫生处那边也把热水送来了。同时抵达的,还有总医院那边传来的消息。何登院长亲自出手,在杜阿毛的粪便里观察到了志贺氏菌,证明他们三个的判断没有问题。

方三响与姚英子给热水加了几撮盐,给那九个人硬灌进去,让他们稍微恢复了一点精神，然后叫卫生处的人帮忙抬上马车，尽快送去总医院救治。

可卫生处的官员却不肯配合。方三响解释说赤痢只会通过粪口途径传染，不会通过空气传播。可他却拒绝相信，仿佛那九个人一旦离开烟馆，就会化为瘟疫四处传播似的。

方三响和姚英子好说歹说，卫生处的官员把他们俩拽到一边，一脸苦笑："我是相信两位的，可周围那些老百姓都迷信得很。众目睽睽之下，你们要没点说法就把他们运走，只会引起骚乱，我也不好交代。"

他说得客气，但态度坚决。方、姚二人面面相觑，只好再度回到烟馆里。

而今之计，只有找到传染源，才能把僵局打破。考虑到那九个人的身体状况，这件事必须在两个小时之内完成。这下子，实践体验变得了限时考试。他们总算明白，为什么何登院长说现实比教科书更复杂了。

孙希一直没回来，他们两个人在烟馆里来来回回转了几圈，最后走入昨晚的雅间。

只见桌子上的碗筷碟盘堆得乱七八糟，残羹冷炙，一片狼藉，还没来得及收拾。姚英子嗅了嗅，眉头轻皱："这样的菜色也好请人吃饭，我闻都不要闻。"

方三响盯着桌面的那些油乎乎的碟子，陷入沉思。

赤痢的传播途径是什么？教科书上只说了是经苍蝇蟑螂、被污染的食物、水源为媒介的粪口传播，这是一种高度概括的说法，至于现实中的传播过程，却没那么简单。也许是几条路径的复合，也许是一个匪夷所思的情形。这需要的不光是洞察力，还要有想象力。

眼前这个餐桌，很可能就隐藏着传染的根源。可他们眼下没有检验工具，不可能做现场检验。

那要怎么办才好呢？

姚英子好奇地碰了碰一个酒盅，又嫌弃地拿开手指。她见方三响有点发呆，开口道："文明书局出过一套英国小说，叫《福而摩司包探勘案记》，你看过没？"

方三响平时啃专业课已很吃力，又忙着兼职做工，哪有时间看闲书，只是摇摇头。

"书里有个伦敦的大侦探，叫福而摩司，是个料事如神的诸葛亮，什么都瞒不过他。哎呀，应该让孙希来讲，他一定知道得更清楚。"

"你到底想说什么？"方三响有些不悦。

"这个福而摩司在书里讲过一句话，我印象很深。他说只要把一切不可能都去掉，剩下的就是真相。"姚英子双眸闪动。

方三响还是没懂她的意思。

姚英子气得敲了他脑袋一记："榆木棺材头！你想想，同桌十一个人，只有你没事。那么一定有什么事情，是他们做了但你没做的。"

"我们一起在吃饭啊，还能有什么……"

"对啊，吃饭。那你想想，有什么菜他们都吃了，唯独你没吃？桌上一共只这十几样菜，逐一排除，难道还想不到吗？"

"腌笃鲜？"

经姚英子一提醒，方三响一下子想起来了。当时他因为被人嘲笑不会吃，出于自尊心，干脆碰也没碰那盆东西。

"是了！桌子上的其他菜我都吃过，唯独腌笃鲜没有！"

姚英子本想说你口味还真不挑，猪食

也吃得这么高兴,可考虑到蒲公英的性格,忍着没吭声。方三响围着餐桌转了一圈,腌笃鲜的汤盆还在,但里面一点渣都没剩——看来这大厨手艺很受欢迎。

答案昭然若揭,应该是食材受到志贺氏菌污染,才导致的这场悲剧。他本想把汤盆拿回去检验,可脑子里一转:"不对。"

"什么不对?"

方三响把孙希留下的那本传染病书翻开:"你看,书上是这么说的——痢疾杆菌在一八九八年由日本学者志贺洁发现,故名志贺氏菌。该菌对酸性物质、高温十分敏感,日光直接照射三十分钟或六十摄氏度十分钟即可被杀死。"

"这怎么了?"这次轮到姚英子有点糊涂。

"腌笃鲜要炖煮多久?"

"我家厨子做的话,怎么也要两个小时才能入味……啊!原来是这样!"

姚英子一下子明白了。就算腌笃鲜的食材被痢疾杆菌污染,可在火上炖过两个小时以后,什么细菌也都死光光了,怎么会传染给人。

事实上,预防痢疾最重要的一条措施,就是喝热水、吃熟食。

这一下,又进入死胡同了。方三响再也想不出,除了腌笃鲜还有什么他没吃的。他只好提议去厨房看看,于是两人顺着雅间旁边的一条小走廊,来到了祥园烟馆的后厨伙房。

上海有句俗话,叫"交友莫探底细,吃宴莫近伙房"——交朋友不要太刨根问底,否则连朋友都没得做了;参加宴席,不要去厨房里看,怕你饭菜都吃不下。

祥园烟馆的伙房,极其生动地诠释了这句俗语。厨子们此时已经逃走了,满地都是烂菜叶子、鱼鳞、肉皮;泔水缸上搁着块板子,新鲜猪肉就扔在上面;灶边就是个大垃圾堆,一挥手能炸起来一片绿豆蝇。那些苍蝇盘旋几圈,旋即落在一把脏兮兮的菜刀和案板上,因为那里有一块块从未洗过的黑色血渍。

房梁上吊着的几块看不出颜色的火腿和熏鱼,居然有白色的蛆头从肉皮底下探出来,饶有兴致地摆动着。

方三响还没什么,姚英子先忍不住捂嘴干呕起来。他赶紧过来询问,姚英子却恼怒地一推开:"你吃过这个厨房里的东西!你也是病菌!别靠近我!"

方三响这下可犯了难,他刚才是发愁找不到污染源头,可现在这源头……实在太多了,反倒不知该如何下手才好。这种卫生状况,能坚持这么久不出事,才真的是奇迹。

关键是,这些污染没法直接证明痢疾的来历,毕竟端上桌的饭菜都是加热过的。虽然也有几盘小凉菜,但他自己都吃过,并没有什么反应。

这条路,也没法进行下去,调查又陷入了僵局。方三响只好在厨房来来回回地转悠,希望能看到什么线索。

"说起来,刘福彪又逼你拜师,又暗中袭击,你怎么还这么上心帮他?就不怕变成东郭先生吗?"姚英子好奇地问。

"现在我是医生,他是病人。医生拯救病人是天职,这跟旁的恩怨都无关。"

听到这话,姚英子心中不禁一动,一个身影似乎又浮现出来。她霎时心跳有些快,为了掩饰,随口抛出一个问题:"那万一你俩仇深似海呢?比如说他跟你有杀父之仇,你救不救?"

方三响正在弯腰观察炉灶,听到这问

题，肩膀一颤。在漆黑的炉膛内，蓦然闪过一张脸，那是一张和尚的面孔，嘴角两粒黑痣。他赶紧移开视线，漫无目的地在厨房里扫视，扫过灶台，扫过铁锅，扫过铁锅旁边的一筒竹筷，只求那幻觉尽快消失。

姚英子一下想起来，方三响是战争孤儿，这问题问得太不妥当了。她连忙说我随口瞎讲讲的，你别当真。冷不防方三响伸过手来，紧紧抓住她的手腕："我，我知道了！我知道了！"

"快放开我！你知道什么？"姚英子一心只想把那只刚摸过灶台的脏手甩开。

方三响放开她的手，冲回雅间，小心翼翼地把腌笃鲜的汤盆拿出来："我知道了！罪魁祸首，就是这个汤盆！"

"刚才你不是说加热后不会有志贺氏菌吗？"

"食物里当然是干净的，但这个汤盆就不一定了。如果它本身已受到污染呢？"

姚英子先是眼睛一亮，可随即又疑惑起来："就算汤盆被污染，但腌笃鲜的鲜汤可是高温，一浇下去不就把细菌全烫死了吗？"

方三响摇摇头，用手指虚点了一下汤盘的边缘："这个汤盆的里面是干净的，可你看这一圈唇边，还有容器外侧，都是热汤接触不到的地方，说不定上面有志贺氏菌。"

"难道，难道他们被传染，是因为去舔汤盆边缘吗？恶心！"姚英子几乎要尖叫起来。

方三响哭笑不得，他拿起桌子上的一把竹筷："不是……他们青帮有个规矩叫劝钟，每道菜，得轮流拿筷子敲一下边，才开始吃。唯独腌笃鲜上来的时候，我心里有气，就没跟他们一起敲。"

姚英子撇撇嘴，心想这都是什么臭规矩："那我不明白了。你要说餐具被污染，应该都污染才对啊，怎么只有这个汤盆闹出事情来了呢？"

"杜阿毛说过，其他菜都是烟馆原来的厨子做的，唯独这道腌笃鲜，是从三林刚请来的大厨做的。"

这下子，整个传播过程算是推测个大概了。

那位三林厨子手上，一定沾染着志贺氏菌，并且没有做过良好的清洁。他烹饪腌笃鲜时，用脏手拿起汤盆盛菜，再端上餐桌。刘福彪、杜阿毛等人拿起筷子，轮流劝钟，在汤盆边缘敲过一圈，让细菌全数沾在了筷子头部，直送口中。

方三响幸免于难，不是因为他拒绝吃腌笃鲜，而是因为他没参与最后这一轮的劝钟。

想到这里，方三响顿时冷汗涔涔，如果当时他随手敲上一记，此时肯定也已躺在病床上起不来了。

"糟糕，那个大厨可是已逃出去了！"

姚英子提醒道，方三响这才想起来，那个危险的传染源还在外头逍遥。万一他再去别家做菜，岂不又是一轮大肆虐？

两人拿了汤盆，匆匆走回到烟馆门口。恰好孙希和公所的人折回来，他们基本上把昨天逃出烟馆的仆役、丫鬟、厨子、账房、伙计都访明白下落，目前并无其他人有赤痢症状。

方三响把发现简单介绍了一下，众人都吃惊不小，没想到这传播路径如此曲折。孙希说那大厨见青帮老大吃出了事，吓得连夜逃回浦东老家去了。自治公所和卫生处的人都很紧张，若那个猪头三在浦东再

65

搞这么一轮,事情可就闹大了。

不过这些事情,自有自治公所去处理。他们的任务,算是圆满完成。卫生处的那个官员也终于松口,允许他们送走病患。一方面是因为方三响找到了污染源头,可以向民众解释;另一方面,则是因为闻讯赶来的青帮帮众越聚越多,治安压力实在太大了……

在一群凶悍青帮汉子的注视下,民夫们把刘福彪等九人一一抬上急救马车,准备拉走。那些帮众还要跟随,却被方三响给喝住了。

他威风凛凛地站在马车前头,伸开双手,严厉地喝令两边退开。方三响如此不客气,居然没人敢上前炸刺,因为他们都知道,这小子先后两次救了刘福彪、刘福山兄弟性命。不知是谁带头,帮众们哄然开始行礼,用对帮内长辈的礼节,来拜谢这一个二十不到的方医生。

方三响对这个可没兴趣,现在他对青帮规矩真是怕死了。一直到马车的影子消失在街角,他才算是长舒一口气,回过身去,指挥民夫用炉灰清理烟馆里的脓血粪便,以及清理整条街附近的垃圾堆、厕所,以绝后患。至于那个肮脏的伙房,自然也要彻底关闭消毒。

当所有的后续收尾都弄完,方三响、孙希和姚英子精疲力尽地走出烟馆时,眼前的夕阳都快落山了。

"这一次何登教授的任务,算是圆满完成了吧?"姚英子不确定地问道。

"当然啦,九个患者都送去医院,传染源基本也确定了,现场也清理完了。我想不出还有什么事情没做。"孙希叼着烟卷,深深吸着烟雾,懒散地眯起了眼睛。

"还有写报告。"姚英子提醒。

孙希摆出愁苦面孔:"我是友情帮忙啊,外科医生写传染病报告,太残忍了。要不老方你去写吧。"

方三响对这个称呼,有些不自在:"当然由我来写。这一次幸亏有了何登院长的叮嘱,做起调查来才没有想当然。现在想想,我们可能犯错的地方太多了。也许会误信患者的判断,当成伤寒来处理;也许会被汤盆误导,想不到青帮规矩这一个途径;也许把注意力都放在刘福彪身上,让那个大厨在外头逍遥。任何一个点出错,都可能导一场大疫暴发。"

孙希赞许道:"总结得很有水平嘛。英国有句谚语,一盎司的预防大过一磅的治疗。咱们这一次,可算是防患于未然了。"

姚英子很不满他这种居高临下的口气:"你搞清楚,全程都是我俩在充满病原体的地方忙活,你一点忙也没帮上。"

"哎,一个一个寻人也很麻烦的好吗?"孙希委屈地辩解道,"这样好了。我请你们去荣顺馆吃腌笃鲜。"

"不要!"姚英子和方三响同时叫起来。他们对这道菜的阴影实在太大了。

"我看你们呐,是 once bitten, twice shy。"

"假洋鬼子,你就不会说一句一朝被蛇咬,十年怕井绳?"姚英子没好气地说。

孙希哈哈大笑起来,把烟蒂弹进苏州河,重新点起一支烟,顺手把火柴盒塞回兜里。此时在他的口袋底部,多了一张薄薄的名片。孙希的指尖在纸片上轻轻刮了一下,确认它还在,才徐徐缩了出去。

名片素雅,正面衬图是一丛墨竹,挺拔如刀。

三林大厨,可不是孙希在自治公所的唯一收获。

第四章 一九一〇年 六月（1）

上海法租界里有一条宁波路，毗邻霞飞路与宝昌路。路面平阔，一色沥青水泥铺就，两侧皆修有暗沟，上覆洋铁盖子。路边一排排小洋楼鳞次栉比，或是英吉利乡村风的尖顶花园，或是希腊拱券式的小楼，或是杂糅了拜占庭与文艺复兴风的法式折衷主义塔楼。

即使在欧洲，也很少见到如此之多的建筑风格集中在一块。

若换做平时，孙希必然兴致勃勃地在宁波路上走一走，聊解英伦相思之苦。可如今他却心神不宁地搅动着身前的咖啡杯，不时透过一扇帕拉第奥式大窗朝外看去。他即将要约见的这个人，可是得要打起十分精神来应付。

十一点整，咖啡厅里的座钟准时敲响。仿佛算准了时间似的，一个三十多岁的男装女子踏着钟声走进屋子，左右看了看，径直朝孙希走来。

孙希赶忙起身，却不防撞到桌边，让咖啡杯里的棕汤洒出来一点。他狼狈地掏出手帕，胡乱擦了擦，这才重新坐下。又想到什么，猛然又站起来，替对方拉开椅子。

说来也怪，孙希平日见了谁都不怵，可一跟她眼光对上，却似老鼠见了猫一样——正是上海女子中西医学院的校长张竹君。

张竹君在对面坐定，先打量了一番，似笑非笑："辫子呢？"

孙希从衣怀里露出一截辫梢，甩了甩："租界里不查这玩意儿，我就给收起来了。"

"在哪里都不应该戴这种猪尾巴。"张竹君甚至不屑把声音压低。

"我小时候在海外长大，辫子一直没留起来，索性弄个假的敷衍一下而已。"

随即孙希自报了一番履历。张竹君听说他也是广东人，还是番禺同乡，态度和缓了些，简单用粤语聊了几句。不过张竹君嫌孙希的粤语南洋味儿太重，两人最后还是改回了官话。

身着蓝色制服的仆欧递过菜单，张竹君抬抬下巴："我对咖啡没有研究，你让他点。"

孙希咬咬牙，点了杯最贵的维也纳奶油咖啡，笑着说："这里只有西饮，下次找个茶庄，我伺候您几杯乌龙茶。"

"寒暄到此为止。说吧，一个红会总医院的高材生，来找我做什么？"张竹君双手抄在胸前，语带嘲讽，显然在来之前也做了一些调查。

"呃，实在是有件私事，希望能得到您的建议。"

张竹君道："你卖相这么好，直接去找姚永庚说不就行了？"

孙希一怔："我找姚永庚做什么？"旋即醒悟过来，这里面恐怕误会大了，连忙摆手道："不，不，我要说的事，和英子没关系。"他赶紧端起咖啡啜了一口，掩饰尴尬。

张竹君唇角微微翘起："既不是为了英子，那就是冲着沈敦和来的喽？"

孙希"噗嗤"一声，差点把咖啡呛进气管里。这位张校长未免也太厉害了吧？

两人见面才几句话，就觉察到自己的真实意图了？

张竹君道："陆军军医学堂的学生，一毕业便分配到各镇新军做医官去了，前途无量。唯独你舍弃大好仕途，跑来这籍籍无名的红会总医院做实习生。这样的履历都冇景蓦，当我盲乜？"

"景蓦"就是蹊跷。张竹君到底是做医生出身的，孙希履历中只露出一点破绽，便被她看得通通透透。

既然被人一眼看穿，孙希也决定不再绕圈子。他压低嗓子，把冯煦的任务讲了一遍，然后道："实在惭愧。那晚您和英子讲话的地方，就在我房间内窗台下。我听到张校长您说了一句，沈敦和办慈善名头大，内里的龌龊却少有人知——所以这次是想请教，您只是随口一说，还是握有什么实据？"

张竹君眉头微挑。她猜到这个小伙子与北边的大清红十字会有关，却没料到是冯煦直接安排的间谍。她手指在桌面轻轻敲击，突然反问："你年纪轻轻，为什么会蹚这摊浑水？公义？私仇？"

在那两道刺刀般目光的注视下，孙希张了张嘴，最终还是摊开双手苦笑道："不是什么大义，也没有什么私仇。只不过张大人掊着我的生活费，冯大人又允诺我可以公派出国，所以我一个学医的，才被迫成了间谍！可不是情愿的。"

张竹君盯着他，突然笑了："你知道医生最讨厌哪种病人吗？"

"得了性病的？"

"错，是那种不诚实的病人。明明有求于医生，却还要千方百计隐瞒症状，自作聪明，真真不知所谓。我行医这么久，医术不敢夸口，但辨人真伪的眼力还是有的。"张竹君一边说着，一边打量，"你这孩子浮夸了点，倒也算诚实。刚才你若有半点迟疑与伪饰，我起身就走。"

孙希一阵后怕。刚才若自己摆出凛然大义的姿态，只怕这件事已经办砸了……跟这位张校长谈话，真是得打起十二万分精神，真不知道姚英子怎么在她的学校待足五年的。

这时咖啡已经送到，张竹君拿起敞口小壶，把乳白色的奶油倾入杯中，黑棕色的液体迅速变浅，一股香甜冉冉升起。她随意啜了一口："礼尚往来。我也回答一下你好了。我不喜欢沈敦和，既是大义，也是私仇。"

"六年前日俄战争，沈敦和在上海筹办万国红十字会，呼吁各地捐款救援。当时我还在广东行医，看到这个倡议，深为触动，便募集了两万两捐款，动员数十名医生，以广东医界代表身份北上。谁知抵达上海之后，沈敦和把银子收了，却不许我们广东救援队继续北上，说东北战乱频仍，形势复杂，不宜猝进，权且观望以策万全。

"他的理由自然是冠冕堂皇，可内心的想法却休想瞒住我。我自行医以来，这样的男子眼神见过实在太多，无非是不信任女人为医，觉得她们前往战地救援只是徒增累赘。呵呵，那两万两银子，都是广东女界所捐，他倒不嫌脂粉味重呢。

"我争取了很久，未得允可，一怒之下干脆自己雇船带队北上。可惜刚到辽东，战事已经结束，我只好返回上海。沈敦和看不起女子行医，我偏要做出些名堂来，打肿他的面皮。不过若做这个事业，在广东是不行的，上海无论意识还是风气，都领全国之先，所以我便留了下来，创办了这间上海女子中西医学院。"

"所以……您怀疑沈敦和侵吞了那两万两银子？"

"他也许花在了正确的地方，也许没有，我不知道。但万国红十字会却从来没有公示过账目明细。不止那两万两，我有理由相信整个募捐款项都存在问题。"

这倒是和冯煦的说法对上了……孙希心想。他急忙道："那您手里有证据吗？"

张竹君摇摇头："没有。这六年以来，我一直要求款项公示，可沈敦和百般推诿，从来不把账册拿出来。偏偏这个人又很会折腾，又是关东善后，又是旧金山救援，又是建总医院，又在报端发表各种宣扬红会理念的文章。大家被他的手段搞得眼花缭乱，我呼吁过很多次要清查账目，可惜应者寥寥。"

孙希一阵失望，这些信息并没有什么实质帮助。看来自己还是想简单了，冯煦背靠朝廷，都拿沈敦和没办法，遑论一个女医学校的校长？

张竹君敏锐地觉察到对方的情绪变化，轻轻眯起眼睛："我虽接触不到账册，可六年时间，多少还是知道一点他的隐秘手段。"

"嗯？"孙希精神一振。

张竹君从仆欧那里要来一支笔，在自己名片背后写了一个名字："你只要记住这个人就行了。他叫施则敬，是沈敦和的心腹，也是红会的会董之一。一应善款支给记账之事，由他掌管。你只要能接近他，那便有机会可以拿到账册了。"

孙希诚惶诚恐地接过名片，放进口袋。虽说调查总算有方向了，可他却一点也不感到轻松，反而愈发沉重。

"怎么样？是不是觉得，还是医学更简单一点？"

"Surely it is……"孙希一遇到无法回避的麻烦事，就会下意识用英文来遮掩。

"我告诉你，在中国，从来没有什么单纯的医学问题。"张竹君从椅子上站起身来，将杯中咖啡一饮而尽，"时间还早，你陪我出去走走。"

她的口气很平淡，可完全没留出商量的余地。孙希虽觉纳闷，也不好深问，便连忙结了账，拿起大衣，殷勤地给张竹君把大门推开。

两人出了咖啡厅，在宁波路上向东漫步而行。此时春意已盛，阳光如新鲜奶油一般流泻下来，无论是房屋还是绿植均浮起一层黏稠的光泽，惬意如欧陆风情。张竹君一路上欣赏着各色洋房，似乎兴味颇足。

"你可知道这一带为何全是各式洋房？"张竹君忽然问。

"法国人喜欢浪漫？"

"错！那是因为十年之前，法租界公董局通过一项《房屋建造法案》，在这一片区域建造须经批准，不得修建中式房屋。经过十年发展，这里几乎把中国味道全数摒弃掉，俨然成了模范殖民区——"张竹君说到这，用拐杖随手朝前一指，"只有一个例外。"

孙希顺着拐杖朝前望去，看到在一片欧式风情的小楼之间，赫然矗立着一栋歇山顶五楹大殿，翘檐重瓦，漆红廊庑，看起来格外突兀。在那大殿的进门处，悬挂着一块黑底金字大匾，上书"四明公所"四字。

张竹君走到公所前面，仰头看了良久，忽然回首道："你可知道，为何在这一片洋房之间，会有这么一栋中式建筑？"

孙希摇头，他这里来得并不多。

张竹君负手徐道："这间四明公所，乃是在沪的宁波同乡集资所建，殿后有二十多间义舍，哪位老乡身死不及回灵，就暂寄官柩于此。只因此地被划拨给了法租界，公董局一直视这里为眼中钉，处心积虑想要拔除。同治三十年、光绪二十四年，法国人以棺椁不利卫生为由，先后两次要求筑路迁坟。宁波人奋起反抗，第一次死七人，第二次死十七人。法国领事不得已，只得同意保留此地。"

孙希张大了嘴巴，没想到这栋建筑背后，藏着这等血案，不由得多打量了几眼。

张竹君道："姚永庚是宁波人，所以英子对这件事知之甚详，特意给我讲过。广东有句话：天上有雷公，地上海陆丰，我本以为海陆丰民风最为彪悍，没想到宁波人血性也这么足。"

"若不是宁波人那几十条性命，只怕公所早被夷平，换做了外国洋楼。洋人在中国各处跑马圈地，唯独在这个小会所碰了个亏。天下的道理，都被这间小小的公所说尽了：今日你退一尺，明日他们就敢进一丈，唯有团结抗争、不畏牺牲，才是自强之道。可惜啊，如今这个朝廷腐败、苟且，是怎么也不会明白的。"

孙希一听说起政治，下意识往后退了退。

张竹君却没放过他："孙希你是个聪明人，你该知道，这样的天下，不能持久。与其戴一条假辫子，不如把心里那根真正剪掉。"

"完了，完了。这要让曹主任知道，非把我扭送官府不可。"孙希心中暗想，有点口干舌燥。

张竹君没有逼迫，只是冷笑一声："中国没有、也不应该有单纯的医者。这一点，你迟早会明白的。"

她信步走到公所里面，殿前有个香炉，上头积了厚厚一层香灰。张竹君恭恭敬敬上了一炷香，这才重新走出来，抬手叫了一辆黄包车。临走之前，她又探出头来："今日你来找我，真的只是为了沈敦和的事？"

"就这一件还不够麻烦啊……"孙希嘀咕了一句，面上挂着勉强的笑容，"下次我弄点好乌龙茶，伺候您品品。"

张竹君什么都没说，扬手让车夫走了。

孙希目送她离开之后，才长长舒出一口气来。这位张校长虽是女流之辈，可实在太强势，在她面前只有俯首听命的份。

他小心地把名片收好，然后也叫了一辆黄包车，直奔公共租界而去。车子即将接近外白渡桥时，远远可以看到在苏州河南岸有一栋哥特式的高大教堂。

这教堂叫联合礼拜堂，位于苏州河与黄浦江的交汇口，毗邻英国驻沪总领事馆。距离教堂数米之外的花园里，是一家上海最好的汉弥登番菜馆，既能欣赏到黄浦江的繁忙兴旺，又可以看到苏州河的隽秀，是第一等的好去处。

孙希进到番菜馆之后，看到姚英子和方三响已经到了，坐在靠窗的西式方桌旁。他轻车熟路地把大衣交给印度仆欧，走过去落座。

姚英子不悦道："你怎么晚了格许多辰光？今朝难得的休息日，勿要浪费。"

孙希笑道："我不是找红帮裁缝订了西装吗，他们要补量一下尺寸。"

他一边说着，一边看了眼方三响。后者浑身不自在地坐在沙发椅上，动作拘束，连面前的刀叉都不敢触碰。

孙希笑道："老方你怕什么？今天我们

好好打一下姚大夫的秋风，又不用你破费。"

方三响摇摇头："嘉勉状是给我们三个人的，吃饭费用自然是三人分担。"

他们前几日解决了祥园烟馆的赤痢，自治公所特意颁发了嘉勉状。虽然这只是个空头荣誉，但对他们三个实习医生来说，也算是一件值得庆贺的事情。于是姚英子提议出来吃顿饭，庆祝一下。

孙希正想借故出来见张竹君，自然举双手赞同。方三响却有些犹豫，他向来俭省，出来吃洋菜是极奢靡的事。最后还是姚英子说你还欠我一个救命的人情，你去了咱们两清，他才勉强同意出席。

现在他突然提出要分担餐费，姚英子登时不满："说好了我请，你充什么富贵阿公？"

孙希也笑道："其实我噶好奇，老方你平时没日没夜地做工，按说攒下来的钱也不少了，难道今天要一次出清？"

方三响闻言，立刻变得窘迫起来。

姚英子咄咄逼人："你有钱，好呀，那都你出好了。"

孙希见方三响额头隐隐渗出细汗，知道他当真了，赶紧打圆场："你们别吵了，我有一个办法。今天这顿，一分为三，main course 让姚大夫出，dessert 我来出，appetizer 就交给方大夫你啦。"

姚英子拍手笑道："这个办法好！也算是劈硬柴啦。"

方三响先前在同济上学时，是听德文授课。他的英文水平只限于一些基本的医学术语，日常用语却匮乏得惊人。他不知 appetizer 是开胃小菜，还以为孙希说的是三道大菜，心里算了算价格，咬牙应允了。

姚英子知道方三响没吃过西餐，径直把菜单拿过来，自作主张替他点了菜。方三响也不去管，专注于餐厅送的牛油面包。这东西是免费送的，香甜绵软，可以趁机多吃点。

孙希和姚英子暗笑他的吃相，又不敢公开表露。孙希拿起一个圆面包，慢条斯理地拿刀切开，往里撒牛油："哎，对了，三响，刘福彪后来又找过你没有？"

"找过，我没见。"方三响淡然道，继续把面包往嘴里塞。

刘福彪那一伙人当天被送到总医院之后，何登院长亲自安排诊治，他们在次日便脱离了危险，被青帮的徒子徒孙们接回家静养了。刘福彪派人携重金来了好几次医院，要感谢方三响，均被拒绝。

刘福彪没办法，只好让樊老三跪在医院门口，自扇了一天耳光，脸肿得简直没法看，引起了好多人围观。最后还是曹主任看不下去，好说歹说给劝走了。

"你小子脾气可真倔，青帮这么大人情，不趁机结交一下，反而一点面子都不卖。"孙希半是敬佩，半是埋怨。

"真要受了他的礼，以后便和青帮脱不开干系了。"方三响只是脾气耿直，却不傻。从那两个断手农民的遭遇就知道，刘福彪那些人心狠手辣，走得太近迟早要出事情。

"哎呀，今天放假，你们不要说这些无聊事了。"姚英子一听这名字，就想起那间肮脏的厨房，做了个欲呕的表情，"不能说点别的？"

这时恰好仆欧过来，拿来一瓶红酒，给每个人浅浅地斟了小半杯。孙希端起酒杯转了转，一脸促狭："好啊，聊点别的——英子，你方向定了没有？"

"啊呀，烦死了。张校长催，沈伯伯

催，连你也在这里老三老四。"姚英子一提这个，就苦恼地捧住了脸，"还不如聊青帮呢。"

"要不来外科吧，我罩着你。"

"不要，我听人说外科就是做木匠和学绣花，麻烦得紧。"

"那产科或者妇幼？我认识的女医生几乎都是选这个方向。"

"张校长也劝我朝这个方向走，可我一想到要应付小孩子就头疼。"姚英子撇撇嘴。

这时孙希举起酒杯，微笑道："好啦，酒也醒得差不多了，趁正菜没上之前，咱们干一杯。"

"以什么名目？"姚英子问。

孙希想了想："不为过去，不为未来，单为眼下的幸福生活。"

姚英子说这个有意思，也举起了酒杯。两人看向方三响，他眼神闪动，犹犹豫豫举起杯子来。

三个玻璃杯在半空相碰，发出清澈的脆声。

三人刚放下杯子，旁边过来一个人，先拱手说打扰，然后问是红会医院的姚医生和孙医生吗？

孙希与姚英子一看，脸熟，是开院典礼当天替他们拍照的那个记者。记者拿出几张名片，满脸笑容地散给三个人。原来此人叫农跃鳞，是《申报》的长约记者，这是仅次于社评主笔的职位，能做到这位子不是一般人。所以他头发不多，玳瑁腿的眼镜镜片却很厚，额头朝前鼓出，显得既聪明又憔悴。

农跃鳞说本来今天在这里约了一位工部局的官员采访，恰好看到邻桌是前不久刚采访过的医生，便过来打个招呼。

"几位恕罪。鄙人刚才无意中听到你们的祝酒词，很有意思。申报最近在做一个提倡新生活的栏目，各界声音都有。鄙人想如果有医生能参与议论，当然是最好不过了——不知能不能随便说几句？"

这事自然让孙希出面最为妥当。他整了整领结，朗声道："英谚有云，water under the bridge，这句话翻成中文，便是逝者如斯夫。过去的事情，纵然百般去想，亦不可挽回。而未来难以预期，譬如明日是否下雨，下个月是否地震，全是上帝的安排，非杞人所能揣测。所以只有眼前的确定的幸福，才值得我们祝福与珍惜。"

农跃鳞低头记录着："那么请问三位，对时局是如何看待？"

孙希不由得皱皱眉头："这跟时局有什么关系？"

农跃鳞道："既说眼下的幸福生活，是不是意味着，你们对时局还算满意？"

"我们是医生，研究的是人体组织，可不是人类组织。"孙希回答得很是机智。

农跃鳞扶了扶眼镜："可医生并非生活在真空里。比如去年预备立宪，诸省咨议局请愿代表团上京，要求以一年之期召开国会，其中就有不少医生代表。这件事你们听过吗？"

三人面面相觑，皆没有做声。

农跃鳞又问："那么对袁世凯、孙中山、宋教仁这几个人，几位有何评价？"

姚英子忍不住道："农记者，你的栏目不是提倡新生活吗？与这些有什么关系？"

农跃鳞停下记录，正色道："原先是皇家定策，百姓凛然遵行。如今人人都要参政议政，岂不就是一种新生活吗？诸位都是先进的西学精英，对时局难道一点看法都没有？哪怕是有什么疑问也行。"

饭桌的气氛变得有些僵硬。这时一直闷着不响的方三响却忽然开口道:"农先生,那些政治上的事我是不懂,不过倒一直有一个问题,想得到解答。"

农跃鳞眼睛一亮,这人在三人里最不起眼,但记者的直觉告诉他,这背后似乎有故事可以挖。他迅速翻开一页新纸,捏住铅笔。

姚英子和孙希同时在桌子下面踢方三响,这么擅自做政治发言,只怕曹主任的血压又要上升了。可方三响恍若未觉,缓缓开口讲起老青山惨案来。

他口才欠佳,但这惨案是亲身经历,讲起来格外真切。孙希是第一次听说这段往事,姚英子之前知道一点,但并不详细。两个人同时缩回脚去,屏息凝气。

方三响一口气讲完,嗓子有些沙哑。他拿起酒杯,一饮而尽,然后眼睛红红地看向农跃鳞:"六年过去了,却一直没人能回答我的问题:为什么?为什么会发生这样的事?我们为什么要承受这样的命?"

农跃鳞沉默地写好最后一个字,把铅笔塞回胸口:"这个问题,我没法回答你,不过我会把你的故事如实地登出来。这是个好问题,乱世兵燹,个人遭逢,究竟是何道理?虽是一家之不幸,足以引起《申报》的读者们深思——未尝不是一种议政。"

他转头瞥了一眼,看到受访者已经走进餐厅,便对三人一拱手:"感谢诸位谠论直言,克日见报。回头鄙人请客,替三位订上一年《申报》,闲暇不妨看看。你不去关心时局,时局也会来关心你。"

农跃鳞走了以后,孙希看着方三响:"啧,原来……你还有这么一段往事啊。"

方三响怅然道:"事情已经过去了,但我还过不去。"

孙希忽然恍然:"难怪你见我第一面,就问是否见过嘴角生两粒黑痣的人。原来你一直在找那个日本间谍。"

"不错。他是我们沟窝村的仇人。我这些年来,逢人便问,就是不想放过一点可能。"方三响说得咬牙切齿,眼圈泛红。

孙希赶紧举起酒杯劝解道:"别多想啦,所谓大难不死,必有后福。你如今能在十里洋场做起医生,这不就是后福了么?来,来,喝一杯。"

姚英子也一起举杯劝起来,方三响不再推拒。三人又喝了一轮,前菜陆陆续续端了上来。孙希叉了一块红酒鹅肝放进嘴里,还没咀嚼,油香便在口中弥散开来,他深深吸了一口气:"英国别的都冠绝寰球,唯独饮食这块差得太远,这一点不得不佩服法国人的精致。"

姚英子笑盈盈道:"这里的大厨,在巴黎也是难得的。整个租界,不会有比他家更好的法餐了。"

她见方三响还没动刀叉,又催促道:"哎,这 appetizer 可是你付账,不吃可就亏了啊。"

方三响一听,这才单手拎起叉子,扎了一只焗蜗牛到嘴里,囫囵吞下去,活像猪八戒吃人参果一样。

三人毕竟都是少年心性,虽然各怀心事,可吃着吃着都放松下来。孙希故意插科打诨,说些欧洲轶事笑话,引得姚英子咯咯直笑。方三响说得虽少,嘴里却没停过,刚才的愁绪也便暂时忘却了。

酒足饭饱,结账时方三响才发现,中了孙希的小小圈套。他还要坚持,孙希拍拍他肩膀笑眯眯道:"今天就别死撑面子啦,你就让大小姐请一次。你辛苦攒的那些钱，还是留着礼敬佛祖吧。"

"嗯？"方三响眼神一闪，仿佛被发现了什么天大的秘密。

孙希连忙解释："谁让咱们住一栋宿舍呢。每隔半个月发钱的日子，你就要去一趟静安寺。这也没什么，我也偶尔会去教堂呢，别太沉迷就好。"

方三响没吭声，似乎完全不想触及这个话题。

姚英子见时间还早，提议说不如去新开的虹口活动影戏园看戏。这是上海第一家影戏园子，西班牙人投资的，放的多是从欧美舶来的镍币西片，每周只要有邮船抵达，都有剧目更新。

孙希举双手连声说好，方三响犹豫片刻，耐不住姚英子眼神恳求，只好表示赞同。

"什么是镍币西片？多少钱？"他谨慎地问了句。

姚英子道："美国的影戏院很便宜，一个人五美分，合不到两角洋，可以看足一天。他们五美分的硬币是镍质的，所以放的片子就叫镍币片了。"

方三响一听，这个价格似还可以接受，松了口气。孙希揽住他脖子，笑嘻嘻道："我在伦敦看过，可比书本好看多了，会动的。"

"那不就是皮影戏？"

"你看了就知道！"

三人结罢了账，兴冲冲直奔乍浦路上的活动影戏园。恰好这周才运来了一批新的美国短片，门口观众如潮。他们坐进影戏园里，选了个一等雅座。这些影戏都是循环播放，坐多久都成，可以看个痛快。

孙希和姚英子之前都体验过，并不震惊，可以沉心揣摩剧情。方三响是头一回看，在黑暗中双目圆睁，舍不得错开一秒，甚至有几次下意识要躲开，生怕被屏幕上的马车行人撞到。

这戏园老板大概是走通了欧洲渠道，批发了一批法国的电影来。本周上的片子，除了美国的各种镍币电影之外，一半都是法国出品，诸如《惊马》《魔砖》《阿拉丁神灯》，极魔幻传奇之能事。

放到最后一部法国片时，影戏的画风却突然一变。

这部名字叫《La Révolution en Russie》的电影，开篇先是一艘巍峨的大军舰徐徐入港，然后是一群水兵围着舰长起了争执，其中一名水兵惨被枪杀。紧接着，其他水手们一哄而上，杀死舰长，发动哗变，然后是沙俄军队杀入港口。在一个望远镜的主观视角里，观众看到了陷入火海的港口、惊慌失措的民众，也看到了军队镇压水兵的残虐。那种绝望的压迫感，几乎要从简陋的幕布洋溢而出。

仅仅三分半钟的长度，三人却觉得经历了三个小时那么长。

"这片子到底是在讲什么？"孙希觉得有些口干舌燥。

姚英子摇摇头："看装束像是俄罗斯那边的事儿，也不知真的假的。"

"我认识点法文，片子好像叫俄国革命。好家伙，毛子可真够凶暴的。"孙希小声说着。

姚英子正想问什么是革命，忽然听到身旁沉重的呼吸声，侧头一看，方三响鼻翼翕张，拳头举起来又放下。

姚英子这才想起来，他爹和沟窝子村民就是被毛子兵打死的，此时看到这种场面，难免会触景生情。她跟孙希商量了一句，赶紧把他从戏园里拽了出去，出去透透空气。

老板正在戏园门口招呼观众，孙希过去问了几句，回来说这片子拍的是一九〇五年俄国革命。因为日俄战争失败，导致俄国掀起一股反对沙皇的热潮，兵变四起。有一艘叫波将金号的战舰不满压迫，愤然起义，却被沙皇派去的军队残酷镇压。有一个叫吕西恩·农居埃的法国导演从波将金号里得了灵感，拍了这么一部片子。

"俄国人真是太暴力了，吓死人了。"姚英子听完，吐了吐舌头，"跟那边一比，上海可真是太平多了。"

"以后还是少看这种吧，晚上会做噩梦。"孙希说得满不在乎，可心里却蓦地想起四明公所，一种说不清的烦躁浮上心头，似乎隐隐有什么毛刺在摆动。

这时方三响走到他面前问："那些水兵为什么哗变？是因为活不下去了吗？"

孙希愣怔了一下，说没问那么细。

方三响又问："那这个'革命'又是什么意思？为什么不叫叛乱？"

孙希本想解释一下，随即想起来，国内那些乱党好像最喜欢自称为革命党什么，比如跟自己同姓还是老乡的那个孙逸仙，就……总之少说为妙，便一捶他肩膀："哎呀，你不是老说捉大放小吗，片子都看完了，还纠结这些细枝末节做啥？"

方三响拧着眉头，试图从里面琢磨出点什么，姚英子却不耐烦地把他俩一推："走，走，我请你们吃梨膏去。"

街边就有卖梨膏糖的小热昏，用苏北话咿咿呀呀唱着："一包冰屑吊梨膏，二用药味重香料……"姚英子买了一大把，三个人斜靠着戏院外的梧桐树边，你一块我一块地吃起来。

"说好了，这个我请。"方三响严肃地说，从口袋里摸出几个铜元。

"老方你这可失算了。英子这个人，吃别的一般，吃起甜的没够。别看梨膏糖三个铜元一把，她能把你吃破产喽。"

姚英子羞恼地狠狠跺了孙希一脚："你个阿缺西的瘪三，要吃生火才肯闭嘴！"

孙希赶紧躲闪，却不防撞翻了旁边卖茶叶蛋的土灶。火星飞溅，落到西装外套上，心疼得他赶紧伸手扑打。

方三响看着那两个人打闹着，心情渐渐松弛下来。他依依不舍地用木勺舀出最后一点梨膏，甜丝丝的一入口，冲淡了口中的苦涩，只是戏园里的那段影像却始终无法去除。

三人玩闹了一阵，天色黯淡下来。方三响说差不多该回医院了，姚英子提议说，回去的路上在外白渡桥上停一下，那里是欣赏落日的绝佳位置。

这座外白渡桥是三年前建成，全钢架双孔结构，望之峥嵘威严，雄峙于苏州河与黄浦江的交汇处，外滩航运尽收眼底。外白渡桥在主道两侧铺了两条木板步道，外有扶栏，很多上海市民没事都会跑来这里看西洋景儿。

他们三人走到桥中间的时候，天色已是略晚。晚霞如被红葡萄酒泼洒浸润一般，微微透着酡红，酡红边缘还亮着一丝余晖，映在远处黄浦江的浩渺水面之上。那些悬挂着万国旗帜的大小船只穿梭如织，如行于彩云之中，不知疲倦。

玩了快一天的三人伏在栏杆上，凝望着这壮丽斑斓的景象，一时间竟无人开口。过了好久，姚英子轻轻叹道："真美啊，每次看都这么美。"少女踮起脚尖，努力让上半身朝桥外探去，想要伸手抓住最后一缕夕阳。

方三响有点紧张地把胳膊伸过去,生怕她掉进苏州河里:"下次有机会,我带你们去东北,那里的落日不太一样,但也很好看。"

旁边孙希刚掏出一支香烟,闻言不由得撇撇嘴:"要说泰晤士河的落日啊,你们可能没机会见到,那才是真的是肃穆壮观。"

姚英子趴在扶手上,目不转睛地望着黄浦江的水线,太阳最后将在那里被吞没。她的双瞳里,似乎染上了云霞的颜色。

"从我小时候起,每次看到落日又是欢喜,又是难受。它好美,可这么美的东西,却一转眼就消逝了。我那时候就在想,如果一直能看到这样的景色,就好了。"

"傻丫头,你忘了时差吗?地球另外一面的纽约,如今可正是朝日初升呢。"孙希哈哈一笑,"太阳永远都不会变,变的只是我们而已。"

姚英子凝望远方,喃喃道:"是啊,变的只是我们而已。"

"都是做医生的,明白这个自然规律。人终究会变老、得病、死亡。所以要及时行乐,别把自己弄得苦哈哈的——对吧?"孙希一边说着,一边用胳膊肘去顶方三响。

方三响有点慌乱地答道:"只要尽了本分就好。"

姚英子忽然转过身来,背对着夕阳。飞旋飘散的乌黑长发,短暂地遮住了她精致的面孔,只有那一双清澈的眸子露在外面,倒映着半明半暗的云霞。最高明的画师,也调不出此时此刻她双眼中的颜色。

那一瞬间旋身的美态,让另外两个人心中皆是一漾。

"如果以后能一直像今天这么开心,就好啦。"她的语气说不上是祈愿,还是感慨。

在她身后的远方,依稀可见外滩如群山起伏般的巍峨建筑。在落日与霞光映衬之下,这一切景象,都被镶嵌上一层温润金边。深沉的阴影赋予了西洋油画般的质感,庄严而富有神性,仿佛天堂一般永恒存在。

一张八开大小的《通信晚报》飘落在车站地板之上,悄无声息。

读者并未俯身捡拾,反而匆匆离去。于是它便那么平平摊开来,任凭不同的皮鞋、布鞋踏过去,印上一圈又一圈灰渍。

这是沪宁车站自办的文摘汇报,只摘录前日各大报章的新闻,供乘客候车消遣之用。此时那些小号铅字浸没在水痕之中,如蚁集蜂攒,只能勉强分辨出它们的形体:

"摘自《申报》六月十日:'入夏以来,皖北惨遭水患,几于全境路沉,无论冈洼,无无水之地,无不灾之区,举凡村镇、房舍、人畜以及上季所收之粮,皆为波涛席卷而去。'"

"摘自《新闻报》六月十日:'亳州被雨难,城中屋宇倾圮者不可计数。涡水上涨,桥梁漂没,船只沉溺,两岸数百家尽付东流,田中秋禾摧折已尽。'"

"摘自《神州日报》六月十日:'涡阳忽遇倾盆大雨,四境汪洋,涡河高于岸平,北关沿岸房屋漂流殆尽,河中尸骸随波而下。湖田已无粒米可收,高田之禾又为大风所偃仆,惨亦甚矣。'"

即使报纸已被水渍洇得模糊不堪,这一条条记录看着仍触目惊心,其绝望惶急之情,跃然行间。

更多的布鞋陆陆续续踏过来，很快将这张小报踩成一摊纸糊。而那些鞋子的主人，则在经过短时间的混乱之后，在候车室内站成了三排。

为首的两人，一个是外科与解剖主任峨利生医生，一个是内科的王培元医生。他们身后则是十五名红会总医院的实习医护，方三响与孙希赫然在列。

他们每个人都斜挎两个竹布口袋，右手拎着一个贴着红十字标识的棕色松木箱。上海初夏的雨水，顺着他们身上的油布雨披边角不断滴下来，在脚下聚成一个小水洼。在队伍前方，还有两面白旗，一面上书"中国红十字会"，一面上书"华洋义赈会"。

昏黄的煤油灯下，沈敦和面色严峻地走到队伍面前，摘下了头上的礼帽：

"如今皖北水患频频，眼见酿成奇灾。所谓养兵千日，用兵一时，诸君皆是总医院培养的精英，如今正有了用武之地。什么是好医院？不在于医院本身，而在于人。这是我红会专业力量第一次亮相，请诸君务求尽心竭力，不负所托……"

孙希站在队伍之中，双目平视着前方，耳朵里听着沈敦和的讲话，心脏咚咚地剧烈跳起来。红会总医院救援皖北的决定，是在两天前下达的。孙希偷偷给冯煦拍了电报请示方略，对方的回答却出乎意料："皖北事急，救难为先。"

冯煦做过安徽巡抚，消息灵通，他都说皖北事急，看来局势真的十分凶险。

孙希没奈何，只好暂且收起心思，只是心情依旧无法平复。看报纸上的报道，皖北是极凶险的地方，他没想到加入红会总医院后，不光要当间谍，还要冒险深入灾区腹地，这和他原来想象的医生生活可截然不同。

孙希苦恼地用右手拽了拽挎包，下意识瞥了旁边方三响一眼。后者足足挎着四个布袋，身上背带紧绷，纵横交错，看着好似五花大绑。方三响抿着两片厚嘴唇，蚕眉平对，全然不似队伍里的其他人那么紧张。

这倒不奇怪。别人还在上海读预科学校时，他已经在营口医院里救护伤员，这种场面早见识过了。

"喂，老方，现在可是快半夜十二点啦。"孙希用手肘碰碰他。

方三响看了一眼车站天花板上悬吊下来的大钟，闷闷道："还有四分三十秒。"

孙希笑嘻嘻道："不知道沈会董能给你拖延多少时间。"

方三响看了眼候车室的入口，外头漆黑一片，只有哗哗的雨声传来。沈敦和还在一二三四点地侃侃而谈，旁边何登院长赶紧比了个手势，指了指车站钟。沈敦和意犹未尽地收了个尾，一抬手，曹主任递来了一个酒盅。沈敦和接过，动情地说道："六年之前，万国红十字会救援辽东，沈某手中无医可用，一直深以为憾。如今红会终于有了自己的力量，再不必受制于人。今日壮士出征，沈某无以饯行。备薄酒一盅，略表心意，待诸君归来，再行庆功！"

听到会董如此激昂，队员俱是精神一振。

沈敦和一饮而尽，然后把酒盅摔落在地，登时碎成八瓣："登车！"

一旁的乘务员拉开铁滑栅栏，救援队员从检票通道鱼贯而入，朝站台走去。铁轨上早有一辆两车厢列车升火等候，这是特为总医院加开的专列，直抵南京。

孙希和方三响进了车厢之后，把东西

都搁到行李架上，然后对坐在车窗前。

孙希伸出手："呐，愿赌服输。"

方三响摇摇头，从腰间掏出一方白手绢，里面包着一把角洋。他一个一个数出来，似是不舍。

孙希眼睛很尖："咦？这不是英子原来用的手绢吗？"

"我上次拿它包过头，她就不要了。"方三响数出六枚角洋，心疼地递了过去。

孙希笑道："我就说她不会来吧？皖北水灾可不比上海时疫那么小打小闹，水患、饥荒、瘟疫、乱民、匪患，哪个都是要命的事……谁敢把姚永庚的女儿送过去？"

话音刚落，孙希忽然发现车窗外的检票口一阵混乱。两人对视一眼，不约而同地把脸贴上玻璃，希望看得更清楚一些。

借助煤油灯的照明，他们看到在检票口前，一个娇小的身影欲要强行冲进来，却被沈敦和与曹主任联手拦住。孙希还没动，方三响已经张开双臂，两侧卡扣一扭，硬生生把车窗抬了起来。没了玻璃阻挡，声音清晰传来。

"你们为什么不让我去！就因为我是姚家大小姐吗？"姚英子的声音穿透层层雨幕，充满愤怒。

曹主任拼命劝解，可惜声音太小，听不太清。

不多时，姚英子的声音又一次高亢起来："你们觉得我在医院只是玩玩，你们根本没把我当医生对不对？"

这一连串激烈质疑，打得曹主任溃不成军，连连后退。

孙希叹了口气，从怀里掏出一把角洋，扔给方三响："你赢了，拿这些钱去拜佛烧香吧——唉，没想到她真跑来了。"

方三响毫不客气地收起钱来："你那么精细的人，难道没发觉？咱们院里的人待她有些过分的客气，看她的眼光好像贵客似的。那些同事，哪个在做业务时主动找过她？换了你是英子，你会怎么想？"

经他这么提醒，孙希回想平日里种种小事，还真是如此。比如中午去食堂吃饭，其他女孩子都是三五成群，却很少叫上姚英子一起。大部分时候，她都是跟孙希和方三响凑一桌。有一次孙希半开玩笑，说你天天凑过来，是看中我俩谁了吧？结果被姚英子暴打了一顿——现在回想起来，她其实是没别的选择。

"英子聪明得很。她知道，这次是总医院第一次出战亮相，如果她去不了，以后很难在医院里立足了。"

孙希颇为意外地打量了他一眼："看你平时闷不吭声，原来观察这么仔细。"

方三响自嘲道："我是久病成良医。"他随即又轻轻摇了一下头："我担心的不是英子不来，而是她来了怎么办。"

"喂，喂，你赢了钱还卖乖，太过分了。"

"这次咱们可不是野餐郊游啊，我担心她会不会……"

方三响一边说着，一边把目光投向检票口。那边的争执快分出胜负了。在姚英子的猛烈攻势下，曹主任已然败退，沈敦和也快招架不住。

这时，火车前方响起一声悠扬的汽笛，白色的蒸汽从车头横喷而出，眼看就要发车了。方三响和孙希都有些焦虑，探出头去，想看看到底什么结果。

那个娇小身影突然钻过两人阻拦，"噌"一下钻过铁栅栏，朝着这边飞跑而来。可发车的哨已然吹响，火车先是前后挫动了一下，然后缓缓朝前开去。

那身影却没放弃，还在拼命追赶。她

堪堪只跑到车厢旁边，却来不及冲到车门——即使冲过去也没用，车门已经被乘务员锁上了。方三响果断把上半身探出车窗，拼命伸出手大喊："英子，抓住！"

姚英子咬紧牙关，加快几步，随着向前移动的车厢狂奔，一边把胳膊朝上伸去。方三响大半个身子往外一挺，用力抓住对方手腕。孙希大叫："抓臂骨，别抓关节！"方三响立刻改换，抓到小臂桡骨中段，这才发力一拽。

他体格甚大，拽起姚英子来，如同东北棕熊抓一只兔子，登时让她双脚离地。方三响和孙希两人齐心协力，顺着车窗把姚英子拽进来。

在其他人惊骇的目光注视下，姚英子一屁股坐在椅子上，大口大口喘着粗气，全不顾一头湿漉漉的散发。孙希从自己水壶里倒了杯罗汉果茶，让她小口慢慢喝，又递过一把小檀木梳子。方三响则起身去了另外一节车厢。

"你这胆子也忒大了，不要命了啊！"孙希惊魂未定，比她看着还紧张。

姚英子一边拢头一边道："放心好了。沪宁这条线上用的是太平洋式机车，锅炉起速很慢，肯定追得上。"

"这不是重点好吗！"孙希按住额头，一脸无奈，"你怎么就这么跳上火车了？"

"哼，我是红会总医院的医生，现在救援队出征，我为什么不能来？"姚英子气呼呼地说，"有本事他们派人去皖北，把我抓回去！"

"你知不知道，你一时冲动，害我输给蒲公英六个角洋。"

这次轮到姚英子一愣，随即不乐意了："你们两个赤佬，竟然拿这种事打赌？！"

孙希说了说赌注内容，姚英子梳头的动作不由一顿，低头轻声啐了一口："这个蒲公英，真是自作主张！我可没他想的那么不受欢迎。"

这时方三响走回过来，身后还跟着王培元、峨利生两名教授。原来他第一时间去通知了两位带队医生。两位医生听说姚英子居然强行扒上火车，都震惊不已。他们提起煤油灯，先检查了一下，确认她并无外伤。可怎么处置这个姑娘，却犯了难。

峨利生医生只管业务这一块，救援队的事务实际上由王培元医生全权负责。他是总医院唯一的华人教授，一时间全车厢的人都看向他。

王培元医生身材不算高大，圆脸圆鼻头，眉毛有点斑白，看上去慈眉善目像一个老和尚。他在医院也是出了名的老好人，考试时总给学生加几分，最差的也能攀到及格线，总爱说一句话："我很欣慰。"

"哎呀，你这孩子，怎么这么乱来。"王培元有点心疼地埋怨了几句，转动脖颈去看贴在车厢门侧的线路图："下一站在安亭，你赶紧下车吧！"

孙希提醒道："老师，这趟是给红会专开的车次，不到南京不停呀。"

王培元用手去摸已经半秃的头顶，有些为难："就不能跟司机商量，稍微停一下放个人吗？"

姚英子道："沪宁线是单线行车，时刻一耽搁，整个运行图都要乱掉的。"

王培元是传染病学的专家，对铁路运行不在行，这下子可犯了难。

姚英子抓着他胳膊轻轻摇晃："王教授，你看我都上来了，就行行好嘛。您不是经常教导我们说医者需有大爱吗？我去皖北救人，这难道做错了？"

这一下可把王教授给问住了。他转头看看峨利生医生，后者全程扑克脸，对此不置可否。末了王教授叹了口气："好，好，你能有这样的觉悟，我很欣慰。既然火车停不下来，你就先跟着我们吧——可有一样，得听从指挥，可不能像刚才那样，说走就走了。"

"得令！"姚英子大喜，狠狠地拥抱了王教授一下，吓得他差点跌倒在地上。王培元在方三响和孙希两人脸上扫了一圈："你们这些毛糙小子……"话没说完，摇着头离开了。

姚英子得意洋洋坐回到座位上。

孙希钦佩道："人家都是因材施教，你这是因材撒娇啊。对曹主任就来硬的，对王教授就来软的。"

"要你多嘴！"

姚英子哼着《花木兰》的戏调子，拿起梳子来继续梳头，梳完才发现发夹不知掉到哪里去了。邻座一个留着短发的女孩子怯生生地伸出手，递来一段细绳："我这里有多的，用我的吧。"姚英子莞尔一笑，道了声多谢，随手把头发挽了个简单的马尾。

孙希和方三响并肩坐在对面，注意到了她的细微变化，心中俱是一松。

火车重新恢复了安静。车轮有节奏地响着撞击声，车厢微微晃动着，像是一个摇篮。这些红会医护昨天一天都在忙着打点行装，疲惫不堪，不一时便头挨着头，昏昏沉沉睡着了。

他们此时还不知道，这将是未来很长一段时间里，他们最安宁的一次休息。

六月十二日中午，这一趟专列徐徐抵达南京。没想到迎接医疗队的不是欢呼，而是一筐硬邦邦的冷馒头和一间简陋的私塾教室。

王培元一打听才知道。红会总部提前汇了活动经费给当地分会，谁知分会的会计居然卷款跑了。这一次红会一共派出了四支队伍，除了医疗队之外，还有三支赈济队，算上雇佣的民夫，得有两百多号人。那会计卷款跑了不要紧，这些人一下子可陷入了尴尬境地，进退两难。

这次救援淮北的大部分善款，是沈敦和在上海组建了华洋义赈会募捐而来，再发给红会，所以财务流程上有些混乱。

抛去总会为这桩丑闻焦头烂额不谈，医疗队在那间私塾里足足等候了一天，始终无法动身。好在王培元是南京人，他找到一个在金陵航渡公司的熟人，弄到一批船票，先行连夜渡过长江，徒步跋涉到浦口。

此时皖北传来消息，水灾局面愈演愈烈，难民大潮已逼近宿州、灵璧一线。王培元当机立断，不等赈济队跟上，先行北上救灾。

可如何北上，却是个极大的难题。

因为连日大雨，浦口西北方的滁州也陷入了麻烦，池河、濠河、板桥河全面涨水，官道不通，乘船更加危险。医疗队要向北走，只有一条津浦铁路。可这条铁路尚在修建中，根本没有通行车辆。

最后还是沈敦和想了个法子。他给远在京城的冯煦拍了电报求援，冯煦找到督办津浦铁路大臣徐世昌，给南段总局直接下达命令，协调来了一辆施工运料车。

于是这支医疗队坐在一大堆钢轨、枕木、道钉之间，一路叮叮哐哐地颠簸到了蚌埠集。

到了蚌埠，便无法继续走了，因为前

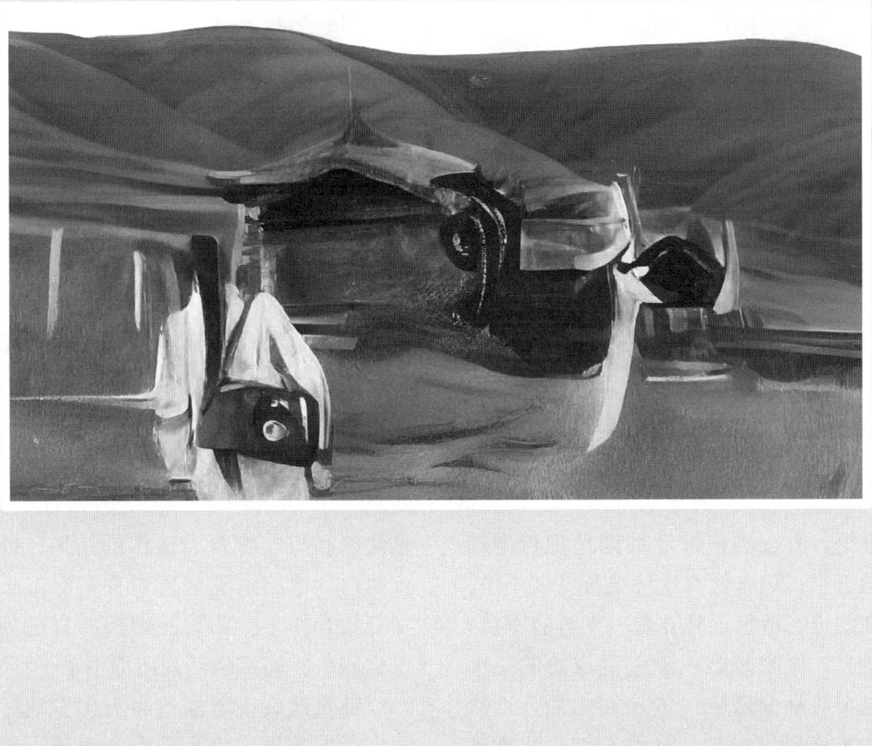

方就是淮河，大桥尚未修通。医疗队别无选择，只好先下车，去蚌埠集内休整，因为所有人都疲倦到了极限——这时已经是六月十五日。

"英子，你没事吧？"孙希伸出胳膊，示意她从车厢里跳下来。

"还好……"姚英子还兀自嘴硬，可她往下一跳，不防身子一个趔趄，差点从道砟上摔下去。

孙希把她搀扶下去，然后转身顺手把宋雅也接了下来——就是借给姚英子头绳的那个女生。

两个姑娘的状态差不多，都是面容憔悴，两个大大的黑眼圈，总是不停地用手指头捋自己的头发，感觉每一根都沾满了滑腻腻的煤灰。

过去的几天对她们来说，可真是前所未有的经历。事实上，对这支队伍里的绝大部分人来说，皆是破天荒头一次。每个人下了车厢之后，都有点恍如隔世的感觉。

远处，方三响正挥汗如雨地把行李箱一一搬下来，只有他对这种艰苦见怪不怪。

在铁道工地附近驻守着一支蓝装军队，一问番号，原来是第三十一混成协的一个营。这个协是安徽唯一的新军力量，这次奉命为筑路提供保护。孙希心细，注意到这些士兵手里端的步枪已经打开了保险栓，子弹带也掀开搭扣，俨然如临大敌、随时可以射击的架势，也不知是在防谁。

当他们听说这支医疗队伍是去蚌埠集，只是漠然地牵了牵嘴角，也不知是同情还是嘲弄。

王培元、峨利生两名带队医生招呼大家整队集合，简单地说了几句，然后徒步离开铁路工地，朝着三里之外的蚌埠集走去。

这附近最近下了不少雨，道路泥泞不堪。这一队人相互搀扶着，深一脚、浅一脚地朝前走去，泥水飞溅。幸亏在出发之前，王培元要求所有人统一换装短袍和筒裤，否则情况会更糟糕。

"孙希，还有多远啊？"姚英子第四次问。

"再坚持一下，快了，快了。"

"要是有车的话，一脚油门就到了……"姚英子嘟囔了一句。事到如今，她就算能返回上海，面子也挂不住。自己义无反顾跳下去的火坑，只能自己往上爬。

孙希看出她心思："到了蚌埠城里头，就能好好用热水洗个澡啦。我特意带了块香皂，含石炭酸的，消毒又去油。"

其实他自己也浑身发痒难耐，感觉衬衫和皮肤之间，紧贴着一层脏兮兮的汗盐，恨不得拿开水烫开才舒坦。

不过，比起身体上的不适，他心里更藏着一种郁闷。这次能坐运料车到蚌埠，是沈敦和与冯煦合力运作的结果。孙希不太明白，他们俩不是死对头吗？怎么突然又开始合作了？那夹在中间的自己到底算怎么回事？间谍的活儿还干不干了？

孙希低头正琢磨这事有多荒唐，一时间忘了看前头。前头是个高土坡，他猛一下子撞到方三响的后背，差点弹回去跌下坡底。

"喂，老方你停下来也不提前说一声……"孙希刚抱怨到一半，突然停住了。

随后姚英子也气喘吁吁地爬到了坡顶，看到两个人都呆愣愣站着，眼神发直："你们两个看什么呢？"她一边问着，一边朝前方望去。

随着视野变化，一幅难以言喻的画面

映入姚英子的瞳孔。

在灰濛濛的铅云之下，蚌埠集低矮的城墙下方覆盖着一层纷乱的杂色，青灰色、深褐色、浅绿色、乌黯肉色，它们被彼此分割成了无数细碎层叠的小点，密密麻麻地覆在城外的每一寸土地上。如果仔细看的话，会发现这些碎点竟是一个个人。

男女老少皆有，数量根本无法清点。他们聚在官道中央，聚在田埂塘边，聚在沟渠堤圩，聚在林木窝棚，像绝望的蚁群爬满所有能落脚的地方。没有棚屋，没有锅灶，连芦席和苫布都很少。

人群像一摊污泥一样涂在地面上，他们半裸着身体，露出嶙峋黝黑的乳房或胸膛，姿态各异，表情却全都麻木得像是泥塑，仿佛被吸光了所有的精气。放眼望去，那层层叠叠的肢体上，分布着疽疮、癫癣、脓疥、斑疹、久不痊愈而腐烂的伤口……所有能用肉眼看到的人类病症，这里几乎都能寻见，显现出一片病态的斑斓。

虽然聚着如此之多的人，可周围却十分安静。没有飞鸟，没有猫狗走兽，连树上的树叶都被摘光了，只剩光秃秃的树杈。一头大牛的骨架匍匐在一处污水坑中，骨架上的肉早被剔得干干净净，只剩无数苍蝇落在上面，舔舐着骨缝里的污血。一股源自屎尿沤集的刺鼻氨气，悄然弥漫在这方荒芜而拥挤的空间之中。

方三响、孙希和姚英子三人呆愣在原地，声带像被手术针缝住了韧带似的，无论如何也发不出声音。

这时宋雅也从后面跟上来，看到这情景，忍不住尖叫了一声。那一片斑斓的杂色突然起了变化。头颅纷纷从污秽中抬起，无数道呆滞的目光齐齐投注到这边来。

第五章 一九一〇年六月（2）

宋雅这一声尖叫，其他人同时面色一变。

方三响反应最快，一把将她拽下坡去。孙希也赶忙推着姚英子，迅速撤回土坡的另外一侧。如果此时有听诊器的话，他们的心率只怕直逼一百七十，动脉几乎都要爆开了。

难怪津浦铁路要派军队护路，原来旁边麋集着这么多人。这些大概是附近逃难而来的难民们，没想到已经冲到了蚌埠集前。

王培元与峨利生两位医生相继赶到，也被眼前的景象震惊了。王培元是经历过大灾的人，知道旱灾与水灾的难民形态大不相同。旱灾发生没那么迅速，难民会携带各种家当逃难；而洪水一至，势头迅猛，老百姓往往只来得及自己逃出来，什么都带不走。所以水灾难民的收容与管理，极为麻烦。

眼见蚌埠集前这一片混乱，王培元脸色变了数变，急得直搓手："这怎么行，这怎么行……这是要出大乱子啊。"

眼前难民少说也有几千人，卫生条件简直一塌糊涂。便溺遍地，污水肆流，大量蚊蝇孳生，更别说还有大量没有妥善处置的尸体。这样的环境之下，暴发出任何一种传染病都不奇怪。而不远处的蚌埠集四门紧闭，似乎龟缩起来，不闻不问。

两人退回到坡底。峨利生医生注意到，医疗队的大部分人脸色都变得惨白，他微微皱了皱眉头，大声道："你们为什么要害怕他们？我们来到这里的目的，难道不就是帮助这些不幸的人吗？"

年轻的实习医生们垂下头。他们当然知道自己的任务，可那幅画面实在太惊人了，如同一把烧红的铁叉子直接捅进双眼，无关情怀，无关技术，那是直击心底的生理恐惧。

其实，带队的本应是柯师太福医生，可惜他身染疾病，峨利生医生便主动请缨前来。只见教授把旁边的长条箱打开，从里面取出一摞白底红十字的袖标，走到方三响和孙希面前："发下去，每个人都戴上！"

孙希是他最熟悉的学生，而方三响此时最为镇定。他们俩接过袖标，挨个给同事们发起来。无论男女，接过袖标的手都在剧烈抖动。峨利生医生没有出言安慰，他严厉地扫视了一圈，从长箱里又拿出一面红十字小布旗，展开旗面，转身朝着坡顶爬去。

王培元有些担忧地喊道："现在过去太危险了！"

峨利生医生一脚已经踏到坡顶，回头道："我不是鲁莽，而是要给我们的学生补上最关键的一课，就是作为医者的勇气。"说完他一跃上坡，把手里的小旗高高举起。

峨利生医生的这个举动，让医疗队的成员眼里燃起火光。毕竟都是年轻人，恐惧来得快，去得也快。先是方三响，然后是姚英子，接着其他人也陆续跟上，边戴袖标，边往上爬。

孙希没动，看着王培元。

王培元自嘲地笑了笑："大家都这么热情，我很欣慰啊。倒是我，年纪越大，怎么胆子越小了，还不如一个洋人。"他抓了抓即将谢顶的发丝，也跟着爬了上去，并刻意选择整个队伍的右侧。这样万一难民冲过来的话，他可以挡上一挡。

坡顶突然冒出这么一个小小的标志，立刻被那一片难民注意到。那些逃亡者们不知对方底细，也根本不认得这是什么旗，没什么动静。可随着队伍逐渐接近城门，他们看清楚了，这支队伍里每个人都拎着长箱子和布挎包，鼓鼓囊囊的。

这些细节就像是风吹过草地，引动一片羡慕、几缕惊疑和星星点点的渴望与贪婪，很多人眼神开始泛亮。难民群开始了小小的骚动。

峨利生医生走在最前面，目不斜视，大部队紧随其后，只有王培元不时转过头去，观察着周围的动静。

队伍穿过野地，沿着一条长满蒿草的沟渠朝前移动。走着走着，姚英子忽然觉得裤脚一沉，低头看去，发现一只脏兮兮的小手从蒿草丛里伸出来。她"啊"地叫了一声，本能地朝旁边躲闪，那小手没抓到，吓得往回缩了缩。

原来草丛里蜷缩着一个七八岁的小女孩。她全身只挂着一块糟污的肚兜，皮肉深陷，肋骨一根根凸起，一看就是长期营养不良。她大概是太饿了，一看到人来，便下意识地要来乞讨。

姚英子的惊叫把她吓到了，赶紧惊慌地朝草丛深处缩回去。这时姚英子才看清，她的双腿蜷曲着，脚掌内翻，全靠胳膊在挪动身体。

妇幼保健是女子中西医学院的必修课，姚英子立刻判断出来，这是脊髓灰质炎，也叫小儿麻痹症，她应该是没得到及时诊治而导致下肢屈髋畸形。

在这年月,罹患这种病便意味着终身残疾。而她一个连走路都没办法的小女孩,跟着难民潮逃来这里,得吃多少苦头。姚英子一想到这点,心里登时软了,她蹲下身子,从怀里掏出半块吃剩下的黑巧克力,朝前递去。

小女孩不知道这是什么,可饥饿之人别有一种敏锐。她略带畏惧地缩了缩,用鸡爪一样的指头去试探。姚英子挤出一个和善笑容,索性把巧克力往前伸了伸,轻轻放在她手心上。小女孩战战兢兢地看了她一眼,得到认可后,才把东西放进嘴里。

只是轻轻一咀嚼,她双眼顿时睁得极圆,这世上还有如此美好的东西。小女孩的小嘴嚅动着,脸上露出陶醉的微笑。看到这笑容,姚英子恨不得把天底所有的美食都拿给她。

后面的王培元医生看到这一幕,急忙要去喝止,可为时已晚。小女孩身后的蒿草丛急速摆动,像无数小兽穿行其间,一大堆孩子突然凭空冒出来。他们大多全身赤裸着,像草裸里的蚱蜢一样嗡嗡跳起,把医疗队给围住了。

姚英子的善心,给了他们极大的鼓励,原来是可以向这支队伍乞讨到好东西的。有的孩子跪在地上苦苦哀求,有的扯住衣袖裤管,有的甚至自作主张去掰长箱搭扣。只有峨利生医生与方三响周围没有孩子靠近,前者是洋鬼子,后者的身躯有点可怕。

医疗队的队员们顿时不知所措。这些小乞儿都很可怜没错,可数量实在太多了,而且他们发现对方不会恶形恶声地大骂,顿时胆量大了起来。像宋雅这种体型娇小的姑娘,被几下推搡就要哭起来。

更可怕的是,看到小乞儿们得手,附近的成年难民们,也开始蠢蠢欲动,三两个地朝这边凑过来。

王培元救灾经验丰富,知道一旦这些灾民得到鼓励,整个医疗队都会陷在这里。他狠了狠心,一把扯掉攀到宋雅背上的小孩,冲方三响喊道:"三响,去把他们隔开!"

方三响利用高大的身躯,一挤一拧,便把靠近姚英子的几个孩子挡了出去。他双手一拎,像拎小猫一样抓起两个,扔回蒿草丛中。

在混乱中,姚英子看到那个小女孩蜷缩在地上,好几双光脚直接从她背上踏过去,赶紧冲上去把她扶起,可这么一个举动,让周围的饥民们更是兴奋起来。

这时,孙希及时冲过来,把她往回拽去,顺手从口袋里掏出一把铜元,朝远处远远一抛,立刻引走了七八个小孩子。

就在医疗队与乞儿们纠缠时,蚌埠集头突然响起一阵急促的锣声。乞儿们一听这声音,立刻放弃了对这支队伍的围逼,转而朝着城门前拥去。事实上,整个城外的难民潮都因为这锣声而蠕动起来。

狼狈的医疗队在王培元的带领下,迅速朝着蚌埠集靠去。在城门口,他们看到一队绿营装束的士兵手持马鞭和长枪走出来,人人都用布巾围住口鼻,赶出来十几辆驴车,每辆驴车都装着几口青灰大瓮,瓮口热气腾腾,有淡淡的米香弥漫出来。

在绿营的监督下,这些大瓮依次卸下,一字排开。难民们对这个流程很是熟悉,默契地排了几十条长队。现场没看到蚌埠当地官员或乡绅,只有面无表情的绿营兵们背靠城墙,横着长枪——与其说是维持秩序,更像是在提防着什么,与津浦护路队的神态差不多。

蚌埠集的城墙很是低矮，根本经不起冲击。目前这形势，很可能是官府与灾民形成的默契：我保你饿不死，你也别来烦我。

这种事在如今很常见。各地的父母官一遇到灾情，自家城门一关，舍点钱粮出去，只盼着把灾民打发过境了事，至于卫生状况什么的则一概不管。所以每次暴发灾情，动辄绵延数十州县，就是官府各扫门前雪的缘故。

峨利生观望了一阵，发现驴车上只有稀粥，忍不住开口道："这样可不行，只有粮食没有青菜的话，很快就会暴发脚气病的。"

王培元无奈地摇摇头，城外这个卫生状况，需要担心的实在太多了，脚气病已经不是最急迫的。

这个数千人的逃难群落的卫生状况恶劣到无以复加，俨然一枚定时器坏掉的定时炸弹，随时可能会爆炸。一旦出现疫情——无论是伤寒、麻疹、鼠疫、白喉还是疟疾——将会在极短的时间内扩散出去，造成极大灾难。届时别说旁边的蚌埠集，整个淮南地区都可能会沦为人间地狱。

一想到这个严重后果，两位教授不由得心中发毛，一心想尽快进城，说服官府展开防疫工作。

蚌埠绿营对这一队古怪的人态度不甚友善，一个满脸横肉的把总直接喝令他们折返，宣称城门除施粥之外，不得开启，亦不允许闲杂人等进出。王培元手执官府文牒，反复表明身份，可把总坚决不同意。

医疗队遭到这种冷遇，无不愤愤不平，脾气急的索性开骂起来。把总眼睛一瞪，要把他们都驱赶开。还是孙希想出个办法，他把峨利生医生往前一推，厉声道："这是英国公使代表，他担心大英帝国在蚌埠集内的利益受到损害，需要进城查看。"

那时节，民怕官，官怕洋人。一看到高鼻深目的峨利生医生凑过来，把总先自矮了半分，又听说事关洋务，顿时没了抗拒的勇气，松口说得有当地人作保才成。

幸亏蚌埠集里也有几个红十字会的通讯会员，身份还不低。王培生设法跟他们取得联系，出面作保，这才把医疗队顺利接进城去。

蚌埠集市不大，城内只有老大街、华昌街、太平街三条正街，比之上海远远不如。不过这里连接怀远、五河、凤阳、淮南各处，是重要的商业集散地，沿街一排排皆是木厢铺子与货栈，放眼望去比民房还多。

这一次因为皖北水灾，城里的行人明显变少，店铺也大部分上了门板，门口只留着一根栓驴桩子。其实敲敲门的话，店主全家多半还在，只是所有人都不举火烛，不发声响，像乌龟缩在壳子里，巴望着灾难早点结束。

城里只有两间客栈，早已住满了因洪水滞留的客商。在当地会员的斡旋之下，医疗队被安置在了太平街尽头的一处酱园库房里。这里地板上东一团、西一块全是酱油渍，医疗队的年轻医生们顾不得许多，把干稻草往地上一铺，直接躺在上头，呼呼大睡过去。

大约睡了三四个小时，姚英子被一股刺鼻的味道熏醒了。没办法，隔壁就是酱园的曲室，几百斤豆粕曲料正在里面发酵酝酿。虽然她在上海也见过浓油赤酱，可直接睡在酱油缸旁边，体验可是完全不同。

滑腻的地板，阴暗的采光，肮脏斑驳的墙壁和无处不在的霉味。姚英子僵硬着不敢动弹，只有胃袋微微翻腾着。有那么一瞬间，她甚至生出一种悔意，自己是不是不该扒上那辆车……

这时，库房的门被推开，方三响提着四个水桶进来了。桶里是刚打上来的井水，桶底扔了明矾。其他人此时陆陆续续起身，他们都有些沮丧，连交谈的兴致都没有，默默地围着水桶洗漱。

城外的那一幕像一股浑浊的洪水，冲垮了这些年轻人所熟知的一切文明印象。他们无法想象，这一切竟然是在和上海相距不过几百公里的土地上。

孙希见姚英子抱着双腿默然不语，把一块浸好的毛巾递过去："后悔跟过来了吧？"

"没有！我就是有点倦。"姚英子把毛巾扑在脸上，遮住表情。清凉的井水刺激着皮肤，让她稍微精神了点。

孙希叹道："别逞强了，其实大家都是一般心思。这实在是太可怕了，《神曲》里描写的地狱景象，也不过如此。"

姚英子脑海里浮现出那个小女孩的眼神。自己连五分钟都忍受不了，她怎么能一直生活其中？姚英子试着去揣摩她的处境，却发现远远超过了想象的极限。

他在南非的矿井里，是不是也这么难受啊？姚英子忍不住又想起那个挺拔修长的身影，她也曾无数次揣摩他的处境，同样无从着手。她所能想象出最惨的画面，无非是满地尘土、一日两餐。

王培元与峨利生头上戴着刚买的竹雨笠，身披蓑衣，活像两个走船的渔民出现在库房门口。这些年轻人还在休息的时候，他们可没歇息，冒雨去找当地官府交涉。

两人顾不得去安抚大家情绪，迅速召集所有医疗队成员。

王培元的眉头和皱纹挤在一处，活像个压瘪的橘子，可见交涉得并不顺利。他简单地介绍了一下当前形势。

原来蚌埠这地方和别处建制不一样。它原本只是一个集市，名叫蚌埠集。后来朝廷把凤阳、灵璧、怀远三县各割一部，以集市为中心合并成了一个镇子，没有县衙，只设了一个三县巡检司。所以蚌埠只能称集，只有一道围墙充做城墙。

这种级别的防御，根本顶不住大量流民的冲击。三县巡检司只好动员城内商绅捐出米粮，只求安抚住那些流民。至于卫生隐患，他们既不懂，也不敢，更不能去做，连基本的人数统计工作都欠奉。

对红十字会医疗队的到来，巡检司的态度并不热情。姓李的巡检表示："洪水早晚会退，灾民早晚会散。横竖都是旁县的百姓，生死自有当地官员头疼，我等只要固守城关、多捱几日就好了，何必多此一举、杞人忧天？"

王培元费尽唇舌，可李巡检始终不为所动。峨利生医生实在气不过，拍了桌子说如果放任城外灾民不管的话，迟早会暴发大疫，届时城墙可保护不了蚌埠集内的军民。

不知是峨利生医生的洋人面孔起了作用，还是"大疫"二字太过骇人，李巡检的态度稍微有些松动。但他表示，除非医疗队能证明防疫的必要性，否则蚌埠将维持现在的体制。

王培元讲到这里，环顾着一张张略显茫然的面孔，一贯和善的面孔变得严肃道："大家也看到城外的状况了，四个字，危如累卵！这样持续下去，不出旬日，必有疫病暴发。这种情况之下，我们应该怎么做？"

队员们议论纷纷，有的说要把灾民悉数隔离，有的说要填埋尸体与垃圾，有的说要修建厕所，切断污染水源。

王培元道："你们说的都对，说明同学们课堂都认真听讲了，我很欣慰。但是，没有当地官府的支持，这些事情我们现在做不到——这是你们要学的第一堂课：防疫工作，现实远比课堂上要复杂得多，我们要考虑很多医学之外的要素。"

"那我们要做什么呢？"方三响发问。

王培元道："请各位谨记，接下来我们的首要任务，不是救助灾民，也不是治疗他们，而是尽快找出潜藏于难民中的、最有威胁的传染病源。只此一项任务，别的都暂时放一放。因为我们的时间，只有六天。"

六天？

这番话让所有人都很意外。这么短的时间，细菌接种培育都未必来得及，何况还要在几千人的大群体里搜集足够多的样本并分布统计。

"六天之后，会有一批军火运入蚌埠绿营，李巡检将会开始驱散流民。"

王培元没有往下说。官府不懂卫生学，但队员们却知道得很清楚，流民一旦起了骚动，疫病必然暴发，届时什么都晚了。

可是，只有六天啊……

队员们面面相觑，在彼此脸上只看到困惑。如果是已经暴发的疫情，他们尽全力去救治便是；如果是一种还未暴发的已知疫病，他们有针对性地去阻止便是。这都是在学校受训时，老师模拟过的场景。

可蚌埠集外的情况却非常微妙：疫情迟早要暴发，却不知到底将是哪一种疫病肆虐。他们的任务，是在六天之内找出最可能暴发的疫病，说服巡检，才能采取后续行动。

这等于是在即将海啸的大海中捞起一根针。

很多人陆续觉悟，要在六天内完成这个工作，必须心无旁骛，这意味着要对很多病患视而不见。

说到这里，王培元无奈地摇摇头："我知道你们觉得这很残酷。但只有拿到证据，我们才能说服巡检司；只有巡检司提供配合，我们才有可能拯救大多数人。这就是现实，它从来不会按照理想状态展开。至于多余的同情心，我建议你们暂且收起来。"

姚英子不由低下头，觉得脸颊有些热辣辣的。

"红会的援助呢？"有人高声问道。红会这一次可不止成立了医疗队，还有携带救援物资的大部队陆续出发。

"我们搭的是最后一班运料火车，现在整条津浦路都因为水患而关闭了——短期内，我们只能靠自己。"王培元回答。他环顾四周，看到这些年轻人士气不是很高昂，"啧"了一声，招了招手，让他们聚得更近些。

"你们在入学之时，应该都背诵过希波克拉底誓言吧？"

众人点头，以为王培元又要来一番说教，不料他却开口道："我不是要带你们重温这段誓言，我是想给你们讲一讲孙思邈。"

孙思邈？药王孙思邈？在场的人除了峨利生都听过这名字，可为什么突然要讲起他？

"希氏之誓言，不独西方有之。孙思邈有一本著作，叫作《备急千金要方》。这本书的第一卷讲的却不是药理，而是讲医德——"他饶有兴味地当场背诵起来，声音抑扬顿挫：

"凡大医治病，先发大慈恻隐之心，誓愿普救含灵之苦。若有疾厄来求救者，不得问其贵贱贫富，长幼妍蚩，华夷愚智，普同一等，皆如至亲之想。亦不得瞻前顾后，自虑吉凶，护惜身命。见彼苦恼，若己有之——如此可为苍生大医。"

这篇古文相对简单，这些学生都是上过私塾的，一听就明白。他们惊讶地发现，这段论述，竟然与希波克拉底惊人相似。孙希低声翻译给峨利生教授听，后者也是频频点头，深有感触。

"我知道你们现在很害怕，这是一种与生俱来的生理性表现，很正常。但是，当你佩戴起红十字袖标，就意味着要背负起相应的责任，用意志力去克服软弱的天性。这是希波克拉底所谓医生的天职，也是孙思邈所谓的苍生大医。诸位若能理解，我便很欣慰了。"

峨利生教授接口道："你们一定要记住，治病和救疫，是完全不同的两件事。前者是医学，后者更像是社会学，更需要我们用人性去理解。刚才王教授背诵的那段话里提到……"他迟疑了一下，让孙希在耳畔重复了一下中文发音，然后努力用古怪的腔调复现出来：

"见彼苦恼，若己有之。见彼苦恼，若己有之。"

峨利生念叨了两遍，到底还是改换回了英文："看到别人的苦痛，如同自己有同样的感受。这种共情，是救疫所必备的精神。所以你们一定要记住，我们接下来要去的不是地狱，而是战场。我们要去战胜的不是病患，而是疾病。"

湛蓝色的双眸扫视过每一张脸，一股电流般的震颤，从医疗队每一个队员的身体里流过。两位老师的鼓励，就像是吗啡针一样，斥退了疲惫和困顿。大家不约而同地挺直了胸膛，齐声说："记住了！"

王培元呵呵一笑，老大慰怀道："老峨，你中文不错啊，我很欣慰啊，很欣慰。"

峨利生医生目视前方，唇边却轻轻叹出气来，这句中文他已经快听厌了……

见大家都没什么异议，峨利生医生公布了接下来的行动方案：

医疗队将分成甲队和乙队。甲队由王培元带领，对城外灾民进行初步的统计以及身体检查，采集数据与样本；乙队由峨利生医生带队，在蚌埠集内找一个条件适宜的地方设立割症室、解剖室与检验室，做病理分析与检验，顺便也对急切的重患病者进行救治。

接下来，王培元开始点名，方三响和几个体格比较好的男生被编入甲队，严之榭也在其中。孙希和几个内、外科尖子则被编入乙队。姚英子和宋雅两个女生去了乙队检验组。

经过一番周折，医疗队最终把割症室与检验室设在了蚌埠集里的一个道观里。这里规模虽小，但还算干净，观内还有一眼深井，取水比较方便。旁边的地窖，原本就是临时停灵的地方，现在正好改为解剖室。

孙希他们忙着在左厢房消毒，姚英子和宋雅一起待在右厢房，一件一件把仪器、载玻片、塞着棉花的试管拿出来。这一次医疗队带来了几具显微镜，什么牌子都有。王培元让姚英子负责检验室，也是因为她调校手段高明。

突然传来对面厢房的孙希的声音："英子，宋雅，快，快过来帮把手！"

两人推门赶过去一看，原来甲队已经

开始从城外输送病患过来了。

王培元虽说要收起同情心，可红会职责所在，不可能真的见死不救。所以一些急病患者，还是会送来救治。其中有急性阑尾炎、绞窄性肠梗阻等等，都是水患常见的症状。一起送来的，还有两具无主的新鲜尸体，放在地窖里等待解剖。

其实按照大清律，是绝不允许解剖尸体的。不过皇帝既然照顾不到这座孤城，那么他的权威在这里自然也暂时失效。

割症室里只有三个床位，峨利生医生让孙希等人各自负责一个，他则游走于三床之间，随时予以指导，整个厢房里顿时乱成一团。姚英子和宋雅过去帮忙，可没过多久，不得不退出来，因为她们的工作也来了。

姚英子把一张毛片厚纸卷展开，和宋雅各执一边，贴在检验桌的对面。这张纸上画满了纵横交错的墨线，分隔出许多小方格。

这是王培元医生和峨利山教授一起绘制的速查表。它的最左一列，是各种常见的传染病名称，诸如肺鼠疫、霍乱、登革热等；最上一行，是二十几种人体发病的典型症状，发热、咳嗽、起疹、头疼、眼结膜充血、肝脾肿大等等。倘若一种传染病有相关症状，两者交错的格子里，便有一个朱笔涂勾。

这个表格一目了然，即使是再差的学生，也能按图索骥做出基本判断。

她们俩刚把速查表贴完，第一批样本便已经送过来了，盛在一个大竹筐里，筐隙满是新鲜泥土。姚英子一捋袖子，和宋雅分工埋头做起事来。开始她们还偶尔会交谈几句，可很快厢房里只听见脚步声和器皿碰撞声。

这一忙，就是整整三天。

样本像雨后的韭菜一样，验了一茬又一茬，源源不断地从城外送回来，每一件都要及时观察、检验、记录，割症室和解剖室时不时还会送来一些新鲜的人体组织，要立刻得到结果。在厢房的另外一角，还有一个简陋的木架子，上面摆放着为数不多的科赫式玻璃培养皿，里面盛放着浓度不一的明胶培养基，都是拿骨头汤熬的。

六月正是闷热潮湿的雨季，倒很适合菌类接种，只是苦了待在厢房里的人。

姚英子觉得自己变成了汽车发动机里的活塞，无时无刻不在厢房里往复运动，疲于奔命，连吃饭的时间都没有。饿了啃两口冷馒头就点酱菜，渴了喝点热茶——两位教授严格要求，只能喝煮沸后的水。

孙希几乎没离开过割症室。他偶尔会来检验室送样本，但没说几句便匆匆离去，黑眼圈深得像戴了一副墨镜。至于方三响，姚英子一直没见到过，但她收到的问询表和样本瓶标签，很多都是他独有的大架子笔迹。

只有严之榭偶尔会回来一趟，脸依旧胖乎乎的，只是神情憔悴得很。从他口中，姚英子得知甲队的工作颇为艰难。一方面是灾民的数量太多；另一方面他们对医疗队的手段充满恐惧，语言又不甚通。尤其是抽血，受到的抵触情绪非常大，有几次差点动起手来。

甚至那几具被抬去解剖的尸体，一度被谣传是割去心肝食用，引发很大骚动，连巡检司都过来询问。峨利生医生不得不分出神去，帮当地几位乡绅的母亲做了白内障手术，这才把民众情绪压下去。

"我还以为最难对付的是疑难杂症呢，可没想到会是病人的愚昧。"严之榭愤愤不平地说，一口吞下半馊的饭团。

这一次，医疗队的队员们终于体会到书本上没有的东西。他们就像是刚刚离开训练场的战士，披挂着精良甲胄，手持着锋锐武器，可踏入现实战场的一瞬间，便沉入泥泞之中，举步维艰。所有的一切，都不会像老师讲的那么顺理成章，也没有现成的公式，他们必须依靠自己，在这个冗赘、芜杂而复杂的世界一步步杀出来。

巨大的压力之下，各种低级失误层出不穷。这支军队几乎是跌跌撞撞朝前冲去，留下一路狼藉。这时候，队员们才理解王教授之前说的话："救疫和治病，是完全不同的两件事。"

所有的伤春悲秋与矫情，全在这种极度忙碌中被稀释至无形。大家不再嫌弃酱油炖菜，有什么吃什么，也不再挑剔地板肮脏，因为根本没时间躺下安睡。姚英子本来还想打听一下，当初那个小儿麻痹的小女孩怎么样了，可了解到甲队的忙碌状态后，只好暂时熄了这个心思。

他们不只白天要完成繁重的工作，晚上还要被两位教授召集起来，检讨工作得失，讨论检验结果。开完会之后，这些年轻人在席子上倒头就睡，经常一闭眼就睡着了，连梦都没有，直到数小时后被人叫醒。

在这期间，蚌埠集的局势一日比一日紧张。灾民们发现，米粥每天都变得更加稀薄，几乎能照清人脸。这些失去一切的普通百姓，求生直觉格外敏感。米粥越稀，他们便越接近蚌埠集墙之下。绿营士兵一天比一天紧张，呵斥声也凶狠起来。

北方的淮河尚算平稳，可人类之间的平衡正在悄然崩溃。

六天，这个时限沉甸甸地悬在众人头顶，犹如一道徐徐落下的铡刀。医疗队里每个人的精神都绷到了极限，拼了命要在死线前找出答案。

这种寻找并不需要多高深的医学知识，就是大量重复性劳动：询问，提取，检验。那些以为防疫靠灵光一现的人，如今梦想被碾压得渣都不剩。

可是，这些努力绝大多数时候都是徒劳无功。王培元着急得嘴角起了泡，峨利生甚至有一次差点晕倒在割症室。唯独那头狡猾的恶魔，仍旧隐匿在人群的缝隙里，不动声色地等待着振翅的一天。

第四天中午，姚英子麻木地从架子上拿下一个玻璃培养皿，略做染色处理，然后用显微镜对准。这些动作她重复了无数次，但这一次，她却忽然发现有些古怪。

明胶培养基上，聚集了大量奇怪的球状细菌。在用革兰氏法染色之后，呈现出嫩嫩的粉红色。

"革兰氏阴性菌？"她眉头微微皱起。

可这些怪东西既不像短杆的大肠杆菌，也不像卵圆形的百日咳菌，姚英子瞪着眼睛盯了半天，居然连核仁与核膜也没找到，脑子里没有一种阴性菌符合这个特征。

这已经不是第一次出现了。她皱起眉头，叫宋雅把记录拿过来。一共有三个样本，一个提取自一名男性五十岁死者的腓肠肌筋膜；一个提取自一名四十岁女性的口腔细胞；还有一个提取自一个十五岁男性的血液。

她又去翻问询单。死者的过往病史欠奉，另外两个活人都曾有过发热症状，都起过疹子。他们还不约而同地提及，胫骨也隐隐作疼。姚英子仰起脖子，看了半天速查表，没有能够完全匹配的病症。

"也许是光线太暗，你看错吧？或者培

养基被污染了？"宋雅有气无力地说。这几天她们观察显微镜快要看吐了，经常头昏眼花，操作失误很频繁。

外面黑压压的一大片阴云，窗口的光线很暗。姚英子点起一盏煤油灯，把显微镜靠近，反复调试焦距，可还是无法判定这个怪东西的真容。宋雅说赶紧检查下一项吧，不然今天的任务又完不成了。姚英子却觉得不甘心，跑到旁边厢房找孙希过来看。

孙希盯了半天，双手一摊："细菌学不是我专业啊……先别管它有没有核仁，你想过它们的传播路径是怎样吗？"

经过连续数天的奋战，医疗队的年轻队员们已经略窥门径了。治疫最关键的点，甚至不在疫病本身，而在于其传播途径。比如腺鼠疫是通过鼠蚤传播，白喉病靠飞沫，痢疾与霍乱通过被污染的水与食物，布鲁菌病通过牛羊牲畜，诸如此类。

确定了传播途径，便可以进行有效切断。所以他们在研讨时，会下意识把注意力集中在这上面。

姚英子查阅了记录，还是无法回答这个问题。孙希低头又研究了一下，觉得十分古怪。腓肠肌是肌肉组织，俗称小腿肚子，口腔属于消化系统，血液是循环系统，三个地方不搭界，怎么会同时有这种古怪的细菌出现呢？

教科书上写过的那些病症，没有一个是可以覆盖这三种途径的。孙希拗不过姚英子，又把峨利生医生给搜来了。

峨利生医生比前几天憔悴多了，眼窝深陷，颧骨似乎更凸了。他听完姚英子的汇报，在显微镜里观察片刻，最终还是摇了摇头："微生物的研究刚刚开始，有太多新物种学界尚未发现。至少在我的知识范围里，无法回答你的问题。"

到了晚上的例会，姚英子把这个发现说了出来，王培元同样也无法解答。她有点沮丧，觉得既然他们两位都这么说了，也许这真的是个意外失误罢了，便把报告纸揉成一团丢掉。可旁边一个人却俯身把它捡起来，姚英子一看，居然是方三响。

方三响这几日是医疗队里最辛苦的人之一，他密布血丝的双眼，扫视纸头："我觉得有点奇怪。"

"什么？"

"你找到的这个细菌，在口腔细胞、肌肉组织和血液里都有发现。什么样的细菌，能同时到这三个地方？"他直言不讳地提出疑问。

姚英子摇摇头，这个疑问她和孙希讨论了很久，没有答案。所以大家才倾向认为，这也许只是一次操作失误。

"那三个问询单都是我做的，他们三个都来自同一个村子。你看，胫骨疼这一点，两个活着的人都提及过，而那位死者，恰好也是在小腿肚子的肌肉筋膜里发现异常。我觉得这不是个巧合。"

姚英子突然有些扭捏："这么说，你相信我的发现不是个错误？"

"时间快来不及了，后天下午蚌埠巡检司就会动手。死马也得当活马来医。"

姚英子闻言胸口一闷，你多安慰我一句难道很难吗？她只得原地恨恨地跺了几下脚，咬牙道："你想怎么办？"

"光在这里瞎猜没用。我们去走访一下，查一下患者的传染病史和生活细节。真相如何，还是得要做实地调查。"

"我们？"

"对！"

姚英子心存犹豫，可却鬼使神差地点

了点头。

次日一早，她和方三响一并匆匆出了城。孙希本来也想跟着去，可手头却有一个要紧的解剖任务。他只好偷偷递给姚英子一把德国产的柳叶刀，用来防身。

姚英子钻过一条漆黑狭窄的城门洞，眼前忽然豁亮。这豁亮其实也不算太亮，因为铅灰色的阴云牢牢钉在头顶，连光线上都附着一层浮灰似的。

借着这病恹恹的天光，她再次看到了那一片黑压压的难民聚落。几天过去了，聚落并没有任何改变，脚下依旧污秽肆流。昨晚又落了一场大雨，却丝毫没洗去空气中的闷浊。姚英子目力可见的景色全罩上了一层湿漉漉、黏糊糊的灰绿色，沤腐之味仿佛从每一粒泥沙与每一处草窠的缝隙中弥散而出。

但很奇怪的是，姚英子发现自己不像之前那么惊恐了。她还是厌恶这些，鼻孔会下意识地屏住呼吸，可原来那种恨不得拔腿逃开的绝望，倏然消失。反而隐隐有些迫不及待，仿佛前方隐藏着她追寻已久的答案。

"你害怕吗？"方三响问。

"还好……"姚英子咽了口唾沫，"你呢？"

"我在营口教会医院的日子，比眼前还要恐怖得多呢，到处都断肢残臂，还有脑子被削掉一半的人，满目都是鲜血。后来魏伯诗德教士告诉我，有一个办法可以消除恐惧。"

"是什么？"

"给自己设立一个目标。当一个人有了想做的事情，他就会忙碌起来，一门心思去做，再也顾不得周围的无聊事了。"

"那你的目标是什么？"

"报仇。"方三响的神情一瞬间变得狞厉，"我要变得更强大，这样才能替我爹报仇。"

姚英子一阵愕然，她知道他的悲惨过去，可没想到居然执着到了这个地步。

方三响道："我克制住恐惧，在医院里拼命表现，这才获得魏伯诗德教士的认可，推荐我来学医。我一个孤儿，唯有学医才能出人头地，才有机会报仇。"

他那么吝啬，不会是在暗中攒钱要搞复仇大计吧？姚英子心中暗想。

"英子，你最好也想明白，自己真正要做什么，这样才不会害怕。"

姚英子本来想说我有啊，可话到嘴边，忽然觉得太幼稚了，憧憬一位只见了一面的医生，跟为父复仇这种事实在没法比，最后她轻轻答了一声"嗯"。

时辰不早，两人离开城门，进入灾民聚居区。方三响这几天轻车熟路，带着她朝着聚落东北方向走去。经过数天的艰苦调查，方三响已经大体摸清楚了。灾民群看似杂乱不堪，其实隐隐有着聚合规律。一个村的人，往往会聚在一块，人与人之间基本不会有大的流动。

他们用围巾遮住口鼻，把红十字袖标戴在胳膊上，钻过一群又一群灾民。这些天来，灾民对这些戴着红十字的人已经习以为常，知道他们身上没什么油水可捞，若是去招惹，搞不好要挨上一针。所以他们挪了挪身子，半是敬畏半是嫌恶地让出一条路来。

姚英子本来还想找找那个小儿麻痹的小姑娘，可她应该不是这个村子的人，她也只好暂时熄了心思。

方三响很快便找到了两个样本提供者的村子。一个是黑黝黝的十五岁少年，瘦小干枯，小肚子鼓鼓的，大概有某种慢性寄生虫病；一个是四十岁的女子，苍老得像是六十多岁，干瘪的乳房垂下去。他们是同一个村逃难来的，但不是一家人。

少年一见方三响，转身跑掉了，不知藏去了哪堆泥水里。他还记得上次这个凶悍的家伙，拿一个吓人的针头扎了自己一下。不过那女子对方医生态度还不错，因为之前方三响用奎宁缓解了同村一妇女身上的鬼脸疮，赢得了一点声誉。

方三响和姚英子走过去，对那女子进行了一次详尽的询问与检查。

中年妇女在前几日突然发热，胸口和后背开始起斑丘疹，不过如今已经消退了。与此同时，还伴随着头疼和浑身骨头疼，病症发作时，胫骨和小腿肚子特别疼，几乎没法走路。

据中年妇女说，这在她们家乡叫"鬼拽腿"。像有一只恶鬼拽着腿，把人往阴曹地府里拖。方三响和姚英子详细询问了周围的人，发现这个村子的村民或多或少都遇到过鬼拽腿，症状或轻或重。

方三响觉得，这个怪病很像是通过体虱或跳蚤传播。之前有过类似的案例，虱蚤身上携带细菌，通过叮咬进入人体血液、淋巴，也有可能会引发筋膜发炎，与症状很符合。

"可你怎么解释口腔细胞里有那种怪细菌？"姚英子提出疑问。

这一点方三响也无法回答，总不能是虱子爬进人嘴里去叮咬吧？

他们不甘心地又问了一圈，一无所获。这时远处蚌埠集头传来一阵锣声，那应该是放粥的信号，可过不多时，又有愤怒的叫嚷声从那边一浪浪涌过来。

"城里说这是最后一顿了！以后没粥放了，让咱们都走！"一个村民惊慌地传过话来。这个消息，登时在聚落里炸裂开来。有人气愤地痛骂官老爷中饱私囊，有人痛哭孩子要被饿死，有人怯怯地说要不我们去淮南碰碰运气。

这些议论纷纷，很快交汇成了同一个声音："如果明天官老爷还不放粥，不如冲进蚌埠集里！里面有的是粮食！"这声音在灾民群落中迅速流传着，越传越有力，越传越大声，毫不掩饰。每一个人听到这消息，都焕发起异样的活力。

方三响看到人潮涌动，脸色变了变，催促姚英子赶紧走。

姚英子收拾好记录，一低头，忽然发现中年妇女的小腹微微鼓起。她习惯性地问了一句，结果大吃一惊：她居然还带着身孕。姚英子简直不敢相信，这女人长期营养不良，还有各种慢性病，这么一个灯尽油枯的身体，居然还要再生育？这是要命啊。

姚英子急忙抓住她的手，警告说这样的身体状况，可绝不能再生育了。

中年妇女似乎在听一个笑话："都怀上了咋个不生？"一边说着，她一边把枯槁的右手伸下腐烂的苇席，摸索了一下，放入嘴中狠狠一咬，发出脆响，嘴角似乎还多了一点点血迹。

姚英子一下子懵住了。她看得真切，那，那是一只肥大的跳蚤。这女人居然直接放嘴里咬死了？中年妇女在嘴里嚼了嚼，啐了一声，一团混着浆液的碎壳远远吐了出去。

水灾之后最易滋生跳蚤，这是常识。姚英子从来没有想过，居然会有人把这么脏的东西放在嘴里，还狠狠地咬上一口。她一想到刚刚还抓过女人的手，浑身的鸡皮疙瘩一层层冒出来，惊恐地向后仰去。

方三响意识到姚英子的情绪不对，赶紧伸手按住她肩膀。

姚英子哑着嗓子道："你注意到了吗？她在吃跳蚤……"

中年妇女觉察到她的异状，颇不以为然："我们庄户人家是这样的，捉了跳蚤和臭虫，放嘴里咬死，咬得越脆响越好，别的虫子听见，就不敢过来了。"说完她又捉到一只，嘎巴一声嘴里咬碎。

姚英子顿时说不出话来，这距离她所理解的世界实在太远了。方三响怕她留在这里夜长梦多，催促快点走，她走出去几步，回头去看，看到那个十五岁小男孩在泥里远远站着，嘴里也嚼着什么东西。

惊惧和慌乱中，隐隐一个念头闪过她的脑海。姚英子猛地抓住方三响的手，颤抖着声音道："我知道了……那个细菌，如果在病人血液里，被跳蚤吸走，再被咬死……口腔细胞应该就……"

她说得有点混乱，可方三响立刻听明白了。

那种"鬼拽腿"细菌，应该就是通过跳蚤进行传播的，但传播途径，却不止一种：

第一种是通常形式，携带病原体的跳蚤咬破皮肤，病血进入体内，或者排出蚤粪，从创口进入体内。第二种方式，则是姚英子刚才目击到的：跳蚤被人捉住，放到嘴里咬死，它体内的带菌人血就这样进入了口腔。

这太过离奇，估计连细菌都没料到，自己还能这么传播。这几乎无法从生理学来解释，只能归咎为当地迷信所导致的不良生活习惯。两个人对王培元那句话又有了更深的一层理解："治疫不只是医学，还是社会学。"

方三响沉思片刻，返回到聚落里，说服附近四五个得过"鬼拽脚"的村民取了样本，塞给姚英子，让她先行返回，尽快培育。而他要留在这里，给这个村的人都做一次大范围采集。

姚英子有点担心他的安危，方三响一指如潮水般涌动的人群："今天蚌埠宣布断赈，灾民们已经开始骚动了。如果明天我们还不能拿出东西，冲突将不可避免。我们没有时间了。"

"可是……就算现在立刻接种，培育也需要至少两天时间，怎么赶得及？"

"这不是写论文，我们要拿出的不是无懈可击的学术理由，而是说服巡检司的证据！"

此时城墙内侧已经聚了很多绿营兵，穿着号坎，人头攒动。之前堵门的那个把总站在一辆马车上，扯着嗓门高喊："李巡检说了，再坚持一天，咱们就有家伙了，到时候怎么样都随你们。"士兵们稀稀拉拉地应和了几嗓子，却没见多兴奋。

姚英子远远看到那个姓李的巡检骑着马晃悠过来，旁边还簇拥着几个文员。看来巡检司已经下决心要动手，开始做战前检查了。可惜这些绿营兵都是汛营编制，战斗力极弱，平日连火器都不给配齐。这个把总也只是个外委把总，怕是拿银子捐的职位。

这样一支军队，别说打仗，就连对付城外的灾民，都得一再动员鼓劲。

"怪不得朝廷要编练新军。若是有外敌压境，靠他们可怎么得了？"姚英子心中暗想。

她一回到道观，正遇到孙希冲过来，手里还挥舞着一份电报稿，立刻说："等一下！我先把手里的样本弄好。"

姚英子叫了宋雅帮忙，洗干净培养皿、消菌备育，一时间忙得手忙脚乱。

她们一边弄着，孙希一边把电报的内容讲出来。

原来昨晚散场之后，孙希跑去了蚌埠电报局，亲自给总医院拍发出一封电报，向柯师太福医生请教。他是传染病学的专家，见多识广，也许能知道这没核膜的怪细菌的来历。

柯师太福很快回电指出：四年之前，芝加哥大学有一位叫霍华德立克次的病理学家，在研究洛基山斑点热时，首次发现一种类似细菌的微生物。它的特征和姚英子发现的一样，属于革兰氏阴性菌，没有核膜与核仁——事实上，它到底算不算细菌，学界仍在争论，暂时以发现者的名义命名为立克次体。

柯师太福对自己不能亲赴前线一直引以为憾，为此特别卖力，很快把这四年以来的相关研究做了总结，拍发过来：人虱、鼠蚤、螨虫、蜱虫等节肢动物是主要的传播途径。各国报告的立克次体症状，种类有很多。其中最接近蚌埠集外发现的，是一种叫作五日热的病症，靠跳蚤传播，最典型的特征，就是胫骨与小腿肚子疼痛。

这份报告，和姚英子和方三响的猜想十分吻合。他们几乎可以确定，目前潜藏在灾民群体中最危险的病魔"鬼拽腿"，即是这个"五日热"。

姚英子听着孙希念完电报，眼睛亮了起来，成功的喜悦悄然上涌，可随即又压抑下去。方三响说过了，重点不在学术发现，而在于如何说服巡检司。想到这里，她手中的动作又增快了几分。

微生物学所谓"接种"，就是把带有病菌的样本——比如血液或组织块——放入适宜其生长的培养基中，使其繁殖发育，积累到一定数量后，便可以方便观察或分离。

比如大肠杆菌，二十分钟即会繁殖一代，等候一夜即足够了。

而这个全新的、连算不算细菌都不知道的"立克次体"，它的生长周期还不明朗。之前姚英子观察到的，是繁殖了三天的状态，但局势显然等不了那么久。

姚英子别无选择，只能守在化验室里，随时紧盯。事到如今，他们只能向上帝祈祷，希望这种立克次体繁殖的速度，要比巡检司动手快一点。

王培元与峨利生闻讯也赶到了化验室。他们读完电报，一致认为，五日热的概率非常之高，可惜的是，两位教授也无法加速立克次体的繁殖，只能建议把屋子的温度再提高一点。

几名队员一起动手，干脆把厢房的门隙窗缝用厚纸糊起来。六月的天气本就闷热，这么一封闭，厢房里很快变得像是蒸笼一般，人待一会儿就跟泡了澡似的。姚英子拒绝离开，她坚持说要留下来盯着。王培元只好也把孙希和宋雅留下，让他们轮流值班。

"你们能做到这个地步，我很欣慰啊。"王培元有些激动，"看来我这把老骨头也得努努力才行了——李巡检那边，我再去说说看，哪怕多拖延一会儿也好。"

"我留守右厢房。"峨利生医生仍是不动声色，然后掏出怀表，上面的时间正好是下午十四点整，距离巡检司动手，还有二十个小时。

在这一天，这一夜，整个蚌埠集内外都陷入一种微妙的焦虑中。

城外的灾民们在黑暗中攒聚在一块,听着远处淮河的水流声。他们中的大部分人已经达成默契,如果明日上午没有继续放粥,就坚决冲城,自己去拿。

在城内巡检司的署库里,一个个长木箱被撬开,每一个箱子里都搁着五杆全新的汉阳造,空隙部分则被黄澄澄的88式子弹填满。在李巡检的注视下,绿营兵们慢吞吞地给枪械上油、擦拭、装弹,做着最后的准备工作。

气息氤氲的左厢房内,姚英子不顾额头上滚落的汗珠,先用麂子皮擦去显微镜头的水雾,然后小心地对准培养皿内。过不多时,她失望地移开视线,在记录本上写下一笔。门外孙希和宋雅打着瞌睡,耳朵却时刻听着里面的动静。

在对面的右厢房里,方三响平躺在床上,盯着天花板,一点困意也无。峨利生医生坐在对面,手中怀表滴滴答答地响着。

"今天见不到李巡检,我就不走了!"王培元怒气冲冲地站在衙署前,高声喊道。

他叫嚷了一阵,见对方仍不回应,索性往地上一坐,一副想出门就踏过我身体的姿态。身后忽然传来"噗"的一声,白光闪过,耀眼非常。王培元正要回头看去,却见一只手搭在了他的肩上……

黑夜终究过去了,蚌埠集又迎来了一个没有晨曦的白昼。晦暗不明的雾气从淮河弥漫过来,填塞在这座小城的每一处空间,与铅云联手,模糊掉了一切线条和颜色。

同时被遮蔽掉的,还有人类对危险的预估。李巡检提着官袍两角,一步步踏上城头。他一边走着,一边朝雾气里张望,影影绰绰不知有多少人。

"白白喂了你们好多天,不知恩图报,反而因奸成赖。今天若不乖乖滚蛋,可别怪本官不客气!"李巡检大声呵斥道。

原来不敢动手,是因为手里这点兵不成气候,如今城头已经有几十名绿营精锐持枪待命,只消一声令下,便会有弹雨砸下去,那些刁民就能领教什么叫雷霆之怒。

他的身后城下又传来吵闹声,不用问,一定是那劳什子红会的王老头子。这个团体来了六天,每天除了抽血就是问话,也不抓药也不开方,算什么正事?如今又来聒噪,真真是烦死人了。

"不见!让他候着吧!"李巡检一甩袖子,径直朝前走去。

与此同时,姚英子模模糊糊地从昏睡中醒来,刚一动,就听"当啷"一声,什么东西砸在了地上。那是一个小玻璃瓶,她搁在头上用来当闹钟。她猛然惊醒,看到宋雅和孙希靠在厢房门口,脑袋靠在一块儿,都睡着了。

她没惊动他们两个,把厢房门拉开一条小缝,闪身进去,再迅速关上。姚英子走到放培养皿的木架子上,小心地挑起一点点菌落,混着龙胆紫液涂在载玻片上,轻轻加热。

这一系列动作已重复了很多次,她已是轻车熟路。姚英子轻轻拧动显微镜,很快观察到几个圆状菌形,没有核仁与核膜,革兰氏染色后呈粉红色,和之前的一模一样。

菌群还未繁殖充分,浓度很低,她必须瞪大眼睛仔细观察,才能看到这些小东西。

但这已经足够了。

从几个不同聚落采集的样本,都看到了这东西,足以证明其蔓延程度。

她记得方三响的话:"我们的任务,不

是发严谨的论文,是要说服巡检司。"

姚英子看了看时间,神情一滞。她顾不得收拾,左手抓起那一架夹着载玻片的显微镜,右手拿住方三响的资料和孙希的电报稿,飞速跑出道观。

此时在北城墙上,一个绿营士兵放下步枪,狠狠地揉了揉自己的肩膀,这玩意的后坐力可着实不小。在他正对面的城下,一个难民瘫坐在地上,屎尿齐流,两胯之间的地面上多了个小孔,还冒着袅袅青烟。

"蚌埠乃是朝廷重镇,本官职责所系,岂敢疏忽。只是上天有好生之德,本官怜尔等水患之苦,放粥赈济。如今城中粮食亦已罄尽,难以维持。尔等还不尽快散去别处就食?若无故逗留,以怨报德,本官只能以盗匪目之,休怪律法无情!"

李巡检的演说并没有打动任何人。低矮的城墙之下,难民们麇集成一个大群,男女老少皆有,个个面无表情地朝前移动着。他们疲乏的病体只有余力思考一件事:"对面不放粥,我们就冲城。反正横竖都是死。"

李巡检发现那些人还在朝前移动,不禁变了变脸色。他以为对方没听懂,又厉声用土话威胁了一遍,可人群的移动依旧坚定。

"看来一枪还不够震慑这些匪徒哇!"

眼看这一群衣衫褴褛的脏穷即将接近城门,鼻子都已经能闻到臭味。李巡检擦去额头的一滴汗水,大声道:"只要他们触碰城门,那就是盗贼无疑,诸军可以自由射击!"

绿营兵纷纷举起枪来,黑洞洞的枪口对准城下。可因为雾气的关系,大部分灾民并没有注意到凛然的杀意,那些站在前排的人虽然看到了,可后头的人继续移动,把他们生生朝前推着,朝城门冲去。

就在这时,一个少女飞冲上城头。李巡检一看,这姑娘戴着袖标,居然也是红会的。他还没来得及训斥卫兵怎么把人放上来了,那少女已经高高举起了一尊黑物,朝自己冲来。

"刺客?!"

李巡检大惊,急忙往后退去。旁边的把总还算忠心,身子一拦,一下子抓住了少女孱弱的胳膊。姚英子不顾手腕剧痛,大声喊道:"李巡检,这是显微镜!我们刚刚已经找到证据!"

"什么证据?"李巡检有点糊涂了。

"您不是说,只要我们找到最有可能会暴发疫病的证据,巡检司就配合吗?"

李巡检这才想起来,好像有这么回事,昨天那个王老头子也是说这个。疫病这事不比别的,还是得稍微重视一下。于是他吩咐把总放开她,昂着下巴道:"你说。"

姚英子把显微镜递了过去。李巡检好奇地探过头去,眼前却一片漆黑。

"这什么鬼东西?"

"您得闭起一眼,用另一眼去贴目镜。"姚英子指导道。

李巡检试了几次,终于看到了里头的东西,可仍是莫名其妙。

"这粉粉的,是什么东西?"

姚英子没有时间开课,只得急切道:"很多疫病,都是由这看不见的微生物引起。您看到的这个小东西,可以导致鬼拽脚。我们医疗队经过六日调查,有数据可以证明,如今城下灾民已有很多人携带此病。若不及时处理,只怕会有大灾暴发。"

李巡检虽然听得似懂非懂,但也没武断地一口叱退。他也接触过一点洋务,洋人的很多玩意儿听着匪夷所思,可确实有门道儿。

"你是说,这粉色的小东西,就是鬼拽腿的源头?"

"没错!"姚英子双眼发光,觉得自己快要说服他了。

"而城下很多人的身体里,都有这东西?不管的话,会传遍全城?"

姚英子点点头,把手里的资料递过去。虽然这位官员说得不够严谨,但理解得大体没错。

李巡检将信将疑地接过去,翻看片刻,不由脱口而出:"既然如此,那更不能让他们留在蚌埠了!"

姚英子一口血几乎喷出来,她怎么也没想到,李巡检采信了医疗队的证据,却得出了一个这么一个结论。

李巡检甩袖转身,冲绿营兵们嚷起来:"快开枪!开枪,把这些瘟神给我统统赶走!"

而在城下,灾民们已无限接近城门。姚英子甚至看到,那个小儿麻痹的小女孩,被人怀抱着,赫然走在了第一列……士兵的拇指,开始向扳机施加力量,几秒之后,蚌埠集前便会血流成河。

姚英子大声尖叫,想要跳下城去,至少把那个小女孩抱开。可那个胖胖的把总,死死拦住她,不许她动弹。

就在这千钧一发之际,身后突然传来"砰"的一声。不是枪响,声音要更闷一些。伴随而来的,是一道白光在城头炸裂,几乎要将灰暗的天空撕开一个口子,所有人都下意识地闭上眼睛。

这是镁粉瞬间燃烧的声音!只有一种机械需要用到这个!

等到强光消失,姚英子见到两个人爬上城头。一个是王培元,他正举着一盏镁光灯的长手柄,一团白烟从他头顶飘起,一枚空空的镁粉弹壳落在地上。而站在他旁边的那个人,正手捧一台公牛眼相机,镜头直直对准这边。

摄影者头发稀疏,下巴平阔,鼻梁上架着一副厚厚的玳瑁腿眼镜——竟然是农跃鳞。

他不是《申报》记者吗?怎么跑来蚌埠了?姚英子脑中一片混乱。农跃鳞冲她笑了笑,先卷动一格胶卷,然后再次对准李巡检。

李巡检简直要出离愤怒。这城头难道是什么骡马集市吗?什么阿猫阿狗都来去自如!

李巡检正要抬手怒斥,农跃鳞已冷冷道:"李大人,您下令军队向平民开枪的英姿,我可是已经拍下来了。"

"什么?"

"您继续,我可以换个角度再拍一张。《申报》读者就喜欢读这样的报道。"

他说完之后,把一张名片扔过来。李巡检一看,冷汗登时就下来了。蚌埠集内就有《申报》的代售点,他知道那报纸的影响力有多大。

李巡检急忙辩解道:"我是要顾全大局,才不得已而为之。城中赈济旬日,库仓荡尽,实是力有未逮啊。"

"巡检司库里尚有粳米五百多石,城中十几家粮商,各有积储。这是大人口中的荡尽?"

李巡检噎了一下,没想到这个记者真的是有备而来。他心念电转,又一指姚英子手里的显微镜:"你可以问她!是她说的,说有个啥啥细菌,会造成鬼拽脚散播流传。我不开枪驱散,蚌埠阖城都要完蛋。"

99

农跃鳞道："红会六日前就到了蚌埠，献了积极防疫策略若干，你那时为何不听？"

李巡检看了眼王培元，知道这事实在瞒不过。他还要强辩，农跃鳞已开口喝道："你身为地方官，不想着救灾防疫，反而为了自己方便，纠集绿营开枪驱散，这与杀人灭口有什么区别？上天难欺，难道下民就那么易虐？"

"官府做事，你一个记者凭什么乱插嘴！"李巡检恼羞成怒。他使了个眼色，那个把总松开姚英子，悄悄朝农跃鳞靠近，想要去抢那照相机。

农跃鳞丝毫不畏惧，反而向前数步："你若能将在场众人都灭了口，尽管来动我试试。"

一滴冷汗，浮现在李巡检的额头。他哪敢真的动手，《申报》名头太大，一旦传扬出去，朝廷可不会保他，搞不好还会学曹操来一出"王垕借头"，自己可要栽到底了。

他在心中权衡了半天，忽然哈哈干笑了几声："先生误会了。我怎么会对百姓开枪呢？实在是城中的赈济迟了半日，灾民们有些骚动。我怕惹出乱子，多派了几个兵看着罢了。"

农跃鳞手中相机却没放下来："巡检爱民如子，亲往赈济，防大疫于未然，皖北灾民幸赖得活——我也可以拍这么一组照片。"

同是新闻主角，一边是酷吏虐民，一边是勤政爱民，李巡检知道自己根本没得可选。他磨了磨牙，终于有气无力地挥了挥手。

绿营兵们纷纷把枪都抬高，退出子弹。那个把总还算机灵，赶紧吩咐手下抬来那一面大铜锣，"咣咣"敲了起来。城下的灾民听到锣声，知道城里肯定会继续施粥，纷纷又退回到了原来聚集的地方，安心等待。

李巡检步履蹒跚地走到王培元和姚英子身前，勉强施了一礼："接下来当如何避疫，请先生……咳咳……幸以教我。"

他这么前倨后恭，王培元反倒有些不好意思了，也装模作样咳了几声："李大人知错能改，善莫大焉，我很欣慰啊，很欣慰。"

姚英子捅了他腰一下，王培元才赶紧继续道："接下来我是有这么个建议……"

蚌埠北门紧张了一个上午的局势，终于松弛下去。仿佛真的存在天人感应似的，一缕久违的阳光，从云层的缝隙中投射下来，给这座晦暗许久的城市映出些许光泽。

有了蚌埠巡检司的支持，医疗队的防疫工作终于可以顺利展开。

得幸于这六天以来所有队员的不懈调查，他们掌握了大量数据，足以勾勒出"鬼拽脚"——或者叫五日热——的疫病状况，并有针对性地设计出了一套方案。

一方面由巡检司出面，强制要求灾民们去淮河岸边，先剃光头，然后轮流穿着衣服入水浸泡，这是除去体虱最简单也最经济的办法；另一方面，城内商绅筹措了两千张干净苇席与稻草席，去替换掉那些发霉的铺盖，并掩埋掉尸体。与此同时，医疗队也将进行卫生宣教工作，警告所有灾民绝对不要用嘴去嚼虱子或臭虫。

只要阻断了人虱之间的传播途径，五日热暴发的几率就很小了。

在当晚的防疫会议上，峨利生医生特别表扬了姚英子，称赞她有着卓越细致的观察力，并未放过一点点小异常，是一位医生最该具备的素质。

"伟大的巴斯德在葡萄酒里，无意中发

现了酵母杆菌，他没有放过这个小变化，从而改变了整个法国酿酒业。你能在不知道立克次医生的研究时，独立发现这个立克次体，也很了不起。这个发现，也许会开启一个全新的微生物分类。"

严之榭带头，全场一片鼓掌声。姚英子兴奋得脸都红了，要知道，她自从加入总医院之后，还从未得到过峨利生医生的夸奖。孙希在一旁打趣，说美国那位立克次医生年少有为，你们也算有缘分，要不要替她写一封英文信，认识一下，万一情投……话没说完，脚背被狠狠踩了一脚，登时疼得龇牙咧嘴。

"你嘴巴不要老！"姚英子叱道，惹来周围一片哄笑。

那个时候他们还不知道。那位霍华德立克次医生，刚刚在上个月死于墨西哥，病因正是他发现的立克次体所导致的斑疹伤寒，成为医学史上的烈士之一。

孙希一瘸一拐手扶着方三响肩膀，要脱鞋查看。

方三响冷然道："要不要我给你拿点里披林来？"

孙希一怔："我是脚背瘀伤，要里披林那种东西做什么？"

方三响道："里披林粉撒在舌头上，会有麻痹效应。治好了嘴欠，脚背就不会被踩了。"

孙希大为愤怒："你到底站哪边的？"

"公义。"

远处宋雅正在向姚英子道喜，其他几个女生也围了过去，欢声笑语。

在这次会议上，王培元宣布给医疗队放一天假。经过六天高强度的工作，每一个人都已经精疲力尽，不休整一下的话，恐怕医疗队会比灾民先崩溃。

孙希对享受有着天然的嗅觉，居然被他在蚌埠集里找到一家浴室。浴室没有对外营业，但老板允诺单独为医疗队烧两池子水，权当做慈善。于是医疗队全体队员，终于有机会痛痛快快地沐浴了一番，疲劳尽去。

从浴室出来，队员们个个神清气爽，觉得好似再世为人一般。大家三五成群，有说有笑地往回走，严之榭的声音最大不过："沱湖的螃蟹，固镇的牛肉，冬天还有烫羊，等疫情退去我带你们去吃个遍！"

"你不是学牙医的吗？还教人这么吃？"孙希回过头笑道。

严之榭道："健全的牙齿，是为了更好地享用美食啊。"又惹得队伍一阵大笑。

众人正说闹着，却见农跃鳞迎面走了过来。

蚌埠能有如今的局面，这位农大记者居功阙伟，如今相见，彼此都很亲热。农跃鳞主动邀请方三响、孙希和姚英子，说可否去茶馆一坐。三人左右无事，便欣然应允。

他们走到太平街头的裕昌隆茶馆，里面的茶客已经聚了不少。大家正议论轰轰，说的都是皖北灾情。茶博士一见戴着红十字袖标的年轻人进来，抢一步过去，先打了个万儿，尖声说恩人莅临，蓬荜生辉。掌柜的也从柜台后头出来作揖，说红会医士奔波防疫的辛苦，蚌埠上下都看在眼里，这次茶钱全免，聊表谢意。

周围的茶客一阵叫好，纷纷过来拱手打招呼。姚英子和方三响没见过这样的阵仗，又是得意，又是窘迫。好在孙希惯爱出风头，一整领子，游刃有余地应对了几句，这才算落了座。

农跃鳞先抬起相机来拍了一张，笑道：

"贵会在蚌埠奋战六日,一场大疫弭于无形。看茶馆里民众这样的反应,可见公道自在人心啊。这我可得记录一下。"

"农大记者,你怎么跑来这里了?"姚英子好奇地问。

农跃鳞直言不讳道:"我在上海,每天报道的都是些风花雪月,不是哪家豪门猝起风波,就是戏院名角儿莅沪轶事。每天采写这样的东西,于国于民无益,我烦也要烦死了。"他把相机搁在茶桌上,啜了一口茶水,继续道:

"比如皖北这场水灾吧,上海各大报纸,只是转述一下安徽官府电文,没一个记者愿意来皖北实地看看。这样的新闻对读者来说隔靴搔痒,又有什么意义呢?"

姚英子点点头。她在上海读到水灾报道时,只是一堆地名和数字,没什么触动。直到亲临蚌埠集下,她才真切地体会到情况有多凄惨。

"所以我决心亲赴皖北一趟,用我的眼睛,用我的笔和相机,把最真实的感受记录下来。一张照片,胜过千言万语。要让上海读者与灾民感同身受,我这记者才不算白当。"

方三响忍不住拍桌子赞道:"敢一个人独闯蚌埠,实在是好胆色。"

农跃鳞摇摇头:"蚌埠不算什么,你们在城下见到的流民,不过是从皖北逃出来的极小一部分。北边的宿州、灵璧、亳州、涡阳等地才是受灾至烈的区域。"

"难道你要……"孙希有些惊讶。

农跃鳞道:"不错。我其实只是路过蚌埠。接下来准备渡淮北上,去真正的灾区看看。"

三个人都被他的大胆吓到了,渡淮北上?

他们在蚌埠忙活了这么久,对附近地理已经有了一些基本概念。这一次水灾最为严重的地区,就在淮河北岸。从灾民的只言片语中,他们大概能推测出北边有多惨烈。就连沈敦和都特意电报过来叮嘱,未经许可,红会人员只能在淮河以南行动。

农跃鳞一介文弱书生,居然打算只身北上,这实在是……难以形容的疯狂。

"这,这未免也太危险了吧?《申报》主编会允许你这么做?"孙希对新闻界的运作机制还算了解,这种以身犯险的事,一般报纸会尽量避免才对。

"不允许啊。所以我已辞职了。写出报道来,还是由《申报》独家刊发,出了事,我一人承担后果。"农跃鳞扶扶眼镜,语气坚定。

姚英子大为震惊:"至于到这地步吗?"

"冯煦冯梦华都来了,我们做记者的,岂能落后于官?"

其他两人还好,孙希一听这名字,额头登时凸起一条青筋。

农跃鳞道:"你们大概还不知道,朝廷前几日任命冯煦为查赈大臣,马上要来巡视灾区了。他自己公开宣布:要与荒政相终始,仍以民为重——啧,能有这种想法的官员,如今实在不多了。"

孙希道:"这次我们红会救援队北上,也是他给安排的火车。"

农跃鳞笑道:"冯梦华原本就是安徽巡抚,只因恶了两江总督端方,才被夺职闲置。这次安徽遭灾,他自然上心得很。"

"那你呢?你为何又这么上心?"姚英子好奇。

农跃鳞双手抠住相机两侧,声音低沉:"我祖籍是河南开封人。四岁那年,赶上黄河大决口。我娘抱着我一路南下讨饭,病死在了半路。剩下我孑然一人被善堂收养，这才苟活至今。"

三个人见他忽然讲起身世，都沉默下来。

"我娘去世时我年纪太小，不知道自己本姓什么，也不知父母与祖先姓名，更不知自己出生于何处，只知道来自开封。等我长大了，曾去开封寻访老家，看是否还有亲人，却发现一切都已湮灭无闻。地方官府里的卷宗，只记了一笔某年某地洪灾死多少人。我们一家就像从来没存在过一样，只剩我一个孤魂野鬼，在这世间游荡。"

农跃鳞镜片后的目光，有些闪动。他缓缓举起相机："所以这一次皖北大水，我想为那些陷入绝望的人们做点什么事，至少要为他们记住点什么。不要像我的家人一样，被洪水带走了性命，也被夺走了曾经存在的痕迹。"

三个人默默地端起茶杯，各自喝了一口，用来掩盖内心的震撼。这时农跃鳞从怀里掏出一份电报，轻轻搁在桌子上。眼神诚挚而炽热：

"我知道有点唐突。但你们红会，能不能派几个人跟我北渡淮河？"

第六章 一九一〇年六月（3）

三个人听到这个要求，俱是一愣。孙希接过电报纸，皱着眉头读了一遍。

这是一份求救电报，发报人是固镇一所新式学校的校长。固镇是淮河北边的一个小镇子，距离蚌埠约有百里。沱河前一阵发大水，校长赶在通讯中断之前，给蚌埠发了一封求援电报，说学校里困守了许多教职工与学生，轻、重患者有二十余人，亟需医疗支援。

"这是农记者的好友？"孙希问。

"不，我不认识他，这是我在蚌埠电报局的收报槽里无意中看到的。"农跃鳞冷笑，"现在皖北都乱套了，巡检司哪顾得上这些？若不是我发现，只怕这求救电报是泥牛入海，再无踪迹。"

孙希咳了一声，正要开口，农跃鳞又道："我知道这次渡淮北上危险重重，不过固镇距离蚌埠不到百里，倘若红会能有几位医士前去，便可挽救二十多条性命。"他停顿片刻，拿起电报纸，晃得"哗啦哗啦"响：

"请你们想想看那位校长的处境，四面皆水，孤立无援。他肯定也知道蚌埠巡检司靠不住，但又能怎么办呢？这是唯一的指望。那位校长就守在那里，翘首南望，在绝望和煎熬中等待着一点点微渺的希望。你说我们见到这电报，难道能忍心置之不理吗？"

农跃鳞到底是做记者的，一番话说得声情并茂。孙希和姚英子听了还好，方三响却不知不觉呼吸急促起来。他的脑海里浮现出一个身影，一个孤独矗立在老青山的黑暗中的身影，同样也是在绝望和煎熬中等待着一点点微渺的希望。

"我跟你去固镇！"方三响脱口而出。

孙希吓了一跳，急忙拦住他："老方，老方，咱们别意气用事，总得先请示了王教授再说。"

方三响没有回答，直直看向农跃鳞："你什么时候出发？"

农跃鳞道:"我下午便走。"

"可是最近淮河涨水,我听说所有的渡船都停了啊。"姚英子不解道。

农跃鳞笑了笑:"山人自有渡淮妙计——你们若愿意去,三点在北城门口相见,我可以等你们十分钟。"

农跃鳞把电报纸留在桌子上,抓起礼帽,飘然离开,留下三个人面面相觑。

孙希端起茶杯,一脸无奈:"我看呐,这事八成不会被批准,实在太危险了。"

方三响霍然起身,一边朝外走去一边沉声道:"我现在就去问王教授,他若不答应,咱们就以个人身份北上。"

孙希先是"嗯"了一声,随即觉得不对味:"等会儿……什么叫咱们?你把我也算进去啦?"

方三响道:"队伍里除了峨利生医生之外,你的外科水平最好,自然是最合适的。"

孙希大为气恼:"你这是拉牛上树,仲夹硬要人做!"

"粤语我听不懂,就当你同意了。"方三响一副理所当然的样子。

"那我呢?那我呢?"姚英子问。

"你不能去!"这次他俩倒是迅速统一了意见。

姚英子撇撇嘴,难得没有跳起来驳斥。蚌埠一役,她已成熟了许多,知道上海之外的世界有多么残酷,可不是要耍小性子就能解决了。

方三响急着要跟王教授请示,当即走出茶馆。孙希生怕他乱讲话把自己给连累了,也急忙追着出去。姚英子也起身要走,可她迈出茶馆的一瞬间,无意一瞥,余光捕捉到旁边一个熟悉的身影。

姚英子定睛一看,茶馆旁一棵老槐树下跪着一个小女孩。小女孩身上只围着一块脏兮兮的红肚兜,脚掌内翻,以一个扭曲的姿势蜷跪着,身前搁着半个破瓷碗——正是她之前遇到过的那个罹患小儿麻痹的女孩。

姚英子眼睛一亮。她心里一直惦念着这个小姑娘,尤其是她吃到巧克力时绽放出的笑容,让她印象极为深刻,没想到在这里遇到了。

蚌埠集的灾情缓和之后,一批没有疫病隐患的灾民被允许进入城内乞讨,这女孩大概也是其中之一。大概是她样子可怜,身前的瓷碗里倒搁着不少茶客抛的铜钱。

姚英子走到她面前,蹲下身子。女孩显然还记得这个给她巧克力的大姐姐,一见到她便咧开嘴笑了,露出一排稀疏的牙齿。姚英子帮她简单地检查了一下身体,令人惊讶的是,这女孩除了脊髓灰质炎和长期营养不良之外,身体居然没什么大毛病,别说"鬼拽腿",就连轻微的皮疹都没有,生命之坚韧委实令人感慨。

姚英子摸了摸口袋,可惜黑巧克力早没了,她起身打算去买些糕点来。谁知姚英子胳膊摆动,让女孩的眼神倏然一亮,做了一个出乎意料的动作:她把那个装着铜钱的破瓷碗端起来,讨好地递给姚英子。

这个举动,让姚英子愣住了,这是要做什么?

女孩见她没接,用力晃了一下,铜钱在瓷碗里发出"哗啦哗啦"的清脆声。她另外一只手撑在地上,极力让身躯靠前,同时嘴里吐出一连串皖北土话。

她声音稚嫩,土话又难懂,姚英子听了半天也没听明白。女孩急得眼泪都要下来了,端着碗的手臂一直递,一直递。好在旁边有个年纪大的乞儿,自称跟女孩是同村逃难出来的，帮忙翻译了一下。

原来这女孩姓邢，没名字，大家都叫她大丫头。她家在淮河北岸一个叫三树的小村子里。最近遭了洪灾，村民纷纷朝南边逃难。可大丫头的娘正赶上怀胎，害了软脚病，根本跑不动。结果大丫头她爹只好背上她，先随大众渡过了淮河。没过几天，大丫头的爹病死在蚌埠集前，剩下她一个人，像只被遗弃的奶猫趴在集外草丛里，靠同村偶尔接济一下，勉强不死而已。

刚才大丫头对姚英子说的土话，是"救救姆妈，救救姆妈"，这些天她看到胳膊上挂着红十字标的人在灾民群中忙来忙去，知道他们能治病。刚才她看到姚英子胳膊上也有同样的标记，便急忙把碗里所有的钱拿出来，希望请她去三树村里给姆妈看病。

一个不到七岁的残疾乞儿，讨来钱不是为自己果腹，而是请医生去救她被遗弃的姆妈，姚英子眼泪禁不住夺眶而出。姚母去世很早，她从小虽然享尽富贵，唯独母爱是一桩可望而求不得的奢侈品。大丫头这个举动，正正击中了姚英子内心最柔软处。

她用力吸了下鼻子，从大丫头手里接过瓷碗："放心吧，姐姐一定去给你姆妈看病。"

女孩见她收下了钱，如释重负，露出一个虚弱的笑容。

不知为何，姚英子觉得她的这个笑容，比吃黑巧克力时还要开心。

她又给了同村那乞儿两块大洋，让他好好照顾大丫头几日，顺便问清三树村的位置，然后转身匆匆赶去医疗队的驻地。

此时方三响已经向王培元、峨利生两位教授汇报了固镇情况，强烈要求自愿前往。两位教授商量了一下，眼下蚌埠局面还未稳定，主力不能擅动，但又不能见死不救。最后他们决定先抽调两个人去看看情况，再视形势而定。

王培元、峨利生两个人各有职责，都走不开。除了方三响以外，还需要另外一个志愿者。孙希知道自己躲不过，索性主动站出来："好，好，我去我去，谁让我学习成绩最好呢。"

这时姚英子推门进来，说我也要跟你们北上。这一下子可把其他人惊着了，别说王培元，就连一直主张锻炼年轻人的峨利生医生，都表示反对。

孙希疑惑道："你不是答应不跟着吗？怎么一会儿工夫就变卦啦？"

姚英子平静地把邢丫头的事讲了一遍，周围人都不吭声了，宋雅等几个女生还偷偷地抹起眼泪来。

"可我和老方要去固镇，难道你打算一个人去三树村？"孙希问。

英子走到一张地图前，说明她已问过，三树村就在淮河下游不远的北岸，离蚌埠也就四十多里路。"我跟你们一起渡河，然后直接去村里找邢丫头的姆妈，快的话两天便能往返。"

王培元紧皱着眉头，背着手研究起地图来。

峨利生医生手持拐杖，用那一双灰蓝色的眼眸盯着姚英子，忽然问道："是什么促使你做出这个决定？"

"因为大丫头太可怜了啊。一个七岁不到的小姑娘，自己都要饿死了，乞来的钱却先拿出来救自己母亲。"姚英子毫不犹豫地回答。

"只是如此？"

"我在医校读书时，张校长教育我们

说,当今之世,女子首先要怜惜女子同类。而怜惜同类最重要的手段,便是怜惜伊的健康。我在医校学过妇科与产科,遇到这种事,自然是责无旁贷。"

峨利生医生仍旧不动声色:"你有没有考虑过,也许她母亲已经死了,也许去了别的地方,你会扑个空。甚至有可能她在说谎,只是为了博取你的同情。"

姚英子似是受到侮辱似的,恼怒地提高了声调:"一个小女孩怎么会有这样的心机?"

"我是说如果。如果结果和你的预期不同,你该怎么办?"

"就算您的假设是真的,那么我去这一趟,至少能证明并没有一个孤苦伶仃的孕妇被抛弃在荒村等死,我认为是值得的!"

望着凶巴巴的姚英子,峨利生医生唇角微微一翘,手里拐杖敲了下地面:"医者不能只凭情感行事,但没有情感的医者是不合格的。你能这么想,正是医者的本分,很好,我准许你前去三树。"

既然峨利生发了话,王培元也只好表示同意,但他提出一个前提:姚英子不能一个人去,必须有人护送。

方三响和孙希已有任务。严之榭主动请缨,其他男学生们也纷纷表态,可都被王培元拒绝了。姚英子需要的是一个本地人,通晓当地情况,还得有一定威慑力。

王教授当即赶去巡检司那边交涉,希望从他们那里派人。这一次李巡检态度倒是很好,一口答应抽调一人随行,但他又无奈地表示,渡淮之事要医疗队自己想办法,巡检司概不负责——这倒不是李巡检有意刁难,最近雨多水涨,淮河所有的渡船都停了。就算出重金,也没有船家愿意接。

"奇怪了,巡检司都说没办法,他农跃鳞哪来的手段,总不能飞过淮河吧?"孙希疑惑道。

方三响说:"既然农记者拍了胸脯,自然是有办法的。别废话了,快收拾。"

医疗队简单地盘点了一下物资,让方三响和孙希带走了大部分急救药物和一部分手术器材。考虑到姚英子的体力,只给她备下一个小药箱,里面装了一些硫酸镁、甘汞片、碘酊和小苏打之类,都是常用药品。孙希之前塞给过她一把手术刀,这次还让她带着。

大约下午两点半左右,这一支小小的医疗分队准备停当,很快抵达了蚌埠北城门。同时抵达的,还有巡检司派来的一个向导。此人头戴罗帽,一身短衫没系襟扣,露出一圈肥腻的肚皮,腰带里勉强别进一把二六式手枪——竟是之前与姚英子冲突过的那个外委把总。

此时故人相见,彼此都颇有些尴尬,看来这是李巡检小小地刻意报复一下。还好孙希反应快,出面说了几句客气话,把总脸色才好看了一些。

把总姓汤,说三树村他去过,确实不远,肯定把姚小姐护送周全。但他随即又表示眼下淮河水头厉害,怎么过河他可没办法。

正说着,农跃鳞也在城外现身了,他一见方、孙、姚三人都来了,不由得翘起大拇指:"我果然没看错人,三位都是身怀仁心的杏林圣手。"

三人都好奇地盯着他,这位大记者孤身一人,除了挎着个相机之外,身边并没跟着什么船手艄公,不晓得要怎么渡河。

农跃鳞也不解释,扶了扶眼镜,嘿嘿一笑:"走,咱们出发吧。"

他带着四个人离开城门，斜斜朝着东北方向走去。孙希悄声问汤把总，东北方向可有什么渡口，汤把总皱着眉头想了一圈，摇摇头，说他一个本地人都没听过。

走了约摸三四里路的光景，耳边已能听见"哗哗"的水声，应该是接近淮河南岸了。前面带路的农跃鳞方向一折，顺着一座山丘的脊线往上爬去。

不是过河吗？怎么还越走越高？众人都觉得纳闷，但也只好跟随。

待他们登上山丘顶端之后，视野陡然开阔。只见黑压压的铅云之下，横亘着一条宽阔的大河，如浊黄色的长练一般铺开，水流汹涌，浪花翻腾，像一位看不见的画手在两岸之间抹下一笔赭色。

但比起这条大河，更夺人眼球的是两岸的景致。

就在这座山丘之下，以及河面的正对岸，是两座巨大的营地。营地杂乱无章，十几台形态各异的笨重机械各据一角，它们之间的间隙被沙土、木材与石块等建筑堆料填满，在更远处还有许多顶灰棕色的帐篷，似雨后的蘑菇一般密集地簇拥着。

两个营地各自朝着河中延伸出一条长长的黑色臂弯，臂弯凌于激流之上，隔空向彼此极力靠拢着。每一道臂弯下承托的，是两根厚重、敦实的灰石桥墩。它们如定海神针一般，屹立在滚滚浊流之中，不见丝毫动摇。这番景象与周遭环境极不协调，却别有一种动人心魄的豪迈与庄严。

直到这时，农跃鳞才说出自己的计划。

原来他们所在的位置，是淮河南岸的小南山，对岸叫孙家台。津浦铁路延伸到此处，将要在淮河之上架起一座贯通南北的铁路桥，如今正在紧锣密鼓地施工中。不过此时大桥尚未合拢，只刚刚筑起南北各两根桥墩。河中间的四根墩柱，要等到这一阵洪汛过后才能恢复施工了。

孙希在伦敦见惯了大桥，并不如何惊叹。其他人，包括姚英子在内，可从来没想过在淮河上居然还能架起长桥，这可真是从未有过的盛景。

农跃鳞道："你们可不要只看到它的雄壮，也要看到它的力量。这桥一旦架起来，铁路将第一次贯通中原南北，从此中原几千年的格局都要改观。"

汤把总对这说法无动于衷，在他看来，火车不就是运运货、载载人，能有什么新鲜的。

农跃鳞兴致勃勃地朝左边一指："你们看到了么？就在铁路桥上游两百米的南岸，他们同时在开挖一处大船塘。等到铁路修通之后，与这个船塘连缀成线，可就真真不得了。从此以后，整个皖北的麦子、高粱、大豆、牛皮、药材，都可以源源不断地通过蚌埠集这处枢纽，给南方运过去。外地的食盐、洋布、煤油等则可以直接沿津浦路分销至皖北各处，从此皖北民众便可衣食无忧，就算遭遇洪涝，也可以有所凭恃了。"

他看看汤把总犹自未悟，有意道："倘若我住在蚌埠集，哪怕借钱也要盘下几块地皮、建几个货栈。一俟津浦铁路一通，这里必会大兴，收益岂十几倍。"

一听这个，汤把总眼睛一亮，嘴唇哆嗦起来，想要拉着农跃鳞详细请教。方三响耐不住性子，截口催促道："可这桥还没架好，怎么过啊？"

农跃鳞哈哈一笑，示意他们紧跟自己，径直朝着施工营地走去。

这个营地也被第三十一混成协的士兵保护着，他们见有人靠近，警惕地举枪喝令。好在农跃鳞过去跟一个工程师模样的洋人谈了几句，递了一支烟，他们居然就放行了。显然这位记者早就事先打通好了关节，当真是手眼通天。

这支小团队在营地工人们好奇的注视下，默默地走到了淮河边。这里用麻袋与条石垒成了一条巨大的堤坝，挡住了眼前不断上涨的滚滚河水，头顶则是一片黑压压的竹架。

然后怎么走？大家都望着农跃鳞，看他还能变出什么花样。农跃鳞胸有成竹，站在堤坝上双手抱胸。过不多时，一条牵着钢索的小船晃晃悠悠从对岸驶了过来。

原来为了方便两岸联络，施工方在淮河上配置了一条联络用的小木船。小木船的顶篷有一条钢索，钢索以四根桥墩为支点，连接在两岸营地的蒸汽绞盘机上。只消开动机器，小木船便会被钢索牵引着横穿淮河，既不须纤夫拉动，亦无被激流冲走之虞。

津浦铁路的修建，与地方全然无涉，所以即使是蚌埠本地人，也不知还有这么一个渡淮的手段。只有时刻关注时事的农跃鳞，才能想出这样的法子。

众人啧啧称奇之余，一起上了联络艇，只听得蒸汽机发出一阵轰鸣，钢索开始"咯吱咯吱"地绞紧，小船震动了一下，缓缓朝着对岸驶去。

如今淮河正是行洪期，湍急激疾，冲势强劲。饶是小船已被钢索固定，也被冲撞得不时晃动，似有无数头疯牛在用头狂顶船帮。众人必须用一根绳子束住腰，才勉强不被掀下水。看来巡检司确实不是有意推诿，这种流速靠人力撑船，绝无横渡可能。

姚英子望着钢索缓慢有致地移动着，暗暗计算了一下速度，忍不住好奇道："这蒸汽机是什么牌子的？怎么动力输出如此稳定？"

农跃鳞摇头："我也不知道，反正不是英国货就是德国货。"他忽又生感慨："你们看，机器之力是何其强大。天堑可跨，激流可越，我们这个泥泞的老大帝国，眼看也要被这种力量彻底改变啦。可有些人还犹然不悟，沉浸在老章程里。"

农跃鳞看了一眼汤把总，似乎是在看他，又似乎不是。后者正紧紧地把手枪按在腰间，生怕落入水中，哪里顾得上别的。农跃鳞把目光转向三个医生，轻轻拍了一下船帮，几滴水花溅了上来。

"击水中流。谁把握住潮流，谁就能把握未来。三位仁心仁术，鄙人钦佩得紧，不过还是那句话，你不去关心时局，时局也会来关心你。"

方三响忽然问："农记者，你要我们怎么关心？"

农跃鳞镜片后的细眼微微露出一丝狡黠："快了，快了。再过一阵，时局的变化，恐怕你想忽略掉都难。"

横渡花了约摸半个小时，小船有惊无险地抵达对岸。他们下了船之后，按照计划分成两波。农跃鳞、方三响、孙希三人向北直去固镇，而汤把总护送着姚英子，朝淮河下游的三树村前进。

临别之前，方三响对姚英子千叮咛万嘱咐，一条一条注意事项讲过去，简直比王培元还唠叨。而孙希则把汤把总拽到一旁，偷着塞了一把银元，后者的士气有了明显上升。

一离开孙家台施工营地，周遭的画风陡然变得单调起来。放眼望去，只有黄与灰两种颜色。黄是洪水裹挟来的大量泥沙，它们涂满了视野可及的大部分空间；灰色则是半坍塌的夯土矮墙、勉强挺立的孤树、浸泡肿大的动物遗骸，以及烂缸、衣物、破筐等杂物，它们点缀在泥浆之中，无言地诉说着惨状。

三树村距离孙家台大约三十里地，但这三十里的路，和姚英子想的可是大不相同。两个人沿着一条几乎看不见痕迹的泥泞小路，跌跌撞撞地朝前走去。沿途没看到一个人，甚至连飞鸟都没看到一只，周遭安静得有些可怕。汤把总一边走着，一边提醒姚英子，近日雨势还在看涨，搞不好这一带只怕还会被冲刷一轮，得早去早回。

快走到傍晚时分，两人终于远远看到一处村落的模样。这村子里是一片简陋的夯土平房，村口歪歪斜斜立着三棵大槐树。

姚英子放眼望去，心里不由"咯噔"一声。村子里静悄悄的，没有一丝灯火，也没有一点生气。所有的地面都覆着一层厚厚的泥浆，若不是依稀还能分辨出篱笆、围墙、井栏、畜圈之类的轮廓，还以为这里是一处巨大的坟冢群。

汤把总张望了一阵，如释重负："这村已经泡荒了，肯定没人，咱们可以回去了。"

姚英子拧着双眉，仍不甘心："你怎么知道没人？"

"洪使者，水管家，一起请去龙王家。龙王留客走不得，宴上水席喂鱼虾——龙王爷请去吃宴席，没见过哪个能回来的。"汤把总阴恻恻地说了段土谣，一屁股坐在石头上，自顾卷起烟来。

头顶的铅云依旧厚重，遮蔽住了日头斜沉的景象。姚英子站在坡上，感觉自己就像一个沉入深渊的溺水者，看着头顶的光线无可挽回地黯淡下来。她努力地吸了一口气，视线极力朝村子扫去，想要最后尽一次努力。

可惜这次努力也失败了，她的视野里扫来扫去，只扫到一片漆黑的死寂。理性告诉姚英子，倘若大丫头的母亲真留在村里的话，不会有任何生还可能。

"来都来了，我们进村去看看，哪怕看到尸首……也有个交代。"

汤把总敲了敲烟卷，不耐烦道："尸首要么冲跑了，要么沤在泥水里，早烂了。你看了不得吓死？"

"帮帮忙，我是医生好伐？这种不过是毛毛雨。"姚英子说得不是很自信，其实她解剖学的分数不高，一见尸体就会呕。这次来蚌埠集，西厢地窖里的解剖室她一次也没下去过。

"那也要明天再说！"

汤把总把烟卷叼在嘴里，掏出一根洋火在鞋底划着，呛人的烟气飘到姚英子面前。她突然眼神一凛，看到不远处似乎有一束微弱如豆的光芒。

难道是错觉？姚英子急忙挥手驱开青烟，再定睛一看，不会错！那是一束黄澄澄的灯火，在黑夜衬底下显得格外醒目。

姚英子惊喜不已，叫汤把总来看，说那边应该有幸存者。汤把总眯着眼睛端详了一阵，说灯火和三树村不是一个方向。

姚英子坚持要去看看，万一大丫头她妈跑去那里了呢，总要去看一眼才死心。汤把总拗不过她，只好拿出一盏亚细亚牌的煤油灯，扭亮了提在手里，一脸不情愿地挪动步子。

好在这一路上都是一马平川的平原，没什么特别的险阻。他们一路望着光亮方向走，在天色黑透下来时便到了近前。原来那灯火来自于一处高坡上的小庙。这里地势较高,侥幸避过了洪水侵袭,倘若附近有什么幸存者的话,这里是最好的庇护所了。

两人快步上坡,来到小庙门前。忽然庙里传来一声惨呼,吓得汤把总连忙拔出手枪,还差点没拿住。他稳了稳手,这才深吸一口气,狠狠一脚踹开庙门。

眼前的景象,完全出乎了姚英子的意料。

只见殿内点着几支香烛,一个大腹便便的女子正仰面躺在神坛前头,双腿屈盆开,腿间正趴着一个穿黑对襟短褂的老太太。在她们身旁扔着好些污秽的长布条,有些还沾有斑驳血迹。坛上一尊观音像,面无表情地俯瞰着这一切,任凭殿内弥漫着古怪的酸腐气味。

"呸呸,晦气!"汤把总把手枪插回腰带,朝地上唾了一口痰,迅速挪开视线。姚英子却一下子睁圆了眼睛,大丫头的妈妈也是孕妇,不会这么巧吧?

那老太太听到庙门口的动静,急忙抽手起身,面色惊慌。姚英子注意到,她的右手居然是从女人的下体内缩回来的,指甲长如鸡爪,色泽灰黄。

汤把总那恶形恶气的模样,吓得老太太战战兢兢,以为是什么盗匪马贼,直到他自报是蚌埠集巡检司的人,老太太才松了一口气,俯身拿起一块脏绸布遮住女人身体,战战兢兢地回答。

让姚英子失望的是,天下没那么巧的事,这个孕妇不是大丫头的母亲,甚至不是三树村的。她是隔壁村子一个乡绅的媳妇,叫翠香。她有八个月身孕,却赶上洪水袭来,偏又生了肿脚症,根本动弹不得。乡绅家里只好雇了一个稳婆,让她俩躲这个观音庙里,一边避水一边准备生产。

"她还没生呢,你把手伸进产道去做什么?"姚英子突然质问。

稳婆搓了搓手,赔笑道:"这位小姐怕是还未经人事,翠香这胎儿忒大,所以每天得多掏掏,开开路,到时候好生。"

姚英子急得大叫:"你有没有常识啊!没到临盆,怎么可以强行扩张产道?而且你手上那么长的指甲,伸进去造成感染怎么办?"她又朝前走了几步,额头青筋霎时浮现:"天哪!她身下垫的那个破蒲团,被多少人跪过,你知不知道,照顾孕妇的第一要务就是洁净啊!"

姚英子在中西女子医校上过妇产学,还是张竹君亲自授课,说女子生产是天底下最精细、最复杂的人体活动,务必得极为小心。这个稳婆的手法,与医学常识完全背道而驰。虽然姚英子与这孕妇素不相识,可也不能眼睁睁看着稳婆作死。

被她这么一顿训斥,稳婆的脸色登时沉了下来:"我韩小手在固镇接生了几十年,经手的孕妇比你见过的还多,轮不着你个小妞子挑拣!"

"接生?只怕接死的孕妇更多吧!"姚英子厉声反驳,上前一步,"你快让开,让我来处理。"

韩小手脸上的褶子一鼓一胀,仿佛随时会因愤怒而裂开。她恨恨地看向汤把总,汤把总耸耸肩:"她是上海来的女郎中,别的我一概不知。"

韩小手一听是从上海来的,顿时有些畏缩,只是仍不肯让她接近孕妇。

姚英子看向汤把总,后者无奈地叹了口气:"姚大夫,你去三树村找人也就算了,怎么路上还要多管闲事,照你这管法,一年也回不去!"

姚英子这一次态度却异常坚定:"身为

医生，岂能见死不救？难道眼见这婆子害人吗？"

韩小手还要说什么，姚英子又道："光绪三十三年，民政部颁布《大清违警律草案》，稳婆须持照经营，请问你的执照何在？"其实这草案只是在朝中议了议，民间根本没推行下去。但韩小手一个农村老妇，哪里知道这些，竟被唬得不敢接话。

汤把总揉揉太阳穴，拿出平时的威风对那婆子喝道："反正我们今晚也得在这破庙投宿。老太太你权且让她随便瞧上一瞧，又不会害人，横竖我们明天就走了。"

见到汤把总腰里别的手枪长把，韩小手只得恨恨道："若真动了胎气，出了人命，官爷你可要做见证，这可不是老太太我招来的妖祟。"

姚英子"哼"了一声，权当她在放屁。

翠香看着只有二十多岁，能看得出原来应该挺漂亮的，可如今面相憔悴，脸颊浮肿得厉害。她神色恹恹地斜靠在神坛前，让肚子高高挺着。一见到姚英子过来，她眼神里流露出一丝恐惧来，朝稳婆那边望去。

"你莫要害怕，我是来帮你的。"姚英子柔声道，蹲下身子抓住翠香的手，"生孩子是件凶险的事。我是上海来的医生，受过专业科学的训练，一定可以帮你顺顺当当生下宝宝，无病无灾。"

听到一脸稚嫩的姚英子说着故作老成的话，翠香忍不住笑了笑，情绪慢慢放松下来。

姚英子趁热打铁，从怀里掏出一个俄国小布偶："你瞧，这是洋人做的小福娃，送你的。等你的宝宝出生了，可以把它挂在床头，让娃每天看。"

翠香有些疑惑："孩子看多了，会不会以后也生得像洋人啊？"

姚英子"咯咯"笑了起来，往翠香怀里一塞："你可以试试看嘛。"

这是张竹君校长教的办法。她曾经说过，民间女子教育程度低，遽然施行西法治疗，会引起不必要的恐慌。为此张竹君设计了一套流程和话术，先取得患者信任，再循序渐进。这些破冰用的布偶，都是中西女校的同学们在业余时间缝制的。

趁着翠香端详布偶的当儿，姚英子亲切地贴近了一些，拿出听诊器和血压计。这两样东西只与患者皮肤接触，侵略感没那么强烈，比较不会遭遇抗拒。

姚英子一边陪翠香聊着天，一边给她做了一些基本检查。一圈检查做下来，姚英子发现这女人的问题还不少，比如血压偏高，而且在夜里小腿经常抽筋，牙齿也有些松动，仔细询问之下，发现她关节和骨盆还会偶尔隐隐发疼。

这是很典型的缺钙症状，尤其是小腿肚子，严重到不搀扶根本走不动。难怪她男人家竟把她抛下自己先跑了，还不如大丫头她爹，虽然同样把老婆抛下，好歹把双腿残疾的女儿抱过了淮河。

姚英子又听了听胎心音，还算正常，小家伙不是至为凶险的逆位。这让她松了口气。如果是逆位的话，唯有剖腹一途，在这个要啥没啥的破庙里就只有等死了。

翠香好奇地问她，这个听筒能听出是男孩女孩吗？姚英子无奈地摇了摇头，旁边韩小手插嘴说，肚子是尖的，一准是男孩。

姚英子不屑道："肚子形状取决于胎位、羊水和孕妇腹部的脂肪，跟性别有什么关系？"

韩小手大怒："我接生了多么多年，可

从来没错过！你一个小妞子懂什么？"

翠香摸着肚子喃喃道："希望是个男丁，他家便有了后了。"

姚英子眉头一竖："你夫家把你抛在这破庙里，你还惦记给他家留后？"

翠香还没言语，韩小手已抢白道："人家留了钱粮，让我留下来看顾，十里八乡哪有这种好夫家，莫听这假洋女人挑拨离间。"

姚英子懒得跟她辩，低头开始给翠香清理起卫生来。

目前她最担心的，就是这位孕妇的卫生状况。那个韩小手完全没有消毒意识，她居然用沾满病菌的指甲伸进产道里去抓，去掏，去抠，简直就是一场灾难。而且翠香垫的蒲团、裹的布条、披的衣服都浮着一层油腻的秽垢，隐隐有腐臭味道，一看就是许久不换。最近阴雨连绵，高温暑热，极容易滋生出霉菌，万一引发了产褥热，就等于是直接判死刑了。

一个女人从怀孕到生产，可能判死刑的关卡可真是太多了。

她站起身来，在小庙里转了一圈。那个乡绅逃离之前，准备得颇为齐全，灶锅柴粮倒是都不缺。姚英子从庙外的水缸里舀出一锅雨水，让汤把总生起火，俯身把那些脏布条、烂毛巾还有不知沾了什么秽物的裙裤一古脑扔锅里煮。

姚英子趁水烧的当儿，把翠香身下那个蒲团直接扔掉，然后小心翼翼地掰开她的两条腿。

姚英子这次出门，本是为了去救大丫头有身孕的母亲，所以王培元有针对性地准备了一个用于产妇的药箱。箱子里的物品足以应付产科大部分状况。她从"百宝囊"里取出一瓶小苏打粉用热水调匀，张开自己的丝帕，帮翠香清洗起外阴来。

翠香见她趴到自己身下，很是紧张。之前韩小手每天都帮她"开开道"，让她疼得痛不欲生，已经有了心理阴影。姚英子宽慰道："不怕不怕，一点不疼，我是给你消毒。"

"消毒是啥意思？我中毒了？"翠香紧张起来。

"不是啦。小苏打是碱性的，可以破坏霉菌繁殖的酸性环境，减少感染风险。"

姚英子一边埋头擦拭一边解释。翠香似懂非懂，但看这姑娘一脸认真地在忙活，手法温和，态度专注。她整个人便不知不觉平躺下来。

"你这得收多少诊金？"翠香侧过脖子问。

"我是红十字会的，不要钱。"

"什么红十字，无事献殷勤，非奸即盗！"韩小手在旁边又冷笑，"天底下哪有这种好事，翠香你莫听她哄哩。"

姚英子冷哼一声，无暇辩解。

若换在蚌埠集之前，这样的事姚英子无论如何也做不到，连想都无法想象。蚌埠短短数日的经历，让她的感受有了一种奇妙的变化。那些污秽不再是避之不及的恐怖，而是必须要打倒的敌人。

她给翠香清洗完成后，又起身用石炭酸给小庙里外喷洒了一圈。这一通忙下来，热得她满头大汗，鼻尖挂满汗珠。可惜锅里还咕嘟咕嘟煮着布条，没法吃热食，姚英子便拿出个冷馒头，随便啃了几口，内心的感慨却难以抑制。

张校长说在大清生孩子是九死一生，她原来只当是个修辞。观音庙这一幕，却让姚英子明白这话一点也不夸张。仅从翠香的状况来看，韩小手的卫生观念落后得惊人，而她已是远近最有名的接生婆，怪不得民间产妇死亡率高居不下。

姚英子当年在英文杂志上读过一段轶事。匈牙利有个叫西梅尔威斯的医生，在奥地利担任维也纳总医院附属第一妇产科诊所的住院主任。有一次，他发现第一诊所和第二诊所的产妇罹患产褥热的死亡率差异很大，一个是百分之十，一个只有百分之四。经过缜密调查，西梅尔威斯发现两个诊所有一个决定性的差异：第一诊所附带了一个解剖间，医生上完解剖课之后，直接就来给孕妇看病了；另一个则是单纯的诊所，医生日常接触不到尸体。

于是西梅尔威斯医生提出一个要求：第一诊所的医生以后要先对手部消毒，然后再给孕妇做检查。仅仅只是这么一项小变动，便让死亡率降到了百分之二。很快，整个欧洲都建立起了消毒观念，产妇死亡率大大降低。

其实只要做好消毒工作，就可以避免大部分危险。这么简单的事，欧洲人能做到，中国人也一样能做到吧？姚英子迷迷糊糊地琢磨着，又惦记起大丫头的母亲下落。她这一天实在累狠了，很快靠着神坛睡了过去。

不知睡了多久，她忽然听到一声尖叫，立刻醒了过来，"啪"一声，嘴边的半个馒头先掉在地上。

观音庙外头已是蒙蒙亮，惊叫声是从神坛后头传来的。姚英子过去看到翠香在地上抽搐着，四肢剧烈抖动。韩小手蹲在她头前，双腿内侧夹住头，两手按住双肩，极力控制不让她翻身，大概是怕压到肚子。

姚英子一把推开老太太，怒吼说你这是胡来！赶紧让翠香侧躺下来，免得被自己的痰水呛到。紧接着她迅速检查了一下瞳孔和脉搏，抬头问孕妇有没有过癫痫史，韩小手冷着脸不搭理，姚英子只好把注意力重新放回到翠香身上。这种抽搐也没什么好办法，只能熬到结束。过了大概两三分钟光景，翠香才恢复平静，额头沁出一层细细的汗水。

姚英子正要帮她擦汗，忽然汤把总从前殿惊慌地跑过来，压低声音说外头有人来了，是水蜢子！姚英子闻言手里一抖，却没停下动作。

每次洪水之后，皖北必然会涌现出大量土匪。他们趁着百姓流离失所、官府自顾不暇的时机四出劫掠。这些匪徒就像水蜢子一样，水灾越大，他们的数量就越多，残害愈凶。按说这一带靠近蚌埠集，又距离第三十一混成协不远，水蜢子们不会轻易靠近。可今年水灾实在太大，皖北几乎皆成鱼鳖之乡，逼得这些水蜢子的活动范围也南移。

姚英子顺着小庙窗格朝外看去，只见小丘下面有七个骑骡子和驴的汉子，皖北少马，驴骡却很多。他们穿着杂乱，手里拎着各种镰刀、短矛，没有火枪。很明显，这应该只是一小撮临时聚在一块的流匪，不是那种积年匪帮。

这些人聚在小丘下，其中一个貌似探子的高个儿下了牲口，沿着小丘朝这边爬过来。他们应该是路经此地，听到这里传来尖叫，来看看。

汤把总一脚踢翻炉灶，伸手从铁锅底蹭了蹭，抹了姚英子一脸灰。姚英子猝不及防，正要发怒，汤把总又一把将她头发薅乱，低声道："你这样的小姑娘，被水蜢子瞧见肯定会被掳走。若想贞洁得保，快给我躲到神坛后头去！"

姚英子见他说得急切严厉，知道这事

由不得任性,赶紧又加抹了一把锅底灰,然后转到神坛后头,趴下跟翠香躺在一起。她刚躺下,那个探路的水蜢子便进来了。

这个探子见到庙里有人,两只吊梢眼先是喜得一抬。汤把总把手枪藏在腰间,只说自家媳妇要临盆了,在小庙里暂居。孕妇生产在皖北被视为秽事,迎面见了不吉利。探子探头一看,一双浮肿的脚从神坛后头露出来。他一见这个,不由得把两团丧眉攒起来,不愿意迈进去了,只把眼珠子骨碌骨碌朝着灶台瞟去。

汤把总会意,从灶旁拎起一袋糠皮杂米,递给探子,然后做了个送客的手势。探子掂量了一下袋子,少说有个七八斤,足够他们这伙人吃几顿了。他权衡一番,孕妇在水蜢子眼里毫无价值,只是个累赘,与其跟眼前这男人死斗,不如拿点东西更合算。

探子一手拎袋子,一手还往里面瞥,汤把总"嘿"了一声,又提出一口袋杂米,双手摊开,意思是最后一袋了。其实汤把总也紧张得够呛,后脖子两条褶皱里全是细汗。见探子点了一下头,拎起两个米袋子往回走,这才长舒一口气。

不料探子走出去没几步,突然一个尖利怨毒的声音从庙里传出来:"这里还有个白花小妞子!"探子闻言,猛然回过身来,疑惑地朝里面看去。韩小手猛然抓起姚英子的头发,狞笑着把她硬扯起来。全无防备的少女发出一声脆呼,让探子眼睛一亮。

虽然那姑娘满脸锅灰,可声音和身形却是遮掩不住的。这种大姑娘可是水灾中的硬通货,无论自己享用还是卖给别人,都是极好的。

"好哇,你小子敢藏私!"探子狞笑一声,朝门槛里迈进去。

翠香躺在地上,抬起脖子虚弱地喊道:"韩婆婆,你这是做什么?"

韩小手咬牙切齿:"这假洋婆子要害你,我把她交出去,才能保得你平安。"

姚英子拼命挣开韩小手的纠缠,反脚一踹,把老太太踹倒在地。只见她打了几个滚,额角撞到庙门下角,直接晕了过去。可为时已晚,那探子放下两袋米,舔了舔嘴唇朝她走过来,吊梢眼里透出不加遮掩的贪欲光芒。姚英子吓得站在原地,不知所措。

"砰"的一声巨响,探子停住了脚步。他动了动眉毛,想努力朝自己脑门上看去。可惜他无论如何努力,也看不到那上面的一个血洞,整个人双膝一跪,旋即扑倒在地。

汤把总在他身后一脸惊慌地端着手枪,枪口还冒着青烟。姚英子顾不得道谢,喘着粗气跑到窗边,朝小丘下面看去。

那一声枪响,惊到了小丘下的水蜢子们。他们纷纷从骡马上下来,朝丘上移动。汤把总歪着脑袋,把枪口伸出门外又开了一枪。虽然这一枪没击中任何人,却成功吓得敌人们伏在半路,不敢继续前进。

上头有枪?这对于只有镰刀和草叉的水蜢子来说,已有了十足的威慑力。

双方就这样陷入奇妙的对峙。汤把总下巴一直在哆嗦,可枪口抖动得更剧烈,嘴里一直絮叨着"我的个孩来……我的个孩来……"他在蚌埠集习惯狐假虎威,这样单独与匪徒对峙的局面还是头一次。姚英子反倒比他还镇定些,先数了数草丛里趴伏的人头,然后问他子弹还剩多少?

汤把总战战兢兢竖起四根萝卜般粗的指头。二六式左轮一次装弹六发,刚才打了两发,还剩四发,一点备用的子弹都没带。汤把总还补了一句:"这枪的扳机忒硬,扣半天才能打出一发,不屇照!"——言外之意,万一水蜢子们一起冲上来,一把枪可挡不住。

"只能找个机会,往大桥那边跑,那边有军队,他们不敢靠近。"汤把总擦了擦汗。

姚英子摇摇头:"不行,我们逃了,他们肯定要拿翠香泄愤。医生扔下病患逃走,这成什么话?"

汤把总恼怒地吼了一声,"也熊,你个六叶子不走我自个走!"

姚英子知道跟他讲道义和道理没用的,便祭出老办法:"若顺利护送我俩离开,我回去给你赏钱加倍。"

"屁!有命赚,没命花!"汤把总啐了一口,握枪的手还是抖个不停。动了枪、出了人命,还被水蜢子围弄,这次任务已经远远超出他的预想。利害关系在胖胖的脑内飞速计算,眼看着一个最佳选项浮现出来。

趁着姚英子一错神的工夫,汤把总迈过翠香的身体,推开破庙后头的小门,闪身朝着水蜢子们的相反方向逃去。姚英子回头听到声响,才一阵惊慌,没想到这个死胖子说跑就跑了。

丘下的水蜢子们听到有动静,直起腰,气势汹汹朝着这边靠来。姚英子蜷缩在窗下,一时间万念俱灰,赶紧从医药箱里拿出那把孙希送的小手术刀,努力回想人体最致命的地方在哪,想着想着,眼泪扑簌簌掉下来。

可等了一阵,庙门却没动静,远远传来"啪"的一声枪响,响声颇为惊慌。姚英子擦擦眼泪,小心地探眼去看,发现那六个水蜢子掠过小庙,蹭蹭冲着汤把总追去了。

汤把总到底缺乏经验,他若是不跑,对方不知虚实,尚不敢轻举妄动;这一跑,落在水蜢子眼里,显然是自曝其短——若真是火器犀利,何必要跑呢?至于小庙,先把人干掉,再回过头来搜查也来得及。

这些贼匪颇有经验,六个人在小丘上散开一条线,像一张大网拢过去。汤把总惊慌地在大网前头跑着,圆滚滚的身形在泥泞的黄土地上怎么也跑不快。总算他良心未泯,没喊一嗓子提醒水蜢子们庙里有人,当然,也可能只是他太过慌乱没想起来。

姚英子见水蜢子的注意力暂时不在这边,趴在窗边一看,注意到那丘下那几匹骡马还站在原地,没人看守,不由得冒出一个大胆的想法。她冲到翠香身边:"你能走路吗?"

"脚软动不了……"翠香慌得六神无主。

"我搀着你!你坚持一下!不然咱们都得死!"

姚英子拉起翠香的胳膊吊过脖颈,用尽全力勉强把孕妇架起来。翠香也用手扶着神坛,极力挺着肚子站起来。

两人跌跌撞撞,迈过了小庙的门槛,姚英子还不忘拿起那盏煤油灯来。很快远处传来两声枪响,但移动的人影却一个没少。汤把总只剩一发子弹了,恐怕凶多吉少。

事情紧急,姚英子扶着翠香朝骡马那边跑去。这一路都是下坡,跑起来倒不费什么劲,可翠香脚下实在太软,跌倒了好几次,差点顺坡轱辘下来。姚英子怕她伤了胎气,每次都用自己的身躯挡住,被撞得浑身青紫。

好不容易到了骡马队前，姚英子直接挑了匹身材最高大的青骡，把翠香扶了上去，自己选了匹黑棕色的驴子。

俗话说：马骑前，驴骑后，骡子骑当中。这些水蜢子的坐骑没配鞍子，都是光背上盖一块薄毯子。姚英子在上海玩过马术，却不知道骑驴骡的奥妙，一跨上去只觉得脊背奇高，硌得屁股生疼。这时远处传来一声枪响，无论汤把总打中人与否，他已是弹尽粮绝，水蜢子们应该会很快返回。

姚英子顾不得这些，她狠狠抽了翠香的青骡屁股一下，催着这头畜生朝北边走去，然后又把煤油灯往地下一扔摔得粉碎，又掷下火柴。火柴立刻引燃了流出的煤油，随即把附近的野草全都点燃了。那些牲口没拴缰绳，猝然受了惊吓，立刻四散乱跑起来。

这么一折腾，水蜢子回返过来想收拢，须多费一番手脚。姚英子做完这一切，驾着自己身下这头驴子去追青骡。翠香的双手撑在骡子的长脖子前，双腿叉开蹬直，生怕骡子的尖背撞到肚子，摆出的姿势尴尬且不稳当，晃晃悠悠随时会跌下来。

对于一个即将足月的孕妇来说，这种移动可能是致命的。但姚英子也没别的办法，水蜢子随时可能追来，她们必须逃得越远越好。她一边大声鼓励着翠香，一边抽动骡驴，只盼多跑出去几步。

这两人无比狼狈地跑出去约摸五里多路，姚英子回头看去，发现水蜢子倒是暂时没追过来，可这一带刚刚闹过洪灾，地面涂满黄泥，这两匹牲口的一串蹄印异常清晰。这么跑下去，敌人想要追过来十分容易。

可姚英子能做什么呢？她对这附近的地理一无所知，想问问翠香，却见对方脸色煞白，身子瑟瑟发抖，在骡背上几乎支撑不住。她本来就体质虚弱，这么一折腾，几乎已逼近极限。

姚英子急切地伸直脖颈，想找个安全的落脚处停下来，让她喘口气。却见翠香的头扭向另外一侧，牙关紧咬，嘴角和脸颊猛烈地颤动起来。这是癫痫又犯了？姚英子暗叫不好，抢先跳下马去。只见孕妇四肢猛烈地抖动起来，一头从骡背栽倒下来，重重地砸在了刚冲到马下的姚英子身上，溅起一片泥浆点子。

姚英子被砸得眼冒金星，感觉就像几年前遭遇的那场车祸似的。她拼着残存的理智，轻轻把翠香从身上推下来，然后晃晃悠悠地从地上站起来，扑过去检查。

此时翠香的瞳孔开始放大，而且因为呼吸暂停的缘故，面色泛起青紫颜色。抽搐还在持续着，姚英子有点慌乱，一边拼命回忆课堂上讲的要点，一边伸手去摸翠香的肌肉，发现她背侧的抽动频率，要远远大于腹侧。

"这是……子痫？！"

姚英子脑海中划过一道闪电。张校长在上课时特意说过，孕妇在罹患妊娠高血压时，往往会导致癫痫，这在临床上叫作子痫，是种极危险的病症。

姚英子之前帮翠香量过血压，确实数值偏高。但她缺少经验，只顾着关心翠香因为缺钙导致的抽筋，其他症状并未引起重视。等到翠香在早晨那一次癫痫发作之后，引来了水蜢子，姚英子更顾不上去做判断。她们骑着骡马逃跑这一路，翠香连慌带吓，受到的刺激太大，偏偏在这个节骨眼上暴发了第二次。

此时翠香瘫倒在地，像中了邪一样抽

搐着，四肢无助地搅动着泥浆，口里白沫缕缕。姚英子也没什么好办法，只能尽量让她保持侧躺，确保不会噎到。姚英子扣着自己的脉搏，眼看数过一分钟，可翠香的抽搐状况还未有缓解。

这可麻烦了！

对于快足月的孕妇来说，子痫极易引发子宫血管痉挛，轻则胎盘受损，重则母子双亡，必须要立即干预才行。姚英子意识到这一点后，惶乱地在医药箱里翻找，同时拼命回忆课堂上的东西，努力找出一个答案。书到用时方恨少，她这时真恨自己心不在焉，哪怕多记住一句，都说不定能用上。

"哗啦"一声，一个小玻璃瓶被她的手指碰动，滚落到地上去。这瓶口贴着一块橡皮膏，上面是孙希写的两个工整楷体："泻药"，里面是小半瓶白色粉末。

姚英子的眼神迅速移开，可又突然移回来。

白色粉末？医生一般用的泻药是用巴豆粉，磨出来是灰色；而这瓶子里的白粉，其实是硫酸镁粉末，它除了促泄之外，还能治疗水灾常见的肠痉挛。医疗队这次前往皖北，特意提前制备了一批。如果姚英子记得不错，张竹君校长曾经说过，硫酸镁对于癫痫控制也有效果，不过只有这一句，更多的她便死活想不起来了。

眼看翠香抽搐不停，姚英子知道再拖下去会出人命，只好硬着头皮打开医药箱，迅速翻出一个赫斯式的金属活塞针筒。

她不知道硫酸镁该怎么控制癫痫，但以常理推之，给癫痫中的病人灌药，能直接要人命，那便只有静脉注射一途了。姚英子默默祈祷，希望自己的推测没错。她迅速拧开泻药瓶子，用指甲挑起一点点粉末，拿仅剩的一点清水稀释，然后吸入注射针筒中。

这款赫斯针筒比较粗长，上方有两个金属固定环和一个推压环。规范的操作，应该是左手握住针筒，右手中指与食指各套入一个固定环，用拇指套入推压环，让虎口缓缓并拢完成注射。可现在翠香正在剧烈抽搐中，姚英子必须腾出一只手去压制她，另外一只手只能单手持筒。她手太小，双指套入针筒后，拇指根本够不着推压环，无法完成注射作业。

情急之下，姚英子蓦然想起了与方三响初见时的情景。那家伙竟然用鸦片膏蘸着纱布，直接去捂暴露的动脉，真是骇人听闻。他后来说，那是在战场上磨炼出来的野路子，在有限的条件下抓大放小，先解决主要问题，其他的可以暂时忽略。

没想到有一天我会被迫学他的思维方式，姚英子苦笑着张开嘴，一口咬住针筒侧面，那金属筒壳竟是一股酸苦味道。紧接着，她用双手撕开翠香的左袖子，露出肘部——这里静脉比较粗大，容易瞄准。

姚英子觑准翠香抽搐的一个间隙，腾出一只手握紧针筒，飞快地朝着静脉扎去。

针尖轻轻刺破皮肤，下压侧挑，让针头侧孔充分贴入静脉内部。姚英子一手按住翠香左臂，一手握住针筒，然后屈起身体，把自己脑门顶在推进环上，一点点朝前顶去。姿势又滑稽，又无奈。

这不是个简单的活。静脉注射要求一个缓字，而用脑门顶在环上，很难控制力度，全身的肌肉都得绷紧。这一针，足足打了一分多钟才算打完，姚英子的脑门多了一道竖长红痕，跟二郎神的第三只眼似的。

姚英子松开翠香，整个人滚落到旁边

地上，气喘吁吁。她从来没这么紧张过，身体因过于紧绷而酸疼不已。但考验还没过去，硫酸镁到底能不能奏效，尚属未知。

说起来，这还是姚英子第一次独立面对一个病人，从诊断到治疗，没有人在旁边指点或帮忙。唯一的评判官，就是对面病人的生死。离开了庇护之后，她才真切地感觉到，做一个医生的责任有多么沉重。每一个判断，每一个动作，都可能决定一个人的命运。

在忐忑不安的等待中，翠香的四肢抖动频率有了显著降低，两分钟之后，抽搐症状消失。她精疲力尽地仰卧在泥浆中，浑身被汗水覆透，只有起伏的胸口表明还活着。

姚英子"噗通"一声，让自己如释重负地瘫坐在地上。她连一根指头都累得挪不动，可心情却跃动得要跳上天。这是一种姚英子从未体验过的喜悦，她自幼含着金汤匙出生，无论做什么，大家都要卖姚大亨三分薄面，即使选择从医，在张竹君、沈敦和的羽翼下亦是一路顺风，哪怕在蚌埠集，身旁也总有方三响和孙希看顾。直到此刻，一种真真切切源于自己的成就感，充盈全身。

直到翠香发出一声呻吟，才把姚英子从喜悦中拽回到现实。

翠香睁开眼睛，虚弱地问，这是在哪？姚英子怕她过度紧张，哄骗说没事了。翠香摸着肚皮说孩子没事吧？姚英子"嗯"了一声，用丝帕给她擦额头上的汗，翠香缓缓吐出一口气，说口渴得厉害，可水壶里最后一点清水早被用掉了。姚英子无奈地举目四望，可视野里只看到一片暑气弥漫的泥浆，没有河道，没有池塘，更没有水井的痕迹。

水灾过后，居然会找不到水用。这可真是既讽刺又残酷。

翠香渴得不行了，勉强支起身子看了看，说往北走上几里有个小王村，但还剩下什么人就不知道了。姚英子心里重新燃起一段希望，可翠香连续两次癫痫加上惊恐狂奔，耗尽了全部体力，如今连站起来都难，连骡背都骑不住，更别说赶路了。

子痫不知何时还会复发，而那些水蛭子也随时可能追踪而至。更麻烦的是，翠香这么一折腾，搞不好胎儿会提前发动。刚才小小的成功喜悦，在姚英子心中迅速退潮，焦虑重新浮现。

他们根本没有摆脱危险，反而因为这一次更加严重了。

一个念头从姚英子心中浮现出来："要不……就此离开？"

姚英子看着翠香，悄悄攥紧了拳头。她简直不敢相信自己会生出这个念头，这是一个医生该有的想法吗？可她毕竟只是个二十出头的年轻姑娘，刚才经历的事情，已打破了她对这个世界的全部安全感。畏惧与惊恐，无可抑制地如病菌般滋生开来。

一连串的自我解释，在姚英子心中响起。无论是癫痫、水蛭子还是胎儿，都不是她所能控制的因素。她已经仁至义尽了，完全尽到了医者的责任，不该有任何愧疚。此时是她抽身离开的最好时机，再拖延下去，只怕下场比翠香还惨。

突然之间乱了思绪的姚英子，不得不轻咳了一声，不自然地把身体转过去，不想让翠香发觉自己的挣扎。这一转，她却忽然嗅到一股熟悉的味道。

这是从医药箱里传出来的，是淡淡的碘酊味。刚才姚英子翻找硫酸镁和针管时，应该是不小心打破了盛放碘酊的瓶子。

一霎时，这味道唤醒了姚英子的记忆，把她拽回到那一次车祸的现场。一个修长的身影挡在她的面前，遮下了所有的灾劫与苦难。那个场景，似乎已永远与碘酊味连接到了一起，无法单独分割。

"我到底在干吗？"姚英子猛然惊醒过来，不由得狠狠掐了一下自己的胳膊。居然会生出抛下病人的念头，你可真是争气！姚英子暗暗骂了自己一句，把精神重新聚集在眼前的困局中。

方三响那句话说得对："抓大放小。"当务之急，不是考虑琐碎的细枝末节，而是把翠香转移到一个安全的环境。急救也罢，临盆也罢，都需要一个安稳的地方来施展，这是目前最重要的事。

姚英子思索了一下，从骡子身上把小毯子取下来，铺在翠香身下，然后把毯子两角拆出线来重新搓成绳子，与一驴一骡的缰绳绞在一块。然后她折了一根树枝，赶动两头牲口，让它们拖着翠香身下的毯子朝北方走去。

这一路上，姚英子忙得不可开交，又得控制牲口，又得盯着翠香身体，还得分神随时观察牵引绳和前方地势。多亏洪水在这一带反复冲刷过几次，泥浆滑腻，地面上的沟沟坎坎被稍稍抹平，才让翠香不至于太过受罪。

人在危难时局的潜力当真无限。姚英子花了足足半天时间，竟真的把翠香挪到了大王村的村口。两个人精疲力尽不说，连牲口都喷着粗气不愿意动了。

这小王村和三树村一样，村民早已跑光，只剩下一大片空荡荡的屋舍，一半多都被水泡得垮塌下去，宛若一个个东倒西歪的蓬头坟冢。姚英子选了一间尚算完整的土屋，勉强搀扶着翠香走进去。

这边的贫民宅子多用夯土，无非是四面土墙打起，穿过几条檩子，再铺上几重茅草与蒿。这种屋子只占得"便宜"二字，经不得水，受不得风，且因为材质问题，窗户不能开大，只能朝南小小地开一两个口，比麻雀窝大不了多少，采光极差。

人待在屋里头，正晌午两眼一抹黑，唯有土壁上的霉味与馊味扑鼻而来。

在这屋子的正堂东南角，有一方比地面高出半米的实心土堆，上头还残留着几缕麻布片——这便是这屋子主人的床铺所在了。床脚处颇有些灰白颜色，姚英子疑心是尿溺浸泡出的硝土。

把翠香在"床"上安顿好，姚英子出门去寻找干净水源。她一边在村子里乱转，一边暗自嘀咕。这小王村的卫生意识简直差得惊人，大部分屋舍都紧挨着猪圈和厕所，混杂一处。好不容易找到一处老水井，井口竟与地面平齐，连井栏都不砌一个。雨水一落，便与垃圾、粪便汇成污水流入井中。若按文明世界的卫生标准，只怕这村子早沦为疫病地狱了，不知道怎么生存至今的？

她的医药箱里只剩下一点点明矾，水源太脏的话，实在难以清洁。姚英子在村里转了半天，竟然一点可用的水都找不到。她东张西望，不知不觉走到村子另外一侧，突然眼睛一亮。

只见在这一侧的村口有一片土坡，坡顶竖着一根黑乎乎的笔直木杆，杆头有一条横杆，两头牵着长长的铜线伸向远方——这是电报杆啊！再往远处看，一百五十米又是一根，根根接续，撑着铜钱延伸至远方。

这些电线杆埋得很扎实，洪水这么大，都没冲倒它们。

前面农跃鳞说过，固镇的学校可以向蚌埠集拍送电报，两地有线路连接。电报线路一向讲究截弯取直，也就是说，小王村的位置，理论上就在两者之间，说不定距离固镇已经不远。

姚英子心头一热，不由得向前快走了几步，眼看要走到电线杆附近，忽然惊起草丛里一大群绿豆蝇子。一股淡淡的腐臭味道飘到鼻前，她小心翼翼地用眼睛瞥过去，见到一具巨人观直挺挺地躺在地上，短袖长裤，胸腹鼓胀得像个孕妇，裸露的皮肤已呈褐色，上头分布着青绿色的腐败血管网，清晰可见。

总算姚英子是学医的，不致被吓得晕倒。她屏住呼吸观察了一番，从这尸体的腐烂程度判断，只怕是洪水席卷过来时溺死之人，等水退了以后，尸体便留了下来。

姚英子默默划了个十字——这是在学校养成的习惯——迈步正要离开，忽然觉得哪里不对。她再观察了一下，勉强分辨出这身泡烂的制服是电报局的，说得再清楚点，是电报局巡线员的号服。

邮传部有规定，长途电报线每隔三十华里便要设巡线员一名，确保线路畅通。这个巡线员应该是固镇派出巡线，中途遭遇洪水，死在了小王村。姚英子很快在死者旁边不远处得到验证，那里有一个棕色的皮革包，外皮泡得发白，但里面有一层严密油布。她把它捡起来打开，里面裹着证件和几件巡线工具。

姚英子翻检了一阵，突然双眸一闪，她注意到工作包里居然有一部普兰特测试机。

她对于机械有着天然的兴趣，知道这机器其实是个简易发报机，核心机构是一个拍发装置与一组普兰特铅酸电池。巡线员在排除了线路故障之后，会用它接入电线进行测试拍发。虽然铅酸电池的工作电压最多只有二伏，但足以验证线路是否畅通。

可见这个无名的巡线员一直工作到生命的最后一刻，殉职于岗位之上。

姚英子郑重地向他行过一礼，然后把测试机取了出来。虽然蚌埠集和固镇之间的线路已断，但小王村位于淮河北岸，说不定这里到固镇还是通畅的。她可以用这部机器给固镇发个消息，通知医疗队或任何收到的人，前来小王村救援。

她不知道固镇电报局是否还在运作，但这是目前唯一的办法。

她迅速把测试机搭入线路，略做测试，还好，至少目前还是畅通的。

普兰特电池的电量极其有限，姚英子不得不放弃发送句子的想法，争分夺秒地拍发一连串关键词：先是"SOS"——这是两年前刚被确定为国际通用求救的代码——然后是"小王村""孕妇"与"危急"三个英文单词。可惜的是，当她最后拍打自己的英文名"Jane"作为落款时，普兰特电池却恰好耗尽了全部电量，没发出去。

拍完电报，运气似乎回来了。姚英子回去的路上，在附近的槐树林里发现一处林间洼地。前一阵积了不少雨水。她伸手捞了一下，至少上层的水质还算澄清。

姚英子把装了明矾的水壶灌得满满，又折了几根槐树枝，回到原来的屋子里去。翠香见有水了，急切地伸手要去喝，却被姚英子拦住，说不能喝生水。她掏出火柴引起火，直接把水壶架在上面烤，一会儿工夫便烧开了一壶水，又小心地晾了一阵，才拿给翠香。

翠香咕咚咕咚喝了大半壶，脸色总算红润回来。她注意到姚英子嚅动了一下干裂的嘴唇，这才不好意思地把壶递回去。

姚英子把水壶一口气喝光，然后拿出听诊器和血压计，替翠香检查。

翠香任凭她摆弄，检查了一阵，翠香仰起头问："我的孩儿还好吗？"

姚英子脸色凝重道："你是严重的妊娠高血压，又犯了两次子痫，再犯一次的话恐怕会有生命危险。想保命，最好就是终止妊娠。"

"终止妊娠？"

"就是别生了。"

翠香发出一声惊叫："这怎么可以？我夫家不会同意的。"

其实到了大月份，就算强制引产，风险也很高，可姚英子一听她这么说，火气便不打一处来："你夫家？他们把你扔下逃到淮河南边时，可是没半点犹豫，现在凭什么又来管？"

翠香环抱着肚子，只是苦笑着摇头："这毕竟是他们于家的骨血啊。"

姚英子毫不客气地批评道："你不要这么练憨。女人又不是专门产种的牲口，肚子属于你自己，又不是夫家的私财！孩子生与不生，难道不是先问你？你自己是怎么想的？"

"我啊……倘若再犯病，姚医生你能先把孩儿救下么？给他们于家留了后，我就算死也瞑目了。"

"我问你，你想活下去吗？"姚英子问。

"谁不想啊。"翠香怯怯道。

"那就是了。你想活下去，是出于你自己的想法，不是任何人强加给你的，也没人能剥夺这个权利！"

张校长说过。她在广东搞医院时，发现农村的广大女性普遍都思想蒙昧，满脑腐朽。与其跟她们说大道理，不如从最根本的活命权去启发。她们再愚昧，也希望能活下去，而想要活下去，不争取权利不打破传统陋习是不可能。

这也是为什么张竹君主张用医学去开启民智。医术与人命直接相关，最能撬动她们的关注。

在姚英子的引导下，翠香断断续续讲出自家的经历。

她出身皖北一家草户。皖北这地方洪灾频繁，种地不如耙拉野草来得赚钱，只是格外辛苦。她父亲得了肺痨去世，母亲便把她卖给同村于乡绅做童养媳，做工做到十四岁，与于家儿子成婚圆房，三年之后才怀上孕，没想到又赶上一场洪灾。

姚英子说起邢家大丫头，翠香居然还认识，感叹说是个苦命孩子。姚英子冷笑，大丫头她爹虽然把她娘抛下了，好歹抱着自家闺女过了河。你夫家连怀孕的媳妇都带不走，还不如人家。翠香一阵沉默，末了只能幽幽叹了口气。

两人闲谈了一阵，翠香体力终究不支，一会儿便沉沉睡去。姚英子自己也小憩了片刻，再醒来时看到天色开始发昏，肚子突然发出咕咕的声音。姚英子知道，这是肠鸣音，是胃肠道蠕动产生的气体流动，该吃饭了。

先前忙起来不觉得，这一声肠鸣仿佛是个开关，一下子让她变得饥肠辘辘。可惜仅有的吃食早就抛在庙里了，姚英子摸遍全身，也没找到半点充饥之物。

她狠狠地给自己灌了口水，起身出屋，想压抑一下自己的饥饿感。

她信步走到村子中间的一条巷子里，正欲观望天色，却忽然听到一阵人声从附

121

近传来。

"老六你确定吗？"

"没错！你瞧，这蹄印儿都在呢！这俩娘们儿肯定就在不远！"

姚英子吓了一跳，急忙躲在半道土壁后头，见到早上那几个水蜢子居然真的追过来了，一共六个人，其中一个手里还挥动着一把手枪。看来汤把总是凶多吉少……

"臭娘们儿，敢偷咱们的骡马骑！害得咱光脚走这么远！"

"大哥你莫急，这回逮着她，你骑回来不就是了。"

一阵猥亵的笑声在村子上空响起，姚英子的心情坠下去。刚才她竟忘了把村口的痕迹扫掉，他们可以很轻松地找到藏身的屋舍。

怎么办？

姚英子脸色有些发白。她还有一个选择，就是现在悄悄离开村子。凭她的腿脚，找到固镇问题不大，更不会有人知道她抛弃病人的事——那本来就不是她的病人。一个上海烟草大亨的女儿，没有义务为了一个无关的皖北孕妇冒险。

就在她犹豫的当儿，那六个水蜢子已经进了村子，循着痕迹接近翠香的屋子。

前所未有的压力和恐惧，几乎压垮了这个女孩。姚英子不得不按住怦怦跳动的心脏，不由自主地垂下头去。可她的双眸一接触到墙角，却倏然亮了一下。再抬头时，眼眸里却透出了一种坚毅的炽热。

水蜢子盯着蹄印，正要往屋子里去，忽然听到旁边有脚步声。他们纷纷抬头，看到一道倩影正朝远处逃去。

"兔崽子！在这呢！快追！"

一瞬间，汉子们双目放出精光，齐齐朝那影子追去。他们跑惯了山野，腿脚极快，很快便拉近了距离。那影子有些慌不择路，竟一头冲进一间土屋里去。

这土屋只有一个大门，水蜢子们争先恐后地冲进去，生怕落于人后吃不到甜头。那个少女被逼到屋内一角，背靠土墙。六个汉子围拢过来，舔着嘴唇，身上因兴奋而散发出汗臭味。

姚英子见他们靠得足够近了，狠狠地朝土墙猛踹了一脚。

随着姚英子这一脚踹下去，整面土墙登时四分五裂，向内侧倾塌。而缺少了这一侧支撑之后，整个屋顶轰然砸落下来，连带着其他几面纷纷崩解。一时间尘土飞扬，惨呼四起。

这间屋子，她之前曾经来过，发现夯土墙脚已被洪水泡酥软了，下方露出蛛网一般的裂缝，距离倒塌只欠一点点外力。她没敢让翠香住进来，才搬去另外一间房子。没想到如今面对野兽，这屋子却成了一个绝好的陷阱。

在坍塌前的一瞬间，早有准备的姚英子打了一个滚，从旁边的裂隙中钻了出去。她从地上重新爬起来的时候，整间屋子已经没了，眼前变成了一个木土交叠、烟尘激扬的大废墟。那六个水蜢子，全数被压在了夯土之下。

她喘息着，这算是杀人了吗？姚英子知道这些人穷凶极恶，可一想到自己竟夺去了六条性命，心境便无法保持平静。她走到废墟前，正迟疑要不要挖开看看，突然一只手从废墟里伸出来，抓住她脚踝一拽，姚英子尖叫着跌倒在地。

随着一阵扒开土块声，体格最健硕的一个水蜢子从废墟里冒了出来，满头灰土，一缕鲜血从额头流下来。

"臭娘们儿，敢算计我！"水蜢子骂骂

咧咧,伸手要去抓她。姚英子大惊,转身便跑。等到水蟒子彻底把身子从废墟里拽出来,她已跑开数十米远,钻进了邻居家院子的屋子里。

一朝被蛇咬,十年怕井绳。一见她又钻进夯土屋子里,水蟒子嘴角便猛地抽搐一下,万一她又故技重施……趁着这个空档,姚英子从屋子另外一侧翻出去,跨过半倒篱笆,躲到更远的一处柴房里去。只要贯彻这个策略,拖到天黑便有把握逃走了,姚英子心中暗想。

可就在这时,不远处突然传来一声女人的哀鸣。

"不好!"姚英子脸色一变,翠香的癫痫又犯了,怎么偏偏发生在这个时候。那个水蟒子脑子不笨,一转念便明白怎么回事,不再跟这边周旋,转身大踏步朝声音方向走去。

姚英子面临着两难抉择,如果不立即注射硫酸镁,翠香会很危险。可眼下这形势……她一咬牙,主动暴露出身形,指望比水蟒子更快抵达屋子。

不料水蟒子似乎早料中了她的反应,突然一个回身拉近距离,比椽子还粗的胳膊一下子掐住少女的脖颈,把她提到了半空。

这下子姚英子再也无法摆脱,双腿无力地踢动着。水蟒子狞笑着,逐渐加大手扼的力度,这小娘们儿坑死了五个兄弟,一下掐死太便宜她了。可突然他的手腕传来一阵钻心剧痛,忍不住"啊"了一声,五指登时失去力量,不得不松开。

水蟒子拧头一看,发现手腕内侧多了一道细长且深的刀痕,鲜血正从里面蜂拥而出。那女人跌落在地上,手里不知何时多了一把韭叶刀——这是出发前孙希偷偷塞给她的手术刀。

水蟒子怒极,他不顾腕部鲜血飞溅,挥动拳头,重重砸在姚英子的小腹。她悲鸣一声,整个人痛苦地蜷缩在地上,手术刀扔在一旁。水蟒子不解气,抬起脚来,朝着她脑袋太阳穴狠狠跺去。

在千钧一发之际,突然一个高大的黑影冲到两人之间,交叉双臂挡住了这一脚致命的踩踏,往上用力一托。水蟒子站立不住,整个人朝后头倒去,那黑影趁势前冲,双拳如水车般抡打起来。他的拳路不成章法,可毕竟有体重上的优势,受了伤的水蟒子完全不是对手。

姚英子被那一拳打得神智迷糊,恍惚感觉有人把她横抱起来,朝旁边移动。她睁开眼睛,发现是一张再熟悉不过的白净面孔。

"孙希?"

"你先莫讲话,小心有内出血。"孙希急切地喝道,抱着她迅速脱离这一带。姚英子努力转动脖颈,看到方三响已稳稳压制住了水蟒子。

你们俩都来啦?姚英子心中一宽,看来那通电报确实发出去了。可是,又没有落款,他们怎么知道是我呢?

孙希找了一块平整的地方,把她轻轻放下。他一边做初步诊查,一边简单地解释了一下。

原来他们抵达固镇以后,迅速联络上了被困学校,恰好就在电报局隔壁。农跃鳞停留半日之后,继续北上,在出发之前拜托他们时常去电报局里看看,说不定别处也有发电求援的人。但凡有一分希望,也不可放弃。

恰好今天孙希去巡视时,看到一部莫尔斯快机有古怪。它明明收到的是测试信

123

号,却吐出一些有规律的单词。

"虽然没有落款,可我跟老方研究了一下。在这个位置这个时间,有本事搭线发电报求救的,也只有姚大小姐你这种沙胆女。"

发现姚英子没大碍,孙希也有了调侃的心情。那边厢方三响发出一声怒吼,双手抓住了水蜢子的脑袋,拼命往地里砸。

这一幕看得孙希直咋舌,脑海里蹦出来的全是脑震荡、颅内伤等术语。这老方也不知哪来的这么大杀气。他冲姚英子苦笑着摇摇头:"可我们没想到,你会惹出这么大的乱子来,都算是胆生毛啦——吓得我差点吃一剂洋地黄救救心力衰竭。好了,起来吧,就是咽喉有些轻微挫伤而已。"

姚英子咳了一声,微有痛感。这时夜空里又传来一声模糊的喊声,她像触电似的猛然跳起:"啊呀,快,快去看看那个孕妇!"

"邢大丫头她妈?"

"不是她……哎呀,总之赶紧去看,她有妊娠高血压,还发过子痫!两次!"

孙希吓了一跳,他虽非妇科,也知道这东西的厉害。他冲方三响喊了一嗓子,然后跟着姚英子朝那间屋子狂奔而去。

此时天光已经几乎完全暗下来。那间破屋的轮廓被夜色侵蚀得模糊不堪,宛若墓穴般阴森。姚英子越接近屋子,心中越紧,因为那声音竟渐渐微弱下去。第三次子痫发作结束了?人什么状况?

两人在一片漆黑中冲到床边。姚英子口中大叫着:"翠香,翠香,我来了,来了!"她的指尖触碰到一段软绵绵的躯体,有些冷,此时对方的声音已几乎悄不可闻。姚英子努力贴到翠香的嘴边,才勉强听清她一直在呢喃着三个字:

"我想活,我想活,我想活……"
"我会让你活下去的!"

翠香听到姚英子的声音,还想要努力动了一下头,可突然一歪,脑袋斜垂下去。姚英子没看到这一幕,她正手忙脚乱地打开医药箱,把注射器和最后一点的硫酸镁取出来。

孙希点亮随身带的煤油灯,提到翠香面前,表情猛然一沉。

翠香一动不动,面色绀青。孙希先试了试呼吸和脉搏,然后伸手去翻她的眼皮,发现两个眼底都渗出丝缕状的血迹,看上去颇为恐怖。他微微叹了口气,对还在弄注射器的姚英子道:"英子,英子……"

"你干吗呀!快赶紧抢救呀!"

"英子,她走了,呼吸脉搏都没了……"孙希试图冷静解释,"眼底血管破裂,这是妊娠高血压导致的脑出血啊。"

"那你快开颅找出血点啊。"

孙希苦笑:"别说是在这里,就是在伦敦,她这个情况也没得救。"

姚英子的肩膀猛颤了一下,她狠狠抓住孙希的胳膊,指甲几乎陷入皮肤:"那,那快做剖产术,也许还能把胎儿救出来!"

孙希拗不过她,只得拿出手术刀,简单地消了毒,然后为翠香推了几毫升的乙醚。这是一种出于人道主义的习惯,万一死者重新活过来——这存在一定可能——不至因为手术剧痛而真正死去。

说实话,他对胎儿的状况不抱什么希望。子痫发作时,母体呼吸停止,会造成子宫暂时缺氧。翠香这次发作得猛烈而持久,眼底血管都被撑爆了,胎儿就算侥幸不死,也会因缺氧损伤大脑。

可看到姚英子的模样,孙希不敢再解释什么,只是把煤油灯朝肚皮前挪了挪。

这一次不用考虑产妇健康,他选择了子宫的正中线上下刀,这是最快取出胎儿的途径。在昏黄的灯光照耀下,他屏住呼吸,在翠香的大肚皮上轻轻地划下第一刀……

过不多时,一身土污的方三响从外面摸进来,他已经把水蜢子彻底打昏在地,赶过来看看怎么回事。一进门,他正撞见满手血污的孙希,正小心翼翼地从翠香的身体里捧出一个婴儿,一条长长的脐带还连着母体。

他立刻发现不对劲了。孙希手里的婴儿非常安静,就像脐带另外一端的妈妈一样安静,一丁点哭声都没有。

姚英子慌乱地把婴儿接过去,倒提起来,连续拍打臀部。这是学校里教的,倒提可以排出肺里的羊水,拍臀可以促进呼吸。可是无论她怎么努力,婴儿还是没有声音。姚英子还要继续拍,手臂却被方三响按住。

"别拍了,这孩子已经死了。"

"你胡说!"她大吼起来,几乎要把自己的声带撕破。

孙希放下手术刀,也走了过来:"我在动刀前没有听到胎心音,胎儿在母亲体内可能就已经死了。"他轻轻按住姚英子的肩膀,声音低沉:"把她们母子好好埋葬吧,我们尽力了,你也尽力了……"

姚英子怀抱着婴儿,呆呆地看向仰卧在土床上的翠香。床头的煤油灯,给她勾勒出一圈暗色的金边,明暗交错,那张疲惫的面孔,竟泛起一丝解脱的平静,有如西洋油画里的圣母般安详。讽刺的是,当翠香真正喊出"我想活"的求救时,却正是迈向死亡的那一刻。

假如我在张校长的课上多用用功,假如我能早点判读出妊娠高血压症状,假如

韩小手具备了最基本的卫生常识,假如汤把总能尽忠职守,假如没有水蜢子围攻……我不仅没能完成对邢大丫头的承诺,也没完成对翠香的承诺。这一路穷尽心智的拯救,到头来,不过是一场徒劳的抗争。

姚英子踉跄着,把婴儿轻轻放在翠香的怀里,又把她的手臂拉过来,环住孩子。一大一小,脐带相连,母子俩保持着人世间最亲密的姿势,同时陷入永恒的长眠。

一个手制娃娃,从翠香怀里滑出来,与那死去的婴孩并排蜷缩在怀里。姚英子怔了怔,这一瞬间,悲恸、悔恨、挫败与愤怒汇成滔天洪水,在她的心智堤坝上决口而出,一泻汪洋。情绪如同一个乱流漩涡,将一切都席卷入内。她有生以来,还从未如此彻底地崩溃过。

啜泣化为哭泣,哭泣转成嚎啕,嚎啕又渐变成声嘶力竭。连姚英子自己都说不清楚,这伤心到底是源于身为医者的责任,还是身为女子的共情;是为了萍水相逢的翠香、失踪的邢丫头母亲还是所有同样遭遇的女性。

孙希生怕她伤心过甚,想过去劝解,却被方三响拦住了。后者不由分说,拽着他胳膊出了屋子,只留姚英子一人在屋里。

此时入夜已深,一点月色也无。空村荒草,女子的哭声从身后的废屋传出来,回荡在坟冢般的废墟之间,凄厉而诡异。两个医生各自点起一支烟来,吸了一口,同时默默放在地上。黑暗中两点微弱的火光,权作送死者上路的香烛。

"贼人呢?"

"被我打昏捆住了,手腕的伤也做了处理。至于其他五个,都被土屋坍塌压底下了。"方三响故意说得像是个意外事故。

"我简直要佩服死自己了。若是当时我

没发现那封求援电报,简直不敢想象接下来发生的事"孙希拍拍胸脯,一阵后怕,忽又生出感慨,"咱们从上海离开时,可实在没想到会经历这么多事。"

方三响抿着厚嘴唇,语气淡然:"上海只是个特例,只是个幻觉。这才是大清真正的模样啊。"

哭泣仍在持续着。孙希无奈地回头道:"咱们做医生的,要学会淡然面对患者的死亡。若每一次死亡都这么哭一回,只怕泪腺用废了也不够哭的——这个大小姐,还是感情太丰沛了点,我还是去劝解一下吧。"

"你是劝她不该离开上海?还是劝她不该渡过淮河?"

"呃……"

方三响瞥了孙希一眼,双手抱臂:"你就让她哭吧。有些事情,非得她自己想通不可;还有些事情,非得她自己想不通才行。"

"前半句我能明白,后半句什么意思?"孙希大为迷惑。

"很多事情,我们只有先想不通,才会真正去问上一句:为什么。"方三响抱着手臂,黑暗中目光灼灼。

第七章 一九一〇年十月

一辆长厢电车稳稳地驶在爱文义路上,铜铃"铛铛"响着,车头向东,朝着外洋泾桥开去。

方三响昨晚在院里加班到很晚,刚才一路靠着车窗酣睡,直到这会儿方才醒来。对面传来轻轻的一声"哼",方三响看清对座是个长袍商人,大概是一路被自己鼾声吵得不行,不得已小小地抗议了一声。

那商人抗议完发现这健硕壮丁正瞪着自己,吓得赶紧抖开新买的《申报》,挡住面孔。方三响把出诊药箱抱紧一些,注意到报纸背面有一些熟悉的字眼。

这张报纸上的日期是宣统二年十月十一日,也就是今天。正对着方三响这一版,用大字号印着"江皖沉灾,庚戌义赈"几个字,文末还附了几张灾情照片,无不触目惊心,一看就是拍摄者亲涉灾区捕捉的。拍摄者的名字排在末尾,字号很小,但仍能看清"农跃鳞"几个字。

方三响看了一阵,便把目光收回来,重新闭上。

过去的几个月时间,仿佛一场惊险的大梦。他和孙希把姚英子救回蚌埠之后,又足足忙碌了两个多月。直到丙午义赈会把轮替的人员和物资送过去,这支精疲力尽的队伍才返回上海。

当队员们再见到沪宁车站那座巍峨大楼时,已是九月底。上海依旧还是上海,歌舞升平,繁华热闹,空气中浮动着香腻的洋气,让这些少男少女们感觉恍如隔世。

方三响、孙希和其他学员各自返回岗位,继续日常的学习和工作。只有姚英子没再出现过,她一下车,就被陶管家接走了,据说是回家调养去了。

想到姚英子,方三响微微地叹了一口气。生老病死,乃是医者见惯的残酷,每一个医生都要渡这么一劫。可姚英子一路护着翠香逃离,尽心竭力去挽救她性命,最终又眼睁睁看着翠香死去——这对一个少女来说,冲击委实太大了,调养一下也好,否则可能一辈子都有阴影。

孙希张罗着说去姚家花园探望，可惜医院里事情实在太多，他们一直没腾出空来。倒是宋雅去看过一回，回来说她情绪还好，只是人有点发木。好在姚永庚延请了一批沪上名医，轮不到他们几个红会实习医生操心。

铜铃在耳畔"铛铛"响起，方三响赶紧收回纷乱的思绪，因为电车马上就要抵达终点站外洋泾桥了。

一个衣袖内卷的瘦高汉子和一个黑壮汉恭敬地等在车站前。下车的乘客很有默契地绕过他们，加快脚步离去。

方三响从电车上跳下来，眉头微皱："我不是说自己过去吗，不用接。"

杜阿毛满面笑容："方医生这么辛苦，怎么好不接呢？哎呀，其实这二等车席坐着勿适意，干吗不坐一等？"

"一等通站要十五分，二等只要六分。"

"下次还是乘黄包车吧，都是帮内兄弟的车子，勿用客气勒。"

自从祥园烟馆的赤痢事件后，方三响本不想跟青帮再有任何瓜葛，可今天早上杜阿毛打电话到医院，请他过来闸北看个病。电话里杜阿毛千求万恳，说人命关天，就差没自己老母发誓了。方三响的性子吃软不吃硬，磨不过他，只好下了夜班匆匆赶过来。

这一次，两辆黄包车没有去祥园烟馆，而是沿着苏州河畔走了几里地，来到劳勃生路上的一处坐褥铺子。这里专营棉麻被褥，前屋支摆布架，后屋弹着棉花，一进去，满眼飘絮子。

一进账房，刘福彪坐在正中，还是那一副桀骜阴沉的面孔。他见方三响来了，搁下手边的棉线，起身相迎。

方三响直接道："病人在哪里？什么伤情？"

刘福彪知道他脾气，不以为忤，带着他来到后屋。屋角有一个带着臊气的木马桶，杜阿毛把它挪开之后，地板露出一个小门——竟是一个地窖。方三响眉头一皱，这可不似病人待的地方。

地窖门一开，一股阴寒之气缠腿而上。三人依次顺着木梯爬下去，杜阿毛扭亮了一盏煤气灯，惊得地窖里一阵扑簌声，大概是老鼠逃走了。昏黄的灯光下，可以见到里面草席上蜷缩着一个人。

方三响定睛一看，登时一惊："洋人？"

那个病人的毡帽下露出一缕金发，再仔细一照，一身咔叽布的米黄短衣，应该是租界巡捕房的包探。

一个洋籍包探被关在青帮的地窖里，这可真是匪夷所思。

迎着方三响的目光，刘福彪的表情平静而狰狞："方医生，你先给他瞧瞧病吧。"

方三响狠狠瞪了杜阿毛一眼，知道自己又被骗了。这肯定是青帮跟巡捕房起了龃龉，惹出人命祸事——怪不得他们不去送医院，反而让一个红会医生大老远地从静安寺赶过来。

但看这个包探瑟瑟发抖的样子，状况确实不太好。方三响只得强抑心中不满，蹲下身去，一边打开药箱，一边问包探伤在何处。

杜阿毛苦笑道："怎么敢去伤了洋人？只是有一桩要紧的事体，被这个包探摸到根脚，不得已才请他来这里吃吃茶。谁知道从昨晚开始，他突然发了病，这才找你过来。"

方三响翻检了一下包探身体，确实没有什么外伤痕迹，但体温很高，血压却偏低。他迅速撕开包探的胸口，在茂密的胸毛下看到一片不太明显的瘀点，似乎是得了某种内科病。

此时包探已处于极度衰弱的状态，问话也不答，只是不断打着寒战，偶尔还咳嗽几声。方三响陡然想到一种可能，急忙让刘福彪去脱他的上衣，并把双臂高举。刘福彪虽不情愿，也只能按吩咐而行。方三响让油灯靠近些，仔细去看腋下，没看出什么端倪，又让刘福彪去脱他裤子。

等褪下裤子之后，方三响用手去摸病人的腹股沟，悚然一惊。手触之处，有一个明显的凸起，约有核桃大小，这应该是淋巴结肿大的缘故。他手指在肿块上稍微用力，病人便"啊"了一声，摆出抵抗的姿态。

这是再明显不过的迹象了。

"这，这是百斯笃。"方三响的声带一下子变得干瘪。

刘福彪和杜阿毛听得一头雾水，什么叫百斯笃？

方三响头也不回道："就是plague，咱们中国唤作鼠疫。"

两人一听，面色大变，不约而同向后退了一步。鼠疫这玩意儿，可是不得了的瘟神。

方三响却一摆手："不要慌，百斯笃是因为鼠疫杆菌造成的，主要通过鼠蚤传染给人类。只要你们小心别给跳蚤咬了，就还算安全。"

另外两人虽然听不懂什么杆菌，但最后一句总是明白的，下意识地浑身拍打了几下衣服。方三响又问他是什么时候发病的，杜阿毛回答说，前天这包探来到青帮地盘窥探，被发现后便丢进了这个地窖，大概是昨天夜里开始发病的。

方三响扫视一眼，这地窖阴冷潮湿，草席上全是霉味，估计一抖落能抖出不少跳蚤。这个传播途径，看来是再明显不过了。他谨慎地给病人翻了一个身，在腹股抽走一管血液，然后起身欲爬梯子上去。

"方医生你去哪？"杜阿毛急忙问。

"回医院啊，那里才有设备来查明血里有没有鼠疫杆菌。"

"这病人怎么办？不治啦？"

方三响道："百斯笃又叫黑死病，没得救。我留在这里，没什么可做的。"

杜阿毛一把拽住他胳膊："方医生勿要拿腔拿调，要几钱洋钿？我们青帮拨侬便是。"

方三响冷笑："若我能治得了鼠疫，诺贝尔奖也拿到了。"

刘福彪不知道诺贝尔是谁，见他也没办法，语气开始有些不善："方医生这么急着赶回去，恐怕不止是为了检验血液吧？"

"当然。"方三响毫不犹豫答道，"这个患者的症状，说明这一带的老鼠身上携有鼠疫杆菌，极有可能暴发疫病。我必须向卫生处和租界工部局发出正式警告。"

"不可！"

"你敢！"

两声断喝，先后在地窖中炸响，然后两只手按住方三响的肩膀，把他从梯子旁边扯开。

刘福彪皱眉道："你一上报官府，我们抓了包探这桩事，便会捅到租界巡捕房去，这可是要出大乱头的。"

杜阿毛赶紧圆场："你看这样如何？这包探的病，我们另请高明。方医生自去告警，只是莫提来过这坐褥铺子，大家装装无样好伐？"

"不成。"方三响郑重回绝，"疫情源头至关重要，岂能隐瞒消息？我一回去，一定会把整个经过上报的。"

"你要是回不去呢？"刘福彪在黑暗中阴恻恻道。

"你关得住我，却关不住鼠疫。你和我，无非是先死后死而已。"

面对这油盐不进的憨头医生，刘福彪真觉得像老鼠拖乌龟，无处下嘴。

杜阿毛见局面僵在那里，把当家拽过去嘀咕几句。刘福彪先是眉头一挑，可旋即又无可奈何地摇摇头，再轻微地点了一下，转身爬上梯子先出去了。

杜阿毛转头对方三响赔笑道："方医生，你大人有大量，城砖丢过来，就当伊拜年帖子。当家的脾气差是因为在办一桩事，老尴尬的。他出去问个话，我陪你在这里噶噶三胡。"

方三响没再言语，蹲下身去，给那个可怜的包探做进一步检查。杜阿毛张望着地窖的边角，手却在不停地拍打衣袖和下襟，不敢坐下也不敢靠墙。忽然旁边吱一声鼠叫，吓得他立刻跳开来去。

那包探似乎神智清明了一些，看到有医生在侧，连连咳嗽着抓住他的手，用英文苦苦哀求道："救我，救我，看在上帝的份上。"

方三响见他眼窝深陷，结膜赤红，只好默默取出一些鸦片汁给他灌下去。虽于治疗无用，多少能起到一点镇定作用。

这包探不过三十岁出头，还挺年轻的。他灌完鸦片汁之后，嘴里一直喃喃道："我要回利物浦，我要妈妈，我妈妈……"

方三响便把手放在他额头，用英文柔声念诵圣经里的句子。念着念着，泪水从那包探脸颊两侧缓缓流下。

人感染鼠疫后，身体每小时都会有变化。就这一会儿工夫，包探腹股沟处的肿块越发红肿，而寒战也来得越频繁。方三响正要再给他灌些鸦片汁，忽然头顶传来响动，地窖的门被拽开，刘福彪探下脑袋，示意他们两个人上来。

方三响不知这位青帮大佬什么盘算，跟着杜阿毛先爬出地窖。一上来，便看到刘福彪身旁多了一个人。这人约莫三十多岁，身材挺拔，虽然鼻梁上搁着一副儒雅圆镜，但脸颊从两侧向下斜收，面如悬刀，鼻胆前突，透出一股锋锐之气。

"方大夫莫要怪罪刘兄弟，此事全因我而起，也该由我来譬解才是。"这人迎上一步，先搀住了方三响臂膀，手劲却是不小。方三响一怔，发现刘福彪和杜阿毛都束手站在旁边，态度恭谨，心想莫非是青帮又一位大佬不成。

那人微微笑了下，拱手道："在下姓陈，名其美，字英士，青帮里忝列大字辈。不过方医生不是帮中人，不必按码头规矩，直接叫我无为即可。"

方三响没听过这名字，直接警告说再耽搁下去，这包探的病情只怕真的回天乏术。

陈其美瞥了地窖口一眼，苦笑道："这一场百斯笃，来得委实尴尬。我在做一桩隐秘的大事，绝不能暴露，所以跟先生商量一个两全其美之法。"

方三响冷然道："你们青帮做的事情再大，也不及鼠疫事大。身为医者，我须尽自己的职责。"

陈其美见他态度不改，微微沉吟片刻，手臂一挥，似是挡开了刘福彪还未出口的劝说："方医生是个讲究人，我也不瞒你。我这一桩事，却不是青帮的事，而是涉及革命党的安危。"

"革命党？"方三响眼神一闪。

129

"就是官府文告里所谓的乱党嘛,你怕不怕?"陈其美笑意温和,眼神却陡然犀利,如两柄柳叶刀刺了出去。

就在方三响从地窖里脱困的同时,孙希却被意外地拦在了四马路和云南路的路口。

孙希这一次,是去位于山东路的仁济医院观摩割症术。沪上各大医院之间,彼此彼此互通声气,经常有些学术交流。仁济医院今日要实行一个胆囊摘除术,邀请同行,红会总医院亦在受邀之列。峨利生医生便把孙希派过去,还带了宋雅做助手。

可他们两个人刚走到云南路口,前方便被七八个巡捕拦住了,木条栏一挡,行人车辆一概不得通过。一个缠着红巾的阿三在封锁线后骑着白马,沿着路口来回溜达,表情倨傲里带着几分紧张。

福州路这里毗邻外滩,乃是沪上报馆、书局书肆、笔墨文具店集中之地,平日里就极为热闹。巡捕房这一封锁,一会儿工夫便堵着一大堆人,且都是声大嘴碎之辈。一时间人头攒动,颇为热闹。

孙希问一个华捕怎么回事,对方不说,只是威胁似的一晃手里的巡棍,喝令后退。

宋雅自从去了一趟皖北之后,胆量似乎更小了。她怕惹恼了洋人,拽了拽孙希衣袖,小声说要不咱们回去吧。孙希撇嘴说一个印度巡捕算什么洋人,我偏要去问问他,言罢挺直胸膛,准备用英文冲远处的印度巡捕扯嗓子。

华捕吓了一跳,一时间摸不清对方路数,生怕被印捕听了去,只好解释说是工部局下令办事,再多就不知道了。孙希一听居然是租界的最高管理机构工部局,立刻反应过来,这恐怕不是一次简单的执法行动,只好跟宋雅说先等等看。

过不多时,封锁线的后头,路口东北方向传来一阵哭喊声。只见七八个华人百姓从街边石库门的黑门扇后走出,有老有少,还有怀抱孩童的女眷,看起来应该是一家人。这家人哭哭啼啼,惊惧万分,身上衣物穿得仓促,一看就是被强行赶出来的。

华捕们把这些人攥到外头。街边早等了三个医士模样的洋人,他们先拽过一个半大少年,先验过体温、舌苔,又检查了一下双腋和腹股沟。少年慌得浑身瑟瑟发抖,不敢动弹。那医士忽然举起一个硕大的赫斯针筒,要往他胳膊上戳。少年"嗷"地大叫一声,却被死死按在地上,哭声震天。

队伍里一个中年胖女人尖叫着挣脱包围,扑过去对医士又撕又咬。吓得医士手一歪,针筒上的针居然折断了。少年扎着半根断针,嗷嗷地朝着孙希这个方向跑来,口中大呼"救命"。三四个华捕急忙上前,把他扑倒在封锁线前。

这一切皆被路口外的行人看在眼里,所有人都被这小小的惨剧惊呆了。

孙希见到那少年的胳膊上流出血来,急忙分开人群,跳过木栏。华捕正要训斥,孙希高呼:"我是医生,他胳膊上的断针必须立刻取出,否则有性命之虞!"

巡捕们的动作顿时一缓。孙希趁机把少年搀起来,转头对宋雅道:"拿个镊子来!"

宋雅惊慌得不知所措,直到孙希又喝了一声,她才匆匆打开挎包,却稀里糊涂找了一把止血钳给他。

孙希脸一黑,顾不上训斥她,抄起钳子,小心翼翼把少年胳膊上的断针夹出来。

宋雅这才回过神,掏出棉帕给少年处理伤口。旁边的围观者议论纷纷,都觉得巡捕房行事实在是霸道乖张,即使是在租界,也太过分了。

那边的检查仍在继续。那一家人无论男女老少,都是一针筒子药水扎下去,然后塞进一辆封闭的马车。那个缠头阿三下马过来,瞪了孙希一眼,把百般不情愿的少年拽回去,塞入马车。

孙希眯起眼睛,觉得巡捕房这个举动实在蹊跷。不似查案,倒像是处理什么烈性传染病似的。他起身走到那红头阿三面前,仰头用英文询问到底发生了什么事。

印度人先是大怒,舞着棍子要赶走这多管闲事的家伙。孙希只好亮出胳膊上的红十字袖标,这位印捕见是红会总医院,面皮犹带不屑:"这里是租界,你们华界的医院无权过问。"

"大清红会乃是国际认可的组织,对于上海公共卫生负有责任。"孙希不失时机又补了一句,"倘若是时疫暴发,可不分华界和租界。"

不知是被这一口地道的伦敦腔震慑,还是被最后一句话说服,印度巡捕的态度稍微收敛了一些,从马背上俯下身子来:"有报告说这里发生了百斯笃,已有一人死亡,必须要立刻处理。"

"百斯笃?"

孙希听到这个词,不由一惊。

印度巡捕捏了捏高高翘起的胡须尖,鄙夷道:"你们中国人的卫生习惯太差,又有很多愚昧的传统,工部局只能让巡捕房出面,尽快完成防疫工作。"

孙希嘀咕了一句你们印度人又好到哪里去了。但他对工部局的做法还是很认同的。鼠疫不同别的病,它的传播途径是老鼠和跳蚤,必须得有强力部门在大范围内统一部署,方才能起到效果。至于执行时的粗暴,也是没办法的事。孙希很了解自己同胞,一方面固执得很,一方面又散漫得惊人,鼠疫可不会坐下来慢慢与你商量。

他过去跟那三位医士简单交谈了一下,得知他们刚才注射的是哈夫金疫苗。在印度,这种疫苗早已得到大规模推广,虽然成功率只有五成,但却是目前唯一行之有效之策。至于马车,则是用来运送他们去隔离的。

搞清楚这些细节,孙希暗暗松了一口气,退回到封锁线后。宋雅问他怎么回事,孙希耸耸肩,说工部局的处置很合乎科学,无可指摘,咱们赶紧回去跟院里汇报,估计华界也得参照租界的做法做准备了。

两人正要离开,忽然人群一阵骚动。因为他们看到,两个华捕抬着一个担架从里弄出来,担架上躺着一人,白布盖着——这竟然死人了?议论声霎时大了起来。

有的说这是巡捕房在抓贼,当即有人反驳,抓坏人何必要注射药水?一定是西洋出了新发明,来拿中国人做实验。他们见到那一家人被塞进马车,更觉得合情合理。有略通西学的,还言之凿凿,说想必是取了心肝肺腑做化生药引云云。

孙希听在耳朵里,觉得实在荒唐,可周围声浪汹汹,也无法一一去解释。

宋雅双手绞着衣角,抖籁籁的,像只实验室的兔子:"巡捕房这么做事,可是不大妥当……"

"周围这些人不懂医学,你还不懂吗?人家的处置没毛病啊。"孙希嘲笑她。

宋雅却依旧面带忧色:"道理是道理,可不能好好先说明白吗?非这么硬来,真是吓死人了。"

"胆小鬼，你又不是第一天做医生。正确的治疗，才是医生的责任。"孙希对此不屑一顾。

"可总得考虑到旁人感受吧？"

"时疫来势凶猛，哪有时间给你慢慢讲话？就算你讲了话，老百姓信吗？就算信了，他们会照做吗？"

他这一连串反问还没说完，对面又起了变故。

只见一队杂役背着喷壶，冲去空无一人的石库门内到处喷洒石炭酸。另外一队华捕则冲进相邻的一家，又拽出了一家人，粗暴着推出去。一只受惊的母鸡从石门楣底下飞出来，拍动着翅膀，越过慌乱的人群冲到路口，"咯咯"直叫。

这只鸡短暂地吸引了巡捕们的注意力，让队伍中一个小孩挣脱了管制，朝着四马路口的围观人群冲来，边跑便哇哇大哭。负责注射的医生急忙上前阻拦，从后面抱住他，直接丢进马车里去。

人群里不知谁失声喊了一声："采生折割！"这一声，如在路口的围观者头上浇了一勺滚烫的热油，一时哗声更剧。

听这四个字，宋雅面色苍白，身子不由晃动了一下。

"什么？"孙希没听清。

"采生折割。"宋雅的牙膛都在发颤。

这是个江湖词。说的是有人拐卖幼童之后，故意折断他们的腿脚，或把器官砍切成畸形，用来乞讨博取人同情。后来西洋传教士进入中国之后，民间一直流传说教士们收养孤幼是为了采生折割。

孙希又是好笑，又是好气。这得是多愚昧的见识，才会把防疫工作当成采生折割啊？他正要发出一通感慨，却发现宋雅双手抱着手臂，肩头颤抖，似是勾起什么恐怖回忆。孙希忽然想起来，宋雅是圣心教会的孤儿院出身，想必是童年经历过类似的暴乱，才如此敏感。

而此时周围的人群已经彻底乱了起来，因为巡捕们刚刚又闯进了相邻的第三家，连衣服都扔出来了。洋人这是打算挨家挨户搜查抓人啊？

围观民众大部分就住在附近，一见到这阵仗，吓得要立刻回家去救亲人；还有些在附近上班的商号职员、排字工、记者、小摊贩等，或义愤，或惊惧，或平时就对巡捕房不满，都趁势鼓噪起来。人潮涌动，朝着薄弱的封锁线冲击而来。

印度巡捕见势不妙，策马赶来。他利用高度优势，用棍棒重重地砸倒了前头的三两个人。这个凶狠举动反令人群更为惊恐，前面的想掉头跑回，后面的想上前观望，左边的要躲去右边，右边的要躲去左边，崩散的人群愈加混乱，恐慌如鼠疫一般蔓延开来。

那红头阿三高声吼道："这些愚民在做什么？！快把他们赶走！"

几个华捕急忙跑过去，挥舞着警棍试图弹压。可即便前方一排的人想退回去，后面的人却仍旧朝前面挤去，一层压一层，人群如泥石流一样坚定地溢过木栏，漫过路口，封锁线岌岌可危……

在这混乱中，孙希被挤得东倒西歪。他想要高声呼吁，可却如同一滴冷水落入鼎沸的开水之中，根本无济于事。他看到宋雅双手抱着头原地蹲下，眼看要被汹涌的人潮踩踏，只好拼命用胳膊和肩膀架开几个人，硬是把她从地上拽了起来。

"先离开这里！"

孙希吼了一声，拉起宋雅的胳膊，闪身躲到路边的消火栓后头。

"仁济今天肯定去不成了，咱们赶紧回总院去报告吧。"

孙希无奈地说。宋雅还未答话，忽听得尖锐的哨音响起。看来红巾阿三发现控制不住局势，请求附近救援。

这里距离外滩不算太远，再有半刻时光，就会有大批巡捕赶到。可到了那个时候，四散奔逃的市民，早把恐慌蔓延到更多街区。孙希惊骇地意识到，一场防疫行动，就这么演变成了大骚乱……

与此同时，远在劳勃生路的方三响，陷入另外一种震惊。

"革命党？"

这个词近几年来他听得不少，报纸上在说，街头在说，曹主任在医院里也在说，天天耳提面命，严令这些医生不得参与乱党叛乱。没想到，眼前就站着一位。

方三响缓缓开口道："你是不是革命党，都不会改变鼠疫的蔓延。"

"我听福彪说过，先生是个有原则的人。如此最好，我本也没什么好隐瞒的，不妨敞开天窗说亮话。"陈其美拈了一条长凳坐下，眼神一抬。杜阿毛赶紧跑到铺子前头去放风，防止别人无意闯进来。

"鄙人毕业于东京警监学校。在日语里面，没有某某医生这种说法，都是唤作先生的，为什么？因为医生可以治疴救人，让一个垂危病患重新健康起来。所以这门技艺最得人敬重。"

陈其美的口音带着淡淡的湖州味道，语速缓慢，每个字咬得极干脆，好似日本武士一刀一刀劈斩下来："方医生我来问你，人得了病，自有医生去诊治。倘若这国家得了病，又该如何呢？"

方三响不防被问到这么个大哉问，迟疑片刻方道："自然也要治才行。"

"那么谁来治呢？"

"宣统皇帝？"

陈其美忍不住抚腿大笑，身子前倾，不得不伸手扶住眼镜框："他？他和那个朝廷只怕是中国最大的病灶！"他说到这里，眼神复又恢复凌厉，"大清已经病了，病入膏肓。外面一群饿狼在撕咬，肚子里还有一团蛆虫在吞噬血肉……"

"蛆虫只吃腐肉。"

陈其美略带尴尬地顿了一下，这才继续说道："总之，这一个垂危的病人不可能自愈。总得有位高明的医生给它治疗，驱除身体里的病痛，才能康复。哪怕手段激烈些，治疗过程有些痛苦，也是必需的。"

方三响沉默不语，厚厚的两片嘴唇紧抿着。

讲到这里，陈其美翘起大拇指，朝自己一晃："我们其实和先生是一样的职业。你治人间的病，而我们则是治国家的病。我们的诊治方法，就是把紫禁城里那个病灶割去，变帝制为共和。如此一来，我国家方能重获生机，四万万人才能不被外人欺凌。"

倘若是曹主任若听到这样的话，只怕会吓得当场晕倒过去，方三响却沉着面孔，不知在想些什么。

"你们？"

"我是同盟会中部总会的庶务，负责长江流域的革命活动。我适才说的一桩隐秘大事，便是通过青帮渠道，偷运一批军火入沪，为日后起义之用。"

"同盟会？"方三响一惊。最近几年来，同盟会这个名字可谓如雷贯耳，潮州、惠州、防城、镇南、钦廉、河口、安庆……一连串武装起义旋起旋灭，旋灭又再起。

没想到如今就连上海这样的重镇,都成了同盟会的目标。

陈其美不愿多谈这个,只是简单道:"这个英人包探,便是跟踪这批军火而来,被福彪发觉,不得已才拘押在这里。这其中利害,相信不必我再多做陈说,先生自然知晓。"

方三响虽然憨直,人并不傻,如何听不出来他的意思。这么隐秘的事陈其美都坦然相告,那么便再无转圜含混的余地。无论是青帮还是同盟会,都不会容许一个知晓了秘密的无关人士离开铺子。

要么当场加入乱党,要么……

方三响没料到陈其美看似温和,手段却这么苛烈,把一个医生是否该上报烈性时疫的讨论,直接推成了是否加入叛乱的选择。

他缓缓道:"无为先生,你可听说过光绪二十年的香港鼠疫?"

陈其美先是一怔,旋即摇头:"愿闻其详。"

"光绪二十年四月,香港暴发百斯笃,死亡人数两千多人,三分之一人口逃离香港。倘若这一次我不上报,上海很有可能会沦为第二个香港。届时莫说起义,只怕整个上海的居民都难以保全——无为先生说要为四万万人治疗沉疴,这是你愿意看到的结果吗?"

陈其美被反将了一军,镜片后的眼神闪动。

刘福彪忍不住道:"你又没有确诊,又在这里瞎讲八讲!"

方三响把脸转向他:"在那一场香港鼠疫里,以码头传播为最烈,码头工人死亡最多。"

刘福彪噎了一下。青帮的势力都在各处码头,这医生是明着告诉,一旦起了疫病,青帮首当其冲是最大的受害者。

陈其美不动声色:"那依先生之见,该当如何?"

"四万万人怎么救,我不懂。但这桩时疫的大事,我无论如何也要上报自治公所,绝不隐瞒。"方三响倔强地梗起脖子。

"这不是和刚才一样吗?"

两束凶光从刘福彪的双眼里冒出来,可陈其美却将双手交叠在小腹,似乎饶有兴趣:"先生的意思是,只要将百斯笃的情形及时知会当局,其他都无所谓,对吧?"

方三响皱起眉头。确实,这个倒霉鬼即使立刻被送回租界医院,也死定了,可被陈其美这么一说,倒像是他对患者置之不理了。他只好补充了一句:"但这位病患有权得到临终关怀。"

陈其美似乎窥破了方三响这掩耳盗铃的说法,摘下眼镜,轻轻用手帕擦拭一番。方三响觉得他在拖延时间,正要再度开口,陈其美慢条斯理地伸出两根指头:"两个小时,方医生只要延缓两个小时上报即可。"

"你是要等这包探病死?"方三响不忍。

"不,我是要将他转移到相熟的朋友医院。这样一来,你既不会违背职责,我们也可以扫干净这里的痕迹,不致影响同盟会的计划。"

"哪里的医院?"方三响将信将疑。

"中西女子医校。那里的校长,也是我们的革命同志,叫张竹君。"

方三响闻言一个激灵,仿佛被电线打了一下。他万万没想到,会在这里听到这个名字。他没见过张竹君,但从姚英子那里听过许多她的事迹,心中天然存着忌惮。

陈其美注意到他的反应,好奇道:"莫非你也认识?"

方三响连忙摇了摇头。

不过英子也说过，校长严厉归严厉，却是个正直之人。包探落在她手里，应该能得到人道对待。至于巡捕房怎么看待包探之死、会不会怀疑同盟会，那就不是方三响需要关心的了。

"即便如此，我还是会向自治公所报告。"

陈其美笑了起来："中西女子学校的另外一位校长是李平书，乃是上海自治公所的总董。闸北的卫生事务，正是他的权辖所在。即使你不上报，自治公所也会知悉。"

方三响再无言语，就手拿出一张便笺，将病情详细写下来交给陈其美，然后转身要走。陈其美却猛然道："等等。"

方三响刚刚迈出门槛，闻言停住了，身后传来声音："方医生，我敬重你是个有原则的人，才如此大费周章。现在我也想听听你的诚意。"

这位乱党谈吐很文雅，可言辞里总带着几丝青帮的痞气。方三响没碰到过这种事，想了半天也只能回答："你们的事，我保证不说出去便是。"

这个答案，显然不能让陈其美满意。

这时，刘福彪却出人意料地低下头去，小声道："这个姓方的确实是个有铁腰胆的人，就算不入伙，应该也不会外泄。"

陈其美"嗯"了一声："这我自然知道。他若没有铁腰胆，也不会为了一个无关的包探跟我们计较。我只是可惜，这样的医学人才当为同盟会所用，未来添加一分力量，便多一分成功可能。"

刘福彪还欲说什么，陈其美已从怀里拿出两本小册子，扔给方三响："方医生，医一人与医一国，孰轻孰重，你不妨仔细想想看。这些都是治国家之病的药方，你看完若有想法，可以再来找我聊聊——希望我们可以有机会以同志相称。"

"同志？"

这对方三响说是个新鲜词。他走开几步，忽又回头："无为先生既然在日本读过书，可见过一个嘴角有一大一小两枚黑痣的人？"

陈其美愣了片刻，摇头说没有。方三响也只是多年习惯，随口一问，当即拜别。

离开坐褥铺之后，他低头去看手里的两本册子。都是麻纸油印，质量颇劣，不过开本甚小，一只手掌便可握住，旁人不易觉察。一册是邹容的《革命军》，一册是陈天华的《猛回头》。封面的赤红色字体边缘锋锐，折角硬直，如数十把剑刃交错而成。

方三响匆匆赶回红会总医院。他按照约定，过了两个小时之后，才踏进何登院长的办公室，将百斯笃的事情汇报上去。不过他隐去了同盟会，只说在闸北的一家铺子里发现有疑似鼠疫患者。

何登敲着钢笔，沉默不语。

旁边曹主任疑惑道："你跑到闸北那边去做什么？"方三响没吭声，曹主任眉头跳了跳，突然醒悟："啊哟，看你闷声勿响的，原来在装无样，又去跟那帮青皮混啦？"

何登院长打断了他的话："那么病人如今在哪？"

方三响道："被铺子里的人送去中西女子医学院了。"

曹主任一听，不由大惊："你脑子瓦特了？中西女子医学院在南市，离闸北远着呢，怎么好把鼠疫病患送去那里？"

方三响还没作答，办公室的大门"砰"的一声被突然推开，孙希气喘吁吁跑进来。

曹主任脸色刚沉下去，他便抛出福州路闹百斯笃的消息。

曹主任两只小眼睛霎时溜圆，赶紧转头看向院长。

何登院长先让孙希把详细情形讲完，然后起身来到贴在墙上的上海市区地图前。他用铅笔先在福州路与云南路之间点了一个点，又把劳勃生路那一间坐褥铺子标上去，然后在两者之间划了一条线，陷入了沉思。

"这两个地方同时发现鼠疫，说明半个上海都有可能面临危险，无论是华界还是租界。"何登忽然把铅笔一丢，转身回来："叫柯师太福医生来一趟，我们必须立刻采取行动。"

曹主任有点犹豫："院长，咱们红会总医院的权限只在华界啊，那种地方……"

不怪曹主任为难，这条劳勃生路的来历，委实有些尴尬。当年公共租界拓展之时，偷偷搞了个越界筑路，从胶州路向西强行伸出去一截，用当时总领事劳勃生的名字命名。上海道提出抗议，却无力阻止既成事实。所以这条路既算做租界，也算是华界，管辖权颇为含糊——青帮在这里设据点，也是存了两不管的心思。

红会一般只管华界的活动，如果要去劳勃生路的商铺处理鼠疫事，少不得会陷入两方扯皮。

这时院长已经坐回到圈椅上："总医院只管医学上的事。至于如何跟工部局交涉，这是沈董的工作。"

院长既然这么说了，众人只得服从。方三响带回的那管血液样本，立刻被送到实验室去培养检验；曹主任跑去通知柯师太福医生和其他医生，做好应对鼠疫的防疫准备。

方三响朝走廊瞥了一眼："宋雅呢？她不是和你一起去的吗？"

"她可真是吓坏了，我回来安慰了一路，这会儿去宿舍歇着了。"孙希忽发慨叹，"老方你是没在现场，没看见那些愚民一听见采生折割四个字，就跟中了邪似的，蠢死了。"

方三响微微皱起眉来："你这话说的……明明是工部局做错在先吧。"

"工部局态度是强硬了点，可做法完全符合科学啊。在蚌埠集，咱们不也得让巡检司拿刀枪逼着，那班流民才老实地听话吗？"孙希不以为然。

"那次是难民群聚，这次是公然闯入民宅，不是一码事。工部局那班洋人，怕是一贯自大，压根没考虑过中国人的感受，只管硬着来。"

"哎，哎，老方你这是跟青帮混得太久了，个脑系米生锈咯。"孙希伸手在自己脑袋上一戳，语带嘲讽，"在伦敦出现鼠疫，市政也是同样的措施：灭鼠、消毒、隔离、检疫——医学常识什么时候分洋人与华人了？"

"疾病不分国籍，患者却分。中国民众和伦敦人传统又不一样，禁忌也不同，你不说明白就直接上措施，他们当然害怕。"

"啧，这是治病，又不是传教，一切以医学为准，用不着去迎合民众！"

"不是迎合，是要讲究方法。你明知道老百姓没常识，却还是硬搞得人心惶惶，防疫工作就能顺利进行了？"

两人你一句，我一句，渐渐居然呛起火来。孙希说到气头上，脱口而出："老方你少来那套野路子的土法，正规防疫有正规的做法。"

孙希一出口就后悔了，牙齿猛烈地磕

了一下，似乎要把话音咬住吞回去。可惜为时已晚，方三响变了变脸色，孙希赶紧找补："Protocol，我是说 protocol……"

他刻意说英文，想要降低尴尬程度，方三响却早已默默后退了一步。

这时曹主任也从办公室出来了。他嗅了嗅空气，觉得味道不太对，狐疑地左看看，右看看，末了一指方三响："你还愣着干吗？赶紧叫上严之榭他们，去那个坐褥铺子捉几只老鼠和鼠蚤回来。"

方三响"嗯"了一声，转身匆匆离开。孙希想追过去道歉，曹主任却把他给叫住了。总会医院新装了一部德律风，刚才院长直接打给了沈董，沈董说孙希是骚乱亲历者，又通晓英文，希望他能陪着一起去工部局交涉。

孙希一听，只好歉然地朝方三响离开那边看了一眼，先顾这头。

公共租界工部局位于三马路的中段，乃是租界的心脏所在。不过跟它的显赫地位相比，建筑本身只是一栋破旧的三层小洋楼，入口处的铁门前人群川流不息，明显是超负荷运转。据说新楼已在规划，不知何时动工。

孙希赶到时，天色已有些微微昏沉。只见沈敦和头戴宽檐礼帽，手持一块怀表，已在门口的西洋雄狮前等候多时了。

沈敦和把怀表揣回怀里，做了个手势，两人一同进了工部局大楼。

进入大堂之后，他们立刻陷入一阵喧闹之中。在大堂的左边，是一个宽阔的议事厅，能承载五百多人；右边则是一个英式风格的中等房间，里面摆着各种商业月报、船舶通讯与最新的全球货物行情。这里叫作贸易室，是上海滩商务情报最集中的地方。形形色色的人簇拥在这里，呐喊着，记录着，渴望从这些繁复的数字中淘出金子。

沈敦和在沪上一直颇有影响力，尤其近几年慈善事业做得声名鹊起，在华洋两界均极得赞誉。他一递名片，前台秘书不敢怠慢，直接把他引到会客室里。不多时，来了一位名叫 H.J. 克莱格的董事，以及卫生处处长麦克利。

公共租界工部局的最高管理层一共有九个人，包括一名总董和八名董事——不消说，所有董事皆是洋人，其中又以英国人居多——除总董揆抚全局之外，八名董事各自分管一个委员会。眼前这位有着一双灰眼珠的克莱格董事，正是租界卫生事业的分董。

沈敦和与克莱格董事很熟悉，两人见面，先是满带笑容地握了握手，然后简单地寒暄了几句，这才各自落座。

孙希站在一旁，好奇地看着克莱格董事。此人在静安寺路西摩路口有一座极豪阔的英式花园宅邸，名头不小。孙希有时候在医院待得气闷了，便走到这座宅邸附近转悠几圈，怀念一下当年的英伦生活。没想到今天居然见到宅邸的本主，不免好奇地多看了一眼。

双方各自坐定，有孙希在旁，也不必另外配备翻译。沈敦和开门见山，向两人先报告了劳勃生路的鼠疫事件。

这个消息果然引起了克莱格和麦克利的重视。毕竟在同一天，福州路云南路也出现了百斯笃病例。两人的坐姿不约而同地调整了一下，拿过方三响的报告交头接耳，神色越发严肃。

"感谢沈会董的及时报告。看来我们有足够的理由相信这两起病例存在某种关联，或许黑死病的阴影已经笼罩在整个城区。

麦克利先生，你把那份报告取来吧。"

被叫到名字的卫生处长连忙起身，不多时便取回一份文件。

克莱格扫了一眼，用钢笔签了个龙飞凤舞的名字，对沈敦和道："今天卫生处提了一个计划，要对租界进行一次鼠疫大检查。我本来还觉得动静太大，你们送来的消息非常及时，这件事看来不能耽搁。"

麦克利处长表示，有了董事签名，防疫队随时可以赶去劳勃生路处置。如果沈会董不介意，他也不吝对华界赐教。

沈敦和没想到他们的动作这样快，要来计划草草扫过一眼，不由大急。麦克利这个计划，在防疫方面无可指摘，但通篇既没提及宣教配合，也没有任何出于民情的调整，仿佛这是一份针对家畜的兽医防疫计划。

他身子前趋："考察百斯笃情状，以老鼠与鼠蚤为主要途径。欲断其势，必以大面积灭鼠与除蚤为主，这牵涉到租界与华界的广泛地域。我红会愿意和卫生处联手并力，早日压平时疫。"

克莱格听完这个提议，不以为然地挥了挥手："劳勃生路亦在租界管辖之内，不劳红会费心，但还是要感谢沈会董的及时提醒。"

沈敦和知道这件事没那么容易，遂耐心劝解道："华洋民风，各有不同，防疫的同时，也要维护市面平稳。红会忝为上海最大的慈善机构之一，在防治时疫上责无旁贷。"

卫生处长麦克利脸色顿时不太好。沈敦和显然是在暗指今天在福州路的那场骚动，这个干枯小老头不客气地说道："生活在租界，自然要遵从租界的法规，我们会秉持公平的态度，一视同仁。沈先生应该做的，是去通知上海道台和自治公所，尽快在华界展开行动。据我所知，中国官府的执行效率非常低下，更需要严厉的监管。"

沈敦和双手抚膝："倘若我们防疫不以地域来分，而以人来分呢？"

"以人？"克莱格和麦克利互相看了一眼。

沈敦和缓缓抛出自己的方案："华人医士与华人沟通比较便利，亦熟悉风俗。所以我建议，不以华洋两界为限。凡涉华民，皆由华人医士入室检疫；凡涉洋民，则由租界医士检疫……"

麦克利打断他的话："没这个必要。科学要一视同仁，鼠疫可不会管你的国籍。"

沈敦和据理力争："鼠疫无国籍，病患有国别。举凡注射、询问、处置、隔离等事，华人与华人交流总是会好一点。"

沈敦和顿了顿，又道："这是敝院柯师太福医生结合当年吴淞口的检疫经验，给出的合理建议。"

柯师太福在加入红会总医院之前，是吴淞检疫站的创始人，在租界声望颇高。不料麦克利只是淡淡一笑："哦，那个爱尔兰医生？他在吴淞口做了什么？"

沈敦和道："光绪二十六年，柯师太福医生在吴淞口建起上海最早的检疫站，所有过往船只一律先做检疫，再许入黄浦江，有传染病征兆者，会被强制隔离。当时这个做法引起很大争议，华人视如畏途，甚至惊动了军机处……"

麦克利不耐烦地打断他的话："沈先生提及这件事，是什么意思？在我看来，这恰好说明，应该让中国人来习惯我们做事的方法，而不是相反。"

沈敦和摇摇头："当时几乎酿成流血冲

138

突。最后还是在下出面，由士绅集资，买下北港嘴内的一块土地，建起一所防疫医院，方才消弭争议。也是因为那一次冲突，在下与柯师太福医生相识，有幸延揽他来总医院任职。"

他盯着麦克利道："可见即使是科学制度，也要因应民情，才能执行下去。"

麦克利突然开口，他的嗓门很尖，像只斗鸡："你举的柯师太福那个例子里，我注意到，当时解决问题的关键，是吴淞口建起了一家隔离医院，对不对？"

沈敦和道："正是。"

麦克利道："我们公共租界在斯考特路，有一家专供华人的隔离医院，另外在靶子路还有一家西人隔离医院，足敷租界使用。可据我所知，华界并无这样的医院，总不能把病人全送去吴淞口吧？"

沈敦和一怔："我可以动员学校、寺庙和一些大户人家提供住所。"

麦克利呵呵一笑："鼠疫来势凶猛，非专门隔离医院不可。你们连这个基础设施都没有，坚持华洋分检有什么意义？"

"我以为，好医院不在于医院本身，而在于人。我们有专业防疫人员……"

克莱格董事抬起手，表示他不要再说了。

沈敦和万般无奈，只得恳求说："至少希望贵处在执行防疫计划时，起码做一些防疫宣传，让更多华人减少抵触，降低恐慌。"

麦克利傲慢地回答："卫生处自有考量，这一点不劳关心。"

克莱格董事掏出怀表看了看，沈敦和与孙希只好起身告辞。

两人走出工部局大楼时，天色已晚。他们看到在大楼对面的巡捕总房里灯火通明，防疫队恐怕开始整装待发了。工部局的态度如何且不说，这个执行效率，真是令大清官府自叹弗如。

"麦克利这个人，专业知识是有的，只是过于刚愎。他到中国不到一年，搞的这个租界防疫计划根本不合国情。只怕越是执行坚决，越会出乱子。"沈敦和忧虑地捏了捏鼻梁。

"这计划一经推行，势必大乱，麦克利也还罢了，难道克莱格董事也看不出来？"孙希觉得奇怪。

沈敦和微微摇头，然后把礼帽往头上一扣："你先回医院吧，今天翻译辛苦了。我去拜访上海道台一趟，看看有什么法子。"

孙希望着沈会董眼角的皱纹，忽然涌起一股愧疚感。他自入院以来，亲见了朝廷对沪会的挤压、亲见到丙午义赈的辛苦，这一次又亲见到他在洋人面前折节周旋。这些事情皆需要消耗极大的心神，却只是红会其中一小部分工作罢了。

在这一瞬间，孙希心神竟有了一丝动摇。冯公交托的这项间谍工作，到底做还是不做？张竹君对他的评价，到底是否有失偏颇？这么一愣神的工夫，沈敦和已经跳上一辆黄包车，匆匆离去。

孙希独自站在铁门之前，几个西装掮客匆匆从他身后穿过，不留神撞了一下肩膀。他身体一歪，连忙伸手扶住旁边的公示板，这才不致跌倒。

这公示板是工部局创办，上面贴有全球各地发来的每日要闻电稿，虽只有英文，发布效率比报纸要快得多。每天都有人簇拥在这里，渴望从中获得商机。

孙希狠狠地直起身子，正待离开，视线无意中瞥到公示板下方一角。那里层层叠叠贴着十几页电稿纸，多是不甚重要的消息，少有人顾及。他脑海中却骤然一亮，仿佛在那密密麻麻的文字中，有什么信息触动了开关，把某些东西连缀成一条模糊的线。

孙希呆愣愣地站在原地，任凭人流在两侧快速移动。过了数分钟，他才迈开步子，却不是离开，而是鬼使神差地转过身去，重新回到工部局的一楼大厅里。

这里的厅堂依旧喧闹，商业世界永远没有停歇的时候。

方三响并不知道孙希的烦恼，也顾不得，他现在正满头大汗地在捉老鼠。

捉老鼠的地方，正是劳勃生路的那一间坐褥铺子，其时陈其美和刘福彪已然撤离，不用说，那个倒霉的包探也被转移走了，只留下一个空荡荡的地窖。方三响与自治公所的卫生官简单交流了一下，便和严之榭等人开始用捕网、短棍和拨火叉去搜寻老鼠的踪迹。

这是非常必要的一步。只有在老鼠体内以及鼠蚤身上找到杆菌痕迹，整个传播路径才会清楚。

外面忽然闯进一个洋医官，态度生硬，说是奉租界卫生处的命令，要封锁该处房产，要求红会的人立刻离开。一个自治公所的卫生官拽过方三响，向他解释劳勃生路的尴尬位置。

"洋人不管的时候，我们才好来帮帮忙。现在洋人来了……"卫生官小声说。

"真是岂有此理！"

方三响沉着脸，把缠在脚踝和手腕的防蚤绷带解开，重重甩在地上，走出铺子去。严之榭愣怔片刻，也赶紧跟了出去。

刚一出铺子，他俩便愣住了。坐褥铺子隔壁是一家鞋店，店家正慌慌张张地上着门板。而在对面大路边，几十名巡捕——华捕、印捕、英捕和安南捕都有——黑压压地站成一条线，头戴圆盔，手持警棍，摆出严阵以待的架势。与他们隔路对峙的，则是一大群站在铺棚的民众，其中不少青壮都袖子内卷。这些人手里握着扛棒、条凳、菜刀以及拆下来的门板。其中居然还有一个熟人，樊老三站在队列最前头，双手各拿一块碎砖头，不住怒骂。

他们屡次想要冲过马路，却每次都被巡捕们的棍棒阻住，形成僵持局面。而在巡捕们身后的一片低矮的木铺户里，不时传来声嘶力竭的尖叫和哭嚎，似乎有一群医生模样的身影在四处穿梭。

方三响过去拽住樊老三，问怎么回事。樊老三气呼呼地说，巡捕房的人突然出现在劳勃生路，说是执行检疫计划，然后一间间民宅和店铺硬闯进去，先是喷洒药水，然后到处拉人，哪怕脸色稍黄者，亦要拽走。

这条街因为两不管的缘故，住的多是青帮成员。他们见自家突遭袭击，无不勃然大怒，群集拥来。可巡捕房那边装备精良，印捕和英捕还带了短枪，青帮一时也不敢轻举妄动，两边就这么对峙上了。

"好多宅子里住着女眷呢，还有小毛头，怎么好让男人进去！简直是枉对！"樊老三喉咙里咳滚一口痰，犹豫了一下，终究没冲对面喷去，脖子一低唾到地上。

方三响没想到，之前孙希目睹的事情，这么快就重演了。不，这比四马路上那场骚乱更严重，之前只是手无寸铁的民众，再闹也不会太大。这些可是惯于刀头舐血的青帮分子，一个不慎，就会酿成波及华洋两界的流血事件。

这时人群传来一阵惊呼，方三响伸头

去看到，一个胖乎乎的女子被两个护工硬从铺子里拽出来，她两只缠足小脚不便行动，几乎是被拖行于地。拖着拖着，只听嘶啦一声，她的袖子被齐肩扯碎，露出白花花的一条胳膊。围观人群顿时轰然，一个良家女子当众露出胳膊，无异于是赤身裸体，何况还是被洋人扯的。那女子当即瘫坐在地上，捂住脸嚎啕大哭。

"二妮！"樊老三双目霎时赤红，发出怒吼，他一下撞开鞋店老板和方三响，手里两块砖头狠狠砸过去，当场把两个倒霉巡捕开了瓢，人群一片哗然。两个巡捕的同伴立刻吹起哨子，冲上来把樊老三压在身下，拳打脚踢；好几个胆大的青帮汉子想扑上来救人，又被红头阿三的佩刀逼退，场面濒临失控。

方三响大惊，冲过去试图阻止，巡捕们纷纷呵斥着让他退后。方三响高举着红十字袖标，大声说我是红会总医院实习医生，有话要对你们长官讲。

也许是袖标起了作用，很快一个留着两撇小胡子的稽查官从队伍里探出头来，方三响强抑怒火道："我们可以提供华人女医和看护妇，代为查验各家的女性。"

"没这个必要！"稽查官断然否决，"检疫计划里没有这个方案，你快点退开，不要妨碍执行公务。"

"可这样下去，会造成无谓的恐慌。"方三响一指那叫二妮的胖女子，"您看她害怕成什么样了？这些都是人，不是牲口！"

稽查官嗤笑一声，傲慢用靴子踢了一下樊老三的脑袋："在我看来，并没什么区别。牲畜检疫都老老实实的，为什么你们华人做不到？"

方三响一听这话，气血霎时上头，久蓄的怒意"腾"地冲顶而起。严之榭见势不妙，扑过去抱住他，劝他冷静一下。哪知方三响使出蛮力，先甩开严之榭，然后猛然揪住那稽查官衣襟，凭着力气硬把对方揪起在半空，再狠狠往地上一掼，登时把那稽查官摔晕过去，硬圆帽一下子滚落到旁边的沟渠里去。

整条劳勃生路一下子安静下来。

之前不管怎么乱，青帮和普通百姓都有个默契，只冲着华捕与安南捕来，最多对印捕再使使厉害，但不会威胁到真正的洋人，那是巡捕房能容忍的极限。没想到这位红会的实习医生着实生猛，上来就摔晕了一个稽查官。

急促的哨声从四面八方响起，方三响面色平静地拍了拍手，知道自己闯了大祸，索性原地站定，随即便被数十条警棍狠狠砸中……

……疼，火辣辣的疼。

方三响躺倒在牢房的地板上，闭着眼睛默默点数，在自己头部、双臂、背部和肩部一共数出十七处痛点。巡捕房的警棍都是橡木质地，沉重厚实，一砸一片瘀青。奇怪的是，他的心情却毫无沮丧，反而有些隐隐的痛快。

这一通殴打，就像一个粗暴的推拿师傅，捶松了血脉，打通了心中郁结之处。先前方三响头脑还有些茫然，此时却有了一丝明悟，竟似被外力砸出了决断似的。

咣咣咣。

一阵棍棒敲击铁栏的声音传来，一个面无表情的狱警打开狱门，说有人来保释你了。

"肯定是曹主任，又要挨训了。"方三响嘀咕着，吃力地从地上爬起来。待得狱警把手铐扭开，他便跌跌撞撞走过长廊，一出狱门，看到两个意料之外的人站在交接室里。

"英子？姚管家？"

眼前的女孩，正是一个多月未见的姚英子。她见方三响出来了，快步上前，心疼地抓住他胳膊，一迭声地问有没有受伤。

"你怎么来了？"

"严之榭给我打过电话，说你被巡捕房抓了起来。我爹跟他们总探长认识，我就让陶管家陪着来捞人——他们没为难你吧？"姚英子眼眶里隐有泪光。

"他们是没为难我，可……"

方三响愤愤正要抱怨，陶管家及时按住他的肩膀，沉声道："这里不便闲谈，等我办妥了保释手续，等出去再聊不迟。"

"樊老三呢？还有其他闹事的人呢？"

"他们自有青帮的人去捞，你就不要多事了。"

姚管家一拂袖子，前去与巡捕房交涉。方三响只好闭上嘴，和姚英子并肩坐在长椅上等待。可他总觉得哪里不对。若在之前，英子早叽叽喳喳地嚷起来。可现在她却安静得像个淑女，双臂交叉在小腹前方，眼神望向前方。

方三响满腹疑惑地转过头去，仔细端详起她来。这一个月的调养，总算洗褪了英子在皖北时的憔悴，只是她的下巴尖了许多，双眸里透着一缕郁气，压得整个人的精气神往下沉。

方三响本来就不善言辞，见她不吭声，也不好说什么，两个人就这么闷闷地并肩坐着。交接室里有一台座钟，突然敲响起来，已是午夜一点整，他猛然发现，自己足足被关了六个小时。

陶管家很快办完保释手续，把红会的医药拎包也交还方三响。方三响把它重新背回去，发现英子的眼神直勾勾盯着拎包上绣的红十字。

三人一起出了门。门外那一辆凯迪拉克早已在等候。

车子从江西路开出去之后，一路向西而去。方三响隔着车窗注意到一个诡异的情景：此时虽已是午夜，可街上的行人却不少，以华民居多，个个扶老携幼，你推我，我推你，似逃难一般朝外涌动。每个路口都站着几个华捕与缠头阿三，可在人潮面前并没什么作用。

车子在人群里越开越慢，几乎只能是蹭着往前走。方三响问外面发生了什么？陶管家轻轻叹了一声，简单说了说他入狱后的局势。

劳勃生路的那一次冲突，青帮固然奈何不了巡捕，但租界卫生处的鼠疫检查也无法顺利开展。双方的持续对峙，导致各种谣言不胫而走，有说租界要借机扫荡华人地下势力，有说青帮意图谋反，有的说洋人要食人心肝，有的说海外缺劳工需要四处绑架。这些谣言越传越离谱，在各处引发了大大小小的冲突，此起彼伏。

眼看局势趋向混乱，工部局的态度反而更加强硬。就在方三响被抓后不久，克莱格董事发表了一个声明，宣布将于十月十三日下午五点开始执行鼠疫大检疫。消息一传出去，惊得无数老百姓连夜逃离，朝着华界和法租界拥去，生怕逃晚了被洋人抓去。

陶管家回过身，递给方三响一份《申报》印发的号外。他草草一读，顿时火冒三丈。这声明里既无安抚民心之说辞，亦无医学道理的譬解，只是冷冰冰地宣布了数项措施，还要求租界内的每一户人家都必须接受入户彻查，无条件服从卫生处的隔离安排——这种写法，对则对矣，却只会加剧恐慌。

这份声明实在太过傲慢强硬，怪不得整个租界人心惶惶。这哪里是治疫，分明是添乱呐。

方三响气得把号外揉成一团，伸手扔出车外。在他眼前，车窗外不止是四处乱窜的惶惑人群，还有无数躲在阴影里的老鼠、鼠蚤在游走，那一片阴森而有毒的菌雾正缓缓渗入城市肌理。这可怖的景象，难道工部局看不到吗？难道他们没想过，只是区区一个声明，已经闹出偌大动静。若等到那个大检疫计划正式执行，会在租界引发何等规模的逃难潮？

到那个时候，鼠疫扩散的范围会有多大，方三响简直不敢想象。可惜他一个实习医生，对此根本无能为力。他沉默半晌，只好无奈地转过头来："英子，上海暂时不能待了，你赶紧回宁波避一避吧。"

"我还不能走，这几天邢大丫头该到上海了。"姚英子的语气平淡，不带什么情绪。

"她来上海？"方三响一惊。那不是蚌埠集上的那个残疾女孩么？

"大丫头留在蚌埠活不了太久的，我没救回她娘，至少也该救回她才是，便请陶管家把她接来沪上。正好我家里花匠夫妇没孩子，会交给他们收养。"

姚英子讲到这里，轻轻喟叹道："我和她也算有缘分。若不是她当初讨钱求我，我也不会去三树村寻她娘；若不去寻她娘，便不会遇到翠香。若没碰到翠香，我至今可能还自我感觉良好，觉得已经是一个悬壶济世的医生了呢，呵呵……"

方三响觉得这话听着有点怪，正要开口，姚英子又道："既然说起这个了……其实有一桩事体，我一直想约你和孙希见面讲。可惜他现在不知跑哪儿去了，只好先告诉你吧。"

"嗯？"

"我决定暂时不回总医院。"

"也好，看你这样子，应该多休息一阵。"

"不……"姚英子迟疑了一下，"我已经跟曹叔叔提了辞呈。"

"啊？"方三响整个人猛地直起腰来，头皮差点撞到车顶。

姚英子伸出手，拍拍他膝盖道："你勿要光火，听我讲完好伐？"

方三响重新坐了回去，眼睛却瞪得溜圆。

"我不是说我不再当医生了，只是我现在还不够资格……"姚英子转头看向车窗外，似乎在黑暗中看到某种景象，"这几个月来，我每天晚上都在做同样一个梦。梦见我回到了那间破庙，看到躺在里面的翠香。我每一次都信心十足，觉得这一次一定能救回她的性命。可是，每一次她都死在我的面前，有时候是产褥热，有时候是脐带绕颈，有时候是羊水栓塞，我在梦里每一次都手足无措，脑子里一片空白，根本不知该怎么处置才好……"

姚英子声音渐小，然后猛地吸了一口气："张校长说得对，我根本没有严肃对待医生这个职业，连选什么方向都不知道，只当是玩。医学那么复杂，我这样浮光掠影的心态，又怎么学得好？这样的我，无论回到那间破庙多少次，也救不到翠香。"

方三响喉结动了动，不知该怎么回应。姚英子讲的话，确实也是他一直以来的看法，只是碍于情谊不好直说罢了。

"回到上海之后，我把自己关在屋厢，什么人都不想见。直到前两天，我忽然接到一个消息——颜福庆医生回国了。"

方三响不知多少次听姚英子念叨这位

救命恩人，没想到他居然真的从南非回来了。

一提到他，姚英子的精神便振奋了几分："我拜托父亲去调查过。他在南非的多本金矿待了两年，然后去了美国耶鲁大学，拿了一个医学博士的学位——这可是耶鲁第一个亚洲医学博士呢，然后他又去了英国利物浦拿了个热带病学的学位，刚刚学成归国。"

"那不是正好？你多年的夙愿，总算可以实现啦。"

谁知姚英子却摇摇头："我不打算去见他。"

"啊？"

姚英子把头转去另一侧，语气幽幽："你看看颜医生的履历。这么优秀的人，还这么努力，你让我见了面说什么？说我很仰慕你所以才成为医生？人家要是接着问，你是哪一科的？都救过什么病人？我哪里有脸面回答？"

方三响觉得，颜医生既然受过高等教育，不会计较这些。可他一看姚英子的双眼，便知道是这姑娘自己过不去坎儿。

"我是因为他才来学医，所以必须以一个真正的医生的身份，才有脸去见他。"姚英子坚定而痛苦地说道，隐隐有泪花在眼角闪动，可她终究吸了口气，没让它落下来。

鲁钝如方三响，也隐约猜到了她的决断，不由得正襟危坐。

"我向红会总医院提出辞职，然后会回到中西女子医学院，跟张校长从头学起。校长说我原来学习是水过鸭背，一滴不沾。这一次我可不会了，我要专攻妇科与产科。中国女人太苦了，懂得她们的人又太少了。同为女性，我必须要设法免除她们的痛苦才行，哪怕只有一点点。"

她语气前所未有地严肃，仿佛这段话已在心里被咀嚼了无数次。

方三响缓缓点了一下头。他很舍不得姚英子离开，可这个选择是正确的。他伸出手，郑重道："那祝你早日毕业，回到总医院来。"

姚英子撇撇嘴："哼，你同意得真快，一句挽留的话都不说，这么想我走啊？"

方三响一怔："不是你说要走吗？"

姚英子无奈地抚了下额头，感慨道："哎，可惜孙希不在，那个大话精至少能说点动听的话。"

方三响尴尬地把手缩回来，她还不知道，他们两个人刚刚因为工部局政策大吵了一架。

"他应该跟着沈会董做翻译呢，回头你可以单约他。"

"那恐怕要等到鼠疫这件事平息之后了……"姚英子有点遗憾地回答。她不太能想象，一座几百万人的大都市猝然暴发鼠疫，得多久才会结束。

就在这时候，车子猛然一刹，所有人都朝前倾去。陶管家忙问怎么回事，司机说前面有巡捕房的人，要我们停车。

陶管家皱了皱眉头，推门下去。几个气喘吁吁的巡捕从侧面围过来，其中一个还是熟人，正好是刚给方三响办的保释的华探。今晚路上实在太拥挤，车子居然慢到可以被步行追上。

"是手续有问题吗？"陶管家有些不悦。

那华探正要赔笑着解释，一个英国人拨开他，直接把脑袋伸进车里。灰蓝色的硕大眼珠先在姚英子身上停了一下，然后定在了方三响脸上。

"我是公共租界巡捕房的探长史蒂文

森,现在有一宗英籍包探死亡的案子,请你回去协助调查。"英国人毫不客气地拉开车门。

姚英子大为愤怒:"我们已经办过保释了!"

英国人的语气冷漠:"保释的罪名是殴打卫生稽查,但我们掌握了新情况,需要重新提审,这是合乎规定的。"

姚英子看了眼车子外头,又叫道:"不对,这里已经是善钟路了,是法租界!公共租界怎么可以在这里执行公务?"

史蒂文森眉头一扬,指了指旁边一位穿法租界巡捕制服的华探:"你跟他说。"

那华探忙道:"法租界与公共租界签有互渡协议,凡涉犯罪,两房均有义务配合彼此。"

姚英子还要申辩,却被方三响按住了肩膀。他冲她摇了摇头,推开车门走了出去。这件事涉及到陈其美与同盟会,绝不能连累英子。

"你们要把我带回总巡捕房吗?"他沉声道。

华探回答:"不,根据协议,审讯须在法租界进行,由会审公廨定罪后再决定去留。"

方三响"嗯"了一声,正要走过去,不料姚英子也冲出车门,拉住他的手,急切道:"我跟你去!我爸认识法租界的总探长!"

"英子,这件事你们不要掺和。"方三响十分坚决地把她推开。姚英子还要坚持,他似乎突然想到什么,凑到她耳边轻声道:"你去通知一下张校长。"

这时史蒂文森不耐烦地一推他肩膀,左右几个华探将他夹住,一起簇拥着离开。

姚英子一个人愣在汽车旁,又是心慌,又是惊疑。她可从来不知道,蒲公英跟张竹君校长居然还有交情?

第八章 一九一〇年十一月

法租界的总巡捕房位于紫来街的路东,叫作麦兰捕房,不过老百姓都呼其为大自鸣钟巡捕房。只因这里的三楼楼顶有一座大自鸣钟,定时报响,钟声闳阔,与外滩江海关大楼、跑马厅彩票楼的自鸣钟并称为"三大钟"。

自鸣钟每天早五点开始报时,每小时一次,直至夜里十二点。所以方三响在审讯室里听到钟声一响,便知道差不多已是十一月十二日的晨前时分。

不知道是史蒂文森有意晾他一晾,还是法国人手续太多。他被抓到巡捕房之后,没有被立刻提审,而是关在一间监牢里,和几个醉醺醺的华洋醉汉同处一室。小隔间里酒气冲天,偶尔还会有小小的鼠影从栅隙间飞速钻出,这让方三响不得不保持着站姿,避免被灰黑色竹席里的跳蚤爬上身来。这个时节,可不知哪只跳蚤身上携着阎王爷的请帖。

大自鸣钟五点晨鸣之后,终于有几个巡捕打开牢门,把方三响拽到一间审讯室里。史蒂文森和另外一个负责全程见证的法捕早已等候在那儿。

"十一月十一日上午,你在哪里?"

史蒂文森的第一句话,果然是冲着那个英探的事来的。方三响镇定心神,回答说去劳勃生路的一间坐褥铺子出诊。史蒂文森冷笑说红会总医院离劳勃生路很远，你又不是什么名医，为何他们偏偏要找你？方三响也不隐瞒，把他与青帮的渊源说了出来，只是隐去了陈其美的存在。

"你的意思是说：你看在青帮的面子上，前往坐褥铺子出诊，在铺子的地窖里发现了身染鼠疫的小沃伦？"

"是的。我检查他身体时，他已出现了显著症状。我立刻返回医院向院长和自治公所做了报告，并提交了病历，这些文件应该也抄送了公共租界工部局。"

"这个坐褥铺子老板你认识吗？"

"不认识。我和青帮的合作方式是：只要帮众有事，可以拿刘福彪的片子直接去找我，每月结算。所以每次出诊，对方是谁我并不认识，只知道是跑码头的。"

"一个坐褥铺子的地窖里，居然藏着一个英籍包探，难道你不奇怪吗？"

"我是一个医生，医生只管拯救生命，其他的不在我的职责内。"方三响从容道，"何况这是青帮的地盘，我没有能力、亦无义务去深究患者背景。"

"这么说，老板也没告诉你，小沃伦为何被关在地窖里？"

"没说过。"方三响面不改色。他说的是实话，坐褥铺子老板确实没跟他说过。这是陈其美教他的策略。不需要说谎，只要说出部分事实就行。

史蒂文森不动声色道："好，那么我再问你。你发现沃伦身染鼠疫之后，做了哪些事？他有没有说过什么话？"

"我只给他灌了点鸦片汁，以及念了一段圣经，他说希望回到利物浦，回到妈妈的身边。"

"就这些？"

"那是鼠疫，先生。鼠疫的发作速度极快，没有任何药物能拯救他的生命。而这种疫病正在我们脚下的土地扩散，工部局却无所作为。"

"卫生处已经着手控制了，只要你们足够听话。"史蒂文森对方三响的强调不屑一顾，继续问道，"他有没有提及类似军火、走私之类的词儿？"

"没有。"

"然后你就离开了？"

"是的，我必须立刻向当局发出警告。"

史蒂文森终于露出笑意，像是猎人窥到了树枝的摇动。他拿出一份文件："你的报告确实抄送给了工部局，但里面有一个细节却让我迷惑不解——为何沃伦探员在被你诊治之后，便被送去中西女子医学院？那里距离劳勃生路可是很远的。"

"这个问题我来回答。"

一个尖锐的女声从审讯室外头传进来。三个人同时转头，看到一个挺拔高挑的身影出现在门口，背后是一束从气窗射入的晨光，映得她如同一位威风凛凛的女武神。在女武神的身旁，还跟着一个头若冬瓜的壮实华探，嘴角朝两边撇凸，好似蛤蟆。

史蒂文森皱起眉头，去看旁边的法捕，仿佛责怪他怎么随便放人进来。法捕一摊手："那是黄金荣探长。"

"黄金荣？"史蒂文森瞥了眼那冬瓜头。此人他早有耳闻，在法租界巡捕房里混得风生水起，极得信赖，大小案子没有摆不平的，据说和上海黑道勾连颇深。就连总巡长，都要卖他三分薄面。

"事涉军火与上海安危，谁来说项也没用。"史蒂文森沉下脸去。

黄金荣却笑眯眯捏着帽子："我不是来说项，而是来协助调查，给阁下送来一个重要证人——张竹君女士。"

他殷勤地搬来一把椅子，张竹君解开围巾，毫不客气坐在方三响旁边，直勾勾盯着史蒂文森："我来告诉你，为什么那个不幸的英籍包探沃伦，会送到我的学校。因为他乃是礼仪派的信徒，而在我校担任教职的纽曼嬷嬷则是基督教社会联盟的成员。"

礼仪派是兴起于十九世纪中期的英国圣公会分支，主张复古宗教仪轨，不承认世俗法庭对宗教的管辖权，因此屡屡与政府引起纷争。这一派的教徒为求自保，结成了基督教社会联盟，隐而不灭，始终在英格兰传承不绝。

礼仪派在华人数不多，但很团结。信徒临死之前，自然希望向同宗的神职人员来做忏悔。沃伦临死前去中西女子学校，完全合乎这种宗教精神。

史蒂文森没想到，张竹君会抬出这么一条理由，登时哑口无言。

张竹君又道："沃伦在抵达学校三小时之后，在纽曼嬷嬷的见证下回归天主怀抱。我们也在第一时间通知租界巡捕房以及卫生处，发出鼠疫警告，并移交了尸体。"

"那么沃伦临终有说什么吗？"

"虔诚的祷告。"张竹君的回答又快又狠，仿佛早早算定了他的问题。

史蒂文森一阵气闷。本来他已经快要攻破这个医生的防线了，可女校长一来，把说辞弥合得再无罅隙。两人都有着正当的、合乎逻辑的理由，但他凭借直觉，这个医生以及这个校长一定还隐瞒着什么：百分之九十九的供词都是可被证实的。唯独那百分之一狡黠地隐匿起真身。

现在这案子唯一的线索，就只剩坐褥铺子老板。可史蒂文森也清楚，那家伙只是个幌子，就算抓到也没什么价值。明明白白一桩大案，却被这些可恶的中国人搅得浑浊不堪。

"还有，我的学校早已经改名了，不再叫中西女子医学院，而是上海女子医校，下次用词请严谨些。"张竹君的口气，如同教训小学生一样。

这时黄金荣凑过来笑道："探长，时间差不多啦，我们今天可是会很忙的。"他敲敲手里的怀表壳，已近六点。

史蒂文森不悦道："我还没审完。"

黄金荣道："这是证人，又不是嫌疑犯，拘押已经超过三个小时，我们在总巡面前也很为难。"

史蒂文森大怒："他到底是不是疑犯，我还在审！"

黄金荣却冷笑着推开窗，外头一阵声浪涌入："您出去看看，街上全是公共租界跑过来的人，我们全巡捕房的人都得出去维持秩序。"

他这话说得已经很露骨了，你们公共租界搞出事情来，还得我们法租界收拾，现在还好意思继续惹麻烦？史蒂文森盯着这个可恶的冬瓜头，最后只得含恨起身，让方三响和张竹君在供词上签了字，悻悻离开。

在黄金荣的陪同下，张竹君和方三响并肩走出了大自鸣钟巡捕房。只见眼前的街上行人与车子明显变多，个个惊慌不安，一看就知是公共租界跑来的，可见鼠疫检疫的影响在持续加剧。

张竹君伸出手去："今日有劳黄探长了。"

黄金荣忙不迭地握住她的手，眼睛旁边笑出三层褶子："我和无为兄都是在帮的好兄弟，又是亲切的革命同志，理应互相帮衬。"

张竹君不动声色地抽手："他已暂离上海去避风头，待回来再请探长吃酒。阁下高义，中山和渔父都是看在眼里的。"

一提这两个名字，黄金荣的大嘴激动得颤起来。他依依不舍地松开手，殷勤地把两人送上姚家那辆汽车，这才回头。方三响注意到，他全程都没朝自己这边看过一眼。

"你不必可惜。"张竹君似是看破了方三响的心思，"黄金荣这个人，可用而不可交。贸然靠近，只怕你连骨头都不剩。"

"我没有……"

"没有最好！有也早点熄了心思。"张竹君的语气既直且快，"你不知道。这家伙本是上海县的一个捕快，使尽手段进了法租界巡捕房，勾结流氓先做下诸多案子，自己再去破获，借此平步青云。他见青帮名头响，便整天以天字辈自居，其实连坛里香都没敬过，就是个空子。刘福彪气得半死，却也无可奈何。总之这是一个有风驶尽利的沙尘仔。"

这一番履历听得方三响瞠目结舌，他可无法想象，居然会有这样的人存在。

"最近他攀上了陈英士，还捐了三千银洋，所以我才能借他之手捞你出来。黄金荣这么做，大概是想借此和中山、渔父搭上关系。嘿嘿，这种人品性虽劣，嗅觉却最灵，连他都来讨好同盟会，可见大清的气数要尽啊。"

这几个名字，方三响只知道陈英士就是陈其美，只得双手放在膝盖上，乖乖坐在原地。

张竹君打量他一眼："你不用问了。英子已经回家了。沈敦和害她不浅，她得好好调理下精神才行。"

方三响对他们两人的恩怨略有耳闻，不敢接茬。这位校长的气场太强，在她面前总觉得自己是个犯错事的孩子。

张竹君道："先说清楚，我来捞你，不是看在英子面子，而是因为陈英士的推荐。他说你是个有原则的医生，能保守住同盟会军火的大秘密——很好，他给你那两本册子，都看了吧？"

方三响老老实实道："只是草草翻了下。我看两位前辈说的，无非是三个字：为什么。"

张竹君手掌拍了下膝盖，显然颇为满意："不错，'为什么'三个字，确实总结得切中肯綮。"

方三响摸了摸身上的瘀伤："我在劳勃生路挨了一顿打，脑子反而被打清楚了。工部局这一次鼠疫检查为何如此霸道？只因为他们不怕我们，打了便打了，没有后果。倘若我们也有办法打疼他们，那些人怕疼，便会坐下来跟你平心静气谈事情了。"

"你比那个姓孙的小滑头要有见识。"张竹君颔首表示赞赏，"道理正是这个道理，由人及国，概莫能外。你若要别人尊敬你，就得先教他怕了你。如今谁都不怕吾国，自然也就人人都来欺负吾国了。"

说完她朝后窗看了看，远远地有个三光码子尾随，不远不近。这种三光码子是上海特色，指的是巡捕身边的闲汉耳目，有这样的人跟着，说明史蒂文森还没放弃。

"对了，陈英士跟你说过一次，我也再问一次：你有无兴趣参加同盟会？"张竹君问。

方三响沉默半响，方道："红会总医院有要求，医生要保持中立立场，不得参与政治团体。"

一声不屑的嗤笑，从张竹君鼻孔里喷出来："又是沈敦和那套论调。他也经历过日俄战争，难道不知道，朝廷宣布局外中立，却忍看日俄相斗，伤的是大清肌体，死的是大清子民。这种中立，有个屁用！"

方三响对此无言以对。他现在满腹心思都在鼠疫上头，其他的暂时没心思。张竹君转颜一笑："看来你仍心存侥幸呐。也罢，我本打算自己去的，干脆带你去见识一下。"

见识什么？方三响抬起头有些茫然。不防汽车猛然加快速度，冲出拥挤人群，把那个三光码子远远甩开，绝尘而去。

很快他们便离开了法租界，进入到上海县境。这里道路陡然变窄，四周建筑也逼仄了许多，车子灵巧地走街穿巷，很快便来到了大东门旁的水仙宫前街，停在了巡道衙门的门口。张竹君似乎对衙门很熟，带着方三响直入签押房，沿途无人敢阻拦。

还没进入签押房内，先闻到一股刺鼻的呛味，有浅蓝色的烟雾弥漫出来。方三响先以为是着火了，再仔细一闻，才发现是香烟的味道。

两人踏入房中，看到一张圆桌围了七八个人，个个手里一条烟卷，脚边落满烟灰。张竹君事先关照过，方三响知道里面有上海道台刘燕翼，也有自治公所的总董李平书，还有几个上海总商会、博医会的代表，沈敦和也赫然在列，无不是华界闻人。

"诸公在这里日哭夜哭，难道能哭死董卓吗？"张竹君一开口便是嘲讽。

自治公所的总董李平书道："竹君，大疫当前，华界该当休戚与共，讽言刺语不必再提。"

当初张竹君留在上海，正是李平书一力安排，中西女子医学院亦是两人合开。所以他一开口，张竹君也只好收敛几分，只是眼神依旧咄咄逼人。

"既然如此，便问些正经的。今天下午租界鼠疫大检疫就要开始，诸位可拿出什么章程了么？"

刘燕翼把眼神递给沈敦和。沈敦和情知躲不过去，只好轻咳一声，硬着头皮对张竹君道："我们已商量出一个草案。博医会承诺可动员志愿会员五十六人，我红会倾力出动，也有三十七名医学生可用，自治公所可动用民夫工匠两百有奇。至于一应药品物资，巡道会从官库拨给支应。"

沈敦和一边说着，一边露出苦笑。这些事原本应该是官府出面组织，可刘燕翼却成了甩手掌柜，全扔给民间慈善组织忙活。

张竹君仍旧没什么好脸色："所以你们放弃与工部局交涉了？只打算在华界防疫？"

"力所能及而已。"沈敦和抱拳一拱。在上海地面工部局就是土皇帝，大清官府畏之如虎，更不要说据理相争了。刘道台坚决不肯跟洋人正式交涉，他也没办法。

"上海华界有八十万人，公共租界至少会有二十万人逃出。首尾一百万人，你这一百多个医生，两百多民夫，能济得什么事？"张竹君嘴里连珠炮一般暴发，"再者说，防止鼠疫的要旨是防止人员流动，请问是否已有华界分区封路的方案？安抚告示可曾拟定张贴？防营是否凑齐了足够人手来封锁？库银是否拨付？"

她紧紧盯着沈敦和连连诘问，可每一句话，都是冲着道台去的。刘燕翼有点坐不住，沉下脸呵斥道："你一个妇道人家，不要在这里妄议国是！"

149

"你们一群男人,也没议论出个子丑寅卯啊。"张竹君反唇相讥,"大人您对妇道人家分得清楚,可这计划里,怎么没考虑到男女有别?鼠疫大检疫一起,难民拥入华界,你们打算让防营的糙汉们去摸女子的身体?"

"你这么多意见,又做了什么?"刘燕翼大为恼火。

张竹君一拍胸口:"我已经先把上海女医学校的学员们都召集起来了。各级一共三十八名,皆有基本医护经验,可为女子检疫。"她目光灼灼,显然早做了准备。

看到张竹君这么主动,刘燕翼反倒微有喜色。鼠疫扩散已不可避免,自己做多便是错多。既然沈敦和与张竹君愿意在前头折腾,由着他们便是。做成了,自己坐揽大功一件,做不好,也是他们做替罪羊。

一念及此,他赶紧耷拉下眼皮,如菩提树下的悟道佛祖一般。

沈敦和对这点官场的心思很了解,可一场大难即将临头,总不能因为管事人撂了挑子,就不做事了。他只得勉强笑道:"张校长深明大义,令人钦佩。我这就派人去做对接,即刻补入医院。"

"补入医院?你把英子诓去红会总院不说,又要把我的学生全骗进去?不行!"

沈敦和知道她误会了,赶紧解释道:"我说的不是红会总医院,而是新建一座应对时疫的专门医院。"

"呵呵,你又要建医院了。"张竹君的语气里带着毒辣的嘲讽。

"不是我要建,而是形势至此,不得不设了。"

沈敦和与工部局交涉之时,麦克利曾讥讽说,你们连隔离医院都没有,谈什么华洋合作?此话虽然难听,却也不无道理。上海华界没有这种设施,克莱格以这个借口来拒绝合作,无从反驳。

他这一次跑到巡道衙门来交涉,就是希望能尽快得到官府许可,建起一座传染病专门医院,一为治疫所需,二来可以在工部局面前更有发言权。

"张校长且看,这家医院的选址,就在闸北横滨路上、天通镇的西边。"沈敦和拿出桌上的一张上海周边地图,上头被朱笔标了一个点。

"这是什么地方?"张竹君一脸疑惑。

沈敦和用指头在地图上一点:"这里有一座补萝园,地处僻静,易于隔离。距离市区又不远,便于物资与人员往来。"

"地皮有了,设施呢?你当建医院是变戏法,一转手帕就出来?"

"现建自然是来不及。但补萝园已经有两座双层小楼,约有三十余间房间,略做改造即可使用。急切之间,这是最好的选择了。"

李平书也走过来接口道:"这补萝园原是一位居沪粤商的产业。他也是总商会成员,热心公益。他愿意作价三万三千两,卖给红会充作隔离医院。"

"三万三千两?"张竹君先是一怔,旋即冷笑,"沈会董果然是大手笔,看来红会捐款颇为丰润啊。"

沈敦和道:"其实补萝园的市价是四万两,多亏了刘道台作保,才谈到这个价格。此院绝非沈某私人之产业,立成之日,即定名为中国公立医院,以示公心。"

张竹君又道:"这种临时改建的医院,我怎么知道能不能防疫?"

沈敦和道:"红会总医院的柯师太福医生负责督工,他在光绪三十三年曾经监造过一家急痧医院,这方面经验最为丰富。"

李平书轻哼了一声，示意张竹君不要继续纠缠了。

张竹君耸耸肩，悻悻讽刺了一句："玩弄名目，左右逢源，本来就是你沈会董最得意的手段嘛，我有什么不放心。"

沈敦和闻言，两撇胡须尴尬地抖了抖，不知该如何辩解。

签押房内的争论，方三响在门外听得一清二楚，心中愤懑比在巡捕房监狱里还浓烈。

张校长和沈会董的攻防且不说，那位地方大员的表现实在难堪。他听了那么久，巡道衙门除了为红会作保购置土地之外，竟是毫无作为。鼠疫大难当前，他们却一味推诿，只让沈敦和四处奔走串联，真不知谁才是这片土地的父母官。

现在方三响才有点明白，张竹君是要让他见识什么：是见识这些大清官员的颟顸，见识他们的怯懦与愚昧。这样一个朝廷，怪不得从西洋到东洋，人人都要来踩上一脚。

他的拳头刚刚攥紧，耳畔忽然听到一阵急促的脚步声。一个穿蓝色号坎的差役匆匆跑过来，手里捏着一封公文。这差役跟跟跄跄冲进签押房，一迈过门槛便嘶声喊道："租界来文！"

这是巡道衙门在租界安置的采访使，每天会送一次动态简报过来。昨天鼠疫的消息传出之后，送报变成了每两个时辰一次，难得的高效。毕竟鼠疫无眼，官员们为了保命，也得随时把耳朵支棱起来。

刘燕翼接过通报展开一读，脸色骤变，手腕一颤，竟把通报跌落地上。沈敦和俯身去捡，刘燕翼有气无力地摆了一下手，示意他念给在场众人听。

原来就在这段时间内，租界内外又起了两次大的冲突。一起发生在西华德路，一个丹麦教士上门传教，敲门时被误认为是卫生稽查员，被殴至重伤；另外一起发生在闸北华盛里，一个静安寺捕房的西探去拘提一名女性人贩，带出上街时，周围民众误以为是卫生处抓人，不许放行，西探被迫开枪，误伤一人，伤者还是个青帮徒众，结果引发混乱。最后巡捕房动用了马队，才算驱散他们。

公共租界巡捕房对此反应极为强烈，干脆发布了一则通报，划出了五块街区，封闭通道，要求居民不得外出，留在家中静待检查。更让这些官员焦虑的是，巡捕房发布的通报里，是用"potential riot"（潜在暴动）来形容这两次冲突。

这个词非同小可。一旦被定性为暴动，意味着黄浦江上的诸国军舰随时可以介入，届时局势将不可测。

这是刘燕翼最为忧心的消息。而沈敦和、张竹君、李平书等人看到的，则是通报后面所附的医学快讯，仁济、同仁、广仁、圣心等各大医院都报告陆续有鼠疫病例出现，其中最惨烈的一项，乃是云南路上一家卖馄饨的店主，一家五口全数身染鼠疫而亡。

稍具医学常识的人，都明白这意味着什么。租界官方与民众之间已不存信任，工部局若再这么一味强硬推行检疫，居民逃难人数会更多。这些人拥入华界之后，只靠红会、博医会、自治公所、上海女医学校这些民间团体，根本防御不住。

一时间，各人各怀心思，面色的凝重程度却是差不多。

"砰"的一声，沈敦和一拍桌子，慨然而起："李总董、张校长，还有其他几位同仁，请你们按之前拟定的方略去调集人手，提早做好准备。"

"那你呢？"张竹君的语气毫不客气。

沈敦和把那一张地图卷起来，揣进袖子："我再去工部局一趟。这一次，无论如何也要说服克莱格董事停止现有方案，实行华洋分检。"

"人家凭什么听你的？"

"克莱格董事拒绝我的理由，一共有两个。一是华界没有时疫隔离医院，二是红会身份尴尬。如今医院建造方案已有，我一会儿会电告盛杏荪，请他以大清红会会长的身份授权我与工部局交涉——这样克莱格应该没有推脱的理由了吧？"

张竹君一怔。她对红会南北之争知之甚详，如今听沈敦和的意思，竟要舍弃他极力维持的沪会独立地位。

"我知道实在渺茫。可大劫将至，不能知其不可为而不为！"沈敦和掏出怀表看了一眼，语气变得焦灼起来。

他既然表态到了这地步，即便是张竹君也无话可说。刘燕翼大概是内心有愧，拍着胸脯说派专人去帮办补萝园的地契交割，从速从简。李平书也表示，城厢自治公所派出最好的施工队伍，半个月即可改造完成。

此时已经是十二日的上午九点，没有多少时间可以耽误。沈敦和拜别众人，推门出去，一出去看到方三响站在门外，不由一愣。方三响尴尬地搓了搓手，叫声"会董"。沈敦和无心深究，只点了一下头，便匆匆离开，不防脚下一个趔趄，差点摔倒。

方三响正要上前搀扶一下，却见张竹君也走了出来，面色凝重。她一拽方三响的胳膊，带他来到走廊尽头的转角，压低声音道："如今有一桩紧急的事情，只能你去办来。"

"什么？"

"刚才你也听见了。工部局封锁了五处街区，其中也包括派克路。陈英士正藏在派克路上的一座公寓内，只怕会有大麻烦。"

方三响闻言一惊："他不是离开上海了吗？"

张竹君无奈道："我那是说给黄金荣听的，你这孩子还真信了？"她顿了顿道："陈英士的藏身之处正好出现在封锁名单里，哪里有那么巧的事？我怀疑是史蒂文森使的障眼法，打着控制疫情的旗号，准备突袭搜查。"

上海女医学校原址设在派克路的梅福里，一年前才迁走，所以张竹君对这个地名格外敏感。

方三响眼皮骤跳。史蒂文森可真是一条狠猎犬，居然连疫情都能利用。

张竹君道："我这里事情多，现在只能请你跑一趟去警告陈英士了。无论如何，得让他撤出来。"

于情于理，方三响都没有拒绝的理由。他毫不犹豫地答应下来，抓起医药包挎在身上，临走前忽然又问道："英子也会加入检疫队伍吗？"

"对她来说，忙碌是摆脱颓丧最好的办法。"

"叮铃铃铃，叮铃铃铃"，铃声一迭声地响动着，孙希手握扶把，脊背弓起，双脚踩踏如轮，自行车风驰电掣地在租界内穿行。自从离开伦敦之后，他还没在城里这么快地骑过车子。

孙希昨天在工部局的贸易室里泡了整整一个通宵，然后掏光兜里的五个银洋，

152

从一个犹太商人手里租了辆自行车，心急火燎地往红会总医院赶。如果这一次查阅到的情报无误，那么事情尚有转机，但前提是在今天下午检疫计划启动前，找到沈会董。

他一路飞速地骑着，街上的行人越来越多，大多是刚刚下定决心逃离的老百姓。穿蓝衣的巡捕与穿咔叽服的卫生稽查员东一堆、西一堆地集结在各处路口。整个街面上的气氛，紧张得如当年小刀会作乱时的租界一样。

孙希一打车把，拐进一条狭窄的弄堂。他低着头从晾在竹竿上的一片裤头、尿布下掠过，又绕过雨后蘑菇般散落的尿盆与粪桶，七拐八转，最后从一处刻着"耕畴里"的石门下方钻出来，回到宽敞的大路之上。他伸出长腿踩在路边海亭上，长长地呼出一口气。

刚才孙希全程没敢喘息，生怕吸进不干净的空气，憋得满脸通红，到现在才能松一松。他喘息粗定，抬头看了看路牌，这里是爱文义路与派克路的交叉口。

在不远处的派克路口，几条拒马横亘在路中央，后头有十来个持枪巡捕严阵以待。许多提着菜篮子的民众聚在拒马的另外一侧，一阵阵地怒骂与哭喊。这里是卫生处指明要封锁的五条街道之一，突如其来的管制，让居民们甚至没办法出门买菜，只好聚在这里抗议。

好在孙希是沿着爱文义路前行，这个封锁对他没有影响。他正待蹬车前行，忽然眼神一怔，前方一个大个子正飞速从眼前跑过。

"老方!?"

孙希没想到在这里能见到他，方三响停住脚步，也面露惊讶。

孙希问他去哪里，方三响犹豫了一下，含糊地说去派克路办事。孙希无心细问，又问沈会董在哪里，方三响道："应该是去工部局了。"

孙希眼前一黑，早知道自己就在工部局等着了。这回好，还得折回去重新穿一次逼仄肮脏的弄堂。他懊恼地叹息了一声，一偏车把，大声道："你们不要焦虑，我有一条妙计，事情很快就能解决！"

"什么妙计？"

"办到再说！"孙希嚷嚷着，骑着自行车又钻进弄堂里去了。

方三响一头雾水，完全搞不清楚这家伙的意思，不过此时也没时间搞清楚，他经由变电所，进入了封锁中的派克路。

陈其美藏身的公寓，其实就在变电所三百米开外。那是一排五脚基式的双边骑楼，上层住人，下方用长柱隔出一条黄绿色廊道，临廊一排排独间带阶梯的小店，颇有南洋风味。张竹君给的那个地址，一楼是个小钱庄，陈其美就藏身在二楼小屋内。

方三响快接近诊所时，脚下一僵，发现在小钱庄的门口聚拢着七八个华人。

"莫非来晚了？"他连忙放慢脚步，躲在柱子后头向前窥视。那些人穿着有马褂也有短袍，应该与巡捕房或卫生处无关，估计是邻居。他们围在走廊下指指点点，却不靠近，门口一个小伙计骑在钱庄门槛上，一边抹眼泪一边用身子挡住半边进口。

方三响听了一阵，才明白怎么回事。原来这家钱庄的掌柜也赶上了鼠疫发作，躺在后堂动弹不得。钱庄里存着大笔现洋，小伙计不敢擅离，又不敢在屋里待着，只好骑在门槛上，等其他掌柜赶过来封柜。

这可不是个好消息。掌柜的得了鼠疫，

卫生处的人肯定会赶来封锁消毒，在二楼的陈其美一定会被瓮中捉鳖。

可尴尬的是，这骑楼通往二楼的楼梯口，恰好就在钱庄入口旁边。小伙计骑在门槛上，连楼梯都被堵住了，没办法偷偷上去。

方三响忽然有了个计较。他径直走到钱庄门口，沉声道："卫生检查！"

他昨天被叫去劳勃生路出诊时到现在，没机会换衣衫，穿的仍是青布立领长衫，右臂还挎着个医药包，一看便是出诊的医生。众人一看医生来了，纷纷让开。

方三响又大声道："鼠疫最是厉害，你们不要在这里聚着，快快散开，回去一定要远离老鼠和跳蚤。"

他嗓门洪亮，大家听了都很信服，大部分人纷纷散去。只有小伙计不肯走，说掌柜的昏迷前反复叮嘱，没有别的掌柜来封柜，不许别人进入。方三响问他是否通知了租界当局，小伙计说附近的巡捕亭已经来过人，然后又走了。

他知道时间已经不多，便一推小伙计，说去二楼检查一下。小伙计抬抬屁股闪身让开，方三响急忙"蹬蹬蹬"跑上二楼，用力去敲屋门。

很快屋里一个本地口音问是谁，方三响压低嗓门道："我是方三响，有要紧事通知陈先生！"

门"吱呀"一声被打开，里头是一脸讶色的杜阿毛。

方三响不待寒暄，急促道："张校长让我来通知，史蒂文森已经知道你们藏在这里，随时可能来。"

杜阿毛吓了一跳，急忙去窗口往外瞧。

陈其美正坐在一张竹榻上读报纸，听方三响这么说，一抖报纸，语气疑惑："难道是青帮有人告密？"

方三响还没说什么，这时杜阿毛却在窗边颤声道："啊哟，真触霉头，巡捕房的人来了！"

陈其美目光一凛，立刻把右手伸进怀里。方三响却示意他们稍安勿躁，探头出去看。只见一队穿着咔叽服的人正朝这里匆匆过来，其中为首一人挎着小木箱，后头还跟着两副担架。

"还好，不是史蒂文森，应该是卫生处的稽查。"方三响稍稍松了一口气，他们应该是冲着楼下的鼠疫来的。

"那再等一歇？"杜阿毛问。

方三响摇摇头："不成，史蒂文森随时会出现，我们还是要尽快走。"

陈其美用食指敲了敲桌上的报纸："报纸上说了，鼠疫周围的人皆要拉走隔离。我们现在下楼，岂不是也要被卫生处抓走？"

他是额头生角的狠角色，不怕与鹰犬硬碰，但遇到医学问题毕竟心虚。

方三响沉思片刻，突然正色道："你们怕不怕鼠疫病人？"

两人面面相觑，杜阿毛道："怕自然是怕的，不过依方医生讲过，只要不让鼠蚤咬到就还好？"

"很好，等一下看我眼色行事。"

他们三人简单交谈了两句，迅速冲下楼去。小伙计正骑着门槛哭，被杜阿毛大手一捞，直接拖到后屋。方三响与陈其美随后跟进，只见柜台上还摆着一摞摞没来得及收起的大洋小角，掌柜的蜷缩在旁边的竹榻上，症状与沃伦几乎一样。

方三响俯身撕开掌柜的衣服，只看了一眼，便知道这人没救了，他股沟与腋下都有极醒目的肿包，浓艳柔软。他心中暗自叹息一声，转身先从柜面上取来三条素布条。这些布条宽半尺、长三尺，本是用来包住银洋防止碰撞出声的。他们三人每人取一条，像围巾一样遮住口鼻。

遮完脸以后，方三响从医药包里飞快地取出一个赫斯针管和一个缠着胶皮的玻璃瓶，先给掌柜灌了点鸦片汁，然后跪在旁边，却不急着动作。

陈其美与杜阿毛都不明白他的用意，但出于对这个年轻医生的敬畏，没敢多问。杜阿毛看到满桌子银钱，不由得咽了下口水，可陈其美咳了一声，他到底没敢揩油。

这时卫生处的稽查队已赶到门口。带队的洋医官一进门便愣住了，明明这一带是自己负责，怎么已经有人先到了？

这时方三响刚好把针管扎入肿包，从里面缓缓吸出一些淋巴液，转注入玻璃瓶中。他做完这个动作，才抬起头，对稽查官用德文道："我们奉命前来搜集样本。"

稽查官更糊涂了，卫生处什么时候让华人医士带队了？

方三响似乎看出他的狐疑，开口说了一个单词："哈夫金。"

稽查官"哦"了一声，态度立刻变得不一样了。

方三响说的哈夫金，是其时预防鼠疫唯一的有效疫苗，是一八九七年由一位叫沃尔德马·哈夫金的犹太科学家发明的。具体的做法，是从病患身上的肿包里抽取淋巴液，这些淋巴液含有大量耶尔森鼠疫杆菌，经过加热减毒之后，可以用于预防接种，成功率有五成。

所以公共租界卫生处派人采集病原淋巴液，完全合乎逻辑。

方三响并不擅长伪饰，不过只限专业话题的话，他表现便很自然。稽查员随意攀谈了几句，疑心尽去，连查验证件的念头都没了。

方三响当着他的面把玻璃瓶放回挎包，然后指了指掌柜，说你们尽快处理吧，然后带着同样蒙住面孔的陈其美和杜阿毛，堂而皇之地离开了钱庄。

这三个人刚走到大街上，杜阿毛便迫不及待地掀开布条，大大地喘出一口气。他可不习惯戴这种鬼东西，实在太憋屈了。方三响正要提醒他围回去，一声生硬的中文从路对面传过来。

"杜阿毛？"

方三响浑身血液霎时僵住了。只见史蒂文森与其他五名持枪的安南巡捕，正朝这里走过来。在他们旁边，还跟着一个短衫华人男子，畏畏缩缩地指着杜阿毛。

那男子有些眼熟，再一看，居然是坐褥铺隔壁的鞋店老板。一瞬间，方三响全明白了。

青帮之内，并没有人告密，真正告密的是这老板。他每天坐在店门口修鞋，坐褥铺子有谁进出，看得一清二楚。史蒂文森只要从他口中问出陈其美、刘福彪、杜阿毛等人的身份，再顺藤摸瓜，查到派克路上的寓所并不奇怪。

方三响不得不暗自佩服。史蒂文森在这么短的时间内，竟能挖到这地步，手段实在了得。而这么反过来想，张竹君校长能从工部局的封锁计划里，窥到史蒂文森的真实用意，更是技高一筹。

相比之下，自己明明提前得了警告，却还是功亏一篑，被史蒂文森堵在路口，真是辜负了张校长一片苦心！

史蒂文森早已看出这三个人神态诡异，一边喝令站住，一边向腰间摸去。那五个安南巡捕也纷纷摘下肩上的枪支，围拢过来。

杜阿毛情知自己闯了大祸，双腿一软，一屁股瘫坐在路面上。陈其美目露凶光，做势要从怀里掏出枪来。就在千钧一发之际，方三响突然瞥见一个大腹便便的黑绸衫胖子，一手按住瓜皮帽，在骑楼下一溜小跑朝钱庄而来。

很显然，这是小伙计一直在等的另外一位钱庄掌柜，赶来封柜。

方三响福至心灵，对着那掌柜的大吼了一声："巡捕房要抄钱庄了！"

那掌柜停住脚步，发现钱庄门口有几个气势汹汹的洋人正端起枪，不由得也跟着大叫一声："巡捕房要劫钱了！"

从昨天开始，巡捕房要抓人的消息就没消停过，今天派克路被封锁不许出入，更让大家心头雪上加霜。此时掌柜发这一声喊，听在众人耳朵里不啻惊雷一般——老天爷！难道说谁家有了鼠疫，巡捕房抓人不说，还要抄家充公？

这一下子，仿佛冥冥中有人抬起一脚，踹翻了愤怒的灶台，滚烫的灶火带着烟尘四溢而散，燃遍了整个街面。不知所措的民众像无头苍蝇一样乱跑，有人大喊着去家里报信，有人嚷嚷着朝路口奔，还有更多的人拥向钱庄门口和史蒂文森。

那个稽查官员见势不妙，与几个助手缩进钱庄里面。这个举动，更坐实了民众们的猜想，巡捕房真的要发死人财啊！群情激昂的民众捡起附近烂菜梆子、碎石块、破鞋和不知哪来的亵裤噼里啪啦地朝洋人丢去。一时间街面人影纷杂，烟尘四起，宛如老虎灶里煮沸的滚水。

转眼间，史蒂文森便失去了那三个可疑分子的身影。他恼怒地试图拨开混乱的人群，可却像是拨开海水般徒劳。他叱骂着，叫嚷着，声音转瞬便淹没在喧嚣声中。

这位探长别无选择，只得拿出佩枪，对空中恶狠狠地连续开了三枪。

突如其来的三声霹雳，让眼前的混乱局势稍稍凝滞。可那三个疑犯，却趁乱早已不见了踪影。史蒂文森一对牛眼气得充血，把圆帽狠狠掼在地上，用最粗鲁的苏格兰方言骂起娘来。

在他的视线之外，方三响带着陈其美和杜阿毛，再度翻过变电所的栅栏，顺利地脱离了派克路的封锁范围。三人钻进一条小弄堂，确认周围没人之后，纷纷摘下围布，大口大口喘息起来。

陈其美居然还笑得出来："我们做革命党的，这种场面是见惯的，方医生大概还不太熟悉吧。"

"呼，呼……"

方三响没有回答，右手紧紧按在左侧胸口，鼻孔里喷出辛辣的浊气。他清晰地感觉到，心脏搏动得更加剧烈，血管扩张，血液汹涌奔腾。

这不是因为恐惧，也不是因为紧张，而是兴奋——那种纯粹的、生理性的兴奋。

方三响发现，自己竟隐隐爱上了这种感觉。

"呼，呼……"

同样急促的呼吸声，此时也正在从孙希嘴里发出。不过这不是因为兴奋，而是疲惫。

要知道，他刚刚可是先从工部局一口气骑到派克路，与方三响短暂交谈之后，再一口气从派克路骑回到工部局，两条大腿酸胀得厉害。

大概因为大检疫即将开始，此时工部局大楼外的人少了很多。孙希顾不得锁车子，"蹬蹬蹬"冲进大门，正看见两个长衫背影站在前台接待处，右侧的背影宽厚，左侧的背影瘦长。他喊了一声"沈会董"，右边的人惊讶地转过身来："孙希？你怎么还在这里呢？"

孙希顾不得喘息："你们是要去见克莱格董事吗？"

沈敦和点头，可又旋即摇头："我们已在接待处这里交涉了半天，克莱格董事却一直在开会。"

其实谁都明白，开会云云只是托辞，克莱格铁了心要推行大检疫，自然不愿再跟沈敦和浪费唇舌。孙希看看座钟，已没多少时间可以浪费，双臂一下子撑在前台，身体前探，吓得接待秘书往后躲了一步。

"请你务必把这份东西转给克莱格董事！"孙希从怀里取出一张剪报递过去。

接待秘书一头雾水，可这个中国人态度坚决，她只好把剪报放在托盘里，送上楼去。

沈敦和诧异道："那剪报是什么？"

孙希抓抓被汗水浸透的鬓发，得意道："嘿嘿，这是一个克莱格不敢拒见我们的理由。"

沈敦和还没言语，旁边的瘦高男子皱起眉头："你打算要挟董事？这是玩火！"

工部局的董事们，个个都有见不得光的隐秘生意。有的走私鸦片，有的贩卖军火，有的高利放贷……这些事在上海滩算不上什么惊人秘密。孙希就算拿住几个把柄，人家也未必会怕，反而会彻底得罪人。

孙希笑道："放心好了，这不是什么要挟，反倒是一片善意——哎，阁下是？"

沈敦和连忙介绍道："我来给你们介绍。这是施董事，名讳上则下敬，是咱们红会的大管家，一应会记事务皆归他处理。"

施则敬？

孙希眼神一凝。眼前这人年近六十，双鬓花白，面长而窄，一对浓眉斜斜压向鼻梁，活像私塾里不怒而威的严厉夫子。张竹君说过，欲得红会账册，须从此人入手。一直以来，孙希未得机会去接近他，居然在今天无意间撞到了。

"你等一下要如何对付克莱格，先说给我们听听。不可孟浪，耽搁了大事。"施则敬说起话来一板一眼。

孙希正要开口，忽然接待秘书匆匆过来，说请三位去克莱格董事的办公室一叙。沈敦和与施则敬对视一眼，目露惊异。克莱格叫他们去办公室，而不是会客厅，显然那一份剪报起了作用，要关起门来密谈了。

可惜此时两人已无暇听孙希细细解释，施则敬只好叮嘱一句言语须妥当些，然后三人一起上楼进了办公室。

一俟接待秘书离开房间，克莱格便冷冷道："你们到底要怎么样？"然后把那张剪报丢在地上。

这剪报来自于《字林西报》，这是租界的一份英文大报，专门刊登航务信息与在沪商贾事务。日期是三年之前的，标题是"商业钜子置业沪上，模范租界又添胜景"，还附有一张照片，正是克莱格在西摩路口那一座英式花园豪宅。

孙希捡起剪报，微一躬身，不急不忙道："阁下那一座英式宅邸，着实精美，百看不厌。我每次路过都要驻足欣赏，恍惚回到当年在伦敦的时光。"

克莱格眼睛微眯，杀意凛然："你是在威胁一位工部局董事的家人？"

孙希连忙摆手："岂敢，岂敢。我只是对这座美妙的宅邸聊表倾慕而已。尤其是这个地方，我格外喜欢。"他伸出指头，在剪报照片上点了一下，那里正好用朱笔勾出一个红圈。

红圈位置，是位于克莱格宅邸正中的一座塔楼，外侧墙壁漆着一个欧洲风格的纹章图案，样式是交叉的两条红带，上面叠加着五个均匀分布的盾牌。

沈、施两人云里雾里，不明白孙希在干吗。而克莱格的反应更奇怪，没有发怒也没训斥，只是用牙齿狠狠地咬了一下雪茄屁股。

"这应该是葡萄牙王室、布拉干萨家族的纹章。倘若我记得不错，只有王室最亲密的朋友，才会被允许在自家城堡添加这么一个标志，以彰显其对王室的贡献与忠诚。如此看来，您和葡萄牙王室一定拥有深厚情谊，并为之自豪。"

孙希说到这里，从怀里掏出了第二份文件，口气一转："有鉴于最近的欧洲局势，我得向您致以最诚挚的慰问。"

这第二份文件，是一份英文通电抄稿，来自于工部局的公共电报机，这是租界获取欧洲消息最快捷的渠道之一。

这份抄稿是六天前收到的，是一则震惊全欧的新闻：十月四日，葡萄牙帝国的共和党人在里斯本发动攻击，直指布拉干萨王室。十月五日，国王曼努埃尔二世宣布放弃抵抗，并流亡去了英格兰。从六日开始，葡萄牙帝国正式变成了葡萄牙共和国。

这则消息对旧世界的冲击很大，对南美的影响也非小，但对生活在上海的人们来说，不过又是一次政权更迭罢了，所以这份公示没引起什么波澜，中文报纸甚至懒得报道。

沈、施二人都品出了点味道。一个跟葡萄牙王室关系匪浅的商人，在王室覆灭之后，会是什么反应？

孙希不失时机地亮出第三份文件。这是一叠《航运咨讯月报》，记载的是各个洋行的船舶运转情况，哪里出港，哪里入港，走得什么航路之类。

在密密麻麻的表格里，孙希把指头移到三条大船上。这是三条葡萄牙籍的商船。月报显示，它们自九月十五日离开比绍港，预计将于十月十四日到十五日之间抵达上海港，货物主要为刺猬紫檀。在备注里，还有一个"Ro"的花体标记，这是 Royal 的缩写。葡萄牙籍的 RO，自然是布拉干萨王室的船队。

克莱格声音干瘪："这与我有什么关系？"

这时孙希亮出了第四份文件，一张上海众业公所的期货划单："您上个月，在市场上挂出了一份刺猬紫檀的大单，交割日恰好就是十月十五日。中国人对紫檀很痴迷，而几内亚比绍恰好是非洲最好的刺猬紫檀产地，以这个单子的热度，若是做成了，比单纯卖紫檀所得利润还要放大几倍。"

沈敦和忍不住道："孙希，时间很紧迫，不要卖关子了。"

孙希笑道："这事其实说来简单。克莱格董事在葡萄牙殖民地比绍拿到了一批刺猬紫檀，打起布拉干萨王室的旗号，把这批木材转运到中国来牟取巨额利润，顺便做个期货。可不幸的是，货物还没抵港，葡萄牙帝国就变成了共和国——"他说到这里，有意延迟了片刻，观察了一下克莱格额头上越来越多的汗水，"我对国际法不太熟悉，不过从法理上来说，十月六日之后，这三条船一旦靠港，应该会被葡萄牙新政府立刻宣布收归国有。"

158

沈、施二人都是精于财政的，听到这里同时倒吸一口凉气。如果孙希说的准确，那么克莱格将不止损失这三船刺猬紫檀，还要在众业公所赔出一笔巨款。

克莱格有些狼狈地低哼一声："这些都是合法交易，赔了也便赔了。"

"您家大业大，钱自然是赔得起，可另外一种损失，可就很难找补回来了。"孙希拈出第五份文件。

这是工部局的董事改选决议。这次改选将在十二月份进行，按规定名单要提前予以公示，文件里列举了若干位候选人，克莱格也位列其中。

"如果刺猬紫檀期货变成一桩丑闻，您在工部局董事的连任前景可不太妙。毕竟竞争这个职位的候选人有很多，工部局应该更希望选一位声誉良好的绅士。"

克莱格的眼皮抽搐了一下，他听出了孙希未表达出的那一层意思。

工部局董事真正的遴选标准，其实只有一条：金钱。金钱就是力量，他之所以与葡萄牙皇室合作，也是希望能增强自己的力量，取得连任。倘若这件事暴发出来，他不至于破产，但在上海滩这个残酷的世界，衰弱的猎物很快便会被围攻……

克莱格肥厚的嘴唇颤动起来，似乎再没有余力维持面部肌肉。孙希把这五份文件往桌子上狠狠一拍，终于图穷匕见："您坚持实施这个鼠疫大检疫，坚持要把租界搞得鸡飞狗跳，不是为了什么卫生原因，根本就是希望上海因为鼠疫而封港。那支漂在海上的船队便有充足的时间转移货物，好保住你的董事职位！"

浓浆般的汗水，迅速从克莱格董事的额头、面颊、耳后以及脖颈沁出来。他万万没想到，这个狡黠的中国小滑头，居然只凭着各种公开信息，便拼凑出了真相。

沈、施二人相顾骇然。一个人为了一己私利，居然会做到这地步？

"对了，我认识《申报》的明星大记农跃鳞，他对这个故事一定感兴趣。工部局的其他候选董事，相信也是。"孙希加上最后一块石头，然后行了一个法式宫廷礼，退到沈敦和身后。

一个损益表在克莱格心里迅速形成。损失了船队，只会失去一个董事的职位；但如果让其他董事知道他为了自己利益，把整个租界置于鼠疫的威胁之下，那么整个克莱格家族都可能要完蛋。

这位加拿大富商沉默着，直到手里的雪茄烧到指头，方才虚弱地开口道："你们，到底要怎么样？"

孙希冲沈敦和使了个颜色，后者知道时机已到，连忙上前，将之前商定好的华医动员计划讲给克莱格听。

"这一次华界医士无不踊跃报名，凡四百余人，足以应付租界内的华洋分检所需。鼠疫干系重大，华洋两界勤力同心，绝不会辜负董事信任。"

沈敦和絮絮叨叨地说了半天，克莱格无奈地打断他的话："鼠疫检疫计划是麦金利先生亲自拟定，卫生处也是按这个来调集资源。我就算要改，也得有个理由才能说服他。"

"莫非麦金利先生觉得华界简陋，无处安置病患？"

"对，若他以此反对，我亦不好驳回。"

沈敦和早胸有成竹，一使眼色。施则敬立刻上前，取出一份中国公立医院的规划预算书。他果然是财务高手，上午巡道衙门才敲定补萝园的医院计划，短短几个小时，就已经拟定出一份方案。

克莱格拿起预算书来翻了翻，居然承诺一个月即成。这些中国人居然真搞出这么个局面，着实出乎意料。他叹了口气："我想这份东西，应该能说服麦金利先生了。"

成了！

孙希大为激动，忍不住暗自做了一个握拳的动作。沈、施二人也同时松了一口气，有了克莱格这句话，华洋分检必可实行，租界的紧张局势应该能够缓解。

红会三人如释重负地走出工部局的大门，沈敦和与施则敬看向孙希的眼神，和从前大不相同。

若非深悉欧洲形势，谁能从加拿大豪商宅邸上的一处纹章，联想到葡萄牙王室的私密贸易？若非胸怀国际视野，又怎能从万里之外的里斯本起义，联想到上海租界的鼠疫检疫政策？而这一切线索，皆是得自公开资料，这整合连缀的工夫，更是寻常人所没有的独到眼光了。红会总医院里，居然还藏着这么一号人才。

沈敦和拍了拍孙希肩膀，神情激动："十年之前，梁任公写了一篇雄文《少年中国说》。我原以为他只是惯做大言，不想今日果然见到少年中国。真是潜龙腾渊，鳞爪飞扬，乳虎啸谷，百兽震惶哇，半个字都不错。"

孙希脸都红了，赶紧谦虚了两句，不料施则敬在旁边开口道："有这样的眼光和见识，只在总医院做个外科医生太可惜了。仲礼兄，不如请他来我这里做事，相信会有更大前途。"

他讲话时总是眉头紧皱，分不清是在开玩笑还是认真。

沈敦和笑道："真是个急性子，刚离开工部局，便来挖墙脚。"

"在总医院还是在会办，都是为红会做事，还不都是你沈仲礼的兵？"施则敬淡淡说道，然后转头看向孙希，"你意下如何？"

孙希连忙赔笑："施大人谬赞。我的专业是医学，只懂医学上的事。"

施则敬不悦道："年轻人，过谦即傲。莫不是我这里的庙太小，你看不上？"

"岂敢，岂敢。只是学生苦学经年，突然说要转行，前面几年不就白忙活了吗……"

沈敦和赶紧打起圆场："子英，你不要强人所难。管账的人才到处都有，中国如今才几个好医生？"

施则敬眉头一立："既然如此，那我暂借如何？中国公立医院的改造，必须在十二月之前完成，少不得有与洋人周旋之处。在这期间，孙希跟着我做翻译，兼理账册、会办诸事，薪酬短不了他的。"

沈敦和跟施则敬交往甚久，一眼便看出这是老友以退为进的计策。他暗自笑笑，也不说破，让孙希自己拿主意。

这意料之外的邀请，让孙希一时间百感交集。他苦苦寻找了半年的机会，突然主动撞进怀里，反而不知所措。

他望着沈、施二人，胃里开始隐隐作痛。将来他们一定会知道自己的真实目的，不知到那时会是怎样反应。孙希一瞬间涌起一种冲动，干脆回绝掉这个邀请得了，回头跟冯公说无法下手，早点脱离这样的煎熬。

可话滑到嘴边，终究化做一声微不可察的叹息。孙希硬着头皮一抱拳："学生敢不效犬马之劳。"

十月十二日下午时分，一夕数惊的租界居民们忽然发现，形势悄然有了转变。

《申报》《时报》《神州日报》等大报纷纷发出号外。号外上刊载的是同样一份工部局公告，其具言云：

"公共租界工部局连日为防避鼠疫查验户口，原系有益卫生之要事，只以中西医法间有不同，遂致无知愚民自相惊讶，兹查工部局已暂停查验。拟邀集华商领袖董事与医员查明妥善办法，另办华洋分检云云，吁诸民勿信谣言，勿惊走鼓噪云云。"

即使是不识字的民众，也能真切地感觉到变化。因为接下来的几天里，进屋查验的大多是穿着长衫马褂的中国医士，甭管态度如何，至少语言上能做沟通。尤其是每一队医士，都跟着一到两位女子，不必担心女眷的身体检查了。

而在街头，各种各样的上墙小报与传单也开始散播开来，上头绘着浅显易懂的防疫图画与标语。也有年轻后生们声嘶力竭地宣讲，告诫鼠疫乃是老鼠与跳蚤所引起，诸君要全力除鼠除蚤。官府终于也慢吞吞地发布了告示，开展各项防治鼠疫的措施。

因鼠疫而死亡的人数，与日下降。那些逃难出去的居民，陆陆续续都返回了家中。一场至烈的骚乱，逐渐消弭于无形。

唯一可能不满的，可能只有住在闸北天通镇的老百姓们。在镇子西边的天通庵路上，最近一直传来"叮叮咣咣"的噪音，日夜不停。噪音的来源是在蜀商公所西边的补萝花园，此时一百多名工人正紧锣密鼓地在园中改造着建筑。在院子大门前，斜放着一块还未及挂上的白漆黑字长牌，上书"中国公立医院"六个大字，墨迹尚未干透。

"哎，侬污搞啥个百叶结啊！碎砖勿要乱丢，还可以来垒壁角！"

"这根管道德国造的，老金贵的，弄瓦特了侬赔命都赔勿起！"

"石炭酸溶液哪能用掉嘎许多？要四十比一！"

曹主任瞪着两个小圆眼，叉腰站在一大堆建筑材料里，一刻不停地嚷着。他一脸汗水与泥污，更像是个恶形恶相的包工头。在这一声声训斥中，工人们弓着腰，默不作声地忙碌着。

他旁边站着一位洋人，正是红十字会的柯师太福医生，手里展开一张图纸，在灯下详细比对着。而方三响则在后头帮忙。

"好了好了，大家歇息一下，喝点勃兰地。忙碌是为了更好的生活，而不是为了更多的忙碌。"柯师太福说。方三响不好意思直接离开，去看曹主任。

曹主任摆了摆手，鼻孔里喷着粗气："侬去好啦。这些瘪三一眼盯勿牢，就要搞七捻三！"

他整个人处于一种亢奋状态。方三响明白，这就像好赌的人赢钱、好色的人进了青楼一样，曹主任最喜欢就是算计省钱，哪怕这是公家工程，省出来也半点落不到自己荷包，他算着照样开心。

方三响一人走到园子门口。这里摆了一个大瓦缸，里面盛满了凉白开。红会要求工人必须饮用烧熟的开水，特意找了附近的老虎灶烧好送过来的。方三响舀起一瓢，"咕咚咕咚"一饮而尽，一阵畅快。

他刚放下水瓢，忽然见到一辆人力车停在园前，孙希从车上下来，左手抱着一本厚厚的账簿，右手还拎着一封报纸叠成的袋子。

方三响下意识举起水瓢，想借着舀水掩饰尴尬。不料孙希已笑眯眯地把纸口袋递了过来："喏，张祥丰的蜜饯凉果和糖金柑，刚买的，吃一口能黏住牙——这是严之榭说的，他一个学牙医的，应该错不了。"

方三响知道，这是孙希释放善意的方式。他没吭声，打开袋子，直接扔了一枚蜜枣在嘴里——这是他表示和解的方式。

孙希见他吃了，脸上笑容更盛。方三响问他来这里做什么，孙希晃了晃手里的账簿："我暂时被分派到施则敬麾下，偶尔要来工地查验一下进度。"

"没想到你不做外科，倒和屎窟曹一伙了。"

孙希连忙解释："我是临时分派过来帮忙，好多材料都是从洋行里买的，得有个人去做沟通。不过嘛……"他看了一眼远处兴致勃勃的曹渡，"做过事才知道，屎窟曹……也不容易。这一大摊子人嚼马喂，每天几百大洋的支出，算起账来我都咁闭翳。"

"那你还叫他屎窟曹。"

"喂，你不也这么喊他吗？"孙希觉得两个大男子聊曹主任怪怪的，赶紧转换了一个话题，"听说英子她辞职返校了？"

"是的，我很赞同她的决心。"方三响把姚英子说给自己的话，转述给孙希听。

孙希感叹连连："女性学医不容易啊，得耐得住外头的冷言冷语，忍得住整天跟药水血污打交道的苦，可不是每个人都像张校长那样内心强大。"

一提张竹君，两人都不约而同地滞了一下，只不过出于不同的缘由，很有默契地没有继续下去。

两个人安静地吃了一阵蜜果，方三响忽然又道："对了，我前两天碰到一件事，说给你听听。"

孙希见他神色郑重，赶紧嚼了几下，把糖柑吞下肚子去。

"那天在劳勃生路不远的一处人家，出现了一例鼠疫患者。我带队赶到之后，患者人已经没了，周围的人得接种哈夫金疫苗。谁知铺子有一个吃斋的老太婆，死活不肯注射，说这是有小人拿钉子扎她。我们轮番上阵劝说，老太婆就是不听。我们一靠近，她就滚在地上大哭——换了是你，会怎么办？"

孙希"呃呃"两声，没有回答。

方三响继续道："我也不知道该怎么办才好。最后还是严之榭想出办法。他请来隔壁一位老郎中来持针，哄老太婆说是针灸。她这才老老实实接受了注射。"

孙希"噗嗤"笑出声来，这个严之榭可真有鬼点子，但随后又觉得哪不对，赶紧敛起表情。

"一看到那个老太婆，我就想起咱俩之前的争论了。你说她愚昧么？实在愚昧，但如今国民意识便是如此，我们要解决问题，便不得不有所妥协。你别瞪眼，我没说你坚持科学是错的。咱俩其实都对，只是用的场合不同。譬如钱塘江边上观潮，你说大家注意安全不要靠近，这不错。但一旦有人落水，也无必要去谴责他粗心大意，得先设法把他救上来，就这么回事。"

"照你这么说，只要结果正确，什么手段都无所谓喽？这是唯结果论！"孙希不服气。

"不一样。一个是长期教化，一个是事急从权。"

孙希眯起眼睛："老方你一天之内进了两次班房，思想真是大有长进嘛，这境界都快赶上沈会董啦。"

方三响正色道："一个人得病，是健康有了差错，一百个人得病，那便是社会出

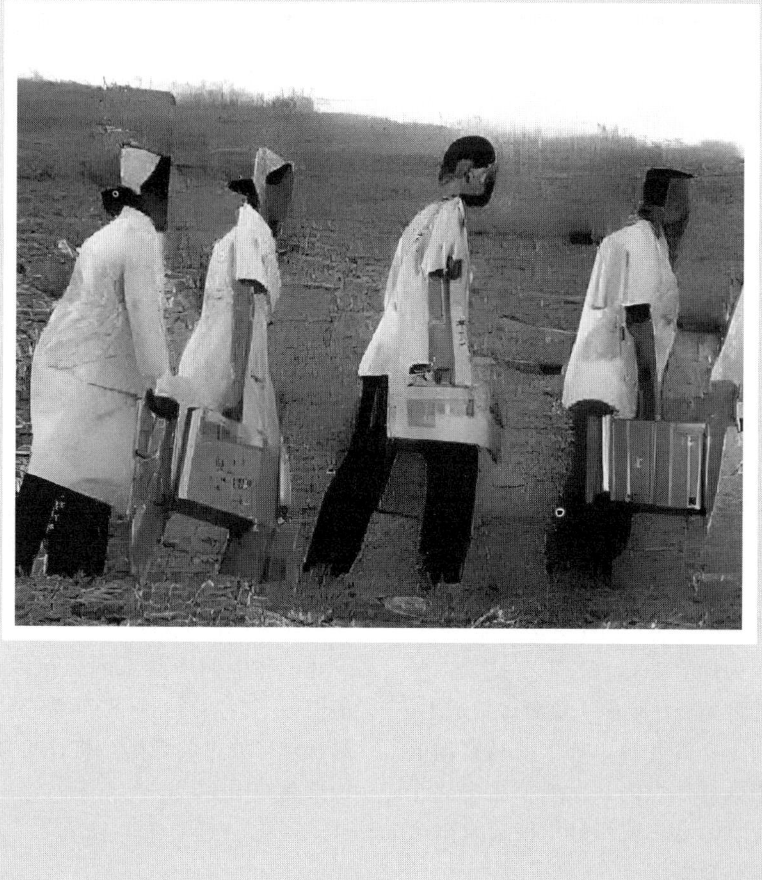

了问题。我们做医生的，得想明白这一点才行。"

"喂喂，你这言论可有点危险了啊。"

"可这是事实。"方三响的神情肃然起来，"这一次工部局退让了，外头都夸红会取得胜利。但这大胜有什么成色呢？只是争取来一个华洋分检的权力。下次再有霍乱，再有白喉，是不是还得再来一遍？"

"哎，原来我一番努力，在你眼里不算什么大胜利啊。"

"中国人的土地，却要和外国人商量着防疫，这本身就很荒唐啊！你知道么？现在上海的港口检疫权，是捏在外国人手里，倘若有外面传入的未知疾病，我们还是无力控制——你说这些，是社会问题还是医疗问题？"

"这些大道理，都是谁跟你说的？"

"农跃鳞农先生，他最近在申报发表社论，严厉批评港口检疫权的归属问题。我给你找……"

方三响一把将纸袋抢过来，这纸袋就是用《申报》折成的。他倒出蜜食，把封袋摊平开来，找着找着动作突然一滞。

孙希以为他要吃独食，正要抗议，却见方三响的目光凝在眼前一块简短报道上。那报道说在十一月九日，哈尔滨马家沟的中东铁路工人居住点内，发现一名中国工人因鼠疫死亡。哈尔滨租界华俄公议事会提请各界提高警惕云云。

这几日上海各界忙着应付鼠疫，所以这则远在哈尔滨的消息到今日才见诸报端，龟缩在后几版，几乎没人关注。方三响放下报纸，感叹道："鼠疫这东西真是可怕，上海刚平，东北又起，没个尽头。"

孙希以为他是忧心家乡，宽慰道："上海既然已有成功的防治先例，只要东北多加注意，不会出大乱子。"

方三响眼里的忧色不减："上海这一次躲过一劫，全靠沈会董一力奔走。倘若哈尔滨没有这样一个人物出现，只怕也会死上不少人啊。"

"你就别杞人忧天了，一会儿干完咱们出去打打牙祭，施大人给我的工食银可不少呢。"

"也好。"

"一提钱，你倒积极起来了！你到底现在攒了多少，别全供奉给静安寺嘛，留着娶一房媳妇多少好。"

这已经成了孙希调侃方三响的固定笑话，方三响压根不去接："那一场导致克莱格董事破产的葡萄牙革命，你有时间给我讲讲前因后果吧。我想听听，人家是怎么把皇帝推翻的。"

"你小点声，这话让曹主任听见，又得骂你是乱党。"

两人说说笑笑着，离开了朴萝园。

他们可不知道，上海的危机虽已敉平，但数千里之外的哈尔滨，将迎来前所未有的一次大劫；他们也不知道，这次劫难的元凶，和他们所熟悉的腺鼠疫大为不同；他们更不会知道，一位孙希在天津陆军军医学堂曾见过的老师，将注定成为一个力挽狂澜的国士。

第九章 一九一一年十月（1）

孙希深吸一口气，紧紧握住柳叶刀。

手术台上躺着的，是一位老年男性，

身体用白棉布遮住上下，只露出肥嘟嘟的肚腩。台旁的病历簿显示，这是一位曾罹患急性阑尾炎穿孔的患者，术后持续发烧不断。峨利生医生判断他的腹腔内出现了脓肿。

这种膈下脓肿引流术，操作不算复杂。所以峨利生医生决定由孙希来主刀，他和其他几位医士作为助手旁观。

孙希微微摆了一下头，强迫自己盯紧病患的右侧肋缘。那里事先划了一条黑线，像是腹腔多了一张嘴，挑衅似的冲着自己微笑。他轻叹一声，握紧柳叶刀，沿着线轻轻切下去。

刀刃运行得精准而巧妙，依次剥开皮肤、腹壁肌层以及横筋膜。孙希没费多大力气，便看到那一个深藏在腹腔间隙中的炎性包块。

这块脓肿有核桃大小，酡红颜色，像个隐隐波动的水泡。助手迅速用盐水冲洗了一下腹腔，孙希趁机换了一把窄刃刀，在脓腔的下方切开一个小口子。还好，这个肿块虽然出现一点点渗血，但不是活动性的。他先用纱布简单压迫了一下周边，放下两条引流管和油纱布，然后手腕一翻，刀刃探入肿块反挑。

就在这时，一直没做声的峨利生医生却突然开口："停手！你在做什么？"

孙希的手臂一僵，看向自己的老师："呃，我正在分离脓腔壁。"

"为什么要分离？"

"因为脓腔里有多层纤维壁，不处理掉这些分隔，脓液无法彻底流尽。"孙希对答如流。峨利生医生喜欢在手术中随时发问，他早习惯了。

可教授的一双灰蓝眼眸依旧严厉："你忘了吗？用锐器去做分离，很容易伤到附近的肠管组织，然后还会发生什么？"

"呃……如果脓汁进入腹腔，会造成弥漫性腹膜炎。"

"那么正确的做法是什么？"

"钝……钝性分离。"

"钝性分离应该使用什么器具？"

孙希"当啷"一声把窄刃刀扔在旁边盘子里，伸出修长的食指探入切口，像剥蒜一样把脓腔里的纤维壁搅开。

峨利生医生显然没打算放过他，继续质问："你的引流条只隔开了切口中央，却没考虑到两侧的情况。这可能会导致什么后果？"

孙希手指不停，口中回答："呃，如果两侧切口提前愈合，引流口会被挤压收紧，到时候脓液无法排干净。"

"你的医学知识只是一字不漏地背诵书本，完全不会在手术中应用吗？"

"对不起……"

周围的人大气都不敢喘，静看着严师训斥徒弟。所幸在接下来的时间里，孙希没再犯什么错误，顺顺当当做完了整台手术。

缝合完伤口最后一针后，他匆匆推开割症室的弹簧门，一屁股坐在外面走廊的长椅上，手里捏着沁满汗水的手术帽，怔怔望着旁边的木制楼梯。

这个楼梯通往红会总医院的二楼总办室，孙希之所以今天魂不守舍，正是因为一场肇始于他的小小风暴，正在楼上酝酿。

如果有可能的话，他希望能像切掉盲肠一样，把过去一年的经历从人生中切割掉。

今天是宣统三年十月十七日，距离那一次上海鼠疫风波已整整一年。孙希因为在那次防疫中立下殊功，被施则敬临时调去了红会总务，终于有机会实现他前来红会的真正目的。

孙希本来颇为犹豫，可冯煦频频催促，他只好利用职务之便，花了数月时间抄录出一份红会善款账册，寄去北京。账册寄出之后，如泥牛入海一般，北京红会全无动静。孙希松了一口气，主动申请调回红会总医院，并强迫自己忘掉这件事。

不料就在今天，冯煦突然抵达上海，径直来造访红会总医院，如今正在跟沈敦和在二楼开会。

孙希做贼心虚，明白冯公的这次突兀登门一定跟自己抄录的红会账册有关，只怕是兴师问罪查账的。所以从一大早上开始，他便一直心神不宁，以这种状态还能顺利完成一台手术，已经算是奇迹了。

他正在呆愣，忽然眼前出现一个人影。孙希颓丧地抬起头，发现居然是峨利生医生。他已换好了常服，手里还托着一个中式瓷碟，上面是两片涂着果酱的三明治，轻轻递过来。

峨利生医生缓缓坐到孙希旁边，微仰起脖子，视线落在走廊对面的窗外。那是一扇半落地式的罗马窗，十月的沪上秋光透过玻璃照射进来，给教授的俊朗面孔罩上一层和煦的金黄色光晕，沉静得如同一位圣徒。

他不说话，孙希也不敢言声，只觉得有些古怪。

"你有心事。"峨利生医生忽然开口。

不是疑问句，而是一个陈述句。孙希顿时有些慌乱，他这个老师虽然不爱交际，看人却犀利得很。他只好含含糊糊，说大概身体哪里不舒服。

"作为医生，你对身体状况的描述太模糊了。"峨利生医生在医学话题上向来容不得含糊其辞。

孙希犹豫片刻，只得无奈地坦白道："其实，是因为个人遇到点事，心思有些乱。"

"你恋爱了？"

孙希吓得连忙摆手："不是啦，不是，是我家里长辈的事情。您知道，中国老人都是很固执的。"

他这也不算骗人，确实是长辈之间的困扰。

峨利生医生的神情略有释然，这是个合乎逻辑的理由。他晒了一会儿太阳，似乎想起什么往事，徐徐开口道："说到老人的固执，其实欧洲与中国也差不多——我之所以会走上这条路，也是因为一个老人的固执。"

峨利生医生平时除了医学上的事，极少谈及个人，今天不知怎么了，居然开口闲聊起来。孙希连忙抖擞精神，精准地垫了一句话过去："为什么？"

"如果你有机会去哥本哈根的话，会在王宫广场前看到一座大教堂，它的名字叫弗里德里克教堂，也叫大理石教堂，因为它用的大部分材料，都是产自北欧的大理石。"峨利生医生说家乡风景，语调不自觉地柔软起来，"这座教堂是为了纪念奥尔登堡皇族统治丹麦而修建的，从一七四九年开始修起，一直到一八九四年方才落成。"

"一百四十五年？好家伙。"

"那年，我恰好十八岁，正在哥本哈根大学的医药学院就读，我的老师是著名的外科专家奥斯特教授。在弗里德里克教堂落成仪式的前夜，发生了一件不幸的事。教堂侧面的脚手架不知为何，突然发生了倾坍，恰好将前往参观的老师压在下面。

"当时我就在旁边,吓得魂飞魄散。不幸中的万幸是,奥斯特教授只是右腿被卡在脚手架和圆柱之间的缝隙里,人并没事。不过要把他救出来,非得把整片脚手架和圆柱挪走不可。可这涉及到另外一个难题:大理石教堂的圆顶是由十二根科林斯柱支撑起来的,要挪走脚手架,就得搬开圆柱,这牵涉到一系列力学结构的改造。

"奥斯特教授拒绝了这个方案,他说丹麦的信徒们盼望这座教堂盼了一百四十五年,他宁可死在这里,也不可以影响教堂的落成。'上帝已经给我安排好了位置,就让我成为彼得口中的磐石吧,让教会建在我之上。'我至今仍记得老师蜷在地上,如此说道。

"老人固执得很,无论如何劝说,他都拒绝配合,可我们又绝不能见死不救。奥斯特教授本人提出了一个折衷办法:现场进行截肢手术。但他被卡住的位置很麻烦,空间狭小,不容另一个人操作。最后我们只能接受这样一个方案:由奥斯特教授自己来做高位截肢手术。"

"怎……怎么可能?"孙希听到这里,大吃一惊。

他作为专业外科医生,深知此举何等凶险。且不说止血、消毒、防止感染等一系列技术问题,一八九四年的主流麻醉药物还是乙醚,无法实现局部麻醉。换句话说,奥斯特必须在完全没有麻醉的情况下,把自己的右腿生生锯断。

从来喜怒不形于色的峨利生医生,说到这里,眼睑也猛地抽搐了一下。

"我们准备了一应手术器具,我还弄了一点口服古柯碱,希望教授中途不会因剧痛而晕厥。在教堂开放的当天清晨,伴随着穹顶下唱诗班的咏唱,教授饮下一杯白兰地,拿起线锯开始对自己施行截肢术。我全程陪伴着他,给他传递各种工具。我从来没看过一个人那么痛苦,也从来没见过一个人如此专注。他的动作无懈可击,世间任何事情,都无法影响到那双手的稳定。术中所有的细节,教授居然一个都没有遗漏。啊,我仿佛看到他戴着荆棘冠冕,痛苦而从容。"

孙希咽了一口唾沫,光是想象那个画面,都会让他胃部痉挛。

"上帝眷顾那些勇敢的人。老师奇迹般地完成了手术,顺利得救。此后他又活了十二年。至于那条右腿,现在也许还在教堂底下,诉说着那一天的神迹。从那时起,医药学院的每一届学生,都会被老师带去大理石教堂,参观那一场神迹般的手术现场。"

峨利生医生站起身来,扶了扶镜框:"你是我的学生,今天我把这一课给你补上。要知道,医者是在上帝的领域工作,掌控的是人的生死。所以一个合格的外科医生,不止要学习技艺,还要磨炼出钢铁般的意志。无论地动山摇还是内心恐惧,都不能干扰医生对患者的判断与处置。"

孙希深吸一口气,还未开口,峨利生医生又郑重道:"我以后不在你身边,你一定要记住这一点才成。"

孙希闻言一愣:"怎么?您要离开总医院?"

"是的,合约即将到期,明年年初我会返回丹麦。在那之前,我希望你可以通过我的考试,成为一名合格的医生。"

说到这里,峨利生拍了拍学生的肩膀:"好了,你去休息一下。忘记情绪,记住失误,接下来我们还有更多的人要拯救。"

峨利生的话就像一只宽大的熨斗,轻

轻熨平了孙希起伏的情绪。他望着老师离开的背影,内心突然升腾起一股冲动,把领口扯得松了一些,迈步朝二楼走去。

人的决心,往往就在一瞬间凝结。孙希打算走到冯煦和沈敦和面前,坦承自己所做的一切,并承受由此引发的一切后果。不这么做,他将永远生活在不安之中,永远没办法做一个合格的医生。

登上二楼之后,孙希调整了一下呼吸,却忽然发现曹主任正矮着身子,撅起圆屁股,把耳朵贴在会议室的门前偷听。

曹主任看到孙希,脸色顿时有些尴尬,连忙直起身子,轻咳两声,然后伸手"嘘"了一声,示意别惊动会议室内的人。

就在这时,冯煦那铜钟般的吼声恰好传了出来:"说来说去,沈仲礼你是不答应喽?"

沈敦和的语气依旧谦和,只是柔里带刚:"此事殊多困难,前已备述,非在下一人所能定夺。"

"当此非常之时,你敷衍塞责,只怕是包藏祸心!"

"沈某这几年在红会尽力办事,所做无不发自公心,所衷无不出于义理,自问并无失当之处。"

"你敢公然抗旨?"

"此乱命也,当年粤不奉诏,如今在下亦难奉诏!"

两位大员你一句我一句,越说越僵,吵得几乎撕破脸皮。

这都是因为那一本账册闹出来的啊……孙希心中愧疚无以复加,正要推门进去,却被曹主任一把拽住。

"屋里厢正开会呢,你来做啥?快走开!"

"唉,我做了一件大大的错事,得当面坦白。"

曹主任不禁嗤笑了一声,不耐烦地挥手赶人:"冯大人和沈会董两位大人说的是大事,哪顾得上你个小巴辣子。"

孙希抓了抓头发:"正因为这件大事跟我有关,所以我才来坦白。"

曹主任的瞳孔骤然收缩,手指点着孙希微微发颤。孙希正要开口,曹主任已迅捷地倒退三步,像是见到什么病菌:"你……你也加入乱党了?"

"嗯?什么乱党?"

"武昌的乱党啊!你不是说跟你有关吗?"

孙希这才发现误会大了,他连连摆手:"不是不是……呃,等等,他们争论的大事,原来是这个?"

曹主任一点头,犹然狐疑道:"你真没加入乱党?辫子呢?"

孙希赶紧从后脑勺揪起一条小辫子的尾梢,曹主任这才稍稍放心:"七天之前,武昌那边闹叛乱你晓得伐?"

"当然听说了。"

这件事轰动全国,沪上的报纸天天在说,哪怕是孙希这种对政治毫无兴趣的,对这件事也略知一二:革命党伙同武昌一部新军在十月十日发起一场规模颇大的叛乱,至今尚未平息。

曹主任气哼哼道:"这些乱党看着掼浪头,其实额不过是些灯笼壳子。朝廷已经调遣了北洋大军前往会剿,听说还请出了袁世凯做湖广总督,那可是个狠角色。"

"那跟咱们红会总医院有什么关系?"

"哦哟你想,乱党再不济,总归还是有几条枪的。战场上枪炮无眼,两边必有死伤。咱们红会的宗旨之一,理应派人去武昌支援一下官军。"

168

"等等，官军？"孙希大为惊异，"红会宗旨不应该是不问立场，一体救护吗？怎么只支援官军？"

曹主任无奈地撇撇嘴："你也知道的，大清红会归陆军部管，你一个陆军部的下属机构去救乱党，怎么都说不过去吧？两位大人就这么互相别起苗头来。"

没有沈敦和配合，冯煦调不动红会资源；没有冯煦的朝廷背书，沈敦和也不敢轻易赶往武昌救援——怪不得武昌战乱爆发那么久，一贯积极的红会却迟迟不见动静。

想到这里，孙希稍稍松了一口气。冯煦原来不是拿红会账目来兴师问罪，那自己的愧疚总算少了一点。

"哎，你刚才说要坦白的错事是什么？可以先跟我说说。"曹主任好奇地凑近问道。

"呃，没啦，没啦，都是些小事……不提也罢。"孙希原本被峨利生医生激起的激情，在曹主任一张油光光的宽脸照耀下，几乎损失殆尽。

"你可勿要出去搞七捻三，给医院添麻烦。你们不晓得事理，大清国运正旺，又有袁督公这样擎天保驾的忠臣，几天就能把叛匪给剿灭了。"曹主任不放心地絮叨着。

"知道，知道。"

孙希嗯嗯答应着，朝着楼下走去。楼梯下到一半，身后会议室的门"砰"一声被推开，冯煦怒气冲冲地走出来，沈敦和在后头不急不慢地跟出，看两人神情，显然是后者占优。

冯煦手持拐杖往楼梯下走，孙希赶紧侧着身子站在一旁，让出一条路来。冯煦不动声色，径直下楼，只是两人身体交错时，那拐杖有意无意敲了孙希小腿一下。

孙希心下明白，面上却不敢有所表示，只得垂下头来静立原地。

这一块心病少去，孙希稍稍恢复了状态，下午一口气连着做了三台小手术，直到下午五点方才罢手。门房送走最后一位病人之后，他斜靠在大门口的廊柱旁，从口袋里摸出一支香烟。

他一方面庆幸自己中午没有冲过去坦白，避免了柱做小人的尴尬；另一方面，也遗憾自己错过了坦白的最好时机。接下来何去何从，心下有些茫然。按道理他已完成了冯煦的任务，可以随时离开医院，可就这么突然离开，又有些舍不得。

孙希正在吞云吐雾，耳畔忽然传来一连串驴铃的响动。他眼睛一眯，知道是方三响驾着驴车回来了。今天是发薪日，这个吝啬鬼拿了钱肯定是第一时间去静安寺送香火去了，对此他早见怪不怪。

这一次驴铃声没有远去，反而越来越近。等到孙希吹开眼前的烟雾，方三响已经径直把驴车顶到了大门前。

"快上车！"方三响的声音很是焦虑。

孙希眉头微皱："发生什么事了？"

方三响道："我们去找英子，路上细说！"

孙希见他说得紧急，连忙碾灭烟头，把医生袍脱下挂在旁边，迅速跳上驴车。

方三响扔给孙希一张报纸，然后挥动鞭子，催动驴车前行。

姚家宅邸是在华格臬路上，从总医院过去约莫有六里多路。好在沿途都是平整大路，驴车跑得飞快。孙希坐在车篷里，晃晃悠悠展报一看，惊得连呼吸都紊乱了。

这是一份今日出版的《民立报》，头版

刊出一篇文章，署名作者赫然是张竹君。

在是文中，张竹君义正辞严地质问道：武昌战事正炽，双方死伤枕藉，一贯标榜"博爱救兵"的红会为何按兵不动？该会每年吸纳善款钜万，如今却作壁上观，莫非是因为沈敦和会董忙着涂改账册，顾不得创会之初衷么？如今善款其余几何？征信录何在？尤其红会医院账目，尚有土木、设备两个科目不清，涉款四十万两，难道不该有个交代？

她夹枪带棍，把沈敦和痛骂了一通之后，复又宣称：沈公无法取信于国人，她决定另外创办赤十字会，秉持公义与慈善前往武昌赴援云云。张竹君还特别提到："本人道主义，救护因战受伤之人，不论何方面人，视同一体。"——这近乎是在打沈敦和的脸了。

在这篇文章的末尾，还开列了一连串赤十字会董事的名单：伍廷芳、宋耀如、虞洽卿、李平书、王一亭、沈缦云……随便哪一个都是上海滩响当当的闻人巨商。

孙希读完新闻，脑子"嗡"的一声，张校长这算是……跟沈会董正式开战了？

怪不得方三响会这么着急。他在鼠疫时被张竹君救过，关系匪浅，而英子更是她的学生。沈、张二人正式开战，他们俩夹在中间，最是尴尬不过。这次去姚家花园相聚，大概是想商量一下对策。

孙希实在想不通，张竹君对红会账目怎么知道得那么详细？难道说……不可能，自己抄出红会账簿之后，只寄给了京城的冯煦。冯煦是清廷大员，张竹君倾向革命，两人立场大相径庭，冯煦再糊涂，也不至于给乱党提供弹药，沈会董也真是流年不利。

孙希把报纸搁回到膝盖，胃里一阵难受，忍不住扶着篷边干呕起来。方三响回过头，问他是不是晕车了，孙希苦笑着摆摆手，只搪塞说中午手术没顾上吃饭。

不知是否受武昌乱局的影响，这一路上无论华界还是租界，巡捕与卫兵比平时都要密集。有一位医生曾将上海比喻为大清帝国的脸色。这个大老帝国身体一旦有什么不妥，上海必现表征。沿街高高低低的房屋内外，电气路灯与烛火交相辉映。这一片明暗起伏，非但不能刺破浓黑的夜，反倒增添了几许迷乱光晕。

这样的夜景，让人油然升起一种不安，仿佛行在一条无从捉摸的雾路之上。

好在这一趟难捱的旅程很快到了终点，驴车走到华格臬路以后，陶管家已恭候多时，带着他们从一处侧门进入姚家花园。

这是一栋维多利亚风格的白色小洋楼，周围的园林布局却是苏州的细腻风格，远远就见一个穿碎花裙的九岁小女孩坐在轮椅里，在步道尽头笑嘻嘻地等候着。

从那两条畸形的小腿来看，应该是流落蚌埠的那个邢丫头吧？英子把她接回上海之后，交给了花匠抚养。看来这一年她过得不错，气色丰润了许多。

邢丫头一见他们靠近，拨转轮椅，引着两人进了一楼的客厅。出乎意料的是，厅里除了英子坐在沙发上，还有一个瘦削的中年男子，眉眼与英子酷似——不用说，自然是沪上大亨姚永庚本人。

难道召集他们来的不是英子，而是她爹？

两人对视一眼，都有些紧张。姚永庚常年在外，难得回家一趟，与他们两个人是第一次见。

方三响和孙希赶紧上前施晚辈礼，然后一起看向姚英子。她穿了件月白色斜襟小袄，右臂搭在沙发扶手上。过去一年里，她在学校里潜心研习妇产两科，气质越发隽永，眉宇间洗练出一股勃勃锐气，俨然又是一个小张竹君。

姚永庚伸手示意二人坐下："两位都是小女的好朋友，我便不多客套了。张校长在《民立报》上的声明，你们可读了？"

两人同时点头。

姚永庚拿起一支烟斗，边往里塞烟丝边道："我与沈仲礼是世交，还是红会名誉董事，而张校长是小女的恩师。出了这种事情，我姚家的立场实在有些尴尬，两位应该也是明白的。"

孙希赶紧点了一下头，还捅了方三响一下，后者不明就里，把背挺得笔直。

姚英子忍不住埋怨道："爹，他俩是医生，不是你们商界人士，不要这么试探着讲话——还有，不要在家里抽烟。"

姚永庚悻悻把烟斗搁下，冲两人无奈道："我一年多少烟草生意，回到家里，反而不能抽了，真是没道理。"

原本凝重的气氛，多少变得轻松了点。姚永庚手里没了烟斗，只好端起茶杯："沈仲礼和张竹君，这两个人虽说八字不合，可都是急公好义的正人君子。说沈会董贪污善款，我不信；可要说张校长凭空污蔑，我也不信。"

两人互看了一眼，都觉得姚永庚的话有点矛盾。

姚永庚笑了笑："两个正人君子，却各执一词，这说明什么——"说到这里，他把茶杯重重往茶几上一搁，"——说明必有小人从中挑拨离间！"

孙希的心脏差点停跳半拍，姚永庚的下一句，更让他一口气没缓过来，脸色都青了。

"这个小人，我以为就在红会里面！"

方三响疑道："是谁？"

姚永庚摇摇头："我不知道，但这人一定是沈会董身边亲近的人，他窃取账册，涂抹篡改，然后去张校长面前搬弄是非，这才引得两人生了龃龉。一定是这样。"

他一边说着，一边严厉地扫视对面这两个小年轻。

方三响眉头紧锁，捏紧了拳头沉思，孙希却缩了一下脖子。

姚英子嗔道："爹，你怎么又犯老毛病啦？他俩不是你的下属，别跟训话似的。"

姚永庚听到女儿责难，这才目光转柔："是老夫失礼了。其实今天叫两位来，是有一桩不情之请，希望你们把这个小人揪出来。"

两人身子俱是一震。

姚永庚道："你们两位与小女是生死之交，人品最是信得过，又是红会总医院的成员。我想来想去，也只有拜托你们去调查最为稳妥。"

方三响举起手，想要发言，姚永庚道："我知道你们想问什么。本来呢，让英子去问张校长最为便当。可张校长为人刚强，行事略有偏激。我担心英子弄巧成拙，反而误会更深。若能先在红会里揪住这个小人，再做解释，两人才好冰释前嫌。"

孙希也想开口，谁知姚永庚又道："放心好了，你们查到以后，只须把名字告诉我就行，别的什么都不必做。"

"这件事沈会董知道吗？"孙希总算抢到一个发问的机会。

姚永庚露出一副恨铁不成钢的表情："我提醒过他，可仲礼兄太过敦厚，总说红会里不会有这样的人。他是菩萨心肠，这个恶人便让我这个名誉会董来做。"

话都说到这份儿上，方三响与孙希只得应承下来。姚永庚从包里拿出两支万宝龙的钢笔，还有两瓶墨汁，算作见面礼。

"这是特制的铁胆墨汁，写起字来颜色不容易褪色，我们商行专用。你们做医生的，应该也需要。"

两人收了礼物，姚永庚略作寒暄，便离席办事去了。

一看爹走了，姚英子立刻收起贤良淑德的作派，跳下沙发："喝茶太闷了，我给你们弄点南洋的奶油咖啡！翠香，跟我去后厨做帮手。"

这会儿两人才知道，邢丫头如今有了个大名，英子给起的，叫邢翠香。名字俗气，可他们都知道为什么。

她们俩离开以后，方三响百无聊赖，一侧头发现孙希正盯着厅角的留声机发呆，顿觉蹊跷。平时每次聚会，只要有西洋玩意儿出现，这个假洋鬼子总会吹嘘说我当年在伦敦如何如何。这一次他居然闷不吭声，可实在太离奇了。

很快姚英子冲好了咖啡，亲手端到两人面前。

"你最近忙什么呢？"方三响接过咖啡，随口问道。

"还不是妇科和产科那些东西。"姚英子叹道，"我这一次扎下心来学才知道，女子一生要经历这么多风险，苦，实在是苦。我一个人能做到的事情，实在有限。"

"你已经做得很好了。"孙希心不在焉地宽慰。

"一个人好也没用啊，能救得了多少人？我去过崇明、启东、宝山等地考察，简直吓死人。那些稳婆的卫生意识不比皖北强多少，一年不知多少产妇死在她们手里。我在想，如果能让这些稳婆也培训一下，是不是能救更多人。"

孙希啜了一口咖啡，不以为然："你也知道培养一个医生得多久。那些稳婆大字都不认识几个，指望她们？"

方三响却一脸认真道："也未必没效果。我读过杭州一个传教士的论文，他别的不教，只让当地村民饭前便后洗手，结果当地闹痢疾的概率大幅降低。"

"那是因为原来的基础太差了，所以稍一提点就觉得效果斐然。"孙希道。

"馍总要一口一口地吃。"

姚英子大为得意："还是蒲公英会讲话，孙希你这么喜欢泼冷水，蛮好不要喝我香浓咖啡。"

孙希连忙赔笑道："我哪有这意思，只是担心你一个人做太累。这个工作量，非得办几个学校才能忙过来。"

"这有何不可？"姚英子眼睛一亮，"就弄个学校嘛，把稳婆们集中简单培训一下，也不用太长时间。"

"这么利国利民的事，你应该去跟张校长说说，这才是她该做的事情。"孙希不无感慨。

姚英子双手握着自己的杯子，突然陷入颓然："哎，可我好久都没见到她了，她连在学校的课都是别人代上。直到今天报纸出来，我才知道她竟然搞出个赤十字会跟沈伯伯打对台。"

孙希道："我记得日本那边，就是把红十字会称为赤十字会，张校长这是存心气沈会董呢。"

姚英子轻叹一声，没再说什么。咖啡杯口热气蒸腾，蒸得她的圆脸浮起一片欷歔的红润。两人都明白，英子此时内心有多痛苦，一边是故交长辈，一边是授业恩师，实在难以自处。

方三响见不得她受这种委屈，一拍桌子愤愤道："这都是那个小人作祟！要让我逮到，先给他屁股扎三针！"

孙希眼皮一抖，方三响的注射水平在院里颇有名气，一下能把胳膊扎穿，外号"断魂枪"。他勉强笑道："也不好这么快下结论，也许另有苦衷呢？"

方三响一瞪眼："这种小人，还能有什么苦衷？"

"哎，我是说也许，maybe，or maybe not。"

姚英子敏锐地歪了一下头："孙希你是不是知道什么？"

孙希"呃"了一下："你干吗这么说？"

姚英子道："你的脾气我还不知道？一遇到心虚的场合，就要换了英文来掩饰。"

孙希举起杯子哈哈一笑："不是我心虚，是你这咖啡有问题吧？才喝了一口，就让人心跳过速。"气得姚英子喝令翠香把他的咖啡杯收走。

又闲聊了一阵，眼看时辰不早，两人起身先行告辞。姚英子送在庭院门口，细细叮嘱道："我爹也是瞎出主意，怎么叫医生做起包探来了。你们勿要为难，随便敷衍一下就好啦。"

离开姚家花园，孙希朝南走出去几百米，这才拦住一辆黄包车来，折头径直前往七浦路的沿河小院。去年孙希就在这里，得了冯煦交托的任务。冯煦既然又来了上海，也许还住在同一个地址。

去年今日此门之中，再来心境大不同。尤其见过姚氏父女之后，孙希的心理压力变得前所未有的大，迫切需要去问个明白。

他上前叩门，过了好久门房才打开，还是去年那位。他还认得孙希："老爷连夜赶回京城了，他知道你迟早要来，让我把这个交给你。"然后递过来一个厚厚的信封。

孙希闻言愕然。怎么冯公走得这么快？是沈会董终于让了步，还是京城出了什么不可测的变化？

伴着无数纷乱思绪，他站在门口拆开信封。里面是一封中英文的双语荐信，被推荐人是 Sun Hsi，落款是冯煦的花押。附信还有一张汇丰银行的无记名汇票，数额为两百英镑。

一年前冯煦曾承诺孙希，只要窃得账册，便保他出国继续深造。冯公这一封空白的荐信，表明孙希的任务已经完成。

附在信后的，还有一条寸许小幅，上头龙飞凤舞写着一副对联："来日大难，对此茫茫百端集；英灵不昧，鉴兹謇謇匪躬愚。"

孙希不懂书法，国学也差，这副对子看得似懂非懂，捏着信纸不由得陷入一团茫然。

凭着那封荐信，他可以回到梦萦魂牵的伦敦城。那两百英镑足够支付上海到伦敦的路费，还够一年生活之需。但同时，这也意味着他必须要离开红会总医院。

这并非一个艰难的抉择。孙希当初是被迫加入总医院，如今可以抽身离开，继续去寻找自己的梦想，怎么想都是一桩美事。可不知为何，他却一点都高兴不起来。

这不是我一直以来想要的吗？我应该开心才对啊！孙希茫然地走到苏州河畔，张开大嘴，试图吸入更多的氧气，却不防被一股腐烂的味道冲入嗓子。

远远地，一大块黑乎乎的物体被浑浊河水推动着，在孙希的眼前漂过。夜里光线太差，那也许是一头遭了瘟的猪，也许是一头病死的牛，甚至是一个溺水的人攀着几根树枝也说不定。它的表面微微蠕动着,那是落着许多苍蝇,边缘的水面泛着一圈油腻的夜光。

苏州河沿途的居民们,经常在夜里把垃圾抛入河中,它们在冲刷中结合、分散,黏接成各种古怪的形状,像一条条巨大的黏稠鼻涕,顺流直入黄浦江。这番污秽景象,活像是曾被称为"the Great Stink"(大恶臭)的泰晤士河。孙希陡然想起来了。当初他接下冯煦的委托,也是这样一个夜晚。

在那一晚,他也涌现出了同样的感慨。这世上,竟有比人体结构更复杂的东西。

眼前一条吊着煤油灯的小船漂过来,这种小虾蟆船往来于上海苏州之间,运货载客两不耽误,随停随走。孙希一点也不想回医院去,便喊船家靠过来。艄公问去哪里,孙希只说随意,然后斜靠在船尾点起一支烟来。

艄公大概见惯了这样的冒失鬼,也不多问,自顾划了起来。小船犹犹豫豫地在水面转了几圈,时而东折,时而西返,两缕涟漪在黑暗中交错飘忽。

就在孙希不知漂向何处之时,方三响已经返回了医院。他停好驴车,正准备回宿舍去休息,却见到杜阿毛从廊下笑嘻嘻钻出来。

自从鼠疫事件之后,他和青帮的关系越发紧密。刘福彪多次暗示他来烧香,允诺代师收徒,平辈排字。方三响对此毫无兴趣,不过看在陈其美的面子上,去闸北出诊次数多了起来。

"拜托方医生你一件事,我们最近要搞一批药品。"杜阿毛压低声音,递过一张清单来。

方三响借着廊下电气灯光扫了一眼,瞳孔不由一缩。清单上写着不少西药名称,里面居然连肾素都有。

"你们这是……要去抢谁的地盘?"方三响抬起头问。

肾素是最近流行于欧洲的新发明物,能让人升压升心率,配合奴佛卡因可以延长麻醉效果——不过很多人都拿这东西当兴奋剂用。青帮突然要这些药品,怕不是要有一场大规模械斗。

"是刘老大要的嘛,我哪懂这个,只是跑跑腿。"杜阿毛却不直接回答。

无论华洋药商,要进口这张清单里的药物,都要受到租界卫生处的严格管控。只有红会总医院是慈善团体,可以直接从香港宝成药厂订购,海关有免检通道。

方三响连连摇头:"这不成,这不成。红会是中立机构,怎么能跟青帮一起做走私药品的勾当?"

杜阿毛显然早预计到他的反应,嘻嘻一笑:"其实呢,这不是刘老大的意思,是陈先生拜托的。"

陈其美?方三响态度立刻变了。

陈要见的血,肯定不是黑帮斗殴那么简单。联想到眼下时局,方三响心里隐隐有了一个猜想,一个让他无法拒绝的猜想。

"可是,进药都归曹主任管,我只是个实习医师。"方三响为难。

杜阿毛喜道:"其实这些药品,就在外洋一条挂洋旗的火轮上。方医生你只要陪着货去海关走一遭便好。"

方三响这才明白,陈其美想借用的,只是他红会总医院医师的身份。有他陪同,这批货便能从海关的免检通道运进去。

毫无疑问,这件事严重违反了医院条例,也违反了工部局的规定,更触犯了大清律，但方三响仍是毫不犹豫一口答应下来。

杜阿毛商定好细节，便悄悄离开了。方三响返回宿舍，直接上床睡了。平时他脑袋只要一沾枕头，立刻就能睡着，可这一次却辗转反侧，无法安眠。连方三响自己都没觉察，他此时的脉搏与心跳不受控制地变快，浑如一年前在派克街躲避巡捕房时的兴奋。

到了次日，方三响早早去院务室请假。曹主任批得不太爽快，因为孙希居然缺勤没来。方三响得了批条，直奔外滩码头。

杜阿毛早等在那里，引他登上一条单桅小船，扬帆朝着长江口开去。今天有稀薄的阴云蒙住天空，透下的阳光失却了锐气，在水面漫射成一片片起伏的碎光，教人有些昏昏欲睡。

三个小时之后，远远可以望见一艘悬挂着比利时国旗的火轮船，正在洋面垂锚静候。方三响登上船只，发现货仓里满满囤着几十吨货物，都是沪上各大医院与药局订购的药品。

隐藏一片树叶最好的办法，就是藏在树林里。这么一大批药品一起清关，浑水摸鱼方便多了。青帮……不，同盟会的能量果然不小。

轮船鸣了一声汽笛，却迟迟没有收锚开动。方三响问过之后才晓得，原来黄浦江的航道一直淤塞严重，这种远洋海轮须等到午后一点涨潮，才能通航入港。

他看看时间还早，便在甲板上找个阴凉地坐下，拿出路上随手买的《江南商务报》。这一读不要紧，惊得他差点没坐稳掉入江中。

今日头条，赫然刊出一篇冯煦的到沪访谈。在访谈开头，记者发问说武昌叛乱声势益大，全国瞩目，为何红会却迟迟没有动静。冯煦只字不提京沪之争，表示红会最近正在清理账册，"一俟善款清畅明白，更无疑惑，即刻赴汉救难"云云。

以方三响的粗疏，仍能读出访谈里那一股浓浓的皮里阳秋：为什么红会迟迟不去武昌救援？因为善款还不"清畅明白"；为什么善款不"明白"？因为我们在清理账册时发现有问题。再往深了想，账册是谁管的？自然是沈敦和、施则敬等一干沪会骨干。

要知道，《江南商务报》乃是江南商务沪局所办的官报，在上海华商圈里颇有影响。而红会的捐款主要进项皆来自于沪上华商捐输。冯煦这一手釜底抽薪，等于是切断了沪会的粮道。总算他话里留了三分余地，只等着沈敦和自请归降。

方三响喟叹一声。昨天张竹君公开叫板，今日冯煦又来逼宫，若不是两人政治立场相左，方三响简直疑心他俩是不是提前商量好的。

无论如何，沈会董这一次可是被逼到墙角了。不派救援队去武昌，沪上舆论汹汹，红会盛名可能毁于一旦；派救援队去武昌，京城一定趁机收权——无论怎么做，都是死路。

方三响自十几岁以后，一直待在红会，耳濡目染都是沈敦和的教导，是他心中除了魏伯诗德之外最敬重的长辈。眼看风云变幻如斯，方三响暗暗在心里打定主意，等这批药品送到革命党手里，便去向陈其美讨个人情，请张校长缓缓手。

他正琢磨着如何说项，忽然耳畔又一声汽笛声响，前方快到外滩码头了。方三响忧心忡忡地折起报纸，与其他几个同盟会成员一起做通关前的准备。

175

半个小时之后，这艘大船稳稳地停在了卸货泊位。沉重的舱门被缓缓拽开之后，半裸着身体的苦力们鱼贯而入，把货箱一个个扛出船舱，运过栈桥。而海关官员就站在栈桥旁边，与货主一同清点。

方三响不擅扯谎，不过他身份不是假的，讲起清单上的药品名称时更是一口流利德文。于是海关一点疑心也没起，很快就把这批药品清关了。

几个人心中暗暗松了一口气，正要离开，海关官员用铅笔头敲了敲表夹，用疑惑的口气问道："咦？你们红会订的药品有两批啊，干吗不一并报关？"

方三响一怔，两批？

"对啊，两批。"海关官员的语气很肯定。

方三响旋即想起来，这条船本来就是走沪港线的，应该也有一批真正红会订购的药品，李逵和李鬼居然是同舱而至。凄厉的警报声，陡然在方三响的脑海中响起。

不好，既然有红会订购的药品，那意味着……红会总医院的人随时也可能来码头提货！万一撞见可就露馅了。

俗话说，好的不灵坏的灵。方三响只是动动念头，视野里便突然跳出一个熟悉的身影。这身影正试图绕开一队散发着汗臭的扛包苦力，榔槺的身材颇为狼狈——不是曹主任是谁？

方三响一瞬间觉得口干舌燥，心跳加速，吓得根本说不出来话。杜阿毛见势不妙，急忙把他推去一旁，笑着对海关官员解释说："红会下辖的医院可多哟，除了总医院，还有天通镇的中国公立医院、天津路的时疫医院、十六铺马路的南市医院等等。各家都是自行订购，各报各的。"

他一口气报出好几家医院，海关官员无奈地耸耸肩，签字之后径直走了。方三响一刻也不敢多待，跟杜阿毛打过招呼，匆匆从另外一个方向离开码头。

今天他出门大概是没看黄历，才走出去没几步，迎头便被另外一位熟人撞见。

"史蒂文森？"

方三响躲闪不及，只得在那一对牛眼的注视下，硬着头皮走过去。

史蒂文森看着方三响，唇边微微勾起一条弧度。他去年追查陈其美功亏一篑，一直对此耿耿于怀。苏格兰人独有的倔强，让史蒂文森对青帮保持着高度关注。这一次，他接到一个三光码子的消息，说青帮似乎在码头有一批违禁货物，立刻赶来查探，没想到会再次见到那个狡猾的中国医生。

"方医生，你不去看诊，跑来码头做什么？"史蒂文森眯起眼睛问。

方三响反问道："法律没规定不许来吧？"

这种无意义的嘴硬，在史蒂文森听来无异于是自招。他扫了眼同样陷入惊恐的杜阿毛，又看看他们身后那堆印着红十字标识的货箱，突然脸色一板："现在巡捕房怀疑你们走私违禁物品，需要开箱清验。"

他得意洋洋地拨开两人，在那堆货箱里随便选了一箱，从腰间抽出警棍敲了敲："打开！"

杜阿毛跳起来喊道："这是红会订购的慈善免检货物！你无权检查！"

史蒂文森咧开嘴笑了："红会利用免检通道走私军火？这可真是个天大的丑闻。"

"军火？"

杜阿毛与方三响同时一怔。两个安南人趁机拿起撬棍上前，粗暴地撬开箱盖。可出乎史蒂文森意料的是，木箱里填满了白花花的棉花，棉花之间码着一个个方盒，每个方盒都是两英尺宽、三英尺高，合口处是一圈灰白色的锡封。

史蒂文森有些发愣，他本以为青帮和去年一样，是从外洋偷运军火来租界。可这些方盒的尺寸，哪怕是拆散的枪械零件也放不进去。

"也许装的是炸弹。"

史蒂文森黑着脸下令继续拆。安南人扯开锡封，打开方盒，结果发现里面是一排排固定在纸板上的深棕色小玻璃瓶。史蒂文森不甘心地捏起一个小瓶子，来回观察，瓶外的德文标签上写着"肾素"和"施托尔茨"两个单词。

他不知肾素是什么东西，也没听过化学家施托尔茨的大名，但无论如何，这里也不可能是军火。

史蒂文森有些悻悻地放下小瓶子，又撬开另外一个木箱，还是一无所获。他咬了咬腮帮子，仍不肯放弃："这些也许是违禁药品，必须等卫生处的人过来查验。"

"侬刚才还说是走私军火呢，到底是不是，讲讲清楚好伐！"杜阿毛嚷起来。

史蒂文森的大鼻头微微有些发红，他挥动警棍恶狠狠地嚷道："巡捕房有权扣押一切可疑物资。你们青帮经手的，就要彻查！"

"外滩码头上哪条船卸货，不是青帮弟子经手？侬有本事，全去给查封了呀！"杜阿毛跳起脚来大叫。

史蒂文森有心把这个小瘪三一棍砸倒，可他发现周围一些脚夫纷纷围了过来，个个袖子都内卷着。

史蒂文森倒不怕青帮，可最近中国时局有点乱，工部局反复强调一定要维持租界平稳。倘若外滩这里惹起骚乱又没个正当理由，只怕巡捕房那边也不好交代。可羞刀难入鞘，史蒂文森总不能在这些中国人面前示弱。于是他把视线移向方三响："这真是你们红会订购的药品？"

方三响不擅扯谎，被这么明确地逼问一句，神情显出些许不自然。史蒂文森双眼锐光一闪，立刻觉察有异。他正欲穷追猛打，却不防旁边有人打断了节奏。

"这位长官，听说您找我？"

史蒂文森侧头一看，一个胖子讨好地站在旁边，两只眼睛笑得像只正午的橘猫。不待他发问，这胖子主动递来名片："鄙人曹渡，忝为红会总医院院办主任，随时为您效劳。"

方三响气息微微一窒，曹主任怎么又跑过来了？他转头一看，旁边还站着刚才那位海关官员。想必是这边的争端惊动了海关，正好曹主任也在提货，便把他叫来处理"红会"事务。

史蒂文森气势汹汹问道："你们红会是不是订了一批药品，今天来提货？"

曹主任知道他是巡捕房探长，搓着手赔笑道："正是，正是。"

史蒂文森冷哼一声，又问道："你们这些药品入关，可有合法凭据？"

曹主任道："都有，都有。"他是个精细人，专门有一个牛皮包放各种手续，当即一张张拿出来给史蒂文森看。

其实这两人说的，根本是两批药品。哪知道错杠对上榫头，居然聊得有来有往，都没觉出不对劲。只苦了方三响和杜阿毛两个人，站在一旁心惊胆战，唯恐哪句不对泄了底。

史蒂文森在手续上挑不出毛病，一瞪方三响："他也是你们红会的医生？"

曹主任连连作揖："只是个不成器的内

科实习医生,让您见笑。"反身踮起脚,把方三响的脑袋往下按:"去给探长大人道歉!快!肯定是你做错了什么!"

这边态度一跪到底,史蒂文森反而头疼起来,只觉这个胖子态度油滑,比方三响难对付多了。无奈之下,他又指了指杜阿毛:"你们红会的药品既然是合法进口,为何还要让青帮插手?"

曹主任比画着肥胖的手指,分辩道:"码头脚行一向是青帮打理,不找他们,别人也不敢接呀。您可不知道,这些赤佬手段狠得紧,谁敢抢活,分分钟沉去黄浦江。"

话说到这份上,史蒂文森就算疑窦未消,可也没法盘问了。去年鼠疫之后,红会被工部局视为值得合作的对象,这种无凭无据的指控很难得到上级支持。他悻悻把警棍收了,圆盔一拉,带着安南人离开码头。

方三响一口气还没松下来,曹主任已劈头盖脸骂起来:"你这个拆烂污!难道嫌医院薪水少,跑来扛包做苦力?还惹来巡捕房的人,简直是医院里个三角碌砖!"

方三响早习惯了,一边挨着骂,一边给杜阿毛使了个眼色。杜阿毛心领神会,连忙回身指挥青帮兄弟,把那批药品迅速装车走人。曹主任立刻注意到这个小细节,旋即恍然:"啊哟,你来码头是帮着青帮搞事情!要死了!看你闷声勿响,在这里搞七捻三,医院早晚有一天被你拖累!"

他一气骂了五六分钟,直到口干舌燥才闭口,命令方三响去帮忙装车,一来以示惩戒,二来可以省掉一个扛工的工钱。方三响不敢触他霉头,老老实实去搬运货箱,心里却长舒一口气。

这边厢真正红会的货物正在装车,那边厢青帮的马车已满载着药品离开外滩。押车的杜阿毛斜跨在货堆上,哼起了小曲儿。他可没留意,大车一离开码头,便被史蒂文森豢养的三光码子给缀上了。

原来史蒂文森疑心未去,临走前埋伏了一个眼线在大门旁。如果这批货物与青帮有关,那么只要紧盯着杜阿毛,一定会有线索。

马车一路飞驰,很快便来到了南市上海医院,顺着大车道拐进去。那学校规模不大,门口挂着一块白底黑字的牌子:"上海女医学校"——这便是中西女子医学院新改的名字。

那尾随而来的三光码子观望片刻,立刻回报给史蒂文森。史蒂文森一听,便来了兴致。

去年他在派克路上抓陈其美功亏一篑。事后史蒂文森分析复盘,认为最有嫌疑的人,正是上海女医学校的校长张竹君。这个女人不仅给陈其美提供藏身之处,通风报信,之前还牵涉包探沃伦之死,可见与青帮关系匪浅。

如今这辆装载药品的青帮马车没去红会,却一头扎进上海女医学校,恰好印证了史蒂文森的猜测。不过他并没有立刻行动。要突击搜查租界内的学校,非得拿到总探长的批准不可。

史蒂文森迅速起草了一份报告,亲自送去租界巡捕房。没过多久,总探长把他叫进来办公室来,脸色不是很好看。

"你知不知道这所学校的校董是李平书?"

史蒂文森点头。

"那你知不知道李平书也是上海自治公所的总董?"

史蒂文森起身争辩道:"我只是申请针

对张竹君进行调查，与李董事无涉。仅仅只是去年，这个女人就牵涉进一宗军火走私案、一宗包探失踪案和一宗协助危险分子潜逃案，可见与青帮与革命党关系匪浅。现在我已找到确凿证据，十足把握！"

总探长扬了扬手里的报告："你的证据，就是这一车送进上海女医学校的走私药品？"

"是的。我怀疑这批药品背后，牵扯到更大的阴谋，只要顺藤摸瓜……"

史蒂文森还没说完，总探长从桌子后头扔过一张报纸来："昨天这个张竹君刚刚宣布成立赤十字会，要去武昌进行慈善救援。她大量购入药品，很正常嘛，我没看出哪里可疑。"

"她说是支援武昌，可谁知道真正用在哪？这批药品是用红会名义走私进来的，手续不全，一查一个准。"

史蒂文森不明白总探长为何如此消极，这分明是一桩唾手可得的大案。总探长见他态度激烈，抬抬下巴，示意他坐回去。

"大卫，在上海滩做事，多了解一下政治没坏处。"总探长语重心长地教诲道，"现在各国公使关于武昌的叛乱有一个共识，军事危机一定会演变成政治危机，而且很可能是全国性的政治危机。基于这个判断，工部局必须严守中立，维持上海安定。"

"政治的事我不懂，但这和抓人有什么关系？"

"张竹君现在搞赤十字会，是为了与官方红十字会对着干。你现在去查她，会让人误解工部局的政治倾向，破坏中立。"

"我去查张竹君，正是为了消弭隐患，更好地维持稳定！"

总探长摇摇头："如果是走私军火，我会毫不犹豫地批准你行动。可她只是走私了一批药品，这不足以说服工部局。"

"难道走私药品就不违法了吗？法律的公正呢？"

"巡捕房在租界的职责，什么时候是维护法律公正了？"总探长盯着他，唇边浮起一丝嘲讽，顺手端起了咖啡杯，示意送客。

这是他最喜欢的中国习俗，含蓄内敛，不失体面，可以省掉很多口水。

史蒂文森怒气冲冲地离开办公室，甚至连门都忘了带上。

孙希整了整衣领，深深吸了一口气，举步迈进总医院的大门。

那晚他上了蚱蜢船以后，由着船家随意乱漂，一觉醒来，发现小船竟开到了嘉定。他索性下了船，在当地胡乱逛了一阵，无意在吴兴寺里见到个观音灵签的摊。孙希原本对这种不屑一顾，这一次却莫名动了心思。

结果他求到一支中平签，签文有云："衣冠重整旧家风，道是无穷却有功。扫却当途荆棘刺，三人约议在和同。"孙希看得一头雾水，花了十个角洋请和尚解签。和尚摇头晃脑地回答说："不用辨疑，自有佳期，若问前程，异路可遇。衣冠重整之象，凡事先难后易也；无穷而有功，仕途自可青云矣！"

孙希顿觉醍醐灌顶。"若问前程，异路可遇"，这异路不就是指出国吗？"衣冠重整"，不就是脱去马褂换上西装吗？"凡事先难后易"，指的是先在红会总医院过了两年苦日子，"无穷而有功"，自然是以后在伦敦行医大为顺遂。

"衣冠重整旧家风，道是无穷却有功"，原来是这么回事！

听了这两句解签，孙希心中愁云一扫而空，当即买了一张船票返回上海。既然天意如此，他决心一回去就把辞职提了，回去梦萦魂牵的伦敦，远离这一切纷扰。

他仔细盘算了一下，临行前请三响和英子去番菜馆吃一顿大餐；沈会董两袖清风，可以请德彝老写一幅字送给他，屎窟曹若是不骂人，也可以多送一幅；唯独峨利生医生有点棘手，毕竟这位老师一心要培养出一个本土医生，知道这消息不免会失望。不过伦敦距离哥本哈根不远，明年峨利生医生回国以后，师徒俩反而更容易相见。

孙希一边琢磨着，一边走进医院大堂。他突然疑惑地抬起头，嗅了嗅，感觉空气中除了熟悉的石炭酸味道，还多了点别的东西。可他环顾四周，医院里明明和平常一样啊？

忽然走廊尽头闪过一个熟人，居然是农跃鳞。自从皖北之后，他们跟这位记者算是认识了，只可惜他终日在外头跑，一年多来竟没聚过几次，反倒是报纸上时常可以见到这名字。

农跃鳞一见到孙希便主动过来打招呼，表示他此来是看静脉曲张的老毛病，不是来打探新闻。

孙希与他寒暄几句，农跃鳞突然感叹道："贵院这时候居然还坐得住，也真是令人钦佩。"

"嗯？怎么了？"孙希觉得他话里有话。

农跃鳞叹道："你纵然对政治没兴趣，本院的事总要关心一下吧？"

原来这几日先是张竹君檄文挑衅，后有冯煦专访暗讽，直接把红会推上了舆论的峰尖浪口，热度仅次于武昌战事。各大报章纷纷追问三个问题：红会医院是否有经济问题？是否会派队前往武昌？救援方针到底是一体救助还是只援官军？

至于各种小道消息，更是四处流传。有说沈已被朝廷罢免，正在调查贪黩之事；有说红会尸位素餐，行将裁撤；甚至有的说沈、施两人已携巨款潜逃国外，留在沪上的乃是替身云云。

尤其到了十月十九日，张竹君的赤十字会在南市上海医院正式成立，到处招兵买马，劝募筹款，使得这股质疑风潮达到巅峰。可身处风暴眼中的沈敦和却始终不置一词，这个态度颇为诡异。农跃鳞这才有此感慨。

孙希没料到自己离开上海不过数日，舆情已发酵到了这地步。他心里有鬼，只得敷衍道："沈会董的人品绝无瑕疵，我们医院同仁深为信赖。"

"哎呀，你就不要打这个官腔了。"农跃鳞压低声音，"我可是听说，红会之所以会被质疑经济问题，正因为沈会董身边出了个内奸。就是他偷抄账册去卖给有心人，才有后面这一大出。"

孙希的心跳，顿时停了一拍。

农跃鳞朝远处瞥了一眼："呶，都惊动租界巡捕房的人了，正跟你们院务曹主任开会呢。"他见孙希面色变幻不定，拍拍肩膀道："我与红会在皖北有善缘，但倘若真有此事，我也只能直笔发论，希望你不要见怪。"

孙希哪里还有心思管这个，跌跌撞撞走到院务办公室门前。正看到史蒂文森扣上圆盔，得意洋洋地从里面出来。曹主任跟在身后脸色铁青，好似吃了半斤砒霜。

曹主任把史蒂文森送走，返回时看到孙希正等在那儿，眉头一皱："你这两天跑哪儿去了？"

孙希勉强抑住惊慌:"我有点私事去了趟嘉定。"

曹主任不悦道:"不请假擅自离岗,按规定要扣一个月薪水。"

孙希忙不迭地认错,然后小心翼翼试探:"那位探长跑来咱们医院干吗?"

一提这个,曹主任的脸颊一阵颤动:"咳!搞不好了!院里竟然出了个偷账册的内奸!"

"谁呀?"

"侬格好兄弟,方三响!"

"啊?"孙希一霎时如被雷磔,僵在原地。

曹主任气得真不轻:"那天我去码头接药品,正撞见方三响。我本以为他只是私自出诊,骂一顿也就算了。结果史蒂文森探长今天上门,我才晓得,他竟打着红会的旗号帮青帮搞药!我早看这小瘪三不对劲,天天脑袋钻铜钿里,跟一群混混搞七捻三,哪里学得好?"

孙希连忙问:"这和偷账册有什么关系?"

曹主任声音陡然拔高:"人家探长说了,那批药品直接送去上海女医学校,这还不够明白吗?去年闹鼠疫时,方三响就因为帮混混出头被抓去牢房,又是张竹君保他出来的,可见这几拨人早有勾结!"

这些事孙希都知道,可被曹主任这么一说,却变了味道。

"这次姚董事说内部有奸细,我还不信。史蒂文森探长讲了港口的事,这才真相大白。必是方三响得了授意,谎称加班来我这里偷抄账册。伊给张竹君又是送药,又是送账本,真当阿拉是寿头!"

误会,完全误会了!

孙希在心里呐喊,声带却似乎被注射了麻醉剂。他实在没想到,曹主任会阴差阳错,把这些不相干的事串到一起。老方冤不冤枉,他最清楚不过,可这该怎么解释呢……曹主任见孙希神色有异,遂严厉警告说你不要通风报信,然后把他撵出办公室。

他失魂落魄地走出总医院,回到隔壁宿舍,一进屋便看到枕头旁边搁着一个信封。里头是一张太古轮船的二等船票,上海至伦敦,十月二十五日出发。

这是孙希返沪之后订的,没想到太古公司效率这么高,短短几个小时便把船票送来了。他捏着票子,不安感愈加强烈。

这是多么美妙的诱惑,只要拿起船票前往码头,便可以去追求梦寐以求的真正人生。中国的一切因果,再无相干,多美好啊。

"衣冠重整旧家风,道是无穷却有功。扫却当途荆棘刺,三人约议在和同。"吴兴寺的签文再度浮现在孙希的脑海,文字盘旋,怎么都摆脱不掉。

不知过了多久,一阵急切的敲门声传来。孙希起身开门,却是姚英子气急败坏地站在门口。

"孙希你还在睡?!发生什么事你知道吗?"姚英子的声音嘶哑,一张圆脸满是焦虑。

孙希不知道该如何反应,只得含糊地支吾两声。

姚英子一拽胳膊:"我爹和施伯伯都来了,他们把蒲公英扣在会议室里,还叫了道台衙门的苏推官!"

"啊?"孙希大惊。道台衙门若是介入,可就不是内部惩戒的问题了,难道医院已经下了决心要报官?

"谁,谁让他做出那样的事体!"姚英

子快要哭出声来，方三响居然是个偷东西的贼，她是绝不相信的，可证据全摆那儿，她心神慌乱，只好来找孙希。

平时巧舌如簧的孙希，此时连宽慰的话都不敢说，只得和姚英子一起朝会议室跑去。会议室门口已站满了看热闹的人，议论纷纷。

会议室内，施则敬、姚永庚、曹主任以及一位来自道台衙门的苏推官环绕而坐，而史蒂文森也列席旁边，抱臂一脸得意。

姚永庚见女儿也来二楼，严厉地瞪了她一眼，示意不得吵闹。施则敬也看了一眼孙希，轻轻摇了一下头。两人一见这架势，心中俱是一沉。这两位态度严厉，只怕凶多吉少。

苏推官掏出怀表看了看："沈会董赶过来还得一段时间，咱们先开始吧。"

曹主任连连点头。

苏推官清了清嗓子，戴上眼镜对方三响道："去年你在劳勃生路，是否因为袒护青帮，殴打防疫官员，被抓去了租界巡捕房？"

"是。"

"你被姚会董保释出来之后，很快又被史蒂文森探长在法租界提审，罪名是涉及乱党偷运军火、杀害英探，可有此事？"

方三响回答："是的，但很快他就把我放走了。"

"不是无罪开释，是有人作保。"史蒂文森补充了一句。

苏推官冲史蒂文森谄媚一笑，示意听到，又转向方三响："保你的人，是不是张竹君？"

"是。"

苏推官点点头，在纸上记下一笔："昨天你是不是用红会名义，去帮刘福彪走私一批药品入境？"

方三响犹豫了一下，点了点头。这个坦白引得围观的人一阵骚动。

曹主任见他亲口承认，气得火冒三丈："这蜡烛瘟牲，认识侬算我路道粗！"

苏推官拍拍桌子，让周围安静，又道："根据史蒂文森探长的证词，这批药品后来被运进上海女医学校，可有此事？"

方三响摇头："我在码头办完事，直接跟曹主任回医院了，药品运去哪里并不知道。"

苏推官低头做着记录，曹主任一拍桌子冷笑："你药都帮她运了，会不知道她拿去做什么勾当？是不是拿去给乱党啦？"

方三响对这批药品的用途有猜测，可若现场讲出来，陈其美的大事只怕要被牵连。于是他紧抿嘴唇，一言不发。可在旁人看来，这便是做贼心虚了。

苏推官继续问道："那么你窃取红会医院账册给张竹君，用于诽谤红会名誉，也是确有其事喽？"

方三响眉头一皱，大声道："走私药物我承认，可我没偷过什么账册！"

莫说台上几位董事，就是外面围观的人也忍不住了。事到如今，岂不是秃子头上的跳蚤，还有什么可狡辩的？不知是谁开头的，在人群里掀起一阵怒骂，铺天盖地砸在方三响头上。

史蒂文森坐在一旁，得意地捏起小胡子来。巡捕房管得着他，可管不着苏松太道衙门。他把这事捅到华界，让官府出手拘捕方三响，再顺藤摸瓜，细细询问张竹君的勾当——这也算是"以华制华"的一个小小应用。

苏推官再一次拍了下桌子，一推眼镜："方三响。我可要提醒你。红会医院乃是大清红十字会下辖，属于朝廷衙署。你作为该院医员，须按公门吏条论处，罪加一等——若证实了勾结乱党，可是要杀头的。"

是言一出，姚英子脑袋"嗡"的一声，感觉屋子里的氧气被瞬间抽空。她慌得六神无主，下意识去抓孙希胳膊："怎么办？你快想想办法呀！"可她手指一拢，却发现抓空了。旁边空无一人，孙希竟不知何时不见了。

就在同时，前方传来一片混乱与尖叫。原来方三响压不住火气，揪住那苏推官衣襟要打，却被史蒂文森眼疾手快拦住，顺势上了副手铐。

姚英子慌乱之中，又抓住了严之榭："孙希呢？他在哪里？"

严之榭猛然被她握住手，脸色腾红，结结巴巴说看见他刚刚离开，也没说去哪。

"啊？"姚英子呆住了，一瞬间感觉失去了全部的重心。

此时的孙希正拎着一个皮箱，逃跑似的走在徐家汇路上。那张贴在胸口的船票如烙铁一样，简直要把皮肤烫糊。

他刚才只是远远望见方三响雄厚的背影，便不敢继续旁听了，担心再多待一秒钟，自己便会被浓烈的歉疚感活活窒息而死。孙希失魂落魄地逃回宿舍，胡乱拣了几件衣物，决心早点去码头登船，将上海的一切抛诸脑后。

在路上，孙希甚至还自欺欺人地盘算起来："等到了伦敦，我得写一封信回国说出所有的真相，老方顶多吃一个月苦头罢了。没关系，等我到伦敦交完学费和房租，剩下多少钱，我全汇回来给他做补偿。"

正想间，忽然耳畔响起雄浑的钟声，孙希抬头一看，原来是静安寺里的晚钟响起。

这座寺庙就在徐家汇路北端，号称千年古刹，不过眼下的建筑是光绪八年才重修起来。寺前有一条英国人修的有轨电车道，可以直通外滩。孙希查了一下时刻表，下一班电车还有半小时才来，突然冒出一个古怪念头：要不……我再去静安寺里求一个签？看看我抛下老方对不对。

说来讽刺，人越是彷徨，往往越是迷信，他们会天真地寄希望于某种天启降临，将自己的抉择正当化。

此时正值晚课，香客们有些稀疏。孙希先在大殿拜了拜佛，然后转到殿角求签处，待得小沙弥转身去取签筒的一瞬间，孙希蓦然想起一件悬案：

方三响每逢发薪日，就会去静安寺一趟，却从来不说去干吗。英子猜是给寺里做工，孙希猜是借钱给和尚放印子钱，莫衷一是。不过两人一致认为，就蒲公英那小气劲儿，肯定不是个会供养三宝的虔诚居士。

想到这里，他鬼使神差地随口问了小沙弥一句，可认识一位叫方三响的施主。

小沙弥一听这名字，"哦"了一声，随手一指："你去问老张吧，他熟。"

顺着手指，孙希看到一个身材佝偻的老头正在殿外扫地，看头发和衣服只是个俗家杂役，一开口是浓浓的关东口音。

孙希自称是方医生的同事，跟他攀谈，才发现原来老张竟也是盖平沟窝村的村民。老张还一扯裤脚管，露出一道触目惊心的长条疤痕："你瞅瞅，这就是那天在老青山让枪子儿给打的，不知是毛子还是小鬼子的枪。"

孙希听过老青山惨案，那是彻底改变方三响命运的大事，原来这个老张也是亲历者。他一阵释然:"方医生每个月来静安寺,原来是找老乡叙旧?"

老张咳了一声,说不是不是。孙希看看时间还早,掏出一根烟,又划了根火柴,请他详细说说。老张点起烟卷,贪婪地吸了几口,话匣子立刻打开了。

"这事吧,还得从老青山说起。那年方老村长说带着我们发财,把全村人都拉去老青山,谁成想中了埋伏,村里人几乎都死完了。还是那个叫吴尚德的医生出去报信,叫来红十字会的人,才算把没死的几个救出去。最后拢共也就活了十来个人,还都落下残疾。沟窝村里更惨,只剩下几个老人和小娃娃,好好一个村子,算是彻底完犊子了。"老张抬起袖子,擦了擦眼角。

孙希点点头,这与方三响讲的并无二致。

"我们一群残废抱头痛哭,不知道以后该咋整。这时候三响站出来了一拍胸脯,说他爹是村长,临终前叮嘱他得尽方家的本分。这孩子真仁义,他那会儿才半大小子,就在营口港的医院里跑前跑后,挣那点钱全给我们治病用了,自己连口粥都舍不得喝。后来打完仗了,那个叫魏伯诗德的传教士问他是愿意跟着传教还是去学医,三响挑了学医,我们都知道为什么,学医能挣着钱呐。"

孙希的双手,猛然捏住了老张的双肩:"你,你是说,他每个月都汇钱到关东?"

老张吓了一跳:"是啊,沟窝村剩下的那点老弱残疾,啥营生也干不了,只靠他每个月汇的钱活着。我不伤残最轻吗,心疼这孩子一个人独扛,便来上海在静安寺找了份杂役,替他每个月跑汇寄。你知道,汇钱是个麻烦事,走官邮还是走民信局还是托轮船夹带,忒费精力。他每月把钱送到我这儿,我再汇去牛庄,能帮他省点事。"

老张没注意孙希的脸色变化,不住感叹:"你要说我们恨不恨方老村长,肯定恨,好端端一个村子没了。可这些年三响这孩子吃了多少苦,就为替他爹尽本分,也算仁至义尽。再回过头想,方老村长其实也是好心,我们心里头哇,早原谅他们父子了。要怪,都得怪那个叫觉然的秃驴。"

老张最后一句声音稍微大了点,引得路过的和尚一阵侧目。不过孙希却根本没在意,他怔在原地,被自己内心的波澜晃得头晕目眩。

原来……原来老方玩命似的打工赚钱,不是因为什么小气,是因为他要养活整整一个村子的幸存者,要替父亲赎罪。霎时间,一幕幕景象浮现在孙希的脑海里:赶驴套车的方三响,收拾条凳的方三响,在食堂咸菜就米饭的方三响,一枚枚数着角洋的方三响。

一股莫名的颤栗从他的脚后跟缓缓升起,顺着脊背向上攀爬。恰在这时,小沙弥走过来,把摇出的签子递给孙希。

"衣冠重整旧家风,道是无穷却有功。扫却当途荆棘刺,三人约议在和同。"

竟是和吴兴寺是同样一支签,可这一次,孙希的视线却牢牢被后面两句吸住。

"扫却当途荆棘刺,三人约议在和同。扫却当途荆棘刺,三人约议在和同。"极轻微的念诵声从孙希的唇间流出,右手紧紧抓住胸口,似乎那里正蕴藏着极大的痛苦。

在总医院的大门前,方三响被两个衙役推搡着走出来,门口一辆槛车已经备好。姚英子想要跟过去,却被自己父亲紧紧按

184

住肩膀，只能站在廊下不知所措。

正在方三响被推上车的同时，一个影子越过花坛的希波克拉底雕像，直直冲着他冲去。两个衙役下意识要抬枪阻拦，幸亏曹主任反应最快，小眼一眯便认清了来人，厉声大喝："孙希，你做啥么子？劫法场啊？"

"偷账册的人不是他，是我。"孙希大声叫道，挡住了方三响。

第十章 一九一一年十月（2）

孙希正在用冰块敷脸上的一块淤青。

一个小时之前，他的突然坦白让所有人都陷入混乱。

医院董事们懵的是，偷账册的居然是前途大好的孙希，而且还是得自冯煦的授意，这就复杂了。苏推官懵的是，明明审的是勾结乱党，现在怎么牵扯到朝中大员？史蒂文森懵的是，他原指望抓出方三响去查青帮，怎么又节外生枝冒出一个孙希？至于姚英子，在两人面前不知所措。

只有方三响做出了最为直接的反应。

衙役一松手，方三响便毫不犹豫冲到孙希面前，结结实实对着他的面颊搗了一拳。孙希没敢躲，生受了这一拳，被砸得一个趔趄。方三响还要追打，却被曹主任和严之榭合力抱住。

所幸这时沈敦和及时出现，先哄走了莫名其妙的苏推官和史蒂文森，然后召集所有董事开会，让孙希去院长办公室等候。

这一等，就是一个小时。

孙希在昏暗中慢慢用冰块蹭着脸颊，感觉又是轻松，又有些隐隐刺痛。他知道经过这次坦白，恐怕自己在红会的生涯算是彻底结束了，友情也是。

忽然门被推开，沈敦和走进来："咦？你怎么不开灯？"随即拉动灯绳，屋子里顿时变得明亮起来。

孙希略显畏怯地抬起头，看到一张疲惫的面孔。沈会董的眼下挂出两个醒目的浅灰眼袋，鱼尾须有些凌乱枯槁——很显然，这段时间的内外交困，让这位会董实在是心力交瘁。

孙希突然有些惭愧，这可真不是一个坦白的好时机。

这时沈敦和温言开口："冯公还是太见外了。他自己看入眼的子弟，写一封荐信过来，难道我会不重用么？何必绕这么个圈子？"

"沈会董，我……"

沈敦和抬起手掌，向下压了压："冯公亦是红会官员，你把账册交给他，并未违反任何条例，董事们不会因为这个来惩罚你。你可以放心。"

这话让孙希压力更大："可我从一开始就骗了你们，辜负了您和施大人对我的信任。"

沈敦和笑道："嗯，施子英是真气得够呛……不过你的来历，我从一开始就约略知道。"

"啊？"

"你一个北洋医学堂的高材生，既不去军中供职，也不自开诊所，偏要来籍籍无名的红会总医院。我受宠若惊之余，自然也想探究一下为什么。"

孙希拍了拍脑袋，连叫愚蠢。其实上

次张竹君已指出履历上的破绽，她都能看出来，沈敦和没理由不明白。

沈敦和继续道："可当时红会医院草创，亟需人才。你主动来投，正是求之不得的大好事，我又怎么会拒之门外——你可还记得你入院的第一天吗？"

孙希点点头，那也是他跟方三响、姚英子相识的第一天，三人合力救下重伤的刘福山，完成了第一台手术。

"从那件事我便能看出来，你是个好医生的苗子。事实证明，这两年你在总医院的表现相当突出，峨利生医生每次与我见面，总夸奖你是他的接班人。冯公和在初兄送来这么出色的人才，我又有什么好怨恨的呢？"

沈敦和语气越是诚恳，孙希越是羞愧。他哑着声音，把账册事件从头到尾讲了一遍，连冯煦留给他的荐信都拿出来了，搁在桌上。

沈敦和拿起来扫了一眼，抚掌叹道："你既然买了去伦敦的船票，为何又去而复返？"

"我是打算一走了之啊，可老方莫名其妙代我背起黑锅。我要是不坦白，除了对唔住他，总要牵连好多人的性命，就算到了伦敦也一样身有屎，良心过不去。"

"嗯？好多人的性命？"沈敦和微微一讶，身子不由前倾。

孙希犹豫了一下，把方三响养活沟窝子幸存者的事讲了出来，复又恳求道："沈会董你知道就好了，老方他是个要面子的人，这事可别公开啊。"

沈敦和轻轻捋了几回鱼尾须，大为感慨："怪不得三响这孩子身兼数职，我本以为是曹主任有意为难他，原来……一诺千金，守誓不移，真是个有担当的义士呐，难得，难得！"他连敲了三下桌子，显然对此事十分激赏。

"所以说老方不可能是间谍，他那个人直肠直肚，第一天就得露馅——和我不一样。"孙希说到后来，声音沮丧起来。

沈敦和笑了笑，起身走到落地窗边，把手里的烟斗塞好烟草："你知道峨利生医生是怎么评价你的么？他说，Thomas拥有优秀医生的一切素质，但只有两个缺点：顺从无从抵御的压力，回避无法解决的问题。"

孙希不得不承认，教授的评价和他手里的刀一样犀利而准确。自己的入职，和自己的逃离，恰好是这两句话的完美诠释。

这时沈敦和转回身来，双目灼灼："你还没发现吗？你这一次去而复返，已在无形中克服了那两个缺点，未来可期啊。"

孙希不禁苦笑，自己难道还有什么未来吗？

沈敦和看出他心思，正色道："孙希，你若想去伦敦，我个人可以为你补一张船票。但我希望你可以留下来，继续在红会总医院做医生。"

这个请求着实出乎孙希的意料："我一个偷账册的蟊贼……"

沈敦和不以为然地拍拍他肩膀："那些账册并无不可示人之处，就算给冯公看了，也是不妨。"

孙希闻言，心中微微有了腹诽：那您干吗不给他看，让我枉做了两年间谍……

话未出口，沈敦和已经走回到窗边，远眺夜色："目下只怕有倾天之变，此时正该同舟共济，可没有时间浪费在这些无谓的小事上。医院多一个医生，我们便能多救一人。"语气中竟有一股挥之不去的疲惫、紧迫以及愤懑。

"我与冯公没有私怨,皆是公争。他愿意守成,我愿意开拓,都是个人选择而已。李中堂说过,此乃三千年未有之大变局。如冯公,如我,如你们,全都身处漩涡之中,每个人都得主动或被动做出选择,没人能置身事外。"

"北边总说我沈某人争权夺利,把持红会不放。其实若朝廷得力,我交权出去又如何?若朝廷不得力,我拢在手里又有何用?红会谁来做主,其实并不十分重要,关键在能否发挥出功用,真正造福于民众。"

沈敦和点到为止,自顾擎着烟斗,狠狠嘬了一口。一股淡蓝色的雾霭从烟斗缭绕而起,让他的脸庞变得有些模糊。

孙希沉默片刻,扭捏道:"峨利生医生明年合同期满,就要回丹麦了。我想等拿到他的推荐信,再去伦敦。"

这算是委婉表态愿意暂留下来,沈敦和大是高兴,在屋子里来回踱了几步,忽然低声道:"对了,我这里有一桩机密事情,正好用得上你。"

他也不待孙希反应,自顾低声讲起来。

孙希越听越是心惊,忍不住道:"我刚刚出卖了你们,这种机密大事讲给我听合适吗?"

沈敦和哈哈笑道:"当年李靖犯法将被问斩。唐高祖说了一句'使功不如使过',叫他戴罪立功。此后李靖奋力杀敌,成了一代名将。今日我也对你使一次,也算追蹑前贤。"

孙希还想多问几句,可沈敦和摆了摆手,示意他可以离开了。

孙希见他不停捏捏鼻梁,确实是疲惫至极,只好乖乖离开。

门口曹主任早等在旁边,一见他出来,立刻谄媚地迎了上去——孙希居然是冯煦的人,曹主任这样灵敏的风向标,自然要发放一些善意。可惜孙希毫无心情,随口敷衍了几句,便把视线投到楼梯口一个熟悉的身影。

孙希没想到姚英子在等自己,又赶紧看了看,确认姚永庚不在左近,这才松了口气。他正酝酿着怎么开口,姚英子已主动走过来,满面严霜。

"那天在我家喝咖啡,一说起内奸的事,你就开始讲英文。我那时就该注意到,你分明是做贼心虚!"

"哎,英子你听我解释⋯⋯"

姚英子冷笑:"不知道孙先生能不能教我,英文里叛徒怎么说?无耻又怎么说?"

孙希还是第一次见她这么激动,苦笑连连,伸手去扯她胳膊。

姚英子手一甩,怒叱道:"别碰我!你这个卑鄙小人!我等到现在,就为了当面告诉你这一句!"

她不待孙希再说什么,甩头"蹬蹬"跑下楼去。孙希一脸苦笑站在原地,追都不敢追过去,心里一阵叹息。红会总医院的职位能留住,可与他们两个人的情谊,怕是就此终结。

姚英子不知孙希此时的苦楚,知道了也毫不关心。她离开总医院后,也不叫黄包车,只管闷头步行,仿佛不如此难以发泄心中郁闷。

先是沈伯伯与张校长的公开对抗,接着是方三响被捕,最后又冒出孙希背叛。层出不穷的烦心事,让英子简直喘不过来气。一想到自己前几天还在家里用心给那混蛋煮南洋咖啡,她便忍不住一阵气苦,眼泪几乎都要掉下来。

"猪头三、烂污泥⋯⋯"

187

她恨恨地念叨着，皮鞋"哒哒"地踏在硬实的沥青路上。这么闷着头走了十来分钟，姚英子忽然一抬头，发现眼前是一栋U字形三层小楼。这楼的样式颇怪，上面是中式歇山屋顶加蝴蝶瓦，墙身却是欧式的圆拱外廊，外面还设了一排漂亮的木制护栏。

"思颜堂？"

姚英子认出了所在，这乃是圣约翰大学里的一栋学生宿舍。圣约翰大学距离徐家汇路并不算远，校园向来不设门禁。姚英子在总医院时，时常会跑来这里散步。刚才她心情激荡，便下意识沿着平时最熟悉的路线，就这么一口气走进了校园。

思颜堂的东侧是一个大礼堂，西侧则是学生宿舍和图书馆。此时天色已晚，但一楼图书馆却依旧人头攒动，灯火通明。看到这淳淳学风，姚英子烦躁的心情稍有缓和。她索性停下脚步，打算安静地待一会儿，不料视线刚刚延伸过去，便骤然一僵。

只见图书馆门口的铜铭牌前，此刻正立着一个修长的背影。

这背影的轮廓，在姚英子的脑海里曾被无数次地勾勒过。此时它就这么毫无征兆地，突兀地出现在眼前，那么清晰，那么真切。

姚英子鼻子里似乎飘进了一丝碘酊味道，忍不住脱口喊道："颜……颜医生？"

背影缓缓转过身来。

时隔七年之久，那张面孔上除了多了几丝风霜之外，并没有任何变化，依旧淡雅温和。姚英子浑身微微颤动着，胸口起伏剧烈，不得不用右手按住。

"小姐，你是在叫我吗？"颜福庆有些诧异，他显然已不记得七年前那个莽撞的小姑娘了。

姚英子张了张口，声带似乎麻痹了。她幻想过许多次两人重逢的情景，可没想到是这么一个场合。颜福庆又问了一次，姚英子还是不知所措，唯独憋了一路的泪水再无法收拢，就这么委屈地流出来。

颜福庆吓了一跳，赶紧掏出一块大白手帕递过去，连声问是哪里不舒服。姚英子想起七年前两人第一次对话也是这么一句，也有这么一块手帕，心中又是欢喜，又是伤感。她努力把嗓子清了清，正要开口说出身份，突然一个清脆的声音从旁边传来：

"爸爸！你在这里呢！"

一个穿着红裙的小女孩一头扑到颜福庆的怀里，姚英子不由一怔，只见颜福庆把小女孩抱起来，亲切地摸了摸头。

小女孩扭头看了看姚英子，一脸疑惑："爸爸，这个姐姐怎么哭了？"

颜福庆道："也许是哪里不舒服，我们要不要听姐姐自己说？"

小女孩大为兴奋，转头对姚英子大声道："姐姐你不用慌，我爸爸是很厉害的医生，一看就会好！"

姚英子捏着手帕一角，心中五味杂陈。她定了定神，勉强笑道："你叫什么名字？"

"我叫颜雅清，今年八岁！"小女孩口齿很利落。

八岁啊……按实岁算，恰好就是颜医生救我那一年生的，原来那时他已经结婚了。姚英子咬了咬嘴唇，是了，以颜医生的岁数，娶妻生子再正常不过，有什么好惊讶？虽说道理如此，可她心中那莫名的失落感却挥之不去。

"姐姐你到底怎么样了呀？"

小女孩的声音再次传过来，姚英子正

欲开口回答,一个细节却在脑海里炸开:那一年,颜医生救完自己,便立刻去了南非。也就是说,这孩子刚出生或即将出生,他便毅然远赴海外,去援助华工,这是要有多大的决心啊。相比之下,自己那点纠结的情绪,实在太可笑了。姚英子一念及此,小心思的怅然缓缓褪去,另外一种倔强却逐渐凝实。

不成!如果这时跟颜医生这么相认,我们就只是救命恩人的关系。我要真正走进他的世界,就必须是以医生的身份才行——只要学医,我们迟早会相遇,这不正是当初我在码头发下的心愿吗?

姚英子用手背擦了擦眼泪,展颜笑了:"姐姐没事,姐姐只是被风沙吹进眼睛了。"她摸了一下小姑娘的辫子,对颜福庆道:"我在毕业册影集里见到过您,所以忍不住叫出来了。"

颜福庆抬抬眉毛:"哦?原来圣约翰大学可以招收女学生了?"

"呃……"姚英子这才想起来圣约翰没有女科,赶紧改口道:"我表哥在这里,我是在上海女医学校的。"

"哦,张竹君校长的学校啊。如今女性做医生太难,你很有勇气。"颜福庆赞赏道。

姚英子又是自豪,又有点惭愧。

小姑娘眨巴眨巴眼睛,一脸好奇:"为什么女性做医生太难呀?我以后能当吗?"

姚英子笑眯眯道:"男子能做的,女子都可以做。等你长大了,来我的学校好不好?那里可全都是想当医生的女孩子哦。"

小姑娘大为兴奋,揪着颜福庆的头发摇晃,说现在就要去。

颜福庆苦笑着抵挡了片刻,最后还是姚英子解了围:"之前看报纸,说您从耶鲁学成回国,现在哪家医院?"

"我如今在长沙的雅礼医院。这一次是回上海采购药物与设备来的——顺便回母校转一转。"

这个回答,完全出乎姚英子的意料。凭颜福庆的学历,租界内外哪家大医院不是抢破头?怎么跑到湖南去了?

颜福庆看出她的疑惑,微微一笑:"上海固然是个好地方,可中国并不只有上海。我想要去各处走一走,看一看,才知道什么样的医学更适合中国。"

"疾病不都是一样的吗?难道医学还分国别?"姚英子更加不解。

颜福庆仰起头来,看向黯淡的天空:"中国这个老大帝国,很多问题不是单纯的医学能解决。如今的状况,是有医生,而无卫生体系;有医术,而无公共教育;能治沉疴于将死,却不能防患于未然。我归国之后深切地感觉到,若要改变,不在一两个名医、一两所医院,而在整个体系的变革——所谓 Public Health,公共卫生学。"

姚英子对这个名词颇为陌生,不过她也曾经历过淮北水灾与上海鼠疫,深知治疫之复杂,大概能猜到是什么意思。

"如今中国在单科上,尚有几位杏林圣手;可公共卫生这一块,从上到下却几乎没人明白。比如去年哈尔滨那场鼠疫,全赖伍连德教授一手挽回,才将一场大祸消弭。这是幸运的,但我们不能每次都依赖这种幸运,必须要建起一套健全的体系。什么叫体系?就是不依赖某个特定的人,任何人按照规矩,都能把事情做好。"

颜福庆一说起这个话题,便滔滔不绝。听完解释,姚英子脑中灵光一现:"我是学妇产科的,我一直有个想法,就是把上海周边的稳婆聚拢过来，搞一个短期班，培训一下基本的消毒常识——这是不是属于公共卫生的范畴？"

"不错，公共卫生的重点，不在治疗个别疑难杂症，而在普遍地提高保健意识。哪怕只是一个小改进，普及到整个社会层面，带来的效益也是惊人的。你能想到这一点，殊为难得。"颜福庆对这个想法大为赞赏，"那么，你这个培训进展到哪一步了？成效如何？"

姚英子脸红，她只是刚有个想法，八字还没一撇。不过她转念一想，发现这其实是个机会，便大着胆子道："我正在筹备，很多想法尚不成熟。您能不能留个通信地址？以后我有什么困惑，可以随时请教。"

颜福庆摸出一管钢笔，掏出一张淡绿色名片，在背后写了一行字。

姚英子接过名片，不知是不是心理作用，感觉那股碘酊味还在，闻起来很舒心。

"上海到长沙的邮路不太稳妥，你就送来思颜楼这里，会有专人统一送到我那里的。"颜医生解释说。

姚英子奇道："原来您在上海，就住在这里啊？"

颜福庆哈哈大笑，让开一个身位。姚英子看到，楼前那一面铜质铭牌上，写着"纪念颜永京先生"几个汉字和英文。

"我伯父是圣约翰大学的创始人之一，这栋楼就是为了纪念他而造的，是以叫思颜楼。我每次回上海都住这里，也是为了时时想念他老人家。"

原来人家系出名门，家学渊源，来头大到不得了。姚英子心里直骂自己愚蠢，这思颜楼来过无数次，颜永京的铭牌也看了许多回，都是姓颜的，怎么就没往前多想一步？

两人又简单聊了几句，颜福庆便带着女儿离开了。姚英子捏着名片，晕乎乎地走出圣约翰大学，之前被孙希背叛的气恼，多少被这意外的重逢冲淡了一些。

一想到自己刚下的决心，她忽然不太想回家了。只有尽快成长起来，才能获得颜医生的认可啊，可要怎样才能尽快成长呢？姚英子冥思苦想走了一路，忽然想起来，张校长不是搞了一个赤十字会吗？她们马上就要奔赴战场救援了。

"我要跟赤十字会一起去武昌！"

这个念头一起，便无法遏制。正好可以离开上海一段时间，避免和孙希那个大烂人共享同一城空气。姚英子精神不由一振，抬手喊住一辆黄包车。事不宜迟，她决定今晚就去找张校长报名，校长现在肯定还没睡。

姚英子吩咐车夫直接去南市上海医院。中西女子医学院成立时，校址是在新马路，后来迁入了南市上海医院，才改名叫上海女子医校。张校长为了方便管理，就住在学校附近的达西公寓。

不过她到了达西公寓，发现窗口灭着灯，跟门房一打听，才知道张校长一直没回来过。姚英子不甘心，又讨来访板细看。这访板乃是一块小黑板，倘若住客约了客人却临时外出，便会在板子留言说自己去哪里、几时方归，访客看了，可以决定等候或离开。

板子上果然有张校长的留言，但却是一串密码，显然，她只希望特定的几个人知道她行踪。姚英子常代张竹君发电译电，对私人密码本很熟稔，很快便解出来：三泰码头丙号。

上海女子医校的校舍，就是用的三泰

码头的积谷仓公地,距离不远。姚英子半点不迟疑,立刻奔赴那边。

她并不知道,从她离开红会总医院时起,便有双眼睛一直紧紧缀着,一直跟踪她到了三泰码头的大铁门前。看到姚英子闪身钻进去,史蒂文森从巷道的阴影里走出来,一对牛眼说不上是兴奋还是得意。

他今天好好的敲山震虎之计,被孙希的意外坦白给破坏了,方三响这条线算是彻底断绝。可史蒂文森仍不甘心,他离开红会总医院后,又仔细排查了一下张竹君与红会的关系,意外发现另外一个重叠的人物——姚英子。

姚英子的父亲是红会会董,她却是张竹君的得意门生,更重要的,她还和方三响关系匪浅。史蒂文森虽没什么证据,可天生猎犬的直觉却告诉他,跟着这个女人必有收获。

他不太放心手下的三光码子,遂自己亲自守在门口,等姚英子出来便紧紧地尾随其后,果然钓到大鱼了——哪个正经人会大半夜跑来码头?必定有诈!

他从码头附近的一座货栈边角攀上高墙,再沿墙脊走到一处圆顶铁水塔下方,顺梯子攀到了水塔最高处。今夜恰逢晴天,一轮钩月挂在天边。从水塔位置俯瞰下去,整个三泰码头一览无余。

史蒂文森眯起牛眼,看到在最靠里侧的泊位上,正系着一条鼓轮。这是条客货两用的铁壳船,上面是两层客舱,下方是货仓,船头写着两个大大的汉字:瑞和。他不识中文,但他会素描,遂掏出一个小笔记本,把这两个复杂的汉字当画一样摹上去。

此时瑞和号的侧舱正处于开启状态,与码头之间用一道栈桥相联,栈桥尽头是一辆马车。十几个黑影沉默地穿梭于马车与货仓之间,把一个又一个长条箱子运进瑞和号。箱子分量不轻,扛夫踩得栈桥嘎吱作响。

史蒂文森立刻认出了这辆马车,正是自己曾跟踪过的青帮马车。马车旁还站着三四个人,个个长袍礼帽,其中一人的体态特征很明显,是个女子,应该就是那个大名鼎鼎的张竹君——因为姚英子一进码头,立刻跑去了她的面前。

两个人讲了什么话,史蒂文森听不真切,就算听到了也不懂,但从姿态多少能猜出一些。张竹君对姚英子的到来很吃惊,甚至有点不高兴。很快姚英子激烈地做了一个什么表态,连说带比画,张竹君反倒犹豫不决,隔了许久才点头,被姚英子兴奋地一把抱住。

然后张竹君把姚英子带到其他人面前,与他们一一握手。只见其中一人摘下礼帽,俯身拍了拍姚英子的肩膀,看他的姿态和周围人的反应,应该是这里的领袖。

史蒂文森再凝神观瞧,那是一张熟悉的尖削面孔,正是陈其美!

史蒂文森不由得攥紧了拳头,这里果然是同盟会的秘密基地!那些搬上船的长条箱子,只怕里面全是军火,看吃水,只怕运载量还不小呢。他们果然是要在上海搞暴动!

真是好计策!大家都一门心思提防着进入上海的船舶,谁也料不到,军火竟藏在一条宣布即将外航的船上。

他离开三泰码头的时候,天色已是蒙蒙亮。史蒂文森心情极为亢奋,丝毫不觉疲惫。他先赶到船舶公所,查阅到瑞和号属于商办瑞庆公司所有,专跑长江航路,提交的预定出发日期是十月二十四日,但出发码头却是在虹口的怡和码头。

这个变动，本身就十分可疑。史蒂文森认为，恐怕这不是什么出发日期，而是革命党搞暴动的日子。

他没有立刻回报巡捕房，总探长肯定又搬出那一套中立论调，太耽误事情了。史蒂文森决定还是故技重施，去找道台衙门，以华制华！

接待史蒂文森的，还是昨天那位苏推官。一见面，苏推官就抱怨史蒂文森调查不明，害得他枉做小人。史蒂文森深知这些中国官僚的秉性，随手送出一盒鸦片膏，对方见是最上等的公班土，立刻眉开眼笑。

对于史蒂文森在三泰码头的发现，苏推官有点犯难："你有所不知，张竹君这人，目下不好深查。"

史蒂文森大为不解："据我所知，张竹君的立场是同情乱党，你们道台衙门还不抓吗？"

苏推官把他拽到一旁："朝廷如今跟红会正在互别苗头，赤十字这么一闹，正好羞辱沈敦和的面皮。上头乐见其事，何必去管呢？"

史蒂文森简直不敢相信自己耳朵："就为羞辱一位同僚，你们竟容许一个反政府者在眼皮下自由活动？"

苏推官解释道："赤十字会的章程我看过，说的是救治南北两军，一视同仁，并无政治倾向，要查也没有合适的理由。"

史蒂文森忍不住吼道："陈其美就在码头上，他们分明是要打着救援的旗号，去袭击江南造船厂。"

苏推官哈哈大笑："呃，阁下实在是……杞人忧天了，杞人忧天了。"

没等翻译把这句成语翻译过来，史蒂文森就气得一拍桌子："你若不信，咱们现在带了防营，直接去三泰码头！"

苏推官叹了口气，语重心长道："武昌怎么闹起来的？还不是新军里有乱党？刘道台才下过严令，各处防营要安守原地，怕上海重蹈覆辙。"

"那你跟我去亲眼看一下总可以吧？"

"这事能不能查、该不该查、值不值得查，我先请示上峰圆议一圆议，一有消息就通知阁下。"说完苏推官端起茶碗，悠悠吹了一口茶叶。

史蒂文森怒气冲冲地推门出去。

苏推官掂着手里的公班土，侧头对同僚笑道："原先传闻洋人走路腿不打弯，固然是个笑话，可洋人的脑筋不打弯是真的，真真拎勿清。乱党都是在租界活动，关咱们华界什么事？"

同僚俱是大笑，纷纷拿着烟枪过来借土。

史蒂文森听不懂中文，可背后传来的讥笑声是无需翻译的。

"你们等着瞧！我会证明我是对的！"史蒂文森向空气挥动拳头，恶狠狠地喊道。

接下来的数日之内，上海报纸可谓是热闹非凡。

最多篇幅的报道，自然是武昌叛乱。自称湖北军政府的叛军与清军在汉口展开激战，胜负难分。其次便是红十字会的古怪态度——沈敦和依旧保持沉默，以致外界质疑如潮。更有小报神神秘秘地指出，红会总医院前日似有丑闻爆出，似与内部监守自盗有关。一时间，就连沈最坚定的支持者，都心生疑虑。

方三响坐在电车上，眼前一排排乘客把报纸翻得哗哗作响，全都是长篇累牍的分析；耳边听到的，全是各种小道消息的议论。他心里烦躁得很，索性双手抱在胸前，让身子朝窗边靠了靠。

孙希那个混蛋挨了一拳之后，再没在医院出现过，有说他逃去海外，有说他被冯煦接回京城。无论哪种说法，都让方三响心浮气躁。可他自己也说不清，究竟是气那家伙背叛了信任，还是气他不告而别。

他本来想去找姚英子说说，翠香说小姐好几天没回来，不知去了哪里。方三响平时有来往的就他们俩，一时间竟陷入无人可诉的状况，只好把自己淹没在无休止的工作中，疲惫欲死方才罢手。

"铛铛铛"！

车铃惊醒了几乎睡着的方三响，他挣扎着从座位上起身，跳下电车去。

这一站叫作工部局站，顾名思义，站点旁边即是整个租界的心脏地带——工部局大楼。此时大楼外面聚了许多人，正陆陆续续走进楼里。其中大部分是穿着黑色或宝蓝绸褂的商界华绅们，也有一小部分西装革履的洋人，居然还有几个穿和服的日本人。在更外围，还有二十几个捧着相机和笔记本的记者来回游走，镁粉燃烧声与呼喊声此起彼伏。

方三响一不留神，差点与一个日本人撞肩。对方连忙弯腰道歉，方三响生平最恼恨他们，把头一别，却在另外一侧见到熟人。

"方医生！"

农跃鳞捧着相机跑过来，很是兴奋。不待方三响开口，他先劈头连珠般问道："你们沈会董今天突然召集各界集会，还特意借了工部局的议事厅，到底搞什么名堂？能否提前透露一下？"

方三响挠了挠头："我也是今早接到通知，从总医院赶过来参加的，不知道是做什么。"

农跃鳞追问道："是不是总医院的人都来了？"

方三响道："应该是的。反正何登院长、峨利生医生、柯师太福医生、王培元医生，还有严之榭、宋雅……我的同学、同事差不多都来了。"

"也包括孙希吗？"

这个问题，让方三响当即沉下脸去，硬邦邦道："这我不知道，没见到。"

农跃鳞何等敏锐，立刻追问道："坊间传闻他是为京城做间谍，窃取了红会账册，可有此事？"

方三响不会说谎，只好不吭声。

农跃鳞正色道："莫怪我挖阴私。红会以劝募各界善款为经济，定期发布征信册乃是义务。沈会董突然召集大会，是不是因为账册将被曝光，才急忙出来澄清？"

方三响被这一连串问题砸得发窘，不知如何才好。

农跃鳞哈哈笑起来："好啦好啦，方医生你的答案全写在脸上了，一点都不懂掩饰。人人都像你，我们记者的工作可就太简单了。"

说罢，农跃鳞扯着方三响的胳膊，一起往大楼里走去："你跟孙希，这算是绝交了？"

方三响步伐一滞，闷闷"嗯"了一声。

"咱们在淮北是共过患难的，作为朋友，我得劝一句，很多事情，不要急着下论断。"

方三响恨恨道："他自己都承认了，还能有什么误会！"

农跃鳞道："我们做惯了新闻的都知道，有时候一件事情，远比你看到的复杂。孙希是如此……"他顿了顿，"恐怕今天的沈会董也是如此。"

一边讲着话，两人一边走进位于大楼东侧的议事厅里。

这是一个半椭圆形的会场，叫作阿尔伯特厅，里面可以容纳数百人。此时厅里熙熙攘攘，其中既有沪上缙绅，也有许多同仁、仁济、公济、广慈等租界大医院的医生，加上记者、教士和一些租界官员，无论座位还是过道都挤满了人。其中最为醒目者，乃是坐在第一排的英国按察使苏玛利，引发周围的各种揣测。

只有方三响的注意力不在按察使身上，而在台上一个高挑的身影。

"孙希？"

方三响虽然面无表情，内心却是惊讶万分。一个叛徒怎么还能堂而皇之站在台上？沈会董难道不是把他开除了吗？农跃鳞也注意到了孙希的存在，他正抬手要拍一张，忽然议事厅里响起一阵喧嚣。

只见沈敦和头戴礼帽、身穿暗蓝色的常服马褂，阔步走进了会场。在他的身后，还跟着施则敬、姚永庚等一干红会高层，以及大名鼎鼎的广学会督、朝廷头品顶戴、中国最著名的传教士李提摩太。

一看这个阵容，全场立刻安静下来，所有人都好奇地等着，看这位非议缠身的大慈善家，到底有何主张。沈敦和冲会场内拱了拱手，更不多言，直接登上议事台。孙希赶紧在话筒前站好，准备同声传译。

沈敦和环顾全场，没有急着开口，而是缓缓从怀里掏出一张纸来："诸位，红会昨日接到一封无线电报，发自于汉阳一艘兵轮之上，请容在下当众朗读。"

他展开电稿，语气沉重地念起来："日前南北两军大战，伤亡兵士弃尸如山，伤者无人救治，困苦万状。武昌居民为流弹所伤者，不知凡几。请即亲率红十字会中西医队迅速来援，普救同胞。急急急！"

关于武昌战事，在座的人早读过很多报道。可亲耳听到从战地发来的求援电报，听到来自一线的惨烈描述，感受又大不一样。

电报很快念完，待孙希翻译完之后，沈敦和敲了敲木台，朗声道："战争之祸，乃是天下最残酷而不忍闻睹之事。鄂事紧急，民命涂炭，已经不容诸位贤达坐而论道。敦和虽然愚钝，愿庶竭驽钝，倾力救援湖北！"

台下掀起一阵热烈的议论声。今天出席的多是业内人士，对于京会、沪会的争端来由很清楚。沈敦和突然表态要救援武昌，莫非是与京会达成了共识？那么救援方针又该是如何？更有联想力丰富的人，猜测莫不是因为红会账册被冯煦掌握，所以沈敦和才被迫妥协。

在纷乱的猜疑中，许多记者纷纷举起手来。沈敦和却把手掌下压，示意稍等片刻，继续侃侃而谈："可这场战事波及武昌、汉口、汉阳等地，南北两军并居民不下几十万人。仅仅依靠本会救护人员，断不敷调遣。敦和以为，欲求部署神速，机关完备，而经费又可节省者，惟有与沪上诸公群策群力，合散兵为一处，并力共援之！"

这也是题中应有之义，无非是呼吁大家捐钱捐物、出人出力。只有少数人在台下冷笑，红会账册不清不楚，沈某人不先澄清，却又要来劝募，未免太过无耻。

沈敦和在台上似乎觉察到了这股恶意，话锋一转："沪上的名医圣手，大多都在教会医院供职。欲要联合救援、统一协调，非红会一家所能调度，体制上必须要借重

194

西董之力。敦和与按察使苏玛利先生、李提摩太先生仔细商议之后，决意成立中国红十字会万国董事会，设中、西董事若干位，专为武昌战事运作。"

是言一出，全场顿时哗然。方三响有些茫然，不明白沈会董这句话怎么激起如此强烈的反响。倒是农跃鳞在旁边喃喃道："厉害……沈敦和可真是好手段啊。"

他见方三响一头雾水，低声解释道："这个红会万国董事会，是为武昌之事而设。做事的还是同一批人，只是换了一块牌子，沈会董便如孙猴子一样跳出桎梏，想怎么救援就怎么救援，不再受朝廷辖制——此所谓留鸟换笼之计！厉害，厉害。"

这里面的弯弯绕绕，方三响只觉得比药物的拉丁名字还难记。

农跃鳞笑道："嘿嘿，其实这也不是新鲜手段，沈会董在去年已玩过一次了。"

"什么？"

"你还记得吧？去年淮北水灾，红会在蚌埠一共打出两面旗帜，一面是红会，一面是华洋义赈会。"

方三响点点头。

"那个华洋义赈会，其实就是沈敦和跟洋人合办的机构，用来筹集善款，拨给红会，红会再派你们前往救援。严格来说，你们是受雇于华洋义赈会。"农跃鳞解释说，"当时并没人觉得不妥，朝廷还觉得这是筹款的好法子。现在回想起来，那应该是沈会董一次投石问路。你看如今这个万国董事会的手法，与华洋义赈的性质岂不一样？"

方三响似懂非懂，台上沈敦和已经开始介绍起董事名单来，从苏玛利到李提摩太再到各个医院院长、医生，无不是显赫人物。

农跃鳞掏出本子，边听边记，连连感叹道："好家伙，沈会董能请来这许多大人物，只怕是酝酿良久啊。"

酝酿良久？

方三响心中五感杂陈。这说明红会账册的争议，从一开始就在沈敦和的掌握之中，这一切都是设计好的……

农跃鳞却大不以为然："没点心机的人，岂能在上海滩屹立十几年不倒？沈会董耍手段，是为了慈善救人，大节无亏——再说，朝廷死守着体制，不许红会援鄂，又怪谁来哉？"

他让方三响帮忙举好镁光板，对着台上拍了一张。其他记者听到声响，这才如梦初醒，也纷纷举起相机，对着沈敦和拍起来。一时间会场内镁粉闪烁，快门开合，几乎要盖过观众们嗡嗡的议论声。

沈敦和见气氛已然扭转，遂结束了发言，邀请李提摩太上台。李提摩太先与他热情拥抱了一下，随即面向台下，热情洋溢地称赞沈敦和为"救苦救难之大元帅、救命军之大教主"。他发表完讲话，《纽约报》驻华代表唐乃随后上台，表示万国董事会此举不特为中国人士所欢迎，泰东西各国亦莫不馨祝，鄙人当立电本报报告成立，并募捐款云云。

就这样，适才被点到名的各位董事轮流上台演说，无分中西人士，皆是口若悬河，引得台下掌声接连不断，如浪奔无息无止。只苦了孙希在台旁翻译得口干舌燥，不停地喝茶润喉。

随着演说次第开展，气氛逐渐浓烈起来。会前的诸多疑虑、愤慨以及嘲讽，被扫荡一空，几乎每个人都被感染，兴奋地拍起巴掌来。

"啧啧，红会前一阵被舆论围攻，很多人以为沈会董要身败名裂了。想不到人家早有成算，一出手便是泰山压顶。我看朝廷这次怕是要大大地丢脸了。"农跃鳞的语气里，全是浓浓的幸灾乐祸。

方三响担心道："朝廷会不会报复沈会董？"

"嘿嘿，这便是沈会董的高明之处了。你想，他这番演说，一字不提京沪之争，只说因为要联合教会医院，不得不采用万国董事会的形式。这理由冠冕堂皇，任谁也挑不出错，朝廷有苦也说不出。"

方三响还要讲话，农跃鳞却压低声音，神情严肃："唯一可虑的，便是朝廷拿红会账册一事来质疑。不过如此明显的破绽，沈敦和不可能漏算，难道他……"

他停顿了一下，却突然不说了，因为这时英国按察使苏玛利登台演说。直到按察使演说结束，换了沈敦和重新上台，方三响才重新凑过头来："你刚才说什么？"

农跃鳞似笑非笑："我只是想到一种可能。沈会董之所以如此高调行事，不惧朝廷严饬，恐怕他打心里认为，武昌战事结束后，再没有什么大清国了。"

这大胆的发言宛如一根烧红的探针，直刺入方三响的中枢神经。他猛然瞪圆了眼睛，拳头捏紧，浑身的肌肉都绷紧起来。

恰在这时，台上沈敦和挥动手掌，大声道："本会这一次赴鄂救援，将严守中立，不分民军、官军，凡民军受伤医治送还民军，官军亦然！医者以生灵为念，绝不退缩逃避！"

全场掌声雷动，几乎要掀开厅穹。在座的业内人士心中无不震动，这一种表态，等于红会挣脱朝廷约束，自行其是了。农跃鳞正要评论几句，不防方三响"腾"地从椅子上站了起来，振臂吼道：

"我是红会总院医师，坚决支持沈会董援鄂！"

就在同一瞬间，孙希也踏前一步，高喊："红会总院同仁，支持沈会董援鄂！"

这突如其来的默契，让两人同时愣住了。他们台上台下，对视片刻，不知是该抛却恩怨振臂齐呼，还是该迅速挪开视线。所幸这种尴尬只持续了极短的时间，其他与会的医生们次第起身，大声表示对万国董事会的支持。

"我是同仁医院医师，支持红会援鄂！"

"鄙人代表广慈同侪，鼎力支援红会！"

"仁济全体，自当秉性人道，全力支持！"

"博医会诸成员，随时枕戈！"

一时间会场里人立如林，无不激昂奋发。借着这股热潮，沈敦和当场宣布，红会将以总医院王培元为领队，峨利生、柯师太福、班纳、杨智生为副，动员红会医生及看护生三十余人，分甲、乙、丙三队，次日即发。并在三马路新闻报楼上设置专门事务所，办理后续的筹款、采购、调度诸事宜。

今日成立，明日出发，这惊人的效率，又引得大众一片盛赞。

听着阿尔伯特厅里的喧嚣，方三响只觉肾上腺素在飞速分泌，就像之前在派克路协助陈其美逃难时，没有恐慌，只有异样的兴奋，仿佛那才是自己一直在追寻的目标。

与此相比，跟孙希的那点尴尬，根本不算什么。方三响想到这里，忍不住朝台上看了一眼，那家伙已退到扩音电筒的后方，挂着一脸复杂的表情——难道说，他也打算跟我们去湖北？方三响心想，一时说不清该愤慨其脸皮太厚,还是该有些期待。

"本次分驰战地,有进无退,概无半途中止之虑!"

沈敦和挥动手臂,做了最后的总结陈词,在议事厅里久久回荡,将会场气氛推至最高潮。与会人士纷纷当场慷慨解囊,曹主任不得不在门厅口临时设置一处桌案,收取各路善款。

可怜曹主任在医院里防了半天乱党,没想到公然举起反旗的却是自家上司。他哆嗦着下巴,忐忑不安地应接着潮水般涌来的捐献。

好在短短十几分钟内,曹主任便收到了八千多元银洋与四千多两银子,更有药品、绷带、衣服、担架等大量物资的承诺。随着进项越来越多,他整个人从提心吊胆变得容光焕发,钱帛最润人心,哪怕不是自己的也一样。

这一场震惊沪上的万国董事成立大会,便在一片热情中胜利结束。各大报章以号外的形式,迅速在当日发表,在华、洋两界引发了又一轮更广泛的热烈讨论。

不过这些热议,方三响并无余裕理会。沈会董承诺救援队伍次日即发,留给准备工作的时间极为有限。因此大会一结束,他和其他医生赶回总医院,整理出一批急救设备与药物,装满了七辆大驴车。方三响亲自押送,一路从静安寺运到虹口的汇源码头。

这个码头位于外白渡桥东北,恰好位于苏州河与黄浦江交叉口,位置绝佳。早年叫汇源码头,被日本人收购以后改叫"日本邮船中央码头",不过当地人还是爱用旧称。

在上午的大会上,日清公司宣布提供一条叫"襄阳丸"的江轮,用来运送红会救援队。这条江轮专跑上海与武昌之间航线,只消四五日便可抵达汉口,是目下最迅捷的办法。

红会总医院的车队一抵达汇源码头,立刻被扛夫们包围。这些人都是刘福彪亲自安排,过来帮手。曹主任本来还有些抵触,一听是免费的,才勉强哼了一声。

方三响在青帮颇有声望,不需催促,扛夫们一个个闷声不吭地扛起大小包裹,鱼贯往襄阳丸上运。曹主任手捧账簿站在货舱口,细眼滴溜溜地扫视着,生怕他们私藏。

他如临大敌,事必躬亲,方三响反而无事可做了。

此时其他医生和看护人员都回家收拾行李去了,要明天开船前才会到。像严之榭这样的单身汉,说出发前得好好打个牙祭,早跑得不见踪影。汇源码头除了曹主任,方三响竟没有其他熟人。

他忽然怀念起平时跟孙希、姚英子厮混的日子,如今……唉,方三响信步走到防波堤上,朝远处望去。这一带是上海最核心的码头群,一排排浅褐栈桥鳞次栉比,如几十根长枪指向黄浦江面。在更远处的江心航道上,大大小小的轮船喷着黑烟,交错行驶,在水面耕出一圈圈密如网纹的涟漪。它们就像一个个勤劳的红细胞,为这座都市一刻不停地搬运着养分。

只可惜触目望去,这些轮船大多悬挂国外旗帜,大清龙旗寥寥。就连方三响如今脚踩的位置,也是日本邮船会社的资产。

方三响一向最讨厌日本,想到要搭乘日本人的船去武昌,内心一阵烦闷。他鼓起肺部想要深深吸一口气,没留神空气掺杂着煤灰味与水腥味,被呛得咳嗽连连,不得不偏过头去。

一阵响亮的号鼓乐传来。这是《霍亨弗里德堡进行曲》，上海有点排面的庆典活动，都会奏这曲子。方三响咳嗽着，好奇地转过头去，发现声音是从隔壁的怡和码头传来。

只见一艘客货两用的洋灰色大船，正停泊在近水浮泊位，船首喷涂有"瑞和"二字。它伸出一条带扶手的踏板，与栈桥相接。栈桥前密密麻麻站着几十个人，女性占了一多半，或绣袍或洋装，皆是名媛装扮，手持绢布与花束，还打出了一条醒目的横幅："欢送赤十字会诸位姊妹同仁赴汉救难"。

方三响一阵愕然。原来……张校长竟然是今日出行吗？他再定睛一看，一个短发女子正扶在船舷边，朝船下俯瞰。她头戴英式木髓盔，身着咔叽布短衫，右手叉腰，英姿飒爽，不是张竹君是谁？

没想到，赤十字会的出发码头，居然就在红十字会出发码头的隔壁，而且出发日期前后只差一天。张校长和沈会董斗了这么久，却撞得如此默契，老天爷也真是爱开玩笑。

他抱臂朝那边眺望了一阵，突然双眼一眯，注意到在距离栈桥不远处的仓库旁，有一个熟悉的娇小身影。

"英子？"

她是给张校长送行吗？他注意到，旁边还站着陶管家，两个人似乎在交谈。

方三响回头看看，装卸货物有条不紊地进行，应该不用自己插手。他决定走去怡和码头，跟张校长打个招呼去，顺便也见见英子。

汇源码头与怡和码头不过百步之遥。方三响很快便走进码头区，正要拐过仓库，忽然听到转角那边姚英子愤怒的叫喊声，几乎要刺破耳膜。

"你不要劝了！我是不会回去的！"

"小姐，战场不比救灾，子弹无眼，说死就死，不可以任性。"这是陶管家苦口婆心的声音。

"我不是把胎毛笔带上了吗，还有什么不放心？你不总说它能逢凶化吉？"

"小灾可以挡挡，可这是最狠的兵灾……"

"帮帮忙，赤十字会是中立团体，是不允许攻击的，懂伐？"

"这世道，哪有真按规矩来的？战场上发生什么事，谁都不知道！"

方三响停下脚步，大为震惊。怎么英子要跟张校长去武昌？这也太胆大妄为了吧？不过他转念一想，去年这丫头就敢扒火车去淮北，做出这样的事也不足怪。

陶管家还要劝说，忽然一阵急促的脚步声从远处传来。两人同时转身，先看到方三响一个踉跄从拐角被推出来，接着是全副武装的史蒂文森，而在史蒂文森身后，则是二十几个持枪的华捕、安南捕和印捕。

"方三响、姚英子。"史蒂文森得意洋洋，用拙劣的中文念出这俩名字。

姚英子顾不上问方三响怎么来了，冲他质问道："你们巡捕房来做什么？"

史蒂文森一拍腰间的短枪："我接到消息说这里有人意图袭击租界，赶过来检查。你们三个，统统要抓起来审问！"

那些巡捕不由分说，拥上来一阵推搡。方三响护在姚英子身前拼命抵挡，他体格硕大，打得几个安南捕鼻青脸肿，东倒西歪。可对方人实在太多，又装备着橡木警棍，几番挣扎，他还是被按在了地上。

陶管家眉头一皱，试图讲理："阁下没

有证据，先行动手，未免不合规矩吧？"

史蒂文森冷笑，一指方三响："这个杀害小沃伦、勾结陈其美的青帮分子出现在这，就是最好的证据！"他下巴朝远处的轮船又是一抬："张竹君在那条船上掩人耳目，其实是为了偷运军火，意图暴动。"

姚英子只觉这指控荒唐透顶："这是去武昌救援的赤十字会！哪里来的什么军火和暴动？"

史蒂文森哈哈大笑："一群女人去战地救援？这种荒唐事只好去蒙骗一下道台衙门，却瞒不过我。"

姚英子正要反驳他的偏见，史蒂文森突然阴恻恻道："你在三泰码头已在船边见过陈其美了，还有什么可说的？"

姚英子悚然一惊，自己那一天可能被跟踪了。

史蒂文森继续道："我不知你是装的，还是被张竹君故意隐瞒，总之这条船一定有问题。"

姚英子的内心，一瞬间竟有了动摇。事实上，那天晚上她也有疑问，张校长为何大半夜跑去码头装货？为何又在寓所留下密码？她确实见到了一个自称叫陈其美的人，张校长只介绍说是一位朋友，可什么朋友需要半夜相见？

当时她出于对张校长的信任，再加上急切要表达去武昌救援的意愿，并没有深究这些异常。现在史蒂文森一点出来，姚英子登时有些惊慌。

难道说……这一切真的只是幌子？

方三响在地上抬起头："你见到陈其美了？"

姚英子"嗯"了一声，然后从牙缝勉强挤出一个疑问："你认识他，他是革命党，对不对？"

方三响没回答，但表情算是默认。

史蒂文森见两人表情，大喜过望，知道自己赌对了。

他这一次的行动，其实是瞒着总探长私自出动，心中不免也有忐忑。如今事实板上钉钉，史蒂文森吩咐手下抓住三人，迎着《霍亨弗里德堡进行曲》的调子，一齐朝着码头走去。他要去享受自己的高光时刻。

码头上的欢送仪式正进行到热烈时，忽然一大群巡捕拥入场中。乐队被迫中止演奏，那些挥动小旗的名媛太太们也被推到一旁。张竹君从船上见到情况不对，剑眉一皱，立刻顺着舷梯走下来，质问到底怎么回事。

她的气场太过强大，史蒂文森不得不挺直胸膛："张校长，我奉命前来调查一桩军火走私案。"

"放着海关货栈你不去查，为何要查一条出港的船？"

史蒂文森咧开嘴："我们有充分的证据，怀疑这条瑞和号上装有危险军火，用来袭击租界。"

张竹君扫了他身后一眼："先把我的学生给放了。"

史蒂文森认为她服软了，于是弹弹手指，让手下松开姚英子和方三响。

"这条瑞和号已经被赤十字会租用，用于武昌战事的慈善救援。无论是苏松太道还是工部局，都已经报备过了。"张竹君面无表情地说道。

"但如果这条船上搭载的东西，与报备不符，那便不受法律保护。"史蒂文森得意洋洋，像是一只玩弄着老鼠的猫，"为了不耽误张校长的慈善活动，我想还是尽快查明比较好。"

"你无权搜查赤十字会的船舶,这违反国际公约!"张竹君挡在瑞和号前面,眉宇间隐隐藏着怒气。

"别糊弄人了,日来弗公约承认的红十字会,是沈敦和那个,你这个赤十字会只是个民间组织罢了,没有豁免权。"

这一句话,直刺张竹君的要害。史蒂文森拍了拍挎枪:"请你配合一下,今天谁也不会受伤。"他见她沉默不语,大为得意,一阶阶缓缓踏上舷梯,心情如新君登基一样爽快。

瑞和号是一艘客货两用江轮,吃水以下是货舱,上层是两层客舱,分为一、二两等,可以容纳四十人。史蒂文森走到客舱门口,大声命令手下准备好霰弹枪。

这可是满载着军火的大船,万一革命党狗急跳墙负隅顽抗,可不是警棍所能应付的。在逼仄的船舱环境,只有 M1897 霰弹枪可以保证敌人平心静气——任何意义上的平心静气。

这是史蒂文森从巡捕房的武器库里搜罗来的——同样没有合法手续——他豁出去了,一次违规和十次违规没有本质区别。只要解决掉瑞和号,这些都不是问题。

史蒂文森率领众人小心翼翼地进入一层客舱。这里是敞开的大间,里面摆着三排上下铺的床位,十几个赤十字会的年轻成员,男女都有,正忙着撕麻布。他们看到巡捕房的人进来,大为惊慌。史蒂文森没看出没什么可疑,简单转了一圈,便直接登上二楼。

二层客舱的条件比一层强,分成了十二个小单间。史蒂文森一个个单间敲门查过去,第一间里住着一对夫妻,男方是个圆脸胖子,身穿西装,留着两撇鱼尾须,颇有东洋人的味道;他的太太披着一件中式夹袄,头发盘成一个小髻。

隔壁宿间里,则是一个尖脸男子,一对招风耳上架着戴着副小巧圆镜,短发梳得油光锃亮,室友长得比较莽撞,方面阔目,似是个愣头青;再隔壁,居然住的是一个货真价实的日本人。

他们的共同点是穿着洋气,普遍会讲英文,都声称是受雇于张竹君的医生。史蒂文森询问了一番,没问出什么异样,房间里也只有简单的几样行李。对此史蒂文森并不意外,张竹君既然打出救援武昌的旗号,肯定得雇点人做做样子。

真正的好东西,肯定藏在船下的货舱里呢。

他吩咐手下守住门口,亲自拎着一杆霰弹枪爬下货舱。这里左右分成六个舱室,中间有一条甬道相连,里面空无一人,唯有轮机声嗡嗡作响。

史蒂文森推开第一个舱室,里面是几十个柳条箱,箱子里堆叠的是一匹匹白麻布。客舱里那些赤十字会成员,刚才就是在用麻布做裁剪加工,撕成一截截的绷带,这是在战场上消耗最多的物品。在麻布箱旁边,还堆放着一批棉质被褥、细纱帐、幕帘和十几盘棕绳。

第二个舱室里摆放着各类药品与化学药品,诸如硼酸、碘酒、苏打粉、酒精和石炭酸等,还有少量阿托品与吗啡。每一类都安放在大小不一的布袋与皮革袋里,塞满棉花,牢牢固定在舱内。少量的医疗器械,则被见缝插针地分散在空隙里。

第三、第四个舱室,摆满了各种建材和工具,以及几张折叠病床。张竹君神通广大,居然还弄了一台小型爱迪生发电机摆在里面。

第五、第六个舱室,塞满了够三十人

吃一个月的粮食补给。

赤十字会的这批物资虽然数量不多，但面面俱到，几乎考虑到了战场救伤的每一处细节——唯独没有史蒂文森要找的军火。

这位不幸的探长在六个舱室里转了半个多小时，不甘心地打开一个又一个箱子，可始终一无所获。他甚至跑到瑞和号的外面，仔细地测量船壳的壁厚，看是不是藏有夹层。张竹君站在甲板上双手抱臂，就这么冷冷地看着他跑上跑下，甚至带着几丝怜悯。

随着时间推移，他鼻翼内侧的毛细血管因压力剧增，几乎快要爆裂开来，使得鼻头愈加刺红。

"哈哈！你们快来看！到底让我找到了！"

史蒂文森忽然欢呼起来，兴奋地挥舞着霰弹枪。可手下们跟到舱底一看，不过是两百斤白花花的硝石。手下只好悄声提醒史蒂文森，硝石大概是救援队用来土法制冰的，毕竟战场上不可能有冰箱。

把硝石等同于火药，又等同于军火，这栽赃得实在勉强，史蒂文森只好重新爬回甲板。

张竹君嘲讽道："船上有显微镜，需要吗？"

史蒂文森顿觉血管爆裂，猛然上前揪住她的衣领，歇斯底里地吼道："你，你到底把军火藏哪里了？"

话音刚落，张竹君偏转身子，双手轻轻一摊一膀，只听"噗通"一声，史蒂文森这六英尺高的汉子竟被摔落到江里。她在广东行医时练过咏春，这是女子防身必备之术，如今总算捞到了实战机会。

巡捕们手忙脚乱地扔下一个救生圈，把这位狼狈的探长拽上岸来。史蒂文森呕出一口浑浊的江水，气急败坏："全船！全船的人都给我下来！一个不许漏，我要带回巡捕房，查个清楚再说！"

"你没有证据，却一口气抓这么多人回去，合规吗？"一个声音不阴不阳地响起。

"老子就是证据！老子就是规矩！"史蒂文森大叫，可突然觉得不对，这声音是用地道的英文说的，而且很熟悉。他赶紧揸开手指，拨开湿漉漉的额发，嗓子一瞬间变干了。

出现在眼前的，居然是公共租界巡捕房总探长，他怎么跑来这里了？

总探长的脸比瑞和号的底舱还阴沉："我接到了匿名举报，说有人私自调动警力，史蒂文森探长，对此你有什么可说的吗？"

"谁举报的？分明是做贼心虚！"史蒂文森瞪向张竹君。

张竹君同样莫名其妙，表示从没离开过码头。但她何等敏锐，岂会放过这个好机会，直接用英文讲道："史蒂文森探长跟我说，这次搜捕慈善船只的行动，是得到您的批准。"

张竹君有意咬着"慈善船只"两个单词，让总探长青筋绽起。他没有片刻犹豫，转身挥动铅头拐杖，狠狠在史蒂文森的胫骨上敲了一记："你好大的胆子！竟然去非法拦截一条慈善船只！"

史蒂文森结结巴巴道："可是，有证据相信他们具有潜在危险……"

"那么证据呢？"总探长怒气冲冲地，"我说的可不是你脑子里那些带着羊膻味的苏格兰式臆想，而是实打实的证据！"

"呃……我正在船上搜。"

"那就是没有喽？"

"我正准备再细致地检查一次，对，对了！一等舱的那些乘客，需要重新核验身份！我怀疑他们有古怪。"

史蒂文森这倒不是气话，刚才他落水时脑子灵光一现，想起那几位一等舱医生的古怪。比如那个鱼尾须的胖子，拇指内侧带着一层厚茧，更像常年握枪的军人；再比如那个尖脸油头的眼镜男，问话时眼睛总朝右下斜看。苏格兰场有过研究，这是说谎心虚的表现。

之前史蒂文森一门心思在军火上，并没特别关注这些细节。直到入水清醒之后，这些被忽略的古怪才浮现出来。他意识到一件事，革命党不一定运军火，也可能是运送更多的革命党。

"你适才说这船私藏革命党的军火，没搜到，现在又改口说私藏逃犯。反正你既不用证据，也不用为后果负责，何乐而不为，对吧？"

张竹君的话令总探长的表情起了微妙的变化，他低声呵斥道，"不要胡搅蛮缠了！"

"我不是胡说！"史蒂文森只能硬着头皮顶着，"只要让我再去查一次，我一定能查出结果！"

总探长冷笑着用拐杖一敲地面："我告诉你接下来会是什么结果。明天这桩丑闻便会直接登上租界各大报纸的头条，三天后会传到孟买，五天会传过苏伊士运河。一周之内，我们会沦为整个伦敦的笑柄。"

史蒂文森的一对牛眼又变红了，他甚至能听到毛细血管破裂的声音："请等一下，我认为有必要……"

"不要继续让巡捕房蒙羞了！"总探长打断他的话，一挥手，几个红头阿三冲过来，把史蒂文森往旁边的马车上拽。这个不幸的苏格兰人愤怒地挣扎着，却无济于事。

总探长转过身来："张小姐，我谨代表巡捕房向您表示歉意，并希望这个小小的不愉快，只限于我们之间的谅解。"

"这是自然，感谢您对慈善事业的支持。"张竹君不失优雅地伸出手，让总探长亲吻手背。

巡捕房的大部队迅速撤走，怡和码头又恢复了平静。

姚英子扑过去，把方三响从地上搀扶起来："你怎么来啦？"

"红会的救援队船就在隔壁码头，明天出发，我听到这边的声音，便顺便过来看看。"

"啊？沈伯伯他们也要出发了？"姚英子大为惊讶，赶紧去看张竹君的脸色。

张竹君不屑地冷笑道："沈敦和动作倒快，可惜啊，终究晚了一天。历史会记下来，第一支奔赴武昌的救援队，注定是我们赤十字会，而不是他沈敦和的红会。"

她争强好胜的性子，真是始终不变，连这个虚名都不肯放过。

"好了，我们被啯条痴线的猪头丙耽误了太多时间，必须要启航了。"张竹君优雅地转了一个身，顺着舷梯朝船上走去，行到一半忽又回头："三响，你回去跟沈敦和讲，一个教头一路拳，我已仁至义尽，让他不好再做冇耳茶壶了。"

"啊？"方三响听得半懂不懂。

张竹君却没打算解释，踏上甲板，很快消失在舱门里。剩下方三响、姚英子和陶管家在码头边站着。

方三响不由问道："英子，你要去武昌？"

姚英子"嗯"了一声。

方三响伸手拍拍她肩膀："我支持你。"

"你也觉得我应该去武昌？"

"农先生说过，你不去关心时局，时局也会来影响你。你看武昌这事，张校长也罢，沈会董也罢，无不积极参与其中。我有种直觉，咱们这次去是能见证到历史的。"

听了方三响的话，姚英子又是欣慰，又有些莫名怅然。她缓缓抬起头，欲言又止。

这次方三响倒敏锐得很："你是想问孙希？那混蛋这次也去，他是北洋医学堂毕业的，本业就是战地外科，他不去谁去？"

接着方三响把万国董事会上的情景约略一讲，姚英子一听孙希这么风光，撇了撇嘴："索性睬也勿睬伊，看伊哪能。"

"我不知道他给沈会董灌了什么迷魂汤，反正我是不会原谅他的。"

姚英子忽然犹豫了一下："那你说，伊要做什么事情，咱们才好原谅他？"

方三响一怔，他还没考虑过这问题，呆立片刻，终究还是摇摇头："我想不出来——你打算原谅他了？"

姚英子勉强笑了笑："唉……仔细想想，他虽然做了错事，最后倒也主动承认了，不然你可要吃官司呢。"

方三响"哼"了一声，不置可否。

姚英子的声音越发低弱："自从我决定去武昌救援之后，总想起去年我们一起去淮北的事。那一次虽然忙得吃力要死，可我很心定，因为你们两个就在旁边。如果能回到那时的样子，也蛮好。"

方三响宽慰道："我听说三镇特别大，红十字会和赤十字会的救援位置估计相隔很远，我俩也很难见着你。"

"真是戆大。"姚英子恨恨嘟囔了一句，不知是说谁。

这时瑞和号汽笛声响了起来，姚英子依依不舍地看了方三响一眼，缓缓登上舷梯。她刚刚踏上了甲板，一个黑影蹭地从岸边蹭地跳上舷梯，几步便跃至她身旁，速度迅捷惊人。

姚英子一看是陶管家，大吃一惊。陶管家在姚家做了许多年管事，她一直当他是个絮叨的小老头，实在没想到还会轻身功夫。她才想起来，自己从来不曾了解过，陶管家之前到底是做什么的。

陶管家摸了摸她脑袋瓜，一脸苦笑："小姐你一意孤行，我一个人留在上海怎么跟老爷交代？你不愿意带上胎毛笔，那就我带。拼了这把老骨头，我也得把你照顾周全。"

姚英子喜滋滋地挽起他胳膊："就知道你最疼我，笔你自己收着好啦。"

这时汽笛声再次响起，水手们过来把舷梯拉上来，岸上的军乐队又奏起了欢快的曲子。方三响快步冲到船下，从口袋掏出一样东西掷到甲板上。陶管家俯身捡起来，发现是一块头巾，质地是最便宜的白竹布，上头绣着一个醒目的红十字标志，针脚拙劣。

"战场上硝烟弥漫，容易误伤。红十字袖标不够醒目，把它包在头上，两边都能看清。"方三响双手拢在嘴边，仰头大喊。

与此同时，瑞和号的蒸汽轮机猛然启动，整条船身微微一震，浮离了栈桥。船头那一面赤十字会的旗帜，迎着黄浦江的江风猎猎吹起。

此时谁都没觉察到，在远处的码头办公室里，还有另外一双眼睛，注视着瑞和号起航。

这里距码头有四百多米，无论是船上

的人影和栈桥上的人影，看起来都离自己无比遥远。一声轻轻的叹息，从孙希口中喷吐而出。

这时旁边的港口办事员敲敲桌面，指着旁边那一台新式的黄铜德律风："刚才你拨通了一次，通话两分钟，一共收费五角洋。"

孙希从口袋里抓起一把铜元，数也不数丢给办事员。

办事员见他出手阔绰，有意讨好道："先生是在给朋友帮忙？"

"Maybe or maybe not。"孙希嘀咕了一句，转身离开，背影说不出的落寞。

次日，即十月二十五日，赤十字会出发的消息出现在各大报纸上，可惜没多少人注意到，因为大家都被另外一条新闻抢走了注意力。

京城传来消息，资政院通过一项决议，要求朝廷罢免盛宣怀的一切职务。

资政院成立于去年九月，乃是朝廷预备立宪的举措之一，类同于泰西诸国的国会或议院。议员们居然向朝廷要求罢免一位总揽邮传、工业、金融诸项要职的大员，又是在极其敏感的武昌战事期间，不啻在帝国政界引爆一枚重型炸弹。

对于那些昨天刚刚参加过万国董事会的人来说，对沈敦和的钦佩又多了一分。

沈敦和选在十月二十四日成立万国董事会，十月二十五日盛宣怀即被弹劾，这个时间节点可谓卡得极为精妙。要知道，盛宣怀此时还身兼大清红十字会会长一职。他被弹劾，京会群龙无首，哪里还有余力追究沪会另起炉灶。

正因为如此，红会在汇源码头的出征仪式可谓盛况空前，前来送行的沪上绅商学报各界，不下几千人，附近道路为之堵塞，就连外白渡桥上都挤满了人，趴在栏杆上远远向着码头欢呼，排面远超赤十字会昨日欢送。

此时烈日当空，襄阳丸的船头飘扬着两面大旗，一面白底红十字旗，还有一面万国红十字会旗，也算是题中应有之意。所有红十字会的队员在船舷一字排开，皆头戴硬檐军帽，穿着洋灰短服，臂系白底红十字袖标，接受检阅。其中，柯师太福、峨利生、班纳、杨智生、王培元五位带队医生居中，方三响和孙希则分别站在队伍两侧，彼此都看不见对方。

除此之外，船舷旁边还站着一支新近培养的看护妇队，带队的乃是总医院护士长克立天生女士。

沈敦和亲自登轮，即兴发表起演说来："务祈诸君子有进无退，普救同胞。并谓诸君既尽义务，凡一切川资、用度、旅费、干粮悉于捐款、垫款项下提用。预计用费日需数万，幸中外慈善家源源乐助，不致困乏，请诸君放手进行……"

"有意思，真有意思。"

随着沈敦和演说响彻码头，方三响身后一个声音轻轻评论道。

方三响没回头，他知道背后只可能是农跃鳞。这位记者绝不甘心在上海等候二手消息，早早抱着他的宝贝相机，登上襄阳丸。

"你什么意思？"方三响道。

农跃鳞呵呵一笑："沈会董之前被人指责账册不清之事，一直未有公开澄清。怎么他还在演讲里主动提起红会账册的事？是有恃无恐还是别有用意？"

方三响眉头一拧："沈会董身正不怕影斜。"

农跃鳞道："沈大人腹有韬略，一步三

计,他这么说,必有深意在里面,只是眼下还看不出。"

"也许只是你当记者的职业病,想得太多了。"

"古怪,很古怪……"农跃鳞嘟囔着,捧着相机又跑开了。

方三响侧过头,朝着队伍的另外一端望去。孙希面无表情地站在那边,头顶的旗帜猎猎飘扬。他身材挺拔,卖相好,特意被安排在这个位置,让无数相机镜头对准。

"说不定他会知道沈会董的心思,毕竟万国董事会那次突袭,他是做翻译的。可沈会董到底怎么想的,会让一个叛徒参与这么机密的事?"方三响的脑海里飘过无数疑惑。

孙希似乎感应到了什么,也偏过头来,神情复杂地看向这边,方三响赶紧把视线挪开。所幸这种尴尬没持续太久,被一阵极热烈的掌声所打断。沈敦和的演说刚刚结束,他走下舷梯,摘下礼帽,和岸上的人们一起向船头挥舞。

襄阳丸就在这一片欢呼声中,缓缓启航。它驶离汇源码头,先北上吴淞口,进入长江航道后,再朝着战火纷飞的武昌西去。

在接下来的数日中,红会救护队在船上一点不清闲。他们出发得极为仓促,很多准备工作必须在船上进行。上午几位带队医师要轮流进行战地救护演练,下午队员们聚在甲板或舱室里,撕绷带或整理药物。到了晚上,还得由一位湖北籍的向导讲解鄂地地理、风俗、当地饮食习惯等事宜。

到了十月二十八日,襄阳丸顺利抵达九江。九江在六天前便已被新军掌握,成立了九江军政府,对于赴援武昌的红会队伍十分支持,并无阻挠。襄阳丸在湓浦港稍事修整与补给之后,继续溯江西上。

当天夜里,忙碌一天的方三响正坐在甲板上休息,看着不远处几条英国军舰驰骋。自从武昌开打之后,这些军舰极为活跃,航道上没有一天不见到它们的身影。

这时农跃鳞跑过来,神秘兮兮地叫他来自己舱室一趟。方三响莫名其妙地跟过去,可一进房间,脸色不由一沉。

原来里面早坐着一个人,正是孙希。

在这几天的旅途中,方三响始终没理睬孙希,两人全无交流。孙希显然也没预料他会来,慌得从椅子上站起来,脑袋差点撞到逼仄的天花板。

方三响虎着脸,问农跃鳞这怎么回事,农跃鳞道:"今次请两位来,一来为印证一些事;二来呢,也为澄清一些事。"

两人对视片刻,不知他葫芦里卖的什么药。

农跃鳞从枕头旁取来一叠报纸,递给他们:"这是襄阳丸停在九江的时候,我在岸上买的几份报纸。你们先看这一份,十月二十六日的《民立报》。"

方三响顾不得跟孙希置气,二人一同看报。只见这一期的副版刊印了一封公开声明,投书者赫然是张竹君,题目就叫《张竹君致沈仲礼书》。

在这封公开声明的开头,张竹君指责沈敦和,斥责他搞的万国董事会不过是牛头马面,欺世盗名,种种慈善行径,无非是搜刮资财,是"欲掩全国官民之资,而貌为公等数人之事也"。语气之激烈,用辞之锋锐,方、孙二人隔着报纸都感觉如寒风吹面。

痛斥了一顿沈敦和之后,张竹君继而

画风一转，在结尾发出了呼吁：

"公倘尚恤人言，则请将八年来收支之数据，报告天下，否则当以吾粤所捐两万金还诸吾粤，吾粤人必能自为之！"

这就是摆明车马，要求沈敦和公布善款账册了。

两人缓缓放下报纸，正要开口，却被农跃鳞拦住了："你们先不要着急评论，再来看这两份。"

这次他拿出来的是两份，一份《申报》、一份《民立报》，都是十月二十八日，今天新鲜出炉的。九江是长江大埠，各报皆设有分社，可以与上海同步刊行。

两份报纸上，刊载了同一篇文章，题目是《沈仲礼驳张竹君女士书》，作者自然是沈敦和本人。

在这篇文章里，沈敦和并没有上来就大力反驳，而是从红十字会创始肇因娓娓谈起，分剖利害，解释与京会之冲突，解释万国董事会成立之苦衷等等，语气恳切，文如其人。

最令方、孙两人惊讶的是，面对张竹君要求公布账目的指责，沈敦和这一次居然没有沉默，而是正面做了回应，且极尽详尽。

"红十字会财政历由会记总董施子英观察主持，至耶历一千九百〇七年旦，总共救济市民十六万七千人，募捐银收入六十四万一千九百两，支出五十九万七千四百两，余银四万四千五百两。另有电报费五千余两，洋六十余万元等，不及详叙，唯逐年账目俱在，随时可就查询云云……"

这一份报账写得极为详尽，每笔俱有来历。既说明了之前捐款的用度走向，也解释了为何这一次仍要各界捐款的处境。

至于为什么之前迟迟没有公布，沈敦和的解释是："所以不及造报销者，因辽沈救护之后，即以余款建筑会所及医院、学堂，年来缔造经营，由渐而进。医院甫于前月开幕，红十字会规模于今初具，而用款亦始有结束。施观察正在赶造报销，以复中外捐户乐观阙成之意，造竣后自当刊册宣布。"

原来在救援日俄战争之后，红会所得余款用来兴建总医院，账期延续。直到今年总医院正式开始运营，财政方才终结。

沈敦和在文章的结尾，还委屈地发了一通牢骚："女士若以办事迟缓责鄙人，鄙人当然息听命。今以报销责鄙人，是教鄙人以越俎也。鄙人不敢也。鄙人之与红十字会，薪水夫马丝毫无所取，本非图利而来，硁硁之愚且不能见信于女士，更何足以欺世盗名乎？"

方三响和孙希同时搁下报纸，面露无奈。沈张二人之间的战争，看来并没有因赴援武昌而中止，反而越演越烈，竟然演变到在报纸上隔空对辩的地步。

农跃鳞笑眯眯道："两位看完这两份投书，觉得谁有道理？"

孙希率先开口道："张校长我一向很敬重，不过她的这篇文章，辞锋滔滔，却言之无物，似乎纯是情绪发泄而已。反观沈会董，不疾不徐，句句皆有来历，更有说服力。"

"方医生你觉得呢？"

方三响沉默片刻，简短答道："沈会董更有理。"

农跃鳞哈哈一笑，把报纸收起来："果然，连你们这些在沈敦和身边的人，都看不出端倪，这瞒天过海之计，可称高妙矣。"

两人相顾失色，不知农跃鳞何出此言。农跃鳞扯过一个小桌案，兴致勃勃道：

"沈、张二人积怨已久,两人隔空对骂实属寻常。可咱们只要排比一下这一连串日子,便会发现其中蹊跷之处。"

他拂了拂桌面,从搭袋里取出一沓厚厚的剪报,按时间次序一一放下去。

"且来看。十月十八日,张竹君在《民立报》公开斥责沈敦和,十九日成立赤十字会,宣布救援武昌。然后她在二十四日扬帆西上,同一天,沈敦和宣布成立万国董事会,绕过京会独自行动;二十五日红会乘坐襄阳丸出发;二十六日她在《民立报》发表文章,再次批评沈敦和;二十八日,沈敦和在《申报》和《民立报》做出回应,正式公布账册。"

"这份时间表,你们看出什么问题没有?"

两人对视,在对方眼中都只看到莫名。

农跃鳞笑道:"其实这就跟人体病学一样,须从全体考量,方才深入腠理。这些事件单独来看,并无出奇之处。可若把它们连缀起来,便会发现种种疑点。你们看,我再把这张时间表补充一次,便明显多了。"

农跃鳞又拿出两张剪报,放在时间表的空隙里。一张是冯煦接受《江南商务报》的采访,暗示红会账册有问题,它发生于十月十九日,与张竹君成立赤十字会是同一天。另外一张是盛宣怀被资政院弹劾的新闻,发生于十月二十五日,恰在万国董事会成立之后一天。

"你们看,无论是沈敦和还是张竹君,他们的每一次重大举措,都跟京城局势有着微妙的联系。"农跃鳞说到这里,看向孙希:"其实这个时间表,只要再添加一个关键事件,整个事情的轮廓就再清楚不过了。"

"嗯?"孙希隐隐觉得不妙。

"你是何时把账册拿给冯煦的?"

孙希面色登时大窘,含含糊糊说是九月。农跃鳞俯身在时间表上加上一笔,然后又掏出一份剪报,放进去。方三响一看,那是十月二十一日的《申报》,报道的正是红会爆发一起纷争,虽然没提及任何具体人名,可一看便知是自己被冤枉、孙希自首那天的事。

"农先生,别卖关子了。这到底是怎么回事?"方三响头大如斗。

农跃鳞叼起烟斗抽了几口,往椅背上一靠,淡淡先说出结论:"我认为,这一切都是沈敦和和张竹君共演的双簧。"

方、孙两人像触电似的同时跳起:"不可能,他们两个可是有宿怨的。"

"有宿怨又如何?谁说仇人之间不能合作?"农跃鳞不为所动,"为了一个更大的目标,摒弃成见携手,不足为奇。"

农跃鳞一指时间表:"你们且看。《张竹君致沈仲礼书》是二十六日所发,而她二十四日即离开上海,中途水陆相隔,船上亦少无线电报。那这份声明,是怎么发出来的?"

孙希不以为然:"也许是张校长临出发前拟好的稿子,交给《民立报》。"

农跃鳞道:"好,按你这说法,她最晚二十四日前,便把稿子交出了。但这就衍生出一个诡异之处:如果张竹君存心要给沈敦和难堪,应该选在二十四日或二十五日发表,正好能搅乱万国董事会的筹谋。可《民立报》拿到稿子后,偏偏拖到了二十六日才发表,其时红会救援之事木已成舟,这声明已没什么效果了。"

孙希愣了愣,一时想不出什么合理解释。

"再说沈敦和,就更古怪了。先前舆论

汹汹，要求红会清查账册，可他迟迟不见动静。可等到张竹君二十六日声明一发，他二十八日便做出了回应，可谓神速。你们也读了那文章，道理写得极为妥帖，账目也开列得极详尽，但问题是——他之前为何隐忍不动？"

这也是孙希一直在心里盘桓的疑问。沈敦和明明胸有成竹，之前却始终按兵不动，任凭外界舆论汹汹，实在不合情理。

农跃鳞道："若将沈、张二人分开考察，这些疑问殆不可解。唯一假设两人有合作，方才合乎情理。"

"照你这么说，张校长斥责沈会董，反而是在帮他喽？"方三响怎么也不能理解这荒谬逻辑。

"好，咱们就说说红会账册这事。孙希，你在九月把账册偷拿给了冯煦，你觉得接下来对沈敦和最不利的情况是什么？"

"自然是京会以账册未清为由发难，要求沈会董离职或妥协。"孙希答道，这原本就是冯大人的目的。

"可张竹君却偏偏抢在冯煦前一天，在媒体上率先发难，你冯煦若继续追究沈敦和的责任，便有帮助乱党打自己脸之嫌。于是他只能在报纸上隐晦地点了一句，不好再讲什么，一场危机就此消弭。"

"你的意思是，张校长看似是对沈的攻讦，其实是替他打了个掩护？"孙希道。

农跃鳞忽然压低声音，眼神闪动："我甚至有个大胆猜测，张竹君关于红会账册的消息，到底从何而来……"

孙希闻言剧震。他当初偷走了账册，只发给了冯煦，绝没有泄露给第三者。所以张竹君站出来质疑账册时，他还疑惑了很久，她的消息从哪里得来的？

若按农跃鳞的猜测，给张竹君透出红会账册底细的人，竟是最不可能的沈敦和。

"我还是不明白。沈会董既然没有任何贪黩之情。即使京会拿账册出来质疑，他只要坦白回答便是，何必请张校长出来打掩护？"方三响仍是不解。

"这自然是因为沈会董有更大的图谋。他彼时正在筹划万国董事会，所以故作心虚，任由外界舆论沸腾。结果所有人的注意力全被账册引走，反而忽略了他真正的筹谋。直到他得到内线消息，盛宣怀倒台已成定局，这才猝然出手，收获全功。"

方三响与孙希同时吸了一口凉气。账册破绽，竟是沈会董故意露出来声东击西之用。

其实他俩在阿尔伯特厅里，都隐隐觉得哪里不对劲，万国董事会成立得过于迅速，也过于顺利，绝非一日之功。可当局者迷，他们并未进一步深思。如今农跃鳞一个局外人点破，才觉察到沈会董的手段如羚羊挂角，不露痕迹。

"那后来这两封声明呢？"孙希哑着嗓子问。

"很简单。斯时沈敦和大事已成，之前的烟雾弹也好收收了。但自己主动跳出来澄清账册争议，未免刻意，这时张竹君适时发布一个声明，他正好顺水推舟，详加解答——你们把两篇声明对着读一下，是不是像国术里的喂招？一人亮出招式，不为击倒对手，只是为了方便他尽情施展。"

舱室里陷入一阵安静。无论方三响还是孙希，全都如木头人一样呆坐原地。在他们心目中，沈敦和一直是位ககல啰嗦的善长仁翁，一直到此刻，两人才深切地感觉到，能在上海滩沉浮几十年不倒的人物，岂是单单"仁厚"二字就能解释的。

尤其是孙希，内心更是五味杂陈。他

窃走账册，原本负疚沉重，对于沈会董的谅解十分感激。如今听了农跃鳞分剖缕析，才知一切都在沈会董的掌握中。

想起那一夜与沈敦和的长谈，孙希心里憋闷得紧：到头来，我终究还只是一枚棋子吗……

可他实在没什么立场可指责，毕竟是他窃取账册在先，沈会董顺水推舟而已。

这时方三响开口又问道："你一直在说沈会董的好处，可张校长为何要配合他这么做？"

农跃鳞道："她愿意与宿敌联手，自然也是从中得了好处。不过张校长是人中龙凤、百粤女侠，她想要的好处，断然不是资财名声这等俗物。"

"那会是什么？"

农跃鳞双手抱臂，双眼微眯："你们跟张竹君都有渊源，应该对她的政治立场很熟悉。但你们仔细琢磨一下，她成立赤十字会之后，反复强调的是中立支援、一体救护、革官二军绝无偏袒，说得太多了，反而有欲盖弥彰之嫌。而她要掩盖的事，就是她要得到的好处。"

方三响一琢磨，还真是如此，不由得钦佩无极。这资深记者，眼光比积年老吏还毒辣，堪比爱克司光诊断，文字里深藏的心思，根本无从遁形。

"她对外宣称中立，那要遮掩的，必然是不中立。张竹君的立场不中立，自然只会偏向革命党那边。"农跃鳞从容掏出另外一份剪报，放入时间表内。

这份剪报同样是《申报》裁出的，时间是十月十二日，新闻内容是武昌起义新军、湖北诸议局议员和绅商代表召开联席会议，公推黎元洪为湖北军政府都督。

"对于革命党人来说，最迫切的事，便是将得力干将赶至武昌，在军政府中扩大影响力，莫被黎元洪摘了果实。事实上，谭人凤、居正等同盟会干部，已在十五日抵达汉口，但成效不大，还得有更重量级的人到场，方能与黎元洪抗衡，控制大局。"

农跃鳞说到这里，手指轻点时间表上的一条。十月十八日，那正是张竹君公开斥责沈敦和的日子，距离谭人凤抵达汉口只隔三日，必存因果。

方三响头皮一阵发麻，头发恨不得根根竖起，目光几乎要射穿农跃鳞。

"你，你是说，赤十字会也不过是掩人耳目，张校长的目的，竟是要去支援武昌革命党？"

"不错。她故意跟沈敦和演了一出戏，假意愤恨红会不作为，自行成立赤十字会。全上海包括道太衙门和工部局，都认为她成立这组织，只为羞辱沈敦和，丝毫不起疑心。却不知她竟是瞒天过海，要去运送革命党要员——这，才是她真正要的好处。"

方三响恍然大悟："难怪张校长选在二十四日出航，那天正是沈会董宣布成立万国董事会的日子，所有人的注意力都在那儿，更没人去管瑞和号上到底乘坐的是谁了。他们俩互打掩护，配合得竟这么好……啊！"

他忽然轻声叫了一声，农跃鳞问怎么了，方三响挠了挠头："我想起来了，张校长让我给沈会董带句话，说什么一个教头一路拳，我已仁至义尽，让他不要再做冇耳茶壶了，莫非也是有什么深意。"

"哦？你讲给沈敦和听了没？"

"讲了，他只是大笑，却没说什么。"

农跃鳞亦是笑起来："一个教头一路拳，是广东俚语，意思是各有各的打法。仁至义尽，即是两人合作到此为止，不必再深入了。他们两个八字不合，勉强联手，想必忍得很辛苦啊。"

"那有耳茶壶呢？"

"茶壶没了耳朵，不就得让人捧着么？张女侠到底还是嫌弃他爱出风头，总忍不住要讥讽一句。唉，这两个实在是妙人。人家是相忍为国，他们俩却是相斗为国。"农跃鳞啧啧称赞。

"你说他们何时开始勾……呃，联手的？"

"我疑心就是从去年那场鼠疫开始。那次两人斗归斗，可红会总医院与上海女子医校联手做了不少事。"

孙希发出一声叹息："全上海的人，都被这一对怨家给蒙蔽了。唯一差点接近真相的，倒是那个洋人探长史蒂文森。他如果在码头多坚持一下，说不定计划就被撞破了。"

方三响突然觉得不对："嗯？你怎么知道的？"

孙希耸耸肩："若不是我在码头用德律风告知总探长，只怕瑞和号早被史蒂文森翻了个底朝天。"

"竟然是你……"方三响皱起眉头。

孙希苦笑一声，默默转过脸去。

农跃鳞俯身下去，把这些摆好的剪报一一收拾起来："其实呢，我只是一时好奇，略做了一番调查而已。这些事绝不会见诸报端，只今晚与你们二人私下说说罢了。"

一听这话，两人心头俱是一松。倘若这内幕被媒体爆出，只怕沈、张二人都要信誉扫地。

农跃鳞敏锐地抬起头："你们俩现在一定暗自松了一口气，对吧？因为你们觉得沈、张二人如此行事，实在不够君子，万一公之于众，有损形象。"

孙希正要解释几句，谁知方三响已老老实实答道："是。"

农跃鳞摘下眼镜，慢条斯理地擦了擦："切不可有这种想法。凡事须看大节，有人耍手段是为了牟取私利，有人玩心眼是为了排除异己。而他们两个人捐弃私怨，携手做局，却是为了大业，为了理想。此乃国士之风，我钦佩还来不及，又怎么去故意破坏呢？"

一阵悠扬的汽笛声打破江面的寂静，传入这间小小的舱室。农跃鳞信步走到舷窗，看向外面的黑暗，语气肃然起来："如今这个时局，最大的慈善，无过于拯救吾国之命运；最高明的医术，无过于拯救吾民之灵魂。沈敦和与张竹君，一个慈善家和一个医生，他们在这片黑暗中拼命寻找着出路，求索变化，这才是大节所在。"

他缓缓转过身，目光炯炯："今日跟两位说这些，不为揭露密辛，其实还是那句老话：你不去关心时局，时局也会来关心你。两位与沈、张渊源不浅，得见贤思齐才行啊。"

这场小小的密议，就此结束。

孙希和方三响并肩离开，不约而同地来到船头甲板。是夜无月少星，周围一片黑漆漆，唯有高杆上一盏黯淡的汽灯，只笼罩住了三丈左右的范围，随着船身摆动。他们双手撑住栏杆，探出身子，也想试着去看穿农先生口中的这片黑暗。

久久无语之后，到底还是孙希先打破沉默："哎，老方，沈会董和张校长这事，除非他俩肯说，否则无法验证吧？"

"不，还是有办法的，但我不想告诉你。"方三响态度依旧生硬，双眼一直目视着船头的前方，似乎答案就在那里。

孙希悻悻道："哎，我知道你要说什么，但知道也没什么用。她一定也是不肯告诉我的。"

他从裤袋里摸出一包大前门，点燃一根叼在嘴里，把视线也投向那不可知的远方。

在两人目力遥不可及的数百公里之外，瑞和号已安全抵达了汉口租界的二码头。这里是怡和洋行的地盘，并没有被战火波及，但隐隐能听到枪炮声。赤十字会的队员们迅速办理了手续，井然有序地陆续下船。

姚英子收拾好行李，和陶管家走下舷梯。她忽然注意到一件怪事，那些一等舱的医生们第一批下了船，没有等后续人员下完，先登上另外一条泊在码头的竹篷小船。

码头灯光昏暗，看不清那边的情形。只分辨出他们站在船舷旁边，同时做了个握拳的手势。小船轻轻滑入航道，朝着江对面的武昌而去。

张竹君伫立在原地眺望，她的肩膀微微松弛下来，像是卸下了一副重担。姚英子跑过去搀起她的胳膊："张校长，那些医生怎么先走了？"

"他们还有更重要的事情。"张竹君淡淡道。

"他们到底是谁啊？"

张竹君左手垫在右肘关节下，右手食指点了几下太阳穴，这是她思考的惯常姿势。数秒之后，她忽而展颜道："事到如今，倒也不必收收埋埋。喏，那个胖胖留着鱼须胡的，叫黄兴，旁边是他的太太徐宗汉——她跟我在广东时就是手帕——戴眼镜的叫宋教仁，同室的叫田桐。那个日本人叫萱野长知。"

听到这些禁忌的名字，姚英子的瞳孔骤然收缩，指甲不自觉地抠紧校长的皮肤。张竹君拍拍她的头，示意放松些，疲惫的面孔浮起一丝笑意：

"英子，很快你便可以大声地讲出这些名字，不必再有任何顾忌和危险。"

[特约编辑：朱婧熠]

作为方法的马伯庸

李伟长

马伯庸已是一个现象,一个近乎光芒四射的现象,以至于人们在注意到他的时候,也清晰地看到了周围无可奈何的暗淡。从小说到读者大众的距离,并没有因为这些年小说家们的努力变得更近,相反似乎越来越远,读者转身投向了别的山头。悲观地说,文学新的读者群体没有随着新媒体的迅猛崛起而广泛到来,反而是老的读者正在黯然散去,短视频、信息流摇旗呐喊得正欢。

(一)

马伯庸"准确"地出现在读者换场的路口,以《长安十二时辰》和《两京十五日》拦住了人们的去路。这不是孤胆英雄式的救场,而是现实的文学生活在此上演。马伯庸曾经的位置就在那儿,往前一步是纯文学,往后一步可能就是网络文学。马伯庸近年的广受关注,不是意外的偶然事件,事实上,很多年前他就隐秘地建立了广泛而持久的名声,只不过他所在的地方不叫纯文学圈。《长安十二时辰》的确是一次转折,于马伯庸自己是如此,于小说生态的调整也是如此。甚至借由电视剧和电影的传播力,新的人群不断地从四面八方赶来了,紧紧围住了他,称他为马亲王。

"亲王"是一个稍微遥远的故事,未有十二时辰之前,没进长安的时候,马伯庸的"神贴"《五行山下双石记》就流传甚广了。金箍棒到底打哪儿来，最终又往哪儿去了？把女娲补天、大禹治水、齐天大圣、红楼通灵宝玉和水浒一百零八魔王串在一起，讲成了一块石头跳跃无边的奇幻旅程。脑洞之大，论证之严，叙述之跳跃，行文之洒脱，旁征博引之恣意，堪称奇文。他所用的文本"拼贴"技艺极具后现代意识，在正经中斗转星移，在庄严中信口开河，戏谑处又引经据典，拼贴手法自如熟练。这条帖子直到今天还时常被人提起，作为寻视马伯庸创作来路的证据。于马伯庸而言，这近似一个游戏，一个用想象力搭建起来的文字游戏，庄重与戏谑并存，漫天的想象力与既成的文本事实齐飞，既取悦读者也取悦自己。借用布罗茨基的话，写作是一项取悦一个影子的事业，在马伯庸这里，区别在于影子是谁而已。在马伯庸的早期写作中，自得其乐的成分更大一些，被取悦的影子就是他自己。在那些释放想象力如绚烂烟花般的文章里，文体的边界被不断拓展，事件被马伯庸重新调色、编码后重新出发。每一篇文章就是一个有趣的游戏，马伯庸就是一个认真的游戏发明者。如果说写文章还不够自由，多少还受限于材料的出处，那讲故事就给了马伯庸更大的自由，以及随之而来的更大的愉悦与兴奋。

从马伯庸的作品可以捕捉到两个法则，一是故事生发地，即从何处开始进入虚构，所谓叙事的法门。马伯庸擅长找到一个故事法门，或从经典文本，或从耳熟能详的故事，即一个有认知基础的载体，借用这个载体切入虚构现场，在既有的叙事范畴内做加法。在马伯庸发表于《收获长篇小说2021春卷》的小说《长安的荔枝》中，这个载体就是杜牧传颂千年的几句诗：一骑红尘妃子笑，无人知是荔枝来。敢问新鲜荔枝从哪儿来？怎么来的？从岭南到长安路途遥远、交通不便，如何跨越数千里将新鲜荔枝送到杨贵妃的嘴边？这个经由诗歌定型的历史事件已然如此重要，重要到小说家轻而易举地就建立起了令人信服的对历史生活的模拟过程，令人相信其必然蕴含的生活逻辑性和真实性。这可以命名为一次"征用"，有了名正言顺的"征用"所建立起来的模拟过程，读者对小说人物的同情心将得以最大程度的被唤醒，因为历史事件在此扮演的是不容置疑的导演。

第二个法则就是时间，马伯庸将叙事时间操弄得得心应手。人们在马伯庸身上感受到了叙事时间的魅力，捕捉到了故事与时间的震荡联系。好的小说家都善于与时间周旋共舞，与之玩着心知肚明的游戏和诡计。对小说家来说，时间设定了文本叙述所需要的控制力，也可以说是情节张力、文本弹性。时间意味着计算，有计算就需要缜密的设计，有设计就会有谜题，以及必不可少的解答过程。时间就是一炷香，一次沙漏，一场比赛，当然对小说家而言，时间就是一次文本里的暴风骤雨，雨过天晴之后看不见风雨来临的痕迹。

马伯庸已然成为一种方法。虽然这种方法并不适用于后来者的模仿，它更多地属于马伯庸一个人，甚至是一次性的文本行动。连马伯庸自己都得谨慎地使用，以免被视为自我重复。一个高级的游戏玩家，认真起来的话，是不会满足于重复玩一个游戏的，他一定会想方设法变换更新游戏法则，调新兵，遣新将，重整旗鼓，再布新局。

（二）

进入到马伯庸的新作《大医》，便会感觉到他的用心和方法。马伯庸的历史叙事来到了近代一个磅礴的时空，我指的是国内现代医学开始萌生的历史真实时间。时间线与马伯庸之前的极限时间不同，从整体故事过渡到了多次事件，这是一次迫不得已却卓有成效的叙事让步，毕竟向前发展的历史无法停下来形成故事闭环。

马伯庸的处理方法既巧妙又危险，那就是聚焦于某一事件的时间限度，以此来增强文本的张力和故事结构的精密。从这个意义上说，《大医》的写作更为从容绵延，叙事策略接续了小说叙事的古典传统，即以事件驱动小说的进度，小说人物在不断迭代的事件中得以成长。方三响、孙希和姚英子的从医是一串事件之后的结果，三个年轻人的成长也是社会现实、个人意志和家庭背景的综合所为。

清末时期的皖北水灾、上海鼠疫、武昌战场等大事件接连而起，救灾、救伤、公共卫生救援渐次展开。这些文学事件与中国现代医学的萌生紧紧相关。每一件大事都赋予马伯庸新的叙事空间，曾经紧张的节奏氛围被置换为命悬一线的救灾治病，同样让文本保持住了足够的张力。除却红会在中国生根落地的历史过程，支援革命党人的赤十字会的成立也进入了小说家的眼帘，由此一并进入的还有宏阔万千的近代革命历史。这才展现了马伯庸的视野之开阔，进入历史巨河的雄心壮志，以及他柔软的身段。

这是一部具有历史意义的大题材，从红十字会的角度进入中国近代医学的发展脉络，连带着纵观了近代历史的变迁，此为大。大有大的气象，大也有大的艰难。至为艰难的就是恪守虚构的限度，历史本事都在，如何变幻其相进入历史，所谓大处不虚、小处不拘。马伯庸的史料功夫早就盛名在外，涉及历史大截面的地方可谓处处谨慎，不作虚言，引用化用，均有来处，这是历史题材小说的魅力，必须呈现出无我的小说氛围。一旦获得虚构的空间，小说家也是竭尽所能、长袖善舞，则处处有我。如此大小相谐，才有大珠小珠落玉盘的错落妙音。声音有了，故事自然也有了。如果说马伯庸之前的想象力多少有天马行空、不拘一格的色彩，那在《大医》则蜕变为扎实的经营，他处理素材的方式就像一个耐心的历史学家，尤其是在描绘触目所及的水灾时，马伯庸的笔触像一个描绘自己时代的画家。

这是一次具有示范意义的创作旅程。当小说家回望历史时，有太多的风云值得重新审视、重新书写。因为准备工作需要做大量的功课，相比而言书写个体经验的就要容易得多。这是一项正在式微的传统手工式写作，行者稀少也是正常的。我们偶尔会感叹，《战争与和平》式的小说今天还会有么？当然不会有。或许可以换一个方式追问，不必问这样的伟大作品是否会有，而是问这样写法的小说家还有多少？经年累月地收集素材，皓首穷经地进入历史生活的细节处，笨拙地悉心打磨小说里的"技术参数"，这都是面对历史生活，一个作家必须具备的条件。正如好的小说家一定是一个杂家，天文地理人间百业都有触摸，如此才有温度的故事。故事是什么？故事就是历史缝隙里的真实感——有温度的真实感，而不是所谓的真实。好作家要做的就是传递出这类真实感。马伯庸的写作就是捕捉到了细节里的温度，并且很好地实现了传递，让读者感受到了真实感。

《大医》里有不少手术场景，涉及医学专业术语，这本是挑战。马伯庸没有错过良机，将专业知识可能带来的挑战变成了呈现与分享，其巧妙之处在于让读者似乎看懂了小说人物所讨论的专业问题，从而形成了独立的小说空间。事实上，非医学领域的读者读过之后并不会就懂了。这是一种构建真实感的叙述技术，这也是文学和现实关系的镜子。现实主义写作的法则不是复制现实，而是经由现实进入文本之后获得现实感。这一观念同样可以推到历史写作。现实感、专业感、历史感似乎都是一种非理性的感觉，但那是写作能力的最好体现。有的作家征用了海量的历史资料，也依然无法建立哪怕一丁点真实感来。小说写到传统接生术时，有一个细节——

"她还没生呢，你把手伸进产道去做什么？"姚英子突然质问。稳婆搓了搓手，赔笑道："这位小姐怕是还未经人事，翠香这胎儿忒大，所以每天得多掏掏，开开路，到时候好生。"

这个细节是有力量的，它不止是写出了传统接生的问题和现代接生的文明，更重要的是作为小说细节，很好地从现实生活中拓来了粗粝又令人信服的真实感。

（三）

学医的人大概都知道希波克拉底誓言："无论至于何处，遇男或女，贵人及奴婢，我之惟一目的，为病家谋幸福，并检点吾身，不作各种害人及恶劣行为。"

无独有偶。孙思邈的《备急千金要方》第一卷讲的也是医德："凡大医治病，先发大慈恻隐之心，誓愿普救含灵之苦。若有疾厄来求救者，不得问其贵贱贫富，长幼妍蚩，华夷愚智，普同一等，皆如至亲之想。亦不得瞻前顾后，自虑吉凶，护惜身命。见彼苦恼，若己有之——如此可为苍生大医。"

不问贵贱，不论贫富，为病家谋幸福，见彼苦恼，若己有之，都是穿越历史长河依旧清澈迷人的准则。尤其"若己有之"四字，更能体现"大医"的仁心道德，同情、悲悯、感同身受都是题中之义。这是小说的精魂所在，也是马伯庸所张扬的医者精神。往更辽阔的地方讲，这一医者精神同样是人的精神，甚至是英雄的精神。

从历史的尘埃中捕捉一种精神，用捏土为骨的手法进行赋形，是马伯庸塑造小说人物的常用法则，由此他笔下的小说人物常常充盈着一种精神，元气丰沛，活力有加，从《长安十二时辰》的张小敬，到《长安的荔枝》的李善德，再到《大医》的方三响，无一不散发出强悍的生命力，一种经受命运摧残而不认命转而与之搏斗的精气神。他们是与生活和命运搏斗的悲壮的英雄。如果说之前的小说人物多少还有悲剧英雄的气息，那在《大医》中的英雄气息则更为纯粹，也更为普遍，融入了东西方共通的人类至善的部分品质。

马伯庸心中理想的医生，正如小说中所写道的："医者是在上帝的领域工作，掌控的是人的生死。所以一个合格的外科医生，不止要学习技艺，还要磨炼出钢铁般的意志。无论地动山摇还是内心恐惧，都不能干扰医生对患者的判断与处置。"这几乎可转化为诸多行业中人的标准，技艺非凡，意志强悍，以及光一般的仁心。

马伯庸天生就是一位讲故事的人。传递知识经验的故事法则可能在一部分作家那里失效了，但在他这里依然生机勃勃。经马伯庸重新编码的公共经验得以文学的方式持续激发读者的好奇与激动。他的热切、兴奋、取悦自我以及打开世界的想象力都为人赞叹，也给更为年轻的写作者带来启发。

不断被重述是好故事的价值和宿命，从这个角度而言，当下已经获胜的马伯庸还需要与未来更久远的时间进行谈判。当一个故事被讲完了，听故事的人散去了,这个故事是否还会被继续讲述。就像在电影《楚门的世界》的结尾,当楚门终于走出巨大的摄影棚,观众在欢呼片刻之后,并没有停下来想点什么,而是转头就去看别的节目了。观众并不关心楚门进入真正的生活之后会怎样,他们关心的是自己的时间如何被占据,自己的精神如何被喂养。楚门何去何从,与他们无关。小说家终会从故事中离场,投入别的文学生活,心怀马伯庸方法的马伯庸将来也得面对这一切。

[特约编辑:朱婧熠]

培训班

傅星

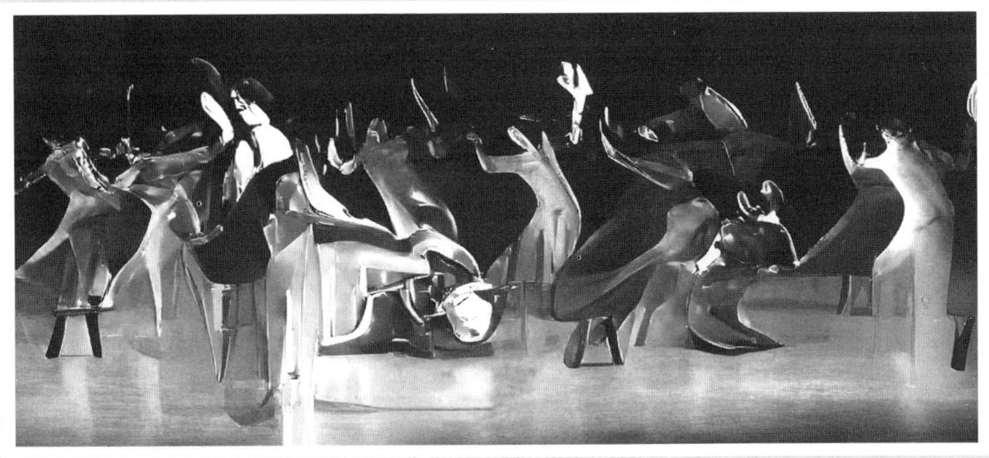

上　部

1

苏威廉睡不着，同屋的赵青一直在打呼噜，有一片刻像是吹起了口哨，苏威廉实在听不下去，索性起床不睡了。他摸黑出门。走道里月光如水，他的身影在拉长，伸手是五个巨大的手指在晃动。

老房子是申江艺术学院的宿舍，和校区隔着一堵墙，混杂在居民区内，在一个长弄堂的尽头，给人的感觉是养在深闺人不识。农场培训班的学员就住在这里，一楼是创作班，二楼是表演班。

苏威廉是创作班的，他和创作班班长赵青两人住一间。房间在一楼，北向，逼仄潮湿，阴气足。头一天来，他就踩到了蜒蚰，非常恶心。别的人住在大房间里，有阳光，可是人多，挤在一起。这是学校的安排，没有选择。

他想去三楼的平台上待一会儿，还未上楼就听到猫叫。那种细小的声音挠得他心痒，他停住了，四处找。楼梯的一侧有扇小门，他上去拉开了小门，猫蹿了出来，擦着他的脚踝，柔软地跑掉了。这是个小房间，即便是暗中，也能看到一个赤膊的灯泡荡在那里，墙上有开关，苏威廉摸到了开关，打开，灯亮了。

苏威廉知道，像这种老房子的楼梯下多半会有这么一个小房间，原本是用来储藏杂物的，也有人家会把这个空间改作佣人屋，或是马桶间。现在这里是空的，什么也没有，除了两堆猫屎。小房间的顶是斜的，上方有扇窗，玻璃碎了，猫应该是从碎玻璃处爬入，又出不去了，然后就急得喵喵地叫。

墙上有字，是红色粉笔写上去的。在墙上胡涂乱抹的事苏威廉小时候一直做，有一次他在墙上写：建国的阿爸偷鱼吃，后来被建国家人一顿暴打。

那几个红字清晰可辨：

请好自为之，致培训班的莎士比亚们！

苏威廉想了好一会儿，还是读不懂这句话的深层意思。

在三楼平台上，他看到了亚雯。亚雯立在那里观夜景。初春，仍然很冷。老房子的周边有各种树，平台上满是落叶。入住那天，苏威廉就来过这个平台，他的第一感就是平台好大，可以跳群舞。

亚雯是表演班的，苏威廉跟她也是认识没几天。这个老房子挺吓人的，亚雯说，她在哆嗦。有鬼的，亚雯伸手搭了搭苏威廉的胳膊，冰凉。苏威廉说，你的手好冷啊，像冻鸡爪。亚雯拧了他一下。亚雯说，错了，是鬼爪。又有人上了平台，是赵青。赵青说他也睡不着了，上来透透气，屋里闷。又问，你们两个三更半夜在这里说什么呢？苏威廉告诉赵青，亚雯说她怕，感觉楼里有鬼。赵青说，可能的，像这种老房子，死人太多，冤魂不散。姜美丽就是在这栋楼里死的。

亚雯一声尖叫，捂住脸。

姜美丽是著名话剧演员，前些年自杀死了，这个听说了，但是不晓得她就死在这栋楼里。苏威廉没有看过她的戏，只是看过她的剧照，喜欢她的大波浪发型，还有那对美丽的猫眼。赵青说她是割腕死的，两个腕都割了，死的时候穿着苔丝狄蒙娜的戏装，她就是演《奥赛罗》出的名。

就是楼梯边上的那个小房间，血从门缝里流出来，一直流到了大门口的石板上。早上天不亮，送牛奶的工人在门口滑了一跤，然后觉得手上湿答答的，一看，哎呀是血，吓坏了。

你怎么都知道？苏威廉问。

我大伯伯前两年就住在这个弄堂里，我常来。听他们说的。

亚雯突然说，她又看到鬼了，鬼正站在赵青的脑袋上，像一枝芦苇。亚雯说完，笑，她身子很单薄，连恶作剧的笑声也显得很虚弱。

2

苏威廉下农场后就分在连队，他是连队的文艺骨干。一年后在连队春晚上，苏威廉露了一手。他自创了一个小歌舞《扎根树》，还在乐队里拉手风琴，那是个48贝司的手风琴，是他自己带下去的。春晚在连队食堂里举行，小歌舞的剧场效果好极了，观众一直在笑，在鼓掌，苏威康当时想，他们为啥这么喜欢笑，连根本不该笑的地方也在笑。那次，场部的人也来看了，广播站的人在录音。

几天后，苏威廉在田里干活，中午，他实在太累了，就去休息。他坐在田头的那根电线杆下，电线杆上挂有一个大喇叭。大喇叭每个早晨播革命歌曲，把苏威廉从睡梦中吵醒。有一次大喇叭里发出了吵架声，女的说，别动滚出去。男的说，要滚你滚，我是来吃早饭的。吵架声很快又被革命歌曲取代了。许多人听到这两句，就是不明白到底发生了什么，根本不会有解释。

大喇叭一直在唱歌，停了一下，又播出一个曲子，先是笛子和二胡过门，随后手风琴拉响了主旋律。苏威廉突然醒悟过来，现在播的这个曲子就是《扎根树》，没错，是他的作品，手风琴在变调时按错了好几个音。他陶醉在自己编的旋律里，队长叫他，催他干活，他也不睬。他很瞧不起队长，那个人根本就是个音盲，连《东方红》都唱不好。那日蓝天白云，金色的庄稼在翻滚，一望无际。海风浩荡，他的舌尖上有点咸，也有点苦。风把他的草帽吹走了，可是很快又吹了回来，怪异地转了一个圈。远处，那些一直在干活的人有的也在听音乐，然后直起身来，朝他挥挥手。

这一刻真是太美妙了，并多次出现在他的梦中。有一次他甚至梦见电线杆上挂的不是大喇叭，而是他自己，他被捆绑在那上头，并没完没了地高唱自己的歌。

节后，场部领导找苏威廉谈话。他有点紧张，不知道要谈什么。他走了一个多小时到了场部，到场部的时候饿死了，没带吃的，他本来是准备了两个白馒头的，可是慌里慌张地又忘了拿。

政宣组长让苏威廉坐，组长人很瘦，连队的春晚他也来了，苏威廉记得他坐在观众席的正中央。他最严肃，从头至尾都不笑。组长给苏威廉倒了一杯水，苏威廉注意到组长的桌上有好几只包子，装在饭盒里。他想要是组长扔一个包子给他就好了。

组长问他怎么会写曲子的？苏威廉说，

瞎写的。组长说，场部小学的白老师会写弦乐四重奏的你知道吗？苏威廉摇头。组长说，所以要进一步深造。送你去大学学一年，刚好我们这里下来了一个学习名额。

苏威廉有点发闷，他没想到这么好的事会轮到他。

怎么样，去，还是不去？

苏威廉说，就是想问一下，一年后还回农场吗？

组长笑了。组长好像是头一次笑。组长说，你这个问题真是够荒唐的，不回农场送你去做什么？

苏威廉在吴淞码头下了船，然后就直接去申江艺术学院报到，他连家都没有回。这个学校苏威廉以前是经常路过的，也进去过，他记得进大门往前，右拐，就有一个剧场。他以前来这里看过戏。

学校的大门口拉着横幅，欢迎农场新学员。报到处就在门口，接待老师一本正经的样子。老师是个中年妇女，老师伸手：通知书！苏威廉掏了通知书递到老师的掌上。然后他就拿到了一套资料。有住宿安排，学习讲义。老师说，欢迎你。苏威廉走向一边，他翻了翻讲义。他完全看不懂，都是些戏剧创作方面的课程。

这个时候亚雯过来了，亚雯拖着两个大包。亚雯说，你是培训班的吧。苏威廉说是。亚雯问你学什么的？苏威廉说，学作曲的。亚雯说，你走错学校了，这个学校从来没有作曲专业的。亚雯拿过苏威廉手中的讲义看。

你是创作班的。

我是来学作曲的，苏威廉坚持说。亚雯说，学什么不一样吗？创作班其实挺好的，可是要有写作能力，我没有，只能学表演。

苏威廉又返身去报到处。老师问，什么事？

苏威廉说，我是学作曲的。

老师不理他了，又有人来报到。

老师又伸出手去，通知呢！老师说，欢迎你！

亚雯的包很大很重，她一个人根本扛不动。苏威廉也不知道她是怎么来校的。亚雯说，帮我个忙吧，扛一下。宿舍在哪里我知道，刚才问过了，在校外，出学校边门，往左转弯，隔壁那条大弄堂到底就是了。

苏威廉帮亚雯扛包，他自己的包比较轻，亚雯帮他拿。他们走在校园里，往边门走去，校园里真是很漂亮，有好几栋楼，苏威廉看到了红楼，白楼，还有灰楼。他突然停下了，他卸了包。亚雯问他是太沉了吗，苏威廉摇头。

我是来学作曲的！

哎呀，不是说了吗，没有！你只有去音乐学院读这个专业。

那我回农场后怎么交代？

这时候，树丛里突然冒出朗读声，是女声：

大街上别随地吐痰甩鼻涕，

吃西瓜别到处乱扔西瓜皮。

……

她在练台词，亚雯说。

3

夏君一老师是班主任，他主讲戏剧创作。君一老师风度翩翩，白领，的确良的。他在讲课的时候，有光斑在他的额上跳动。这是君一老师的第一节课。他讲的是三突出。

在所有人物中要突出重要人物，在重要人物中突出主要人物，在主要人物中突出英雄人物。

苏威廉老老实实地在笔记本上记下，他的字写得比较差。而且整行地往上斜。在一本关于笔迹识人的书里说，写字往上斜是因为个性张扬。那真是胡说八道，苏威廉一点都不张扬，甚至太不张扬了。在中小学，几个学期下来，一些授课老师都叫不出他的名字。

赵青坐他边上。赵青轻声地说，君一老师去过样板戏剧组，现在不知道还是不是，他很有名，读书期间，他就改编了《卓娅和舒拉的故事》。

赵青的声音有点响，君一老师停下。一会儿他继续往下说：

阿庆嫂算不上一号人物，尽管最初沪剧版的人设上，阿庆嫂是第一位的，但是到京剧版，指导员郭建光就取代了阿庆嫂的重要性。中国革命的胜利靠的是武装斗争，这也是政治表达。文艺为政治服务，这是原则。沙家浜的人设是如何调整的，诸位自己去解析，再写一篇体会文章交给我。

又发了一叠教材，油印的，学校自己编的。在三突出原则下的各种编剧法则：冲突、悬念、铺垫、延宕、抑扬、场面，情节是性格冲突的历史，在高潮中完成主题，动作统一性，小道具的前后呼应，江水英的出场，《红灯记》的人物关系搭建与纠葛，从少剑波到杨子荣，对《林海雪原》中小白茹的批判，武装斗争和地下工作的主次。要出绿，兼谈电影《闪闪的红星》影像色调。等等。

苏威廉和赵青在食堂吃饭，伙食很好，有菜底大排。

赵青掏出了一张卡，赵青说，创作班和表演班各有一张卡。苏威廉接过，是图书馆的借阅卡。赵青说，每次可以借两本内部参考书。你先用吧。

卡是新的，上面还没有任何纪录。

赵青是诗人，少年成名。苏威廉一到崇明就知道了赵青，到处都是赵青的诗：黑板报上，场部的广播里。在一部叫作《农场之春》的散文诗集中，有三篇赵青的作品。苏威廉后来知道赵青是光明农场的，但不知道是男是女，长什么样。

进校的第一天，苏威廉进宿舍，一个瘦高白净的男生伸出手来。男生说，幸会，你是苏威廉吧。我是赵青。

苏威廉大喜。

我们是星星，散落在海边。

或者更多。

我们修理地球，并把自己镶刻上去，比钻石更亮。

这是赵青写的。

苏威廉没有用那张借阅卡。

某天，他在校园里遇见了鲁小琴。小鲁是他小学同学，也是邻居，小鲁家后来搬了，她也转学了。小鲁很快叫出了苏威廉的名字，苏威廉想了半天才认出她来。小鲁变化很大，肯定比以前漂亮。

苏威廉告诉小鲁，他是培训班学员。小鲁点头说，知道这个班，是学校专为国营农场培养文艺人才的。小鲁上下看了一下苏威廉，你不错啊！小鲁又告诉苏威廉，她现在是学校的图书管理员，中学毕业就分到了申艺学院。苏威廉知道，她父母都是老干部，多半是走了关系。

图书馆是一栋尖顶小洋楼，在学校的东北角上。小鲁带苏威廉去看看。进了门就是大阅览厅，水晶吊灯，彩绘玻璃。很少的几个人在阅览厅里读书。小鲁示意苏威廉看左边那个人。

看到了伐？

苏威廉细看，认出来了。是演日本鬼子渡边的，在一部战争片里最先被打死了。这时候，渡边抬头，目中无人的样子。小鲁说，他在研究人物，反派的，听说他下次要演军统特务。

穿过阅览厅，就是藏书室。到处都塞满了书。苏威廉从来没有见过这么多的书。小鲁说，都是毒草。有的内部可以借阅，有的内部都不让看，可能是太毒了。

小鲁一个人用一间办公室，她的办公桌就埋在毒草堆里。桌上有几本书，苏威廉一本都没有读过。小鲁聊往事，她问苏威廉还记得他们一道钻防空洞的事吗？苏威廉说记得，外面下大雨，他们出不去了。小鲁说，你还给我吃了个面包。苏威廉说，是半个，另外半个他自己吃了。小鲁说，外面雨下得好大，你说你不怕，你会游泳，可是我不会游泳。

这时候，外面有人喊小鲁。小鲁说，要开会了。两人往门外走。小鲁又停住。问，你要看书吗，我可以开点后门，可是不能多了，一次三四本可以。她又拿起桌上的一本书。

这个是戏文系同学刚还来了，借的人蛮多的。

苏威廉看书名，《戏剧技巧》乔治·贝克著，苏威廉点头说要看。然后小鲁去开会，苏威廉拿了书走了。

4

君一老师布置了作业，写一个提纲。冰行是最早上交的。她写的是农场围海造田的故事。冰行去农场的时候，围海造田的事多半已经过去了，整个岛已经到了开河引流阶段了。这个故事充满了她的想象。

冰行的故事是夜半捉蟹。滩涂，很多蟹。在无比潮湿的床上，深夜会爬上那些蟹。那个时候的蟹是肥硕的，比现在的大多了，尤其是两个大钳子大得吓死人，还是红色的。战士们在一天劳累后睡得死死的，但是在睡梦中不断地被大钳子钳醒。可以钳在任何地方，鼻子、耳朵、手指、脚趾、男战士的小鸡鸡也会被夹。有一个黑影，老是在半夜时出没在战士休息的大棚里，起初以为是小偷，也有人迷信以为是鬼。无论是小偷还是鬼，战士们非要把他捉出来不可。后来，战士们设了一计（待构思），终于捉到了那个黑影，啊，原来是阿跷（小儿麻痹症）。真相大白了。阿跷半夜捉蟹，一是要让战士们睡得好，二是为了改善伙食，那时的农场伙食很差，一日三餐，除了土豆就是土豆。阿跷捉蟹，养蟹，养多了，就在周末为战士们做一餐美味的蟹宴。

这个故事在小组讨论时，赵青就有质疑，崇明蟹么，老小的，俗称崇明毛乌小蟹，好像从来也没有那么大的钳子。二是，怎么扯到了战士的小鸡鸡上，一个女编剧，这么写真的好吗？

这是艺术！冰行愤怒地说。

苏威廉表示他赞同赵青，冰行朝他翻白眼。赵青说，还是听君一老师的吧。

后来苏威廉看到了君一老师对夜半捉蟹的评语，大意是：阿跷这个人物塑造还可以，但是整体上细节还不够，小鸡鸡一笔可以删去，尽管有趣，但不上台面，有低级之嫌。

赵青写了一个爱情故事。女生中学毕业分到了崇明农场，男生分在了上海钢厂。男生为了追求女生也去了农场，后来男生遭遇了一场事故，造成终身残疾。女生就一直守在男生的身边，直到天荒地老。

讨论时，君一老师在场。君一老师说，我们从来提倡革命的现实主义和革命的浪漫主义相结合的风格，但是故事的戏剧动力是私情，不好，要有超越。另外，抒情部分不要插入楼梯诗。

为什么？

你又不是马雅可夫斯基！

赵青的脖子涨得通红。

更不要写成十四行诗。如果一定要写，那就用民歌体写，那种中国气派的格式。赵青，我知道你是班里基础最好的，你应该可以写好。

苏威廉写不出来，他一直在拖。苏威廉的祖父是天主教徒，"文革"前老是去徐家汇天主教堂做弥撒。祖父不止一次跟他说，你可以祷告，主可以帮你。苏威廉根本不信。但有时候他也会试试，就像玩儿一样。那天，他又试，居然蛮灵的，当晚就做梦了，是一个完整的人物。

又是君一老师的课。这次是分析样板戏的人物出场。大课，在阶梯教室。二年级的工农兵班学员也有来听课的。君一老师分析了《龙江颂》的女一号江水英出场：她撑着小船顺水而来，背身上岸，行至中央，突然转身。远铺垫，近铺垫，亮相。都有了。接下去是大段的唱腔，展示一号人物的内心世界。

像这种设计，君一老师说，看上去是导演的艺术，但其实编剧文本更是至关重要的。导演和演员永远是二度创作。

记住，剧本剧本，一剧之本。

课讲完了。还留有半个小时作为学生作业的分析时间，君一老师点了苏威廉。他问苏威廉，作业写得怎么样了？苏威廉说写好了。然后他从包里掏出了作业。君一老师伸手示意，意思现在就可以给他。苏威廉就上前给他。

君一老师翻了翻作业，搁在了一边。

就在这里说说你的故事吧，简短些。君一老师说，两百字以内的描述，条理要清楚。

苏威廉很尴尬，他一点都不善于在课堂上说话，而且要控制在两百字以内。两百字是多少，他完全没有概念。众人都看着苏威廉，前排的扭过头来看他，有好几张陌生的脸，一定是二年级工农兵班的，他们都是有水平的人。苏威廉觉得自己要完蛋了。他憋在那里，什么也说不出来。

好吧，君一老师说，可以先说一下你打算塑造的人物，你想写什么？

双枪老太婆。

众人笑。

那个小茅屋看上去不堪一击的样子，阿婆就住在那个小茅屋里，窗是纸糊的，如同舞剧《白毛女》的开场布景。茅屋前有个菜园子，苏威廉去开河挖泥，茅屋前的那条土路是必经之地。苏威廉可以看到阿婆在菜园子里忙，有人告诉苏威廉，她以前是四明山区的游击队司令，是双枪老太婆，左右开弓，四九年后当了官，"文革"中被打倒，然后下放到这个海岛的林场。苏威廉有一次上前去和她攀谈，问她是不是双枪老太婆，她这个双枪老太婆和

225

红岩华蓥山的那个双枪老太婆是什么关系？阿婆不接他的话，只是给了他一支烟，阿婆的烟是自制的卷烟，呛人，苦，苏威廉抽了两口扔了。有一次阿婆往苏威廉的口袋里塞了两只鸡蛋，苏威廉推让不要不要，阿婆使劲地握着他的手腕，阿婆的手劲很大，这个时候，苏威廉确信她就是双枪老太婆。

初步的构想是这样的：有个将军找来，见老太婆就跪了下去。最初将军是游击队里的小八腊子，是老太婆的勤务兵。将军要报恩，要证明她就是司令，而不是造反派扣在她头上的"压寨夫人"。

5

工农兵班有人说苏威廉老卯，写什么双枪老太婆。他有什么生活体验？我们学了两年都不敢碰这么高端的题材。据说这个话是工农兵班查班长说的。查班长老是中山装，风纪扣扣死，一本正经的样。入学前他是某郊县文化馆创作员。

苏威廉无所谓，不就是编个故事么，别人怎么说他才不管，只要君一老师通过就可以了，但是君一老师甚至一点态度没有。他好像忘了还有这么一篇作业了。几次讲课都没有提到这个故事，也没有找苏威廉谈。

那天苏威廉看到宣传栏里贴了一张球讯海报，乒乓球比赛，是工农兵班和农场培训班比。时间定在周日，地点就在体育馆。苏威廉在看海报的时候，查班长过来了。苏威廉扭头看查班长，有点尴尬。

哦，侬啊！双枪老太婆？查班长说。

苏威廉不言。

侬打球伐？

苏威廉还是不言。

晚上回宿舍，赵青正式通知苏威廉比赛。苏威廉说，为什么是我？赵青说人家点了名要你上场。苏威廉其实会打乒乓球的，小学时就跟体育老师训练，后来体育老师不教他了。体育老师认为苏威廉打球没有前途，心理素质太差，每到关键球总是失分，和苏威廉一道打球的一个小孩后来进了体工队。

比赛了。苏威廉被安排在最后一场。观众人多。一边倒地帮工农兵班。培训班的人无论是在场上的还是在场下的都很无助。苏威廉感觉到有点透不过气来，他手上的球拍也是陌生的，是赵青替他借的，握在手上就不舒服。五五对抗赛，前面打成了二比一，工农兵班领先，现在进行的是第四轮，对方出场的不认识，本方出场的是"列宁"。

小滕是演列宁的，他的表演"列宁演说"苏威廉看过，有一次小滕他们宣传队来巡演，苏威廉去看了，是在场部。别的都忘的，就是还记得"列宁演说"。

小滕赢了。小滕和他的对手个子都矮。小滕匆匆上前，伸手，握了下，然后匆匆下场，又往场外走去。突然有人喊了句，让列宁同志先走！

众人哄笑。在场的应该有不少人看过小滕的表演。

苏威廉最后上场，让他没想到的对方竟是个女生，看上很瘦小。苏威廉跑去场边问赵青怎么回事。赵青说，男女都一样，好好打吧。

女生发球，苏威廉接，出界。又发了一个，还是出界。苏威廉根本看不清对方来球什么情况。那女生其实长得眉清目秀，可是打球的时球，简直面目狰狞。苏威廉

226

很快地输掉一局。

他看到查班长在场边笑，他在对边上的人说着什么，还模仿了苏威廉的两个挥拍的动作。他又看到了小鲁，小鲁急切地点点边上一个男生的裤裆。苏威廉一开始不明白什么意思，后来反应过来了，他摸自己的裤裆，果然有两颗扣子松了。他赶紧用板挡住，去了场边的暗处扣好。他不知道刚才打球时多少人注意到了这个细节。

再上场，他扳回一局，再打，很焦灼，打到最后，对方一个擦边球，他又输了。全场欢呼。关键球他就掉链子，小学体育老师对他的评价一点没错。

苏威廉独自在校园里走了许久，从白楼走到灰楼，又从灰楼走到红楼，走累了，他坐在了红楼前的那棵苹果树下。赵青过来，看到了他，坐在他的边上。

赵青说，才知道那个女生是旁听生，以前进过少体校。对方胜之不武，你不要太沮丧了。

苏威廉说，我就是个失败者。

这算什么，赵青说，跟你说一件事，本来我应该是他们那个班的，前年申艺来农场招生，艺术类的都要考，我去考了，通过，特意回上海去华山医院体检，除了有一点点血压高，别的都正常，再后来就落榜了。我托关系问招办，就是因为父亲的问题，政审不及格。

你父亲是做什么的。

我父亲已经不在了，活着的时候他做过财大老师，他是美国宾州大学毕业的，新中国成立初期回国。他的专业是经济学。后来说他是特务，关进牛棚，他死在牛棚。关他的人说是病死的，但是我母亲就不相信。告诉你，我知道培训班一半以上都考过，基本上都是因为政审不合格被涮下。

前面有一群人经过，嘻嘻哈哈像是表演专业的，这群人刚进校门，往前走去，突然某个人紧跑几步翻了个跟头，那个空心跟头翻得又高又飘。

像只蝈蝈。苏威廉说。

都是工农兵学员。赵青说。

苏威廉说人人生而平等，真是胡说八道。赵青问他乒乓球板呢？苏威廉这才想起那块板，臭板，根本接不好球，胶皮硬得像块隔了几夜的大饼。苏威廉说他也不知道，可能是随手扔在体育馆里了。赵青赶紧起身往体育馆跑，他说板是借的，要还的。

6

有个夜晚，苏威廉躺在床上，他又失眠了，这回不是因为赵青打呼，而是肚子饿了。对过床上的赵青也醒着，赵青翻了个身说吃小馄饨去吧。

两人走在夜晚的大马路上，已经是半夜1点多了。苏威廉一直在怀疑哪里还有店开张，赵青说跟着他走就是了，他知道哪里可以吃到小馄饨。果然，在大马路上走了一会儿就看到有家店亮着灯。赵青说，这家饮食店叫小阳春，24小时营业。

进店后坐下。没有别的客人，店堂里弥漫着食物的香味，苏威廉饥肠辘辘。赵青说你马上可以看到孔乙己了。

一会儿，有服务员过来。那人秃顶，深度近视，消瘦，手臂和腿都很细，躬背，着白色的工作服，一身油腻。他哑着嗓子问二位吃点什么？看到赵青就说哦哦哦，认得认得的，上次来过的。

赵青点了餐，服务员去后厨了。深夜小店，就看到他一个人在忙。

上次来，听他自己说的，凡申艺来的学生多半是叫他孔乙己，他说自己的腔调大概有点像孔乙己，而且又姓孔。当然叫他老孔也是有的。

苏威廉说他要是有条辫子就更好了。

孔乙己过来，他端上了小馄饨，还有别的。然后就坐下陪着他的客人吃。孔乙己说写作老吃力，失眠是肯定的。又问赵青最近在写什么。赵青说在写提纲。孔乙己说提纲很重要，提纲是骨架，要是骨架搭不好，就长不出肉了。

那你写的故事可以说来听听伐？

赵青就说了他的那个爱情故事，还是那个构思。他还没有想好怎么改。孔乙己听了摇头，他说通不过的。

没有三突出。这个年头没有三突出，你还怎么写！孔乙己突然变得气呼呼的。桌上已清盘。孔乙己要两人再坐会儿。聊聊。孔乙己说以前那个自杀的姜美丽几乎天天来夜宵，姜美丽睡不着觉的，一直吃安眠药，最欢喜吃鸡鸭血汤，经常是一边吃鸡鸭血汤一边吃安眠药。她把安眠药当点心吃。有次我看她先是掏出一瓶安定，眼睛一眨，半瓶去掉了。我问她吃了多少，她说17片。我记得很清爽，那天夜里落大雪，她就吃香烟，看雪，眼睛睁得老大。

她到底为什么自杀。赵青问。

反正是批判她，剃阴阳头，讲她是资产阶级，白专典型，一个年轻女同志，哪能撑得住。姜美丽自杀，我是一点都不奇怪。那时姜美丽三天两头拿戏票给我，她上台演的戏我都看过，《日出》《桃花扇》《上海屋檐下》《樱桃园》，多了。别的戏也有。我这个人么，没有其他啥的爱好，香烟老酒女人碰都不碰的，就是喜欢看戏，啥个戏都看，当然最最喜欢的还是话剧。

突然断电了，漆黑一片。孔乙己还有继续说下去的意思，

赵青和苏威廉坐不住了，起身往门外走去。

苏威廉一直在读那本《戏剧技巧》，封三插着图书卡，大概有十几个人的借阅记录。那些人的名字写得潦草，要仔细辨认才能看个大概。苏威廉想最好能记住几个人名，这里面或许就能有伟大的剧作家诞生。其中有一个查姓的人，苏威廉不知道是不是工农兵班的那个查班长。

他喜欢这本书，粗略地翻了下，除了三突出之外，别的都有，而且讲解得十分透彻。苏威廉突然打算用点功，把书的重要部分抄下来。那天晚上他抄得累了，又饿了。赵青去一个朋友家谈诗，还没回，估计要谈一夜。苏威廉忍不住又去小阳春吃馄饨。

在他出门的时候，遇到了保洁工袁阿姨。袁阿姨经常是在夜深人静的时候来清扫，她总是戴着口罩。袁阿姨停下手中的活问，这么晚了还去哪儿啊。苏威廉说饿了，去小阳春。袁阿姨又埋头干活，不管了。她在清扫一个角落，楼里的人什么垃圾都往那个角落扔，据说那里头扫出过避孕套。

孔乙己还是像上回一样，端来吃的后就坐在边上滔滔不绝地说话。他说，现在创作根本就不用学，真要学的话，他都可以教。

苏威廉埋头吃小馄饨，满满的一碗，很烫，苏威廉一口吞下，眼泪都出来了。孔乙己说，慢点慢点，不急。

戏要怎么写，不要听老师讲，老师会

把你绕晕了,你要听我讲。主要人物肯定是没有家的,孔乙己掰着手指说,男的没老婆,女的没有老公。也没有爹爹姆妈,没有小囡。什么都没有的。另外,不可以谈情说爱的。除了无产阶级的革命感情,别的都是狗屁,不许写!还要特别当心,床上戏,晓得伐,绝对不要碰,你要是写了,当心被人家捉起来,坐牢去,把牢底坐穿!孔乙己激动地立起身来,抓下了头上那模样怪异的白色工作帽,又踢开身后的凳子。他指着苏威廉的鼻子说,吭没人会同情你的,因为啥,晓得伐,因为你是只下作坯!

苏威廉呆呆地看着他,无语。

孔乙己又拖过凳子坐下。

还有,主要人物必须绝对正确,每讲一句都是金句,不容反驳,不可置疑,凡是与这个人作对的都是反派,大反派还是小反派看作对程度定。孔乙己继续掰指头,哦对了,编剧时脑子里要有人物形象,模子要大,身坯要结实,男的一米八以上,女的一米七以上。face好,要相貌堂堂,天方地阔,浓眉大眼,尤其是眼睛,越大越好,有神,眯眼肯定不行,老戏文里的凤眼更不行,no no,肯定不行。你看,郭建光、李玉和、江水英、柯湘、洪长青、特别的杨子荣,哪个人的眼睛不是又大又圆,只只像电灯泡一样。孔乙己双手比划电灯泡的样子。

走出店来,苏威廉还在想孔乙己刚才的话。他看了下表,已是午夜2点多了,他不知道赵青回了没有。街道变得有点鬼魅,暗中的景物在漂浮。起雾了,雾从深处来,到了眼前才慢慢消散。

这时候他的后背遭到了重重的一击,他吓坏了。赶紧转过身去,原来是小滕,小滕把帽子压得很低,装出一副吸血鬼的样子。

小滕哈哈笑,问苏威廉深更半夜在街上溜达什么?苏威廉告诉他肚皮饿了去吃小馄饨。小滕说,他去章琴之老师家听课,章琴之老师告诉他什么是斯坦尼斯拉夫斯基体系。

章老师的课苏威廉也去旁听过一回,章老师看上去就是个普通的中年妇女,看不出她是从事表演专业的,那天其实很暖和,可章老师还是缠着大围巾,大围巾是米色的,遮住了她的半边脸。

章老师的声音很轻,她的课要竖起耳朵听才能听清。章老师不断地在说,要进入角色,要进入角色,要进入角色。

小滕说章老师得了癌症,可看上去她一点不在乎,她说在有生之年多教几个学生就好了。她就在家里授课,她说现在的学校教学是误人子弟。

我设计了两个桥段也让章老师看了看,小滕说。

她什么意见。

章老师说还是蛮夹生的。小滕突然又说,我还没有完全吃透章老师的意见,要不你也给看看。苏威廉说,我怎么懂。但是小滕坚持要苏威廉看看,苏威廉就约明天去三楼平台,或者去剧场也可以。小滕说,不行,就现在。我这人性急。

现在?

现在。

苏威廉跟着小滕走,在街的拐角处,小滕站住了。那里有个邮局,邮局门前竖着邮筒。小滕观察了一下周边,不错,没有垃圾,对过有路灯泛着黄光,可以看清人脸,也可以看清那个邮筒,绿色的,信口处还贴着金属的铭牌，好像是20年代制的。

苏威廉坐在了邮局前的石阶上，小滕从雾中急步走来，昂着头，他在邮筒前停住了，他的一只手搭在邮筒上，开始演讲，他的目光放远了，他的面前是莫斯科米海尔松工厂的无产者们。

苏维埃俄国被敌人包围了，反革命的暴动像火焰一样从这一端烧到了那一端。这些个暴动都是因为全世界的帝国主义的金钱所供养所支持的，是由社会革命党与孟尔什维克所组织的……你们都已经知道，普列夫斯基同志今天在彼得堡被暗杀了……我们在流血，我们惨痛的伤口在流着鲜血……安静一点同志们，安静一点同志们。被人民意志判决的叛徒们，一定要无情地消灭他们……同志们你们必须记住：我们只有一条出路，那就是胜利。还有另外一条路那就是死亡。死亡不属于工人阶级！

苏威廉还是被小滕的表演打动，他觉得一点问题没有。小滕的列宁和电影《列宁在一九一八》中的列宁完全重叠在了一起。

突然小滕倒下了，他挣扎了两下，又抬起身来，伸出了手去，抓了抓，可还是趴在了地上。

他就趴在那里。

苏威廉有了幻觉，好像发生了深夜命案。一会儿，小滕起身，他问怎么样？苏威廉问他这么趴在地上是什么意思？小滕说，女刺客卡普兰打了三枪。苏威廉说懂了。可是这个有点狗尾续貂。为什么一定要在列宁中枪后结束，以前不是这样演的。

小滕甩了甩手。残酷，惨痛！革命要流血！你不觉得更震撼吗？

苏威廉说不出什么。

有好几只流浪猫跑来，以为有吃的。

7

苏威廉去君一老师的办公室，办公室在红楼的二层。赵青传话来，说君一老师叫他去谈提纲。苏威廉到了君一老师的办公室前，有点紧张，他整了整衣服。敲门。进。

他看到晓霁在，君一老师在跟她谈。晓霁见苏威廉来，就转身往门外走去。她和苏威廉擦身而过，又停下。晓霁说，听说你夜半约会孔乙己，白天就睡觉？晓霁说完，扭头走了。苏威廉想，晓霁是表演班的，她来找创作班的老师做什么？

君一老师问苏威廉还有新的故事吗？苏威廉说有几个，不过他还是一直舍不得双枪老太婆。君一老师摇头，他说他已经想了好多日子了，也跟别的老师商量了，还是要苏威廉重新写一个。

学校已经作了决定，你们的结业作品要编辑成册，然后提供给各农场和别的基层单位，既是教学汇报也是成果展示。所以不要出格。

苏威廉闷在那里，心里极度不爽。

同学！君一老师把手上钢笔重重地扔在桌上，他显然发火了。我一再强调，写身边事，写你们农场知青自己的事，在农场的典型环境中塑造典型人物，你扯那么远做什么呢？就那个双枪老太婆，她的历史问题，你讲得清楚吗？

苏威廉站着，君一老师坐着，后来君一老师也站了起来，他看窗外。他开窗，各种各样的声音就清晰了起来,对过灰楼的排练厅里有人发出尖叫声:你是资产阶级的孝子贤孙!君一老师又把窗关上。

我希望你能够顺利拿到结业证书,回去后就调入文艺宣传队,这样创作环境会好很多,时间也宽裕。一直在连队干农活,累都累死了,还怎么读书写作?君一老师把苏威廉的作业还给了他,然后示意他可以走了。

从红楼出来,没几步就是剧场了。门是虚掩的,他拉开了门。

剧场内空空荡荡,苏威廉坐下,这是最后一排的最边上的一个座位。座椅脏软。不知为什么,头上的好几个电扇在慢慢地转。苏威廉听说剧场内的电扇都是老院长自费安装的,老院长肯定是怕剧场太热,会影响看戏的心情。老院长已经不在人世了,可是那些旋转的电扇如同装有不死的心脏。

大幕被扯在一边,像破布,已经失去了原色。苏威廉不知道这个剧场有多久没有演戏了,原先的天幕处留有运动标语的痕迹。苏威廉很小的时候,来这里看过戏。是舅舅带他来的。什么戏他忘了,反正是大戏,布景像真的一样,有海,蓝得耀眼。一群亮闪闪的衣装华丽的人从乳白色的楼内跑出,大声地说笑,跳舞,突然有人拔出剑来,把一个人捅死了。

苏威廉坐在剧场里,无人打扰。他想到刚才君一老师提到的结业证书,还有文艺宣传队。有一次苏威廉问过赵青,苏威廉问他文艺宣传队怎么样。赵青说反正他喜欢在队里,可以写诗,也可以随队下基层演出,连队食堂会准备夜点心,随便吃,然后肯定会有拖拉机送回。

此刻,苏威廉的脑子很活跃。

他完全可以写点别的故事的:大冬天去挖河泥,衣服冻成了冰碴。夏日"三抢",4点起床,抓起几只馒头就跟着跑,几天下来就晒成了黑人。上水塔查看线路,爬高,差点摔死,还好系了保险带。去茅坑拉屎,脱了裤子成群的蚊子咬上来,一泡屎拉完,臀围就大了一圈。那条干净的国防公路,一直走,就到了海边。新米上市,每顿可以吃八两。吃蛇,吃青蛙,正负两极电线扔进池塘里,翻白肚皮的鱼就浮上了水面。雨后去捉蟹,一脸盆的蟹,舌头都吃出血来。台风来了,小姑娘出门怕被风吹跑了,就手提两只热水瓶加强重量……

舞台上冒出了一个身影,应该是小滕。他在舞台上练习列宁被击中的过程,摔倒,起身,起身,又摔倒。苏威廉感觉他这次的动作更有问题,就像犯了羊癫疯一样。

苏威廉又写了个故事,冬天,他去开河。他在河床下冻成了一条鱼,太阳出来了,冰化了,水流过,他又有了呼吸。然后他成长起来,很快地长成了一条超级大的鱼,整条河里就它最为突出,它用一种特殊的语言与人类交流,并告知人类大地与河的内在肌理。

童话?赵青问。

他把故事交了上去,没有回音。

8

下午,苏威廉和赵青在三楼平台上晒太阳,楼下有人吹了个口哨。赵青说肯定是晓霁。苏威廉探头看,果然是。晓霁从外面走来,手上捧着纸袋,纸袋里装着水果。晓霁把一个石榴扔向楼上，唉！接着！

赵青说他不吃石榴的，苏威廉就自己剥着吃。赵青说，晓霁近来心情不错，她真是撞大运了。苏威廉问怎么回事，赵青说，学校要培训班排了一台结业晚会，从现在就开始准备。苏威廉说这么急，才刚刚入学呢。赵青说，如果强调原创的话，时间还是蛮紧的。晓霁的一个剧本选上了。

哦？

她写了一个《战台风》，诗剧，有死人的，英雄主义，而且是根据真人真事改的。

晓霁不是表演班的吗？怎么跨界来创作班了？

她一直有创作上的兴趣，我和她很熟的。每次农场汇演我们都能见到。她一直跟我说，她喜欢表演，可是更喜欢创作。

苏威廉想到那次他去君一老师的办公室，看到晓霁在跟他谈什么，原来是在谈剧本。赵青又告诉苏威廉，晓霁的男朋友就是在那次战台风中死的，剧本的原型就是她死去的男友。

君一老师在大课上宣布成立《战台风》剧本创作组，组员是晓霁、赵青、唐高潮。创作组里既有写的，也有表演的。唐高潮是表演班的班长，显然他已经是内定的男一号。

孟浦举手问，晓霁不是表演班的吗？众人看孟浦，晓霁坐一排，唯独她一动不动。她的马尾辫感觉是淡金色的。

下课铃响了。君一老师没有回答孟浦的问题，离去。孟浦起身差点撞倒书桌，愤怒的样子，也走了。赵青跟苏威廉说过，孟父是工人作家，而且和学校工宣队的潘师傅关系好，他们曾经一起混工人文化宫的。孟浦上次交的作业是小戏提纲：《师徒情》。孟浦在工厂做，那是农场系统的一家厂子。据说小戏提纲得到了潘师傅的高度认可，有传言说，潘师傅甚至在那个小戏提纲中看到了两代人的奋斗史，但是君一老师似乎并不买账。

在校门口有宣传栏。宣传栏贴出了校报。校报报道了培训班建《战台风》创作组一事。苏威廉立在专栏前看了半天，如果说没有一点失落感，那是假的。

中午食堂吃饭，遇到小鲁。苏威廉食欲不振的样子。小鲁说，一早进校时看到了培训班的信息。苏威廉说，没有我。小鲁点点头说，是有点遗憾，不过，你要是真想去这个创作组，我去跟君一老师说说？

苏威廉吃惊地看着小鲁。

星期天，苏威廉一般就泡在图书馆里。他哪里都不想去。他喜欢莫里哀，每次看都是要憋着笑。这次他看的又是莫里哀，一直在闷笑。有一个手在他的桌上敲了两下，他抬头看，是君一老师。

君一老师立在他的身边，还是一本正经的样。君一老师问，你和图书管理员小鲁很熟？苏威廉说是的。君一老师说，帮我个忙。他从衣兜里掏出了一张纸，上面是长长的一个书单。谢谢。君一老师拍了拍他的肩。苏威廉去找小鲁，她在书库里干活。苏威廉把君一老师的书单给她。小鲁接过书单，瞥了一眼。又来了，小鲁说，他前几天刚来借过十多本书。苏威廉问小鲁是不是跟君一老师说了他俩的邻居加同学的关系。小鲁说是的，而且她还希望君一老师多关照苏威廉，最好能去《战台风》。

噢。

他说他会给你机会的。

小鲁又约了苏威廉下周去她家坐坐。

赵青一直听刘诗昆的钢琴协奏曲《战台风》，他说从那首钢琴曲里可以寻到激情并感受到革命的英雄主义。苏威廉要他小点声，别影响他睡觉。赵青的收音机播放效果并不好，杂音啸叫声不断。

赵青要苏威廉也听听，赵青说，那天讨论剧本时君一老师说了，创作组可以再多一两个人，苏威廉是个人选，他的创作路子有点特别，也有想象力。

苏威廉知道小鲁的话起作用了。苏威廉想，要是真让他加入创作组，那他一定要发奋努力，争取顺利拿到结业证书，回农场后进宣传队，晚上去巡演，吃夜点心。苏威廉看过自己农场宣传队的演出，他忘不了一个女高音，女高音唱《骏马奔腾在草原上》。她的嗓音清亮甜美，长腿细腰，胸部又很丰满。苏威廉第一眼见晓雯的时候，就觉得她像那个女高音。

又是一个礼拜天，苏威廉去小鲁家。小鲁家在延安路和茂名路交叉处，好找，苏威廉坐公交车几站地就到了。考虑到礼数，苏威廉还是去淮海路买了一点水果。他买了两个苹果，两个橘子，一个梨。小鲁在弄堂口等，然后把他领进家门。

小鲁父母运动一开始就关进了"牛棚"，好像是最早的。不过后来出"牛棚"也快。然后他们就搬家了。从铁路以西，搬到市中心。她父母以前都是新四军文工团的，苏威廉问过小鲁，她妈妈在文工团做什么。小鲁说跳舞的。苏威廉觉得一点不像。

小鲁妈妈在，苏威廉去见她，她坐在客厅里。好多年没见，她一点都没变。小鲁问她妈妈，这个是苏威廉，我们以前的邻居，他家是隔壁门洞的，还记得吗？小鲁妈妈原先在看报，见有客人来，就抬起头来打量客人。想了半天。小鲁妈妈点点头。你小时候蛮好看的。她说。

小鲁从一个隐秘的角落里掏出了一本黑面抄，她有点不好意思地把黑面抄让苏威廉看。小鲁说她也在学写作，字太差，要苏威廉别嘲她。

苏威廉看，字的确是蹩脚，比他的还要差，而且错别字连篇，但是故事的脉络还是清晰的。有三个同学，装矿石机，有一天他们装上了天线之后，突然听到了美国之音，先是那种难以接受的靡靡之音，然后就说美国总统竞选的事。后来这件事情让学校知道了，校领导要严肃处理此事，然后这三个同学就被发配到了最远的地方，一个去了黑龙江的热河，一个去了云南的版纳，还有一个去了内蒙古的海拉尔。这个事情学校怎么知道的是个谜。苏威廉问怎么会想到这个故事的。小鲁说，还是你跟我说的，就是在防空洞，我们聊天，天南海北什么都说，你就说了这个事，我一直没有忘记。苏威廉想起来了，他和军军装过矿石机，确实听到过美国之音，他们戴上了耳机，把线缠在了铁水管上，突然就听见了。吓坏了。

后面是编的。小鲁说，写剧本是可以编的对吧。

那你想表达什么主题呢？

坏事变好事呗，在那些艰苦的地方接受贫下中农的再教育，那三个人比留在城里的人改造得都好，很快在当地都当上了生产队长，还入了党。

那么三突出呢?

小鲁沉下了脸。小鲁说,又是三突出。这个故事我给好几个人看过,我们馆长,还有查班长,都是同样的问题,三突出呢?

两人沉默。一会儿,小鲁说,好吧,我再想想。那你在家里吃午饭吧。

小鲁妈妈加班去了,小鲁说她妈妈现在做人事干部,工作很复杂,也挺忙的。她爸爸也是有开不完的会,很少在家。桌上有好几个小菜,炒鳝丝什么的,都是苏威廉喜欢吃的。这些菜都是小鲁自己做的。两人喝了点黄酒,苏威廉喝了酒就晕晕的,小鲁就要他去厅里的沙发上躺一会儿。

苏威廉躺了片刻,睁开眼来,见小鲁在壁炉那里忙,她套着一件粉色的毛衣。醉眼看花,苏威廉不由地心动。又想起下午有样板戏剧组人来做讲座,他赶紧起身,说要走了,要听讲座。外面下雨了,小鲁取了一把伞送他。在门口,苏威廉突然抱住了小鲁,他甚至嗅到了小鲁身上有点奶香味。小鲁没有动,身子绷得紧紧的。一会儿,苏威廉松了手。小鲁没有看他,她只是看着眼前的石硌路,石硌路上跳动着雨珠,小鲁说,你喝了点酒,这不说明什么。

苏威廉打着小鲁的伞走进雨中,有点冷,他缩了缩脖子,很快就清醒了。

9

那天,毛国成来苏威廉的宿舍,他要找赵青,目的是想拒绝那个形体训练课。学校前两天宣布创作班也要上形体训练课,这个决定把创作班的人惹怒了。苏威廉也是极度不爽。他原本是来学作曲的,现在成了学写剧本的,居然还要上形体课。什么形体课,想想都滑稽。

赵青是创作班班长,他有责任解释校方的课程决定。赵青说学校对教学原则是,一专多能,只有一专多能,才能更好地为基层人民群众服务。赵青是在班会上说的,说完之后一片哗然。赵青说,大家别吵,吵也无用,形体课要上,化妆课和声乐课都要上,谁要是不上,就回农场种地去。

众人朝他扔纸团子,孟浦甚至把桌上的创作课讲义朝赵青扔去。那天班会毛国成不在。毛国成说,那天我没听见他说什么,现在我想和赵青单独谈谈这个问题。

苏威廉说赵青有事出去了,也不知什么时候回来。毛国成就说他可以等,他坐在赵青的床上不走。毛国成就真的坐在那里等。苏威廉烦他,苏威廉说,你找赵青也没有用,赵青说了,要是不想上形体课可以,那就回农场去。你可以选择。毛国成问,那你不想罢课?苏威廉说,没想过。你那个形体也实在不怎么样,肩胛一高一低,躬背,还是罗圈腿,你在前面走就像个五六十岁的老头子。形体课可能对你有好处。毛国成翻着眼思考苏威廉的话,他的腿在抖,他是小裤脚,绷在腿上紧紧的,要是"文革"初期这么穿走在马路上,或许会有麻烦的。

苏威廉去商场购物,他注意到有人在吵架。近看,原来是毛国成和女营业员在吵。不少人在围观。毛国成要换裤子,说小了,女营业员不给换。女营业员说买条裤子,换了三次,换了还要换,哪有这种事。毛国成坚持要换,如果不让换那就退货。女营业员说退货更不可能,骂毛国成是只赤佬!

苏威廉把毛国成拽走。

毛国成买了条灯笼裤,他说是用来上形体课穿的。毛国成说,上次买的一条太小,这条又太大。苏威廉接过来看,是太大了。这时候冰行从商场出,她手里提着购物袋,里面装着点心。冰行见他俩,问,干什么呢?苏威廉说,毛国成买了条裤子,太大了。冰行说我看看,她拿过裤子抖了抖。冰行笑,这哪是裤子,我还以为是裙子。苏威廉对冰行说,你拿去穿算了。冰行说,滚你的,我在你眼里有那么肥吗?

柳苗老师是带表演班的,她比学员的年龄也大不了几岁。形体课也是由柳苗老师教。形体课在灰楼的舞蹈房上,舞蹈房有一面大镜子,大镜子给苏威廉的感觉就像是一面照妖镜,让创作班的这群怪物们无处遁形。

赵青就像只长脖鸭子,他聚精会神地伸着脖子看柳苗老师的示范动作,感觉他的脖子还在一寸寸地往上长。孟浦在抖腿,他是个静不下来的人,像猴子。冰行就像只胖猫,她大概有九条命。有个女同学像只羊,老是担惊受怕的神情(叫不出她的名字)。毛国成三七开分头,头势清爽,戴一副金丝边眼镜,他既瘦又矮,精干敏捷。苏威廉一时难以找到与他对标的动物。不过在毛国成动起来时,苏威廉突然来了灵感,黑色的灯笼裤套在他的身上如同飘飘的裙袂,他突然想到了黑天鹅。苏威廉难以说自己像什么,他老幻想自己是只鸟,无论什么鸟,只要能飞就行。在树上,屋檐上,可以喳喳地叫几声,但有时候他也想让自己变成一条鱼,他上次的那个提纲就是把自己写成了鱼。

这群怪物随着音乐的节拍跳了起来,欢快的不得了。毛国成跳得都停不下来。一二三,一二三,一二三。

苏威廉真是笑死了,他笑得几乎瘫在了地上。弄得众人都停了下来看着他笑。柳苗老师不开心的样子。柳苗老师说,有什么好笑的,起来,站直了,背不要驼,收腹,开胯,踢腿!

苏威廉知道毛国成以前有过女朋友,是他们宣传队的,毛国成擅长写三句半,但是女朋友嫌他三句半的那个半句不够铿锵,要毛国成改。毛国成死活不改。两人大吵,然后就一拍两散。这个是赵青告诉苏威廉的。

过了一些日子,关于毛国成的传说丰富了起来。都说他练形体上瘾了,一直缠着柳苗老师要求开小课,还是不断地送柳苗老师一些土特产作为回报。赵青问苏威廉,知道是什么道理吗?苏威廉摇头。

毛国成自己说的,柳苗老师长得像他的前女友。他对前女友一直还是心心念念,见到柳苗老师就花痴了。他们说他把柳苗老师丢掉的舞鞋都藏在床下的箱子里。

苏威廉将信将疑。

毛国成的爹爹是协大洋布店二老板的儿子,二老板有三个老婆,毛国成是三姨太生的。赵青说。

有时候很晚了,苏威廉从校园过。见舞蹈房的灯还亮着,还有人影在晃动,苏威廉想大概毛国成还在用功。还有人说,毛国成的腿已经可以踢过头顶了。毛国成是罗圈短腿,他那样的腿要踢过头顶,真是难以想象。

10

形体课还没完,造型课又来了。造型课其实就是教你怎么化妆。造型课是表演班和创作班一起上,两人一组,你画我我画你。然后老师评点。再改。

赵青和冰行分在一组,赵青看上去情绪低落。冰行倒是喜气洋洋的样子。冰行歪着脑袋对赵青说,你要把我画得好看点哦。赵青嗯嗯。边上苏威廉十分尴尬,鸡皮疙瘩都起来了。

苏威廉的运气好,他的搭档是晓霁。在念名单的时候,苏威廉就在暗自默念晓霁,他想祷告,还没有来得及,老师已经把晓霁分给他了,苏威廉满心欢喜,但是他装得若无其事的样子。

晓霁说太吵了,我们去角落里吧。苏威廉就跟着晓霁去角落。角落里的自然光太弱,晓霁就把一个落地灯扛了过来。晓霁打开了灯。她那张美丽无比的脸(比小鲁好看)就向苏威廉完全地展示开来,晓霁闭上了眼睛。苏威廉像是听到了晓霁在说,那么你来吧。

苏威廉说,其实你长得太完美了,每一笔都是多余的。晓霁说,苏威廉你啥意思啊,你是想拍我马屁啊。

她的额头又大又光洁,双目有点点陷。鼻梁高,下巴长也好看,长长的,微翘。苏威廉先在她的脸打上一层底色,然后擦腮红,又用指尖在她的鼻梁两侧抹阴影,晓霁合上眼睛,苏威廉握着画笔犹豫起来,不知如何下手。整个化妆间静悄悄的,化妆老师在赵青和冰行那里走着什么,又来看,点点头,走开去。

苏威廉已经把晓霁的眼角拉得老长太长了,像蝌蚪的尾巴,他擦掉了一点,又在她的眼角处点了深色,化妆老师说过,这是欧式眼角,很洋气。晓霁的双唇肉感而富有弹性,苏威廉稍微勾了点轮廓,就不知道再怎么深入下去了,他就用笔挑了一点凡士林抹了抹,他要晓霁抿下唇,晓霁就抿了下,这样,她的唇就更润泽了。晓霁的脸部看不到毛孔,她的肌肤是透明的,吹弹即破,他总算在她的耳边发现了一点点瑕疵,有一个小坑,他就用肉色的油彩把这个坑填掉了。

晓霁睁开眼来。

好了么,她问。

晓霁从化妆台上取过镜子照,她眨了眨眼很快地又瞪直了。苏威廉注意到她眼睫毛上的定妆粉扑簌簌地往下落。晓霁说,你把我画得那么好看!苏威廉,你真是天才。

老师作讲解,她把冰行叫上了台。冰行一直捂着脸,老师叫她上去她也没有办法。然后她就捂着脸上,老师叫她放下手来。冰行就放下了手。冰行的脸被赵青画的像是烂番茄,众人哈哈笑。冰行不笑。冰行说,笑个屁啊,有什么不好,是我叫赵青这么画的。

众人又笑。

赵青朝着前面的冰行翘了翘拇指,又扭头朝苏威廉做了个鬼脸。我的作品,他说。老师在冰行的脸上改,改来改去也好不到哪里,冰行闭着眼,很享受的样子。

下课后,众人走在校园里。落日在屋脊上融化,草坪是暖调子,时而有大字报的残片飘过。

别的人都卸了妆,唯独晓霁还是满脸的油彩,她舍不得卸掉。她昂着头,以炫耀的姿态走在众人前头。迎面君一老师和几个学员走来，可以听见君一老师在说戏剧的动作性问题。然后他们就散了。

君一老师继续走来，他在微笑，还跟一个路人打招呼。他其实很少笑。很快地，他就跟培训班的这几个人相遇了。君一老师看到了戏妆的晓霁，他突然呆住了，然后不再微笑了，又是一脸的僵硬。他立在晓霁的面前，盯着她看。晓霁也被他看慌了，即便有妆也能看到她的张皇。

搞什么名堂！他说。

又是化妆课。苏威廉面对晓霁，正准备上妆。晓霁说，你等一下。苏威廉的画笔停在空中。你还记得上次君一老师看我的样子吗？苏威廉点头。晓霁说，后来你们走了，我和冰行回宿舍。在楼前遇到了那个扫地的袁阿姨，她看我的样子也是瞪直了眼。她说你太像一个人了。

像谁？

她没说，但是估计我像的那个女人和君一老师有非同一般的关系，肯定是个有戏剧张力的情节。还有，苏威廉，你这次画我一定要换个妆。不然的话，我们就分组吧，你选择。我不想莫名其妙地卷入某个历史剧的感情戏里去。苏威廉选择的是换一个妆。可这个真是不容易，苏威廉画了擦，擦了画，一直在改，晓霁仰着脸毫无怨言地任其折腾。

冰行又捂着脸上台，她放下手来。众人惊。冰行说，对了对了，我就是要你们这样，这才是我要的剧场效果。赵青居然把她画成了一个厉鬼的模样。冰行又哈哈大笑起来，她冲着赵青说，了不起赵青同学，你成功了。我一定把这张脸保留到深夜，然后去大马路上蹓达一圈。

11

苏威廉正式被吸收进《战台风》剧组了，那天课前晓霁通知他的，晓霁说，君一老师要她转达的。晓霁把剧本塞给了苏威廉，要他熟悉剧本，多动脑出力，君一老师的意见，人物太空洞了要大改。苏威廉开心了两天，他的内心对小鲁充满了感激。

12

一天，本是某位老师来讲戏曲程式的。老师没来，潘师傅来了。君一老师也来了。潘师傅上讲台，君一老师拉过一把座椅在窗前坐下。应该有什么事情发生了。

苏威廉在头一天报到时，那个接待他的老师其实就是潘师傅。潘师傅还是那个样子，直发，列宁装，很干练的样子。他们说潘师傅最早在纺织厂里做挡车工，当过技术能手。潘师傅说，她今天来是要说说作风问题。众人都很紧张。据说，申艺学院自建校以来，最大的问题就是作风问题，就是因为作风问题没有解决好，申艺成了资本主义复辟的重灾区。

潘师傅停了下来，她问哪里来的中药味？教室里的确有股中药的苦味。孟浦举手说，是毛国成弄的，他练形体伤了身，要喝点中药调理一下。毛国成就坐在孟浦的边上，很镇静，好像事情与他无关。潘师傅问他是不是这么回事。毛国成点头，说，是的。潘师傅问他在教室里熬中药？怎么熬？毛国成从课桌的夹层里掏出了一个小酒精炉子。又拿出了两包中药。

打开。潘师傅说。

毛国成把药包打开。

都是些什么药?

当归、白参、黄芪、枸杞子、红枣、芡实、山楂片、天麻、桂圆、芒硝、天灵盖……

潘师傅摆了摆手,说,好了,管用吗?毛国成说,管用。潘师傅说,那你上来,练两下我们看看?

毛国成想了想,起身,上台。他是先踢左腿,再踢右腿。然后坐往地下,完成了一个大大的劈叉。他穿了那条灯笼裤,好像对今天的表演有预见似的。之后,毛国成起身,走下台,一脸的严肃。苏威廉朝毛国成竖了下拇指,完美,他小声地说。

有一次赵青差点给毛国成写诗,说他踏着节点,柔软地去迎接第一缕霞光。

君一老师打开了窗,让药味散去。

潘师傅继续讲作风问题。潘师傅说,我收到了举报信,说培训班同学红的进来,已经迅速地在变黑了。穿奇装异服不说,还要在皮鞋后跟上敲上鞋钉,叮叮当当,你们到底啥人在敲鞋钉啊,起来,亮个相,走两步,让我们也听听,好听还是不好听?众人面面相觑。潘师傅说,前些年马路上捉的就是这种人,穿硬底皮鞋,捉到就把那些人鞋脱了,塞到阴沟洞去,都经历过的吧,才几年啊就忘了?干什么啊,招摇啊,让人家说你变修了变黑了就光彩了是吧?还有,还有我想说说你们身上的气味。在座的都是农场来的,谁能告诉我,你们的身上都有些什么气味?谁说?好,你说。毛国成举手。潘师傅就要毛国成说。毛国成说,一身的泥土味!潘师傅表扬毛国成,对呀,是泥土味,是庄稼味,你们有的农场在岛上,那还应该有海腥味,哪怕就是牛粪味猪粪味,那也都是正常的。那些都是劳动人民的无产阶级的气味。可是来学校没几天就有人用上香水了,我真是想不明白,我估计君一老师也一定想不明白,潘师傅扭头看坐在窗前君一老师。君一老师一脸的木然。

为什么?潘师傅说。

潘师傅气得满面通红,教室里鸦雀无声。这时候走廊里有脚步声传来。叮叮当当,是鞋钉敲打地面的声音。然后教室门通的一下开了。赵青进来。赵青缩头缩脑的样,脖子短了许多。他说,对不起迟到了迟到了。他赶紧挑了个空位坐下。

君一老师问赵青为什么迟到。

赵青再起身,赵青说他们农场宣传队来人,想问下学校有没有《智取威虎山》的戏服,他们想演百鸡宴,迎国庆。君一老师问,借到了吗?赵青说,没有。学校后勤说样板戏的一针一线都不往外借的。君一老师示意赵青坐下。

潘师傅突然问?你们闻到什么了吗?

众人嗅了嗅鼻子。香水味,显然是赵青带进来的。君一老师又打开了一扇窗。

赵青班长,一会儿你去我办公室一趟。潘师傅沉着脸说。

13

几天后,校门口的宣传栏就贴出了学校通讯,关于培训班有表扬的,也有批判的。表扬了晓霁和毛国成,晓霁是学表演的,重点节目《战台风》的初稿竟然出自她的手,表扬。毛国成是创作班的,现在可以把脚踢过了头顶,表扬。结论是,又红又专,一专多能完全可行,从这两位同学身上看到了教育革命的初战成果。也有批判,批的就是赵青,从头批到脚,香水,鞋钉都批了一通。还把赵青以前的诗拿来批，说有不健康的情绪，小资调，看上去很激昂，但暗中在词语上做了手脚，很阴险，具不可忽视的阴暗的隐喻性。

那天苏威廉进宿舍楼，抬头，见赵青的一条腿架在平台栏杆上练功，好笑，苏威廉就直接往三楼平台去。

赵青见苏威廉来，没说什么，继续压腿，脸憋得通红。看上去很痛苦。一会儿，他不再练了。他立在那里敞开上衣，一任北风劲吹。

小心感冒哦！苏威廉说。

册那！

苏威廉从未听过赵青爆粗口，他问什么情况？赵青说，学校把他的创作班班长和团支部书记的职务都撸掉了。苏威廉问，你不做了那谁做。赵青说是毛国成上。苏威廉说，毛国成上么上好了，你现在练形体是什么名堂，人家毛国成是一直在练的，你现在练怎么来得及，你就是把腿踢上了天也没有用吧。赵青说，没别的意思的，就是想活动一下，要不然太郁闷了。

赵青走向平台一角，那里有个水龙头，他洗脸洗头，喝水。苏威廉看着都冷，但是赵青说一点不冷，很舒服。赵青又掏出烟来，他扔了一支给苏威廉。两人平时都不怎么抽烟，现在就趴在平台的栏杆上抽，抽了一支不够，又抽。

赵青解释了他的鞋钉的事，赵青说，皮鞋是牛头牌的，是他母亲在他十八岁生日送他的礼物。敲了那么个鞋钉也就是想多穿几年。香水是他偷的，有一次去孃孃家里，在洗手间看到一瓶香水，闻了一下觉得好闻，就偷了回来。赵青说，他一直感觉到自己身上有一种怪味，像是烂橘子味，怎么洗也洗不掉，用上一点香水自我感觉要好许多。

烂橘子味？你肯定不是狐臭？苏威廉问。

不是。赵青说，这个问题他研究几年了，人是不同的，身上的味道也有不同。还有烂番茄和烂香蕉味，许多，还有的人生来就具备了一种体香，这种人根本用不着香水。苏威廉说，其实他从来没有闻到赵青身上有什么烂橘子味，只是脚臭味有时候实在令人窒息。赵青掏衣兜，掏了半天，掏出一个小小的绿色的瓶子，小瓶子的造型很别致，像乳房，赵青说，就是这个。他拧开了瓶盖叫苏威廉闻，其实这个味道苏威廉熟悉，自从来申艺上学并且和赵青同一屋后，他就经常可以闻到这个味道。

周六下午，例行班会。毛国成主持会议。毛国成上位，一脸的班干部腔调。毛国成说，今天会议的主题是帮助赵青同学。要惩前毖后，治病救人。毛国成说，二年级班又有人写批判稿，表示赵青的国庆征文，那个《梦境》有大问题。

赵青的脸煞白。

赵青的那篇《梦境》在征文比赛中获奖，而且由赵青自己一笔一画地用毛笔抄在大纸上贴在宣传栏里。苏威廉记得《梦境》前总有人在看，那时都说好，文好，字也好，地道的王羲之行草。

毛国成掏出了一张纸来，毛国成说，这封批判稿是潘师傅转我的。然后毛国成就念批判稿：这是个什么梦境呢，要和林达妹妹一起去看电影，要去溜冰，要打康乐球。要去红房子喝罗宋汤庆生！

那是为祖国庆生！赵青突然吼叫了起来。

毛国成瞥了他一眼，继续往下念：这是资产阶级的梦，一枕黄粱梦。赵青忍不住了，起身出门。赵青走后，全体无言，都闷在那里，都像在想心思。毛国成也有点不知所措，他起身走到窗前，目光呆滞。突然他抬起一条腿架在窗阶上，压了两下。又放下。他扭头看众同学，尴尬地笑笑。毛国成说，散会。

林达是谁？苏威廉问赵青。赵青不言。苏威廉又问，为什么人家盯着你不放。我知道谁在搞鬼，赵青说，就是那个查班长，肯定就是他。

为什么？

前两年，出版社和农场局合编了一本散文集，我是编辑之一。苏威廉说知道，他看过。

一个叫向东方的人写了一篇稿子托人送来，写得挺好，就是身份不对，不是农场的人。我就把稿子退了。那人后来考入申艺，就是现在的查班长。当时向东方的解释说，他虽然不是农场局的，可也是郊区的，差不多的。你说那叫什么话，什么叫差不多，郊区是郊区，农场是农场，完全是两个概念。

14

声乐课。声乐课更是大课，都要学的。声乐课老师病假了，表演班的老穆是唱美声的，学校知道之后，就决定让学员自教自学。由老穆临时代课。

赵青说他听过老穆唱歌，老穆是中低音，好像还是师承温可铮。温可铮可是国内第一男低音。

那天上课，大家嘻嘻哈哈。尤其是创作班的那几个人，蛮开心的样子。这个毕竟不是形体课，折磨人。老穆平时是个很闷的人，即便说话，也是低声低气的。

老穆坐在钢琴前，弹了一组音阶。老穆说，先练习音阶。啊，啊啊，老穆由低到高，做了一个示范。

老穆一唱，就不像老穆了。他的嗓音真是好极了。像是那种肚子里装了倍司的人。苏威廉吃惊的是这种声音到底是怎么发出来的。老穆示范了以后，众人鼓掌。苏威廉忍不住叫，老穆唱一个。

老穆严肃地立起来，老穆说，那么我就唱一个，然后大家开始练声。好伐？众人说好。老穆唱的是《嘎达梅林》。他的两条手臂在晃，像是在搂抱一只什么球。他的下颌缩了进去，几乎要缩到脖子里头去了。老穆把《嘎达梅林》的几段歌词都唱完了。他是个认真的人，要唱就唱完整。老穆唱的时候窗玻璃像要裂开了一样。又有人叫唐高潮上，来个二重唱！

唐高潮在宣传队也唱歌，他唱高音，唐高潮笑，跃跃欲试的样子。

老穆说，还是上课吧。

可安静不下来。

老穆皱着眉坐在琴凳上，低着头，不知在想什么。后来，总算上课了。然后众人跟着老穆唱音阶。总有人乱唱一气，像是在有意捣乱似的，还发出怪叫。一会儿，下课铃响了。老穆板着脸盖上了琴盖，苏威廉那天像是吃错了药似的，不知怎么弄的特别兴奋。他还在嚷嚷要听二重唱。老穆一只手呆呆地敲打着琴盖，看着琴谱，根本不理他。

第二天原本没课的，但毛国成一早就敲门，有课有课，起来起来。苏威廉问赵青怎么回事？赵青也是一头雾水。

潘师傅又来了。潘师傅说，听说你们昨天的声乐课很热闹啊。潘师傅说，叫你们上课，又不是看表演，看表演别处看去，学校就是学校，是学知识的地方，又不是嘻嘻哈哈的大世界。要你们学声乐，也是校革会决定的。也是又红又专的方向，道理都懂的吧。

潘师傅气呼呼地走了。

老穆原先是坐在后排的，潘师傅走后，老穆上前，坐在了琴凳上。老穆说，是他本人向潘师傅汇报的，他本人的本意是换个人来上声乐课，他本人没有那个能力。但是潘师傅不同意。

那么，就这样，上课吧。昨天的不算，重新来过。老穆说。

关于爬高音，老穆是这么教的，不要乱叫，要微笑，要两个嘴角往上拉的样子。老穆用手推着自己的两个嘴角。他做了示范。这样，大家都开始微笑。苏威廉也跟着笑。但是完全找不到微笑和发声间的逻辑关系，每个人都是笑嘻嘻的，很奇怪。

那天，老穆说要考试。老穆说学校规定的，我也没有办法，每个人都要过关。一个个过。学校方面会有人来监考。

这个和结业证书有关系吗？有人问。

这个我不知道。多半人肯定没啥问题，个别人补补课就可以了，也别太紧张。

有人在拍老穆的马屁了。食堂吃饭时，他们坐在老穆边上，然后往老穆碗里夹肉丸子。老穆说不要不要，他们还是夹。那天毛国成索性买了半只板鸭蹭了过去。毛国成说，老穆，我有咽炎，还有小结。毛国成伸了伸脖子。这个情况向你反映一下。

老穆一直心事重重的样子。好像要声乐考的不是别人，是他自己。老穆一声不吭地啃掉了那半只板鸭，也不怎么看毛国成一眼，就起身走了。

苏威廉感觉到老穆对毛国成有看法。

坦率地说，毛国成就是在乱叫，这个苏威廉最清楚了。他就坐在苏威廉的身后，人家在唱"哆"的时个，他一定是在唱"来"。人家唱"啊"，他就唱"咦"。有一次苏威廉实在没忍住，扭头对毛国成说，哎你能不能严肃点。毛国成僵着脸冲着他微笑，毛国成微笑地反问，我哪里不严肃啦？

要补课，赵青和苏威廉也要补。下午，赵青去补，去的时候是下午2点，回宿舍时已经快5点了。苏威廉问怎么回事，那么长时间。赵青回来后就直接躺平了。赵青说，这个也太难了。他又一下子坐了起来：哎，你说，老穆这个人奇怪伐，他到底想干什么，弄得这么认真。他想把我们都塑造成唱歌的？我这个人五音不全你是知道的，你说练这个声有什么用。

苏威廉说，你要微笑。

没用。老穆这次又教了我一个方法。苏威廉问什么方法。赵青告诉苏威廉，老穆要他去抬重东西，在这个过程中去寻找气息和发声的位置。

那你抬什么了？

钢琴。

苏威廉弄不懂这个钢琴怎么抬。赵青说，他抬了钢琴后好像有点感觉了。赵青又起身，四处看，显然他试图在这个斗室里寻找重物。他抬了下床架子，不行，太轻。赵青发了两个怪音，放弃了。

苏威廉去补课。老穆弹了一组音，要苏威廉唱。苏威廉唱不上去。苏威廉说他这两天声带也出了问题，吃馒头都吞不下去。老穆说，吃馒头和声带一点不搭界的。

老穆又弹。苏威廉去抬钢琴。老穆说，你这是在做什么？不是每个人都适合这种方法的，你的问题和赵青的不一样。

那你也教我一个方法。苏威廉说。

老穆想了想说，你可以试试便秘的感觉。

赵青笑死了。赵青说，他真是这么要求的？苏威廉点头。赵青又笑。赵青说，那有用吗？苏威廉点点头。苏威廉说，我体会过了，便秘时的出气的确不一样，由下而上，很有力量。

那天苏威廉又逃课，他在卫生间里坐了不少时间。便秘了，他想到声乐课，索性就坐在马桶上练发声，一组，又一组，声音又高又亮。他兴奋得心脏怦怦乱跳，他觉得自己会唱歌了。他又唱了起来，《嘎达美林》，比老穆要高两度。他自己都觉得好听。他一直在唱，几乎停不下来。

出了卫生间后，苏威廉在楼梯口遇见了袁阿姨，袁阿姨在扫地。袁阿姨突然说了句，你唱得真好。苏威廉起先以为是别的什么人在表扬他，可是他看了下四周，就袁阿姨一人在。

袁阿姨一直戴着口罩，苏威廉从未看清过她的脸。袁阿姨从他身边过，去别处清扫，她眼皮都没抬，像是什么也没说过。

15

每天早晨天还没亮，就有人在平台上练声了。那次声乐考很差，表演班先考，好几个过不了关。那几个过不了关的人不买账，说他们本来发声很好的，既通透又高飘，跟着老穆学了几节课，反而不会唱了。

老穆说，只有多练，没有捷径可走，这个话是我老师说的，现在我把这个话送给你们。人家问他的老师到底是不是温可铮。老穆不言。一直到最后，谁也弄不清楚老穆的老师到底是谁。

每个人都提心吊胆的。苏威廉那天虽然自嗨了一把，但是考试总不能在厕所里完成吧。所以有好几天，苏威廉也是早早地起床，去楼上的大平台上练声。

宿舍楼所在的这个弄堂，住户人家其实很杂。"文革"后有许多人来抢房子，抢到了住下就不走了。有的住户是从苏州河边来的，蛮野的。弄堂的楼和楼之间的距离很近，能看到对过人家都有些什么人，在做什么？有几次苏威廉看到了一个脱光了的女人在房间里走来走去的，女人胖，看上去就是一堆脂肪。苏威廉想，那个女人肯定不是原住民。

老穆还是逼得紧，老穆说就要放暑假了，放假前那是一定要考完的。那天一早，又有人在平台上练声，有弄堂居民打开窗骂，发神经啊，吵煞来！

那天练声的是毛国成，好像最焦虑的就是他。毛国成对自己通过考试一点信心没有。居民再怎么骂，毛国成就是不闭嘴，继续练。后来有人说，那一刻毛国成已经把自己飙成女高音了。

又有人朝平台扔东西，破砖碎瓦啥的。还有一根橡皮管突然从天而降，水柱往平台上直射过来，毛国成浑身上下顿时被浇了个透。毛国成也骂了起来，和毛国成一起练声的孟浦也骂。两边对骂，毛国成和孟浦又把那些碎砖烂瓦扔了回去。

培训班同学这个时候倒是很团结的。

二楼三楼，每一个窗户都打开了。几十张嘴同时发出了怪叫声。

水注一直在喷射，又多了几根橡皮管加入了进来，从对过往宿舍里喷。但是同学们一点也不屈服，有人唱起了《国际歌》。不管怎么说，毕竟都练过一点的，听起来声音还不错。苏威廉这时候不知哪根神经搭牢了，突然唱起了《我们战斗在广阔天地》。很快地，就可以听到有女人在喊：你在广阔天地那你滚去那里呀，你到这个地方来作死啊！不知为什么，苏威廉确信就是那个光屁股女人在叫嚷。

大门口有居民在敲门，居民手里都拿着棍棒。培训班的人一点不怯，反而很兴奋的样子。这些日子来也太郁闷了，表演的去搞创作，创作的要学表演，弄得精神分裂，内分泌失调，现在有了一个打架宣泄的机会，那么好，来吧。

从窗里不断地飞出杂物，甚至连书桌都往下砸。

有居民在喊，砸死人来砸死人来！一会儿警察和工人纠察队来了，很快地就控制住了局面。直到这时候，天还是黑的。反正在苏威廉的记忆中，那次群架就是什么都看不见，瞎了一样，如同一个暗黑而混乱的梦。

16

声乐课的考试取消了。

听说有居民已经找到了学校，还有人缠上了校领导要和校领导换房子，要是不换就去他家抢。

宿舍楼恢复了宁静，早上又可以听见阿姨爷叔在弄堂里的问候声，吃过伐？吃过伐？

苏威廉赖在床上，在想他自己的结业作品，君一老师只是要他进一步打磨，但是没有具体意见。赵青也赖在床上，赵青问，今天有课吗？赵青自从遭到批判之后，情绪一落千丈。上课也是能赖则赖，老是请假。或是扁桃腺发炎，或是痔疮发作，真真假假，花样百出。苏威廉说，好像是赏析课。在大教室，和别的班一起上。赵青翻了个身。苏威廉知道他又不想去了。一会儿，赵青又说，哎哎，你感觉到老穆近来有啥变化没有？苏威廉想了想说，好像蛮闷的。赵青说，听说有人要批判培训班的声乐考试制，说那个是旧的教育制度复辟。潘师傅找老穆谈，老穆发脾气了，老穆说好不容易有了点进步，要是不考了就前功尽弃了。

老穆真是一根筋，苏威廉说。

老穆在前面走，匆匆地，苏威廉在他后面。苏威廉喊他，老穆！老穆还是走。苏威廉再喊，老穆站住了。老穆问，什么事？苏威廉问他去哪里，走那么急。老穆说，去洗澡，再晚一会就没有热水了。苏威廉说，刚好，我也去洗。

两人就一起去洗澡。

学校的浴室是在灰楼的后面，有大浴池，也有隔间喷淋。老穆不说话，一直闷在大澡池里。苏威廉挑起的话题老穆也不接。苏威廉说，水有点烫。老穆不言。苏威廉又说，再过一个多月就要放暑假了。老穆还是不言。老穆像是在水里睡着了，一头湿发趴在脑袋上。苏威廉注意到他的唇边长满了水泡。

在冲淋的时候，苏威廉突然稀里糊涂地唱了起来，他好像有这个习惯，在洗澡时唱上几句。唱的什么他自己也不知道，也可能是《嘎达美林》。

一会儿,老穆站在了他跟前,就那么赤身裸体呆看着他,一点遮挡没有。

老穆说,别唱了,要唱回你们农场去唱。

苏威廉还唱,老穆喊了起来,叫你别唱就别唱了,难听死了!

苏威廉被老穆弄得晚饭都吃不下,极度的不爽。苏威廉想,你老穆算老几啊?

小滕刚打了饭过来,在苏威廉边上坐下。他用叉子吃饭。列宁是从不用筷子的。苏威廉记得有一次唐高潮这么笑话小滕,小滕理都不理。

脸色好难看啊,出什么事了?小滕问。

苏威廉就把老穆不让他唱歌的事说了。小滕用叉子敲打饭盒,像是一种列宁式的思考。小滕问,那你当时怎么说?

我反应不过来,他就像要吃掉我一样,我都不敢看他的脸,只看他下面,感觉他那只东西老大。

小滕说了点老穆的家事,老穆家住康武大楼,他外公在"文革"初期就跳楼自杀了。老穆有好几年都不说话,他母亲为了让他开口就带他去学唱歌,老穆的怪性格大概就是这么形成的。

几天以后,一早,苏威廉被吵醒。老穆在宿舍的平台上唱歌,还大声嚷嚷。苏威廉睁眼,开灯后没见赵青,他的床铺是空的。赵青应该上去看了。

苏威廉也起身去看,楼道里已经是挤满了人。一会儿,老穆捂着一只眼下楼了,唐高潮护着他。唐高潮说让开让开,两人出门。一会儿赵青出现了。苏威廉跟着赵青回到宿舍,赵青把屋门锁上。

赵青告诉了苏威廉事情的经过。老穆早上4点左右突然不睡觉了,然后就跑去平台上练声,练了一会就放声高歌。苏威廉问是《嘎达美林》吗?赵青说不是,这次唱的是《草原上升起不落的太阳》。才唱了几句,对过楼里就有人骂他,又拿弹弓弹他,好像伤到了眼睛。

上午,苏威廉站在窗前见唐高潮骑着自行车回,后座上坐着老穆。老穆的左眼贴着纱布。老穆看到了苏威廉,奇怪地朝苏威廉笑笑。不知道什么意思。他们匆匆地进楼。

表演班后来传出话来,大意是老穆承认自己是梦游了,他已经连续好多天没有睡好,那天晚上吃了四片安眠药,然后就出现了这个事故。众人的结论是,老穆这辈子都不能吃安眠药,他的神经系统根本不适合安眠药,安眠药之于老穆的作用是反的,越吃越兴奋。

还好,老穆的眼睛无大碍,没伤到眼珠子。

17

双体客轮驶在江上,船舱里弥漫着烟味,汗味,还有各种味道,令人不适。下着雨,透过船窗可以看到水面上烟雨迷蒙。苏威廉觉得气闷,和他同在的有君一老师,赵青,晓雾,还有唐高潮。他们去崇明岛。晓雾看着窗外,发愣,不知在想什么。赵青在翻一本《朝霞》杂志,唐高潮在读谱,打着拍子,他好像在学一首新歌。君一老师看上去很累,仰面靠在椅背上,看上去很不雅观。他今天穿得很随意,汗衫,大裤腿工装裤,赤脚套着黑色凉鞋,和平时立在讲堂上的一本正经的样子完全不同。舱里有小孩子在哭闹,他也不醒,照睡不误，还打起了鼾。晓霁侧头看了一下君一老师，笑了。她又从哪里捡到了一根细小的茅草，她把茅草往君一老师的鼻孔里捅。

好像也只有晓霁对君一老师能有这份随意，君一老师平时不苟言笑，而且又是经常出入样板戏剧组的人，所以学生们对君一老师都是恭敬有加。

君一老师摇了下头，继续睡。

《战台风》创作组要实地体验，要不然剧本很难提高，已经改了好几稿了，苏威廉也改了一稿，很认真的，连续几个通宵。剧本拿出来后，都看了。评语是，已经不是战台风了，而是台风战人了。苏威廉很没劲，打算退出剧组算了。他自己的结业作品都还没有完成。

算了，你们弄，我不弄了。苏威廉跟赵青说。赵青说，你拎拎清好伐，这个戏是重中之重，要压台的，你能加入是一种荣誉。苏威廉说，我是开后门进去的，你都知道，要不是小鲁帮忙，我哪里进得去。我又没有什么水平，哪像你水平那么高。赵青说，水平么，是逼出来的，你不写哪来什么水平。而且小鲁那么上路，你还要退组。

苏威廉想，小鲁的确是上路，有次小鲁跟他讲，君一老师现在是把书库当家了。有好些天就睡在书库，她一早上班，见他就躺在书库的长椅上，小鲁来，他迷迷糊糊地问，你是谁，来做什么。

这个事情不能让馆长知道的。小鲁说。

那你跟小鲁到底有没有什么猫腻？赵青问。苏威廉想到那天在小鲁家门口的一时冲动，苏威廉回答赵青，那不说明什么。这个话在赵青听起来真是没头没脑。

红旗农场七连是生活体验点，那个连队临海，晓霁最初就在这个连队。那年台风来，全连战台风，她的男友就是那次牺牲的。七连，也是晓霁的伤心地。晓霁自己提出去那里体验生活，这个只有她自己说，她不说别人也开不了口。晓霁也是那种为艺术而生的人。

还有几个创作小组也要下基层体验生活，听说毛国成一定要加入柳苗老师的那个组。他们说，现在劈叉，倒踢之类的在毛国成那里已是小菜一碟，他的野心是要在柳苗老师的帮助下试试芭科。一开始是说潘师傅带《战台风》组，潘师傅说崇明她没有去过，也想去看看，尝尝毛脚蟹。但是后来又说潘师傅家里有事，女儿回来了，潘师傅要在家陪女儿。女儿是成都军区歌舞团的，难得回家一趟。

一大早去码头。雨大。几乎每个人都打着黄布雨伞，各种黄，土黄、澄黄、铬黄。像一条黄色而破烂起伏的油布带。苏威廉突然看到了君一老师。他挤在人群中，感觉上他的个头变矮了一些，好像唯独他打的是黑伞，很小的那种。他慌里慌张地在口袋中掏着什么，大概是掏船票。他被撞了一下，又一下。

君一老师说，我跟你们一起去。他说昨晚写文章，熬夜了，就睡了一歇歇，差点睡过头，还好还好。船呜呜叫了两下，起航。君一老师说完就靠在那里睡着了。

舱里更闷了。苏威廉实在憋不住起身去甲板。他套上了雨衣。苏威廉站在甲板上，撑着栏杆，有点怕滑到水里去。雨小了，地平线处的云端边缘甚至有光透入，好看，如同镶了金边，有一种装饰美。

江面上有某些脏东西在漂，几块船板漂来，大概是哪里撞船了。

中学毕业，苏威廉去农场，那天也是这么呆站在甲板上，哭了。那时候父母下放去五七干校，祖母病死，祖父开始痴呆，老保姆阿宝不知怎么弄的脚又开始跷了，但毕竟那是个窝。看别人哭，尤其那些女的，哭得稀里哗啦的，他忍不住也哭。

不过现在真是一点感觉没有了。老油条了。

有船员过来赶他下去。说起风了，蛮危险的。回舱后，他看到君一老师已经醒了。晓霁，赵青，还有唐高潮都凑在君一老师边上。赵青见苏威廉来，挪了下让他坐下。赵青小声地说，正要去叫你，君一老师开讲《基督山伯爵》。

君一老师说，当年他上大学时看的第一本书，就是《基督山伯爵》。当时翻了几页完全放不下了。这个小说其实包括几乎全部的戏剧元素，铺垫、悬念、冲突、反转、场面、高潮。什么都有，简直比戏剧还戏剧。

晓霁说，这几天你一定要讲完。

接下去的时间过得很快，船一会就靠岸了。君一老师的故事才开了个头：老船长病死在途中……唐太斯上岸后打算和女友梅塞苔丝结婚，但是一场厄运来了。他被情敌算计了，然后蒙冤入狱十四年。他想死。

18

红旗农场七连连长深目高鼻，感觉像《基督山伯爵》里的人物。连长挨个握手，连长的手很大很硬，像钢锉。连长握了唐高潮的手，他抬头看了下唐高潮，哎哟你块头蛮大的嘛！

场部的人跟我说了，有大学里的人来采访，体验生活，要写文章。这个，你们来的也正是时候，今天上午刚刚开过电话会议，台风要来了。

大学里的人点头说好。

台风要来，地震也要来了。据说这次是大震，也可能有海啸，要上一级防护措施。

连长的身后已经是海了，现在是风平浪静，可以游泳。苏威廉会游泳，在这种时候跳下去游个一两千米一点问题都没有。

晓霁一言不发，自踏上七连的地界后，她就面色苍白。连长说，哦哦，你就是晓霁吧。晓霁点头。连长说，听说了听说了。那个时候我还在十五连呢。了不起，英雄啊！

有一排平房，七八间屋子。好像没几个人住。连长给了三间房。君一老师和晓霁各自一间，苏威廉，赵青，唐高潮三人一间。大家早早休息了。

苏威廉半夜醒来了。尿急，他出门去树下小便。回屋时，他看到了晓霁。晓霁直直地从苏威廉的身边过，视若无人。然后她走向海滩，又爬上了长堤，坐在那里。苏威廉一直跟在她的身后，晓霁的梦游无声，不像老穆。苏威廉想唤醒她，又想到老人们说过，梦游的人是不能惊动的，要不然可能永远都醒不来。苏威廉当然也想好了，要是晓霁跳海的话，那他无论如何是要下去把她捞上来的。

有夜鸟飞过，带着怪叫声划过水面。

晓霁起身，又直面苏威廉而来，依然是灵魂出窍的样子。她回宿舍，关上了门，呼的一下，很响。苏威廉回去后睡不着，他突然想给晓霁化个妆，他喜欢造型课，不知道这门课还有没有。

在海堤上，开会。有十几个人吧。晓雾跟苏威廉说，来的这些人她都不怎么认识，看上去都怪里怪气的。

连长说了个开场白，连长说，今天到场的是教授，作家，诗人，要了解一下那年死人的事，你们都是老职工了，当年的事情应该了解，叫你们来，回忆回忆，随便说，有什么说什么，说完了就干活去。这次警报吓人，台风，地震，海啸一起来。娘的，千万别再死人了。

连长说完，吹着哨子，跑去干活了。

中午的时候，连长又吹着哨子跑来。好了没有好了没有。好了好了，那些人站起身来，拍拍屁股。不再说了，要是说下去，好像几天几夜都说不完。

散会了。君一老师向他们表示感谢，那些人也没有理会。

下午，苏威廉和赵青整理记录：

1. 那次台风有十二级，可能更高。海面是巨浪，吓死人的。全连的人都扑上去固堤抢险。死了四个人，两个当地农民，怎么死的不知道，灾后家属找来才发现人没了。还有一个是副连长，姓王，女的。再有就是尹胜利了。尹胜利就是后来农场系统通报，要学习的英雄，他们那个时候都要学习尹胜利。

2. 尹胜利是救人死的，他原本已经下堤了。但是他看到有人被卷下海了。卷下海的就是那个王副连长。

3. 尹胜利平时表现一般，副班长都没有当上。干活么，也就那样，平平常常随大流的。没有人想到他会成为英雄。

4. 尹胜利来农场没几天就打架，他的胳膊被打断，他打断了人家的腿，后来两人都去场部医院上石膏，在一个病房住了两天，居然成了兄弟，兄弟今天也来了。（一个长发赤膊的人，姓康。）

5. 尹胜利是天才，记性好极了。连队里每个人的名字他都记得住。毛主席语录一本书从头背到尾，有一次连队国庆联欢会，尹胜利就表演背毛主席语录，任何一页，你随便点，他都能背出那一页的内容。精彩极了。

6. 尹胜利有女人缘。他的衣服小姑娘抢着洗，还有女人借书给他看，黄色书也有，像《红楼梦》。不过尹胜利一点不流氓，不像那些流氓，骗女人，不择手段。尹胜利要么不谈恋爱，要谈就正正经经地谈。

7. 尹胜利最早的女朋友，面孔和条子是农场里数一数二的，唱歌好，跳舞也好，还会发嗲。尹胜利迷她迷得昏头昏脑，下了工去约人家，居然要穿皮鞋，皮鞋是牛头牌的，名牌，擦得光亮，还敲了鞋钉。这个鞋钉敲了也是白敲，烂污地上又敲不响的啰。又一种意见，吃了晚饭荡马路可以在国防公路上敲出声音。

8. 他最早谈的女朋友后来考进宣传队了，女朋友去了没有多少辰光，就和别的人好上了，听讲那个人是吹小号的。宣传队驻地其实不远，那只小号吹起来，这个地方隐隐约约听得见。尹胜利有好几次想去打那个吹小号的，后来王副连长知道了，就做尹胜利的思想工作。思想工作做通了，尹胜利和王副连长也好上的，噱头伐，两人同进同出，饭菜票都拼在一起用了。

9. 那天，王副连长落水了，尹胜利想都没有想，就扑了下去，他们游泳都游得老好的，就是那天的风浪实在太大了。

10. 那个什么抢救军用物资的说法都

247

是瞎编的。

海堤会议的时候,没人注意到晓霁,大概也无人认得她,而且晓霁那天戴着草帽和墨镜。晓霁没坐多久就跑掉了。

吃过晚饭,《战台风》创作组几人就坐在了海堤上。没有人谈台风,也没有人议论地震海啸,当然每个人心里都在想的。连长要他们明天就回去,车已经准备好了。创作组提出希望再待两天,如果直面灾难,这样可以有更深切的感受。连长坚决不同意,要去你们去别的地方,这里我担不起这个责任,一旦出了事怎么办。

君一老师点头,表示次日一早就走人,不添麻烦了。

安静。是暴风雨即将到来的前夕吗?海水是黑色的。极目,在尽头,有亮点。是星星,也可能是灯塔。可以看到一排光链,那是渔船泊在港湾的信号。

远处有小号在吹奏。苏威廉一直喜欢小号,那种舒旷而软糯的音质令他陶醉。苏威廉在连队时也能听到小号,有人在对过的林场深处吹奏。他最喜欢听的是《鸽子》,有时候他就枕着《鸽子》入眠。

苏威廉问晓霁,这个是不是他们农场宣传队里的人吹的。晓霁不言。小号声随风而来,弥漫在夜空,有几个乐句很有质感,随手可以牵住一样。

这是什么曲子,苏威廉又问晓霁。

《朵莲娜》,晓霁说。停了会,她又说,真是一派胡言,他们都是在瞎扯。我们宣传队的小号几个月前才来,前些年哪有什么小号,乐队里就一支破单簧管,一天到晚的吹,吹又吹不好,难听死了。卟卟卟,卟卟卟卟卟。晓霁仿声。

静场。海浪在呢喃,以君一老师为首的创作组人员都在发呆,苏威廉打起盹来。

母亲打来了电话,母亲说,你赶紧回家。苏威廉说,我要留下,绝不做逃兵。母亲问,那你粮票还够不够。苏威廉说,还有五两,母亲说,那我寄粮票给你吧,你就待在那里安心抗灾。

赵青推了下苏威廉。

苏威廉醒了,嗯嗯,他问赵青什么情况。赵青说,你的身子在抖,嘴里也不知道嘀哩咕噜在说着什么。

苏威廉说,嗯嗯,睡着了。

赵青说,君一老师要讲故事了。

君一老师问,上次讲到哪里了?

赵青说,法利亚神父死了。

他们坐在手扶拖拉机上。迎着朝阳,一路前去。唐高潮突然大声唱了起来:迎着朝阳,我放声高唱。苏威廉和赵青跟着唱。晓霁没有唱,她的脸色不好。刚才苏威廉看她的时候,她说,你别这么看我,我的面色一定难看死了。苏威廉不知道她昨晚是不是又梦游了。君一老师也没有跟着唱。他只是看着前面,若有所思的样子。

君一老师的故事真是好听极了。要不是今天一早要上路,他就是说个通宵也不会有人反对。

唱完了。

前面的驾驶员扭头说了一句什么。驾驶员是本地人,听不清。唐高潮凑了上去。唐高潮问他说啥,再说一遍好吧?那人就又说了一遍。

唐高潮翻译,并传话。唐高潮说,那个人说,来前听到广播,说台风和地震的警报解除了,太平了,啥事没有了。

除了面色难看的晓霁，别的人都鼓起掌来。开车的又扭头说了一句：这种事经常有的，老是吓人，狼来了狼来了狼又不来。就是吓人。

这回大家都听清了他在说啥。

到三沙洪附近的时候，车停了。车夫指着一街边的小饭店说，就在那里吃饭。众人下车，然后跟着车夫去了小饭店。众人坐下。晓霁赶苍蝇，唐高潮点菜。

苏威廉说，你们先吃，别等我，我有点事，去去就来。

苏威廉提着一网袋的黄金瓜跑，在他的右手边已经是林场的地界了。苏威廉知道大概再跑个一千米，他就可以看到双枪老太婆了。

他跑进了林子，跑向小屋。他喘息着在小木屋门前停下。他的双脚上都是泥。七连长送的黄金瓜是最新鲜的，刚摘的，他想和阿婆分享。

小屋里没人，有一股臭烘烘的烟草味，这个味道是苏威廉不熟悉的，以前阿婆在小木屋里烘山芋，苏威廉一进屋就想着吃烘山芋。

冒出了一个老头。老头戴着草帽。勾着身子走来。苏威廉起先以为是阿婆，但是对方把帽子摘了。苏威廉这才看清，原来是老头。

老头说，死了。

苏威廉木愣愣地看他。老头继续说，死了！

苏威廉说，你是说阿婆死了？

老头点头。老头问，你是她什么人？找不到她的家人，没有人管她，火葬场的费用都是连队里垫的。你要是她的家人，现在就去连部，他们要找你。老头也是本地人，老头的话苏威廉也是连蒙带猜，听了个大概的意思。

我不是，苏威廉说。我不过是她的一个朋友。

啥个朋友，你也是叛徒？老头盯着苏威廉看了会儿，然后转身颠颠地走去。

小饭馆，饭都快吃完了。赵青不满地问苏威廉去哪了？等他就是不来，下午1点的船，这么等下去就要误船了。苏威廉不说话。大口地扒饭。

君一老师没说什么，他和唐高潮去外边抽烟。赵青陪他吃，问他还要不要加个菜，苏威廉摇头，晓霁也看着他。苏威廉因为跑了不少路，头上一直在冒汗。

那你到底去哪儿了？晓霁问。

苏威廉扒饭，把细碎干燥的米饭弄得饭桌上都是，像小朋友一样。晓霁又问，是不是看女朋友去了，女朋友就在这里？

赵青知道苏威廉的情况，赵青摇头，算是代他回答。

苏威廉说，死了。

赵青和晓霁惊，问哪个死了。

老太婆。

赵青问，就是那个双枪老太婆，死了？怎么死的？

苏威廉扒完了最后一口饭，好不容易吞了下去。然后他起身，他说，走吧。他走到门外，见君一老师和唐高潮在抽烟。他伸手问唐高潮要烟。君一老师说，抽我的吧。然后君一老师给了苏威廉一支牡丹。

阿婆来农场后肯定没有抽过牡丹。

船上，君一老师继续讲故事。告一段落时，他从包里掏出几个番茄，然后分给一人一个。他说当年，他在读本科时，下乡采风，带他们的是秦华茹老师。他问，各位知不知道秦华茹老师。各位摇头。君一老师说，图书馆应该有她的京剧剧本，她改编过郭沫若的《南冠草》。秦华茹老师一路上讲故事，我们听，如痴如醉。我是从乡下考上来的，比起别人，什么也不懂，秦老师一笔一画地教，真是难忘。他有点哽咽，不说了，大口地吃番茄。大家跟着吃。

苏威廉有一次看到君一老师在京剧院门口吃番茄，他知道那里有样板戏剧组。君一老师就站在门前大口地吃，弄得满脸的番茄汁，不管不顾。

番茄要生的才好吃。君一老师说。

船靠岸了。故事没有讲完。君一老师又说了两件事，一件他周末要去北京，有剧本去送审，哪天回来也不知道。二是下生活有收获，开阔了思路，《战台风》要再写，晓霁陷得太深，可能会有局限。执笔换一个人，苏威廉再试试。

19

君一老师去北京了。他的课没人上，要换课。苏威廉在班会上提议加造型课，根本没有人理他。赵青朝他做鬼脸。

老师们太忙，安排不过来，学校后来决定索性放映内部电影看看算了，当然看后要讨论批判的。

众人大喜。

两部。《今天我休息》，男一是仲星火，还有一部是《老兵新传》，崔嵬主演。听到放内部电影，别班的同学也来了，剧场门口人挤人。毛国成负责守门，唐高潮，小滕等人也去帮忙。毛国成说非培训班的同学一律不让进，其实不过说说的，凡是美女，在他面前一闪就进了。有人愤怒了，操起板砖，往他的脑壳上砸了一下。唐高潮说，哎哟出血了。不知道谁砸的，太乱了。毛国成也只能自认倒霉。

毛国成是带伤观影的，他用几条手绢接起来，缠在脑袋上。血止住了，当然是不严重，大概只是破了点皮。毛国成很投入地看电影，笑的时候就放声大笑，比谁都响。看电影时没有人会注意到他。

《今天我休息》说的是小民警马天民相亲，约好了去女方家里吃晚饭的，但是马天民做好人好事，差点耽误了相亲。不过女青年喜欢马天民，女青年替迟到的马天民做饭，葱烤河鲫鱼做好了，装进盘子，盘子的边缘有一点点酱油汁，女青年细心地用洗碗布轻轻地擦去。

剧场内掌声雷动，这个细节真是太感人了。

接下去放的是《老兵新传》，老兵老战已经转业，响应国家号召去黑龙江垦荒，和他同去的有前通信兵小冬子。老战脾气不好，提醒小冬子在他发脾气的时候就拽拽他的衣袖，有一次老战和某人为了工作大吵起来，小冬子去拽老战的衣袖。老战突然转身冲着小冬子大发雷霆，责问小冬子这么使劲拽老子的衣袖到底想干什么？

剧场内又是掌声雷动，表演系同学甚至起立叫好。

君一老师曾经说，细节，细节是最重要的，情节是可以编的，可细节必须真实。

其实只需要这么一点点。

电影散场后，苏威廉问赵青，这两部电影有什么好禁的，要批判，那么到底要批判什么？赵青说他也说不太清。又说，可能是批判中间人物论，阶级调和论，没有阶级敌人，对吧？

苏威廉想，的确没有。马天民清清爽爽的警服，老战在冰天雪地里的行走，这些画面让人印象深刻，就是没有敌人。

20

晓霁病了，回家休息几天。她家在虹口，比较远。《战台风》剧组讨论方案，苏威廉，赵青，还有唐高潮。三人一致认为，按生活真实来写，更好，更感人。副连长救军用物资，尹胜利救人又救物资，水下的副连长和岸上的尹胜利应该还有互动，会有很激越的情感交织。一个叫他生命至上，死一个够了。另一个非要往水里跳！

赵青建议，把诗剧改成歌舞剧可能更适合这个题材。唐高潮拍大腿，说，这个点子太好了。重点场面可以设计大段的唱腔，人物会饱满得多。苏威廉也觉得这么改不错。然后各自分工，苏威廉执笔重写故事，赵青去写唱词，如果通过，找人谱曲，找得到人最好，找不到人那苏威廉就自己上，反正把旋律部分写掉，配器什么的另说。赵青要唐高潮去写人物小传，关于尹胜利的前史，越细越好。唐高潮面有难色，但后来还是答应了。

两天后，苏威廉的情节部分还在天上飘呢，赵青的唱词已经出来了。苏威廉看过，挑不出一点毛病。过了几天，唐高潮的人物小传也写好了，尹胜利从小学三年级开始就读马列，天天听新闻联播，打扫楼道卫生，写了十几本革命日记。唐高潮问怎么样，苏威廉和赵青点头，估计君一老师也不会说不好。又过了几天，剧本完成了。

苏威廉在写完最后一个字的时候，赵青的收音机里又在播钢琴协奏曲《战台风》，苏威廉像是在曲子里听到了尹胜利的声音。

晓霁感冒好了，回校，苏威廉把剧本给她看。晓霁看了后说，去谈谈，叫上赵青。又说，别叫唐高潮，他不懂。

三人去了小阳春。

晓霁说，你们写的什么狗屁东西！她把剧本甩在了桌上，差点打翻了苏威廉面前的小馄饨。

什么副连长，女朋友，这个根本就是胡编的，尹胜利生前的女朋友只有我，就是我！晓霁扔出了几封信，那是尹胜利生前写给她的。你们看看。晓霁说。

苏威廉和赵青看。

老虎？谁是老虎？他叫你老虎？苏威廉问。

对，他要是不听我的，我会吃了他。

尹胜利的情书真的没什么好看的，字迹潦草，难以辨认，又有点报流水账的意思。关键部分又被晓霁用橡皮胶贴掉了。两人不看了。晓霁把信又收起来。

七连和宣传队那么近，走走半个小时就到了，他还是一封一封的来信，这个说明什么？还有，你们剧本这样写，就算是副连长这么个人物可以成立，那么你们想过吗？谁来演？谁来演？那你们是要我来演这个人物吗？

她抽烟了，以前从没见她抽过。

哼哼，晓霁冷笑，演梁祝了。双双殉情，又从坟地里飞出了两只蝴蝶来。这个是你们要的效果吧。

苏威廉和赵青赶紧摆手，没没没！

还有，晓霁从剧本里掏出了唐高潮写的前史，这个是什么？这个是尹胜利吗？

他自己这么假，就像个假人，也要把人家也演成一个假人。我早说过了，把他换掉，这个人根本不行，我对他太了解了，我认识他也不是一天两天的了。可是你们偏偏不同意。

苏威廉说，找不到别人演啊，小滕会演，可是太矮了。

晓霁说，就不能男主换成女主吗？我说了，我来演，可是你们就是不听。唐高潮凭什么演我的剧本，他是表演班班长又怎么了，班长就一定要演一号人物吗？

赵青说，晓霁，你也别生气了，我们跳出原型吧。别老是尹胜利尹胜利的了，我们就想想，他就是别人。

晓霁站起身来，刚上的粉丝汤也不吃了，晓霁往门外走去，又折回，她说，不！他就是尹胜利！

晓霁走后，苏威廉和赵青完全没了方向。

孔乙己过来了。孔乙己坐在两人身边聊天。刚才晓霁发火他应该也看到听到了。孔乙己说，难吧，创作这个事，真的是要难死人的。

孔乙己往两人的杯子里倒啤酒。

然后孔乙己说了一件事，他说有个剧组来讨论剧本，吵了几天也没有吵出名堂。晚上他上班，看到有个人披头散发地在撞墙。吓了一跳，原来那个撞墙的就是编剧，写不下去了，也不想活了。咚咚咚，往死里撞，好几个上去抱住他不让撞，还是要撞。不是瞎说的，那个坑现在还在。

喏喏，你们看。

孔乙己指了个方向，苏威廉和赵青看。那里墙上果然有个大坑。苏威廉对赵青说，你头比我硬，你去撞吧。孔乙己说，格么，我给你们出个主意，不管怎么说，创作是一定搞下去的，意见不统一也是再正常不过了。不过，剧本的修改方案最终还是要领导拍板，你们就多做几个方案。辛苦点，这个必须的，然后叫领导定，省得你们吵来吵去，弄得不好还要伤和气。

苏威廉和赵青点头。

孔乙己起身，收拾桌子。说，回去睡觉吧，这么晚了，两个人的面色都一塌糊涂。

苏威廉和赵青谢了孔乙己之后往门外走去。孔乙己又把两人叫回。孔乙己端着碗碟，滑了一下，差点摔地上。他又把碗碟重新放回桌上。擦了擦手。他取下了帽子。他的语气是慎重的。

这样，两位小兄弟，端午节要到了，就是下个礼拜六吧。我想请你们去我家里坐坐，顺便吃个便饭。你们来读书也有几个月了，我们呢，也算是朋友了。要是不嫌弃我这个端馄饨的呢，就请赏光。要是不想来，或者是有啥个不方便，那也没啥，朋友还是朋友，我无所谓的。

苏威廉和赵青赶紧答应。

孔乙己又说，三个男人太单调了，把那个晓霁也叫上。你们写戏的，懂的，光有男人没有女人，那就一点劲没有。

孔乙己从围兜里掏出记录菜单的本子，还有笔。他在本子上很快地写了几笔，撕下。赵青接过了那页纸。这是地址，孔乙己说。

出了门，赵青看纸片，又把纸片给苏威廉看，两人都不知道具体是哪里，感觉上在闸北区的某个角落。回去看地图，好远。孔乙己是老三届高中生，一手好字。

21

唐高潮打篮球。他控球好，打的是后卫。唐高潮分球又接回，投，进了。

观战的人鼓掌。

又一次进攻，唐高潮又进了，观战的又鼓掌。唐高潮兴奋过了头，去扣篮，跌了一跤，脚踝痛，只能下场。去医院查，好像有点骨裂。医生建议唐高潮住几天院，进一步查，做做理疗，反正医院有床位。唐高潮父亲以前是这家医院的主任医师，后来调走了。不过院长认识唐高潮，据说是看着他长大的。

得知唐高潮住院，众人去看他。送了一些麦乳精，水果罐头什么的。唐高潮住的病房有八张床，那天唐高潮午睡醒来，见一个病友正立在他的床前盯着他看。病友好像脖子断了，脖子上有石膏固定。

病友说，你是电影明星？唐高潮说，哪里，我不过是申艺的学生而已。病友说，你太谦虚了，我在《南征北战》里看到过你，你说，要打过长江去，要去喝家乡的水。就是你吧。唐高潮说，那个不是我，《南征北战》拍的时候，我还在读小学呢。病友说，那是我记错了，那你就是《五十一号兵站》里的小老大，对伐，肯定就是。唐高潮说，那个电影我都没看过，我怎么可能出演小老大。病友拿起唐高潮床头柜上的营养品，细看。啧啧摇头，高级啊。唐高潮说，师傅你拿去吃，我吃不了那么多。病友收下麦乳精。最后，病友把唐高潮认定为电影《创业》中的张连文。

病友是中央商场的钟表匠，钟表匠到处说，他的隔壁床位是张连文。病区里很多人来看明星，护理人员赶他们走，病人要休息，但越不让看越要看，人就是这样。总有人堵在病房前看张连文，越看越像，赖都赖不掉。

苏威廉是和赵青一起来的。唐高潮就问他俩，他到底像不像张连文。唐高潮在问的时候，阳光斜照，映在他的脸上，立体感很强，有一种雕塑感。苏威廉说像，赵青也说像，甚至比张连文更像张连文。

苏威廉他们带来了橘子，唐高潮收下。然后唐高潮请两人喝麦乳精。唐高潮说，最初人家说他像王心刚，后来又说像达式常，现在居然成了张连文。

那么你到底想做谁？

其实都可以，当然，我是更想做我自己。

赵青说，比较起来，我觉得还是张连文好，跳进水泥池，命都不要地搅拌，那个动作让人想到《战台风》。

唐高潮说，那么你们的剧本改得怎么样了？苏威廉说，做了三个方案给了君一老师，一个尊重原型，有副连长。另一个是没有副连长，只有被抢救出来的军用物资，三是索性把男主换成女主，让晓霁自己来演。

苏威廉在这么说的时候，显得有点没心没肺，赵青捅了捅他，可已经来不及了。

唐高潮显然非常震惊。他问，女的？苏威廉说，不过是瞎想的，君一老师肯定通不过，除非你的脚下不了地。唐高潮顿了顿脚，咚咚响，脚真的一点问题没有，他说。然后他沉默。突然，他流泪了。

赵青小心翼翼地问，脚痛吗？

唐高潮摇头。

我是在想尹胜利这个角色，这些天我是一直觉得和角色交融在一起了。他就是我，我就是他，一想到他就感动得不得了。唐高潮擦去了眼泪。你们要相信我，我一定会塑造好这个人物的，我可以保证。就是腿断了，我也能上舞台。他又顿了顿脚，咚咚咚。

苏威廉和赵青赶紧告辞。

从医院里出来，两人都觉得累了。就坐在附近的三角地街心花园休息。苏威廉说，其实唐高潮这个人不错的，你觉得呢。赵青说，同感。

唐高潮一早起身就提着热水瓶去对过的老虎灶打水，几个宿舍的热水他都包了，楼道他也扫，袁阿姨说她会扫，唐高潮还是抢着扫。上课的话，他也是早到，擦黑板这些小事他都做。还会把毛国成乱扔的那些药渣处理干净。

关于药渣这个细节，毛国成还写在了他的结业作品中。阶级敌人搞破坏，洋洋得意，在自己的小屋中喝小酒。一个苦大仇深的贫农老太冲了进来，手中捧着一包东西。阶级敌人还以为是炸药，吓坏了。当然不是。老太把手中的那包东西直接扔到了阶级敌人的桌子上，把阶级敌人的酒杯都撞翻了，加饭黄酒洒了一地。那包东西散了开来。现在可以看得明明白白，是药渣，老太说，你这个坏蛋，你就是个药渣！

小组讨论的时候，都说毛国成这一细节写得好，神来之笔，是有力度的动作，很有艺术性，很特别不一般，也符合人物的性格。老太很可能身体不好，长期疾病在身，她就是用这种独有的方法表达她对阶级敌人的仇视和愤怒。然后问毛国成是怎么想出来的。毛国成实话实说。那天早上，我去上课，见唐高潮手里捧着一包药渣，我问他打算把药渣扔哪里去。他说扔到它该去的地方！这个时候，灵光闪现。有戏了。这些药渣都是你随地乱扔的吧？冰行问。毛国成点头。

亚雯说她知道药渣这个东西是一定要处理得当的，她外婆家是石库门房，那里人如果见门口有药渣，就知道一定是仇家做的。亚雯问毛国成，弱弱地，那么，你为什么喝了中药却不处理掉药渣呢？毛国成说，我疏忽了。亚雯继续弱弱地问，那为什么高潮不会疏忽呢？所以我成不了男主角！毛国成说。

去崇明的船票也是唐高潮买的，赵青说，排了整整一个通宵哦，那天还下大雨。他给我票的时候，票是用塑料薄膜包着的，他自己淋得像落汤鸡一样。苏威廉说，他还买了大饼油条。赵青说，还热的。

苏威廉又想起了一件事，那次自习课，苏威廉拉肚子，突然控制不住了，他捂着肚子往外跑，没带草纸，就顺手从书桌上拿起了一张当天的报纸塞进了兜里。后来在卫生间，有两张手纸缓缓从门缝下塞入，外面是唐高潮的声音，不要用报纸，出过政治事故的。

苏威廉说，我还是倾向他演男一。
赵青说，同意。

唐高潮出院，脚还有点瘸。但是一点也不影响他的魅力。他站在篮球场边上看，别班的女生就喊，哎哎，男神！上啊！

唐高潮就朝她们微笑，不卑不亢。

校门口的宣传栏里又有新内容了，是关于唐高潮的。他献血了。他在住院的时候，有阶级弟兄受了工伤，血库里血不够了，唐高潮说他是O型万能血。医院说你是病人，哪有让病人献血的，唐高潮说，他是一点点外伤,而且已经基本康复了。医院方面说,真是个好小伙,这种事就发生在我们身边,就像电影一样。

病人和医院都送来了感谢信,培训班又一次出名了。班里政治学习,潘师傅要唐高潮说几句,唐高潮说,轻伤不下火线,像我们当演员的,就是应该坚守在舞台上。我的腿也好了,一点不影响汇报演出。另外,献血是应该的,是我的责任,要演好戏就要先做好人,这是必需的。

苏威廉扭头看赵青,赵青也在看他。两人心照不宣,很明白唐高潮的潜台词是什么。

晓霁冲着他俩暗暗地做了个拇指朝下的动作。

22

端午节的那天,苏威廉和赵青,还有晓霁照着孔乙己给的地址去了他家。晓霁一早去五芳斋买了粽子。晓霁说,总不能空着手去作客吧。

三人去坐公交车,在路上遇到了亚雯和冰行,两人问他们去哪里。晓霁咋咋呼呼地说,去孔乙己家。她大概以为冰行她们并不知道她说的是什么,谁知道,孔乙己的名气实在太响了,在申艺几乎无人不晓。冰行说她也要去。亚雯也说要去。晓霁说,人家又没有请你们,请的是我们三个。那两人说,不管,就是要去。

赵青说,去吧去吧,就是去他家作客,多去几个人无所谓的吧。公交来了,五个人一起上,拼了老命往上挤,居然还都挤上去了。

在车厢里,苏威廉可以听见亚雯的呻吟声,而且声音越来越弱。亚雯弱不禁风,她的台词课和形体课都过不了关,一直在补课。亚雯的形象很有特点,据说她还在上中学时就被选中了,农场宣传队来上海招生,看到了亚雯,主考官说亚雯身上有一种病态美,这种类型也要一个。

车厢越发的挤了,亚雯的呻吟声也听不见了。苏威廉喊,亚雯亚雯。没人理他。好在汽车到站了。下车后,苏威廉就找亚雯。找到了。亚雯在大口地喘息,她的脸色白成了纸。苏威廉上前关切地问,亚雯你没事吧。亚雯说,谢谢,平时我不太挤公交的。

她的头发散了,冰行替她扎了起来。

这是闸北的一个乱七八糟的地方。苏威廉一行穿过了一个很大的菜场,然后就看到了不远处站着孔乙己。

他整理过自己了。理了发,三七开,穿的是灰色的中装,就是没有衣领的那种,脚蹬新皮鞋,闪亮。苏威廉注意到他连眼镜都换过了,之前的镜架有一条腿是断了的,是用橡皮胶粘住的。

他站在街面房的门前,天好,楼上挂有晾晒衣服,还在滴水。从那些晾晒衣服的内容来看,楼上住的一定是别家。有女人的衣服,还有小孩子的。孔乙己说过,他家里就是他和父亲两人,他父亲前两年中风了,现在已经瘫在了床上。

孔乙己见来了五人,略有点吃惊。但是他很快调整过来,笑脸相迎。他鼓掌,哎哎,欢迎欢迎。冰行连忙说,老孔是偏心啊,眼里就是没有我们啊,亚雯在一边娇喘吁吁地点头。孔乙己说,哪里哪里,穷酸斗室,狗窝一个。哪敢请二位来,真是意外之喜啊。请请请!

冰行提了提粽子。冰行说,一点薄礼,

255

老孔别嫌弃啊。粽子是人家晓霁买的,不知道何时到了冰行的手中。苏威廉看晓霁,晓霁无知无觉,无所谓的样子。

孔乙己说,哎哟哟,不好意思不好意思,还是五芳斋的粽子啊,限量供应的。费心了费心了。

进屋去。

光线很暗,二十余平方米的空间,破旧的家具。一张八仙桌搁在屋子的中间,屋里就没有多少周转余地了。孔乙己说,后面还有一小间,是用木板隔出来的,刚好可以放一张床,我爹爹中风了,哦哦,赵青他们晓得的,我跟他们说过的。中风瘫在了床上起不来了,平时身体老好咯,哪能晓得去弄堂口买一角钱的葱就突然跌倒了。

众人想坐,又不知怎么坐。因为看起来凳子少了两个。孔乙己反应了过来。他说,稍等稍等。孔乙己出门。一会儿他就提着两个板凳进来,应该是跟隔壁人家借的,看来孔乙己的邻里关系不错。

众人坐定。桌上有果盘,果盘里有瓜子、小核桃、香榧子、葡萄干、话梅、大白兔奶糖什么的。孔乙己说,吃吃,不要客气。

这个时候,后屋传来声音,是老人的声音,在喊,吐音咬字不清,不知道在喊什么。孔乙己说,哦哦,我爹爹有话说,我去问问他想讲点啥。

孔乙己进里屋。

爹爹,可以听见孔乙己在喊,爹爹,你想讲啥?哦哦,是啊是啊,来的是大学生,大学生。显然爹爹还是没有听清,孔乙己又提高了嗓门,申艺的大学生,我昨天不是跟你讲过的吗,他们来家里作客,过端午节。你好好困啊,昨天夜里你没有困好,白天好好困哦!

孔乙己返回外间。他说,这样啊,你们在这里坐,吃吃茶,吃吃小点心,我呢,去炒两只菜,就吃点便饭啊。说完,他又不见了。

苏威廉嗑着瓜子,又细看这间屋子。引起人注意的是,污渍斑斑的墙上贴了许多剧照,有一面墙几乎已经贴满了,也有零零散散到处贴的,彩版的、黑白的都有,显然是从画报或报纸上剪下的。几个人都看剧照,有的可以看明白,但有的年代久远,完全不知道怎么回事。

孔乙己端着碗碟几趟进出,桌子就摆满了。好几个小菜,还有一大锅汤。老鸭汤,孔乙己说。我是托人从乡下头带来的鸭子,在家里养了有半年了,就等你们来。

亚雯轻轻地鼓掌,她的面色好多了,眼睛也亮了。

孔乙己在跑进跑出的时候,苏威廉就觉得好像还是坐在小阳春饮食店,孔乙己还是孔乙己,尽管他剃了新头,换了衣装了,但总体感觉并没有什么两样。

孔乙己又拿出了一坛酒来,那个酒坛上,贴着红纸,红纸上写着酒字。孔乙己说,今天我们喝酒,一醉方休。

里屋传来老头的声音:阿弟啊,少吃点酒!这次老人的声音很清晰,反正苏威廉是听清了。

孔乙己回头喊,爹爹你睡觉,我晓得来,不会多吃的。他又朝大家做了个鬼脸,他说,我爹爹怕我吃醉掉,他耳朵好,脑筋好,就是下不了床。

开吃。

小菜炒得真是好,好在哪里说不清楚,

但就是好。好吃到恨不得一个人独吃，把盘子都舔了。汤也好喝，苏威廉说，真好喝，我已经是第二碗了。亚雯说，我是第三碗了。亚雯的三碗都是浅浅的，在总量上肯定不比苏威廉的多，但无论如何，亚雯喜欢喝这个老鸭汤是肯定的。亚雯在食堂吃饭，鸟啄食一样。冰行说，亚雯，你平时胃口要像今天这么好，那你一定会胖起来。亚雯说，食堂里的菜难吃死了。

喝酒。

都说不会喝酒，但都喝了不少。那个是老白酒，甜，就像酒酿。孔乙己也喝，敬别人酒时，他都把自己的酒杯一干而尽。孔乙己面白，喝了酒就变得通红。开始一点点失态了。

孔乙己说，都看到了这些剧照了是伐？他站起身来。然后走到那些剧照前，他抚着剧照，一一作着介绍。

这个是《茶馆》，北京人艺演的，在美琪。这个戏是我爹爹带我去看的，我爹爹是不欢喜看话剧的，不过我欢喜，我爹爹就用他的京戏票跟人家换了《茶馆》。这个，孔乙己的指尖滑向下一张，《雷雨》，上海人艺演的，这个是我等退票等来的，在共舞台门口头，我记得清清爽爽，等退票的人老多，我想这个戏肯定是看不到了，没有想到戏开演十分钟的辰光，有一个老太过来，把我拉到一边，问我，票子要伐？我记得当时我的小心脏怦怦乱跳，像只小兔子一样。我接过票子，问老太几钿，我还想还还价，毕竟戏已经开演十分钟了。老太讲了一句，不要钞票，我的这张票子，就是想送给你这种真正的戏迷的。老太别转身子就走了。那场戏，我是从头哭到结束。不晓得是因为戏的内容感人还是送我票子的老太感动了我，反正是一直哭。旁边的人肯定烦煞我了，看戏看成这个样子，也实在不像腔。他喘息了下，脸更红了，不仅脸红，脖子也是红的。他又讲解下一张，那是一张戏曲剧照。喏喏，这张《玉堂春》，是我跟爹爹姆妈一道去看的。

里屋的孔父又喊：瑶娟也一道去咯！

哦对对，还是爹爹记性好，我们家的保姆也是一起去的。这出戏是言慧珠演的，当时也是一票难求。人家是看了我爹爹的面子留了四张票，这个真是不得了的面子啊。想想真是不可能的。我爹爹旧辰光是京戏票友，拉京胡的，你们晓得伐，他的京胡是跟赵济羹学的，赵济羹别号赵喇嘛，是当时独一无二的左手操琴的大师，而且一直在无线电里讲戏的。我爹爹是他的关门弟子，刚出道就帮老生世恭先生拉琴，后来专门跟世恭先生搭档，不过，后来，哎！

阿弟啊，里屋的孔父在喊，这个不要讲来，阿拉屋里厢吃的苦头你还不嫌多啊！

好的好的，不讲了不讲了。

孔乙己回到桌前，坐下。不讲了。孔乙己又敬酒，大家喝，吃菜，菜吃得很快，差不多光盘子了。孔乙己说，够不够啊，我再去炒两个菜吧。大家说，不要了不要了，肚子都吃爆了。

晓霁说，老孔，我有个问题。

孔乙己抬头看她，打断了她的问话。孔乙己说，哎哎，晓霁啊，你像一个人，特别特别像，吃了老酒后，面孔红扑扑的，更加像。

晓霁说，我像啥人啊？

孔乙己摇头，不讲了不讲了，这个不讲了。

你就是不说，我也是知道你想到了谁。晓霁说，是不是那个自杀的姜美丽，对伐？

孔乙己说,哦哦,有人也这么说过是伐。好好,不说这个不说这个,今天开心日子,说吉利话,是我不好,啊呸呸呸,掌嘴。他拍了拍自己的脸。然后他说,哎哎晓霁啊,那你刚才想问我什么啊?

老孔,我想知道,你看了这么多的戏,真是让我羡慕。我大概这辈子也看不到这么多的戏。

是啊是啊,你们这辈人,也真是蛮可怜的哦,看来看去就八个样板戏。

老孔,晓霁说,那你能不能告诉我,在所有的这些戏里面,最最让你喜欢的是哪出戏啊?

孔乙己说,其实我都是喜欢的,凡是戏,我都喜欢看,有一次宁波的甬剧团来演戏,我也要去看。听也听不懂的,不过看下来也是喜欢。哦哦,不过最最喜欢的,好像是莎士比亚的四大悲剧之一《奥赛罗》。我看的那个版本是苏联人演的,打的是中文字幕。真是刻骨铭心的记忆。喏,剧照。孔乙己指向一张黑白剧照,那张剧照已经破了,看得出来是粘过的。

后来,我看过好几个版本的,都好,不过印象最深的还是苏联人演的这次。前两年我还能背出好几段台词,现在老了,记性差了,背不出了。

晓霁说,老孔,你真是一点不老,看上去老克勒的,既有腔调,又有活力,比我们都强。

孔乙己摇手,哪里哪里,奔四去了。

晓霁说,我提个要求,你能不能背一点台词我们听听,看不了戏,听听你的台词也是好,也让我们多多少少有点感觉。

众人一致赞成,鼓掌。

里屋的孔父喊:阿弟啊,你声音轻点哦,门窗关关好。

孔乙己起身,去关了门窗。屋里的光线顿时暗了不少。开灯,一盏不够,又开了一盏。

他立在那里,背台词,用的是俄语,他的表情十分夸张,看上去很投入。可是在座的没有一个能听懂。

孔乙己背完了,补充了一句,俄语,不标准的。

晓霁说,老孔,不管标不标准,我们可是一句听不懂,拜托你用中国话背一遍好伐?

孔乙己又用中国话背:再一个吻,再一个吻,这是最后的一个吻了,这样销魂,却又是如此惨痛。我必须哭泣,然而这些是无情的眼泪。这一阵阵的悲伤是神圣的,因为它要惩罚的正是它最疼爱的。她醒来了。

静场。苏威廉感觉屋里气闷,浓郁的老鸭火腿汤的味道越来越重,把鼻子都塞住了。苏威廉起身,自说自话地把门和窗打开。阳光照了进来。孔乙己气喘吁吁的,他仍沉浸在他刚才的台词的诵读中。

他一点没有反对苏威廉的开窗开门,他只是去把那两盏灯关了,这样省电。

大家不再吃了,吃不动了,也没有什么好吃的了。汤锅也是见底了,只剩其味了。酒还有,赵青还在喝,他看大家都不怎么喝,就又替各人的酒杯加酒。

其实都有点醉了,包括孔乙己。

他呆呆地看着墙,看那些剧照。他说,这么多年来,海报,票根,说明书我都收藏起来了,我看过的戏,肯定有,我没有看过的,也有。那个时候是伸手去跟人家要,有的辰光,就是去捡垃圾一样的捡回来。整整一箱子,今天不给你们看了,箱子塞在我爹爹的床底下,你们下次来看。

讲好了，一定。

静默。大家心里明白，多半是没有下次了，而且这些海报和票根什么的，会不会越看心里越堵。这个不是在吊胃口吗，那么去哪里看戏呢？

申艺的戏我大概都看过的，尤其是毕业大戏。不错的，真是不错的。不过，现在怎么样就不知道了。你们怎么样，毕业大戏是啥，讲好了啊，我要去看的，票给我留好了，钞票多少不管的，戏是一定要看的。

众人发呆。

赵青说，呃呃，老孔，我们这个班是不排大戏的，我们这个班不过是个培训班，就一年辰光。要是汇报演出的话，我们也只有小戏。

孔乙己突然把手中的筷子拍在了桌上。小戏怎么了，小戏也是戏，我喜欢看大戏，小戏也是喜欢得不得了。以前那些折子戏，说起来不都是小戏吗？小戏更集中，更凝练，没有闲笔，不拖沓。是戏中戏，是精华。我要看的，赵青，你不要推三挡四的，不要找借口不让我看戏，看戏这个事你是绝对阻挡不了我的。我就是把你们剧场的玻璃窗砸碎了，就是爬也要爬进去看你们的戏。

哪里哪里，老孔你误会了，我不是那个意思。来来，我们喝酒喝酒。赵青敬酒，孔乙己端起酒杯，把杯中酒一饮而尽。

孔乙己放下了酒杯。

孔乙己说，不过话又说回来，你们要还是那个《战台风》之类的戏，倒是无所谓了，就是不看也没什么。那个戏的大概情节要是就你们一直讨论的那点意思，那个，看不看，倒是也，那个那个……

他大舌头了，醉了。

在座的面面相觑，尴尬地快坐不住了。亚雯说，差不多了，我们应该走了吧。孔乙己听到了，他摆摆手，他的意思是还早着呢，话还没有说完呢。

他继续说，三突出，什么三突出？哦，没有三突出就没有戏了？哎，我就是弄不明白了，为什么一定要三突出？真是活见鬼了！那么多好戏，啊！他的手朝着那些剧照挥了挥。都三突出了吗？噢噢，当然也有突出，每出戏都有个自己的突出，那么这些戏都突出了什么，啊，你们想过吗，你们的老师教过吗？

孔父在里面喊，他的声音好像拔高了好几度。阿弟啊！你不要说了好伐，我求求你不要说了好伐，你再这样说下去，要吃官司来！

孔乙己是醉意醺然了，他也听不见他的老父亲在喊什么了。孔乙己起身，挥舞着手臂，一派戏剧大师的模样。

它们突出的是思想，是文化，是人性，是那种对社会的批判性，是那种荡气回肠的，让人看了就忘不了的故事。是明星，是角，是流派，好了好了，我不说了，我不说了，我算什么，在你们面前高谈阔论，班门弄斧了班门弄斧了！

他坐下，他的椅子，斜的，靠在了墙上。椅子只有两条腿支着，看起来随时可能散了架，或是滑倒的样子。坐在边上的苏威廉担心孔乙己会摔了下去，他的脑子里闪过孔乙己摔倒下去的景象，很狼狈的样子。他使劲地把椅子连同孔乙己扳正，但是一会儿，孔乙己又仰靠了上去。就这么来回几次，苏威廉跟赵青说，我们走了吧。

赵青点头，起身。众人跟着起身。散了。

这餐饭吃了有四五个小时了，快中午来的，现在已是下午3点多了。弄堂很长，污水遍地，垃圾桶也无人管，臭气熏天。来时从另外一头进好一点，去时选择的方向不对，再走下去简直无从下脚了。孔乙己没有送，他已经趴在桌上睡着了。弄堂两边有居民在干活，涮马桶，拔鸡毛什么的。居民抬头看他们。晓霁和亚雯都是很吸睛的，可以听见有人在议论。

是拍电影的。

孔家那个人请客，他饭店里做，七搭八搭认得人老多的。

总算走出了弄堂，到了大马路上。等车。车少。要等一会。大家对刚才的饭局没有任何评论，都闷着，不知说什么好。

后来苏威廉说，老孔以前住在法租界的。赵青问，你哪能晓得。苏威廉说，他以前说过的，住在法租界，看戏便当。周边就是兰心、国泰、美琪，走几步就到了。

车来了，挤上去。车开走了。今天的事情关掉，没有人再提起。

23

图书馆好像哪里刷过油漆了，味重。苏威廉坐的时间长了，头有点晕。他看到上台词课的老师也在看书，老师瘦，深度近视。看书时像是在嗅。老师突然笑了起来，笑得稀里哗啦的。苏威廉看着他，也跟着笑。苏威廉并不知道老师看了本什么书这么好笑，他只是因为他的笑而笑。

笑完之后，苏威廉起身走向书架。他环顾了一下，没几个人，然后他鼓足了勇气从书架上拿下画册。图书馆里放出了一批画册，苏威廉起初并不知道，小鲁没有跟他提到过。苏威廉是注意到了毛国成老是立在画册架前看，才意识到了一定有事情发生。

那次毛国成从图书馆出去之后，苏威廉就跑去画报栏里看，他这才发现多了不少画册，而且有不少人体画，那些丰腴柔美的，脱得光光的女人。苏威廉很激动，心跳加速，他以前在别处看到过几张的，但是像这种批量地看，还是第一次。

现在，苏威廉挑了一本看。

他一页页地翻。其实看多了也就那么回事，苏威廉的感觉是，既没有什么色情，也美不到哪去。对那些女人的塑造都太过，一些姿态也有点做作。

画面上突然漫过了一层阴影，身后有人轻咳了两声。苏威廉回头，见是小鲁。苏威廉赶紧把画册归位。小鲁笑笑，说，没有关系，你看好了。

苏威廉无语。

是舞美系师生坚决要求的，小鲁说，他们的党支部都打了报告，希望开放一批画册。校领导讨论过了，要我们一点点来，先把文艺复兴时期的一些画拿出来试试。

苏威廉想，前些天在学习专栏里才看到批判舞美系某位老师的文章，说他画的全是封资修的那套，要打倒批臭，并踏上一只脚。这里又在要求开放画册，真是让人糊涂。

小鲁说，那你，有事吗？没事的话，来我办公室一趟。

苏威廉说他没事，然后就跟着小鲁去她的办公室。

在办公室，小鲁说，学校前两天下文了，要整顿图书馆。馆长要求我们把借出的书全部收回，清点后重新登记。一本都不能少。

260

苏威廉说，好严格啊。

小鲁说，是啊，听说校领导有次在苏州河边的书摊上看到学校的书，大为光火。领导说是政治事故，一定要严查严办。怎么流出去的，谁流出去的，还有没有别的书也流了出去，要我们馆长写个汇报给他。馆长急死，上火，牙龈发炎，半个脸都肿起来了。

苏威廉问那是本什么书？

小鲁说，我也不清楚，好像说是绝对禁书，政论类的读物。如果被人家利用了，要出大事。

这个时候传来敲门声。小鲁说，请进。

苏威廉其实没见过图书馆馆长，馆长高高在上，平时也不怎么下来。不过现在苏威廉一眼就确信面前的就是馆长，馆长是个瘦老头，半边脸是肿的。馆长龇着牙问小鲁，小鲁啊，清点得怎么样啦？小鲁说，差不多了馆长，这个周末我这块肯定可以给你。馆长说，好啊好啊。一定要抓紧啊。你们几个，这几天辛苦点啊。小鲁问馆长的牙龈炎怎么样了。馆长痛得都已经发音不清了：没有好啊，感觉一塌糊涂，好像花烧啦，花烧啦。

哎呀，馆长，发烧么要回去休息的呀。

嗯嗯，嗯嗯。

馆长退出。

馆长退出后，小鲁从抽屉里取出一个记录本。她把记录本翻到苏威廉借书这一页。苏威廉瞟了眼看到好几十项借书记录。

小鲁的指尖滑过那些书名，嘴里一并在念，莎士比亚的，悲剧四本，喜剧两本，历史剧一本，莎剧一共七本。易卜生的一本，莫里哀的三本，奥尼尔的两本，契诃夫的两本，曹禺的两本，洪昇的两本，老舍的两本，李渔的一本……哦，还有还有，汤显祖……一共是二十四本。

苏威廉说，我都还了的，不会超时的。

我昨天就清点了，一开始还以为缺了三本，后来找到了，是我自己弄错了。现在还缺一本，怎么都找不到，记录上也没有。

苏威廉问是哪一本。

小鲁说，乔治·贝克的《戏剧技巧》。

苏威康说哦，那个啊，我是没有还，我在抄那本书，我在想反正你这里也不急。所以就拖了下来。小鲁说，那你赶紧拿来还我。苏威康说，再拖两天不行吗？小鲁说，哎哟祖宗哎，你没有看到我们馆长的那半张脸吗？我的牙好像也开始痛了。小鲁夸张地掩住了自己的半张脸。

苏威廉说，好的好的。它就在宿舍里。

苏威廉回到宿舍后，找不到那本书了。赵青问他找什么，翻得乱七八糟。苏威廉就说，那本《戏剧技巧》不见了。又问赵青见到过没有。赵青说，没有。又说，想起来了，小滕来过的，好像他拿走了。苏威廉问，什么时候的事？赵青说，上上个礼拜吧，具体哪天倒是忘了。苏威廉说，那他怎么也不跟我说一声。赵青说，都是坏习惯。

苏威廉去楼上找小滕。小滕不在宿舍里。苏威廉就去小滕的床铺上翻翻，但是没有找到。小滕的床头有饼干盒，苏威廉打开饼干盒，有不少吃的。苏威廉想，小滕倒是蛮会享受的。

这时候小滕来了，小滕笑着说，我在想呢，我的饼干盒里的东西怎么老是少了，原来如此。苏威廉张嘴让他看，意思是他什么也没有吃。小滕说开玩笑，又问苏威廉，找什么？

书没有了。苏威廉说，那本《戏剧技巧》。

小滕想了想说，哦哦，那本书啊，我记得我是还给你了啊。

哪天？

好像是端午节那天，我去你们宿舍，你不在，赵青也不在。我就把书放在了你的桌上。那你现在是找不到了吗？

傍晚的时候，小鲁在宿舍窗前喊苏威廉。小鲁问苏威廉书找到了吗？苏威廉说，还在找呢。放心好了，一定会找到的。小鲁喊，你抓紧啊。小鲁又夸张地捂住了自己的半边脸。小鲁往弄堂外走去，又差点绊了一跤。

苏威廉的书不见了，那本书是内部读物，图书馆的人急死了。这件事很快就在班里传开了。有人见到了苏威廉，就问，找到了吗？苏威廉只能冲着人家摇头。

傍晚，唐高潮见到了苏威廉，唐高潮说有件事，我想来想去要跟你说一下，不过，你要保守秘密。不能出卖我。

苏威廉点头。

唐高潮说了事情的经过。那天下午，他从红楼出，看到有别班的女生在草坪上做游戏，就是那种扔沙包。一个沙包扔出，飞出一个弧线，落了下去。刚好落在小滕的身边，小滕坐在草坪上看书。有女同学来捡沙包，见小滕，叫了一声，列宁同志。然后嘻嘻笑着走了。这个时候唐高潮过去，唐高潮跟小滕打了招呼，他看到小滕腿边有那本书。

《戏剧技巧》？苏威廉问。

唐高潮点头，他继续往下说，他很清楚地记得那天的日期，是6月25日。因为唐高潮那天去红楼去上表演辅导课，一对一。这个时间点他不会记错。

你那天去宿舍找小滕，我就躺在床上铺，并没有睡着，你们说了什么，我都听到了。

端午节是23号，你是25号看到小滕身边有那本书。可是，为什么？

唐高潮耸耸肩，摇头。

苏威廉要赵青分析一下，小滕到底怎么回事。赵青说，无非有这几种可能。一是，唐高潮记错了。日子记错了，或者是看到的是哪本书记错了，反正他一天到晚的很忙，要读书，要表演，还要做好事，感觉上全班同学里他是最忙的一个。那么，记忆错误也完全有可能的。第二个可能就是，小滕记错了，据赵青所知，小滕近来有点烦，家里父亲病重，在医院，又听说，母亲也病了，躺在家里。那么小滕在这种状态下一本书的事情记不清楚也是有可能的。第三，也可能是小滕弄丢了这本书，无法交待了。只能编一个谎，但是露出马脚。第四是，小滕窃书，而且坚决不打算还。苏威廉说，赵青，你完全可以写侦探小说了。

赵青说，这是一个悬念。

悬念：所谓悬念，就是兴趣不断向前延伸和欲知后事如何的迫切要求。无论观众是对下文毫无所知，但急于探其究竟，还是对下文作了一些揣测，但渴望其明确，甚至是已经感到咄咄逼人，对即将出现的紧张场面怀着恐惧，——在这些不同情况下，观众都可谓是处在悬念之中，因为，不管他愿不愿意，他的兴趣都非向前冲不可。

这是苏威廉摘录乔治·贝克的《戏剧

技巧》中的一段。

在弄堂口苏威廉遇到了小滕。

小滕拽住了苏威廉,小滕问,那你告诉我,你的那本该死的书找到了吗?苏威廉摇头。小滕皱眉原地打转,苏威廉想走,小滕又一把拽住了他。小滕说,哎,你等等等等,是不是有人说我偷的?你听说了吗?

苏威廉支吾了两下,语焉不详。

而且我心里很清楚,那些谣言都是怎么来的,为什么要造我的谣。

弄堂口人多了起来,是下班时间。小滕把苏威廉拉到不远处的一根电线杆下,这里要安静些。小滕说,我要告诉你一件事。

小滕说的事是这样的:南京军区歌舞团来上海招生,小滕经人介绍去考试。考下来业务上歌舞团十分满意,就叫小滕回家等消息。小滕从考场出来时,遇见了唐高潮。唐高潮说他也是来考试。后来,从内部传来消息说,歌舞团考虑小滕和唐高潮中二选一。

你们家庭出身都不怎么样,政审能通过吗?苏威廉问。小滕说,这次部队招生比较宽松,重在自己表现,家庭出身只要不是敌我矛盾,都在录用范围之内。

两人在说话的时候,不少同学从身边走过。

众人手中拿着饭盒,这是去学校食堂吃晚饭。唐高潮也在其中,唐高潮看到了他俩,举了举手中的饭盒。唐高潮用他那好听的嗓音叫:哎哎,二位,吃饭去啦!苏威廉朝他笑笑,打了个招呼。小滕并不理他。

小滕说,假人!

小滕说的假人显然指的是唐高潮。这是苏威廉第二次听到有人对唐高潮作如此评价。上一次是晓霁,晓霁忿忿地说,我对他最为了解,他是个假人!

唐高潮和那些人走远了。小滕的目光一直追随着过去,苏威廉觉得他的目光里满是怨愤。

那你明白了?小滕说。

苏威廉不置可否。唐高潮说过对小滕不利的证词,没错。那么这个到底是怎么回事。苏威廉木愣愣地看着小滕,很茫然。

苏威廉又跟赵青探讨,赵青又分析:唐高潮跟学校或某些人说了小滕草坪上看书的场景,是有人把唐高潮的话告诉了小滕。苏威廉点头。赵青说,那么,唐高潮是真看到还是假看到呢,是揭示真相呢,还是有意在陷害小滕,让小滕有了道德污点,去不了歌舞团,从而把歌舞团的名额占为己有呢?

苏威廉等他的结论。

赵青耸耸肩。赵青说,没有结论。我再说一遍,还是悬念。有雷在头上滚动,人心紧张,就看这个雷什么时候落下来。

在宿舍楼的门口突然挂起了一个牛奶箱,旧的,不知从哪里弄来的。毛国成在挂这个箱子的时候,刚好苏威廉看到。苏威廉问哪个同学订牛奶了,条件介好。毛国成说,这个是检举箱,不放奶瓶的。苏威廉问,检举什么?毛国成说,《戏剧技巧》不是还没有找到吗?苏威廉大惊,事情搞那么大啦!毛国成说,要检举出那个偷书人,当然,别的什么问题也可以检举,我们这个班里其实有小偷的,经常有人说少了东西。学校方面说了,彻查!

苏威廉心里烦极。睡不着,就起身看

窗外,他看到那个检举箱在月照下又白又亮。箱子是锁着的,钥匙归毛国成管。

他又躺下。打开收音机,奇怪的是老是听到《战台风》,这个协奏曲听下去就别想睡了。他赶紧关上。

赵青在隔壁的铺上嘟哝,你在忙啥?

苏威廉不言。他躺平,闭上眼睛。他的脑子里是那个检举箱,他在心里检讨自己的糊涂,借了书又弄丢了,在班里造成这么大的麻烦。小鲁的另一边牙龈不知是不是也肿了起来。

他做了个梦。

梦见那个牛奶箱上有人写了两个黑体字。**悬念**。

在梦与非梦之间,送奶工进弄堂了,送奶车叮叮当当由远而近。凌晨了。

24

那天下午是君一老师的课,他实在太忙了,所以他的课有时候是从中午一直会讲到晚上,把欠下的课补掉。

他再一次讲到悬念。苏威廉和赵青对视一眼。君一老师把悬念这个戏剧技巧提升到了哲学高度,他说悬念其实也是生命的本质,人生的过程其实就是一个大悬念,我们从哪里来,我们是什么,又去向哪里。我们不知道,无从揭晓。

他就说了这么几句,然后他止住了,又去说样板戏。

苏威廉觉得君一老师的课越讲越好,有时候甚至超过了乔治·贝克。

下课铃响了,君一老师要大家留一下。苏威廉以为是要说说那本书的事,但不是。

君一老师宣布了学校的一个决定,这届培训班要组建一个乌兰牧骑式的文艺轻骑兵小分队,凡被选中加入小分队的,这个暑假就不能休息了。要完成一台节目,然后去农场巡演,而且这个巡演并不局限上海郊区农场,还要去苏北和安徽农场。

25

毛国成不定时地会去看看牛奶箱的情况,有一次苏威廉见他小心地打开了牛奶箱的锁,看看,空屁,然后又关上。他的样子有点失落。那次已经是半夜了,白天他是不看的,他没有那么傻。

苏威廉问他有什么线索没有。

毛国成点点头,然后轻声地说,有好几张纸条了。他已经交给了学校。他个人是不便处理这种事情的。毛国成又说了一句,想不到我们这个班那么复杂。然后他头也不回地回宿舍睡觉去了。

那天苏威廉洗了衣服,然后提着湿衣服去三楼平台上晾晒。他看到小滕独自呆站在平台上。小滕入神地看着远处,起先苏威廉还以为小滕在想他的表演上的问题,但是一俟小滕转过脸来,苏威廉竟是吓了一跳。他又瘦又黑,像是换了个人一样。

苏威廉问小滕是不是病了?

小滕不正面回答他,他只是盯着苏威廉看。苏威廉被他看得发毛。小滕突然大嚷,你这个赤佬,你再好好想想,你的那本书到底哪里去了,你们不要加害我,我和你们无冤无仇,何必这样!

小滕又把苏威廉晾在绳子上的湿衣服取下,扔在了地上。然后头也不回地走下了平台。小滕人不高,但是走路的声音很响,通通通,一栋楼都在震动。

苏威廉只得捡起地上的湿衣服去重洗。

苏威廉去找小鲁,她的同事说她不在。苏威廉问在哪里可以找到她。同事说她请了病假,什么时候上班,谁也不清楚。小鲁的这个同事,苏威廉也很熟的,以前见苏威廉总是笑嘻嘻的,可这次就一直板着脸。

她突然问苏威廉是怎么进图书馆的。苏威廉说大门锁上了,不知为什么。他是从后门进的。

那你赶紧出去吧。她说,图书馆昨天就闭馆整顿了,你是不能进来的。苏威廉赶紧往外走,他又瞥了一眼阅览厅。厅里堆满了书,几个管理员趴在地上整理图书。他又看到了图书馆长,他在书架前忙。看上去他身子更瘦弱了,在搬书的时候跌跌撞撞的,像是要跌倒的样子。

26

苏威廉本想去小鲁家看看,想想还是算了。乔治·贝克还没有找到,怎么说?下午没有课,天开始热了,苏威廉走出校门,他想去买一支棒冰吃吃,降降火。

出了校门,苏威廉又看到了那个女青年。前几天他已经看见过她。女青年就站在这里,显然她是在等学校里的某人。从一开始,苏威廉就觉得她有点面熟。

女青年的上衣有点肥大,背了一个军包,军包已经洗白。苏威廉也有一只这样的包,不过苏威廉的包有一个红五角星,而女青年的这只包没有。

苏威廉经过她身边的时候,她抬头看了他一眼,苏威廉想打个招呼。又想想,还是算了。他担心这种瞎搭讪会引起人家的反感。

在街角有个冷饮店,苏威廉去买一根赤豆棒冰。冷饮店边上有一个报廊,苏威廉就边吃棒冰边看报,赤豆棒冰很快地吃完了,他还想去买一根赤豆棒冰,但是他兜里钱不够了。兜里怎么掏都只有三分钱了。这样,他只能再买一根盐水棒冰。在苏威廉吃盐水棒冰看报的时候,他又瞥见女青年的身边出现了唐高潮。

两人走在一起,往外滩方向去,不知道目的地是哪里,去做什么。女青年像是很生气的样子,走在前,唐高潮跟在后,他的两只手举着棒冰,棒冰是紫色的,肯定是赤豆棒冰。唐高潮紧走几步,赶上了女青年,他往女青年手上塞棒冰,但是女青年不要,还把赤豆棒冰一巴掌打掉了。棒冰跌落在路边,唐高潮有点心疼地看着地上的棒冰,他站立在那里,有点手足无措。后来他放弃了。他转身小跑着去追,女青年已走远了。

赵青问苏威廉,你这两天出过校门没有。苏威廉点头。赵青说,你有没有看到艾玛。苏威廉问哪个艾玛?赵青说,就是庆丰农场的那个女中音。

艾玛的女中音真是一流的,苏威廉不止一次地看过她的演出。怪不得在校门口看到女青年觉得脸熟,原来她就是艾玛。

赵青说,她是来找唐高潮的,她一直是唐高潮的女朋友。苏威廉说他看到两人走在一起,不过好像关系有点紧张。赵青说,唐高潮把她甩了。

那次庆丰农场宣传队去连队招生,艾玛是主考官。一高个男生走进了考场,满身泥。艾玛问,你怎么不洗洗就来了。男生说,在开河,知道宣传队招生的消息晚了,还是想来碰碰运气。艾玛看他的形象不错,艾玛就说,那你会什么?男生说,其实我也不会什么,我爸妈也不懂文艺。就是连队里那些人说我长得蛮像电影明星,都叫我来试试。这样,我就来了。

艾玛看着他,艾玛等着他接下去的表演。

男生说,那我就表演一个诗朗诵,毛主席诗词吧。

艾玛点头。

男生表演,鲲鹏展翅九万里,翻动扶摇羊角!

男生伸出了两个手臂,作出了一种鸟儿飞翔的动作,还上下扇了几下。考官们乐坏了,站在边上的农场员工也乐坏了,艾玛没有笑。

表演完了之后,艾玛只是问了一句,你叫什么名字。男生说他叫唐高潮。所有在那天参与当考官的人都反对录用唐高潮,他们都觉得这个唐高潮太没有文艺细胞了,哪有这样表演的,空有一张好看的皮囊有什么用。唯有艾玛坚持要试试,艾玛说,这个人的外在条件真是太好了。艾玛一进宣传队就是台柱,她甚至还在中学的时候就扬名群文界了。艾玛坚持,别人也不好反对什么。宣传队长也很尊重艾玛,队长说,那就这样吧,那就让唐高潮试用一段时间看看吧。

唐高潮进了宣传队后大概三四个星期,就和艾玛好上了。两人甚至上了床,而且艾玛还怀孕了,又去镇医院找人打了胎。

有一个晚上,艾玛和唐高潮在菜园的草棚里过夜,被巡防队的抓到了。然后两人被带到了民兵连,又分头关进了小黑屋。艾玛说她是唱歌的,根本没有人理。打她。唐高潮也被打了。唐高潮是男的,打得更厉害。艾玛很硬,要她写什么,就是不写。打死她一个字不写。唐高潮不一样,从怎么认识的,到怎么好上的,上床和怀孕打胎的情况,什么都写。后来有人看到了唐高潮的检查,说那是世上最黄的小说。

第二天两人就被放了出来,毕竟都是农场的名人。要不是名人多半是要挂上牌子游街了,因为刚好是风头上,严打。艾玛出来后,就不能唱了,甚至连说话都成了问题。唐高潮倒是正常,而且业务水平提高很快,他甚至取代了艾玛在队里的位置。唐高潮的诗朗诵,成了一整台节目的压轴戏,而且他的长相也越来越像英雄人物了。

唐高潮来申艺后,经常去潘师傅办公室汇报思想,他在那里认识了潘师傅的女儿,潘师傅女儿随成都军区歌舞团来上海演出,两人好上了。唐高潮就给艾玛写了一封信断绝关系,理由很简单,就是没有感情了,而他是个爱情至上主义者。

艾玛不买账,就来上海找唐高潮,要他讲讲清楚。唐高潮不见,艾玛就在校门口死等,不见也得见。艾玛甚至找到了学校,她和潘师傅也谈了。潘师傅说,你们的情况,唐高潮同学也说了,你回去吧,你父亲是大资产阶级,要改造,你是他女儿,也要改造。唐高潮同学是我们学校的优秀学生,他有很好的发展前景,你不要妨碍他,更不要污染他。

艾玛和晓雾是好朋友,小学和中学两人都是同学。艾玛去找晓雾,痛哭。她已经完全发不出声了。晓雾也没有办法,只是陪着艾玛去岳阳路文艺医院看声带。在医院里艾玛做了一个小手术,医生告知艾玛,心情要好,心情要是老这么抑郁,声带是好不了的。

艾玛想死的念头一直有。晓霁找到了唐高潮,作为艾玛的朋友,她对唐高潮的要求就是不要太过分,艾玛毕竟刚动了手术,唐高潮最起码的应该多多关心她。

唐高潮想了半天,答应了。晓霁从兜里掏出了一把牛角刀让唐高潮看,晓霁说这是她从艾玛的包里搜到的。晓霁说她担心出事。唐高潮有点怕的,他其实就是个胆小的人。

这些天,艾玛的声带好些了。就是她的精神还处在恍惚中,她有时会立在校门口,其实目的不明,也许就是想看一眼唐高潮。校门卫爷叔已经认识了艾玛,艾玛一来,就去找唐高潮。要唐高潮去把那个神经兮兮的小姑娘弄走。

唐高潮出校门后就带着艾玛离开,然后唐高潮就会把艾玛带到小阳春饮食店,每次他都会给艾玛点一碗小馄饨,然后看着艾玛吃,他自己不吃。

艾玛最近一次和晓霁见面,她的脸色好些了,也能正常说话了。晓霁问艾玛,那你到底打算怎么办?艾玛回答说,放心好了她不会去寻死的,她会回农场去的。晓霁问她还想唱吗?艾玛说不知道,那要看老天爷的安排,要看声带恢复得怎么样。

小阳春的小馄饨真是美味。艾玛说。

这些都是赵青告诉苏威廉的,赵青要苏威廉不要去别处说,唐高潮毕竟是表演班班长,甚至是他们这个培训班的形象代言。

苏威廉那次去淮海路,看到一个女兵走在马路上,女兵的身材好极了,一看就是文艺兵。苏威廉想唐高潮的新女友大概就是这个样子的,甚至可能就是这个人。苏威廉看她是往学校的方向去的。

他又读了一遍契诃夫的《海鸥》。

梅德维坚科说,你为什么总是穿黑衣裳?玛莎说,我为我的生活戴孝。我很不幸。

27

牛奶箱的纸条多了起来,好像每个人都有东西丢了,裙子、袜子、《毛泽东选集》、乐谱、手巾、香皂、内裤、奶罩、化妆盒、舞鞋、五七八门,什么都有。

毛国成又拿了这一堆纸去找潘师傅,潘师傅不在,刚好看到了君一老师。毛国成就把纸条给君一老师看。君一老师说,这是在搞什么名堂,是恶作剧还是寻开心?东西不见了,那就去找,哪来那么多小偷。这是戏剧创作表演培训班,你以为是小偷培训班?

毛国成说挂上那个箱子,原本是想查清那本书到底是怎么回事,是鼓励知情同学的揭发。

君一老师要毛国成把那个牛奶箱子取下来。不就是一本书吗,有那么重要吗?毛国成说,潘师傅的意见是要严查。君一老师不再理他。

下课,毛国成找苏威廉谈。赵青原本约了苏威廉去新华书店的,毛国成挥挥手,意思叫赵青走。赵青怕毛国成,赶紧跑了。

毛国成直截了当地说,有人怀疑是小滕偷的。

苏威廉说知道,不过他并不认为小滕有必要这么做,这本书对他其实没有那么重要。毛国成说,那你认为是谁偷的?苏威廉摇头。

你对人性有了解吗?毛国成问。

这个类似终极问题，苏威廉无从回答。

其实啊，毛国成说，每个人都有天使的一面，也有魔鬼的一面。结合当下班风如此恶劣的情况，我可以这么说，每个人都有可能是小偷。你同意我的说法吗？

苏威廉一点不同意毛国成的说法，他觉得这个家伙练功练得走火入魔了。什么叫每个人都可能成为小偷？而且他现在的样子越来越油头粉面了，苏威廉真是很烦他。他本想给他一支烟的，后来想想算了。

毛国成说了君一老师的意见，他认为君一老师的意见是错误的，君一老师对人性的洞察是不够的。他应该意识到人的私字一闪念有多么的卑劣和龌龊。

苏威廉想起《龙江颂》江水英的台词，要狠斗私字一闪念。

哎哎哎，我在跟你说呢，你的思想别开小差呀。

还有什么事吗，没别的我走了。

等等。毛国成说。有人揭发你的汗马夹是偷别人的。

一路上，苏威廉一直想笑。他今天刚好穿了汗马夹。苏威廉有两件汗马夹，一件是母亲买的，一件是自己买的。自己买的那件差不多还是新的，是来申艺读书后买的。

苏威廉回到宿舍，先是脱了衫衣，又脱了汗马夹。他还没有洗澡，一身的汗臭味，连他自己都闻不下去。他翻看手中的汗马夹。白的，无袖大圆领，一点特征没有，根本无法自证这件汗马夹是自己买的，而不是偷的。

他用手中的汗马夹擦了把汗，赤着膊坐在那里发呆。他掏兜里的烟，可是烟也不知被哪个偷去了。就这么点时间，真是到处都是高级小偷。他又低头看自己的光着的上半身，肋骨一条条的，明明白白，像手风琴的琴键，又想，已经多久没有拉手风琴了，他估计自己连一曲《东方红》都拉不完整了。

赵青一直看着他。赵青说，哎哎。苏威廉这才意识到赵青在场。苏威廉去不了书店，估计赵青也没有去。赵青索性回到宿舍躺在床上看书。

苏威廉把汗马夹的事说了。苏威廉说，不知道谁那么恨他，要这么陷害他。赵青不言。苏威廉说，你到底怎么看，说两句啊。

很可能是拿错了，赵青说，平台上晾了那么多衣服，男的女的还都混在一起。顺手拿错了的情况也是有的，也可能你是穿了别人的汗马夹，你都不自知，别人看到了你穿了他（她）的汗马夹心里恨，又不便说，而且说了也没有用。你要是一口咬定就是你自己的，他（她）拿你也是一点办法没有。

苏威廉说，那你是什么意思？我穿了别人的汗马夹，也可能是女人的汗马夹是吧？

我没有这么说，我不过是猜测而已。这种事情是经常发生的，在正常的环境中，是很好解决的。可是现在不正常，谁都有可能成为小偷。我要是不指认你是小偷，那我就成了小偷。

苏威廉心里窝火，可又无法反驳赵青。

那你说，我现在应该怎么办。

别再穿你的那个汗马夹了，起码不要穿着汗马夹到处招摇了。你又那么瘦，肋骨一根根，鸡壳落一样。有什么可招摇的。又不像人家唐高潮，一身的栗子肉，在篮球场上光彩夺目。

苏威廉想了一会儿，突然光着身子去窗前，他把身子探出了窗外，他翻身脸朝上向着蓝天白云喊：

我操你妈的！汗马夹在这里，老子穿了你的汗马夹，你想怎么样！你能怎么样！

没人理他，是中午时间，多半人都还在食堂吃饭呢，宿舍里大概也没几个人。就是有人听见了，人家也不会有什么反应，以为是蹩脚台词。

28

夜晚，楼上的女生宿舍吵了起来，不知道谁和谁在吵，因为什么吵。对过的居民楼在平台上举办纳凉晚会，老头老太在唱样板戏，唱戏的压过了吵架的。

赵青说真是烦死了。他正在写他的结业作品。他起身把窗关了。关了窗之后，房间里就很闷热，苏威廉就走出门外。他突然意识到自己只穿了一件汗马夹，他又赶紧回屋里套上了一件衬衣。

他走出了弄堂，然后走到马路上，他的脑袋里乱哄哄的，怎么都安静不下来，已经可以看到街边的那个邮筒了。他又看到了小滕。小滕坐在邮局前的那个石阶上，和那只邮筒形成了呼应。

苏威廉过去。小滕抬头看他，挪了挪身子，无言。苏威廉就在他的身边坐下。他和小滕之间其实没有什么恩怨，说小滕偷书也不是苏威廉，而是别的什么人。

苏威廉还记得刚来学校不久的那晚，他和小滕也在这个地方逗留过。那晚在街上邂逅小滕，小滕执意要苏威廉看他新设计的动作。当时，苏威廉就是坐这个邮局的门口，他看着小滕昂着脑袋从暗中冒了出来。他记起来了，那个深夜雾蒙蒙的。

小滕说，苏威廉，有一件事情我想对你说。

嗯嗯。

你的那本书，也可能我是没有还你。

苏威廉吃惊地扭头看小滕，小滕已经瘦成一张马脸了。苏威廉担心他这个样子怎么演列宁。

苏威廉说，小滕，我看你怎么变了，已经不像你了。小滕摆了摆手，意思是不要打断他的话。

我后来发现我自己有好几本书也不见了，然后我就想，那到底是怎么回事，后来我找到了问题可能出在哪里。

小滕笑。

我那个书包是破的，那只包很大，是我在崇明南门港的地摊上买的，你应该对我的那只包有点印象吧。

小滕个矮，他总是斜挎着一个大包慌里慌张地进进出出。大包坠在他的膝盖下，里头硬的软的塞得满满的。他们说，小滕最夺目的就是两样东西，一个大头，一个大包。

包是破的，底部有个洞，我是用橡皮胶粘过，但是后来发现橡皮胶脱落了，漏掉了不少东西。有好几本书和一个铅笔盒子都漏掉了，后来我想《戏剧技巧》很可能也塞在书包里漏掉了。还有，原本以为是端午节那天还书的情节，也变得越来越不确定了，我觉得自己的记忆完全混乱掉了。

小滕显得很难受，他的声音甚至有点哽咽。

苏威廉说，明白了。

我还一直在找，在走过的地方，到处看，希望有奇迹发生，那个乔治·贝克，喏，就在那个角落里躺着呢。你不要不相信,在你来之前,我还在这一带来回走了两圈到处看呢。当然,肯定是找不到的,它落到阴沟里去了,冲到黄浦江里去了,在这个世界上已经不存在这本书了。哦威廉,那你叫我怎么办。

没事了,不就是一本书嘛。我无所谓了,掉了就掉了,你也别当回事了。

小滕摇头。再怎么解释也没有用的,他们不会这么看我的,我已经写了四遍情况说明,毛国成那里还是通不过。我就是个贼,铁板钉钉的事,他还问我,还有没有别的不告而取的事情。

这个毛国成真是疯了。苏威廉说,在他的眼里,都是暗黑的人性,都是贼,都是一闪念的罪人。

29

苏威廉去食堂吃饭。他看到了小鲁。小鲁成了个卖饭的。她戴着口罩帽子,站在窗内,在收人家的饭菜票,又用大勺子往那些空碗里打菜。她看上去不像是个生手,很熟练的样子。小鲁看到了苏威廉。

你吃什么?她问。她接过了苏威廉的空饭盒。大概是因为戴了口罩,她的睫毛显得很密很长。苏威廉问,你怎么在这里?小鲁并没有回答苏威廉的问题,她还是问,你到底想吃什么?苏威廉点了糖醋小排和烂糊肉丝。小鲁接过苏威廉的空饭盒转身去打菜。

然后苏威廉的饭盒里就堆满了菜。

小鲁在忙,那个油腻的大水池子里堆满了碗。小鲁洗碗。苏威廉就一直站在她的身后看她。小鲁快速地洗,又转过身来,她把口罩取掉,笑。你在外面等我吧。我这里一会就好了。苏威廉还是没有走。小鲁的这个背影,让他想起了他们的小时候。在天井的那几个水池子前,女人们在洗碗,好像有洗不尽的碗,就好像已经吃尽了天下的美味佳肴。但其实,根本没什么吃的,任何东西都要凭票供应。

另一个洗碗工是个阿姨,她和小鲁在一起洗碗。她的动作更迅捷。她扭头看苏威廉,又在小鲁耳边嘀咕几句什么,然后就哈哈笑个不停。小鲁也没怎么理她。

鼓风机的声音巨响,头上那两个排风扇在转。接着,像是突然断电了一般,鼓风机和排风扇都停了。整个后厨变得很安静。灶台那里一个男人在喊,吃饭啦吃饭啦,别忙啦!那人大概是厨师长,他边喊边擦手,吐痰,擤鼻涕。

从厨房后门出去,走几步,有条小路,小路再拐两个弯就是浴室。在小路边上有个长形的石凳。苏威廉和小鲁坐在石凳上,小鲁在啃馒头,就是干啃,别的什么都没有。苏威廉问,不喝汤?小鲁摇头,不说什么,继续啃馒头。苏威廉说,给我吃一个吧,你怎么吃得了三个,馒头这么大。小鲁吃惊地看苏威廉,刚才给了你那么多菜,你还没有吃饱吗?苏威廉摇头,说他没有吃饱,还想吃馒头。小鲁就给了苏威廉一个大馒头。

苏威廉在吃馒头的时候,心里难受,苦着脸。小鲁好像看透了他的心思,小鲁拍了拍他的手。没什么,很正常。小鲁说。

赵青在睡觉,他好像在做一个什么美梦,咯咯地笑出了声来。他感到有什么东西落在了他的腿上,让他抬不起腿来。然后他就醒了。

原来是苏威廉在推他。屋里还是黑的，也没有开灯。苏威廉站在赵青的床前。赵青睁开眼来，迷迷糊糊地说，你的头发怎么变长了？

苏威廉说，我想好了，这个书我不想再读下去了。我要退学。赵青问他又怎么了。苏威廉说，你让我每天都看到小鲁，我还怎么继续读书。赵青说，那有什么不好，你去买饭，买一送一，她让你吃成个猪。赵青说完了，不再理他。翻身又睡了过去。

苏威廉说退学就真退了，他很快地收拾了一下，然后出门，他走出了弄堂口。天还很暗，又下雨，苏威廉想奇怪，总是在他去崇明岛的时候下雨。街道上很安静，早班汽车还没有来。苏威廉就只有往吴淞口方向走。他背着旅行袋，大概翻过了七八座桥。他到了码头。这个时候天已经亮了，他看到了那艘叫奋进号的双体客轮，还可以看到有人在擦洗甲板。除了擦洗的人，甲板上还没有旅客。

通道口有铁栅栏挡住了苏威廉。

苏威廉说，让我过去。检票的说，还早着呢。你那么急做什么，另外，你想好了吗，回农场去做什么？苏威廉说，我偷了一件汗马夹，宣传队肯定不会要我了，农场怎么可能让一个有偷窃行为的人去搞宣传。我只有回连队去。在连队种庄稼，就在那里终老，过一生。这个时候，他看到了小鲁。小鲁端了一盘子的猪头肉，小鲁说，给你吃。那肉真香。苏威廉三口两口就吃完了。然后小鲁说他是缩货，说他不是真正的莎士比亚，不是那个离上帝最近的人。苏威廉说，去他的莎士比亚。小鲁说，我要告诉你一件事，《戏剧技巧》我

找到了，其实就在我的枕下。现在我要抄完这本书，等我抄完了，那我就能写戏了，从二幕剧一直到八幕剧我都能写。现在我已经抄到了主题和布局这一节了。小鲁又从兜里掏出了一大堆纸来，她说她都抄在这些纸上。苏威廉看，他觉得她的字写得太大了。一页纸只写了五六个字。

苏威廉那天去食堂吃饭，他是有意晚去，他心里想的是小鲁最好下班了。他实在怕见小鲁，面对小鲁，真是无地自容。食堂里已经是空空荡荡的，苏威廉走向一个卖饭窗。里面站的不是小鲁，不知道是谁，因为戴了帽子口罩，弄不清是男是女。

他坐在一个角落里吃饭，难以下咽，一点不好吃。这时候小鲁过来了，坐在了他的边上。原来她在餐厅里的某个角落里削土豆。苏威廉刚进门就看见有人在角落里削土豆。但是他没想到那个是小鲁。

你怎么不卖饭了？苏威廉问。

唉，小鲁叹息，他们嫌我手脚慢，而且还不公平，有人多有人少。她突然笑了起来，看上去在说别人的事。

苏威廉说不出什么来，继续扒饭，干饭，菜都吃完了。小鲁看他吃干饭，又笑了。她起身，拿起苏威廉的菜盒跑向食堂里去，一会儿她又从食堂里跑来，菜盒里多了一个鲢鱼头。

吃吧。小鲁说。

苏威廉问多少钱。小鲁说，别客气了。我会给钱的，算我请你的。看你的脸色很差，多吃点，补补。

苏威廉小心翼翼地吃鱼头，他以前吃鱼头时被鱼刺卡过，吓死人的，以后再吃，就老是心有余悸。小鲁又去扛过来一筐土豆，她边削土豆边跟苏威廉聊。

你怎么样？小鲁问。

我其实想退学了，昨晚还做梦去吴淞码头坐轮船回海岛去了。后来你来了。

哦，再后来呢。

你跟我说，你在写剧本了。

小鲁抬头，呆呆地看他。你的梦真是蛮灵的啊，我就是在写剧本了，前两天刚写完，奇怪，就跑到你的梦里去了。那你猜猜我写的是什么？

梦里说是个八幕话剧。

小鲁笑了。我把《白毛女》改成越剧了。其实我最喜欢听越剧了。改完后是八场，戏曲里一个单元的戏就叫一场，好像不叫幕，这个你肯定比我懂。我已经把剧本给君一老师看了。

是吗，苏威廉说，君一老师那么忙，我们平时都见不到他。

是他自己跟我说的，以前我写了什么也给他看过，他不仅看，有时还会在稿子上改。这个是交易，你懂的。他随意来看书，借书，那么他也要帮我，看稿改稿。

小鲁笑。苏威廉也把鱼头的关键部位吃干净了，他也不想再吃了。他放下了筷子。

你傻呀，这么好的条件，读书写作，和你一道去农场的那些人还在大田里三抢吧。这种天晒死了。你还要回去，真的是不识抬举。小鲁继续埋头削土豆。看上去像维米尔的一张画。还有，你不要看我这个样子你就过意不去，其实我也无所谓的，没什么大不了的。而且这个事情也不能完全怪你，还有好几个人借了我的书也弄丢了，还有别的事了，反正我在我们学校头头们的眼里就是个坏分子，我们馆长想保也保不了我。

那你以后就一直在食堂里做了？苏威廉问。

我不是在写剧本吗？小鲁又笑，哪天我要是成功了，我还会有别的地方去的。这几年我天天在看剧本，许多剧本我都能背出来了。我一直在写。写了撕撕了写。有两次君一老师也表扬了我，说我蛮有感觉的，比一些戏文系学生还有感觉，就是基础差了些，要扎扎实实地把基础打牢。

小鲁停住了手里的活，她的手伸向了上衣口袋。

她掏出了一本书。《牡丹亭》，口袋书，小小的。

我偷的。小鲁说，然后她放低声音耳语，你千万别说，你要说了，他们大概食堂都不会让我待了。上次洗衣房的人来食堂要人，说食堂人多，洗衣房人少。洗衣房那里好像看上我了。乖乖，吓死我了。

大厨在喊小鲁。好了伐！好了伐！

小鲁捧起土豆筐，好了好了！她匆匆跑往厨房跑去，又停下，转身。她说，别七想八想的，也不要乱做梦。马上就是暑假了，过了暑假就是下半个学期。春节前你们这个班肯定是通通走人，像别的培训班一样，散了就散了，以后也没啥机会再回这个学校了。听我的，好好珍惜！

30

轻骑兵文艺小分队的名单公布了，名单贴在校门口的宣传栏里，有二十人。唐高潮、晓霁、小滕、亚雯、毛国成、孟浦等人都入选，苏威廉和赵青好像连门都没有摸到。

凡是小分队的成员不放暑假，既要排练又要巡演，是政治任务。

苏威廉在名单前看了半天,他有点看不太懂。他扭头看到毛国成也在看名单。苏威廉实在忍不住,问,你在里面可以做什么?

毛国成不想理他,转身走了。

一会儿,他在路上遇到唐高潮。他还是问那个问题,毛国成去干什么?

唐高潮说,他会翻跟头。那天他举着红旗翻了两个大跟头,以后演出的开场就交给他了。

那么还有孟浦呢?他又是怎么回事?还要有个专人管服装道具?不是说轻骑兵吗?苏威廉问。唐高潮说,他爸来学校找潘师傅了,要让他儿子加入,去见世面。

那次苏威廉进教室,看到有个工人师傅在讲台上忙,他还以为师傅是来搞维修的。后来师傅坐下了。师傅一坐下,苏威廉就确信那是孟浦他爸。

两人长得太像了,都是倒三角脸形。孟父讲他的成长史,他是怎么一步步地从一个锻工,成长为一个诗人。还讲了诗歌的人民性和如何朗朗上口。孟父说他最喜欢郭小川的《团泊洼的秋天》,苏威廉顿时对孟父有了好感,因为这也是他喜欢的一首诗。课要结束时,孟父突然抛出了一个问题,孟父问在座的有谁读过他写的诗。苏威廉举手,苏威廉说他读过,有的还能背,孟父说,那你试试?苏威廉就起身,就背了孟父的那首代表作《铁锤》:铁锤,你和江河一样古老,你是血和泪,你是愤怒和仇恨,你是巨人,你是无穷尽的力量。你砸烂一个旧世界,你砸出了一个红彤彤的新世界!

赵青在课后对苏威廉说,你真是可以啊,声情并茂。苏威廉坦白说,在中学时,我用过这首诗,抄下来,改几个字,让别人去台上读,我还告诉他们这个就是原创。赵青拍了拍他的肩,表示佩服。

苏威廉记得那次孟浦没有去听他爸的讲课,孟浦在篮球场独自投篮。见苏威廉过来,他问苏威廉,他没出洋相吧。据说,孟浦和他爸的关系很僵,两人都不说话。

唐高潮说,还是你们轻松啊,剧本写完了就完了,接下去都是我们的事了。暑假打算怎么过?

回农场三抢去。苏威廉说。

赵青说,我有一种被抛弃的感觉,你呢?苏威廉说,是。苏威廉说他一想到三抢就怕。赵青说他也要去三抢,宣传队的人都要去三抢。

两人在宿舍喝酒。赵青说什么巡回演出,就是变相游山玩水。其实这个一点都不公平。这次小分队的那台戏,上什么节目他也听说了,有好几个节目都是他写的脚本,以前别的宣传队演他的脚本,都会请他去作艺术指导的。他是应该跟去的。苏威廉说,你这个人小资调泛滥,算了吧,不批判你算好的了。

赵青说,他们要去黄山玩的是吧。

那肯定。苏威廉说,去黄山茶林场,黄山风景区当然会去。

苏威廉趴在窗前,把一只啤酒瓶子扔向窗外,然后他等着瓶响,可是一点声音没有。苏威廉探出身去看。他看到清洁工袁阿姨的手里握着酒瓶子。

袁阿姨说,刚好让我接到,会伤到人的!

苏威廉赶紧道歉。

两人继续喝。

赵青又从床底下拖出了他的箱子。他打开箱子取出一本集邮簿。苏威廉知道这个集邮簿是赵青的宝贝。赵青翻集邮簿,停下,又把集邮簿伸过来让苏威廉看。

有好几个页面的黄山风景邮票。天都峰、云海、玉屏楼、迎客松、送客松……共十六张。赵青说,这一套邮票是他用一个五十倍的望远镜跟人家换的。

这些风景都是真的吧。苏威廉抚着那一面的黄山风景说。

当然。

那这些风景他们都会去看的吗?苏威廉又问。

当然。

苏威廉心里痒得难受。除了上海和那个海岛,别的地方他哪里都没有去过。苏威廉说,那什么时候我们也去吧。

什么时候?赵青说。

火车通吗?

没有。

船呢?

也没有。

那怎么去法。

我也不知道,长途车应该有的吧,到底有没有,也不知道。

苏威廉翻来覆去地看那两面黄山邮票,他想到毛国成都能去这种仙境,更是窝火。赵青把邮票簿又放到了箱子里。苏威廉说,再让我看看嘛。赵青锁上了箱子。

苏威廉把《战台风》又改了一稿,他让赵青看,赵青说不错。苏威廉问有没有小资调。赵青说还有一点点,就是在人牺牲之后,不要有鸥鸟飞过。苏威廉说,那不是有高尔基的海燕吗?赵青说反正最好是不要花啊鸟的这些。苏威廉表示他接受赵青的意见,他后来改用了云绽雾开,霞光万道,英雄气概冲九霄来渲染气氛。

男一号尹胜利,是为了救人和救物跳下去的。落水的是农家的一个小姑娘,以前和尹胜利根本不认识。那个女连长就删掉了。

最后的方案是由君一老师定的。就这样了,君一老师说。他可以找人谱曲。

唐高潮在背剧本,老是来苏威廉这个屋谈他的感受。苏威廉不在,他就跟赵青谈。唐高潮指出好几处读起来实在拗口,要赵青改。赵青不改,说他没有这个权利。剧本是学校通过的,怎么改,况且他还不是执笔。唐高潮就去找苏威廉,苏威廉和晓霁在乒乓房里打球。晓霁挥拍攻,苏威廉对攻。三局打完,坐下,擦汗,喝水。唐高潮来了。唐高潮把剧本摊在苏威廉的面前,让苏威廉看。剧本上划得红红绿绿的,根本看不明白。唐高潮说,要改,这几句读起来拗口。苏威廉摇头说这是不可能的。晓霁在一边说,多练练就好了,你要是真演不了,那你提出来就是了。

唐高潮气得脸红。他想走,又返身。他找到了一块球板。他说,打球吗,我也想打。苏威廉和晓霁都没有理他。

唐高潮走后,苏威廉和晓霁还是坐着休息,苏威廉的水杯晓霁拿起来就喝,好像很亲近。

晓霁问苏威廉今天打球为啥那么狠,三局只给了她十分。苏威廉不言。晓霁说,没被选入小分队心里有气是吧。苏威廉无奈地一笑。

我很想跟着去帮你化化妆的。苏威廉说。

你想做什么？追求我啊，这个就算了，我心里有人了。

苏威廉说其实晓霁不说，他也看出来了。晓霁就要苏威廉说说他看出什么了？

真要我说？

嗯，说吧。

你心里的那个人是君一老师。

他看不上我的。晓霁说。

晓霁给苏威廉出了一个点子。她要苏威廉再练练手风琴，在她看来，小分队还少一个手风琴。那个孟浦说他会拉，可是根本不行。柳苗老师本想特招一个的，可是学校又不批，学校要小分队自己解决，不要去动别的脑筋，那样搞特招没意思。

培训班开学时，举办过一个联欢会，苏威廉上去拉了两下手风琴。晓霁说她有印象。晓霁说拉得不怎么样，但是腔调还可以的。苏威廉感觉晓霁的这个建议不太靠谱。

唐高潮参军一事黄了，小滕也黄了。据说他们大吵过一架，两人是住在同一个宿舍的，两人都指责对方去拆了自己的台，是乌龟王八蛋。吵着吵着还扭打在了一起。宿舍里瓶瓶罐罐碎了一地，热水瓶也打掉了好几个。后来还是冰行去制止了他俩。

冰行厉声斥，你们两个，一个是英雄人物，另一个是伟大的列宁，你们现在这个样子，要是传了出去，还想在宣传队混吗？

唐高潮先松了手，小滕好像打得有点亏，心有不甘，他不松手。冰行继续呵斥：松手！小滕这才松了手。唐高潮说，对不起我不够冷静。小滕说，啊呸！你这个假人！

小滕找到了苏威廉。他从他的那个又大又破的包里掏出了《战台风》剧本，他想叫苏威廉加点戏。苏威廉正在水房洗袜子，一手的肥皂沫。苏威廉说，原则上剧本是不能改的，上次唐高潮要改台词我都拒绝了。小滕说，知道知道。我这里就一点点，就那么一点点。苏威廉问那你不是演列宁的吗，怎么又去演《战台风》了。小滕说不让他演列宁了。苏威廉问为什么？小滕耸耸肩，摇头。

那现在要你演什么？

员工甲。

苏威廉想了半天也没有想起《战台风》里的员工甲出现在哪里？苏廉问哪里有什么员工甲。小滕说就是尹胜利打算往海里跳的那个瞬间，员工甲试图阻挡尹胜利的英雄行为。苏威廉总算想起来了，那个不过是他随手一写，也可能那就不是他写的，是晓霁的原稿上本来就有的。他实在没有想到，这个员工甲会落到小滕的头上。

小滕又从兜里掏出了几页纸，小滕看苏威廉洗完了袜子又洗内裤，实在忙不过来。就把那几页纸塞到了苏威廉的衣兜里。

那是什么？苏威廉问。

小滕说那是他写的关于员工甲的前史，还有他的行为动机。现在就是没有台词，我就是说，你哪怕给他加上一句台词也是好的。那我就可以通过台词把角色的情感给以充分的表达，现在，就仅仅是形体动作，这个就让演员觉得太困难了。

苏威廉被小滕弄得有点感动了。

好的，我试试，不过能不能通过，我真的是没有把握。

那个员工甲的前史小滕写了两页，行为动机写了三页。苏威廉看了，好像一个字没有记住。小滕的字原本看不太清，而且，这是哪跟哪啊，有关系吗？

苏威廉想了一晚上，就加了四个字两个惊叹号。

危险！别去！

小滕又来找苏威廉，苏威廉还是在水房里洗什么东西。苏威廉说，哦你来了？剧本改好了，在衣袋里呢，你自己拿。

小滕从苏威廉的衣兜里掏出了剧本，看，频频点头。小滕说改得真好，他一下子就进入并找到感觉了。

晓霁又约苏威廉打乒乓球，苏威廉和晓霁其实玩不起来，他只是忙着捡球。可是晓霁说要打又不好意思拒绝。这次晓霁自己累了，说不打了吧。苏威廉如释重负。

晓霁又拿过他的水杯喝水，晓霁说，其实也打不了几次了，昨天柳苗老师说了，任务重，时间紧，整整一台戏两个小时呢。下周开始，除了上课就是排练，一天都不能休息。

辛苦。苏威廉说。

那你的手风琴练得怎么样了？

这几天忙，还没有回去拿呢。苏威廉敷衍地说。

你搞什么，我已经把你和你的手风琴报上去了，柳苗老师今早上还在问你什么时候来考一考，如果基本可以就让你加入。

你说的都是真的？苏威廉问。

你这个人神经病啊，都什么时候了，我还跟你说假的。

31

苏威廉的家在西区，铁门进去有一栋公寓楼，破旧，不过看上去还结实。他家是底楼一层。苏威廉父亲民国期间在洋行做事，父亲受祖父影响也信奉天主教。如今父亲在外地的干校改造，母亲也跟着去了。好几年不回家。

苏威廉是想把自己的名字改了，苏威廉，像外国人的名字，但是他又觉得改名手续太烦，就一直拖着。而且他也弄不清自己到底叫个什么是好。还有一旦改了名，人家弄不清，很麻烦，或许会有身份危机。

苏威廉的姐姐原先叫苏珊娜。苏珊娜去了黑龙江插队之后，坚决把自己的名字改作苏红缨。苏威廉知道苏珊娜在那里和北京的一个红二代好上了，可是对方家长就是因为她的这个名字拒绝了她，见都不见。男方家长说，听上去就不是一路人。

阿爷（祖父）在家。阿爷已经九十五岁了。已经认不得人了，侍候阿爷的是佣人阿宝。阿宝在苏家已经五十多年了，阿宝左腿不方便，而且有眼疾，看不清。

苏威廉已经有两年多没回家了，这次来读培训班他也没有回。父母姐姐都不在。阿爷又不认得他，和阿宝也没有什么话好说，对这个世界她根本是什么都不知道。

苏威廉走进家门，他闻到了一股浓浓的霉味。他打了两个喷嚏。阿宝听见了。阿宝问，啥人啊！她的声音好像更老了。

阿爷坐在厅里，还是那把藤椅，藤椅是苏威廉最原始的记忆，他还记得家人抱他坐上藤椅，然后灌药给他吃。阿爷睁开眼来，看到了他。阿爷先是没有理他，然后朝他招了招手，意思是好像有话要说。

苏威廉走到他的跟前，近距离看阿爷，他真是有点看不下去了。阿爷的脸几乎皱成了一团，几根白发如同荒草落在脑门上，显得格外凄凉。好在有太阳，阿爷迎光而坐，阳光照在他的脸上、身上，有点暖意。

苏威廉轻声叫了声，阿爷。

阿爷抬起手来，指着窗台上那株绿萝。那棵绿的，他说，昨天夜里厢突然变红了。奇怪伐。

阿爷的手放下了，他那么抬着手指着绿萝，看上去很吃力。阿爷的脸上有眼泪和口涎，苏威廉掏出手帕替他擦去。他走向窗前，他端起那盘小小的绿萝细看，真是长得蛮好，绿莹莹的，它活了很多年了，不知道阿宝是怎么养的。

阿宝从里屋走出，又问，啥人啊。苏威廉说我是威廉啊。阿宝凑近苏威廉看，看了半天，说，真是威廉啊，你回来啦，还要走伐？苏威廉说，马上就要走的，我是来拿手风琴的。

阿宝说，还要走啊。不可以多住几天啊，这个屋里厢一点人气没有了。阿宝眼泪水出来了，苏威廉的鼻子也酸。阿宝说，那你吃了中饭走好伐，我给你做一碗肉丝豆腐羹，放点麻油，你最喜欢吃的。苏威廉说，谢谢你，我真的老老忙的，我是来拿那只手风琴的。

手风琴放在衣橱柜里，衣橱柜里塞满了棉花胎。拿掉了好几床棉花胎才看到手风琴。苏威廉取出了手风琴，琴是父亲作为生日礼物送他的。那时苏威廉还小，他拉这个琴觉得琴又大又重，后来苏威廉长大了，就觉得琴变小变轻了。苏威廉打开琴箱，一股再熟悉不过的塑料味道让他鼻子发酸。苏威廉是背着手风琴下农场的，后来那里不让练，他又托人把手风琴带了回来。

苏威廉背起手风琴，拉了拉。还好，感觉还在。

阿宝说，威廉啊，你要多回来哦，那你要是一直不来，这个家真的是就没有了。我现在眼睛也是一天不如一天了，哪天真的瞎掉了，我肯定就要回扬州乡下去了。阿爷这个样子，哪能办啦！苏威廉点头。阿宝看不到苏威廉点头，阿宝说，那你说句话呀。苏威廉说，好的，我尽量多回来。

阿宝说昨晚做了绿豆汤，她去盛一碗让苏威廉吃。阿宝去厨房。苏威廉拉手风琴，他拉了一个《托塞利小夜曲》。断了几次，他居然还是拉下来了。这个时候，厅里厢阿爷突然大叫，威廉！威廉！苏威廉！

苏威廉赶紧从内屋跑向客厅。他看到阿爷要从藤椅上起身的样子，他挣扎着双手撑着椅子的扶手，吃力地往上起身。苏威廉过去，把他往下摁。摁了好一会，总算把阿爷摁了下去。阿爷说，威廉啊，你不要再拉这种靡靡之音好伐，要杀头的你不晓得啊。社会主义好，社会主义好，社会主义好。就拉这个让我听听。

苏威廉就拉《社会主义好》。

阿爷说，嗯嗯，蛮好听的，倍司蛮足的，节奏感强的。格么明朝让威廉也跟你学学，威廉现在不晓得拉的啥东西。

苏威廉说，阿爷我就是威廉啊，刚刚就是我在拉的呀。阿爷不言，闭上眼睛。阿爷吃力了。

阿宝做的绿豆汤还是一如既往地好吃。绿豆不硬也不烂，刚刚好，汤里还有百合、薄荷。苏威廉喝了一碗，不够，要阿宝再给他加一碗。

苏威廉喝了两大碗绿豆汤。肚子饱饱的。他提着手风琴箱走了。阿宝不知道他去哪里，苏威廉也不说，说了也白说，阿宝完全弄不清楚的。阿宝只是叮嘱他要回来噢家要散了。阿爷已经眯着眼睡着了。

在家门口，在那栋老房子前，苏威廉

驻足转身看了下。墙上还是污迹斑斑，地上还是污水漫溢，窨井盖没有了，暴露着大洞，但是污水下不去，堵住了。隔壁街道工厂里噪声一阵高过一阵，刺耳，听得人耳根发痒。

这时候天上鸽哨在响，苏威廉抬头看，有两只鸽子在绕圈。大概是对过人家养的鸽子。苏威廉喜欢鸽子，以前那户人家的鸽子有两个品种：灰翼和雨点。

32

几天以后，苏威廉背着手风琴去见柳苗老师，是晓霁陪他去的。

柳苗老师很客气，笑盈盈地。她的说话声有点哑。

苏威廉背上了琴，柳苗老师问他打算拉什么。苏威廉原本打算拉个外国曲子的，也练了几个。但是就在这一瞬间，他突然想起了阿爷，要杀头的，阿爷说。

苏威廉说，拉个《社会主义好》。柳苗老师面无表情地点点头，晓霁有点吃惊。她在宿舍听苏威廉练琴，好像没有这个曲子。

苏威廉拉了一遍，又拉了一遍。然后停下了。他在拉的时候，只是看着琴键和自己的手。以前手风琴老师一再说，别看自己的手，没什么好看的，你越看越容易出错。但是这个毛病苏威廉改不了。

现在他抬起头来，他想看看柳苗老师还有晓霁的反应。

没有反应。

柳苗老师说，好了，知道了，我们商量一下。你回去等消息好了。

苏威廉独自背着手风琴回。刚进宿舍门，赵青就急急地问他情况怎么样。苏威廉摇头，说没戏。他们没有反应。苏威廉把手风琴箱子塞进了床底下。

赵青说，看来临时抱佛脚真的不行。我觉得你的基础蛮好的，乐感也不错，你这个人平时木乎乎的，但是拉起手风琴就显得不一样。

怎么就不一样了。苏威廉问。

好像生动了不少，也蛮有感情的。赵青说，真是不明白，你为什么不坚持练琴，你要是一直拉，那比今天这个水平不知道要好多少了。苏威廉说，不是跟你说过了嘛，太吵了。连队里不让拉，我一拉人家就叫，再拉就要过来打我，有次还想把我的琴差点扔到粪坑里去。

第二天上午，晓霁在楼下喊他。苏威廉苏威廉！苏威廉还在睡，赵青也在睡。这几天他们加夜班忙死，《战台风》剧本算是完成了，可是自己的结业作品还是半吊子呢。苏威廉翻了个身继续睡，他想多半是叫他打球，不急，睡足了再说。

房门又被敲响了，还是晓霁在喊苏威廉。

赵青说，哎哟，那你去开门吧。

苏威廉跑去开门。晓霁站在门前。晓霁说，听不见啊，我嗓子都喊破了。苏威廉说，开夜车了，刚睡下不久。晓霁看他近似赤裸的样，露出嫌弃的神情。

我跟你说啊，学校批准你加入小分队了，礼拜三课后就参加排练。喏，这是乐谱，基本上都在里边了。

苏威廉从晓霁的手里接过了一叠乐谱，晓霁转身走了。奇怪的是，在那个片刻苏威廉没有太多的感觉，他把乐谱随手一扔，又去睡了，太累了，连续几个夜车。

睡了不知多久，苏威廉睁开眼来。迷

蒙中，他看到赵青呆坐在床前。苏威廉欠起身，问，你干什么。赵青没有理他。苏威廉又去睡。他又一次醒来，睁眼，看见赵青还是呆坐在那里，苏威廉想，这是梦吧。他又倒头睡着了。

苏威廉睡醒了。他睡了十几个小时，没吃午饭。他看窗外，灰蒙蒙的暮色降临了。他感觉到了饿，起床找吃的。这个时候，他看到桌上有留言条，赵青写的：

我出去几天，有要事，代我向学校请假。

宿舍里好像有了点异样，苏威廉终于意识到赵青搁在墙角的那个旅行包不见了。还有他的窗台上的洗漱用品，脸盆架上的面巾也不见了。

苏威廉弄不懂，赵青搞的是什么名堂。他往宿舍外跑去，出楼门口时他又注意到了那个牛奶箱。就它还在。它消失了几天，怎么又挂上去了。

又有悬念了，但是答案肯定不会在这个箱子里。

苏威廉在小店门口买了个面包吃。他看到了班里同学三五成群地往弄堂里走去，然后他看到了冰行。他叫住了冰行。

赵青经常和冰行在一起，两人在一起时，冰行强势，老是指责赵青哪里不对，可冰行又时常来找赵青帮忙。她的作业都要有赵青过目，提修改想法。赵青有时烦了，索性就替她改了算了。如果改得好，冰行就奖励赵青，会买一点话梅给赵青吃，赵青就会分几颗给苏威廉。苏威廉自己从不买话梅吃，但是入学以后他三天两头能吃到话梅。其实话梅挺好吃，尤其是那个奶油话梅，酸酸甜甜，还有一点淡淡的牛奶味。

冰行看苏威廉神色不对，就问发生了什么事？

苏威廉就把赵青不辞而别的事情说了，还掏出了纸条给冰行看。

冰行看纸条，一脸紧张。冰行在紧张的时候不太好看，当然她多半时候都不太好看。赵青在化妆课时一直想在她的面部做点塑造，但是效果一般，赵青说，有难度。

冰行问苏威廉，那你就一点不知道发生了什么事？

苏威廉摇头。

——一点蛛丝马迹都没有？

苏威廉说，我们两个昨晚开夜车，先是在学校教室里，后来熄灯了，就回了宿舍继续开夜车。大概是早上6点多睡的。其中也没有发生什么事，就是晓霁来敲了一次门，找我的，说礼拜三课后排练，去拉手风琴。

冰行说，你等等，排练？拉手风琴？你？

苏威廉说，文艺轻骑兵，小分队，通知我加入了。

冰行想了会。冰行说，他肯定是嫉妒你了。你们两人好成那样，像穿连裆裤子一样。现在你加入了，他一点花头也没有。赵青这个人看看很厚道的，但是心思重，自尊心极强，这个你比我更了解吧。

他还说今晚明晚都要加夜班。

加什么夜晚，人都跑掉了，也不知跑去哪里了。

他会不会自己跑去黄山玩了，他一直梦想去黄山玩，听说小分队会上黄山心里就不爽。索性一个人去玩，想怎么玩就怎么玩。

一切皆有可能。他可能去黄山玩，也可能因为想不开，登上黄山的哪个峰跳下去了。

苏威廉笑,那怎么会,赵青怎么会做出这种事。

嫉妒,你懂吗?嫉妒!嫉妒的恶念如地火般地在燃烧噬啃着他的心,他痛不欲生,世界之于他已经不存在,并在熊熊的嫉妒的烈焰中毁灭!

冰行说完走了。

苏威廉在想冰行刚才说的那番话。可以肯定的是,这是哪出戏里的台词。苏威廉在书里读到过,他想来想去就是想不起来出自哪里。

33

苏威廉去排练。他提着手风琴箱去。据说排练场地是不断地在换,苏威廉得到的通知是去红楼的第三排练厅。他去得晚了,通的一下撞开门,看到人家都已经到位了。唱歌的站立在那里,乐队都坐在了一边。柳苗老师在讲话。

全体队员都扭头看他。

没有人理他,柳苗老师也没有理他。柳苗老师继续讲话。

苏威廉找了个角落坐下。

一会儿,排练开始了,是男女声小组唱《社员挑河泥》。

社员挑河泥来,
哎社员挑河泥,
嘿唑嘿唑,嘿唑嘿唑。

先是齐唱,再是轮唱,最后是声部合唱。

苏威廉在一旁听下来,觉得老穆唱得最好,他的低音就像一个大音箱,晓霁唱得也不错,那个领唱部分的嗦啰飘了起来就像一片柳叶划过水面。

苏威廉觉得好听,甚至有点感动。他想,这帮人都是他的同学,平时就像帮乌合之众,可是聚在一起,竟然可以有这么好的表演。苏威廉有了点荣誉感,他庆幸自己也混进来了。

柳苗老师还是不满意。

柳苗老师说,小滕同学,你的声音要收一点,现在太喳了。小滕连连点头,好的好的好的。

不要用力过猛。

好的好的好的。

还有凡亚铃三提,节奏不太对。慢了点。三提是个很不起眼的女生,几个月来,苏威廉好像不怎么看见她,她就如同不存在一样。苏威廉都叫不出她的名字。三提不说什么,她抱着凡亚铃,随意地拨弄着琴弦,不点头也不摇头,好像没听进去的样子。

柳苗老师不再和她纠缠。柳苗老师转向苏威廉。

手风琴!

苏威廉从手风箱里取出了琴,背上,坐进了乐队。他把乐谱摊在了谱架上,手风琴部分他已经练过了,其实不难,问题是如果合起来不知会怎么样。

苏威廉有点紧张,手抖,风箱滑落,发出怪音。苏威廉自惭地笑笑。还是没人理他,每个人都在阅读自己面前的乐谱,整个氛围一点不轻松。

来吧,再合一遍。柳苗老师说。然后再合,但是手风琴完全合不上,尤其可笑的是,在两个全体停顿的地方,手风琴会发出巨大的杂声。弄得一片笑场声,众人不再像先前那么严肃,可是也难以继续像样地排练下去。

晓霁冲着苏威廉瞪眼,眼珠子大得不可思议。

柳苗任老师一点不笑,她只是问苏威廉自己个别练过没有。苏威廉说,其实练得很熟了。柳苗老师说好,那就再来一遍。还是不行。后来,苏威廉索性就不拉了,他自己也觉得还是没有手风琴的更好听。

最后又来一遍,更不行。

好吧,下午就到这里了,散了吧。柳苗老师说,今天计划没有完成,晚上7点,继续。

众人夺门而出,没有人搭理苏威廉,连和他关系好的小滕还有假面人唐高潮也不理他,就像不认得他一样。匆匆地扔了他而去。

最后剩下苏威廉独自一人,他抱着手风琴,感受着它的温度。他的手指在琴键上无声地划过,从上往下,又从下而上。他心里在说,兄弟,我们今天这是怎么了。我们这是被神抛弃了吗?这是莎剧里的台词,但是他又忘了出自哪一个剧本。

晓霁出现在门口。晓霁走到了他的面前,晓霁靠在课桌上,双手叉在胸前,看着他。她的神色已经恢复了正常,没有瞪差点把苏威廉吓坏那么大的眼。

晓霁说,那你是来捣蛋的吗?

苏威廉沉默。

晓霁叹气。随后她从自己的包里取出了乐谱,好好,我唱,你试试,不要紧张。

然后两人配合了一下,晓霁唱高声部,苏威廉伴。一遍就过了。

晓霁说,你是太紧张了,像现在这么放松,肯定没有问题。

晚饭后,7点钟继续排练。最先排的还是这个《社员挑河泥》。苏威廉一点不紧张了,他甚至很投入,他觉得这个小合唱的曲子写得真好,跳跃,明快,富有弹性,很有感染力。他甚至在某个过门处自说自话地加了两个装饰音,别人没有听出,晓霁听出来了,柳苗老师也应该也听出来了,她们都瞥了他一眼,但是都没有说什么。

结束了。

柳苗老师说,基本过了。大家看呢,你们觉得怎么样。

众人鼓掌。

苏威廉举手。柳苗老师要苏威廉说。苏威廉说,黑管在前奏部分起拍早了。后排的黑管轻轻地吹了两下,听得出来,黑管一点都没有生气。

34

已经差不多有一周了,赵青还是没有消息。学校找苏威廉问情况。苏威廉说,他家人病重,他要陪夜,所以暂时不能来校。学校说,要是再不来就别来了,我们会把他除名。

冰行也急了,她要苏威廉想想办法,活要见人,死要见尸,这样不明不白总归是不行的吧。苏威廉说,那你总不见得要我去黄浦江边找吧。冰行说,为什么不呢?

苏威廉想,赵青进校后运气一直不好,被人家痛批是资产阶级的生活方式,批他的文字还上了学校通讯,化妆课又分配到了和冰行搭档,后来就一直被冰行精神控制,没有一点自我。想去黄山圆梦,又进不了小分队。

那天,苏威廉看到了节目单,就暗自替赵青叫屈。真是有一小半的节目都和赵青有关,那个群口词《干!》,作者赵青。

281

表演唱《贴窗花》，作者赵青。诗朗诵《望北斗》，作者赵青，群口词《农场八大员》，作者也是赵青。还有压台戏《战台风》，赵青也是作者之一，起码那几段唱词就是赵青写的。

他会去跳黄浦江吗？苏威廉想。赵青那么书生气，他其实很脆弱，动不动脸红，一红就和脖子红成一片。苏威廉还想起了那天他在睡梦中醒来，看到赵青呆坐在那里，好像还咬着牙关，有一种决绝的神情。当时要是关切的问问就好了，可是竟以为是在做梦。

苏威廉真的梦到了赵青。

赵青跳河了，问他为什么要跳，他说，乌兰牧骑演他的脚本，可是巡演和游黄山居然和他毫无关系，赵青是躺在河面上说的这番话，谁都可以听到，冰行哇哇地哭。赵青跳的不是黄浦江，而是东风农场那条新浜。他仰躺着浮在水面上，白肚皮上写满了诗。

又过了两天，赵青回来了。那天已经在上课了，君一老师的课，他在讲故事的"豹尾"。突然门开，赵青进。

众人都看他，君一老师也停止了讲课。

赵青若无其事地挑了个空位坐下，他甚至朝苏威廉笑了笑，还做了个怪脸。

君一老师说，赵青。赵青立起。君一老师想说什么，可是又止住了。坐下吧，他说。

继续上课。

赵青那天走出学校，他的包很大，装满了日用品，但是没有人注意到他。他甚至微笑地和门卫师傅道了再见，门卫师傅也没有问他去哪里。

在换了三部车，又坐了浦江渡轮之后，他到了浦东。然后他又搭人家的拖拉机去了唐镇。那个迷你小镇，几步就走完了。赵青在镇里来回走了两圈，他看到有个肉摊。

他问卖肉人，有没有一个唱浦东说书的老阿奶住在这个镇上。卖肉人说这个地方唱浦东说书的比听浦东说书的人还要多，你要找的到底是啥人。赵青说，就是那个唱"养猪猡"的老阿奶。卖肉的点头，卖肉的说，那是我亲家那头的人，桥墩下的头一间屋就是她家。

赵青找到他要找的老阿奶，老阿奶是唱浦东说书的，赵青在市里汇演时看过老阿奶的节目。赵青喜欢。

老阿奶说，小阿弟你找我做啥？

赵青说，我想跟你学那个《老阿奶养猪》。老阿奶笑了。老阿奶说，今朝夜里厢还要去广场演出，你跟着去好了。你肚皮饿伐，灶台上有吃的，随便吃点。赵青就从灶台上拿了一块发糕吃了起来。老阿奶有了这么个徒弟，天天教，赵青在表演方面没什么天赋，甚至可以说有点笨。但是赵青勤奋。老阿奶让赵青住在自己的后屋，让她的老头子睡地铺。老阿奶把赵青视作传人，还把祖传的一个铜钹子赠予了赵青。

赵青把那只铜钹子从包里取了出来，苏威廉拿过铜钹子看，铜钹子上头斑斑点点，显示出历经岁月击打的痕迹。

苏威廉举头看赵青，低头看铜钹子，目瞪口呆。

赵青说这是真正的原汁原味的民间艺术，现在他身上一点点小资情调也没有了，而且差不多把知青的那一套的浅薄的情感也荡涤掉了。他现在是老阿奶的传人，他

282

的生活底蕴变得无比的深厚。

赵青立在排练厅前侃侃而谈,讲述他的经历和感悟,众人津津有味地在听。柳苗老师也在。最后他说,他现在是意识到什么才是真正的无产阶级的文艺,他也意识到了,以前自己写的都是臭狗屎。

全体无言。

苏威廉想,赵青这个话就太过了,小分队一台节目里好几个都是他写的,如果作者自认为是臭狗屎,那演还是不演。苏威廉注意到唐高潮、晓霁几个人的脸色也不好看。

柳苗老师说,赵青,你旷课,擅自离校,这个肯定要做检查,不过你能以这种真诚的态度去采风学习,在我看来还是值得肯定的。一码归一码。坏的要批判,好的就要表扬。

小滕说,那么赵青,你就表演一个吧,让我们开开眼。

赵青当然是有备而来的,他从包里取出了铜钹子,一个小棒槌,还有两块白布。他把一块白布兜在腰间,另一块缠在了脑门上。这样,他就很像一个阿奶了。

然后,他左手提钹子,右手握棒,敲击了起来。

先前在宿舍的时候,苏威廉就一直要赵青表演一个让他看看,可赵青就是不演,赵青这个人固执起来真是一点办法没有,不演就是不演,他说要演就在公众场合演,必须要有人多的那种氛围,才有情绪。

镲镲镲,镲镲镲,赵青敲打,铜钹子的声音很特别,感觉像是有许多的金属碎片在空中乱舞。

老阿奶年近六十精神爽

两只眼睛亮光光
伊养咯猪猡跑来跑去一身膘
两只耳朵叭嗒叭嗒叭嗒叭嗒,叭嗒叭嗒叭嗒像蒲扇

赵青在唱叭嗒叭嗒的时候,双臂张开,弓腰仿出一种蒲扇摇晃的动作,非常生动,那真是民间智慧,学校里肯定教不出来。

众人哄笑,效果好极了。

苏威廉完全听懂了,说书讲的是老阿奶养了两头猪,要去慰问人民子弟兵,但是老伴有意见,老伴原本是想杀猪给儿子结婚酒席用的,一番冲突,老阿奶最后当然是赢了,儿子的婚礼后来在部队营房举行。大家都有红烧肉吃,皆大欢喜。

苏威廉非常激动,他绝对没有想到,诗人赵青和养猪老阿奶之间会有这种转换。苏威廉的眼眶都湿润了。

在校园里,冰行叫住了苏威廉。冰行说,你那朋友真是一绝啊,他居然想出了这一招。苏威廉知道她讲的是赵青唱浦东说书的事。那天赵青的表演,冰行不在场,她不是小分队的,她这辈子也进不了。

苏威廉等她的下文。

冰行说,为了加入你们这个什么乌兰牧骑,居然跑去浦东住在一个老太婆家里学艺,据说,他一早4点起来,就去挑水把人家的水缸装满,那老太婆恨不得招他入赘,送个大娘子女儿给他。

苏威廉说,这么说不好吧。

冰行说,你和他住一个房间,你闻到了什么气味没有?

苏威廉说,什么意思?

冰行说,一身的猪膻味。

苏威廉说,冰行同学,何必呢,别那

么刻薄好吧，这种事情也不奇怪的，也是学校鼓励的，对吧？

冰行说，他不就是想加入你们那个乌兰牧骑吗？哎哎，我不懂了，那不加入又怎么了，暑假回农场又怎么了，像他，那个样子，白白嫩嫩的，他自己说的，下农场这么多年，就没几天去农田干过，春耕，三抢能躲就躲，植树开河之类的事也不干。那你就在队里吃吃喝喝睡睡，看看书写写诗，待秋风起再来学校读书，不好吗？非要去什么小分队，装成个老阿奶敲那破锣出那个洋相，有意思吗？

苏威廉无言。

这个事情也怨你，你要是不去参与也就算了。我说过嫉妒可以毁灭一切，你看他现在什么样子。

苏威廉不想再听下去，转身走去。冰行一把拽住了他。哎，你等等。这个，你是他的同僚，你们穿连裆裤的。苏威廉说，不要这么说好吧，大家同学一场，客气点好吧？冰行打断他，你坦率告诉我，他那么想加入小分队，是不是还有别的目的，他有没有看上表演班的哪个了？和那个他喜欢的人，以巡演的名义去游山玩水，黄山啊什么的。啊嗯？

苏威廉对冰行的问题嗤之以鼻。苏威廉说，你想多了。

我感觉到他现在老是色眯眯的。冰行说。

他想登黄山倒是真的，去玉屏楼那棵迎客松下照一张相。他阿爸在那里照过相。他阿爸死的时候，他才三岁。现在他也想去照一张相，就像他阿爸那样站在迎客松下。然后给他妈看，他想表达的意思是，他也能像他阿爸那样登黄山，比肩迎客松了。他阿爸的那张相片你见过吗？他一直放在皮夹子里的。

冰行摇头。

我见过好几次了。苏威廉说，这是他要的一个纪念方式，那个念想源自心灵深处，你其实一点都不了解他。

有过一番争论，《老阿奶养猪》这个节目可以，接地气，生动谐趣，也有民族风，可是不是就让赵青表演，那就不一定。小滕私下里跟柳苗老师谈过。小滕主动请缨，表示他可以上，而且一定能演好。偷书的疑点还在，演领袖人物不妥，可演个老阿奶应该问题不大吧。柳苗老师把想法提供给了学校，学校的意见是，对小滕要控制使用，不过也可以让他试试。

那天小滕试演。

在剧场，全班同学坐台下，柳苗老师说这个决定让全体同学来决定，她也作不了主。

小滕上台，老阿奶装扮，一步一步地挪上台来，老阿奶还多了几句台词，今日天气哈哈哈之类。老阿奶不仅是一个人上台，好像还有三五只猪猡一起跟着上了台，那些肥胖的猪猡拱来拱去，给老阿奶造成了不少麻烦。不得不说，小滕这种大写意的表演形式太精彩了。台下，除了培训班的同学之外，别班的人也有来看热闹的，他们哈哈大笑，甚至有人起立长时间地拍大巴掌。苏威廉看到查班长举着双手朝台上竖起大拇指。

后来讨论，倾向小滕出演的占大多数。连唐高潮都倾向小滕，而且他从布莱希特表演体系的角度评价了这个表演。小滕先前恨死唐高潮，唐高潮的这番话后，不管是真心还是假意，看小滕对唐高潮的态度，感觉上就不那么恨了。

苏威廉从睡中醒来,屋里开着灯,他又看到了赵青呆坐在那里,瞪着眼。苏威廉对付这个局面有了经验,他很快地判断这个不是梦,这是当下。或许又会有什么事发生。

你又想干什么?苏威廉问。

赵青不理他,都懒得看他一眼。然后,赵青突然伸手关了床头灯。他躺下睡了,一动不动。

赵青在学校宣传栏里贴出了自己的学习体会,洋洋洒洒三四千字,主要是说了自己去底层,与民众同吃同住同劳动吸取艺术养料的过程,还配有自己和阿奶的合影照。阿奶和赵青都在憨笑。照片上也有猪猡,猪是不同的表情,猪在思考。

很快地,学校通讯就刊登了赵青的学习体会。

学校最后的决定是,小滕A角,赵青B角。赵青入选小分队。

赵青很满意学校的这个决定,赵青请苏威廉吃饭。赵青说,小阳春不去了,去好一点的地方。

赵青请苏威廉在新雅饭店吃,叫了一只烧鹅,吃光了,连骨头差不多都嚼了下去。苏威廉表达了对赵青的钦佩,赵青听在耳里,不说什么。

最后结账,把赵青的皮夹子吃空了。苏威廉替赵青想,这个月接下去的日子你怎么过?赵青说,不怕,困难难不倒英雄汉,总有办法。

出了新雅,天蓝云淡,赵青吐出一口长气。

苏威廉,赵青说,人生如戏,对吧,去发挥你的想象力。

35

有一晚,苏威廉去洗手间,他看到楼梯下小储藏室的门缝里有光亮溢出。

谁在里边?

苏威廉上前拉开了门,他看到亚雯。亚雯坐在杂物堆里发呆,双手托腮。亚雯扭头看了一眼苏威廉,没理他。苏威廉有点尴尬,不知是说话好,还是赶紧退出好。或许亚雯正在进入某个角色酝酿情绪呢。

他还是选择退出,但是亚雯叫住他。苏威廉!苏威廉折回。苏威廉只穿了一件汗马夹,他也不确定这件汗马夹到底是自己买的,还是他偷来的。他觉得自己衣冠不整,有点失礼。但是亚雯好像并不在乎,亚雯的两只眼睛大而迷蒙,平时亚雯在跟他说话时,好像老是在捕捉苏威廉背后的东西。

苏威廉,亚雯立起身来,我有话问你。她把储藏室的灯关了,又关上了门,还把一个桌子拖过,横在了门前。在亚雯关灯前,苏威廉注意到了壁上的涂鸦:多了几片羽毛,几根草,枪,手枪和重型机枪,还有别的一些杂七杂八的东西,分辨不出是些什么。苏威廉的脑子里闪过疑问,谁画的,真是吃饱了没事干了。

他也注意到那句话还在:

请好自为之,致培训班的莎士比亚们!

亚雯把苏威廉带上了三楼的平台,平台上依然晾有衣服和浴巾。在楼下很热,那个小间就更热。可是上了平台,就有了风,身上有点凉。苏威廉顺手从边上扯下一条浴巾裹在身上，谁的浴巾无所谓，反正他用完了一定重新挂上去。

亚雯说，我问个事。

在夜光下，亚雯的眼睛变成偏绿的浅灰色，在生活中，苏威廉从未见过这样的眼睛，苏威廉突然觉得亚雯就是一个童话，像个梦幻。

苏威廉，亚雯说，我跟你说，我只跟你一个人说，你要答应我，不要外传。

好的。

我老是听见一个叹息声，亚雯说，在晚上，开窗可以听见，关窗也能听见。今晚，它又来了。那你听到过没有？

苏威廉想了想，点头。苏威廉说，他是一直可以听到的。赵青这家伙除了梦话，就是呼噜。那个呼噜越打越急，到了极限，突然憋住，然后就是一个大叹息，他可以吐出很长的气。

亚雯摇头，不是的，我听见的肯定不是楼里人发出的，这个声音太大了，无边无际，软绵绵的。

我不能理解，苏威廉说，从逻辑上讲，有声音那一定是有声源的，你找到了吗？

我到处找。甚至怀疑声音是从储藏室里传来的，那里头死过人，灵魂不死，又发出声音？

有点吓人，苏威廉不想再聊下去了，他把身上的浴巾挂回晾衣绳上。我想去睡觉了，你也去睡吧，他说。好的，亚雯说。你先去吧，我再站一会儿。

次日，苏威廉忍不住把昨晚的事跟赵青说了。

赵青说亚雯听到的多半就是汽车声，夜深人静，汽车放屁的声音听起来也蛮吓人的。苏威廉觉得赵青说得也有点道理。

赵青又说，亚雯这个人神经兮兮的，她以前出过事，受过刺激。

苏威廉问什么事。

赵青说，他也是不久前听说的，亚雯最先是分在奉贤农场的，场部有个头看上了亚雯，想跟她好，亚雯拒绝，那个头就把她强暴了。

坏人后来被抓了，亚雯离开奉贤去崇明了，这个事真假莫辨。你也是听过算数，千万别传。估计亚雯的事我们这里没人知道的，要是真有其事，她自己也肯定不会说，女人这种事情传出去以后怎么嫁人。

苏威廉很难受关于亚雯的这个传闻，听了心里难受。但愿不过是传闻而已，是看不惯亚雯的某人编的一个谎。

又有消息传来，亚雯或许在小分队待不下去了。学校已经放言，有进有出才是组队的原则。

亚雯走过，众人就看着她的背影说她或许要被开掉的事，不过亚雯自己并没有意识到自己的尴尬处境，她走在校园，看树，看草，看落叶。怏怏的样子，很像林妹妹。有时候又会突然地欢跳起来，那是因为看到了路边的野花。

有几次，苏威廉在宿舍里写作，传来轻轻地叩门声，苏威廉开门就见是亚雯。亚雯手里拿着花，黄的或是红的，蓝的或是紫的，她说，送你们。然后她就问苏威廉，可以进门吗？当然可以，苏威廉说。

亚雯进屋就捏住了鼻子，然后就使劲把两扇窗推开，宿舍里有各种臭。她要苏威廉找两个可以插花的器皿，苏威廉就拿来了漱口杯，他自己的，还有赵青的。他们后来买了好几个漱口杯。

苏威廉是感谢亚雯的，他是个容易思

路阻塞的人，写写就阻塞了。这时候，窗台上漱口杯里的那几株摇曳生姿的小花，会激发出他的灵感。

在排练场，亚雯的表演怎么也通不过。那个表演唱是赵青创作的《农场八大员》。有如下八大员：拖拉机驾驶员、植保员、卫生员、仓库保管员、饲养员、放水员、文艺小分队宣传员、电影放映。亚雯的角色是植保员，可亚雯就是演不好这个角色，怎么都不像。

柳苗老师很不满意，在场的人都不满意，众人暗自叹气。苏威廉真是替她着急。

柳苗老师好脾气，无论是作为总导演还是现场导演，一般她都不发火。

亚雯，来，喝口水。她递给了亚雯一杯水。歇一会，不要紧的，我们慢慢来。亚雯慢慢地喝水，一小口一小口。她站在窗前喝水，静静地看着窗前的那棵苹果树。树上已经有苹果了。苹果悄悄地长了出来，到了秋天，就可以吃了。

亚雯在喝水看苹果树的时候，排练现场很安静。众人看亚雯，大家的内心都希望亚雯赶紧过，已经排了十几遍了，肚子都饿了。

但是亚雯还是过不了，她的声音太空泛了，一点力气没有，还有点完全不搭调的嗲。就她一个人这么表演也算了，大概柳苗老师会勉强让她过，问题是她的风格影响到了别的大员，就像传染病一样，那七大员也都有气无力的样子。后来索性就排不下去了。

柳苗老师说，散了吧，吃饭去，晚上开夜车。

苏威廉是最后一个离开排练场的，出门时他扭头看了下。他看到柳苗老师无力地坐在那里，双手掩面。她好像在哭泣。柳苗老师其实比她的学生大不了几岁，她要在这么短的时间内搞出一台节目来，真是太难了。她瘦了许多。

那天晚上，苏威廉自习结束，从红楼里出来。经过草坪时，他听见亚雯叫他。亚雯的声音很轻。

她坐在树下，在夜幕中仅剩下一个廓影。

苏威廉上前。

苏威廉说，要下雨了，有雨点了。

亚雯说，有一点小雨多好，让我们都湿润一些。亚雯坐的是长条椅，她往一边挪了挪，又拍了拍椅子，她说，来，坐下。有话跟你说。

苏威廉就坐在了她的边上。

你对我有意见吗？亚雯问。

苏威廉一时语塞，他没有想到亚雯会如此直截了当。

我的表演不好，拖累大家了，真是抱歉。

亚雯，我是想知道你怎么会喜欢文艺的，这个我有点不太理解。

为什么要这么问。

我感到你做别的事可能更好，上舞台这种事，那些人来疯的人好像更合适，你也不是那种人。所以，我就是觉得你不太适合表演，你好像也不太会表演。

亚雯转过头看他，苏威廉突然意识到自己说得太多了。什么叫你不太会表演，亚雯会不会表演也轮不到他苏威廉说三道四。柳苗老师都急得哭了，也没有如此定义亚雯。苏威廉很后悔，但是话已出口，收不回来了。感觉上已经坐不下去了，这时候，他希望雨赶紧下大，那么这场谈话就结束了。可是雨还是一滴一滴地下，落在脸上，脖子里，若有若无的样子。

小分队要是不要我了，那我妈要气死了。

你妈妈也是搞文艺的吗？

她是昆曲演员，你一定听说过，尚云芳。

苏威廉吓了一跳，小鲁她家搬来之前，那间屋子不就是昆曲名角尚云芳住的吗？小鲁说过，尚云芳就是昆剧界的梅兰芳，是了不起的角儿。

那你们家以前就是住在茂名路的吗？

现在搬到工人新村去了。我很小就学唱昆曲了，那个时候，他们都说我很有天赋。后来不唱了，身体不好，还有，"文革"了。

我一点不懂昆曲，好像也没有听过。我阿爷就听京剧，我们家阿姨听越剧，我阿爷讨厌越剧，说那个东西最俗气了。我最讨厌沪剧，总感觉那个调调是哭出来的。

原来姹紫嫣红开遍，
似这般都付与断井颓垣，
良辰美景奈何天，
便赏心乐事谁家院，
朝飞暮卷，云霞翠轩，雨丝风片，
烟波画船，锦屏人忒看的这韶光贱。
……

亚雯在他的耳边唱，昆曲对苏威廉来说，真是太陌生了，他这是头一次听，亚雯唱得好听，有几个段落的那种小的弯势细若游丝，真是妙极了。

亚雯问苏威廉唱得怎么样。苏威廉说，好听。又说，那么可以在小分队唱吗？

亚雯说，幼稚，昆曲怎么能唱，最是才子佳人封建余毒！我妈妈唱昆曲，差点命都没了。

亚雯突然起身，走了。苏威廉的眼神都没有追上，她迅疾把自己融在了夜幕中。

彩排。学校的领导和农场局的头头们都来了。彩排在剧场举行。

幕布已经拉开，演出已经开始了。苏威廉还没有上场，亚雯也没有上场，他们都等在台侧。亚雯问苏威廉，你紧张吗？苏威廉说紧张的。亚雯伸手去摸了摸苏威廉的胸，亚雯说她摸不到苏威廉的心跳。

你可以的，你自以为紧张，其实你是一点不紧张。

那你紧张吗？苏威廉问。

我吗，也是一点不紧张。反正就这么回事了，我也好不到哪里去了。接下去亚雯什么也不说了，她只是在侧幕静静地托着腮坐在那里，苏威廉注意到她有点轻微的咳嗽。

《农场八大员》节目亚雯被换下，上了一个跳舞的男生，男生是从师大培训班借来的，好几个节目里要有舞男，但是培训班的人试了几个都不行。柳苗老师实在急了，向学校申请借人，要不然她就走人。

师大来的男生叫阿黄，别人阿黄阿黄地叫，苏威廉也只知道他叫阿黄。阿黄的形体非常优美，跳舞是主业，但表演和台词都好，他取代了八大员里亚雯的那个角色，排练时一点问题没有，一遍过。

亚雯就只剩一个节目了。

群口词：《干！》，亚雯上场。

大干！苦干！巧干！

扎扎实实干!
没有开路人!哪有大道宽!
没有拓荒者!哪有花烂漫!
建设社会主义!我们不干!谁干!
我们干!我们干!我们干!
干!干!干!

还是没有人对亚雯的表演满意,连农场局的领导都说,那个像没有吃饱饭的林妹妹要换掉,小姑娘根本就不会演戏,一看就不是那块料。

演出时,苏威廉是特意跑到场下,坐在第一排看。

亚雯的确演得太不像话,她的面部表情太弱,感觉上就是太嗲,没有激情,喊不出来。中段时,还把手中的道具,那把铁锹滑落了,然后埋头去捡,又差点被唐高潮撞了一个跟头。总之,洋相尽出。

彩排的第二天,亚雯就不来了。柳苗老师找她谈了,表示综合各方面的意见,小分队需要调整,亚雯不再是小分队的成员。亚雯一脸麻木的表情。柳苗老师倒是哭了。亚雯问,还有吗?柳苗任老师说君一老师还要找她谈谈。然后亚雯又去找君一老师。

君一老师宣布了关于亚雯的第二项调整,亚雯转入创作班,接下去就由君一老师接管。君一老师把创作班的学习情况跟亚雯做了介绍,要亚雯尽快地补课,并立刻着手结业作品的创作。他给了亚雯一叠课程讲义。

亚雯出办公室。

君一老师又叫住了她。君一老师说,朱亚雯,昆曲死了,你不要再想着它了,不要让这些残花败絮毁了你的人生。

亚雯说,我听不懂君一老师您在说什么。

君一老师点头,那就当我没说吧。

冰行和亚雯的关系一直处得不错,尽管在不同的班。平时冰行好像也是老替亚雯讲话,感觉上冰行一直护着她。冰行听说亚雯被小分队开了,大为恼火。

冰行把苏威廉他们屋的门一脚踹开,咚一下。

册那!冰行双手叉腰立在门口。冰行的这个样子让苏威廉想到了鲁迅笔下的豆腐西施,他刚看了莎剧《驯悍记》剧本,觉得此刻的冰行又像那个凯瑟琳娜。

册那娘个大头菜!你们那个乌兰牧骑有什么了不起的,把人家亚雯开了,这样一来,成就了你们的荣耀是吧!

苏威廉和赵青面面相觑,一时无言。

说呀,哑巴啦,心虚了是吧。

赵青说,亚雯的去留和我们没有关系啊,这个都是学校方面的决定,要我们怎么说?

苏威廉表示完全同意赵青的意见。苏威廉说,而且,也确实,亚雯的表演实在不怎么样。

冰行盯住了苏威廉,她的手指差不多戳到了苏威廉的脸上。什么叫表演不怎么样,你们的这个狗屁的小分队,又不是什么真正的乌兰牧骑,不就是一批乌合之众瞎混混吗?就说你好了,苏威廉,你居然摇身一变成了个手风琴手了,哎哟喂,那也叫演奏?你那倍司打得,人家四拍,你偏偏打个三拍,这个能叫拉琴吗,拉倒吧你!

苏威廉气昏了头,他也把手指向冰行的脸,你你,他气得结巴,我什么时候……他们是四拍,我最多错成二拍,怎

289

么会错成三拍,你又不懂音乐,你就是个音盲,你住口吧!赵青说,是啊,三拍么,就是华尔兹了,你哪天听到过苏威廉拉过华尔兹,你就想叫他拉,他也拉不出来的吧。

冰行又转向了赵青,她的手指向了赵青的脖子,赵青高,脸在冰行的头顶上方。

冰行说,我真的觉得莫名其妙,你居然也混表演队,还乌兰牧骑,以后写简历会很漂亮的是吧。乌兰牧骑待过的,不得了了。可是你自己就不觉得好笑吗?你那个,啊啊?啊?叭嗒叭嗒……

冰行放下了指点的手,开始作老阿奶拱猪状。

叭嗒叭嗒,叭嗒叭嗒,叭叭嗒嗒两只耳朵像蒲扇。就你那个表演,那个样子,到处都在学你的样子你自己不知道?我上次去工农兵班,他们都在学,就这样,啊,就这样,勾着腰,张着手,叭嗒叭嗒两只耳朵像蒲扇。他们说那个赵青不是诗人吗,怎么就去演养猪的老阿奶了呢?那么,你回答我,赵青,你那个转型,你那种表演算什么?

赵青看苏威廉,苏威廉也无言以对。

冰行逼着赵青说,你说,你的那种滑稽透顶的表演算什么?

那是无产阶级的,劳动人民的,文文文,文艺!赵青气急败坏地说。

就你们那些个,还文艺?冰行说,你们哪来什么文艺!唐高潮?那是文艺?那天我去看你们的那个什么《战台风》,看到他跳海救人那一段,啧啧,怎么受得了?

怎么啦?苏威廉问。

跳海你就跳呗,还要拗那么多造型,这样,还这样。冰行学唐高潮拗造型的样子,人都快死了,你还在那里装。哦哦,这就是你们的文艺。还有毛国成,翻跟头,那你舞旗就好好舞,一定要翻跟头吗?他又不是学武生的,每次我看他翻跟头我就替他捏把汗。要是跌断了脊梁骨怎么办,我的一个发小,就是翻跟斗翻断了脊梁骨,高位截瘫,再也起不来了。小滕,好吧,说说小滕,小滕最优秀,这个你们谁也否定不了,小滕演列宁,我就感觉到那是真列宁,他给我们送来了布尔什维克,送来了马列主义。现在呢,你们把小滕糟蹋成什么了?

赵青说,不是我们,重申一遍,你今天的批判声讨,找错人了。

冰行不理他,继续她的思路往下说。

那本什么《戏剧技巧》,我也翻过的,也没什么,我甚至看不下去。书里说的那些,根本用不上。现在书找不见了,怀疑是小滕偷的,又没有证据。那个举报箱,呵呵,牛奶箱改装的,据说里头塞满了悬念。这个中心道具倒是天才设计,让我们这栋楼成了剧场,每个人都成了演员,谁都无处逃逸。都是被偷的人和偷别人的人。怎么地,我的话不中听对吧,那么,苏威廉,你身上的这件汗马夹也是来路不明的,对吧?

哼哼,冰行冷笑了两声,走了。

又过了两天,冰行又来,又是咚的一下踹开了门。

冰行说,亚雯不见了,行李铺盖也卷走了。

36

整个七月,小分队的人一天都没有休息。苏威廉当然也是,每天排练。那几个表演的嗓子都喊哑了，毛国成甚至都在后悔学会翻跟头，他一直嘟嘟哝哝跟苏威廉说，他本就一书生，是来学习写剧本的，翻什么跟头？苏威廉想，那个不是你自找的吗？

小滕的活太重，他终于成为了个万金油，哪个节目好像都有他的份。

小滕病了，实在下不了床了。

小滕病的那几天，《老阿奶养猪》还是由B角赵青上。赵青好像最初的感觉不见了，现在怎么演都不对。但是也说不出哪里不对。大家都急，都盼着小滕赶紧好起来。

君一老师也经常到排练场，他要熟悉整台节目。巡回演出君一老师也要去，宣布了，柳苗老师任艺术指导，君一老师任领队。

一部分同学回到了农场，很快就有人来信。冰行写信给晓霁，冰行说，一回农场就被安排下大田了，披星戴月，累个半死。老娘求你了，给我个角色吧，我可以演演一丈青、孙二娘之类的啊。

晓霁把冰行的信当众读了。

君一老师有时候去宿舍和学生讨论本子。他来，包里面多半会塞几个番茄，他自己吃，还把番茄分给别人吃。宿舍里人走了大半，君一老师有时候讨论本子晚了，就索性挑一张空床睡下。

晓霁又缠着君一老师讲故事，上次采风，君一老师一路上讲《基督山伯爵》的故事，精彩。君一老师说，学校是派他来是讲样板戏的，外国文学是要批判的。晓霁说，批判也要知道内容的，学校问起来，我们就说你是在介绍内容，供批判用。

君一老师问，图书馆那里还能借书吗？有同学回答他，更紧了，图书卡还是两张，但每张只能借一本。现在的图书管理员看到我们培训班就是一脸的鄙视。

小滕和苏威廉低下头去。

君一老师打算开讲了。他掏出了一个番茄，苏威廉最初见到君一老师，感觉他就是上一辈的人，严肃、正经，老是夹着一个皮包。可是这个印象在逐渐地改变，有时候，苏威廉觉得他就像自己人，可以一起玩。君一老师这次讲的是《悲惨世界》，他咬了一口番茄，坏的，他一脸的苦相，马上起身去窗外吐。晓霁说，唐高潮，去把你的番茄拿来。唐高潮说，吃完了啊。晓霁说，小气。苏威廉说他有，然后去宿舍拿番茄，返回时已经错过了故事开头。苏威廉要求君一老师从头开始，君一老师说好的，这样，他又从头开讲。

半夜，君一老师他看了下表。好了，他说，今天就到这里，散了，睡觉，明天还要排练。

众人意犹未尽地散去。

君一老师躺下，他好像累极了。他睡在孟浦他们房间的空床上，房间里有六张铺。除了孟浦和阿黄，别的人都回农场了。

有一件事是关于君一老师的。那天排练时，孟浦坐在苏威廉身边。他在帮忙敲小鼓。孟浦跟苏威廉说有天夜里他回宿舍，晚回了，去阿黄家喝酒，喝多了，索性在阿黄家睡了一觉，睡醒后才回宿舍。回来时门已经锁上了，他是翻墙进的宿舍楼。进楼，走道里一片漆黑。唯有那个储藏室的门缝是亮着的，孟浦不明白深更半夜谁在里面，刚想去看，门开了，君一老师走了出来。然后关了灯，关了门，上楼去了。

他没有看到我，孟浦说，但是我看清

291

了他脸，因为他出门时灯是亮着的，他哭过了，肯定的，他躲在这个小房间里哭。你说奇怪吧。我进宿舍时，他已经上床了，一声不吭，像是睡死了，没有动过一样。

晓霁跟苏威廉说，有件事，绝密的。

苏威廉说，哦，那你不要告诉我。晓霁说，可是我又想跟你分享。反正我说了，你就当没听到吧。

苏威廉答应了晓霁。

姜美丽是君一老师的女朋友，姜美丽自杀时好像还怀着他的孩子，而且，姜美丽的死和他也有关系，姜美丽挨批时，他把她给他的情书交了上去，那里头有对姜美丽很不利的言论。姜美丽死后，他也去死过，但是没有死成。现在，每逢姜美丽的忌日，他就来这个小房间，烧香祭奠，看上去他的灵魂不得安宁，要完成自我救赎。

你这些都是哪里听来的？

你别管，消息来源可靠。不过，这个事情真的不要跟别人说了。我知道你们都在传他夜里躲小房间哭的那件事，别传了，人呢，总是要犯错的，可还是要活下去，时间或许会磨灭一切。

不过想起来，晓霁脸色发白，说，男人，多半都不是东西！

37

小分队下周出发。先去奉贤，崇明的农场。然后去苏北大丰农场，再去黄山练江牧场，茶林场。

放假两天，准备一下，买点日用品什么，要上山。山上冷，要带上棉袄，没有的还得去买。苏威廉去买棉袄，回校后看到孟浦和阿黄前面走来，两人脸色是灰的，见苏威廉也不打招呼。好像发生了一点什么事。

阿黄来了之后，就和孟浦交上了朋友。两人就此粘在了一起，同进同出，有时候不请假就出去，去哪里做什么也不说，有人说见两人在看电影，也有说见两人在拍照啥的。

有时候睡觉，两人就头尾"套裁"。

农场冷，到了冬天，宿舍里冷得睡不着觉，头尾"套裁"睡是经常有的。两人曲折起来，分头睡，互相取暖。可是在上海，又是夏天，这种"套裁"真是让人不解。

毛国成后来告诉苏威廉，学校方面找两人谈，要他们注意同学间的关系，要搞五湖四海，不要搞两人结盟。据说，孟浦突然觉得小分队蛮无聊的，他在里面老是做小角色，一点面子没有，不想去了，随后阿黄也提出不想去了。学校方面说，这是绝对不允许的。如果这个时候提出不去，那么后果会相当严重，是自毁前程。

赵青说，那两人是同性恋倾向，苏威廉问同性恋是什么？赵青说，其实他也讲不清楚。

苏威廉想起了一桩事，有一次在学校浴室洗澡，在大池子里洗，当时大池子里就两个人。一个是苏威廉，还有一个帅男。苏威廉觉得他蛮面熟的，好像在哪部电影里见过。他大概是表演系的老师，也可能是别的班的学员。那人的身子泡在水里，露着一个头，苏威廉也是，两人很自然地就脸对脸。那人朝着苏威廉笑。苏威廉也笑。那人的脸上挂满水珠。

一会儿，苏威廉感觉到他的腿痒了起来，很快地他就意识到是那个男人的手，

292

手就这么挠他的腿,莫名其妙。苏威廉觉得这种玩笑一点没意思,起身跑了,也不想打招呼。后来他还在校园里见过这个男的,他比他泡在水池的样子更帅。他快步如飞,好像去办大事。

苏威廉把这个事情跟赵青说了,赵青说,这个可能就是同性恋倾向的一种。苏威廉愿闻其详。赵青说在他看来,同性恋就是一方把另一方错当成女人了。那个老师多半是把你当成女人了。

38

那天中午孔乙己在小阳春饮食店请吃饭,为小分队即将的巡演钱行。小分队的好几个人都被请到了。孔乙己问,亚雯怎么没来。众人无言。

孔乙己也没多问。

吃过饭,众人归。学校门卫叫住了他们。门卫师傅问,哪个叫苏威廉。苏威廉上前,问什么事。门卫就说,你家里有电话来,要你速回。苏威廉上次回家时,留给阿宝一个电话,就是学校门卫的,他告诉阿宝,如果有什么急事(阿爷毕竟九十多了)可以打这个电话。现在阿宝突然来电话,苏威廉的头就晕了,再过两天就巡演,现在要是阿爷出事那可怎么办?

苏威廉照着门卫师傅记录的号码回电,家里的那个电话运动初期就拆了,他知道这个是街边的传呼电话,不远,阿宝还可以走。

电话那头乱糟糟的,他听到了阿宝的声音,但是一点听不清她在说什么,阿宝的那一口苏北话真是越来越奇怪了。后来有女人代阿宝说话,女人说上海本帮话,口齿清晰。

女人:是威廉伐?
苏威廉:是的。
女人:你家里人问你身体哪能了,在医院里住的哪能了,脚断掉了还接得起来伐?
苏威廉:你讲什么?什么意思?
女人:还有,两百块钱收到了伐?还有你姆妈的那个手镯可以换钞票的。你阿爷说,可以去淮国旧当掉的。
苏威廉:我听不懂你讲什么。我阿爷身体哪能了?
女人:你阿爷听说你脚断掉了,脑子就清醒了,这两天好像一直蛮清醒的。

电话挂掉了,但是苏威廉完全不知道对方在说什么。

苏威廉说要回家一趟,什么脚断掉了,两百块钱,手镯,淮国旧,这都什么乱七八糟的。苏威廉说他实在怀疑阿宝的脑子也坏掉了,那可怎么办。无论如何他要回去趟,总归要想想办法的吧。

苏威廉是在晚上回家的。进楼里,黑洞洞的好像停电了一样。苏威廉到家,阿宝迎上。阿宝低头看苏威廉的脚,现出不解的神情。阿宝说,威廉啊,你的脚哪能啦?苏威廉说,阿宝,我的脚蛮好的,出了啥事啊。这时候,隔壁邻居常师母来了,常师母看到苏威廉一把抓住了他的手,常师母说,威廉啊,吓煞人来,下午来了个女人,讲你被车子撞了个半死。急需两百块救命。你阿爷动也动不了,哪来什么钱,阿宝毕生积蓄也就两百多块,托我去银行里拿出来,给了那个女人。

苏威廉听常师母这样讲,一阵头晕,他知道出现骗子了。苏威廉说,我一点没事,那个女人是个骗子。苏威廉动了动他的腿脚，活络得很。阿宝和常师母看着苏威廉，不知如何是好。阿宝突然整个人摇晃了起来，像是跌倒的样子，苏威廉赶紧上前扶住了她。苏威廉说，阿宝没事的没事的，也可能是啥人恶作剧，寻寻开心的。再怎么样，钞票是一定要还你的。

你哪来的钱还我啊。阿宝哭着说。

有的有的，放心好了。我在农场做了点小生意，钞票赚了不少的。

那个女人在阿宝和常师母的描述下逐渐地清晰了起来，四十岁左右，微胖，尤其是肚子蛮大的，好像怀了小囡。面孔上特点蛮明显的，就是在右边的眼角有块黑疤。

那她是上海人吗？

常师母说肯定不是的，像是无锡苏州一带的人。她说是你托她来要钱的，她老公也被车撞了，就睡在你的边上。她老公撞得比你还厉害，大概就要死了。

在苏威廉的生活中，根本没有这么一个女人。两百块钱是阿宝一生的积蓄，这是她的养老的钱。

真是活见鬼了。

苏威廉感觉到呼吸困难，他大口地喘息，还是难受。他闻到了家里的发霉的旧木头味道，同样的味道他在学校的宿舍楼和教学楼里也闻到过。他听见了盥洗间水龙头的滴水声，奇怪的是，他突然想起了袜子。那是他小时候自己穿的袜子，母亲过来问他做什么，他说在洗袜子。母亲问他洗得怎么样。他冲去了手中的肥皂沫，然后把袜子给母亲看。他说，白的。以后他再也没有穿过，洗过这么白的袜子。那时候他生活在这个家里，四岁，还是五岁？

有一点光亮引领着他往前走。好像走了很久。

他看到了阿爷。阿宝在他的耳边说，阿爷现在脑子是清爽的。阿爷听见了，阿爷说，我啥时候不清爽了。

阿爷的边上有一盏灯，光照的效果，阿爷看上去像是纸人，又像是照相的底片，深浅黑白是反的，是颠倒的。

威廉啊，你只要还活着就好，别的都无所谓的。

座钟这时候莫名其妙地敲了三下。

不知道为什么是三下，不是一下，也不是五下，而偏偏是三下。苏威廉想到戏剧技巧里的细节铺垫，如果是三下，那么一定有它的逻辑，在戏剧的结尾处会有交代，从而完成其设计的理由。但是苏威廉现在实在弄不懂，三下是什么意义，他意识到他现在面临的是一出他想象之外的戏剧，是超级悬疑剧。无解。

39

当晚，苏威廉回到宿舍，怎么也睡不着。他一直在想，那个右眼角有块黑疤的中年妇女到底是谁，和他有什么仇，还去骗了阿宝的钱。

一夜无眠。次日晨，赵青问他昨晚去哪了，苏威廉就把事情的经过说了。赵青也是吃惊不小，赵青问苏威廉去报警了吗，苏威廉说还没有。赵青说，应该报警。

去食堂，见小分队的同学都聚在一起吃饭，还在激动地说着什么。苏威廉看到晓霁在抹眼泪。赵青上去问发生了什么事，毛国成说，有个骗子集团盯上我们了。

昨天晚上，晓霁快睡觉了，晓霁的姐姐找来。姐姐告诉晓霁家里出了事。有个男人来，还带了几盒点心。当时晓霁父母都在，姐姐出门了。那男的阿爸姆妈地叫，嘴很甜。那男的说，他是晓霁的男朋友，谈了有半年了。他是上海海关做的，但是一心一意地愿意跟在农场的晓霁好。父母从未听晓霁这么说过，很吃惊，但看那个小青年一表人才的样子，而且工作又好，真是挺喜欢的。小青年说，晓霁后天就要去巡演了，还有节目要排，实在抽不出时间来。所以让他来拿点东西。

小青年掏出了一张纸条，他把纸条递给晓霁父母看。要的那些都写在纸条上了，棉衣、毛毯、舞鞋、那个舅舅送的布拉吉。母亲说，这些晓霁好像都拿走了啊。那男的说，晓霁说了，她都放在农场了，以为夏天可以回农场，因此就没带回上海来。现在要巡演，还要去山上。天冷。要准备冬装，还有鞋和布拉吉是节目组要的。晓霁知道这些姐姐都有，暂时借一下，巡演回来就可以归还的。父母亲听懂了。然后赶紧翻箱倒柜把纸条上要的拿出来，纸条上没有写的，也拿了出来。有一双长皮靴，还有一件皮夹克。母亲说，这两样都是姐姐的，她们姐妹俩身材差不多。晓霁也可以穿的，可能也派得上用场。小青年拿过靴子和皮夹克。小青年说，蛮重的哦。母亲说，要是拿不动就放在学校好了，巡演也就一两个月吧。回来后天还没冷，不耽误她姐姐穿的。小青年点头。说阿姨，好的。我带去就是了。小青年欲走，母亲竭力挽留，她显然是想多多了解一下晓霁的这个对象。母亲说，我们晓霁东谈西谈，在学校里就有跟人家男生好，我一直担心她心思太活，这辈子谈不到对象了。呵呵呵。小青年说，不会的，晓霁是好多男生的梦中情人，也是我的梦中情人，阿姨你放心好了，我会善待晓霁的。这辈子会让她幸福的。母亲要小青年介绍一下家里的具体情况。小青年说他父母都是机关干部，一点没受冲击，年初他父亲又升职了。他有一个哥哥，哥哥在部队，在南疆戍边，是个连长，他还有一个姐姐，姐姐是在给外交部首长当翻译的，长居北京，很少回来。他家里的房子很大，武康路上的公寓房一个门洞都是他家的，原本让造反派抢过去了，后来市里下文又还回来。这个房子以后有好多间都是留给晓霁的。

母亲要留小青年吃饭，小青年说吃过了，刚刚陪工业部的人吃的，在国际饭店十三楼。但是母亲执意要小青年坐着别动，多少要吃点什么。母亲去楼下的公用厨房做吃的，父亲也跟着下去，父亲高兴得有点手舞足蹈。照上海人的规矩，来客是要吃糖水蛋的。鸡蛋没有了，母亲顺手就拉开了隔壁人家的橱柜，橱柜里有鸡蛋，母亲拿了两个。

母亲父亲端着糖水蛋和小点心上楼，进屋，人不见了，从后门出去了，东西都拿走了。姐姐回家，母亲开心地把刚才的事情说了一遍。阿拉晓霁有福了。母亲说。姐姐问那个人叫什么名字。母亲说，忘记问了，名字么有什么好问的，名字么，总是会有的。姐姐拉开了衣柜，衣柜里空了不少，她的皮夹克、靴子、布拉吉，还有别的一些什么，都被一个叫"晓霁的男朋友"的人拿走了。

晓霁听了姐姐的话之后，手冰凉。像是要晕过去的样子。姐姐扶住了她。晓霁说，骗子！姐姐说，她想也是骗子，可是让她弄不懂的是，那个骗子怎么就知道她们家的地址，还有，对晓霁和家人的情况居然一清二楚。

唐高潮也被骗了。差不多同时，唐高

潮接到了一个电话，电话那头是个北方女人，山东口音。女人说她是济南军区歌舞团的，她听说了唐高潮没被南京军区录用，他们倒是有兴趣接触一下唐高潮，看看他到底是什么情况。济南军区缺男演员。唐高潮很激动，心想真的是运气来了吗？然后唐高潮问怎么见面。女人说，在北火车站吧，下午3点，不见不散。他们会在那里下车，然后坐另一班别的车去别的地方，涉及军事机密，就不多言了。女人说了，她穿军服，一米六二，挎一黑皮包。唐高潮也说了自己的样子，一米八二，以前像达式常，后来像王心刚，现在有人说他就是张连文。戴军帽，褪色，有点旧。对方说，那好，那我就把你当王心刚吧。

唐高潮其实是2点左右就到了北火车站，一直等到了傍晚5点还没有等到那个穿军服，挎黑皮包的女人，唐高潮以为是火车误点了，就坚持一直等。

又等了两个小时，还是无人。期间出了一个小插曲，一个要饭的老太挪了过来，托钵乞食。唐高潮给了她一毛钱。老太不走，依然站在他面前，唐高潮又给了一毛。还不走。唐高潮有就有点烦，他担心那个女军人突然出现，见状不快。唐高潮恳求老人，我没钱了，你去别处吧。老太依然不走。唐高潮实在无奈，又从身上摸出了全部的碎银子，还有几十斤粮票都给了老太。老太这才千恩万谢地离去。

老太离去了。但是女军人还是没来，一直等到天黑也没来。唐高潮去铁路站台问，站里的人告知从济南来的车最后一趟都过了，要不就是明天了。唐高潮骂山门，一般情况下，唐高潮是很注意自己形象的，像骂山门这种事在公众面前几乎没有过。但是这次他实在忍不住了，他骂骂咧咧地走出站台，打算坐公交回学校。可是一摸口袋，完蛋，一分钱没了。都被那个要饭的老太要去了。唐高潮这时候再也控制不住了，索性大声地骂起山门，这个时候要哪个看到他，会觉得他就像个土豪还乡团的胡汉三。

唐高潮回校后找到了潘师傅，潘师傅又和她女儿通了电话。潘师傅的女儿已经回到了成都，据说，她和唐高潮的感情淡了不少，问题还是出在唐高潮未被军区歌舞团录用，而且分居两地，实在太远。

当然友谊还在。潘师傅女儿打听了，根本不存在济南军区歌舞团招生一事，近来也没有听说哪个军区歌舞团去上海招生。结论是，有人在恶作剧。搞笑。

众人去找校领导，说了这些事，绘声绘色的。校领导当故事听完了。然后校领导说，这个问题学校也无法解决。你们还是赶紧去派出所报案吧。

然后几个人就去派出所报案。写情况说明，做笔录啥的。毛国成和民警还有点认识。苏威廉问，像这种事情最近多不多？民警摇头，说没有，头一次听到，这么集中，多半是你们这个群体被人家惦记了，然后是有组织有预谋的行动，骗钱骗物。苏威廉问，那捉得住吗？民警摇头，难。这些人一旦得手，就会像蟑螂一样变得无影无踪，真的很难捉。苏威廉的内心痛了一下，他想到了阿宝的两百大洋。晓雾的姐姐也一同来派出所的，姐妹俩的手紧紧地握在一起。

几个人往派出所门外走，民警又叫住了他们。

哎等等。

民警问，你们那里有个姓滕的吧。众人说是，是我们的演员。民警说，那人前天也来报过案了。说他家里书都被人家骗走了，有人去他家，说你们的滕某叫他去拿几本书的，上课要用。滕某每天在排练是吗。

众人点头说是。

那人说，天天要排练，滕某就要他帮忙取一下。滕某家人当然也不设防，好像他父亲还在医院，家里就他小妹在。那人就翻滕某的书柜，拿走了十几本书，还有画报二十几本，还有黑胶唱片。蛮多的。但是滕某来报案说，学校里根本就没有这么个人。

苏威廉问，那人长什么样？

警察说，据滕某描述说獐头鼠目的，个不高，五十岁左右吧。

晓雳说，那他们这个团队到底有多少人啊。

警察说，难说，可能十来个，就在本地作案，也可能几十个，编织了一个网，跨地区，跨省市作案。各种可能。

众人回，走在马路上遇到了小滕。小滕与他们相向而行，他是出校，去个什么地方。然后遇上了，众人站住，小滕也站住了。小滕的眼睛注视着不远的派出所，不言。这些事已是沸沸扬扬，心照不宣了。大家都沉默着，低着头各自悲哀，碰到了这种事真是倒霉，只是寄希望于警察破案了。

众人起步，往学校去。小滕原本往外去的，不知去做什么。现在也不想去了，就转身和众人一起往学校去。

命还在就好，晓雳的姐姐终于说了一句，不是杀人越货就好，身外之物就当捐给穷人了吧。

众人一会儿走到了学校，下午还有彩排。

唐高潮四十五度角仰望蓝天，长久凝视。苏威廉问他在想什么呢。唐高潮回过神来，极度严肃地问，我一直在想，那个来电话的女军人肯定是假的对不对？苏威廉说，当然。

那个老太婆呢，就是要饭的那个？也是他们一伙的吗？

苏威廉说有可能。

赵青说，这是个套中套的戏剧结构，叠加效果非常高级，只可惜三突出的法则概括不了。

下　部

1

所有的人都在尖叫，星光如箭般穿过。苏威廉也在尖叫，他根本听不到自己在叫什么。他的眼前是人在颠倒时的种种怪状。赵青的头发像海藻，双臂在舞动，类似老阿奶上场时的动作，他的一条腿往车顶上蹬，鞋子不见了，袜子后跟有洞，破的，看上去很不体面。他的另一条腿不知道在哪里。毛国成双手做着击打的姿态，但是他找不到攻击对象，他又开始在空中翻跟头，前翻，后滚翻，可惜的是手里没有一面大旗，他东看西望，像是在寻找一面大旗。晓雾是那么的优雅，如同在跳一场空中芭蕾，她已经是半裸状态了，她的胸，她的腿，她的粉色的小内裤，让人想入非非，血脉偾张。只是她的脸脏了，而且披头散发，吉赛尔不是这样的，卡门也不像，不知道她在跳什么？苏威廉着急，真想替她补补妆。小滕又朝他压来，其实小滕体重一般，也就一百斤左右，可在这个时候被他压住，那真是重似千斤。苏威廉说，小滕你太重了，我要被你压死了，小滕一点听不见，他只是在苏威廉的耳边喘息，表示他还活着。老穆在歌唱，他随意地变调，并做出一个又一个造型。老穆的歌声曲里拐弯的，低沉或者高亢，丰富极了，而且感觉他一个人唱出了三个人的声音。唐高潮在哪儿，苏威廉突然想到了唐高潮，在大巴往下滚落的时候，像唐高潮这种英雄人物，应该救大家出去才对。车厢左侧有窗玻璃破碎了，有人想跳窗而出，车厢里早就没有灯了，大巴在坠崖的第一撞时灯就全瞎了。看身影那人像唐高潮。苏威廉喊，唐高潮！他的声音嘹亮，全车厢的人肯定都能听见苏威廉的喊，那人扭过头来，看不清他的脸，他是暗淡的，融在黑暗中仅剩下一个廓影，现在可以确定他就是唐高潮了，他终究没有跳下去，他只是趴在窗前思考，跳还是不跳是个问题。君一老师前两天回去了，北京的剧审没有过，要大改！柳苗老师在，就坐在前排的位置上，柳苗老师一如既往地盘着发髻，细长而性感的脖子尤显高贵。她像被绑在座椅上那样，笔直地坐着，岿然不动。孟浦和阿黄两人居然还是手牵着手。苏威廉实在弄不明白，男人和男人之间，怎么可以好成那样。两人牵着手游走在车厢内，迈着太空步，从这头走向那头，他们轻声低语

地在述说着什么。还有，手风琴在翻滚，手风琴是苏威廉的，苏威廉已经背着它到过了十三家农场。它基本上是正常的，只是E音键有一点点不灵。有时候它会突然卡住发不出声来，让苏威廉出洋相。

痛。

周身疼痛。先是脚，再是腹部，感觉一直往上，直到头部。这种痛感令人恶心，让人生无可恋，他想到要死了。眼前的幻象淡去，脑子里一片空白。

然而一切都突然静止了。

有几棵横生在峭壁间的古树接住了大巴。

苏威廉的记忆是这样的：那个白天，他们去了黄山风景区，赵青一口气爬上了玉屏楼，苏威廉怎么都跟不上。苏威廉根本没有想到赵青会有这么强的脚力。上了玉屏楼后，他看到赵青站在了迎客松下。对，那就是迎客松，不会错，它伸着长臂，表示欢迎。赵青在等苏威廉，他取出了相机，他要苏威廉替他照一张相。

苏威廉在对着赵青照相的时候，手是抖的。赵青的父亲就给他留下了一张照片，父亲立在迎客松下，敞怀大笑，满面春风。现在，赵青已经长成了父亲的模样，他在这里与父亲重逢。

苏威廉按下了快门。

赵青没有相机，相机是问晓雾借的。他们在还晓雾相机的时候，找不见晓雾了。雾岚环绕，云海万里，山石秀美且奇峻，宛如仙境。他们到处找晓雾，后来总算看到了晓雾。晓雾站在崖上，天在脚下。她独自立在那里，张开了双臂，风把她的风衣吹得飘扬了起来，感觉上下一秒她就会被风吹走。苏威廉感觉到自己的蛋在紧缩。

赵青拼命喊她，苏威廉也喊。晓霁听到了。她转过身来。从姿态上看，她有点任性。赵青举起手里的照相机，意思是要还她的照相机，晓霁或许看见了，或许并没有看见。她还是站在那个地方。有一片云朵飘过，挡住了她，云朵移去，晓霁不见了。

赵青惊恐地扭头看苏威廉，她人呢？苏威廉也是吓坏了。山上很冷，现在是盛夏八月，可还是感觉到冷，他在瑟瑟发抖。又有大片的云压了上来，突然有手搭在苏威廉的肩膀上，他吓了一跳。晓霁嘻嘻笑着从云雾中钻了出来，她就站在苏威廉的身后。她是怎么过来的？仙女一样。

这个时候，毛国成的声音在喊，下山了下山了！别再玩了！根据计划，上午九点上山，两小时后登上玉屏楼，在山顶玩两个小时下山，然后坐车去茶林场四个小时，晚上7点演出。

赵青说，我们哪都别去了，就在这里过日子吧。晓霁说，好呀好呀。苏威廉想，如果真是这样，那真是神仙的日子啊。

下山了。众人上车。毛国成点人数。毛国成说，少了一人。小滕呢？果然是小滕不见了。

大家等小滕。等不来。毛国成下车去找，毛国成也不见了。众人再等。终于等来了。两人气喘吁吁地跑来，刚登上车，驾驶员就踩下油门。驾驶员嚷，搞什么嘛，这么下去四个小时哪到得了啊！

小滕说他迷路了。众人说，就一条路，怎么迷得了路。毛国成说，他拉肚子，跑远了。然后找不到路了。

大概一个多小时之后，苏威廉看到了有骷髅头的警示牌。那里危险，有急转。又过了一会儿，就翻车了。

当地报纸大致是这么记载的：一辆长途客车失事落崖，万幸卡在了山壁树丛间。附近村民奋力营救，车上人员全都脱险，仅一人昏迷，已送医院，不过生命体征正常，无性命之虞。这些人是上海申艺学院文艺小分队成员，去茶林场作慰问演出。

苏威廉躺在黄山医院，他醒来了。医生过来看了看他，严肃地朝他点点头。主管医生是个男的，在他的身边还有女医生。男医生跟女医生说，我说吧，没问题的。女医生也朝苏威廉点点头。

又过了一周，苏威廉出院，他独自回上海。

在医院时，他跟赵青通了一个长途。苏威廉告诉赵青自己完全没事了，可以回上海了。赵青说那就放心了，本来走的时候，医生就说没有大问题，有点脑震荡，睡几天就好了。赵青告诉苏威廉，巡演结束了，反响很热烈，各大媒体都报道了，而且还想采访你。苏威廉一听就慌了。苏威廉说，千万别说什么采访，采访我怎么掉下崖？如果是一定要采访，那我就不回上海了。赵青问要是不回上海，你在那里能做什么？苏威廉说在哪里当知青都一样。黄山茶林场，练江牧场我都可以去。赵青说，人家那里的宣传队都有手风琴，没你的位置。

2

回到学校宿舍，是半夜。赵青还没有睡。赵青紧紧拥抱了苏威廉。苏威廉说哎哟你轻点，我身上骨头还是到处痛。赵青说，你那时候完全糊涂掉了，把我叫阿宝。

我一直弄不清阿宝是谁？苏威廉说，阿宝是我们家保姆。赵青笑，还好还好。前些天，学校说跟黄山医院联系了，那边说完全没有问题了。其实早就可以回了是吧，就是那里发大水没有车是吧。苏威廉说，是的，要不然早就回了。

苏威廉躺上床，他感到无比的安全。苏威廉说，坠落的感觉真是太恐怖了。赵青说，我就记得被人用绳子吊了上去。我就是想知道，你的脑袋被什么东西砸的，晕了好几天？怎么我们都还好？

手风琴！苏威廉说。

赵青不胜唏嘘。赵青说，手风琴在你的床底下，我把它扛回来了。

第二天果然有记者来采访。先是敲门声，宿舍里就苏威廉独自在。来人是一个女青年。女青年说她是记者，来找苏威廉。苏威廉知道这一关是躲不过去了。他把女记者领到了三楼平台上。

苏威廉说，这个地方空气好些，视野也开阔。我们就坐在这里谈吧。女记者点头。

两人坐下。

女记者自我介绍她是《东方青年报》的，姓廖，就叫她小廖好了。小廖问了苏威廉事情的经过，苏威廉就简单地说了下。苏威廉说，其实就这么简单，我不知道你还想知道什么。

小廖说，我其实就是想知道，当时出事故的时候，你是怎么想的。苏威廉说，怎么想的，其实我也不知道怎么想的，我就是看到人和物在空中飘，后来脑子里一片空白。我真的没想什么。

苏威廉停下不说了，他突然想哭，奇怪，他想憋也憋不住。然后他果然就哭了。就像拧开了水龙头一样。哭得稀里哗啦。对过坐着的小廖就那么默默地看着他。

苏威廉总算哭完了。他深深地呼吸，呼吸呼吸，这个他是在黄山医院里学会的。有好几次不舒服的时候，医生就要他这么做。

小廖问，那你肯定是没有死人吗？也没有重伤？除了你有几天昏迷之外？苏威廉说，是的。

那你哭什么？

苏威廉无法回答小廖的问答，感觉上他又想哭了。小廖不敢多说什么了。两人沉默。头顶上有一架飞机飞过，发出不小的响声，一会儿又安静了。记者小廖抬头看。她说，天好蓝啊。

小廖在抬头看天的时候，苏威廉仔细地看了看她。苏威廉觉得她蛮漂亮的，但是还不够漂亮。比如说，她的两只眼睛分得有点开，根据苏威廉的化妆经验，要是能在大眼角处稍微画深一点，那她一定更漂亮。

小廖起身，小廖说，对不起苏威廉同学，你可能需要多休息，我有点打扰你了。我们再找机会谈吧。

赵青跟苏威廉说，怎么回事，廖记者怎么找我谈了不少关于你的事，你怎么就不直接跟她谈。还老是哭个不停。那你到底有什么伤心的。

苏威廉摇头，说自己也不知道怎么回事。这辈子也没有这么哭过。真的有很强烈的羞耻感。本来我还以为自己是那种没心没肺的人，我祖母死的时候我都没哭，怎么都哭不出来。而且心里头也没有悲伤，只是觉得她去了另一个世界，可以吃到她一辈子都吃不厌的醉虾醉蟹。

几天以后，苏威廉看到了《东方青年报》。他是在报栏里看到的，这几天他一直注意着学校的那个报栏。一有风吹草动他就扑上去看。

报道有一段写了苏威廉，说他是各方面优秀的好学生，而且是多面手。不仅会写作，还会拉手风琴，作曲，对人物造型也有一定的研究，是文艺小分队中的骨干，在这次的事故中伤得最重，昏迷了好几天。但是苏威廉同学意志顽强，很快地就重新地站立了起来。他的顽强意志，显然是源于他的革命信念。

报栏前一会儿就围了不少人在看，苏威廉欲离去的时候，二年级班的好几个人看到了他。查班长也在。查班长说，了不起。他祖籍就是黄山那里的，他去过黄山，翻车事故没听说还有活着回来的，许多人甚至连影子也找不到。

我想想冷汗都要出来了。查班长说。

那里风景真是好极了，这辈子我一定会一去再去的。苏威廉说。

3

苏威廉收到了一封信，他万万没有想到，信居然是亚雯写给他的。亚雯在信中说，看到报上关于小分队的车祸报道，十分后怕，也为你那么点时间就重新站了起来而感到欣慰。你是英雄，致敬英雄。亚雯说她有重要的事情要跟苏威廉谈，亚雯约苏威廉周日去北桥路50号见面，只约他一人，希望他万不可拒绝。亚雯还要苏威廉保密。

苏威廉还是把亚雯的信给赵青看了。

赵青说，前些天他遇到了亚雯所在农场的朋友，那个朋友认识亚雯，赵青就跟那人提到了亚雯，说亚雯突然不辞而别，像是人间蒸发了。那人说，亚雯也没有回农场宣传队，她只是给宣传队写了封信，说该回去的时候自会回去，别找她。

那么这个北桥路50号是个什么地方？

赵青说他一点不知道，好像很远。另外，亚雯要你保密那你就哪里都别说，反正星期天去了就知道了。

周日，苏威廉去了北桥。原来，亚雯约的是在精神康复中心。

苏威廉是在一个大花园里见到亚雯的，那里环境优美，甚至比申艺还要漂亮。亚雯坐在长条椅上，她的前面有病人穿着病服在做操，病服是那种条纹型的，他们都很开心，不太像病人。

亚雯见到了苏威廉，她招了招手，让他过去。亚雯的样子很淡然，亚雯也穿着病号服，她穿病服的样子一点不难看。

苏威廉在她身边坐下。

苏威廉说，你怎么跑这里来了？亚雯说是家里人把她骗来的，其实她很正常，没有什么大问题的。这个时候，有年轻护士过来，护士端着盘子，盘子里是药和水杯。护士到了她的面前，亚雯，来，吃药。亚雯很听话地把药就吃了。护士伸手摸了摸她的额头，护士说，嗯，正常。护士走了。亚雯看着她的背影。亚雯说，她其实就是个美人胚子，她应该唱昆曲才对。

亚雯问了苏威廉小分队演出的事，苏威廉都向她说了，去了十五个农场，但是他本人只是去了十三个。最后两个没有去成，在黄山医院养病。亚雯说，那你们的演出成功吗？苏威廉说，可以的吧，反应比较热烈。尤其是黄山茶林场和练江牧场，加演了好几场，累是很累。亚雯问有夜点心吃吗。苏威廉说晚上演出么总是有夜点心吃的。亚雯说其实我最喜欢吃夜点心了，那个时候，我早上一睁开眼来，就想当晚会在哪里吃夜点心。

亚雯，苏威廉说，你在这里养养就会出去的吧，你好来参加结业典礼的吧。

亚雯摇头。我回不去了。亚雯说，即便可以出院我也不会回学校了。我做的一些事，你一定不知道吧。你们要是知道了，一定会把我当夜点心吃了。

亚雯突然哈哈大笑。苏威廉看她，在苏威廉的印象中，亚雯从未这么笑过。亚雯哈哈大笑时，她的脖子既细且长，感觉脖子上生有五六个细小的喉结。她不笑了，戛然而止。

苏威廉，其实我恨这个班，当然也包括你。

那些做操的病人都往病房去了，排着队。苏威廉想到了在画册里看到的走向毒气罐的犹太人。

你们都那么瞧不起我，感觉上我就是班里的一个瞎混混的人。好像我什么也演不了，是吧，那么好，那么我就表演给你们看好了，这个世界已经成了我的舞台，哈哈哈。亚雯突然又大笑，这个真是太好笑了。她说。

苏威廉盯着她看，他有点恍惚，几日不见，亚雯怎么真的成了神经病了。车祸之后，他的自我感觉记忆力降了不少，其实刚接到亚雯的信之后，他突然记不清亚雯长什么样了，怎么想都想不起来。现在他看着亚雯，也觉得模糊得很。

苏威廉，亚雯扭过头来，她的眼里仍含有笑意。你们家是不是被骗了二百块钱。

苏威廉点头，这个事已经报警了。

那个来要钱的人，个子和我差不多，眼角有疤，头发乱蓬蓬的，你们家的老保姆吓坏了，她从兜里掏啊掏啊掏，掏出二百块钱。那钱是用一块手绢包着的，汗渍渍的，这是老保姆的养老的钱，一辈子攒的钱。啧啧，作孽哦。

苏威廉疑惑地看着亚雯，他有点晕眩。

那个骗子就是本人，知道吗，是我扮演的一个角色。本人，和角色融为了一体。百分百的斯坦尼斯拉夫斯基体系，我深入深入深入，完全交融在了一起，你们这些愚蠢的人，许多表演上的事根本不懂。还有，去晓霁家的那个什么干部子弟，在唐高潮面前晃来晃去的老太婆，打开小滕家书柜的那个男同学，都是本人。一人多角，这才叫表演，酣畅淋漓，你们服吗？喂喂，你的思想别开小差，你回答我，服吗？你们不是瞧不上我，把我从小分队开了吗？那么现在，服了吗？

苏威廉说，服了。

那就好。沉默。两人就那么默然地坐着。良久。我妈妈说，亚雯总算开了口，旧社会我们是戏子，新社会我们是人民的文艺战士。

远处，护士在喊：朱亚雯！开饭了，开饭了！亚雯尖声回：知道了宝贝！我就来！

亚雯起身，好了，她说，好了，底牌揭晓了，公安局那里可以结案了，让他们来抓我吧。不过，这个事我已经想过了，他们就是抓了我，也还是会把我送到这里来。所以，我根本无所谓的。

亚雯走去。她的步子很飘。有条纹的病服套在她的身上，显得有点宽大，感觉上像戏装。亚雯又回过身来。

哦对了，最大的事倒忘了。你们的那些东西我都给你们藏好了，我才不要呢，我又不是那种真正的骗子,那种骗钱骗物的人。我只是个出色的文艺战士,从事的是本职工作而已。所有的东西,包括你家的那个二百块钱,我都把它们锁在学校剧场后台的服装柜里,记住,是服装柜,就是蓝色的那个。有锁。钥匙么,呵呵,就在你睡觉的枕下。呵呵呵,亚雯轻轻一笑。苏威廉,恨你的那些话不过是说说的,我其实并不那么讨厌你,不过有时候,我就是想跟你开个小小的玩笑。

亚雯再次转身,走去。

亚雯,苏威廉叫住了她。亚雯,我知道你是最出色的,你能不能唱一段昆曲给我听听。

现在?

苏威廉说是。他站起了身来,毕恭毕敬地等待着亚雯的表演。

原来姹紫嫣红开遍,
似这般都付与断井颓垣,
良辰美景奈何天,
便赏心乐事谁家院,
朝飞暮卷,云霞翠轩,雨丝风片,
烟波画船,锦屏人忒看的这韶光贱。
……

亚雯的唱姿真是美极了。太阳如同追光,而她的脸深埋在阴影里。

苏威廉又哭了。

在枕下,果然有一把钥匙。苏威廉拿着那把钥匙发呆,他不知道亚雯是什么时候潜入进来的。他叫上了赵青去剧场,又遇到了小滕,苏威廉就把他也一并叫上。在路上,苏威廉把去看亚雯的经过,以及剧场后台服装柜的秘密说了。那两人大惊,又将信将疑。小滕说,这都是你臆想出来的吧,脑子撞坏了吧。苏威廉不再多言,继续往剧场奔去。

服装柜子打开了,果然报案的那些东西都在,有一个肮脏的手绢包打着结。苏威廉一把抓起,他说,这是我的。苏威廉打开了手绢包,躺着一沓钱,十元面钞。苏威廉数了下,二十张,他把这些钱装进了自己的口袋里。

他想到了阿宝,阿宝一跷一跷地端过了一碗绿豆汤让苏威廉喝,苏威廉在喝汤的时候,阿宝就立在边上等,等苏威廉喝完,她才接过碗离去。苏威廉不满阿宝的这个习惯,苏威廉说,你放着我喝完就把空碗送去你洗。但是阿宝不同意,这个固执的阿宝,她说她要不看威廉喝下去,威廉就不会喝,一直忘了喝,汤凉了也不喝。她就一直在边上站着。在苏威廉的记忆中,好多年了,就这样。阿宝积攒了这二百元,阿宝就要回扬州乡下去了。这个钱是养老的钱,是买棺材的钱,千万不能再被骗了。

后台脏极了。硕鼠在爬,一地的垃圾,蛛网密布。面具和假发随意乱扔,吓人。赵青关上了灯。然后三人走出了后台,又穿过了剧场。出门。

三人往宿舍去,苏威廉走得很急,赵青说你走那么急做什么。苏威廉说,想赶紧告诉晓霁,她姐姐的东西都在这里。小滕突然喊了一声,等等。小滕说,有个问题,亚雯这么做想证明她会演戏对不对?赵青说,天晓得,居然想得出来,不过她肯定可以进入校史了,在我看来戏剧史上也要记录一笔。

那么,小滕踱步。他们还在校园里。小滕说,那么,我想知道,她现在去了精神病院，她那个病是真的吗？赵青大叫，对呀。她的神经病到底是真的还是假的啊，会不会也是在演戏啊。苏威廉想了想，回答不上来。

你看她两只眼睛是不是定怏怏的，真的戆掉了？赵青又问。

苏威廉说，不戆。

4

就快结业了，下周就可以不来了。汇报演出安排在周末。学校欢迎家长们来看演出。

苏威廉要上台，他的手风琴在上次的车祸中受损了，中央广场有修理乐器的民间高手，苏威廉拿去，人家三弄两弄，修好了，而且音准和音色方面比以前更好。苏威廉现在手风琴拉得很溜，在小分队混混真是一点问题没有。

赵青的老阿奶也要上场，作为B角的老阿奶在演出时的效果居然要超过小滕的版本。这次巡演下来，好像B角胜于A角。赵青一上场，下面就笑翻了天。柳苗老师说，B角的表演中，有一种叫做天然的"拙"的东西，这个在表演美学上是值得研究的。

小滕已经提好几次，希望能恢复他的保留节目，让他演列宁。柳苗老师当然也想，可是她很无奈，学校不给回音。

小滕经常发呆，他发呆的时候就低着脑袋，像在看地上的蚂蚁。那晚在牧场演出，演出后，大家吃夜点心，红烧小肉真是香极了，而且可以随意地一碗一碗地吃。苏威廉边吃边到处溜达。他看到小滕坐在河边。小滕手执一根枝条，掰着一截截往河面抛去，时而低头看蚂蚁。苏威廉站在了他的身后，苏威廉说，在干什么啊，吃小肉去吧，香极了。小滕摇头，小滕说，不饿。小滕问苏威廉，那你说，我今天演得怎么样？苏威廉说，可以啊，你的表演怎么会不好。

小滕突然跳了起来，他转过身，已是泪流满面。好个屁啊，他的喊叫声在山坳里回荡。台上的不是我，不是我。那个养猪的老太婆，那两个莫名其妙的跑来跑去的龙套不是我。我是列宁，我是冬宫，我是米黑尔索那工厂，我是红色布尔什维克，我要埋葬这个罪恶的世界。可是他们不让我演，啊？为什么？

小滕在喊叫时，苏威廉把手中的那碗红烧肉递了过去，他是希望小滕吃几块，把火气压一压。可是小滕接过了碗，直接扔到了河里。苏威廉心疼死了，他还没吃多少呢。

苏威廉，小滕说，任何时候，你记得，任何时候，你的那本该死的《戏剧技巧》要是有下落了，那你一定要告诉我。哪怕那个时候我已经七老八十了，你也要来说一声，哪怕我就是死了，你也要来坟地说一声，好吗？

毛国成还是要上，他的别的角色都被别人顶了。就是那个开场时的表演还给他保留着，其实借来的阿黄肯定要比毛国成强多了，可即便是傻瓜也能看出来，如果汇报演出不让毛国成上场，那问题会很严重。

舞者阿黄和孟浦自编自演了一个男子双人舞，这个真是很让人意外。那次在排练场，阿黄突然说他和孟浦要跳一个双人舞，大家笑了。然后阿黄招了下手，孟浦就从边门出来了，他已经把自己弄成了一棵树，他的身上和头上插满了绿叶。

整个舞蹈孟浦就是一棵树，阿黄就是围着他转。不得不说舞蹈编排得很精彩，阿黄真是个天才，他不仅自己的跳，他还把孟浦也带动起来一起跳，孟浦本来是一点不会跳的。孟浦在创作上没有进步，有时候他会写点串联词，三句半，但是他的结业作品一直都没有过关。

这个男子双人舞获得了满堂彩。阿黄和孟浦都很得意，两人频频鞠躬致谢，非常优雅。

音乐是录好的，是一个钢琴曲。

唯有苏威廉没有鼓掌，他一脸的苦相。赵青心细，注意到了，赵青问苏威廉怎么回事。苏威廉说，舞蹈的配曲是他写的。

苏威廉说，这首曲子叫《扎根树》，是我的成名作，我就是因为这首曲子感动了领导，领导才送我来读书的。

苏威廉说这个话的时候，突然想哭（他真是太好哭了，最好每天都有什么事让他大哭一场）。苏威廉想到那天，他坐在田边，稻浪翻滚，阳光普照。电线杆上绑着大喇叭，他享受着这世上最美妙的乐音，后来居然睡着了。

阿黄和孟浦在前面走。

两人这次没有牵着手，感觉上两人有点不开心的样子。其实刚才跳得很好，但是阿黄大概觉得还有提升空间。阿黄做着舞蹈的某个动作，示范给孟浦看。孟浦不看，他烦了。他已经把这棵树的春夏秋冬都表现出来了，还要他怎么样。

孟浦突然疾步甩开了阿黄，独自走了。

赵青上前，他拍了拍阿黄的肩。阿黄问他有什么事，赵青拽过了苏威廉，赵青说，阿黄，苏威廉有话跟你说。赵青说完，也走了。

阿黄发闷，他眯着眼斜着看苏威廉，看得出来他很瞧不上苏威廉。两人站在红楼的走道上，不时地有人从他们的身边过。阿黄和他们打招呼，没有人认识苏威廉。

苏威廉说，舞蹈的配曲是我写的。

阿黄盯着看苏威廉，逼视着苏威廉。阿黄说，什么意思，你是说我偷了你的曲子？

我只是这个意思，那首曲子是我写的。

你不是学戏文的吗？阿黄说，你怎么突然会作曲了？

这个，说来话长。

你的那个手风琴，天晓得，每次我听你拉手风琴，我都想说，天啊，怎么会有这么滥竽充数的人。但是我从来没有当众说过什么对不对？我一直在鼓励你的对不对？为什么？

苏威廉无言。

那么我说点大道理给你听听，因为我们是乌兰牧骑，我们是文艺轻骑兵，是为人民大众服务的。我们只有这个目的，什么你的我的，你的就是我的，我的就是你的，我们就是一个团队，对吧？

说完，他走了，他昂着头开着胯走，苏威廉这辈子也别想走出这种步子。

《战台风》还是压台戏，那天又在剧场彩排，唐高潮声嘶力竭地喊，老穆的主题歌突然变了调，整整提高了两度。苏威廉在演奏时觉得不对了，直到一个自然段结束，他才意识到升调了。原先是 C 大调，现在提到了 E 大调，从没有升降号改成了 4 个升号。这个 E 大调苏威廉根本拉不下来。

老穆继续唱他的主题曲，E 大调，苏威廉坐在那里动不了。他感觉上有一双眼睛盯着他看，那是阿黄。阿黄在独舞，即便如此，他仍然笑着关注着苏威廉，看上去没什么恶意。

老穆后来的解释说这是最后一次演出，他想表现出自己的全部激情，跟乐队长打过招呼，可能乐队长忘了通知苏威廉了。

彩排结束后众人离去。苏威廉不想走，他仍然坐在台上。他想试试那个 E 大调，无论如何，拉上几句也是好的。

苏威廉在台上独自拉琴，有个人坐在台下的中央。

唉！那人叫了一声。苏威廉听出来了，是小鲁。

小鲁说她是早班，可以回家了。经过剧场时听到里面很热闹，就进来看看。苏威廉坐在她边上，闻到了一股炸土豆片的味道。两人坐在那里，面对着空荡荡的舞台，可以看到侧幕那里有个谱架，谱架就是苏威廉用的，它是铝合金的，在闪光。

小鲁说，中饭还没有吃吧。她从包里掏出了一个馒头递给了苏威廉。

苏威廉掰着馒头往嘴里塞，他饿了。

怎么样，苏威廉问。小鲁显然是明白他的意思，苏威廉是在问那个节目怎么样。

不怎么样，小鲁坦率地说。

我是在瞎混，他们今天变调了。我跟不上。

我指的不是这个。

苏威廉扭头看小鲁。小鲁的眉头紧锁着，这是她少有的神情，你看，前两个月"四人帮"已经打倒了，大家都在说解放了，开心得不得了，都在想怎么样突破禁区。这是你们班的汇报演出，能不能演一点高级的东西？我知道电影厂的培训班在排《青年一代》，二年级工农兵班在排契诃夫的《海鸥》了。

苏威廉嚼着馒头，嗯嗯点头。

5

那天，冰行说她生日，就约了苏威廉、赵青、小滕、唐高潮、晓霁等人去小阳春吃生日饭。孔乙己很上路，在大堂内辟了一个角，用屏风隔断。

要了两箱啤酒，还买了一只大蛋糕。众人祝冰行岁岁平安，前程远大！喝得有点多了，唐高潮带头唱起了样板戏，一曲一曲地唱。

孔乙己跑来了。

孔乙己说轻点轻点，你们学校又有人来了。众人不再唱了。果然听见屏风外嘈嘈杂杂的，显然是来了不少人。那些人高嚷着点单点单。孔乙己赶紧跑了出去。

一会儿又听那些在人讨论戏剧，好像是关于契诃夫。讨论得很激烈，像是吵架一样。

孔乙己在点完单后又跑进到屏风里来，他的拇指往外翘翘，孔乙己说，是你们学校的，二年级的，最近几乎每晚都来，在准备春节的文艺汇演。

他们打算演什么？晓霁问。

《海鸥》！

众人面面相觑。唐高潮问，这个肯定可以演了吗？

大概可以了吧。应该解禁了吧。要不然他们怎么敢。孔乙己又问，那你们这次的汇报演出打算演什么？

众人沉默。

外面又有了什么事，有人在大叫，老孔！老孔！老孔赶紧又跑了出去。

苏威廉前些天已经把自己的意见说了，

306

别的班在排《青年一代》和《海鸥》了，培训班能不能也有点腔调。但是唐高潮根本不当回事，他正在为他的嗓子郁闷，因为太过激情，居然哑掉了。就要演出了，发声出了问题。每天喝十几杯"胖大海"，排练时老是要尿，一会儿去一会儿去，烦死人了。那次唐高潮点了点自己的喉咙，意思是你就不要节外生枝了好伐。

众人好像吃不下什么了，其实桌上还是有不少可以吃的。

唐高潮喝酒。

他又举杯伸向苏威廉，苏威廉和他碰了一下，两人干。唐高潮说，苏威廉是跟我说过的，都在排经典大戏，我们这个班完全没有想法。苏威廉点点头，表示他确实说过的。

晓霁冷笑，什么意思，你是也想排一出？那你这个当班长早干什么去了，现在还有几天，你倒是动了心。还来得及吗？

唐高潮无言，只是喝酒。他又点了点自己的喉咙，表示他的喉咙仍有问题，不吵也不争论。

可是，我们现在这台戏，拿得出手吗？小滕说。

小滕，那你又是什么意思，你想排什么，列宁在一九七六？别做梦了吧，晓霁说。就你现在的个人问题还没有弄清楚呢，就是排也轮不上你！

冰行坐在晓霁的边上，冰行握住了晓霁的手。别别别，别这样，火气这么大做什么，今天可是我的好日子。

我厌恶！知道吗？厌恶这个什么培训班，乱七八糟的，都学了些什么？样板戏，三突出，除了这个，还教过什么。学戏文的不好好写，去跑码头，学表演乱演一气，一个像样的角色都没有。瞎混一年，糟蹋青春，还差点一锅端葬身山崖。哼哼，她冷笑，对对，讲过两个故事。不过，这也算教学吗？

晓霁起身离席，跑了。

众人看冰行，知道她跟晓霁关系最好。

冰行说，这样，我说，你们听过就是，千万不要传出去。她暗恋上了君一老师，昨天跑去跟人家表白，但是遭到了拒绝。所以你们理解她。

苏威廉这回听了倒是没想哭，反而发出一种咕咕的类似笑的声音。

冰行看他，奇怪，你那是什么态度？

照现在这台汇报演出实在太陋了，可再排演一出像样的大戏也是天方夜谭。赵青有个提议，就是用一个剧本朗读节目来作为压台戏，全班同学每人上台朗读一段台词，可以在古今中外的经典剧目中自选，是你最为喜欢的句子。

众人拍手称好。

第二天这个方案全班通过。

6

汇报演出。剧场里空空荡荡，没有几个观众。学校希望家长能来的最好都来，可是也不见几个家长到场。赵青母亲说她肯定不会去，她看儿子在家里没完没了地操练那个养猪阿奶，说她都不想吃猪肉了。赵母是出版社高级编辑，一直希望她儿子能够成长为一个有品位的，高尚的人，别去当丑角。

演出过程中，有一多半时间苏威廉是坐在舞台上的，他的手风琴无论拉还是不拉，他都要坐在那里。在他的边上还是那个第三小提琴手。她比苏威廉要忙得多。

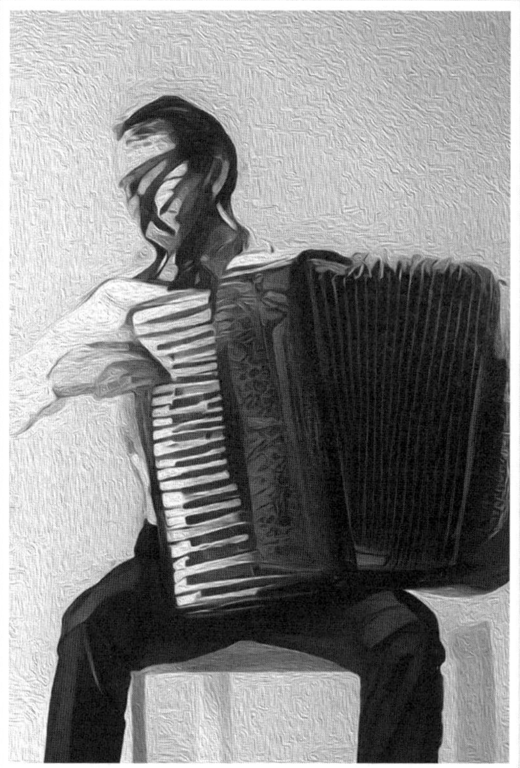

苏威廉无事时会替她翻翻谱，他可以听到三提的节奏和音准都很成问题，但是那又怎么样呢？今晚过后，明天，他们就将各奔东西，也不知道还有无见面的机会。没有不散的筵席。三提是创作班的，苏威廉不仅没记住人家的名字，更弄不清她究竟写了什么。

一曲终了，三提总是朝他笑笑。三提看着台下，又叹息，唉，来的人真少。听说，都去看别班的彩排去了。

《海鸥》吗？

三提点头。三提问，那你一会儿打算朗读什么？

《仲夏夜之梦》里的一段。你呢？

贝克特的作品。

苏威廉有点吃惊，他完全不知道贝克特是什么人，可是又不好意思问。

《等待戈多》。三提说。

苏威廉更是惭愧。

下一个节目又开始了，因为说话，他们耽误了两个小节，一时手忙脚乱，把乐谱都弄到了地上。咣当一声响，把正在台上跑龙套的小滕惊得连台步都忘了。小滕扭头看乐队，满脸怒气。

又没苏威廉什么事了。他差不多已经不关注台上的演出了，他的视线投向了台下，他看到了小鲁，还有小鲁的弟弟。两人坐在那里，都没有看演出，在看书。剧场内的光照时明时暗，幻化的彩光在他们的头顶划过。

中排应该有孔乙己的位子，可是那里的座位差不多都空着。不知道孔乙己来了没有。可能来了，又跑掉了，他或许觉得太乏味了，实在坐不下去了。

一些人在打盹，有几个人苏威廉是认识的，是农场局的领导，这几位领导来学校关心过，也表示了期待。那位科长也来了，科长是个秃子，辨识度很高。那次是君一老师的课，科长来视察。君一老师就把讲台让了出来让他说，科长上台，说，你们要好好学，然后回到农场去，扎根在那里，奉献一生。

当然也有观众在瞪着眼睛看，他们一定是家长。有个中年男特别像老穆，他一定是老穆的父亲。他坐在那里，盯着台上，他不笑。像穆父这样的家长真是一流的，那要比赵青的母亲好得多，赵母也太不给儿子面子了。

不过，赵青真的不像抒情诗人了，他好像不写诗了。

唐高潮在一阵狂吼之后，跳进了"滔滔巨浪"。舞台灯光暗了下来。剧场灯光亮起，稀稀拉拉的掌声，一会儿人都走光光了。

毛国成过来说，不要读什么了，学校本来同意的，后来又不同意了，学校认为没来得及审查，就算了吧。

众人七嘴八舌表示不满。

有几位特意打扮过的同学惊得张口结舌。冰行在此之前已经让赵青化了几次妆了，颊上，嘴上，都涂了各种红，而且为了朗读效果，相关的逻辑重音，抑扬顿挫，声情并茂等等什么的，已经练了好多天。可是就一句话，就几个字，不让读了，就结束了。冰行大为愤怒，她从候场区走向了前台。

她面对着大而昏暗燠热的空间，她夸张地张开了双臂。

她问：为什么！这是为什么！

有人说，我们找个地方自己读吧。

宿舍楼平台上拉了一根电线，电线上

挂了两个灯泡。平台上坐得满满的,还有好几箱啤酒。大家喝啤酒,连最不会喝的也喝。然后瞎唱一气。

对过楼里又有人在喊,唱个卵啊,家里死人啦!没有人回骂,今天是个重要的日子,谁也不想吵。

唐高潮对晓霁说,晓霁晓霁,那么我们就开始吧。众人都安静了下来,接下来就是朗读时间。

晓霁走到了圈里,晓霁主持这个朗读会。

我知道各位的票都买好了,再过个几天就散了,今晚我们聚在这里,也可能是最后一晚了。

众人笑。晓霁也笑。

这个修辞可能不太准确啊,大家包涵,有点激动嘛。真的,很激动,因为,好像从来没有这么放松过,这么自由,可以喝酒,可以朗读,很不一样。无论日后我们走什么路,成为什么样的人,但愿都别忘了有这么个夜晚……

晓霁抬头看了看夜空,月亮已经升起来了。她突然哽咽了。她的手上有两页纸,原先是有准备的,长长的,要说不少话,可说不下去了。她把纸折了折塞入自己的口袋里。她退场。又返回说了句,大家轻点哦,不要扰民。

众人一个个上去朗读,读《奥赛罗》《暴风雨》《哈姆雷特》《娜拉》《伪君子》《群鬼》《樱桃园》《海鸥》《人民公敌》《特洛伊之战》《欲望号街车》……什么都读。朗读的音量都控制得很好,连唐高潮和老穆这种大嗓门也没有嚎叫。

苏威廉读他的《仲夏夜之梦》:

要是人们所说的真话都是互相矛盾的,那么神圣的真话将成了一篇鬼话……不要污蔑你所不知道的真理,否则,你将以生命的危险重重补偿你的过失……

他卡住了,他看到了孔乙己。

孔乙己不知道什么时候坐在人群的外圈。他的脑袋上刚好是一个电灯泡。那盏四十瓦特的电灯泡悬在他的上方,把他的头势照得清清爽爽。孔乙己穿了一套深色的西装,还打了艳红色的领带。他直着脖子在听。苏威廉朝孔乙己笑笑,孔乙己没什么反应,他好像已经深陷在了某处,被这些台词击中了。那么他在想什么呢?

天渐渐亮了,还没有读完,还有三四个人等着读。肚子饿了。不知哪个好心的买了吃的来。大饼、油条、粢饭糕、油墩子、芝麻球,这些东西装在一个篮子里,很快就抢光了。

苏威廉抢了一个大饼吃。他大口地吃大饼,香极了。他突然觉得困,这几天一直很兴奋,忙这忙那,结业和回农场前的事太多,现在好像突然放松下来了。他坐在角落里,打起了盹。

朦胧中,他看到第三提琴手上去读了,她的声音很轻,有点听不清,那边,孔乙己依然坐着,一动没动。弄堂对过的窗有几扇开了,阿姨在梳头,阿姨和阿姨说起话来,声音蛮响的,差不多把三提的朗读声覆盖掉了。

作啥啦,这帮学生子,一整夜没困觉!

听讲学习结束了,要回农场去了,走么就走好了,不困觉作啥啦,戆兮兮的,怪伐?

7

回崇明的船票是赵青去买了，两张，他自己一张，苏威廉一张。同一班船次。早上两人拎着包离去。走到门口时，苏威廉有点不舍，他停下，回望了一下，突然又没啥感觉了。

楼道里，堆满了垃圾，那叫一个脏。苏威廉抱怨，怎么没人打扫。赵青说，哎呀，这和你有什么关系？估计这辈子你也不会来了。苏威廉问，袁阿姨呢，好像这几天没看到她啊。

你不知道啊？

什么？

赵青告诉苏威廉，袁阿姨原本是戏文系老师，教戏剧史的，后来被打倒了，只能扫扫地，现在学校叫她回去教书。这个事情人人都知道，怎么就你不知道啊。苏威廉很吃惊，他想起袁阿姨老是天不亮就在走道里扫，这一年来，有的日子，他好像是被扫醒的，还有些日子，像是被扫进了梦中。

看不到袁阿姨了？

看不到就对了，要是还能看到就不对了。

苏威廉又想了一件事。他在想储藏室的那几个字到底是谁写的，他甚至打算返回，再去那个小房间道个别。

赵青拽着他走。赵青说，你还想干吗？来不及了。

两人提着箱子和蛇皮袋，匆匆地赶去码头。

上船。立在甲板上。

请好自为之，致培训班的莎士比亚们。

苏威廉还在想那两行字，他在猜测。

有可能是上几届培训班学员写的，也可能是君一老师写的，不过，现在又多了一种可能，袁老师写的？她扫地累了，在小屋里休息会，又因为看现在的学生实在不顺眼，然后写下那些字，作为一种忠告？

赵青说，好了，别想了，这个还重要吗？

番外篇 1

十年以后。

那天，苏威廉——苏医生下班，他走到电梯口，前台护士叫住了他。护士给了他一封信。护士说，信是上午收到的，看他在手术，就没有给他送去。

就是那种普通的信封，白色的，左上角有一个风信子图案。寄信人地址写的是大摩南路 205 号。苏威廉对这条路并不熟，他估计是哪个病人写来的。或是感谢信，或是来找麻烦的。去年有病人三天一封信，说把他的胃切错了，多切了二分之一，要赔偿。

苏威廉回到了住处，房子是医院的宿舍。他一个人住。真是疲劳极了，一天七八台手术，足以让人崩溃。他往床上倒去，想睡一会，但是大脑兴奋得很，根本睡不着。他突然想起了那封信，然后又翻身起床，他打开包，找到了信。

苏威廉先生，十年没联系了。我想请你们来聚一下。知道你很忙，但仍盼光临。你的老熟人，孔乙己。

聚会的地点，就是信封上那个大摩南路 205 号，时间定在周日的下午 2 点。

苏威廉的第一反应是饿了，他想吃点

东西，原本打算吃点方便面糊弄过去算了，可是孔乙己吊起了他的胃口。他想起了那个小阳春饮食店。

他跑去外面吃了盖浇面，还有小馄饨。不好吃，完全没有从前的味道。

周日下午，苏威廉医生去大摩南路205号。来时他以为那应该是个喝下午茶的咖啡馆，到了才知道是个私人的花园住宅。

独栋的老洋房，檐下及窗棂上各种雕饰，墙上布满藤蔓。花园很大，可是打理不善，院内杂草丛生。种有几棵树，一棵枇杷树上结了十来个枇杷，营养不良的样子，肯定不能吃。苏威廉到的时候，在花园的某处已有人站立在那里抽烟，闲聊。走近，很快地认出了。和他握手的是：赵青、唐高潮、冰行、毛国成。

赵青现在一家民营公司做自动化控制，恢复高考后，赵青就考入了理工学院。苏威廉和赵青时有联系，苏威廉知道他不再写诗，碰也不碰。

唐高潮想吃文艺饭，却始终不能如愿。他的外貌条件那么好，可就是哪里都考不上，也说不清什么原因。前年，苏威廉在路上遇到了唐高潮，他的英气逼人的外表一眼就能认出来。唐高潮说，他是公务员了，当了科长。唐高潮问苏威廉结婚了没有，苏威廉摇头。唐高潮说他已经有个女儿了。

毛国成涉足娱乐业，有一次电视台播出一家舞厅涉黄。老板被约谈。老板在电视镜头前解释并作检讨，苏威廉刚好看到，苏威廉认出了，是毛国成。他即刻给赵青打了个电话，两人在电话里笑了半天。

冰行当了律师，专打离婚官司。去年市里选优秀律师，冰行上榜。冰行有一次来医院看病，找到了苏医生。冰行说她怀疑自己得了乳腺癌，苏威廉叫她拍片。苏威廉看了片子后说完全可以排除，冰行如释重负。冰行说，要谢苏医生，哪天请吃饭，还有，要是有婚姻纠纷的话可以找她。苏威廉说连个女朋友都没有呢。冰行说她已婚。苏威廉说以为她和赵青会有结果，冰行说，没戏，其实赵青就是个书呆子，一点情调没有，别看他写过诗，根本没有诗意。

就是那个浦东说书把他活活糟蹋了。冰行忿忿地说。

大摩南路205号是老孔的家，"文革"后他回到了自己原先的住处。那么大的房子就老孔一个人住。他的父亲已经去世。有好几年老孔把自己活成了小开，他总是睡到中午醒来，午饭之后就去泡咖啡馆，晚上就去看戏看电影，什么都看，甚至连木偶剧都不放过。

偶尔，老孔散步会经过小阳春，他总是匆匆地过，扭头看一眼的心情都没有。

老孔谈过好几个女朋友，后来都没有结成正果。老孔有其难言之隐。几次下来，老孔心灰意懒，打算单吊一生算了。

国外肯定是不去的，他恐高，打死他也坐不了飞机，光这一项就让老孔断了移民的念头。

有一晚，老孔散步经过了"轻骑兵"迪士科舞厅，舞厅的声浪让老孔也有了节奏感，他在舞厅的门前轻轻地扭动了几下，又往里面探头探脑的，并没有马上离开的意思。

就在这时候,他跟毛国成见面了。两人认出了对方,握手。毛国成说,小阳春的美味就是他的青春记忆,有好几次,他都梦见老孔端着菜肉馄饨朝他走来。

老孔坐在舞厅的卡座里,他喝威士忌。他有点头晕,声音太响了。毛国成叫DJ音量小一点。又问老孔喜欢什么曲子,老孔说华尔兹。

蓝色多瑙河。慢三。毛国成叫来了露露,毛国成向露露介绍老孔说,这是我的大哥。露露牵着大哥的手走进了舞池。露露贴着大哥跳舞,让大哥有了感觉。舞毕,坐下喝酒。毛国成过来,问老孔,怎么样?

老孔看了一眼又跳入舞池的露露,一脸的忧伤。他拍了拍毛国成的肩,走了。

以后,毛国成和老孔时而会见上一面,毛国成有时也会去大摩南路205号。大摩南路205号后来成了时尚男女的一个去处,到了周末,会有派对。老孔有时会端上一个水果拼盘供众人享用,他送水果拼盘时的动作,令毛国成想起了小阳春饮食店。当然,不知道的人什么都不知道,不知道那个跑堂的是谁,也不知道现在的房主是谁。

后来,老孔病了,大摩南路205号变得静悄悄的。毛国成有时会来看看老孔。老孔说,没事没事。可他的面色真的很难看。

大门一直关着,赵青再一次上去敲门,依然无人应答。已是深秋,冷了。冰行搂着自己的肩在哆嗦。苏威廉问,晓霁怎么没来?

冰行停止了哆嗦。我刚才已经跟他们说了,晓霁自杀了。冰行说。苏威廉大惊。说到这个话题,别的人就像木头人一样,待在那里。

君一老师去了伦敦,晓霁也追过去了。她本来可以去纽大的,美国的姑妈可以提供她担保金并支付学费,但是她放弃了。

晓霁后来和君一老师在伦敦同居。

两人都在皇家艺术学院读书,君一老师修艺术史,晓霁学表演。晓霁好几次给冰行打电话,每次都在电话里哭诉君一老师对她的冷暴力。晓霁说,他心里装满了他的前女友姜美丽。

有好几次晓霁都是化了姜美丽的妆和他做爱。

晓霁说,她的生命因这场孽缘而终止了。那是晓霁说给冰行听的最后一句话,以后她们就再也没有联系。去年,伦敦的朋友才告知冰行,她在一次演出之后,就在后台,把自己吊死了。君一老师不知道去哪里了,反正也不在皇家艺术学院读书了。

又过了半个多小时,有人进了院子的门。是阿姨。毛国成认得阿姨,毛国成赶紧迎上,毛国成说阿姨,啥情况,一直叫我们等。

阿姨赶紧把毛国成拉到边上说了半天,毛国成不住地点头。一会儿,毛国成过来了。毛国成说,老孔前晚突然昏迷,是阿姨叫了救命车送进了瑞金医院,到了医院怎么弄都还是没有醒来。老孔没有家人,就阿姨在身边。医生跟阿姨说,没有希望了,就这两天了,要阿姨准备后事。老孔说过,有宝贝要给我们几个,他约我们来,本想面交的。不过这个事他也留了一手,他关照过阿姨,万一他就在这几天出了什么事,那么就让阿姨把他的宝贝转交给我们。

苏威廉问,他是什么病?

毛国成说,胰腺癌晚期。

苏威廉摇了摇头。

阿姨打开了门。阿姨有点慌乱，那扇门她弄了半天。厅很大，水晶吊灯，弹簧细木地板，深色的家具，厅柜上有两个老式的留声机，留声机边上是几摞黑胶唱片。三面墙上都挂有小幅的水彩画。苏威廉上前，细细地看水彩画，画的内容是上海的街景，画风和技术一般，看不出有多少特别的地方。苏威廉不知道这几幅画是老孔自己画的，还是他的朋友送的，还是买的？

阿姨去拿宝贝。他们又等。

厅里响起了音乐。是毛国成打开了留声机。华尔兹。冰行的心情似乎好些了，她甚至原地转了个圈，苏威廉感觉到她比从前轻巧了不少。赵青没有看她，赵青不知道在想什么，面前的这个冰行好像不认识一样，他的目光在别处。

阿姨来了，捧着一个不大不小的纸箱子。

唐高潮打开箱子，整整一箱的旧纸和小物件。都是民国时期和新中国初年的戏剧演出海报，戏剧说明书、票根，各种戏剧活动的小纪念品。有大量的剪报，剪报分门别类，并按时间顺序装订成册。还有许多戏剧内容的首日封和邮票。在一些纸品上可以看到签名：梅兰芳、上官云珠、王丹凤、赵丹等等。

苏威廉完全理解老孔的心意。

众人无言。

毛国成默默地走向一边，他看着窗外，窗外是后花园。毛国成看了一会儿，转身。他跟他们说，这栋老洋房好是好，名气也很响，没到过大摩南路205号好像就没有上档次一样。不过，这栋楼真是神出鬼没的。

苏威廉说，愿闻其详。

我亲身经历的，毛国成说，那次跳舞，我去后花园吃香烟，一阵风飘过，有个女人立在我的面前，女人盯着我看了一歇，突然之间就在我的左脸上亲了一下。又一阵风飘过，女人不见了。

你那时喝多了吧。唐高潮说。

告诉你，唐高潮，我清醒得很。你听我说下去，我的左边脸就一直火辣辣的，第二天我照镜子，妈呀，吓了一跳。嘴歪了，知道吗嘴歪掉了。这样，这样！毛国成做了一个歪嘴的表情。

什么时候的事？唐高潮问。

就三月份吧，对，就那个时候。

你们觉得可能吗？唐高潮问大家。几个人都是不屑的样子，好像没有人当真，只当毛国成在讲段子。他是舞厅老板，一肚子怪里怪气的段子。

你们别不相信！突然，毛国成尖叫起来。苏威廉吓了一跳，在厅外的阿姨都好像都被惊到了，匆匆跑来问发生了什么事？毛国成的声音一向很尖，但是从来没听过他发出过这么尖厉的声音。

我现在这只脸还是歪的，往那边，往那边。他绷住了脸，他的嘴唇不断往一边呶，他的意思很明白，就是要大家确认他的脸仍是往一边歪着的。

那几个人就和毛国成脸对脸地看了一会儿。

歪吗？我没有瞎说吧。

你一直就是这样的，没看出什么名堂。冰行说。

番外篇2

又过了三十几年。

初冬，阳光很好，苏威廉坐在阳台上晒着自己。他全身暖洋洋的，他在思前想后。

退休以后，他就回到了西区的老房子里住，那栋老房子一直说要拆迁，现在非但没拆，还成了保护建筑。上周，他整理旧物，在壁橱里看到了一个小皮箱。小皮箱是棕色的，表皮上已经多处损坏了。岁月这把杀猪刀对什么都不会放过，当然也包括小皮箱。箱子是祖父的，苏威廉年轻时去农场时祖父给了他。苏威廉一直留着小皮箱，没有舍得丢。

那天，他好像是下意识中打开了箱子。箱子的内里有夹层，他拉开拉链，他摸，居然还有一个夹层。是夹层里套着夹层。他再摸，然后他掏出了一本书。

《戏剧技巧》。

真是见鬼了，他翻弄着这本书，他感到整个人都哆嗦起来，他赶紧从兜里掏出"阿普唑仑"吞了两颗。

书的品相已经很差了，但就是那本书。翻开，在首页还能看清申艺图书馆的印章。

册那！苏威廉捧着《戏剧技巧》忿忿地骂道。

他赶紧给老友赵青打了个电话。他说找到了。赵青问他什么找到了，没头没脑的。苏威廉说，那本书，《戏剧技巧》。电话里没有声音。一会儿，赵青说，苏威廉，你要多出去走走，活动活动，别一天到晚地待在家里不动。你一个人，又没有人说话，那样下去要出事的。你现在晚上睡觉怎么样？苏威廉说，你是以为我痴呆了？没有的事！我现在脑子越来越好了，几十年前的事情都记得清清爽爽的。赵青说，那是远向记忆，那就说明脑子已经不对了，

哎，你还是主任医生，尽管不是精神科的，但基本的一些医学常识还应该有吧。苏威廉说，哎哎，你怎么老觉得我不是个正常人？赵青说，那你老是电话骚扰我怎么解释，老是说那些有的没的，我哪有工夫跟你瞎聊，现在他们把小孩扔给了我带，那你又不是不知道。你这个孤老头子也应该替别人想想对吧。

苏威廉知道跟赵青扯不清了。

他拨出了手机视频，赵青接了。然后苏威廉就秀出了那本书。视频关上。两人继续说话。赵青说，你是在哪找到的。苏威廉说，小皮箱的夹层的夹层里。赵青在手机那头笑。

多少年了，四十多年了吧。

四十三年. 苏威廉说。

你把人家小滕害苦了。

苏威廉点头，但是赵青看不见。那你有他的联系方式吗，我要当面向他道歉！

赵青说他手头没有，但是他有办法找到。赵青又建议苏威廉把这个事情告诉小鲁，小鲁当年也是因为这本书改写了命运。苏威廉说，好的。

小鲁的手机老是不接，苏威廉想她大概又在讲课。小鲁现在是申艺学院戏文系教授，一直很忙，她甚至比苏威廉还要年长一岁，可是根本没有考虑退休。

苏威廉忍不住又往小鲁家里打电话。电话是她儿子接的。小鲁的儿子告诉苏威廉，他妈妈去爱丁堡戏剧节了，也不知道什么时候回来。

过了两天，赵青在微信上发来了小滕的联系方式。赵青告诉苏威廉，小滕好多年前就移民加拿大了，现居温哥华。

怎么说，你自己把握吧。

好的。苏威廉说。

阳台上苏威廉又眯了一会儿,他做梦了,梦到了当年的培训班。梦到了红楼前的那棵苹果树,他醒来。他算了下时差,差不多了,现在应该是温哥华的早晨8点。

他拿起了手机拨小滕家的座机,通了。对方是一个男人的声音,Hello。

苏威廉清了清嗓子,他问,是列宁同志吧?

[特约编辑:吴　越]

记忆的晶体与火焰

来颖燕

人生如戏，是谶语，也是咒语。戏剧仿佛人生的映像，每个人都在现实与这映像之间来来回回。而如果，真的曾经拥有过一段与戏结缘的岁月，即便只是一掠而过的一小段，也会定格成特殊的画面，抵抗住岁月的侵扰。小说《培训班》的取景框里，就是这样的一段岁月，一群人。故事发生在那个特殊时代，一群背景各异的青年聚集在艺术学院中，进行了为期一年的戏剧创作深造。他们来自四面八方，对于戏剧怀有不同的感情乃至目标，而在这有限的一年中，围绕着剧本、角色、排练，他们的故事纷纷扰扰。但因为并非正式的戏剧学院学生，相聚时间又极其有限，这些故事因结业戛然而止。也因此，他们的身份在专业戏剧人员和普罗大众之间有了确切的接口，他们的经历也有着更为真切的现实支点。

事实上，戏剧培训班，对于小说和人生来说，都是一个太巧妙的横截面。这让我们生出一种期待，这一年的故事该怎样的热烈、喧嚣、充满激情。然而，作者一动笔却显露出惊人的冷静。

苏威廉睡不着，同屋的赵青一直在打呼噜，有一片刻像是吹起了口哨，苏威廉实在听不下去，索性起床不睡了。他摸黑出门。走道里月光如水，他的身影在拉长，伸手是五个巨大的手指在晃动。

老房子是申江艺术学院的宿舍，和校区隔着一堵墙，混杂在居民区内，在一个长弄堂的尽头，给人的感觉是养在深闺人不识。农场培训班的学员就住在这里，一楼是创作班，二楼是表演班。

苏威廉是创作班的，他和创作班班长赵青两人住一间。房间在一楼，北向，逼仄潮湿，阴气足。头一天来，他就踩到了蜒蚰，非常恶心。别的人住在大房间里，有阳光，可是人多，挤在一起。这是学校的安排，没有选择。

我们仿佛听到作者在示意我们安静下来，然后从容地打开了一个装满往事的匣子，历数起当日种种。他明明知道我们的期待和好奇，却似乎无意顾及，他始终淡定，不疾不徐。虽然是一部长篇，但作者迷恋简约和节制，他擅长讲述，而不是渲染。小说的开头呈现或者说奠定了整部小说的文体风格——苏威廉的出场自然、直接，作者仿佛默认了我们早就知道他的存在，熟悉他的存在。在苏威廉熟门熟路地走动一圈之后，作者才转身交待了他为什么会出现在这里的前情——因为在农场时，苏威廉颇有音乐造诣，赶上了一个去大学也就是申江艺术学院深造一年的机会。只是进了培训班他才知道，这里是学创作的，而非作曲。但他那"我是来学作曲"的申诉声并不被理会，就这样，他阴差阳错地待在了培训班。

没有铺垫地直接登场的并非只有苏威廉，他的一众同学、赵青、小滕、晓霁、毛国成，乃至旁系人员艾玛、"孔乙己"等等都是这般自然亮相的。他们的经历和关系要在之后的叙事中慢慢搭建和清晰。这致使整部小说的叙述畅通无碍，一路顺延而下。这样的干净利落预防了我们在面对这样的故事时，容易预设和积蓄的情绪——我们总爱怀抱着看戏的心态来注视戏剧学院里的人和事，仿佛他们就是演员，剧本必然跌宕。但他们一个个波澜不惊地亮相，仿佛邻里乡亲，预示着我们将拥有一个能清晰而平静地面对培训班众生的角度。

这种波澜不惊，是作者的态度，更内化成他的写作技法——他谨慎地运用形容词或是长句的铺排，这类似于绘画中的白描，在去除了阴影和晕染后，细节和人物形象总是分外丰满和清晰。

学校图书馆被整顿，要求清点书籍。苏威廉正跟他的邻居、在学校图书馆工作的小鲁谈论此事时，着急上火的图书馆馆长进来了：

这个时候传来敲门声。小鲁说，请进。

苏威廉其实没见过图书馆馆长，馆长高高在上，平时也不怎么下来。不过现在苏威廉一眼就确信面前的就是馆长，馆长是个瘦老头，半边脸是肿的。馆长龇着牙问小鲁,小鲁啊,清点得怎么样啦?小鲁说,差不多了馆长,这个周末我这块肯定可以给你。馆长说,好啊好啊。一定要抓紧啊。你们几个,这几天辛苦点啊。小鲁问馆长的牙龈炎怎么样了。馆长痛得都已经发音不清了:没有好啊,感觉一塌糊涂,好像花烧啦,花烧啦。

哎呀,馆长,发烧么要回去休息的呀。

嗯嗯,嗯嗯。

馆长退出。

寥寥几笔,一个无奈又焦急的瘦老头形神兼备。注意,写馆长离开,就直接俩字"退出",这样一个看似无关紧要的细节,是折射整部小说的笔调和格调的棱镜。一切都是生动活脱的,但又被隐去了一层鲜艳的色彩,去掉了浮泛的气息。可明明,小说中人经历着种种"出乎意料"——晓霁根据男友在台风中救人而牺牲的真实经历写了剧本《战台风》,创作组去实地体验,却意外发现男友的私人感情生活并非晓霁心目中的那样单纯;大家都想进入轻骑兵文艺小分队去农场巡演,因私心里都知道途中会去黄山游览,却不想车子在黄山出了车祸,虽然最后只苏威廉受了些伤,但无疑令人心惊肉跳……这些跌宕的乃至惊魂的,作者都有办法一一化解,就像那场车祸的经过,作者居然借用当时报纸的几行报道来记述,透着一种时过境迁的淡然。

卡尔维诺曾谈到,生物的形成过程有两种模式:"一边是晶体(象征表面结构稳定而规则),一边是火焰(虽然它的内部在不停地激荡,但外部形式不变)","晶体和火焰,是时间的两种增长方式,是对四周其他物质的两种消耗方式"[①]。晶体和火焰可以是互不相扰的存在,就如冷静的思考和回望是包裹在生活激烈燃烧着的火焰之外的稳定结构。经由它们,生活被重新打开,岁月的褶皱被一帧一帧地熨开,明明白白,但是有节制,有距离。是的,距离和节奏感,作者拿捏得到位。就算在描述艾玛被男友、培训班学员唐高潮抛弃后的伤心时,作者也并不曾意图让我们产生代入感:"艾玛最近一次和晓霁见面,她的脸色好些了,也能正常说话了。晓霁问艾玛,那你到底打算怎么办?艾玛回答说,放心好了她不会去寻死的,她会回农场去的。晓霁问她还想唱吗?艾玛说不知道,那要看老天爷的安排,要看声带恢复得怎么样。"艾玛的话甚至都由第三人称转述,而非直接引

[①] [意大利] 卡尔维诺《美国讲稿》,萧天佑译,译林出版社,2012年版,第69页到70页。

语，瞬时提醒我们自己的位置。但这种距离并不能阻碍我们感受到艾玛的黯然神伤，甚至，反而加强了这种悲伤的力度——大音希声，并不是所有的生动都只能通过感同身受来达成，许多时候，想象会放大和激活更多的情绪。

就这样，作者在戏剧性和现实性之间谋得了一种微妙的平衡，以至于当一些戏剧性更为强烈的片段和情节潜入了小说中人的日常生活时，也自动获得了合理的逻辑。当苏威廉念及唐高潮抛弃了艾玛之后又有了新欢，心里五味杂陈，不禁"又读了一遍契诃夫的《海鸥》"，其中"梅德维坚科说，你为什么总是穿黑衣裳？玛莎说，我为我的生活戴孝。我很不幸"。小滕涉嫌弄丢了苏威廉借他的一本学校图书馆的重要内部读物，非常紧张，苏威廉也紧张，但就是在这样的时刻，苏威廉看小滕的脸，觉得"已经瘦成一张马脸了"，突然担心起他这个样子怎么继续在戏里演列宁……纵然小滕演的列宁在班里闻名，此刻念及显然还是不合时宜。可苏威廉如此的真诚和自然，泄露出戏剧已经成为他们生活的修辞。就是在苏威廉和小滕手里莫名消失的这本《戏剧技巧》，后来引起了轩然大波，以至于书的去向问题成了小说之后影影绰绰但挥之不去的一个"眼"，诸多人和事被一一串联。一本书的遗失造成如此大的动静，如今看来魔幻，在其时其境却是确凿的。甚至班里挂起了一个用牛奶箱改造的检举箱，让大家互相揭发。赵青对此的总结耐人寻味："这是一个悬念"，而紧随其后的正是《戏剧技巧》里对悬念的释义："所谓悬念，就是兴趣不断向前延伸和欲知后事如何的迫切要求。无论观众是对下文毫无所知，但急于探其究竟，还是对下文作了一些揣测，但渴望其明确，甚至是已经感到咄咄逼人，对即将出现的紧张场面怀着恐惧——在这些不同情况下，观众都可谓是处在悬念之中，因为，不管他愿不愿意，他的兴趣都非向前冲不可。"

此刻，悬念一词慢慢越过了戏剧的界域，弥散成人生的真实状态，在夏君一老师的课上，更上升为人生的隐喻："悬念其实也是生命的本质，人生的过程其实就是一个大悬念，我们从哪里来，我们是什么，又去向哪里。我们不知道，无从揭晓。"

就在戏剧与现实的融合中，一种幽默感开始蔓延。用詹姆斯·伍德的话来说：当一个或几个人物仿佛走出虚构的故事，对非虚构的现实或直接对看客说话，喜剧就开始诞生。[1] 而作者的冷静和俭省，让这种幽默具有着严肃的属性——我们冷静地看向小说中人，然后不由冷静地低头审视自

---

[1] 参见［英］詹姆斯·伍德《不负责任的自我——论笑与小说》，李小均译，河南大学出版社，2017年版，第21页。

己,继而无法再放肆地大笑,而是"投身于小说人物一样的复杂而自由的维度"①。从苏威廉阴差阳错来到培训班开始,这出"喜剧"就拉开了帷幕,但是每个人都严肃认真,并不自知自己身上的喜感。这样的冷幽默自然地存在、生发,不只是在学员身上,更隐匿而深刻地烙在培训班之外的大众身上——不仅在小阳春饮食店跑堂却对戏剧有着非一般见解的"孔乙己"、不管自身处境如何始终乐观单纯的小鲁如此,那些无名的角色亦如此——因为学员练歌扰民,周围的居民来干群架,事情平息后,"早上又可以听见阿姨爷叔在弄堂里的问候声,吃过伐?吃过伐?""幽默把自我、世界以及自我与世界的各种关系,都放在被怀疑的位置上"②——生活中聚积着太多的困惑和难以预料,不管你是否承认和意识到。真正的幽默,正是当这种怀疑早已潜入生活的角角落落,但当事人在许多情境之下,无暇顾及,依然努力认真地生活。

傅星的小说向来对于上海人的生活和这座城市的不同切面,有着敏锐的感知力。这一次他精准地拿捏到了市民精神和性格里的戏剧性和幽默感,但在用小说为之赋形时又有意识地淡化这些——他笔下人物的生活是在日常世俗中进行着的、无法进行彩排的表演。这些琐碎的人和事,用个体的多样性置换了人物的类型化,使得戏剧的隐喻性质在行为合理性和象征性的双重层面同时生效。就像学员冰行曾经打过的一个贴切比方,她称那个为了让大家揭发偷书人而设的检举箱为中心道具,是天才设计,"让我们这栋楼成了剧场,每个人都成了演员,谁都无处逃逸"。各式各样的"中心道具"或者早已存在于我们每个人的生活中。小说中曾描摹过小鲁因为没法交代内部读物的遗失,而从图书馆被调去食堂工作,在食堂里埋头削土豆的情境,"看上去像维米尔的一张画"。荷兰风俗画家维米尔熟谙着光影的要义,但并没有强调而是淡化明暗对比的戏剧性效果。《培训班》的众生相暗合着这样的格调,静谧、平和、细腻、真切。

如果知道傅星的经历,就会在《培训班》的故事中不断发现真实事件和细节的投影。这是意料之中的——小说总是善于将现实的微不足道聚合成离奇的情节。但让人惊讶的是,许多看起来一定是经过了戏剧性处理的部分,居然也有着现实的蓝本,比如小说后半段里最为惊人的片段——因为觉得在班里被众人觉得演不好戏而受到忽视、精神堪忧的亚雯,最后编造各种情节、自己化装扮演不同的角色,骗取了班里诸多同学家人的信任或是财物。

---

① [英]詹姆斯·伍德《不负责任的自我——论笑与小说》,李小均译,河南大学出版社,2017年版,第16页。
② [意大利]卡尔维诺《美国讲稿》,萧天佑译,译林出版社,2012年版,第21页。

当然，最后财物全都归还，她只是要求得一种证明。用她的话说："本人，和角色融为了一体。百分百的斯坦尼斯拉夫斯基体系，我深入深入深入，完全交融在了一起"，"这个世界已经成了我的舞台"。而"亚雯"真的存在，只不过是个男生。其实，世界又何止是他一人的舞台？戏梦人生，原来就是真的人生，疯魔也好，清醒也罢，都是我们不可回避的、要经历的人生。而傅星是小说的作者也是人物，毫无疑问，苏威廉是他的化身——虽然小说始终是以第三人称为叙述角度，但叙述者对于苏威廉有着明显的倾向性和亲和力，泄露出作者与这个角色间的秘密。当然，真实的素材依然需要从心理和行动的不同层面进行发掘和提炼，这是傅星身为小说家的才能的显现。《培训班》努力地接近小说和生命的双重本质，而难得的是，面对亲历的往事，他透过时间的滤镜，隐去了直接的慨叹和忧愁，从纷扰中抽身而出，在外部冷静地观察曾经的岁月。往事云烟，因此被定格。多年后，苏威廉"拿起了手机拨小滕家的座机，通了。对方是一个男人的声音，Hello。苏威廉清了清嗓子，他问，是列宁同志吧？"一切已归平静，人生的跌宕和纷争回转头去看，不过是过去与现在、梦与现实的暧昧的呼应。

［特约编辑：吴　越］

河图

常芳

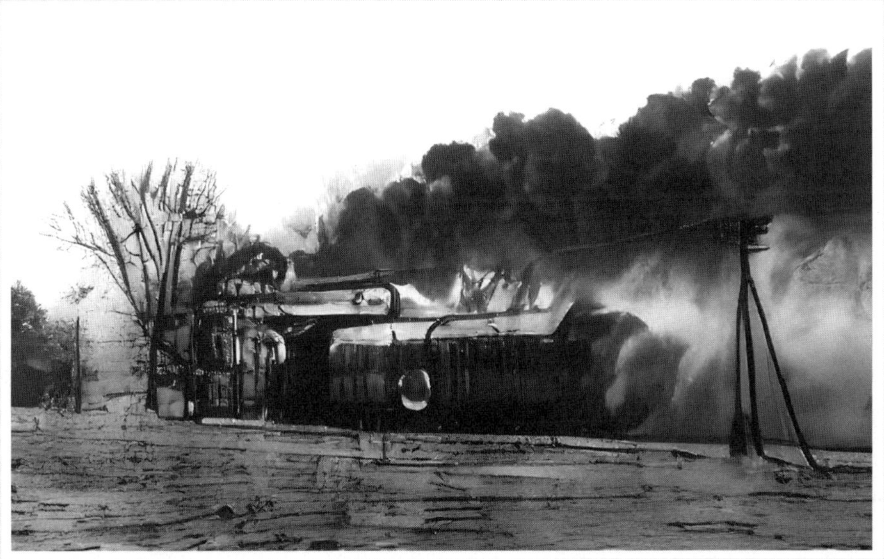

第 一 章 偏 方

那列拼命游动的火车，奋力吼叫了起来。对于火车头上喷出的那股子白色气体，起初，泺口有三分之二的人，都在暗自畏惧着它。他们形容它是"邪魔嘴里喷出来的妖气"。有人甚至四处传播，说这些倒霉的白色雾气，不拘飘到什么地方，也不管是什么人或是鸟兽，但凡碰到了它，哪怕是不小心被它沾染到一缕毛发，也会造成脉搏沉陷，神经错乱，变得鱼一样喜欢往水底下钻。

那段时间，包括周约瑟在内，泺口差不多有一半的男人，每过上两天，就会提醒一遍他们的老婆：不管出于什么样心思，什么由头，都不要试图跑了去靠近"火车道"和它上面的"火车"，别管那些庞大的铁家伙是老老实实地趴在铁轨上睡觉做梦，还是中了咒语一般，喘着粗气，疯魔似的朝前奔跑。据说，在济南通了火车的最初三年里，仅泺口就有九名妇女，由于好奇心过重，偷偷地溜到火车跟前察看它们，或是鬼使神差地被两条黑黝黝的"铁路线"牵引着，企图去捡拾些从火车上落下的、她们从来没见过的神奇东西。结果，一不小心，就被那些气体舔舐了头发或眉毛。

不幸的是，那九个被邪气沾染后的女人，最后都脱光身子，披散开头发，在某个青天白日里，一头扎进了波澜不惊的黄河水里。其中有个年轻女人，是住在运署街上一位陈姓盐商的宠妾。在黄河侵入大清河之前和那之后，她的丈夫一家，都是泺口最富有的三大盐商家族之一。为此，差不多全部泺口的人，男人女人和孩子们，甚至那些没白没黑地在街巷里出没的狗和猫，都认得她。那是个对两只蜻蜓两只蝴蝶飞舞着交配，都充满了极大兴趣的女人。她一直好奇着，那些月亮般盈圆闪亮的钢铁轮子，是怎么转动起来，驮着那么长的火车身子飞驰的。为此，她日夜缠着宠爱她的盐商丈夫，让他携带上她，到火车站里去看一看"睡着觉"的火车。而她藏在心里，没有告诉丈夫的另一个真实想法，是想去看看，那些"睡觉"的火车，是不是跟她和她的盐商丈夫睡觉时一样，要紧紧地和另一列火车搂抱在一起。

被丈夫带着，见到停靠在站台的火车后，因为没能看到搂在一起睡觉的火车，那位小妾很是失望。不过，她仰头瞅眼天上的太阳，便知道是自己来错了时辰。男人和女人搂在一起睡觉，还要避开天上的日头呢。她笑着扫眼自己的盐商丈夫，忍不住又朝火车跟前走了几步。她想亲手摸一摸，那些放着寒光的火车轮子，是不是和她的肌肤一样光滑、细腻、柔嫩，让抚摸它们的人，像盐商抚摸她的身体时那样爱不释手。就在她小心翼翼地摩挲着它们，暗暗地惊叹，"它们竟比她擦了香胰子的手还光滑"时，在她旁边停靠着的另一列火车，忽然吐出来一大团黏稠的白色气体，瞬间就把她和她的尖叫声吞噬进去，如一只厚重的蚕茧，紧紧地把她缠裹了起来……在见识到火车的当天傍晚，这个眉心长着颗朱砂痣的年轻小妾，就赤裸着身子跑出家门，钻进了泥沙俱下的黄河水里。那个时候，他们家从大海里开来的一条装满海盐的帆船,恰好经过了那里。

　　三天后,一群赤裸着身体的纤夫,在水边看到盐商这位小妾时,他们发现,她的肚子至少比钻进水里前,大了十三倍。但是,她在街上行走时,曾经迷倒过洓口无数男人的那张小脸,却比之前变得更加鲜艳和迷人,让他们每个人都想跪下去,跪在她披散开的头发边,在她荡漾着笑容的嘴唇上用力亲一口,再亲一口,再亲上一口。就在他们相互瞅来瞅去,惊喜交加着,不知道该怎么办时,一件更加奇异的事情发生了——他们看见,她的脸在荡起来的水波里笑了一阵后,一条接一条的银白色小鱼,源源不断地从她的肚脐眼里钻了出来。它们钻了足足有一个时辰,以至于纤夫们拉的那艘船上运载的冰块,都已经融化掉了一小半。而最后钻出来的那条小银鱼,还用尾巴支撑着身体,在她迅速瘪下去的肚皮上蹦跳半天,眼睛里流淌着盐粒般亮闪闪的眼泪,嘴巴里发出了新生儿似的细细啼哭声。

　　醋园里,以前用来接待客商那间屋子内,南海珠一直在注视着他的父亲——他长久地低着头,像摆弄婴儿般,摆弄着他的药壶,在细密的桑条火上熬制着壁虎汤。他的病时好时坏。不好的时候,他完全不知道自己是谁,当然更不认得南家花园里任何一个人。他称呼他的太太"王妃娘娘",将他的儿子和孙子们称为"小王爷",他的两个女儿,他则叫她们"郡主殿下"。就是到茅厕去,他也要骑上马,在园子里穿上一个来回,或是绕上两圈。但这会儿,这位一辈子没有进入过官场的老进士,却让人丝毫看不出,他有任何痴呆的症状。药壶里的水沸腾后,南海珠瞅着他,一个暂时从痴呆中逃脱出来的人,挑起那只在水花里翻滚沉浮的壁虎,翻来覆去地在端详着。每次熬药,他都会这样挑起它们,来回观望着,像是要从它们身上翻找出某件丢失的东西。南海珠默默地给他计算着,吃下这条壁虎,这种神形与两个月大的人胎儿无区别的东西,他就吃下整整一百条了。这是信奉洋教的车夫,那个整天往城里送醋,闲下来就翻晒醋糟的周约瑟,从隐遁在洓口的一位老太医手里讨弄到的偏方。从怀里往外掏写着药方的那张马粪纸时,周约瑟喜笑颜开,手抖得比汛期里流淌的黄河水都快。然后,他站在几位主子跟前,满面喜悦着,说那位老太医在皇宫里时,曾经用这个秘方,治愈了差不多一百个,患有各种疑难杂症的妃子皇子和太监宫女。然后,他又擅自主张,用差不多一百个黑夜,在他那座院子下面,弄出了两间比屋子还阔大的地窖子,根据那位老太医传授的秘诀,在里面饲养起了壁虎。

　　炉子内的火,已经弱了下去。南海珠瞅眼变弱的火苗,起身走到了门外。太阳漫不经心地西沉着。它投在远处河滩上的日光,已经没有了多少活力。所有的伙计们,都在那些晾晒的醋缸间忙碌着。赶在天黑透前,他们要给白日晒过的每口醋缸,扣上顶苇笠盖子。那些戴上尖顶帽子的醋缸,仿佛一队队蹲伏在河边,蓄着跳跃之势的兵丁,厮杀声随时都会从它们的尖帽子下面冲出来,踏着河滩上细密潮湿的沙子,传到这条河上游五十里或是下游一百里远的地方去。

　　那颗已经发白的太阳从天上消失后,醋缸投下的一块块浅淡阴影,也会跟着消退进沙层里。这个季节,露水正在日渐减

327

少。他知道，它们都在偷偷地准备着，去变成白霜。从河滩近前的沙子，到远处成片的杂树林子，以及河面上那座正在跨过水面的庞大铁路桥，因为缺少了露水的滋养，它们都在一天比一天干燥，冷硬，缺乏了某些柔和与温润。

从大地腹部钻出的一条蟒蛇，那列火车，正在快速地朝前游来。因为跑得太快，有些花费力气，它口里在喷出一团一团来不及散开的白色水汽；半截身体和尾巴，都要被蒸腾的雾气吞没了。

周约瑟手里握紧鞭子，飞快地在胸前划着十字，从那列火车上缩回目光，望向他眼前两匹骡子。两头牲口，还有那辆马车，路上往来的行人，都在染上淡黄的日光里，变成了一帧薄薄的皮影。

他惶惶地仰起脸，瞅眼头顶上的天空，又扭转身子，朝身后的天上望去。天空既没有变高，也没有变矮，还是早晨他到城里去时，瞅见的那种灰蓝颜色；上面大朵云团，还是山羊奶的腥膻白色。日头也在它这会儿该待的那个地方。路两边的庄稼地也是一样，它们彼此相安无事地待在原地，安分守己着，没有哪一小块土地，私下里交换过位置；哪怕是像街上喝多了酒的酒鬼，趔趄着步子，摇摆着他们的手脚。

庄稼地没交换身份，但在他左手边，无边无际着铺向天边的麦子地里，他一眼就瞧见了那个魅惑人的东西：它人一样两腿站立着，粗大的尾巴拖在身后，拱手抱住两只前爪，对着西天上那颗正欲坠落的日头，遥遥地朝拜着，黑黄的皮毛在天地间来回地俯仰。

周约瑟头脑里嗡嗡地响起来。这让他想起了母亲纺线时的纺车，在黑夜里飞速地转动。他正在那些"嗡嗡"声里惊慌不已，偏又瞅见那只野物缓缓地转过身子，依然在胸前抱住两只小爪子，遥遥地对着他拜了三拜。拜过后，它还咧开黢黑的嘴角，冲着他笑了笑。

"撒旦退后！"周约瑟大喝一声，迅速朝地面上吐三口唾沫。

"再说一遍，我是天下最毒那只蜘蛛的儿子。打三岁起，每个三伏天里，我都要吞下她三七二十一个亲戚。"跟母亲学会唱"东拜拜，西拜拜，出来日头我晒晒"那个夏日里，周约瑟亦牢牢地记住了，自己是一只蜘蛛的儿子，他的亲娘是一只毒蜘蛛。

那时候，他父亲还没有遇见苏利士。每年里，春风一动，他就开始昼夜地咳嗽，整个伏天里，都要去城隍庙后面一座破院子里，找到一个头发像鸡窝的老神婆子，用银针将他十根手指关节内的青筋挑破，放水，"驱胎毒"。旁边道观里有位老道士，实在听不得他每回都哭到背过气去，便在一日里拦住他们父子，给了他父亲一剂治疗咳疾的验方：鸡蛋一个，凿孔，七只活儿蛛置内，面团糊口，与七只全须蝗虫同煎，晨起空腹汤服。服三伏，连服三年。痊后终生不复咳疾。他母亲胆子虽小，却不惧蜘蛛蝗虫，唯疑心杀多蜘蛛招致祸殃。遂心生一法，让他跪拜于屋角一只大蜘蛛面前，拜了那只蜘蛛为亲娘。谓有亲娘庇护，它那些亲戚们纵是夭折了子嗣，也不敢来对他兴风作浪。

"忘了我是谁，也不能忘了你亲娘是一只蜘蛛！"他母亲反复叮嘱说，天地万物，一根草木一块石头，亦跟人同命。所以，街市里同他一般体弱的小孩子，便有人是一块大石头的儿子，有人是一棵老槐树的闺女，还有人是一只皮狐精的孩子。

万物都有自己的难处。这只黄鼠狼，是打算从他口里掏出句吉言，变成人形呢。周约瑟不肯坏掉一只野物的修行，又不愿它借了自己的口气。心里慌乱，他口里便急切地念出一长串"阿门"。他自小就从母亲那里知道，狐狸刺猬黄鼠狼长虫这类野物，阴差阳错间受了天地万物的精华，修炼得日月久了，一心想摆脱原形变成人样时，人在它们心目里就是神仙。"纵然修炼上百年千年，也要有人开口，如女娲娘娘造人时那般，金口玉言地说它们'像人'了，它们才算完全得到造化，脱去原形，变化成人。"他母亲说。

周约瑟弄到的一些用大枣配伍治病的偏方：

1. 咒枣除百病的方子：咒曰"华表柱"。念七遍，望天罡取气一口，吹于大红枣。嚼吃，汤水下。七个为一副。所念华表柱，因华表柱乃鬼之祖名。

2. 夜卧禁魇的方子：凡卧时，以鞋一仰一俯置床下，鞋子内各放大红枣三个，无噩梦及魇，至人间鼎沸。

3. 治疗各种疼痛的方子：咒曰金木水火土，五行助力，六甲同威，天罡大神，收入枣心。枣入肠中，六腑安宁，万病俱息。用大红枣一枚，念咒一遍，吸罡气一口入枣中。男去尖，女去蒂，黄酒嚼下。

4. 治疗男女不生养的方子：南瓜腹内发芽瓜种十颗，大红枣七个，静夜煎熬。鸡鸣前汤水同服。

5. 治疗痴呆困顿的方子之二：成年壁虎一条，大红枣九颗，嫩桑条细火煎服。

第二章　黄昏

大坝门是浭口通往河边所有码头的唯一通道，从城里往返运输货物的车马，在上下关渡口来往的客商，北上或是南下需要乘坐火车的乘客，扛活的苦力，船工，纤夫，游方的和尚，道士，神婆子，神女，每一个人的脚和每一匹牲口的蹄子，都要经过此地。所以，这条路总比别处的道路坏得更快，也更让谷友之伤脑筋。他的太太，一个在新式女学堂里读过几年书，能够嘀里嘟噜着讲英国话的女人，曾不止一次地劝说他："把修路和回收垃圾这类小事，完全交给你那些属下们去做吧。你只需要做好浭口的巡警局长，安静地待在巡警局里，听他们前来给你汇报事务就可以了。""你说得很对，我的局长太太。"谷友之每次都顺从地答应着他的妻子，但实际上，他却没有把其中任何一件这样的事情，放手交给其他人去做。

到浭口任巡警局长前，谷友之在武器、操练、军服和组织，甚至连茅厕都借鉴西洋人模式的新军第五镇里，已经从正目、左哨哨官，一路做到了管带。而那几年西式军营生活给他带来的最深影响，就是做任何事情都要一丝不苟，亲力亲为。他一直告诉别人，正是西式训练那种做事情的认真和严谨，才使跟随一位英国军事专员和马利亚，前去探访新军第五镇的南家大小姐南明珠，在第五镇的营房里一眼看上他，并在后来成为了他的妻子。

离开新军第五镇，与南明珠结婚后，谷友之保持那种认真和严谨态度的表现之一，就是每周都会风雨无阻地，到商埠那家德国犹太人霍夫曼开的面包房里，亲自为他的妻子挑回几个可口的面包。在去买面包时，如果天气晴好，心情和时间都允许，他偶尔也会答应或者邀请他的妻子，带上她一块儿前往。不过，在更多时候，他都愿意独自去把它们买回来。这样，一来可以节约时间，二来，当然比节省时间更重要的一点是，他的妻子，总是会因为这些突然而至的面包，送给他一个西方女人那样的拥抱。他热爱她的那种拥抱。在买回面包，或是骑着马巡视的路上，看着那些迎面走来或是与他擦肩而过的男人，他时常会想，他妻子的那些拥抱，真是像德国人面包房里出售的新鲜面包，可不是随便一个什么样的男人，都能够品尝到那样珍贵和甜美的东西。

两个巡警和负责修路的工头离开后，谷友之站在那里，又让目光朝街道两旁的店铺巡视一遍，对着干净的青石路面点点头。然后，他才走到一家杂货铺子门前，去牵他那匹白马。

"局长大人，路面修得这么平坦，连走在上面的牲口蹄子和车轱辘，都得在心里给您作揖了。"谷友之还没走到木质人行道跟前，那间杂货铺子的主人，来家祥，就已经满脸堆着笑，走出了他的铺子。

"中间的路是铺好了，你们各家铺子门前的木道，也该清理养护一下了。"

"您下完命令，回去睡上一觉，等您明天再来，就会看见苍蝇的腿脚在木道上打滑了。"

街道两边的木质人行道，是谷友之到洑口上任巡警局长后，效仿商埠里人行道模式铺设的。同样，他也学着商埠里的管理方法，把这些木质道路的日常保养维护，交给了街边各家铺子的店主。而商埠里铺设那些木质人行道，则是由于当时那位在上海做过道台的巡抚袁大人，来北方上任时，把他推行西方做派，"将上海变成了一座现代城市"的经验，一笔一画地带到了这里。

"在洑口，谁敢不明白这一点！"

来家祥抱抱拳，看着谷友之和那匹白马，一前一后离开了店铺前的空地。来家祥站在那里，想象着，有一天，水鬼黄三冠能够将这位巡警局长变成条大鱼，装到鱼篓子里，被他那头瞎驴驮到城里去，成为哪户人家饭桌上的一道菜。

对谷友之擅自主张，在沿街店铺门前铺设木质人行道这件事，来家祥一直觉得是种天大的铺张浪费，一种"老天爷从云霄里瞅着也会生气，觉得不可饶恕的罪孽"。而他父亲，曾经就为了脚底掌那么大两块薄木片，在十五岁那年，丢掉了左手最小那根手指头。

那时候，那个十五岁的少年，被父亲送到城里面，在布政司街上一家棺材铺子里，跟着位性情古怪的老木匠学做棺材，刚做了半年学徒。一天，这位小徒弟在睡梦里突发奇想，想给自己终年没鞋子穿的一双赤脚，做双木底鞋子。醒来后，趁着师傅一早出门吃酒席的空当，他偷偷地将两块废旧薄木板锯成鞋底，又拿鱼膘粘上去两根布条，为自己的两只脚做了双木底鞋子。那是他人生里第一次让自己的两只脚脱离地面，品尝到了鞋子的滋味。尽管在那之前，他跟着父亲在下关码头帮人扛东西时，曾在一位客人不小心摔开的箱子里，看见过一本名字叫《海国图志》的书，并在帮那位客人捡东西时，快速地在那本封面绘着漂亮图案的书上翻了两页。但可以肯定一点，那本书里虽然介绍了世界上很多个国家，里面也包括扶桑国，可他并没有看懂和记住，世界上有扶桑那样一个地方存在，更不知道生活在那个国家里的人，常年穿着木屐。他给自己用木板锯成鞋底，做出一双木底鞋子，完全是他自己在梦里的奇思妙想。他趿拉着那双又新鲜又奇怪的木鞋，像拖着两块板结的大地那样走着，还没在到处堆积着木材的铺子里走完三圈，没让自己的两只脚和膝关节，完全适应那两块没有灰尘和皱褶的地面，就被吃完酒席回来的师傅瞅见了。他师傅看他两眼，一句话也没说。然后，师傅走到全身僵住的徒弟跟前，温和地拉住他一只手，放到旁边那条用来刨木头的长凳上，又摸过削木头的一把手锛子，毫不吃力地，像蜻蜓点水那样，砍掉了他一根小指头。接下去，这个小学徒看着从他手上蹦跳着跑走的那节小手指，在他还没弄明白是怎么回事，疼痛也还没有从那条凳子上站立起来，满脸惊恐地搂抱住他之前，他就已经被师傅逐出了木匠铺子。

后来，来家祥执意要开间棺材铺子的念头，就是从他父亲那根被人砍掉半截的小手指上，萌生出来的。

从沿街店铺门前铺上木质人行道开始，来家祥便时常会梦到，他父亲那根被砍掉的小拇指，来回地在地面上跳来跳去。而且，他一直不相信，浈口会需要这样一位喜欢铺张浪费的狗屁巡警局长。

黄河上，德国人正在修建那座横跨河面的铁路大桥，还要等待上几个月，当然，也许需要一年，或是更长一些日子，才能让火车轰轰隆隆地从它架在半空中的身体上驶过，"将那条被分割在黄河两岸的铁路线，从南到北地贯穿起来"这件事情，是帮德国人修桥那位"美国工程师"戴维先生，陪着他的太太马利亚到南家醋园里"视察"时，亲口给醋园里的一帮伙计说的。

"只要再耐心地等待几个月，最多一年时间，所有的旅客，就不需要在河的一岸下了车，乘船摆渡过横在他们面前的黄河水，再到另一岸的车站去，换乘另一列火车，抵达他们要去的南方或是北方了。"那个身体和鼻子都非常高大的美国人，总是喜欢挽着他太太细白的胳膊。那天，他终于放下了那位洋太太的"葱白"手腕，站在醋园一块空地上，对着那群在烈日下刚刚翻晒完醋缸的伙计，这样信誓旦旦地告诉他们。好像他面前那群刚才还弯着腰低着头，在日光下劳作的汉子，每个人都在急切地期盼着，他负责修建的那座横跨黄河的铁路大桥，能够在他说话的当天就铺设好轨道，让吐着白色蒸汽的火车，那条巨大的蟒蛇，张开它们足足能遮盖住二百里河面的巨大声音的翅膀，席卷着风头，从黄河上空飞驰过去。

南家那位大小姐，南明珠，第一次带着两个洋人"视察"他们家的醋园时，她还没有嫁给谷友之。那位巡警局长也还没有来到浈口，成为浈口的巡警局长。而那座眼下正跨过黄河的铁路桥，在那时候，还没有竖起离河水最远的那根桥墩。

在周约瑟眼里，这位总是称呼自己"戴维先生"和"人类学家"的美国男人，是个不算怎么正经的男人。他不单把小孩子们胡乱唱的"东拜拜，西拜拜，出来日头我晒晒"记到一个大本子上，就是窑子里唱的"十八摸"那种下流调子,他也会写在上面。"……八摸呀,摸到呀,大姐的胳肢窝。摸来摸去喜死我,好像喜鹊垒的窝……"他在陈芝麻怪声怪气的唱调里,走到几个年轻伙计跟前,不顾他们面红耳赤,询问着他们多大年龄娶的妻子。"一夜里,您会和妻子做爱几次?嗯,或是这样说,您和老婆,一夜里在牙床上会几次鸳鸯?""您有没有进过妓院,睡过婊子?"这位戴维先生挨个问着那些年轻伙计,完全不理会他们的窘迫和难堪。而"在牙床上会鸳鸯",是陈芝麻刚刚唱给他听的。"四更鼓儿忙,二人上了牙床,牙床一上会呀嘛会鸳鸯……"陈芝麻斜靠在墙上,眯着眼睛,怀里搂抱着一袋子红米,边唱,一只手还在米袋子上来回地游走着。

醋园里的伙计们,包括周约瑟,差不多人人都认为,站在他们面前的这个美国男人,脑筋里一定有毛病。除了探询猪都不听的闲事,追问众人脸热心跳的房事,和大伙说完一句话,他偶尔还会嘟噜上两句或是三句,醋园里所有伙计都听不懂的"鬼话"。起初,那些伙计甚至怀疑,这个洋鬼子为了让他们说出他想听的话,一直在对他们念什么奇怪的咒语。但大小姐南明珠告诉他们:"戴维先生和大家说完话,他后面念叨的那些,一种是他们美国人讲的英国话;另外一种,有时候是法国人的话,有时候是西班牙人的话。"她也和他们一样,她说,如果不是马利亚夫人告诉她,她也不知道,在汉话和英语之外,剩下那些话语,他是用哪国人的舌头说出来的。

在渌口,差不多连那些五岁大的小孩子都知道,这个美国男人的太太马利亚,一个顶着满头黄色麦穗般奇怪头发的"洋女人",是南家大小姐南明珠的英文女先生。几乎每一天,南家大小姐都会陪着这位西洋太太,在渌口的大街上兜转几圈。尤其让小孩子们欢喜的是,这个洋人太太绣着牡丹花朵的那只手提袋里,总是装着分散不完的糖果。"那里面至少藏着三个糖果铺子。"渌口所有见过这位洋人太太的孩子,都对这种说法深信不疑,因为不管在哪条宽敞的街上,或是一条窄到只容许一个半人走过的胡同里,只要看到有小孩子,马利亚就会走过去,弯下身子,给每个小孩子手里,塞进去一颗或是两颗,他们从来没有见到过的糖果。有时候则是在舌头上滑得跟水蛭一样的"巧克力豆"。"谢谢两位大小姐。"那些孩子会学着他们身边的大人,对马利亚和南明珠说。"她可不是大小姐。她是马利亚太太,是位女先生,是我的英文教师。"

从济南城里回来,戴维没有顾得上脱掉长外套。他到书架上拿下那本厚厚的日记,将自己在城里一天的见闻,快速地记录在了上面。然后,他继续坐在桌子前,思考着,要不要在客人来访前剩余的不足一英尺长的时光里,先给那位"阿斯图里亚斯王子"写封信。

马利亚制作苹果馅饼的味道,从另一个房间溜进来,慷慨地钻进了他的鼻孔里。

他打了个喷嚏。

普天之下并无新事。他两只手捧住口鼻和下巴颏,在心里亲吻着弗洛雷斯的手背,对他说,他一个月前开始担忧的那件事情,现在,正在这个国家里变成现实。

"La gente de aquí ha realizado marchas masivas en las calles para obtener la 'independencia' que querían."(这里的人们,为了取得他们想要的那个"独立",已

332

经在街头进行大规模的游行了。)

他让目光离开日记本上刚刚写下的那些西班牙语，嘴里喃喃着站起身，在书架最上面一层，翻找到了马利亚跟随他来洑口居住后，他写下的那本"关于洑口"的日记。为了不让马利亚看懂他记录下的某些内容，他所有的日记，都是用西班牙语完成的。

我们居住的这座小镇，洑口，坐落在黄河的南岸。在之前写给亲戚们的信里，我曾经详细介绍过，中国北方这条最大的河流。常年居住在这座小镇上的人，据说人人都知道，这条河里居住着一位感情"丰富"的河神。当地居民认定他感情丰富的缘由是，除了冬季里冰面封河那两个月，在余下的三个季节里，这位"河神"的性情总是阴晴不定。而他一旦因为某件事情心绪失控，按捺不住心性，随时就会让河水汹涌着冲破河堤，任凭鱼虾游进镇子里哪条大街小巷，水头卷进哪户人家的卧房和猪圈，把它们里里外外冲刷个干净。尽管这样，除去河水泛滥决堤那些时候，居住在这里的绝大部分人，还是一致地认为，洑口是个安静舒适、最适合他们过日子的好地方。尤其适合生养，像一群鱼虾一群牛羊那样多的孩子。即便在大清国政府签下《南京条约》，签下《北京条约》，以及签下《马关条约》那样特殊的年份里，它都一如既往地保持着平静，没有发生过任何骚乱。甚至连小小的骚动都没有发生过。而在义和拳民势头最盛时，大清国紫禁城里那位太后声势浩大地向英国、德国、法兰西共和国等等十几个国家宣布开战，当然还包括"八国联军"进入北京城，英国舰队开赴天津卫的大沽口，在所有这些也许会被后来的历史学研究者们，定义为"中国历史由此走向某个重要阶段"的事件发生期间，据那位治安官先生介绍，整个洑口镇的居民，依然都在日复一日，安静地重复着他们各自过往的生活。而在这段漫长的时间里，洑口发生的最大最恶劣的事情，无非就是些无赖聚众斗殴，邻里争讼，盗窃，或是乞丐，在码头边，明目张胆地抢走纤夫的几条裤子。而那些纤夫，普遍都不穿上衣和鞋子。

苹果馅饼的味道，源源不断地在飘过来。

那位巡警局长和他的太太，也许已经在路上了。他想起这位治安官曾经亲口告诉他，在洑口，很多人都听信一位杂货商的信口雌黄，相信洑口真正的巡警局长，已经被在黄河里捕鱼的水鬼变成了一条鱼，而现在这个巡警局长，不过是水鬼用一条鱼变出来的假货。戴维想着这则笑话，摇着头笑了一下。那次，这位治安官还告诉他，在那个杂货商和一些洑口人的想象中，包括城里衙门内他们那位巡抚老爷，也极有可能是水鬼用鱼变成的，因为水鬼经常到巡抚家里去送鱼，为此，他们谁也保不准，他没有把那位真正的巡抚老爷，变成一条胖头胖脑的什么大鱼。

戴维看了看钟表。

那是位和他一样喜欢骑马的治安官。

现在，时间已经不足以让他饱含激情地去写完那封重要的信了。

天堂有十三层，阴间有九层。在美国，治安官的产生，完全是为了保护白人的私有财产，帮助奴隶主们抓捕逃离种植园的奴隶。而在我们此时居住的这个国家里，你得相信，治安官同样是为某一部分人服务的。除去上述那些再普通不过的小事，令泺口这位治安官先生始终引以为豪的，是他在上任巡警局长差不多一年的时间里，他接管和亲自记录的那本"泺口治安志"，从来还没有一件引起什么轰动的事情，真正值得被他记录在日志的某一页当中。包括德国人要在这个地方修建铁路大桥，一帮人站出来阻拦滋事，也只有十几家小铺子的店主参与其中。而且，这些店主们闹事，完全是受一个开着棺材铺和杂货铺子的人蛊惑，并不是他们真正想要争取自己的某项权利。那群店主，他们带着各自铺子内的伙计，乱哄哄地在街头上闹了几天，又从棺材铺子里拉了十几口棺材，跑到城里，在他们的巡抚衙门前，有些滑稽地静坐两日。令人怀疑，他们是不是在帮忙宣扬，那家铺子里的棺材做得结实。至于他们闹事静坐的真相，我得相信，无论是美国人或是欧洲人听了，他们都会禁不住地想找个广场，放大声地发笑，以便有足够大的地方放置那些笑声。因为我在弄清楚真相时，首先就大笑了半日。一点没错，他们聚众闹事的起因，就是听信了一位独眼人的什么妖魔化"预言"。

那位"预言家"，是位戴着一只黑布眼罩的老先生。他那只黑眼罩，很容易就让我想到加勒比海里那些海盗船上的首领。当然，那些海盗船长手里，常常会握着只单筒望远镜。我猜这位老先生手里，怕是没有那种神奇的玩意。根据那位治安官先生的描述，这位预言家经过泺口镇时，一直吹嘘自己是位风水先生。那天，这位海盗头子走进杂货铺子，买包水烟丝，抱着杆上面刻有松树和丹顶鹤图案的黄铜水烟袋，先是在店铺门口抽了半天烟，中途又讨了一碗水喝。喝过水，"预言家"先生摸着他用黑眼罩蒙住的那只海盗眼，对店铺的主人说，他那只瞎眼看不见世界上任何东西后，他是他遇到的第一百个好心人。为了答谢店主的好心肠，他对他私言：过不了多久，就会有洋人在流经此处的黄河上，修建一座高过云彩的大铁桥。这座铁桥架起来后，横空跨过黄河水面的那些黑铁，不舍昼夜地悬在黄河上空，情形宛如一把锋利的宝剑，将用影子功夫斩断黄河这条巨龙的身子，破了华夏数千年来的风水。黄河一旦在此破了风水，远则亡国亡族亡种，近则泺口镇率先化作一座死城，所有的屋舍店铺，都会在一夜间遭遇天火，破落倒闭，沉没水底，此后百年再无生机。

下面，是治安官先生复述的，那位"预言家"离开泺口前，对店铺主人说的最后一段话：

"风水破后，亡种亡族别论，即便过上百年，此处人丁再聚，店铺重兴，也难逃真伪难辨之天灾厄运，正所谓假人真面，真人假面，真真假假，重重叠叠。众多再生傀儡，空有人形，身拖残肢断掌，任人欺凌摆布，无心无肠，无血无肉，腿不能行步，口不能言语，耳不能辨声，目不能察色。生不如死，生亦如死。"

在这篇日记后面，是他曾经用汉字记录的，关于黄河水的一个谚语：

El agua del mar, cuando se sube, no grita; al bajarse, se vocifera. （水，长不叫唤；消水才震天响。）

戴维伸出手指，摩挲着关于谚语那几个字。这是治安官谷友之讲给他听的。由于担心他不明白，这位治安官还用另一个谚语，为他解释一番。"冷吱楞，热哼哼，开了锅,不吱声。"治安官说,"这和烧开水是一个道理。"

第 三 章　独 立

送到教会医院里的花醋果醋,都是照着大小姐南明珠列出的明细单,根据不同人要求的口味和日期,按日按时地去送。医院里那些洋人宣教士,人人身体里都好像住着一个万能的神,给人看病手到病除。在二小姐南珍珠去跟他们学医术前,周约瑟就已经在苏利士举办的各种勉励会和读经会上,同他们熟识了。"就算上帝亲自来了,我相信,他也会爱上你们南家醋园里酿出的醋。"周约瑟每次走进教会医院,那个一脸络腮胡子的美国老宣教士,马洛牧师,都会满脸喜悦地笑着,将这句话重复一遍。

"我们向你们吹笛,你们不跳舞;我们向你们举哀,你们不捶胸。"

他在飘荡的醋香里,默想着苏利士给他们念过的两句诗。那时候,他父亲周长河还活着。苏利士告诉他父亲,在这个世界上,有个被称作施洗约翰的男人,是全天下最后一个能说预言的先知。当时,他记住了苏利士念的诗句和他后面的话,但不明白那些诗和"先知"是什么意思。他母亲可能和他一样,不知道什么是先知,也弄不懂那些诗句在说什么。但是,他母亲没有去关心诗句,她只是低声羞怯地问着丈夫:"什么是先知?""就是姜子牙那样的算命先生,懂周易八卦麻衣相那种,掐

招生辰八字,就能算出人一世里能享多大富贵,吃几斗米,喝几升酒,命里有多少道沟沟坎坎。"他父亲给他们母子两个解释道。

花醋是大小姐南明珠别出心裁,让人在黄米和红米里添加了桃花、玫瑰、茉莉、菊花、莲花这些植物花瓣,分别酿出来的。酿出花醋前,她已经用苹果、鸭梨、木瓜、红枣、葡萄、石榴、樱桃、桑葚子等一众水果,酿造出了各种果醋。她先是把这些不同香味的花醋和果醋,免费送给了医院里的宣教士和一些经商的洋人,结果,就连平常不喜欢吃醋的那部分洋人,也都迷上它们独有的味道,几乎一天也离不开它们了。有段日子,周约瑟甚至怀疑,这两匹长年负责运输清香米醋的骡子,它们,是不是也和那些洋人一样,被大小姐的花醋和果醋给迷惑住了魂窍——只要到了大小姐派他往城里运送花醋果醋的日子,马车上一装满盛着果醋花醋的瓶瓶罐罐,这对牲口就会一路上欢快地小跑着,仿佛从它们老子身上传下来的,某种莫名其妙的小东西,忽然之间,就被醋里面飘荡着的一缕花香果香给点燃了起来。令他不可思议的,还有他自己。每到这时候,他也会跟那两匹中了邪魔的骡子一般,满眼里看到的天空都是那些花醋的颜色,风是果醋的颜色,浑身上下,每根汗毛都变成了鸟的羽毛,身不由己地就想跳到车辕上,怀里抱紧鞭子,闭上眼睛,一遍又一遍,毫无羞耻地哼起小孩子们坐在河滩上,两手拍打着沙滩唱的一首歌:

剪刀石头布,剪刀石头布
有个人在沙滩上,支起了灶具。
他又疯呀又癫,又蹦呀又跳

说他要把河滩上的沙子，全都纺成布。

周约瑟赶着马车，去了醋园的后院。车上垛得摇摇晃晃。那是些黄米或是红米。除了早上挑水和晾晒醋糟，这个车夫每日都要往城里跑一趟，给那些饭店商铺送去南家醋园里产出的添口醋。回程的车上，隔三岔五，还要到商埠的南山米行里，拉回些南山里出产的黄米和红米。上好的醋，都离不开南山里那些上好的小米。

等周约瑟把车上的东西卸下来，全部搬进库房，又把两匹浑身还在流淌汗水的骡子牵到牲口棚里，给它们喂上料，再转到前院来，南海珠已经看着他父亲将熬好的那副药吃下去，并重新站在了屋子门口。

周约瑟走到距离主人七八步远的地方，站立在那里，和南海珠打过招呼，禀报着主人，当天要送的货已经送到了各家店铺，该运的东西也都运回来，安置好了。"就是洋人医院里那些花醋，在文庙门口被一辆车上滚下来的木头砸了，没能送到。"因为身上的醋味汗味和牲口味，每回给主人说话，他都会站在离他几步远的地方。这样，主人既闻不到他身上汗水和牲口的臭味，又能清楚地听见他在说什么。禀告完了，他便朝晒场上排列整齐的醋缸走去。那里，工头伍春水带着伙计们，正在盖着醋缸。在他偷着朝河水里扔玻璃瓶子那年，他们这位主子所以没把他赶走，其中最重要的原因，就是他手脚勤快得一个人可以当作三个劳力使用。在干活时，他从来都不知道偷懒是个什么玩意儿。

走出几步，周约瑟又犹豫着转回身，站到了刚刚离开的那个位置。然后，他站在那儿，给主人描述一遍，他在城里见到的那个混乱场面。

"人山人海，从头到脚，一条街被挤得水泄不通，人人都在呼喊着'独立'。"周约瑟努力地说明着，"街面上跑来跑去的小孩子也在裹乱，在人缝里钻来钻去，高唱着什么'汉水茫茫，不统继统。南北不分，和衷与共'。还有'水清终有竭，倒戈逢八月'。"

"独立。"

南海珠又重复一遍，确认着，自己这会儿不是在一个什么梦里。

周约瑟晃动着身子，已经走到那群忙碌着覆盖醋缸的人群中间，抓起个尖顶苇笠，严丝合缝地，把它扣到了一口醋缸上。现在，距离真正的严寒天气，距离醋缸结冰，还需要些日子，这些晒在露天场地里的醋，还不用装进坛子，搬进屋子里密封储存。南海珠朝那个车夫望去，继续想着他刚才说的话，觉得自己也许需要到河滩上去吹吹冷风。他招下手，把那个叫陈芝麻的伙计叫到跟前，嘱咐他"一会儿把老太爷送回家去"。然后，他一个人慢慢地走出醋园，朝远处那片开阔的河滩走去。

大约是上个星期日——自从南明珠和南怀珠把"星期"这种西洋人的说法，带进南家花园，除了老太爷和老太太，这座宅子里其他的人，包括那些下人们，都跟着他们学会了使用"星期"这个计算日期的方法。"今日星期几了？""好像是星期五。""不对，明日才是星期五。这会离半夜子时还有好几个时辰，还是星期四。"家里的下人之间，时常会出现这样一番奇怪的对话。

南海珠努力回想一下，最后确定，是在上个星期日。他的兄弟南怀珠，每到星期日这天，都会从城里回洙口一趟，但这个星期日，他没有回来。上个星期日，南怀珠从城里回来后，隐隐约约地给过他一些暗示。南海珠拍了下后脑勺。那些壁虎在让他父亲的疾病有所好转的同时，他察觉到，它们也在悄悄地，毒噬着他自己身体的一部分健康：除了混淆他的记忆，它们还会不时地让他产生点幻想。而在这之前，他是个从来不喜欢幻想的人。把那堆混乱的，肯定是属于幻想的东西拍掉后，他沿着脑子里一根蚕丝线那么细的小径，找到了他兄弟说过的那句话。"您知道，银价为什么没命地飙升吗？"南怀珠看着他，脸上带着点洋洋自得的神秘。后面，尽管他没继续说出余下那部分，他还是能够猜到，他的兄弟想要表达什么。南怀珠那个同盟会员的身份，最初隐瞒住了家里所有人，唯独没瞒住他这个哥哥。那天，在南怀珠说完飙升的银价后，他静坐一会儿，起身离开了那间塞满旧家具和杂物的屋子。在这两年里，那间屋子一直是南怀珠和他约定，南怀珠从城里回家后，专门用来和他交谈"城里那些事"的地方。

远处，乱哄哄地闹了一整天的下关渡口，像一坛子封了口的醋，正在一寸寸地沉寂下去。上关渡口那里，盐垣里堆积如雪山般的一座座盐垛，以及水边那些泊着的船只上遗留下的，从大海里携带来的海水的腥味道，此刻，比白日里更加浓烈地扩散了过来。

一般情形下，只要没有意外发生，当然，这要剔除了暑天里黄河执意决堤的那些日子。不过，比较起来，这种意外到底是在少数。所以，在黄河耐着心思没有泛滥的日子里，每隔两个星期，至多三个星期，这位巡警局长，谷友之，就要陪同他的太太南明珠，到马利亚家里去做一次客。马利亚是南明珠在女子学堂里念书时的"英文教师"，但现在，她们的关系则更像一对姐妹。通常，他们都会留在马利亚家里吃午餐或是晚餐。餐后，还要再享用一杯添加了蜂蜜的黑咖啡，或是布丁奶酪之类的甜点。南明珠喜欢女主人亲自给他们做的各种馅饼和焦糖布丁，也同样喜欢那杯加了蜂蜜的咖啡。她唯一对奶酪的喜好不是那么明显。谷友之从来没有让人觉得，他怎么喜欢那些洋玩意。相反，他一直告诉他们，也就是那对洋人夫妇："世界上最美味的食物，一定都是中国人发明和烹饪出来的。"他感兴趣的事情，是在餐前和餐后那段时光里，听马利亚的丈夫戴维，用流利的汉语，给他讲各种洋人故事和外国宣教士来到中国后的"种种冒险经历"。偶尔，他也会漫不经心地探问几句，中国人在西方的生活。每到这种时刻，他发现，两个人种长相完全不同的成年男人，安静得像两个木偶那样坐在一起交流，总是给他一种奇特又恍惚的感觉。令他太太南明珠感到不可思议的是，对于他们这种交流，他居然像那些长年吸食鸦片的瘾君子一样，似乎完全彻底地上了瘾。

第一次把马利亚介绍给谷友之时，南明珠只说了马利亚是她在女子学堂的教师，是个英国人，从出生到十岁前，一直生活在苏格兰一个农场里。"那是从她祖父的祖父，就已经拥有的一个农场。"她这番鹦鹉学舌的陈述，都是在课堂上，马利亚作自我介绍时告诉她们的。那时候，马利亚还没有和她谈论过《罗密欧与朱丽叶》的爱情故事，也没有谈论过《哈姆雷特》这类复仇剧在欧洲舞台上的流变。当然，她更没有透露给南明珠,莎士比亚是她们那个家族里三百多年前的一个亲戚。在那一年后,她才会非常自豪地和她谈起,三百年前,她祖母的祖母的外祖母的祖父……一家,和莎士比亚生活在同一个小镇上,并且,就住在距离莎士比亚家不远的克洛伯顿石桥边上。"那座石桥,至今还牢固地矗立在那里,每天都在安静地迎接着,人们欢快抑或是悲伤的脚步。"马利亚满脸喜悦,好像她正伫立在那座桥上,刚刚和走过她身边的莎士比亚打过招呼。马利亚认为莎士比亚的母亲,是他们那个家族里嫁出去的,最活泼可爱的一个姑娘。而且,马利亚还告诉她这位中国朋友,她的祖母告诉她,不仅莎士比亚家中,包括整个斯特拉福街区所有人家,他们使用的铁制物品,都是她那位在圣三一体教堂里做牧师,同时经营着铁匠铺的祖先,精心为他们打造的。他们家族里男人们最拿手的技艺,除了能够在那些冰冷的铁家伙上,锻造出各种逼真的花朵和叶片,还能够在那些植物中间,做出各种惟妙惟肖的昆虫。"那条街上的人们,甚至可以在月光明亮的夜里,听见那些昆虫在植物间的鸣唱,看见它们抖开翅膀,'嗡嗡嗡'地扇动着,试图飞到半空中去。"马利亚动情地看着南明珠说。

拐过街口,巡警局长就望见了马利亚的丈夫,那位正在黄河上建造铁路大桥的工程师。这是个喜欢称呼自己"戴维先生"和"anthropologist"的美国人。他和一个挑着灯笼的中国男仆人,正在家门口等候着他们。"您好,戴维先生。"谷友之在马上举起鞭子摇着,大声问候着戴维。从马背上跳下来,他把缰绳交到了那个挑着灯笼的仆人手里。然后,跟每次前来时一样,他同戴维握过手,等待着南明珠那辆华丽的马车停下来。"您好,谷先生。"戴维笑着,问谷友之今天到得这么晚,是不是巡警局里事务特别多。"马利亚和她那些苹果馅饼,因为等待您和夫人到来,早就在厨房里等得要跳起来了。"

戴维是个出生在中国的美国人。他告诉过谷友之,他是他那位曾经漂洋过海到中国做宣教士的父亲,最小的一个儿子。谷友之见到他时,他的宣教士父亲已经去世三十年,埋在了南沂蒙县一个叫锦官城的乡村教堂里。陪伴他父亲永远留在那里的,还有他一个哥哥。那是个名字叫托马斯的帅气男孩子,他一生都没有踏上过美国大地,见过美国湛蓝的天空以及群星璀璨的夜晚。他的母亲不断地对她周围的人重复说:"托马斯在希腊语里的意思,是'奇迹';'奇迹'在神那里,就是'复活'。"她还不停地告诉周边人,那个十二岁的美丽少年,托马斯,在他闭上眼睛的最后一刻,还在询问着她这位不称职的母亲:"上帝保佑那个美国,到底是什么样子?"他一直想知道,属于他的那个美国,属于他的那块美国大地和天空,是被上帝当作礼物,送给了更需要它的人呢,还是被一个和他一样,想看见美国是什么模样的孩子,从他的睡梦中偷走了。那个儿子死后,他的母亲开始憎恨丈夫,憎恨埋葬了她儿子的那块土地。戴维成了她一生里生育的最后一个孩子。而按照新婚时的打算,她曾想为丈夫养育十二个孩子。

在他那个叫托马斯的哥哥死去后第七个月,戴维出生了。为此,他母亲始终都在坚持认为,他就是她那个死去的儿子托马斯的复活。她执意叫他"小托马斯",尽管戴维讨厌这个"别人的名字"。在他父亲死后,年仅三岁的戴维,跟随他的母亲,回到了他在美国密歇根州的家人们中间。他在那里生活到了二十七岁。直到有一天，由于意外，他看见了母亲保留着的一本，他父亲生前在中国那处乡村教堂里记录的日记——《东方夜空》。他实在好奇父亲那些具有传奇色彩的经历。于是，他决定离开美国，离开他的母亲和家人们，回到他出生的地方——中国上海。在他二十八岁那年夏天，他放弃了与弗吉尼亚州一位参议员女儿结婚的机会，说服母亲，把她交给了三位哥哥和一个姐姐。然后，他按照父亲日记里记录的，他最后一次回到美国，又选择再次离开家乡时所走的那条路线，在海上漂泊三个月，辗转来到了中国。但他在上海下船后，却没有像他父亲那样去做宣教士，或者做和宣教士有关的工作。他先是在一家法国人开的面包店里卖了半年面包，又做了七个月的邮政稽查员，后来到英国亚细亚石油公司一家贸易行里，工作了一年零两个月。

正是在亚细亚石油公司里，戴维结识了一位德国工程师，并最终答应那个人，做了他的助手，原因是他那时候正好打算到上海以外的地方转转，"浏览一下这个国家其他地方的风光"。六个月后，他带着新婚的妻子，一位苏格兰长老会联合会宣教士的女儿，马利亚，到达了"位于中国北方的济南"。在写给大洋彼岸的家人和亲戚们的书信里，他就是这么写的。在那些信中，他还刻意用了一些有趣的词语，告诉他那些不是很了解中国的亲戚，他最先住过的上海，位于"中国南方"，那里有一条中国南方最大的河流，长江；而他现在居住的这座城市，位于中国北方的济南，则有着中国北方最大的一条河流，黄河。"有意思的是，这两条在空间上相距千里之遥的河流，它们的源头居然是同一个地方，终点也同样都是大海。它们都被称作这个国家的生命之河。唯一的不同，是一条像是它的动脉，一条如同它的静脉。"他在信上写道。

开始的两年，戴维和马利亚与那位德国工程师一家，共同住在一幢位于商埠附近的洋楼里。他的妻子马利亚，在一所女子学堂里担任英文教师；他则跟着那位德国工程师，沿河做一些水文考察和测量，至少两个星期才能回到家里，跟他的妻子相聚一次。这种情况，一直持续到那座铁路大桥动工修建的前一年，他才正式请求他的妻子马利亚，辞掉了她那份教师的工作，跟他一起，把他们的家安到了距离济南城二十华里的泺口。

第四章　　世界

"成先生，你怎么还不跪下去祷告？"

"成先生，你一会儿还要给谁祷告？"

"成先生，你真会把我们小孩子，吃进肚子里去吗？"

一年四季，每个早晨，都会有几个孩子跑到静安寺门口，找到这位成先生，尾随在他后面游荡着，直到天完全黑透了——哪怕他们跟在他后面不足五步远的地方，眼睛也无法再看清他手里那块毯子。整个白天，他们乐此不疲着做的一件事情，就是反复向成先生询问前面那几个问题。

成先生手里的毯子一铺到地上，那群

孩子就会跳蚤般，挤满那块看不出原本颜色的毯子。"它现在有点脏了，但它是从波斯来的。"成先生坐在孩子们旁边的地面上，瞅着毯子，认真地给他们说着他这块毯子的来历。"波斯是个什么地方，有没有浌口这么多街道？"一个孩子问道。所有的孩子中，没有谁知道波斯在哪里，四周是不是有宽阔的城墙包围着它，墙外是不是也有一条发起脾气来就会决堤的大河。在浌口，包括大人和刚学会说话的孩子，人人都把包围着浌口的围墙叫做城墙。"那是个国家。它在很远很远的地方，我也没去过。我的父亲告诉我，如果要到那里去，骑着骆驼也要走上一年半载。"成先生老老实实地回答着那个孩子。"不过，"他说，"我那位祖先，早在几百年前，就带着他的勇士们，征服了那里。后来，他还把他一个儿子留在那里，由他来掌管那个地方。当然，另外一些跟着他凯旋回来的人，一直都在告诉他们的老婆孩子，世界上所有好看又神奇的毯子，全是由波斯人织出来的。""你的老祖宗是谁？"另一个孩子大胆地问。这个孩子相信，成先生应该早就记住了，他的名字叫南海珠。每一年里，他爷爷都要把这个拎着毯子四处游荡的人，请到他们家里三次或是两次，用他们家里珍藏的，上面打造着漂亮花纹的银质餐具，招待他吃饭。

"那时候，一个蒙古人能到埃及去做讼师，一个阿拉伯人，也能自由自在地到北京做一名税吏官。"他从怀里掏出块肮脏的"艾德莱斯绸布"手巾，擦着嘴角。"这种绸布的名字，叫艾德莱斯。"他说，"上面花纹的颜色，是用桑树皮和胡桃皮染出来的。大地上众多的花花草草，都能做它的颜料。"他低着头，指点着那块手巾上难以分辨的花色，从来不管有没有人听他说话。

"埃及，也归波斯国管吗？"南海珠记住了成先生前面说到的，一个蒙古人也能到埃及去做讼师。他很想知道埃及在哪里。而他想知道"埃及"，是因为成先生将它和蒙古连在了一起。他母亲说过，他那位常年不回家的父亲，就住在蒙古草原上一位王爷家里。

"戴维先生好！"南明珠从马车上下来，侧转身子，向谷友之旁边的美国男人道个万福。

"您好夫人。"

戴维从仆人手上接过灯笼，朝前走两步，以便更清楚地为南明珠照亮脚前的路。他像迷恋中国食物一样，迷恋这位中国妇人和他打招呼的方式。为此，他特地让太太马利亚跟南明珠学习过多次。不过，学到最后，他还是让她选择了放弃。原因是他觉得，马利亚那些僵硬的动作，实在是破坏了这种"东方礼仪"带给他的美妙感受。虽然在后来，南明珠给他们送来一个当地的小姑娘做仆人，而这个叫凤凰的小姑娘，也在使用同样的礼仪向他问好。但是，凤凰的年龄毕竟有点小，她向人问好时道的那个"万福"，和马利亚学出的动作几乎一模一样，上面没有附着丁点儿"中国女人的味道"。

"请您慢走。"戴维走在南明珠前面，继续为她引着路。尽管月亮又大又圆，他的太太马利亚还是吩咐仆人，点上了灯笼。她和他，都喜欢中国式红灯笼柔和温暖的光芒。

屋子里温暖如四月天。尽管天气远没有那么寒冷，马利亚还是早早地吩咐仆人，在壁炉里生了火，来款待她的朋友。戴维在他们房屋内的地面铺上了一层薄石板，并且在石板下面留出了火道。这样，当他们点燃木块，或是一种产自南沂蒙县竹园煤矿的"香煤"，在壁炉里生起火时，热量就会跑进那条专门为它们设计的火道里，穿过石板下面的通道，将整个屋子的地面烘热。那些无烟无硫，甚至在燃烧中会散发出薰衣草般淡淡香味的煤炭，是邀请戴维来沭口修建铁路大桥的那位德国总工程师，作为一份特别的福利，在每年冬季里送给他的。"这是种非常罕见的'香煤'，它们被德国人开采后，全部用轮船运回了他们的国家。"有一次，在他们谈到大清国的矿产资源时，戴维指着壁炉里正在燃烧的"香煤"，这样告诉巡警局长谷友之。而在他和马利亚居住的这座房子里，由于拥有那些香煤，在中国北方漫长的一整个冬季里，他们的屋子内都会像春天一样温暖。为此，他们的朋友们来做客时，总是能在外面铺满大雪的寒冷天气里，赏到一种或是两种，平时要在春天里才能盛开的鲜花。

餐桌上铺着洁白的亚麻桌布。凤凰从女主人手上接过银质烛台，把它放在了一幅马利亚亲手绘制的油画下方。然后，按着主人每次宴请客人吃西餐时的习惯，关闭电灯，点亮了屋子内所有的蜡烛。油画上那片金色麦田里的麦穗，被交相辉映的烛光照射着，饱满得好像要有麦粒脱落下来。"我想，上帝一定喜欢籽粒饱满的农作物。"南明珠第一次看见这幅画，站在跟前长时间地欣赏它时，那幅画的创作者走了过去，和她一起仰望着自己的作品，并带着种掩饰不住的喜悦，对她的客人说。

"是不是可以开始了，夫人？"

凤凰走到马利亚身旁，细声细语地问道。

"是的，可以开始了，我亲爱的凤凰。"

马利亚声音柔和地回答过她的小仆人，在女主人的位子上坐下来，看着那个小姑娘手脚麻利地转过身去，迅速地将擦手的热毛巾端上来，先是递给两位客人，依次是她和她的丈夫。她非常喜欢南明珠送来的这个可爱的小姑娘。在上海时，她父亲一直不允许她和母亲使用仆人，宣称上帝派他们到大清帝国来的目的，完全是为了把东方人的灵魂从毁灭中拯救出来，而不是奴役他们的身体。但她跟随戴维来到沭口后，还是雇佣了两个男仆，并且收下了南明珠送来的，一个十一岁的少女，做她"贴身的女婢"。那两个男仆人，稍微年老的一位，负责给他们照料马匹，赶马车，种植蔬菜，拾掇庭院里的花圃；另一位中年男人，除给他们购买燃料和各种食材外，还负责做她丈夫热爱的中国饭菜。在他们那些从美国和欧洲来的朋友面前，戴维常常称那个厨子是"会变魔术的厨子"。对于丈夫的这一说法，马利亚很是赞同。不过，比起用干牡蛎粉等调味品做出的中国美食，她还是更喜欢这个名字叫凤凰的女孩子。不仅是喜欢，而且是爱，像一个母亲爱自己孩子那种爱。"如果有一天，我们必须离开这里，到英国或是美国去，我们会一直把她带在身边。"马利亚这样告诉南明珠。她不但每天教凤凰说英语，教她各种日常的卫生习惯，培养她欧洲人的各种生活方式，有了闲暇，她还会坐下来，手把手地，教她学习已经在欧洲很多国家里流行的绒绣。现在，这个早就长到了十四岁，又聪明又伶俐的女孩子，已经异常熟练地掌握了绒绣所需要的各种技巧。而且，她还出乎她意料，巧妙地，把一种从她母亲那里继承来的、将蚕丝和人发混合在一起的"中国鲁绣"技艺，巧妙地融进了那些欧洲绒绣里面。现在，这个聪明的女孩子，正按照她的吩咐，将一幅《王后归来》的油画，变成一件完全不同于欧洲绒绣的绒绣作品。这幅油画，逼真地描绘了英五世玛丽王后游历完欧洲，回到英国时的盛大场面。马利亚非常热爱这位王后。她一直都在憧憬着，有一天，由这个她一手带大，并教会绒绣的中国女孩，用她独创的绒绣手法，绣出一幅《王后归来》的绣品，然后通过她的父亲，将它送给英国王室，能够荣耀地挂到英国王室的某个房间里。

给第十个醋缸盖好盖子时，周约瑟挨近了伍春水。他扔到河水里去那些瓶子，以及在外面装成瘸子，四处打探有没有被杀的洋人这件事，就是被伍春水首先发觉，密报给主子的。后来，也是他建议主子，扣掉了周约瑟的工钱和年底的赏钱，并把瘸子的称呼安了在了他身上。不过，即使被扣掉工钱赏钱和那份年货，得了瘸子的名号，周约瑟也没有用陈芝麻教他的咒语，往瓦罐里放上剜掉一只眼睛、剁掉一条腿的蛤蟆和十只公蝎子，埋进土里，去诅咒伍春水和他祖宗，让他们的后代子孙瞎眼瘸腿。

在周约瑟走到第十一个醋缸跟前，把第十一个尖顶苇笠拿在手上后，他还在心里犹豫着，要不要把刚才给主人说过的话，再给身边这个工头重复一遍。想了一会儿，他觉得那种大事，还是只告诉主子一个人就够了。就像有些话，他只能对着老神甫或是上帝一个人说。他拿定主意，抬起头，恰好看见伍春水两手扶在缸沿上，正伸长鸭脖子，隔着醋缸在对他说话。

"老轿夫，今下晚回来得这么迟，是跑到马市街给哪头骡子配种去了？"伍春水讥诮地笑着，看着他。

"要是老天爷真公平，让骡子也能下骡驹子，这种事保证不劳烦您操心，骡子们会自己咬着尾巴，白日里产下一串，黑夜里再产下一串。"

"那就是巡抚衙门或是第五镇营房里，在学着早年那位按察使，把老城和商埠里的娼妓抓去，又在按猪肉价卖了？"伍春水眼睛盯着周约瑟，嘿嘿地笑了两声。

"老天爷也有打盹的时候。"周约瑟说，"天老爷的磨盘极慢，可磨得仔细。"

"那你有没有听说，前些日子，商埠里有家妓院，变出个卖彩票的新花样，谁中了头奖，就能从那些头牌娼妓里随便挑一个领回家，想怎么睡就怎么睡。哪怕是让她跟一头黑驴配种，她也得欢天喜地，躺在黑驴的腿裆里，伸着舌头去舔驴蛋。上关渡口有个走了狗屎运的老纤夫，就中头奖领回来一个。交配时，他让她像头母驴那样仰着脖子叫唤，她就嗯啊嗯啊地拖着长腔叫唤；让她跟母猪一样哼哼，她就母猪似的哼哼哼哼个不停。纤夫带着那个神女到了河边，命令她扒光衣裳，和他们一起拉纤，她就赤身裸体地牵起根绳子，晃荡着两个布袋奶子，夹在一群男人中间拉纤。"

醋园里第一个看见周约瑟买回那个娼妓的人，就是伍春水。他也是第一个知道，周约瑟是按照肉市里猪肉的价钱，称着斤两，从按察使手里买到的那个娼妓。那年，全省数千名参加科举考试的年轻儒生，汇聚到济南府，住满了城里城外大小客栈。

更轰动全城百姓的是，此间，除了进考场那几天，差不多在任何一家客店和妓院里，都有这些年轻儒生们聚在一起，不分昼夜地寻欢作乐；喝酒划拳，招妓狎妓，左拥右抱，醉生梦死，乐此不疲。当时的按察使大人微服出巡，看到这些装满一肚子圣贤书的儒生们昼夜地淫乐，全无读书人本该持有的操行品德。这位万分恼火的按察使老爷，便把全部罪责，都加在了城里的娼妓们身上。他下令把整个济南城里能找到的娼妓，不论明妓还是暗娼，全都拘捕起来，关进牢狱；然后，他命人满大街贴出告示，昭告全城百姓，要把这些祸乱纲常、已被抓进牢狱里的娼妓，像卖猪肉一样，以市场上的猪肉价，按照斤两，卖给城外乡下的农民做老婆。周约瑟到城里送米醋，在便宜坊门前听到这个千古未闻的消息，一下子连气都喘不匀了。他手忙脚乱地卸完醋，水都没顾上喝一口，急匆匆地赶着两匹拉车的骡子，一路上差点没把它们跑断了气，和它们一样汗流浃背地奔回了泺口。为了凑够钱买回个娼妓做老婆，他先是找到了伍春水，从他手里借到了二百文钱，之后又按着伍春水教给他的主意，找到老爷南海珠，预借到了两个月的工钱。然后，他一刻不停地回到城里，跑去官府里关押娼妓的牢狱外，买回了一个又瘦又小，身量不足七十斤的年幼娼妓。

第五章　魂灵

回南家花园前，南海珠又在街上游逛一阵子。在静安寺门前，他没有看见老成先生。他不在，他那块毯子自然也不会独自留在那儿。除了跪在那块毯子上祷告，老成先生还会蜷缩在它上面打瞌睡，或是身子匍匐在上面，一只耳朵贴在地面上，寻找马蹄子奔驰的声音。他好像一刻也没离开过它。"他可能正和那块毯子一起，在河面上行走，搜寻那些企图潜伏在水下逃走的鱼人。"南海珠回想着小时候那些可笑的想法。他始终没有弄清楚，这个能踩着毯子在水面上漂浮的人，是什么时候出现在他视线里的。每次得出的结论，好像都是从他有记忆那天，他就在大街小巷里，码头上，或者任何一个他要去的角落，看到那个人和他手里那块毯子了。差不多在他十岁时，他开始不再惧怕他。因为他已经观察清楚，那个人手里拿着毯子，并不像传言中那样，是为了卷走他们这些小孩子。他形影不离地把它拎在手里，完全是为了随时把它铺到地上，供他跪在上面，做一些没完没了的祷告。

"每件物品都需要三种命名，每块土地下面，也都掩埋着许多死亡和腐朽的事情。"那年，他一边哭泣，一边记下了成先生这句话。"请您救活它吧。"尽管已经十岁了，他仍然没有弄明白，成先生那句话的含义，不知道一种物品为什么要有三个名字，也不知道土地下面都掩埋着什么。当然，他也没想去弄明白。他满心里想的，就是怎么让那只闭着眼睛死去的小鸡崽，从成先生手里活过来。在他惶惶不安地把小鸡崽交给成先生后，那个老头先是郑重地，从怀里摸出本很少有人见过的羊皮纸书。那卷书的封面看上去极其破旧了，但上面描绘着的漂亮水纹，却仍然清晰明媚，灿烂夺目。"这是湿拓上去的。"

老头指着那些水纹，告诉他，湿拓是世界上最古老神秘的一种拓画手艺。"可惜它早就失传了。"然后，成先生翻开其中一页，捧在面前默诵起来。默诵完那页书，他闭上眼睛，低垂下头，开始了他的祷告。祷告结束后，成先生又重复一遍那句他听不懂的话，手指在一只葫芦刨开的瓢子上，有节奏地敲击起来，像在敲着一面金黄色的小鼓。"嘣嘣嘣，嘣嘣嘣……"那面小鼓不断地响着。而那只闭着眼睛的小鸡崽，就躺在小鼓下面那条波斯毯子上。

快六点钟的时候，南海珠走在了通往他们那座大宅子的街上。街口上，两盏照明的玻璃油灯，一盏也没有映出暖黄的火苗子，为他照亮眼前的世界。尤其是这会儿，尽管有颗崂山道士剪出的月亮挂在天上，他还是渴望着，有盏闪烁的灯火，太阳光那样暖洋洋地，照耀着如同一匹粗布般在他脚下铺展开的路面。

"懒惰的东西！"

南海珠骂着负责照管这两盏油灯的热乎，猜测那个孩子晚饭前跑出来点灯时，一定又忘了检查灯座里剩余的油量。"天上的月光再明亮，也有它照不到的死角。"他嘀咕着，踩着半明半暗的路面，继续训斥着那个没有跟在他身边的孩子。月光铺了大半边街道。这让他想起立春后开了河的水面。那个时节，河里的冰冻不管是不是有半尺厚，人都不能再让自己的脚立在上面了。他已经吩咐过那个孩子多少回，"就算是天上有月亮，就算十五夜里的月亮，像日头那样当头照着，到了晚上吃饭前的钟点，也要去把街口那两盏灯点上。"但现在，那两盏原本该亮着的灯，没有一盏在发出亮光。"要剁掉他一根手指头，他才会长记性！"在这之前，他几乎没有骂过这个男孩子，哪怕在他得知，那是一个娼妓生下的"杂种"。

将热乎带到沿口的，是周约瑟用猪肉价买回来的那个娼妓。"还添了秤，带个饶头回来。"醋园里一帮伙计围住了伍春水，听他讲着周约瑟买回来的那个娼妓老婆。"你们猜周约瑟怎么说？他说，那个臭婊子是将小孩藏在她裙子底下，带上车的。这个假瘸子当时还哼上了小曲，以为她是在那条又肥又大的脏裙子里，夹带了一大包什么私货，细软。"

周约瑟买回那个娼妓后，用松柏枝子加上黄蒿咸盐和艾叶，将她熏泡了七天七夜。第八天，他把她连同一个七岁的小男孩，带到距离主子家那座"南家花园"五十丈远的街口，远远地候在那里，等着给他的主子们请安。他没敢靠近那座大宅子门口，是害怕那个娼妓玷污了主子家门前的地面。

"老爷，俺们，俺们给您请安来了。"

南海珠外出回来，看见了站在街口上的周约瑟。他骑在马上瞅着周约瑟，并没有注意到那个孩子。街上围了一圈看热闹的男人和妇女孩子。他很容易就会把缩在一边的那个男孩，认作是哪个看热闹的妇人带来的。周约瑟等着主人从马上下来。他朝前走两步，趴在地上磕了头，爬起来，没有靠近了去接主人手里的赏钱，而是转过身，把一个瘦小的孩子领到了他跟前。那个娼妓还匍匐在地上，脸埋在两只衣袖上，被一群女人围在中间。

"求老爷您行行好，给他条活路吧。"周约瑟卡住那个孩子的后脖颈子，把他摁到了地上。"您就当可怜一只猫狗。"

南海珠朝周约瑟身后的人群里巡视一

圈，不明白发生了什么事。

"怎么回事？"他问周约瑟。

"我一眼没看到，他就偷偷地爬上车，跟到浗口来了。"

"从城里跟来的？"

南海珠朝女人群里看去，瞥了眼那个仍然趴在地上的娼妓。

"老爷，真是偷偷跟来的。"周约瑟回答说。

走过周约瑟曾经按住那个孩子，第一次给他磕头的位置，南海珠瞅见一个瘦高身影，迎着他飞快地跑了来。听到脚步声，他便知道，那是他刚才骂着，要剁掉他一根手指头的孩子，热乎。

"老爷！"热乎在远处喊他一声。

这个男孩的两只耳朵跟狗一样灵敏。周约瑟把他送进大宅子里没一个月，他就能在上百步之外，辨别出这座宅子里所有人走路的脚步声了。

"街口上的灯怎么回事，是不是又丢了魂子，才忘掉添油？"南海珠站在那里，等着热乎跑到他跟前。尽管心里在生气，他还是喜欢听这个孩子迈着两条儿马样健壮的腿，飞快跑动的声音。

"没有忘，老爷。"

"没有忘，灯怎么没亮？"他在背后按捺住那只一直想扬起来的手掌。它想让这个孩子记住，一个人活着，既然呼吸不能偷懒，那么他做别的任何份内的事情，都不能偷一点懒。

"太太没让去。太太说月亮那么明，今日就不用点了。"

"是太太不让去点？"

"是。太太吩咐说，这些日子，家里也要少亮点灯火。"

"唔，太太没说，家里是不是缺少灯火钱了？"南海珠故意漫不经心地"唔"一声，琢磨着，家里面是不是也传进周约瑟带回醋园的那个消息了。

"太太没说这个。"

"大小姐下晚回来过？"

南海珠还在想着谷友之的巡警局里面，安装的那部"电话"。从那个鬼东西里面传出来的说话声，就好像说话那个人站在你面前，只不过是他从什么鬼道士那里学了隐身术，或是从哪里弄片隐身草的叶子，插在了头上。有了这个奇怪的鬼东西，路程和距离就莫名其妙地消失了。城里各个衙门里一有任何风吹草动，立马就会有人把他们要对谷友之说的话，沿着官道旁竖立的木杆上一根连一根的细铁丝，传递到浗口，传递到巡警局，传递到那部德律风上，最后传进谷友之耳朵里。谷友之不把这个鬼东西叫德律风，也不叫什么电话，他喜欢叫它"顺风耳"。"说不上，有那么一天，它不光是顺风耳，还会加上千里眼，神仙似的，让里面和你说话那个人，光凭着你一个念头，就能活生生地站到你跟前，脸对脸地和你说说笑笑。他那里喝酒吃肉，你就能在这里闻到酒香肉香。"德律风开通那天，谷友之把浗口有点脸面的人全部请进了巡警局，还让他们每个人对着话筒子，和里面的人说了一句话。然后，在去吃酒席的路上，他一边开怀地大笑，一边对客人们发表着前面那些言论。

现在，南海珠相信，周约瑟从城里带回来的那个消息，早就通过那部看不见人影子的鬼电话，传到了谷友之的巡警局里。而这种翻天覆地的事情，谷友之绝对不会瞒着南明珠。

345

第六章　鱼眼

一年的绝大部分时间里,除了黄河决堤和河水被冻住的那些日子,每个早上,在太阳升起来半个时辰后,水鬼黄三冠就会带着他的鱼,从黄河里走到岸上。

在泺口,甚至整个济南府,很少有人不知道,这个捕鱼人,是黄河里的水鬼。

"水鬼。"见过和没见过他的人,都这么称呼着这个长年在黄河里捕鱼的人。"黄河里没有鱼不惧怕他。如果不是水鬼,那他就是黄河里的河神。"喊他水鬼的人,对他前世曾是水鬼的说法,俱都深信不疑。一旦有人质疑"水鬼"的身份,身边人群里就会有个人站到他面前,问他下辈子想变成条草鱼,还是只河虾。那些坚信不疑的人给出的理由是,不管黄河水泥沙多厚,水流多急,水鬼都能一眼望见水里游动的鱼群,撒出网去,将它们转移进他的鱼篓里。还有,每一天里,他只捕一百条鱼,并且不捕母鱼,也不会捕鱼苗。而每天拉上来的第一网鱼,不拘多少,他都会对着它们抱抱拳,施上一礼,重新把它们放回水里去。后面,他要捕一百条鱼,就会捕上来一百条,一条不会多,也半条不会少。

不过,眼下,只有水鬼自己明白,在来家祥告诉他,巡警局长谷友之从他手里买去那只甲鱼,"会和人一样说话"后,他再去捕鱼,就再也没有准确地捕够过一百条,而是一天比一天少一条。鱼打得少了,他早上离开家到河边去的时辰,却是越来越早。他怀着的唯一念头,就是能够赶上个"神集"。

整个泺口的人都相信,每逢农历初一和十五夜里,黄河里的河神就会离开水下宫殿,走上河滩,和从四处赶到河边来的各路神仙集合一处,围坐在一张乌龟背上谈经论道,说些天地间的神仙秘闻,也会说到纷纷人世的各种迷津。

"我说,咱得想到,神仙有神仙们计算日子的方法。河神肯定是按他们神仙的日子,绝不是人间设定的初一和十五,来召集他那些朋友。"水鬼耐着性子,对那头瞎掉一只眼的瘦驴说。那段日子,每到夜里,鸡叫头遍前,他和那头皮包骨头的瘦驴,就已经躲在靠近岸边的某个沙坑里了。同相信河神会在沙滩上召集各路神仙一样,水鬼坚信,他那头老驴的眼睛能看见鬼神,并能在河神和他的客人们出现时,用它浑身抖颤的皮毛,及时地提醒他:神仙们来了。而在他最恐惧的那几日里,他几乎是彻夜地守在沙坑中,头上顶着渔网,再把鱼篓子扣在上面,靠着那头老驴的一条前腿,挨到天亮。

"我的好日子怕是不多了。"有一天,水鬼半开着玩笑,对开杂货铺子的来家祥说。在那不久前,他已经好几次梦到,河里的大鱼小鱼们聚在一块,都在密谋着,怎么戳瞎他的双眼。"要不,看看谁的肚子大,把他弄进那条大鱼的肚子里去。"还有些鱼在提议。他白日走在路上,也总是有成堆的灰颜色死鱼眼,在他眼前窜来窜去。他瞪大眼睛瞅着它们,它们也瞪大眼睛瞅着他,丝毫不肯退却。当然,他没给杂货铺子的主人说这些,更没有说他一直在河滩上偷偷等待那个"神集"。他不能让杂货商和泺口人知道,他现在是个怕死的人,

346

天天在惧怕着梦里那些鱼虾,和白日里那些死鱼眼睛。这些天,他一直在等着河神出现,是打算请河神出面,转告那些鱼虾,为鱼为虾是它们的命数,既是命数,它们就不能数算他这个捕鱼的人。

周约瑟八岁那年,他的父亲去世了。在埋葬他父亲后的一个晚上,由于悲伤过度,他的母亲失去了理智。她弄来砒霜拌在小米饭里,准备和她的两个孩子一起吃下,去寻找她的丈夫。就在他母亲端起米饭,准备喂兄弟两个吃下去时,屋门被敲了两下,神甫苏利士突然走进了他们家里。距离上次见到他们,已经有一年时间了。但他们仍然能认出他。一年前,苏利士离开济南,去了伦敦教会驻北京的办事处。在他去北京前,周长河就已带着老婆孩子搬到了泺口。周家祖辈都会造火药鞭炮。周长河得知官府在泺口设立了造枪造炮的机器局,要招募一批懂火药的人去做工,他便花笔钱,请了在巡抚衙门里当差的两个邻居,把他举荐了去。苏利士听说周长河要到机器局里造火药,劝他能不能再认真思考一下。"那可是天天要和魔鬼打交道的一份工作。"苏利士说。但是,这位神甫的劝阻没有起到任何作用。单靠着卖泉水,周长河已经养不活四张嘴了,尽管苏利士不止一次地,把他口袋里的银子掏出来,悄悄地放在了他们家的饭桌上。

那天,苏利士是从北京回来。他准备从济南转道南京,再去上海,从那里乘坐轮船,回他的故乡英国。那里的两所学堂,牛津大学和曼彻斯特大学的出版社,分别为他出版了两本书:《亚洲植物》和《中国乡村记事》。为此,牛津大学还授予了他荣誉文学博士学位。他曾经就读过的那所学校,格拉斯哥大学,则聘请他为这所大学的终身名誉教授。而且,三所大学还联合起来,共同邀请他,回去给那里的学生们,做一次关于中国文化和饮食的巡回演讲。那天傍晚,他渡过黄河后,因天色晚了,找不到马车到城里去,也没能找到愿意接纳他住宿的客店;当然,最主要的原因,是他想见到他的教友一家。所以,最终,他走进了周长河的家里,打算在他们家借宿一个晚上,借机看看那两个孩子。院子没有大门,屋门半开着,听到他声音的女主人,把他迎进了屋子。他见男主人不在家,就一边逗着两个孩子,问他们的母亲:"周先生什么时候回来?""他再也回不来了。"女主人低垂着头说。"出什么事了?"苏利士惊讶地问,到那时候,他才注意到,两个孩子的衣服上,都缝了服丧的白布条。

"俺爹掉进鱼眼里去了?"

"鱼眼,什么鱼眼?"苏利士一下子没弄明白什么意思。

"他从机器局里拿了炸药,想到河里给俺们逮鱼吃,自己沉到水里去了。"周约瑟回答说。苏利士这才弄明白,那位男主人,是陷进黄河的沙潆里了。黄河水看着平平稳稳,但水边到处都藏着沙潆,年年都会有人因此丧生。他沉默几分钟,摇了摇头,什么话也没说。然后,他站起来,走到门外,在夜空下跪在地上,开始为这座房子里已经死去的那位男主人,做了一个长长的祷告。祷告完了,他走回屋内,打开随身携带的箱子,拿出些银钱,跟从前一样,把它们放到了这家主人简陋的饭桌角上。就是在往饭桌上放钱时,他发现了问题,嗅到了一种从死神身上散发出来的味道。他看看女主人,又看眼孩子,端起桌子上的饭碗,在昏暗的油灯下,把那碗饭举到了鼻子底下。"神甫先生，您不能吃！"女主人见他端起了饭碗，慌乱地跑上前，一把打掉了苏利士手里的碗。"夫人，您没有权利，而且上帝也绝不允许您做这样的事情。"苏利士吼了女主人一声，迅速把那个最小的男孩子拉到了面前。他注意到，那个小男孩独自坐在那里，已经吃下了那只碗里一小部分的米饭。是他的到来，让那个孩子没有再继续吃下去。他保住了那个小孩子的肉体，以及小半个灵魂，没有被魔鬼完全地抢走。

苏利士给他们兄弟俩治病的细节，周约瑟是在十四五岁时，从母亲那里知道的。他母亲告诉他，那时候，他和兄弟小泉一起得了天花，只剩下了一口气。他父亲周长河去药铺里抓药的路上，意外地听到，有位外国来的宣教士能治这种病。他一路狂奔着回到家中，和妻子一人抱起个孩子，沿路打听着，找到了苏利士住的那家客店。

苏利士救回了两个孩子的性命，却一文钱的费用也没有收取。周长河找不到报答宣教士的法子，就让妻子做一桌子菜，送到了客店里。苏利士坐在桌子边，品尝着这个中国男子送给他的菜，说那是他在中国度过的几年时光里，吃到的最美味的一顿晚餐。周长河不明白，苏利士为什么一直住在客店里。"要是租间房子住，再雇个人给您做饭，您天天都能吃到可口的饭菜。"周长河说。"但是，是这样，周先生。"苏利士告诉他面前这位憨厚的中国男人，整个济南城里，根本没有人愿意把房子租给他们这些洋人。周长河没表现出意外，也没有问为什么，在接下来的时间里，他只是安静地坐着，等着宣教士吃完他送去的晚餐。第二天下午，他又来了到苏利士住的客店里，告诉这位宣教士，他已经把家里两间房子打扫干净，恳请苏利士能赏他个面子，住到他们家里去。

两次救命之恩，都是只有能让人起死回生的神仙，才能做到的事情。苏利士的医术，让周长河完全信服了他宣扬的那位上帝。在周约瑟退烧的第二天，天一亮，周长河就敲开了苏利士的屋门。他站在门外，诚惶诚恐地望着苏利士，询问着，像他这样的人，苏利士愿不愿意接受他当教徒，为他进行洗礼。"当然！当然！我的主啊！我当然愿意！"苏利士回答着，张开两只毛茸茸的胳膊，仰望着天空，嘴里叽里咕噜地做着祷告，仿佛上帝突然显现在了他的面前。

这个早晨的意外收获和喜悦，苏利士独自珍藏了二十多年。直到十万义和拳民拥入北京城，皇宫里发布宣战诏书，四处焚教堂，消灭一切带"洋"字的东西那段日子，一天夜里，周约瑟同他母亲，把从北京逃回泺口的苏利士，藏进了他们家的地窖子。苏利士才把二十多年前那个清晨经历过的那些喜悦，仔细地告诉了周约瑟。

"是你父亲拯救了我。"苏利士这样说道。周约瑟问他为什么要那样说。苏利士回答道："那是因为，在我离开英国到达中国后，五年多的时间里，上帝的荣光一次也没照耀到我，从来还没有一个中国人，愿意在我的引领下皈依上帝，让自己的脚步走近通往天堂那扇门。"他坐在铺着一层金色麦秸的地面上，在黑暗中闭着眼睛。"那段时间，我正在怀疑，上帝是不是已经抛弃了我。为祈求上帝把他在中国拣选的羔羊带到我面前，让我成为他们皈依上帝的带路人，每天夜里，我都要祷告上几个小时，甚至一整夜都会跪在天空下面，感觉灵魂就要被魔鬼捆绑住，偷走了。而那

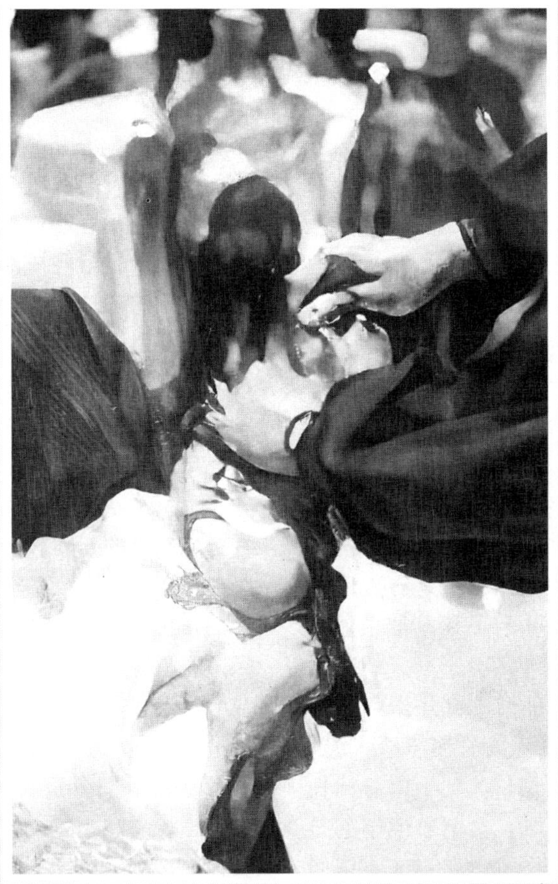

之前，我熟悉的两位美国宣教士，像我一样，由于无法完成上帝交给他们的事业，一个精神崩溃，被送回了明尼苏达州的老家，整日坐在密西西比河的河畔，对着河水，给水中的石头和游鱼们讲经；另一个，则在那种无法自拔的折磨中，与世长辞了。"

坐在一层厚厚麦秸上的苏利士，还告诉周约瑟，那天，太阳升起来后，周长河就照着他的吩咐，带领上全家人，穿戴上他们最好的衣物，新貌新神，高高兴兴地下到护城河里，在清澈的泉水中，由苏利士为他们全家人，做了洗礼。洗礼完毕，上岸后，周长河又向苏利士提出一个请求，能不能再劳驾他，给刚受洗的孩子重新取个名字。"您是贵人。在俺们这里，要是贵人给孩子取了名字，这个孩子就一辈子没病没灾。"周长河小心翼翼地恳求着，担心他在那一天里要求的东西是不是有点太多了，这样下去，神甫苏利士和他带领他们新结识的那位上帝，会不会不高兴。苏利士说，在洗礼之前，他原本已经给两个孩子取了教名，因为担忧周长河不会同意，他才没敢提出来。于是，苏利士望着周长河扛在肩膀上的小儿子，微笑着说小的孩子叫周约翰；"那么，这个大的孩子，就叫周约瑟吧。"

有关织女的传说之一

《述异记》：大河之东，有美女丽人，乃天帝之子，机杼女工，年年劳役，织成云雾绡缣之衣，辛苦殊无欢悦，容貌不暇整理，天帝怜其独处，嫁与河西牵牛郎为妻，自此即废织纴之功，贪欢不归。帝怒，责归河东，一年一度相会。

第七章 合　唱

募捐合唱是南明珠和马利亚组织的，她们正筹备着，在浂口成立一所女子学堂，让那些女孩子在认字的同时，学习点缝纫技艺。蒙智园已经成立了三年。三年时间里，南明珠和马利亚带着孩子们，总共在浂口募集过三次。前面两次募集是为了赈灾。一次是救济黄河决堤后被水淹的灾民；一次是救济旱灾。后面一回，则是用在了在浂口建立起的一所初级学堂。

那所学堂是在三月份刚刚建成的。现在，学堂里的五间教室中，已经坐了三十个男孩子，九个女孩子。每个星期，被孩子们在家人面前称作"会拉手风琴的美国人"或是"高鼻子美国人"的戴维，马利亚的丈夫，都会拿出半天时间，带着孩子们进行短跑训练，做一些徒手操、哑铃操；或者是把他们分成各种小组，练习接力、足球、跳高和跳远。每隔一个星期，还会教他们一次手风琴。而在某个他认为重要的日子里，他则会带着他们，离开浂口，走到黄河上正在建造那座铁路大桥的现场，去参观半天，讲给他们铁路和火车是怎么回事，什么是焊接，什么是蒸汽机，搅拌机是在怎么工作。如果这天他的心情"美好得可以唱歌"，那么，他还会给他们讲上一堂，他们根本听不明白，但却和他们面前那座铁路桥的设计建造密切相关的水文知识。

"你们中国人的中医，在给人看病时，

会讲究望闻问切。我们根据河水冲积沙滩留下的水纹，两岸的植被，也可以推断出某个地区在过去的雨季里降水是多少，接下来的年份里又会有多少雨水降落。我们还会通过这些研究，考察那条河流在过去和未来，对沿河两岸人们生活都有哪些影响。"他把那些孩子带到水边，请他们察看河水在滩边留下的一些水纹印迹。他还告诉他们，从他的家乡开始，无论走到哪里，在哪里遇见河流，他都会走到那条河边，用手掬起一捧河水，喝到嘴里面尝一尝。"有些河水是甜的，有些河水是咸的，也有些河水是苦的。"

杂货铺子门前，来家祥看见水鬼岔着两条麻秆长腿，站在那里，正哼哼哈哈地和一个老铜匠说着话。老铜匠两腿并拢，膝盖处夹住一个打破口的红泥瓦罐，扭转着半截身子，低着头，不慌不忙地在铁砧子上敲打着铜子。他的左脚边，放了一个黑色水罐，一只盛放白灰膏的小铁桶。

来家祥仰头看看天色，佯装着咳嗽一声。平常这个时辰，水鬼应该还在河里撒网打鱼。但现在，两个鱼篓子里的鲜鱼，压得那头瘦驴正在来回地晃动脖子，让人觉得，它是想从经过他皮毛的风里，攫取到一份额外的力气。

"三哥，你这是准备去送鱼，还是河神今日里给你的鱼不凑数？"

洙口的每一个小孩子，在他们长到差不多七岁时，都会牢牢地记住：清早在街上看见水鬼时，一定要远远地绕开他。因为在他得罪了河神，捕不够一百条鱼那个早晨，他就会到大街上撒网捕人，不拘大人孩子，捕进网中，变化成鱼，被装进篓子里去凑鱼数。比他那张渔网更令小孩

们害怕的，是大人们另外告诉他们，水鬼怀里还有拿各种鱼骨头和蛤蜊粉，调进药山上几十种毒草汁，配制出的剧毒药粉。他从街上走过去，只需悄悄地捻动手指，将药粉撒到风里，那些身上沾了药粉的人，也会变成一条条鱼，自己在风里游着，游进他的篓子里去。而他那些药粉里若是掺进了人的头发灰，这些药粉撒到鱼身上，那些沾了药粉的鱼则会变成人，大摇大摆地在街上走来走去，却没人能认出他们是一条鱼。这些变成人的鱼，走过小孩子身边时，只需对着那个小孩子吹口气，他们就会跟在这些鱼人后面，走进河水里，变成和它们一模一样的鱼。当然，在把那些小孩子变成鱼之前，它们还会对着水边的烂木头或是石头吹口气，先把那些木头和石头，变成一个个在水边玩耍的孩子。

"把心放在肚子里，今日里不会把你变成条鱼。"水鬼说，"巡抚衙门里新来一位大老爷，前脚刚到任，后脚就有一大堆亲戚朋友，咬着尾巴上了门，前去庆贺。那位大老爷今黑夜里要在家中摆宴席，招待他们，光行厨就请了七八个。他们那位管家新来乍到，不熟悉地面上行情，就让家里掌勺的厨子，带着新请的一个行厨跑了来，让我一早给弄两篓子鲜鱼去。"

"您要到新来的巡抚家里去？"来家祥朝前伸伸脖子，"要是这么说，到了金銮殿上，肯定能打探到点实情了。"

"打探什么实情？"水鬼说，"是谁犯下滔天大案子，惊动到了您老人家，还要到巡抚家的金銮殿上去哨探消息？"

"这恐怕得算是件天摇地动的大事，"来家祥压着嗓门说，"你整天朝城里那些大户人家跑，送鱼送虾，耳朵眼里就没装进去一丝风吹草动？"

"又有人去刺杀皇帝了？"老锔匠问，"前些年跑去刺杀摄政王那个人，听说早就从大牢里赦了出来，这回又是他？说来说去，这种人跟咱们不一样，不是腰肋里多长两根骨头，就是天上哪颗星宿下凡，骨髓里有颗金沙石的种子。不过话说回来，现今的小皇帝还在尿裤裆，值不了他那一刀。"

来家祥挺挺后背，泰然自若地走到茶桌跟前，稳稳当当地坐进椅子里，瞅着眼前货架上一排洋布，洋布下面几把子白洋线，继续胡乱想着：要是浔口也能变成个独立国，不再受紫禁城里那个吃奶尿裤子的娃娃皇帝管制，也不再受什么巡抚道台布政使按察使知府县衙、这些比老城里泉眼还多的衙门管制，他就趁机混上个谷友之那样的角色，到那时候，他选择去做的第一件事，就是带领上一众人，先去把德国人正在修建的那座铁路桥给拆毁了，或者干脆到机器局里去，弄上几吨火药，痛痛快快地把它炸烂了。炸完后，再把修桥那些洋人，他们的老婆孩子，以及帮着洋人干活的那帮男人，全都四脚捆绑起来，扔进黄河里去喂鱼喂虾。不过，那个叫马利亚的洋女人，他倒是可以考虑，把她留下来。他要先睡上她几天，睡疲了，再找铁匠打造上一副铁链子，跟拴狗那样，拴住她的脖子或是一只脚，让她老老实实地教他的孩子们念书。还有南家那位大小姐，要是南家花园就此败落了，一败涂地，那位巡警局长也被众人踩到了脚底下，他也要让她变得跟那个洋女人一样：他先睡上她一阵子，睡够了，同样用一根铁链子拴住她的脚，铁链子一头拴在房梁上，跟那位巡警局长要求浔口人拴菜刀一样，与那个洋女人拴在一块儿，教他的几个孩子念书。至于浔口跑去帮工修桥那些家伙，他们就算是跪下来求饶，人头磕成了狗脑袋，血花四溅，亲自把老婆和闺女送到他床上，把孩子全部献出来给他做奴仆，用舌头给他和他的儿子们舔脚趾，他也决不能饶过他们。等把那座铁路桥炸烂了，他就花上一百两金子银子，到南门老李家那间最大赁铺里，租上旗牌、伞扇、轿子、罩子、锵锵鬼、晃荡人，弄上两个仪仗队，在浔口的大街小巷里庆贺上三天三夜。不过，他又想，要是浔口也能够独立成一个国家的话，那该选谁做皇帝才合适呢？南家第一和第二的肯定都不能选，巡警局长谷友之那个混蛋玩意，更不能选。不但不能选他，最好还要有把洋人手里的枪，一枪打得他挺挺的。其他几个有钱的盐商，哪怕他们手里再握上两条黄金银子铺就的小铁路，能在浔口盖上另一座北京城里的紫禁城，统统都不能选他们。他想了一圈又一圈，除了他自己，他没能想出半个他认为合适的人物。想到末了，倒是让他感觉自己的脑袋隐约变大一圈，好像被水鬼罩上了一个戳不破的大鱼泡，直想喊那个老锔匠跑过来，举起钻头，在上面钻出两个眼，给它透口气。

夜里独行，或是经过坟场，在左手心里画上"我是鬼"，伸开手掌，口里念着"大家都是鬼。大家都是鬼"，天不怕地不怕，就能平平安安地到家了。

"大家都是鬼。大家都是鬼。"来家祥想着水鬼说的那个驱鬼的法术，用手掌使劲在脸上搓两把，嘿嘿笑着站了起来。这一会儿，他坚信自己就是原来那个真实的自己，不是他夜里忧心的，自己有没有在睡梦里，被水鬼偷着，把那个真正的自己变成了一条鱼，而躺在床上的那个自己，不过是水鬼拿了一条什么烂鱼，变成了他，在浈口充当着一个人数。

门外街道上，从大坝门进出的人和车辆川流不息。来家祥从口袋里摸出盒洋火，拿出根火柴棍，"刺啦"一下划出火，盯住燃烧的火焰看一会，"噗"地一口吹灭了火苗；又拿出一根，"刺啦"又划一下。"很好。"他瞅瞅燃着黄色火焰的火柴棍，又瞅瞅手里的洋火盒，对它们说，"咱们就慢慢地烧着，照着明，等着看好戏开场。"然后，他就坐在那里，手指来回捻动着一根火柴棍，又开始琢磨起他在夜里做的那个怪梦：他先是看见雷神和地神两个神仙坐在一起喝茶说话。一会儿，他的大老婆摇摆着身子走进屋内，竟是径直地坐进了那个地神怀里。雷神瞅瞅那两个男女，笑着走出门去，说他要值日打雷去了。地神让雷神打雷的时候，千万不要打出电光。雷神说没有电光，怎么给你们照亮被窝。接着，他的大老婆就和那个地神搂抱着滚在一起，行起男女那件肮脏之事。因为这个梦，他清早醒过来，狠狠地踹了那个不会生养不知羞耻的大老婆两脚，恨不能即刻让水鬼把她变成条吃腐泥的鲶鱼。一头连崽子都不会下的骡子，倒敢在他的睡梦中，在他眼皮子底下，和一个什么狗屁地神，骨碌到一堆去了。

"我要为我亲爱的歌唱。"台上的孩子们，在卖力地演唱着《葡萄园之歌》的最末一句，高亢的歌声，与戴维闭着眼睛演奏的手风琴声合在一起，犹如向天堂飞翔的鸽子，奋力展开着两只翅膀，直冲云霄。

杂货铺子的掌柜来家祥，就是在这个时候，走了过来。

他先是张望两眼那个正在演奏手风琴的美国人。关于这个美国人的故事，有一小半，他是从他两个儿子那里听到的。他们是那五间教室里坐着的，三十个男孩子中间的两个。来家祥走到负责维持秩序的巡警来福身边，伸手在来福肩膀上拍一下，问他这回都有谁捐了钱。

来福是他二哥来家和的儿子。因为这个小子死活不肯在自家铺子里做事，他父亲来家和经营的窑货铺子，只好花钱从外面雇了个伙计。那是从海边一个叫登州的地方，逃荒来的年轻人，只有二十岁。这个年轻人不仅写得一手好字，人还长得英俊结实，又有力气又会算术，能说会道，各个方面都令来家和十分中意，觉得雇到这样一个伙计，他就是每年再多付上一倍的工钱，也会稳赚不赔。只是，他却没有预想到，这个头脑和手脚一样灵活的伙计，在铺子里干了不足一年，就拐上他十八岁的女儿香艾，两个人在半夜里逃走了。在得知女儿和铺子里的伙计一起失踪那天，来家和愤怒地摔破了十个红陶罐子，两柱黑碗，追到码头上找遍了所有的船只，并且问遍了在码头与河边见到的所有船工和纤夫。但他没有得到一条有价值的线索。接着，他又派人追到济南城里，几乎把每条街巷都翻了一遍。甚至包括每个妓院，都被他们找过了，却仍然没有发现那两个年轻人的踪影。一年后，来家有个到杭州贩茶叶的亲戚，在大运河码头上装货时，认出往船上搬运茶筐的一个船工，正是来家和铺子里那个逃走的伙计。他上前一把揪住了他，问他把香艾带去了哪里，那个人先是就势跪到地上，拼命地磕头求饶，不想却趁来家这位亲戚松开他胳膊的一瞬间，再次逃跑了。从那以后，浈口就再也没有人知道他们的消息了。

"那一位,"来家祥伸着脑袋,指了指第一排座位上的南海珠,"南家那位第一的,他这回又带头捐了多少?"他一直怀疑,南海珠每回到现场来捐钱,都不过是个诱惑鸡下蛋的引蛋,摆在那里装个样子,勾引着别人家的母鸡,都跑到他们家的窝里去下蛋。

"这个真不知道,他们来了,都是直接把钱投到那个木箱里。"来福放开抱在胸前的手,在衣领里摸着虱子。然后,他把摸虱子的手放下来,冲人群前面木箱的位置扬扬下巴。

来家祥也跟着朝那里望一眼。舞台正前面摆的那张黑漆方桌子上,和前几回一样,还是放着那个用白漆刷过的木箱子。挂着锁头、对着众人一面,顶端拿鲜红漆在上面画了个晃眼的"十"字,下面用同样颜色的红漆,写了"奉献箱"三个字。

坐在南明珠身边的马利亚,带头从座位上站起来,为舞台上那群合唱的孩子鼓掌。来家祥在人群后面看着她金黄的头发,来回捏两下下巴。"这些洋鬼子的老婆,也是在吃人喝血。"他扭头对来福说。

"您是说马利亚夫人?"

来福手里捏着摸到的那只虱子。碍于来家祥一直瞪大眼睛瞅着他,他干脆将拇指和食指捏住那个小东西,悄悄地扔到了地上,眼睛斜过去,瞪着旁边的豆腐车子。那个天生只有一只眼的有官运,正在旁边敲着他卖豆腐的木头梆子。"赶快走开,这里没人买豆腐,也没人算命。梆!梆!梆!这是什么场合,你就在这里乱敲一气。"来福对着那个卖豆腐的人吆喝两声。按照伍金禄的说法,前些天,这个一只眼的死老头,早就栽进水井里淹死了,是他亲手把他从井口里扯上来的。可奇怪的是,他仍然和之前一样,每隔上两日,就会在街上遇到他一回,看见他手里"梆!梆!梆!"地敲着梆子,打他身旁走过。

"就是那个洋鬼子老婆。"他想着她的奶子,奶头是不是跟月季花骨朵一样红润,夜里在男人身子下面,是像野狼般扯着喉咙嗷嗷叫,还是像只小母猪,只会发出哼哧哼哧的声响。

"您也知道,台上那些孩子,差不多个个都是她带进蒙智园的。要不是她和俺们局长太太,他们中的哪一个,说不上早就变成堆黄土,头顶上长出一蓬乱草了。"

"我说的就是这些孩子。"来家祥说,"她在浊口办什么蒙智园,满大街地搜罗没人要的孩子,一些目光短浅的东西,还觉得她是位洋菩萨。你知道她会不会像那些老鸨子,是在养瘦马?咱等着瞧吧,总有砍倒秫秸显出狼那日。"

第八章　东　方

上午,在募捐现场,南海珠差不多拿出了一天里所有的耐心。听完那群孩子在舞台上表演的最后一个合唱,他又耐着性子,站在一阵一阵没被太阳烘暖的冷风里,陪着谷友之和浊口最大那位盐商,东拉西扯了半天。后来,因为实在抵不过内心里那些焦虑,他才拱手抱拳告辞众人,心急火燎地往家里赶,想知道他的兄弟南怀珠是不是已经回了家。

在他们那座大宅子通往浊安路的祥泰街上,他遇到了正低头疾行的来家兴。半个浽口的人都知道，这是个走路时从来不会抬起头的人。

来家兴是南家花园的管家。这位管家在他十六岁那年，就被他父亲，一个喜欢制作"各种奇怪木制品"的木匠，托门子送进南家。他的那位木匠父亲，在制作比如木鞋木马木鸡木狗木老虎木猴子，甚至木老鼠木蜻蜓木蝴蝶和木鸟木花这类，看上去毫不实用的东西时，他的手艺可以堪称绝妙。那些有幸目睹过他的木头制品的人，在嘲笑他的同时，也不得不在心里暗暗地感叹一番他的心灵手巧，认为他做出来的那些活灵活现的物品，就是放在玉皇大帝和王母娘娘掌管的天宫里，他们也不会挑出任何毛病。除了能做上面那些动物昆虫，他还会制作一种，用刀子在上面雕出许多奇怪图形的木地球。那是他按照一个途经浽口的洋人，给他看过的一张地图，做出来的。因为在他看见那张地图的时候，那位称呼自己叫李希霍芬的洋人还告诉他，人类居住的地球，根本不是像木块拼起来的图版，也不是在一张兽皮或者布子上绘制出来的那样，"是一张铺平的木块或者布片"。实际上"它是圆的，就像一个圆形的大西瓜"。因为在浽口给他做了一天向导，那位洋人非常高兴，最后，他还兴致勃勃地，在那张地图里面包了件衣服，尽量将它弄成了一个圆形，以此让他面前这个中国男人相信，"地球就是圆的"，而他绝对没有向他撒谎。但是，这个能把木蝴蝶木蜻蜓木地球，这些被人认为没有半点用途的东西，做得惟妙惟肖的人，却没有办法齐整地做出一张桌子，一把椅子，或者一个木盆木桶。当然，他的家人们也就更别指望，他能做出什么橱子柜子梳妆台等等，这些庞大实用的家具了。实际上，

他做不出来这些东西，仅仅是因为他像厌恶做棺材一样，厌恶做出它们。由于不能靠手艺养活许多孩子，这位木匠，只好在他老婆的哀求下，把他们最大的儿子，送进南家花园里做了仆人。到南家的头几年里，来家兴一直跟着南海珠的爷爷，一位"猿臂善射，射无虚发"，与太平军和捻军交战后，就长年在家"养病"的二甲次武进士，专心致志地做着马倌。他是个"人人都夸赞的马倌"，不仅手脚麻利，勤快能干，肯花力气，而且聪明好学。在他二十岁多一点时，在伺候好老爷那三匹马之余，他又包揽下了陪伴年幼的小少爷南海珠玩耍的活儿。另外，他还给家里那位年老的管家打各种下手，并拜他做了干爹。就是在陪伴南海珠玩耍，给老管家打下手那几年里，他靠着惊人的记忆力，悄悄地学会了识字和珠算。这样，在他进入南家的第二十个年头，那位老管家不能再给主人管理南家花园时，他就替代他，成了南家花园里新的管家。

"兴叔，怀珠回来没有？"南海珠远远地向来家兴问道。

"大少爷您回来了。我又打发热乎到普安门看去了。二少爷昨日里没赶回来，今日里到这个时辰还不回来，这些年里也是头一遭。"来家兴朝路边退一步，等在那里。现在，尽管家里人都在叫南海珠"老爷"，但他还是按着先前的习惯，称呼他"大少爷"。

煮好咖啡后，马利亚坐下来，开始给她的丈夫戴维，复述她从南家花园里听来的那个故事。她没有在戴维回到家的第一时间里讲给他，是她明白，那样，他们晚餐的时间，很可能会因此被拖后一个小时，

或者两个小时,直到那些食物在漫长的等待中逐渐失去了热情与耐心,最后变得毫无滋味。因为她相信,她的丈夫听到"那个故事"时,她下午在南家花园里被击中的那条闪电,会再次跑了来,同样将他击倒在地上。

　　由马利亚复述,戴维记录下来的故事:
　　中国北方最大这条河,黄河,在中原的河南省铜瓦厢决堤,冲出一条新河道,蜿蜒流过华北平原上的棉田和麦田,侵占大清河并入这条河道,流经泺口镇,进入直隶湾的前一年,从南京北上,支援太平军北伐的五万援军,走到了山东境内。在经过山东时,太平军攻陷了大运河边上一座重要城市,临清城。

　　此后,尽管清军仅用十四天时间,就从太平军手里收复了这座城市,但厉家那位家眷,南家花园现在的老夫人厉月梅的母亲,还是在清军收复临清城的第三天,坚持带着她被太平军砍掉头颅的丈夫,离开了那座城市。当时是春天,桃花正在盛开。不过,在整座临清城里,包括那些只有几岁的小孩子,也没有谁有意走近一棵桃树,去观看哪一根枝条上开放的桃花。这是因为,这座城里所有人的眼睛,从老人到孩童,都在害怕和拒绝看见,任何一种红颜色。

　　那时候,这座城市的父母官,厉月梅父亲的头颅,已经被太平军在城门上挂了十天,而他的身子早已经不知去向。为了让丈夫有个完整的身躯,他的妻子,一个怀着身孕的女人,止住心里淤泥般吞噬着她的悲伤,吩咐仆人们杀死一匹马,褪净马毛,将马皮取了下来。然后,这个失去丈夫的年轻女人,按照丈夫生前的体型,亲手用谷秸扎出丈夫的一具躯体,又亲手捻了麻线,拿马皮裹住丈夫的"身子""胳膊""腿和手脚",将他的头颅和身体,用马皮和麻线拼接在一起,给他穿上衣服,让他的外形恢复到了活着时的模样。再然后,她拖着怀胎六个月的身子,迈着一双三寸金莲,一路扶着丈夫的棺木,日夜兼程,回到了丈夫在泺口的老家。

　　在黄河流经泺口前三十年,那个又漫长又短暂的时期里,泺口曾有三个最大的盐商。厉家则是三个盐商当中,最大的一个。并且,在那三个盐商中,只有厉家的儿子,厉元丰,考取进士,并在后来做了临清知州。因为这样一个"有出息"的儿子,厉月梅的爷爷,那位个子高大的盐商,被很多人尊称为"那个泺口最有福气的人"。这位"最有福气"的盐商,一生娶了五个老婆,五个老婆总共为他生下七个女儿,只有大老婆蔡氏,生下了那个"令他们家祖坟冒青烟"的儿子。"好儿不用多,一个抵十个。"这位志得意满的盐商,每次和亲戚朋友们聚到一起,谈到他的儿子,他都会这样自豪地对他们说,丝毫不去掩饰他内心里那种令人嫉妒的喜悦。他们那个家族实在不算小,已经分成了八个分支,但他的儿子,却是他们庞大家族里面,唯一考取进士,在朝廷里做官的人。"而且是个人人爱戴的直隶州官。"那位父亲,那个骄傲的盐商,总是得意洋洋地对他的亲戚们,一遍又一遍地这样重复。

　　到太平军攻陷临清城的前一个月,这位盐商的儿子已经在那里做了三年知州。三年中,尽管太平军封锁了运输贡粮的大运河,令临清境内无数百姓没了生计,甚至还有无数人,为活命干起了落草为寇的勾当。但这位胸怀天下的知州,每次从临清写信回老家,字里行间给他的盐商父亲透露出的，仍然是这样的信息：虽然太平天国兴起后，大量难民拥入了临清境内，可他仍然有信心，引领临清的百姓们养蚕绩麻，勤于耕种，在他任职期间，至少能够恢复到它"有史以来最辉煌那个时期"。不过，最终，洪水般的太平军，却没有给他和他治下的临清，实现这个愿望与抱负的机会。

那年春天里，盐商在收到儿子写给他的又一封信时，他和他的儿子，父子两个都没有意识到，那将是一个儿子写给父亲的最后一封信。仅仅过去不到一个月，从南京北上的太平军，就用火炮攻陷了临清城。那时候桃花正开得一片荼蘼。他儿子的尸骨，准确点说，是他儿子被太平军割下的头颅，就被运回到泺口，回到了他和他的祖先，在此繁衍奋斗养育了五代人的地方。

而从太平军攻破城门，一个出去探风的仆人跌跌撞撞地跑回府内，一路哭喊着告诉太太和府里所有的人："老爷被太平军杀死在城门口，头颅已经挂到了城门楼上。"厉月梅的母亲就紧紧地搂抱着她的女儿，一下子昏死了过去。她昏迷了一天一夜，醒过来后，就开始彻夜地在房间里游荡着，再也没有睡过觉。好像那场昏迷把她全部的睡眠都花尽了，她再也不用和家里其他人一样，闭着眼睛睡觉了。

由于担心儿媳肚子里的孩子，厉月梅的爷爷，那位死了儿子的盐商，在给儿子料理完后事的当天，顾不上悲伤流泪，连夜打发人，到城里去请回一位老大夫，希望大夫能有法子诊出他儿媳的病症，让她能够停止游走，闭上眼睛安稳地睡一觉，"也让她肚子里的孩子，好好地在母腹里安睡片刻。"在接下来一个月的时间里，老盐商接连请了十六位大夫，其中十一位，都在恭喜他的儿媳为厉家怀着个孙子。但他们当中，却没有一个人开出的药方，能让这个孕妇停止在夜里游走，安静地闭着眼睛睡上一刻。

盐商有五个老婆，他的最后一个小妾，是个神婆子的女儿。她在一旁袖手观察几天，建议盐商，最好打发人去把她母亲请到泺口来。"要我说，她一定是被什么鱼精附了体。"那个小妾对盐商说，"你想想，是不是只有鱼不分昼夜地甩着尾巴，在水里游来游去，从来也不会闭上眼睛睡觉？"盐商骂着他的小妾胡说八道，但第二天一早，他还是打发人赶上马车，到一个叫黄台的村子，去把那个小妾的母亲接了来。

半夜里，小妾的母亲浑身熏过香，在厉家堂屋的中央摆下香案，手里举把桃木剑，围着香案来回转几圈，然后盘腿闭目坐在了香案前，叽里咕噜地说着一些谁也听不明白的话。"她老人家是在和神仙交通呢。"那个小妾坐在里面一间屋子里，一只手撩着门帘，炫耀着，悄声对服侍她的一个丫鬟说。一炷香燃尽，神婆子在摇曳的烛火里睁开了两只迷离的眼睛。"累死我了。"她瞪大眼睛对着面前的孕妇看一会，"要不是你肚子里怀着贵人，我的命怕是也回不来了。"她用桃木剑挑起桌面上一张黄裱纸，在蜡烛上烤了烤，烤出一条线条弯曲，谁也认不出是什么鱼的鱼形画面。

这天夜里，厉家上下所有的人，都知道家里少奶奶腹中怀个"贵人"，将来会官至一品二品。同时，他们也在小声议论着："少夫人果然是被游在水里的鱼精附了体。"至于是被什么鱼附的体，神婆子只说不是大清河里的物种，也不是小清河里的。再往下，她就闭了口，什么也不肯说了。直到盐商被叫进屋，神婆子放下盛着蜂蜜水的茶碗，闭着眼睛告诉盐商，眼下唯一能让那个孕妇闭上眼睛睡觉的，就只有一样东西。盐商问她是什么。"盐。"她说，"在她屋子里，地下床上，全铺上白花花的咸盐，她就能在那些盐粒上安稳地睡觉了。""这个好办。"盐商说，"咱们家里最不短缺的东西，就是盐。"

第九章 北极

这天下午，差不多黄昏时分，南怀珠从城里回到了浉口。他没带着他的老婆和孩子们，而是带回了两个陌生男人。

最先看见南怀珠的，是南家花园里最小的仆人，藏在周约瑟买来的那个娼妓裙子里，被她带到浉口的热乎。他在普安门外，朝通往城里那条大路上张望着，一边期待着能遇到个熟人，打听打听城里究竟发生了什么大事。从前一天晚上，老爷打发他把大小姐和那位巡警局长请回家，到今日下晚，大小姐和那位巡警局长又被老太太叫回来，他们在老爷的书房里，一直都在谈论着城里发生的事情。"他们……真能闹出独立？"他听见老爷问那位巡警局长。"武昌城不是已经宣布独立，成立了中华民国湖北军政府？来这里前，我刚在电话里听到，南方又有几个地方发出通电，宣布了独立。"巡警局长谷友之回答说。热乎在门外伺候着，听见书房里三个人翻来覆去地说到城里，说到"独立"。开始，他一点也没留意，但到后来，不知为什么，他心里一激灵，就把这件事情和那位住在城里，连星期日都没回浉口来的记者老爷，联想到了一块儿。

后来，那三个谈论"独立"的人去了老太太房里，热乎便趁机溜出来，再次跑到了普安门。他猫在一边，先是看见了周约瑟。他赶着往城里送醋那辆马车，车上拉着醋园里工头伍春水的儿子伍逍遥，慢吞吞地走近了普安门。

伍逍遥原来的名字叫伍三羊。在读过庄子的什么《逍遥游》后，他就用墨汁将书皮上的伍三羊抹黑，重新在旁边写下了"伍逍遥"。他自己说，在商埠里，凡是认识他的人，包括他那个洋人掌柜，都在叫他"伍逍遥"。不过，热乎知道，浉口那些认识伍三羊的人，还是人人都叫他"伍三羊"。从上年开始，他跟他们记者老爷学着，给自己眼睛上架副铜框的眼镜。不过，他那副眼镜的镜片，却是从镶窗户那种玻璃上切下来的。热乎瞅着坐在马车上的伍三羊。他本事越来越大了，居然能让周约瑟赶着马车，高高兴兴地往浉口捎他。

伍三羊是热乎在浉口最好的朋友。伍三羊说"你以后也叫我伍逍遥"。热乎就改口，当面叫他伍逍遥。因为伍三羊和伍逍遥两个名字，热乎非常羡慕他。在伍三羊让他称呼他伍逍遥那天，到了半夜里，热乎还在为自己的名字，苦恼得没有睡着觉。除了知道自己是一个娼妓的儿子，他什么都不记得了。他不知道自己的爹是谁，有一个什么样的名字，更不记得他的模样。就连那个娼妓，他的母亲，他也不知道她叫什么名字。他曾经偷偷试着，把他在浉口认识的所有人的姓，依次安在自己名字的前面。"范热乎。""周热乎。""伍热乎。""陈热乎。"但是，最终，却没有一个人的姓和他的名字连在一起,让他觉得又舒服又喜悦。"南热乎。"他偷偷地把老爷的姓放在了自己名字前面,在心里默默地叫一遍,又叫一遍。但每叫一遍,都让他觉得别扭和沮丧,像偷了东西,心里慌得要命。"俺爹说你是没有姓的人,咱们两人干脆像刘关张那样,拜个把子,你就叫伍热乎吧。"让热乎叫他伍逍遥那天,伍三羊曾经提议,让热乎随他们家的姓。热乎琢磨半天,因为讨厌伍三羊的爹,也害怕老爷南海珠生气,他一口回绝了伍三羊。

进城前的两年,伍三羊瞒住他爹伍春水,跟随周约瑟信了西洋人那位神。结果,没用几天,他就博得了老神甫苏利士的喜爱。"苏利士非常喜欢我。他不光教我说英国话,还教我怎么摆弄照相机和幻灯机。"伍三羊对热乎炫耀着。这是最让热乎羡慕的地方。因为这个,热乎甚至想象着,自己就是伍三羊。当然,这些想象最终带给他的,只有嫉妒和伤心难过。在跟苏利士学了两年英国话后,春天里一个星期日,伍三羊守在普安门外,等到了从城里回到涑口的南怀珠,求他帮忙介绍,进了商埠一家洋人开的商行。所以,现在,热乎脑子里咖啡牛排和电影那些新鲜玩意,差不多都是伍三羊从商埠里回涑口时,带给他的礼物。伍三羊还曾带着他,到老神甫苏利士那里,看了一回"天文学幻灯片"。单是里面那些炫目的星空,就是他和伍三羊坐在黄河岸边的黑夜里,从来没有看到过的。后来,他又跟着伍三羊,去看了一回"美洲自然历史",看了一回"英国自然历史"。尽管他不知道美洲和英国在哪里,但他知道,伍三羊和他,他们都渴望着让自己的两只脚,亲自走到那里,伸出手,触摸一下被人弄进幻灯片里的那些东西。为此,他也更加羡慕老爷的两个儿子,因为他们已经去了英国,能够天天看到他只有在幻灯片里才能看见的东西。

热乎猜想,伍三羊在商埠里,肯定能知道点和"独立"相关的事。他朝前跑两步,准备叫下伍三羊。不过,这个念头只在他心里一晃,他就随即停下脚步,把它按死了。他不愿让周约瑟那个老车夫看见自己。后来,他干脆躲到了旁边一辆正在装载棉花的马车后头。"在等到记者老爷前,肯定还有别的熟人从城里回来。"他躲在那辆棉花包越垛越高的马车后头,安慰着自己。

周约瑟和伍三羊过去后,热乎没有等到另外他认识的,"可以任意打听点事"的熟人,但他却意外地,看见了正在走近普安门的南怀珠。南怀珠骑在马上,正在大声说着什么。他的两边,各有一个骑在马上的人。三匹马和三个人,缓缓地并行着,有说有笑,那些说笑声把一条宽敞的大路都挤满了。一个月过后,在热乎看到南怀珠被巡防营里一群兵丁抓住的那个夜晚,热乎一直注视着他,回想着他在这天里看到他骑在马上的这个场面。热乎瞪大眼睛,再次确认一遍三个人中间的南怀珠,和他胯下那匹叫"北极星"的黑马。然后,他顾不上和他们打招呼,就手忙脚乱地掉回头,像匹受惊的骡子那样,一路狂奔着冲进了南家花园的大门。而在平时,像他这样跑进大门,老爷南海珠是绝对不会允许的。"宁可湿衣,不可乱步。"进南家花园第一天,南海珠就安排了人,专门教他在南家花园里怎么走路和说话。

和南怀珠一起到涑口来的两个人,一位是省谘议局的副议长鹿邑德。南怀珠告诉家里人，为了表达革命和独立的决心，这位副议长已经决定，要把鹿邑德的名字，改成"卫共和"。另一位南明珠有些眼熟，是第五镇十九标里一个叫姚思明的帮带，人长得仪表堂堂。他提醒南明珠，谷友之在第五镇里担任管带时，他还是武备学堂里的一个学生。当年，南明珠跟随女子学堂的英国教师马利亚，陪同那位从英国来的军事专员到第五镇里探访时，恰好武备学堂里几个学生也在那里。在那群学生当中，就有他这个叫姚思明的人。"上年，是你回到武备学堂，撺掇学生们剪掉了辫子，到了阅兵的时候，学堂督办只好让他们把一条假辫子缝在了帽子上？"南明珠说。

跟在三个男人后面往客厅里走时，南明珠仍然在想着她的大哥南海珠，他有没有真正弄明白，城里面正在发生的事情——她二哥南怀珠参与其中的那个"独立"——对他们全家人，对浺口，甚至是济南府和整个省份的人来说，未来的结局会是什么。当然，对于"独立"这个口号，她自己也没有弄明白，看透它的尽头是什么。她记起马利亚给她读过的某个剧本里，一位父亲告诉他女儿的话："人们往往会用至诚的外表和虔敬的行动，在掩饰一颗魔鬼般的内心。"她担忧着，对于她那位大哥，那个"独立"里面包裹着的，会不会正是一颗"魔鬼般的内心"？

鄂省独立的消息传到浺口时，关于武昌革命军宣布"独立"和成立"中华民国湖北军政府"，南明珠曾经在马利亚家里，专门请教过马利亚和那位戴维先生。

"阳光之下，从来就没有新鲜事。"马利亚坐在门口一缕阳光里，眯着眼睛，遥望一会儿天空，扭过脸看着南明珠。"早在一百多年前，法兰西人就被这样一场洪水淹没过。但是，在那个时候，并没有一艘挪亚方舟，像人们期望的一样，立时就出现在他们中间。"马利亚凝视着她面前那缕光线，微微叹息一下。"在那期间，全部法兰西的人，每个阶层，从养尊处优的贵族，到双手侍弄泥土的农民，都卷进了那场洪水之中。那些革命者，最终是以自由、平等和人权为口号，把他们的国王——路易十六，一位擅长英语和拉丁语，热衷于历史地理知识的年轻男人——送上了断头台。令那位国王想不到的是，砍掉他脑袋的断头台，正是他这位多才多艺的国王，自己设计出来的。"

第十章　　议　员

南家花园里，那间专门用来谈论城里那些事的屋子，在南怀珠去城里念书前，一直是他睡觉的卧房。直到他娶了巡抚家那位"表小姐"，住到城里后，这间屋子才被闲置起来。尽管在他成亲前两个月，南海珠就按母亲的吩咐，将他们爷爷在世时居住的一个院落，重新收拾了，作为他成亲的新房，让他搬到了那里；但是，从城里回到浺口的大多数夜晚里，他还是愿意回到这间屋子里待一会儿。因为在他的感觉里，他一直认为，即便他在这个世界上拥有一千间房子，并且每间都华丽得如同传说中的未央宫，却不会有任何一间，能比他睡在这间屋子里更加踏实和安稳。即便是在新婚的夜里，他也没能够改变这种想法。

在那间屋子里，南怀珠和南海珠面对面地坐了下来。南怀珠神情愉悦地望着他的哥哥，南海珠则在默默地抽着烟斗。晚饭后，南怀珠带来的客人，谘议局那位副议长鹿邑德，和第五镇里的新军帮带姚思明，被他安排到了另一间屋子里，由谷友之和南明珠陪着，在那里玩牌。给家人们介绍他带到家里的两位客人时，南怀珠把他们来浉口的目的，说成了"想来看看咱们家的醋园"。他告诉母亲，他的这两位朋友，打算跟人合伙，在商埠里开间"纯正的日本料理"店。所以，他就把他们家酿造的各种醋，尤其是明珠发明的各种果醋花醋，统统推荐给了他们。南怀珠拍拍那位副议长的肩膀，笑着对他母亲说："这位邑德兄不久前刚从日本回来，他在南沂蒙县老家的产业，至少能买下咱们家十个醋园。"

那次，家里人发现南怀珠失踪，是因为一整天里，家人们都没有看见他的踪影。他没有在家里念书，也没有坐到河边钓鱼。当然，更没有在餐桌前，同家人们吃任何一餐饭。到了那天下午，家里所有人都被老太爷遣散到了街上，连幼小的南明珠也趁着家中忙乱，没人注意到她，悄悄地溜出大门，加入了寻找哥哥的队伍。几十口子人，分布在浉口的大街小巷里，叫喊着"南怀珠"或是"小少爷"，一直找到所有人家的房屋里都亮了灯，也没寻找到他的踪迹。那几天，恰好有个南方的马戏班子来到了浉口，他们手里牵着猴子骆驼，车上的笼子里装着狮子老虎，七八个年轻小闺女和小伙子，腰里束着红色绿色黑色黄色的腰围子，一个跟着一个，眼花缭乱地翻着跟头，锣鼓喧天地沿浉口城墙绕了一圈，又在横七竖八的大街上，挨条街串了一遍。最后，他们在一块偏僻的空地上，用黑布围起一块场地，在里面开始了马戏表演。南家花园的人发现南怀珠不见那天，那个马戏班子正好结束了他们在浉口的表演，从那块场地上撤下围了几天的黑布围栏，收拾好人马行头，在下关渡口乘船过河，到河北表演去了。

等外出寻找的人全部回来，大家聚集到灯光下时，他们猜疑，南怀珠一定是被马戏班子里那伙南方蛮子拐走了。因为醋园里的周约瑟告诉众人，在马戏班子来的当天，他到大坝门内的剃头匠子街上去剃头，看见小少爷正和马戏班子里的人站在一起，而那个陌生人，已经在少爷的鱼钩上，挂了个他从来没见过的怪物。"围着他们的人说，小少爷扛着鱼竿正走路，马戏班子里那个人迎面走过去，张开口，朝半空里哈一口气，手往那口气上一抓，就把一条会说话的鳄鱼，挂在了小少爷的鱼钩上。"周约瑟说。"什么是鳄鱼？"南怀珠的奶妈瞅眼她的女主人，嘴里嘟哝着，"一条鱼会和人一样说话，那不是妖孽吗？"那会儿，南怀珠的母亲还没从丢失儿子的惊恐中清醒过来。听到奶妈说那条会说话的鳄鱼是妖孽，她才突然被惊醒般，浑身颤抖起来。她想象不出来，那条会说话的鳄鱼，都给她的儿子说了些什么，是指示给了他一个无法捉摸的前程，还是一个他没法把握的命运。因此，他就被它迷惑住了。由于恐惧，她一直都在来回地翻着自己的手掌，反复地望着那两只手。

"你有没有听到，那条鳄鱼都说了什么？"在众人散去后，南怀珠的母亲又打发人把周约瑟叫了回去。她当着那位奶妈的面，不顾一切地抓住了周约瑟的手。好像

361

那条鳄鱼，就是面前这个叫周约瑟的青年变出来的。她完全忘记了，在那之前，她的一双手，从来没有接触过她丈夫之外的任何一个成年男人。周约瑟手心的温度和汗水，立即让她脸上布满了红晕。她把自己的手指快速地缩了回去。

"好像，好像是叫出了小少爷的名字。"周约瑟全身颤抖着，两条健壮的长腿上像是爬满了蚂蟥，它们让那两条年轻的腿，不由自主地打起了哆嗦。那时候，距离周约瑟到城里去买回那个娼妓，还需要十几年时间。他还没有被母亲之外的另一个女人，触摸过手和身体的任何部位。为了控制住自己的身体，不让它抖动，他不得不在昏暗的灯光下，攥紧拳头，并将它们紧紧地靠在了裤子上。

"叫出了他的名字？"

"围在旁边的人是这么说的。"

"除了叫他的名字，它还说些什么？"

"这就不知道了太太。"周约瑟抬起胳膊，擦着额头上的汗水。虽然才是初夏，气温还没到让人流汗的高度，他还是出了一身汗。

"马戏班子里那个人呢，他说了什么？"

"没听见那个人说什么。我过去时，就看见他在对小少爷笑着。然后，他对着那条鳄鱼吸一口气，那条鳄鱼就从小少爷的鱼钩上消失了。像是跑进一条河里，游走了。"

"后来呢？"

"小少爷就扛着鱼竿，跟着那个人走了。"

外面正在下雨，是夏至后的第一场雨。雨落在那些还不十分油亮的树叶上面，发出一阵阵激情澎湃的声响。南怀珠的母亲坐在椅子里，抚摸着儿子的一件衣裳。由于被一种巨大的恐惧和孤独紧紧地包围着，她小声地哭泣起来。

"他们会不会把他的脸和浑身的皮划破，再把狮子老虎猴子的皮剥下来，缝到他身上，把他变成只会说人话会流眼泪的畜生啊？"

这位夫人完全失去了理智。她满脑子里都是不知什么时候塞进去的，有关马戏班子残害小孩子的事情：那些行动灵活，能够识字数数的猴子，猴子皮里包裹着的，无不是马戏班子在街上偷走的孩子。"要是这样，我怎么对得住那个还在草原上的人，他五年没回来，没看见他的两个儿子了。可眼前，我却给他弄丢一个。"她用儿子那件衣物抹着泪水。"不行啊！我可怜的孩子，他们要是把老虎狮子猴子皮剥下来，缝到你被刀子划烂的身上，让它们长到一起，你得遭什么样的苦痛啊。"她一边说，好像亲眼看见了那些人，正把一张虎皮完整地剥下来，把她浑身是血的儿子，塞进那张血淋淋的虎皮里，把他的身躯和老虎的皮缝合在了一起。然后，她又看到，他们挥着鞭子，狠狠地抽打着包裹在虎皮里面的那个孩子，叫他做着一只真正的老虎难以去做到的各种事情。

为了招回小少爷被鳄鱼勾走的魂子，这天黑夜里，奶妈连夜去外面叫来了神婆子，在南怀珠睡觉的屋子里摆下香案，摆满各色果品点心，摆下鸡鱼，请神婆子跳神招魂。屋里蜡烛光摇来晃去，神婆子坐在昏暗的烛影里，敲着一面铁环小鼓，一面敲，一面拉长声调，荒腔走板，唱着谁也听不明白的祝祷词。她的弟子，一个穿着大红长袍长裙，头上身上插满鸟毛的年轻女人，屈起一只脚，像只怪鸟，在地上来回跳着，脸上的表情先是平静如水，随着神婆子的鼓声越来越快,声调越来越高,那张"鸟脸"也跟着越来越怪异。"这是商羊鸟求神的大神跳。"奶妈附在女主人耳朵边嘀咕着,告诉她只要这只"商羊鸟"一倒在地上,"太太您就要高声地喊'祖宗们都来吃饭了'。"那位丢了儿子的夫人,浑身哆嗦着,盯住那只怪鸟,就在她觉得喘息渐渐地变成了一条细丝线,而那条细线就要被扯断时,那只来回蹦跳的"怪鸟"翻动几下眼白,已经人事不省地躺倒在地上。"太太快喊!"奶妈低声耳语着,晃了晃太太的袖子。在女主人的喊声里,奶妈和两个仆人跑到点燃的蜡烛前,一口气吹灭了所有的蜡烛。屋子里一片漆黑。神婆子的鼓声疾速地响着。房顶上一片青瓦,先是被掀开条蚕丝般的缝隙,转瞬间,便如飓风袭来,上头所有的青瓦,包括四面的墙壁,都被卷进了风眼当中……等那只"商羊鸟"呼叫南怀珠名字的声音,踏着已经安静如溪水的鼓声,在黑暗中钻入那位母亲的耳朵时,奶妈已经按着神婆子之前的吩咐,起身上前,重新点亮了屋子内的蜡烛。那位母亲顺着燃亮的烛光朝供桌看去。桌子上摆放的一应供品,正如奶妈事先给她说过的那样,已经被"祖宗们吃得杯盘精光"。到底有了吉兆。这位女主人暗暗地长吁出一口气,细问神婆子,她的儿子是否就此平安了。神婆子笑着请她放心,说她差遣的"商羊鸟"到阎王老爷那里探看过了,小少爷天生富贵之命,加上祖荫庇佑,"眼下虽小有惊吓,但终是平安大吉。"

这天半夜过后,挨近天亮时,过河去追马戏班子的人还没回来,南怀珠却自己回到了家中。"我的儿啊,你到底是被那条会说话的鳄鱼吓傻了,找不到回家来的路了?还是被马戏班子里那些人绑走了,现在才逃回来?"南怀珠被下人一领进屋子,他母亲就扑上去,抱一团棉花那样,搂住了她的儿子。在她抚摸着儿子的脑袋,指尖滑过他柔顺的头发时,一直在犹疑不定的那个念头,终于被她结结实实地植进了心里:就是天塌地陷,她也要跟着奶妈到庙里去睡一夜,为这个性情古怪,没得到过父爱,也没得到她疼爱的孩子,求回一个能预知他前程的梦。

第十一章 鹅笼

南方和北方,各个省份都在群起独立。仅一个谘议局的人,便分成了黑派白派红派绿派;十几个省的人一旦怀揣暗藏的私心泛滥起来,会不会人人都想做皇帝?人人都想做皇帝,天下就会由一个烂摊子,变成数不清的烂摊子。整个国家都将烂成一堆泥,一盘散沙,那时候,鼓噪独立这些人,他们又有谁肯站出来,且有本领铲起这团烂泥,兜住这盘散沙?"独立"这个让一群人癫狂的东西,独立来独立去,到末了,很难不从一个烂泥坑跳进另一个烂泥坑,弄得城头天天变换大王旗。南海珠提醒着他的兄弟,治国跟治病一样,不是念过一部《汤头歌》,半本《药性赋》,就能称圣手;也不是在八珍四物参苏饮,白虎柴胡建中汤里,腰疼加杜仲,头疼加白芷。洋务运动了三十多年,原本是想师夷以制夷,可到终了,仅仅一个变法,那位光绪皇帝就差点被赶下金銮殿。不管怎么说,那也是个被众多人手捧着的皇帝!就算他不是很懂西洋人的什么物理学，他也能明白，他们说的"量变"和"质变"是什么意思。那位福田先生反复说过，日本人从习"兰学"到明治维新，前后经过了不少于二百年的光阴。人活在世上，什么东西都可欺，唯有光阴是个没人能欺的东西。

南怀珠把心里反复在琢磨的一件事，压了下去。这个时候，他想，他要是把那些还没经过深思熟虑的想法说出来，他的哥哥，也许就会因为惊慌，而跳进醋缸里面寻了短见。他还担心，这样的想法一旦流露出来，他的这位兄长，还会因为过度的恐惧和慌乱，狗急跳墙，联合他们的母亲，想尽办法把他囚禁在这座宅子里，不许他的两只脚再迈出南家花园半步。他今天带了两个人回来，明着的目的，是陪同第五镇里那个姚思明，到巡防营驻扎在浗口的兵营里，来找他在武备学堂里的两个同学，争取他们站到"共和派"这边来。现在，立宪派，和平派，还有那些官僚派和逍遥派的人，在山东是否独立这个问题上，左右摇摆不定，冲突不断，几派人明争暗斗，大有你死我活之势。前两天，惯常使用暗杀手段的光复会，兄弟阋墙，接连砍伤他们同盟会两个人，这让他们不得不加紧采取行动，秘密动员新军中的同盟会员，尽可能多地联系身边的亲信，让新军为他们共和派这边，加上一个沉甸甸的秤砣。除此之外，他的另一个更主要的目的，是他这两天里一直都在担忧的，他想象中的那种不测，会在突然间发生。他不能允许自己，因为个人的任何错误，任何微小的过失与疏忽，导致他在一个崭新世界到来前的时刻，失去亲眼目睹和见证它的机会。

当然，除了他自己，他还在担忧着另一场意外，尽管他一直都在相信，那个意外绝不会出现。不过，在眼下这种几派胶着的状态下，在他们一派还没把握取得完全胜利，山东还没宣布独立，那个新世界还没牢牢地攥在共和派手里前，他认为它总是一个存在。而到那时候，他自己生死事小，他忧心的是整个南家花园，都会因为他的牵连，成为水鬼网里的一网鱼。他还在暗中盘算着另外一件事，要不要告诉谷友之，那位巡警局长，先悄悄地备下人手，把位于浗口的机器局掌控在手里。城里万一山穷水尽了，他们退守到浗口，在那时，多一桶火药，总会比少上那么一桶，让人心里更觉得踏实。

鹅笼书生的故事

《续齐谐记》：阳羡许彦，于绥安山行，遇一书生，年十七八，卧路侧，云脚痛，求寄鹅笼中。彦以为戏言。书生便入笼，笼亦不更广，书生亦不更小，宛然与双鹅并坐，鹅亦不惊。彦负笼而去，都不觉重。前行息树下，书生乃出笼，谓彦曰："欲为君薄设。"彦曰："善。"乃口中吐出一铜奁子，奁子中具诸肴馔，珍馐方丈。其器皿皆铜物，气味香旨，世所罕见。酒数行，谓彦曰："向将一妇人自随，今欲暂邀之。"彦曰："善。"又于口中吐一女子，年可十五六，衣服绮丽，容貌殊绝，共坐宴。俄而书生醉卧，此女谓彦曰："虽与书生结妻，而实怀怨。向亦窃得一男子同行，书生既眠，暂唤之，君幸勿言。"彦曰："善。"女子于口中吐出一男子，年可二十三四，亦颖悟可爱，乃与彦叙寒温。书生卧欲觉，女子口吐一锦行障，遮书生。书生乃留女子共卧。男子谓彦曰："此女子虽有心，情亦不甚，向复窃得一女人同行，今欲暂见之，愿君勿泄。"彦曰："善。"男子又于口中吐一妇人，年可二十许，共酌，戏谈甚久。闻书生动声，男子曰："二人眠已觉。"因取所吐女人，还内口中。须臾，书生处女乃出，谓彦曰："书生欲起。"乃吞向男子，独对彦坐。然后书生起，谓彦曰："暂眠遂久，君独坐，当悒悒邪？日又晚，当与君别。"遂吞其女子，诸器皿悉内口中。留大铜盘，可二尺广，与彦别曰："无以藉君，与君相忆也。"彦大元中为兰台令史，以盘饷侍中张散。散看其铭题，云是永平三年作。

第十二章　马戏

南家花园里的人，包括那些仆人们，都知道女主人患有"夜里游荡"的毛病，而且还知道，她这个毛病，是从她奶奶身上遗传下来的。因为知道侄女有这种毛病，厉米多的姑母，也就是南海珠的母亲，厉月梅，即便在厉米多的父亲亲口向她提起这门婚事后，她还是犹豫了许多日子，不肯让儿子娶回她的侄女。"你得知道她那个夜游的毛病，受不了一星点惊扰，一只蝉和蜜蜂在半夜里惊飞，都能让她发病。"在发现儿子和侄女不仅偷偷地在花园里私会，还相互在亲热地手牵着手时，厉月梅差人把南海珠叫到了面前，声色严厉地警告她的儿子。"您说过，我姥娘一辈子就是这样。"南海珠理直气壮地对他母亲说。那时候，爱情正完全彻底地占据着他的心灵，让他什么都不在乎。"正因为她一辈子都这样，才让人忍受不了。"厉月梅告诉儿子，当年太平军攻到直隶境内时，他们一路疾进，孤军深入，粮草兵器都得不到补给。后被清兵围剿，便从天津撤退到了高唐一带，困在那里等候援兵。而那个时候，身为漕运咽喉的临清城里，虽然守兵上万，山雨欲来，但到底还算安然无恙。他们家里所有的人，也从来没有一个人发现过，她的母亲，有着那种让家人"难以忍受"的毛病。但是，第二年三月末，南京的太平军援军北上，在到达临清时，一举将临清城攻破了。"你姥爷被太平军杀死在城门口，头被贼兵割下来，挂在了城门上。消息传到家里，你姥娘当即就昏死了过去。再醒来后，她就开始整夜地不睡觉，整夜地在屋子里游荡。"这位母亲还告诉她的儿子，后来，在清军收复临清城的第三天，他们一家人就扶着她父亲的灵柩，从临清回到了泺口。

南明珠跟在厉米多身后，走进了母亲的屋子。

她母亲厉月梅正从佛堂里出来，身后拖着一大团安静好闻的檀香味道。这位老太太从来不信有什么上帝。在这点上，她和她的儿子南海珠出奇地保持了一致。"就是有，那也是个杀人喝血、十恶不赦的恶鬼。"她对女儿南明珠说。然后，她还告诉她的孩子们，她一天也没有忘记过，她的父亲，就是被太平天国里那些罪该万死，声称是上帝儿子的太平军，在临清城里杀死的。"他们连个全尸都没给他留下。"在南明珠第一次把马利亚带到家里，向家人们介绍她的父亲"是从苏格兰来的一位宣教士"后，厉月梅当即就收起了脸上的笑容。她沉着脸色，招呼都没有和客人打，便起身进了她的佛堂。在那里，她对着佛龛，来来回回地念叨着，她的父亲曾经"连个全尸都没有留下"。在接下来的一整个下午和晚上，她再也没有从那间屋子里出来，没再见马利亚，也没有见女儿南明珠。直到第二天吃过早饭，把马利亚送走后，老太太派人把南明珠叫到跟前，训斥着她的女儿："再也不许带那个外国恶鬼的闺女到家里来。"半年后，因为南明珠讲了一个头戴荆棘冠的故事，她才被默许，再次把马利亚带进了南家花园。

"客人们留宿的客房，都收拾好了？"

厉月梅手里握着佛珠，问厉米多。那团跟在她身后的檀香弥散开来，整个屋子都被它塞满了。从两位客人被南怀珠引到她面前，厉月梅就觉察出来，他们根本不像她这个小儿子说的，"是两个想来家里看看醋园子的朋友"。那是两个身上没有丁点生意味道的男人。她瞅眼丈夫。那位考取功名后，一天官也没有当过的老进士。他戴着洋女人马利亚送给他的玳瑁"老花镜"，手里捧着南明珠给他搜罗来的一本"藏着长生不老法的《偏方录》"，正在里头查找着长生不老的方子。"这个方子好，有熟地当归，还有白术黄花。"他一脸亮光，手指哆嗦着，在书面上来回戳着。"快把他弄到里头去。"老太太吩咐着丫鬟。每回看到丈夫在书本上指指点点，嘴里嘟嘟哝哝地说着什么药方，她就会让人赶紧"把他弄走"。他这副神态，总是让她忍不住地去想，他躲在蒙古那位王爷家里，教别人家的孩子念书时，是不是就是这副模样？而他自己所有的孩子，"他从来也没这样花着心思，教过他们一天。"

马戏班子只在浈口逗留四天，离开后，就再也没回来过。而那四天里，南怀珠一直都在马戏班子周围转来转去，远远地盯着那个在他鱼钩上变出鳄鱼的男人，试图寻找到一个机会，让他把那个能变出鳄鱼的戏法教给他，或者，偷偷带着他离开浈口，让他加入他们的马戏班子。为达到这个目的，马戏班子在浈口表演四天，南怀珠就抱着鱼竿，在用黑布搭盖起来的场子里面，看了四天他们的表演。那几天里，他意外地发现，那个给他变出鳄鱼的人，不仅能徒手在半空里变出鳄鱼，还能让他的手指发出亮光，把白天变得如墨汁一样黑，并且能让围观的人，看见天空中璀璨的群星。更加诱惑人的是，如果谁想要伸出手去摸摸哪颗星，这个人只要交上十块银圆，随变戏法那个人爬上悬在场子中央的一架绳梯，再跟着他念几遍咒语，然后把手递给他，他的手就会带着那只想摸星星的手，去摸到那颗星星。这种摸星星的表演每天只进行一次，全场只有五位观众，能享受到这种独一无二的荣耀和幸运。名额有限，为了争到摸星星的权利，有几个男人甚至在那里厮打起来。还有人偷着跑去找到了马戏班子的班主，提出多拿十块银圆给马戏团，让他得到一个名额。但是，那个人的要求却被班主一口回绝了。后来有人站出来提议："干脆用掷骰子的方式，来决定名次。"很多人举手表示同意，但更多的人表示不同意，说掷骰子难免会有人捣鬼出千，这样选出来的结果一定不会公平。再后来又有人提议："干脆根据个人家产跟自身在浈口的身份地位和名望，来决定。"这个提议仍然遭到了拒绝，因为场内有相当一部分观看表演的人，他们不是浈口当地居民，而是来自山西陕西安徽河南一带的盐商和粮商，还有博山的玻璃商和宁波的丝绸商。场面越来越乱。有人在趁乱喊叫着，要把场子砸烂。最后，连马戏班子的班主都不得不出来，让人牵出只看步态就无比饥饿的东北虎，在场子内转两圈，之后又由那个变戏法的人亲自主持，以十块银圆起价叫卖，每轮选出一个出价最高的人，才制止住了一场混乱。

那天，出钱去摸星星的五个男人，同时选择了摸织女星。

"我摸到的织女星真是软和啊，弹好的棉花团似的，应该是摸到了他娘的织女的奶子。"第一个上去摸星星的男人从梯子上跳下来后，手舞足蹈地笑着说。

"怎么会呢，老子摸到的东西不仅不软和，还冰凉冰凉的，简直是块被冻住的石头！"

"哦摸到的织女星烫手得很，像摸着了一团火，烤得哦手指尖都在钻心地痛着呢。"

几个摸过星星的男人，感受虽然不尽相同，却是一样的满脸兴奋，仿佛突然吞下了一粒让他们浑身都在产生剧烈热量的神药。为给身体散热，他们就在人群里游荡来游荡去，靠说话和别人的体温，吸走他们身上那些过多的热量。尤其是说自己摸到织女奶子的那个男人，几乎是疯癫起来，满场子乱窜，高高地举着摸过星星的那只手，让人伸出鼻子去闻，上面是不是有织女奶子的香味。

"仙女的奶子呢，香味是不是不一样？"他挨个人问着，一边响亮地抽动着自己的鼻子，直到因为呼吸急促而窒息，躺倒在地上。

有关织女的传说之二

《博物志》：旧说云天河与海通。近世有人居海渚者，年年八月有浮槎去来，不失期。人有奇志，立飞阁于槎上，多赍粮，乘槎而去。十余日中，犹观星月日辰，自后茫茫忽忽，亦不觉昼夜。去十余日，奄至一处，有城郭状，屋舍甚严。遥望宫中多织妇，见天丈夫牵牛渚次饮之。牵牛人乃惊问曰："何由至此？"此人具说来意，并问此是何处，答曰："君还至蜀郡访严君平则知之。"竟不上岸，因还如期。后至蜀，问君平，曰："某年月日有客星犯牵牛宿。"计年月，正是此人到天河时也。

第十三章　　宵禁

南海珠起身走出屋子。在门外，他瞅见了立在门口一侧的热乎。他手里提着那只杜瓦瓶，像是正在犹豫着，他的两只脚，该不该迈进客厅里去。这只杜瓦瓶是两只保温瓶中的一只，一直放在南海珠的房间里。另一只，则在他母亲的屋子里。它们是洋女人马利亚带进南家花园的第十件"洋玩意"。

"烧开的热水装在这种杜瓦瓶里，一个星期都会是热的，一点也不会变凉。在夏天里，如果您把冰块放在里面，它们同样也不会融化。"五年前，洋女人马利亚把两只保温瓶作为新年礼物，带进南家花园时，曾经这样给他们做过介绍。南明珠则说，马利亚是专门写信给她在上海的父亲，让她父亲托人，花了半年时间，才把杜瓦瓶从英国带到了上海。但马利亚没有告诉南明珠，更没有告诉南家花园以外其他任何人，在带它们到中国来的过程里，这两只杜瓦瓶跟随携带它们的人，都游历了哪些地方——它们乘着轮船，不但经过了两个大洋，大西洋和印度洋，中间还穿过了地中海和红海。它们是从伦敦传教会出发的，先是到了罗马，然后又到了巴勒斯坦，到了耶路撒冷，还到了埃及和孟买。因为携带它们的那个人，是罗马天主教驻上海主教的一位朋友，一路上，那个人带着他的主教朋友写给他的信，游历了七个国家，拜访了至少十二位、他在宗教界里认识和不认识的圣人及朋友。他喜欢研究各种宗教派别，阅读各种稀奇古怪的、有关基督教和天主教教义的书籍，甚至包括中世纪的作者和现代神秘主义者写的，关于犹太教教义和伊斯兰教教义的一些书籍，并在这些书籍里，收集和接受了许多千奇百怪的教条。所以，在侍奉完上帝之余，他大部分精力，都花在了研究各种奇怪宗教团体和形形色色的教义上面，几乎达到了痴迷的地步。不幸的是，在他结束那趟漫长旅行，抵达上海后不久，就在一场没有诊断出任何病因的疾病里，突然离开了这个世界。而那时候，这两只杜瓦瓶还正在由上海到浉口来的路上。

"老爷。"看见南海珠走出来，热乎小心地叫声老爷。

"你在这里站多久了？"

南海珠背着双手，在热乎脸上扫一眼。那张忠诚而年轻的脸，被月亮的冷辉笼罩着，一脸的安静。他没有看到他认为会有的那种惊慌失措。"老爷，我刚过来，您就出来了。""那就好。"南海珠点下头，"进去放下水就出来，跟我到厨房里去。"他说。

热乎瞅着落在脚面上的月光，想了一下周约瑟。就是从这天晚上开始，他会一点点地改变着，之前对周约瑟的所有成见。他一直都在厌恶这个车夫。厌恶看见他，更厌恶和他说话。尽管他是藏在他那辆沾满醋酸的马车上，被他带到浉口，并最终把他送进南家花园，给他找到了一个活下来的"家"。不过，这些仍然不能抵消他对这个车夫，以及醋园里那帮伙计的痛恨。

两只脚走在客厅里时，热乎又快速想一遍，周约瑟对他说的那几句话。他一直想弄明白那些话的意思。吃过晚饭，他按照太太厉米多的吩咐，一路小跑着到了周约瑟家里。然后，他喘息着，站在那个他从来没喜欢过的院子里，鹦鹉学舌般，将太太的话重复一遍。他从来都是站在院子里传话，一次也没有走进车夫住的那座房屋里面。他跟厌恶周约瑟一样，厌恶把他藏在裙子里，将他带到这儿来的"那个娼妇"。在大宅子里，他也在躲避着她。醋园里的伍春水，一直都在叫车夫的老婆"那个娼妇"。他听了几次，也开始在心里这么叫她。"那个娼妇。""那个娼妇。"他在心里这么称呼着她，胆子和声音，都在一天比一天变大。

谷友之独自一个人骑着马，离开了南家花园。他从来不在这座大宅子里过夜。哪怕南明珠留在那里，他也一定会像现在这样，坚持着离开，回到他自己的家里。走到朝його住宅拐弯的路口时，他犹豫一下，晃了晃那匹马的缰绳，还是让它走向了与他那座宅子相反的方向。那个方向通往巡警局。他想直接回他在巡警局的办公所。下午，在他离开巡警局之前，巡警来福和伍金禄带人去妓院里抓回了两个人。在其中一个人身上，他们居然搜出把压满子弹的短枪。来福兴冲冲地跑进他的局长办公所，满脸喜色地汇报着，并将他们从来没有见过的，一把"半旧"的短枪，放在了"局长专用"的那张桌子上。他摸起来看了看，居然是把美国人新造出来的"勃朗宁"。而他见识这种手枪的时间，还不足一年。他是去年圣诞节那天，在美国人戴维的会客室里，见到这种枪的。"这是马利亚的父亲，送给我们的新年礼物。"戴维把一只形状像中国女人缠裹的三寸金莲，完全可以用"小巧玲珑"这个成语来形容的手枪，摆放到他面前，对他笑着，说他一定"有兴趣欣赏它"。

离开巡警局前，谷友之将来福上交的那把"勃朗宁"拿在手里，翻来覆去地观察着，检查着它的撞针和扳机。包括所有对那把枪来说至关重要的地方，全都毫发无损。唯一的问题，就是看上去"破旧了点"。他笑了笑。他一眼就能看得出来，它的那种"旧"，不过是持枪人花了点心思，像个坏良心的古董商人，蓄意把一件新物品弄成古董那样，悉心将它做旧了。"先把人关起来吧。看管好了，等我回来再说。"

这个月份，真正的寒风还没有从西北方向刮过来，蛮横地跨过黄河，恩威并施着，收走树上生长的所有树叶。不过，就算气候适宜人们自由地在外面行走，这个时辰，街道上仍然鲜有人行走。这是一个几乎人人都懂得安分守己的地方。大多数人都在自觉地遵循着"日出而作，日落而息"的古老法则。

"法律在这个地方，差不多就是形同虚设。"谷友之在和戴维谈论到浨口的治安情况时，他总是会以此引以为傲。"当然，这要除去其中那一小部分，甚至用不上'部分'这两个字，也就是那几粒老鼠屎，想在黑夜里行苟且之事的孬种。"事实的确也是这个样子。剔除了那些处心积虑，欲趁着夜色偷鸡摸狗的下三滥，剩下来的所有人家，差不多都会在半夜里安静地进入睡梦。至少是会安静地躺在床上，或是像一条凳子那样守在屋子里。"这都是你这位巡警局长的功劳。我想，你是一位再称职不过的地方治安官了。"有时候，戴维会用他那种美国人开玩笑的方式，这样和谷友之开着玩笑。

每到这种时刻，谷友之都会笑一笑，对这个美国人的玩笑话不去表示赞同，也不会表示出任何相反的意见。除了宵禁，有时候他会觉得，这种安宁的状态，有很大一部分原因，也许是因为老天，或者戴维和马利亚这些洋人嘴里说的那位上帝，让人们在睡觉时拥有了"梦"这个东西。不管这些人在白天的日子过得怎么样，一日三餐揭不开锅，还是富有得拉尿都有人拿金盆子银盆子伺候，但在他们进入梦乡后，老天送给每个人做梦的权利，至少是平等的——白天为吃喝忧愁的人，可能会在梦里拥有着，他平日没有任何机会得到的某些快乐和喜悦；白日里一掷千金的人，偶尔也会在睡梦中惊魂不断，满世界跑遍了，却找不到半寸可以让他藏匿的安身之处。"在这点上，老天应该是公平的。"在他想到这些关于梦的奇怪问题时，他还会这样想，"只是，那位老人家在计算一件事情的好与坏时，他使用的规则与方法，还有运算的时间与方式，人类从来都不能正确地去理解。"但这没有办法啊，他最后给自己总结着，人就是人，不会是别的，不是神仙，也不是石头瓦片。

穿过运署街时，谷友之勒住马缰，让马蹄子在铺满白色月光的十字路口上，停了下来。他坐在马背上，跟往常在别的路口停下来时那样，先朝四处张望一会儿。现在，除了运署街中间两家客栈，奎文街角那家叫"百乐坊"的妓院，还在门外亮着红彤彤的灯笼，整条街都被月色包裹得严严实实，就像女人一只玲珑的金莲，被素长的裹脚布裹着，密不透风。他竖着耳朵听了听，一条狗叫的声响都没有。只有风像个东倒西歪的醉汉，漫不经心地穿过一些正在枯干或者已经枯干的树叶子。方圆一公里范围内，他耳朵里没有传进巡警局里那些巡夜的马蹄声。夜里宵禁后，只有他手下那些巡警和他们的马，才能像风一样自由地，在他们愿意巡视的一条条街上行走着，满嘴里说着令他们发出嘎嘎笑声的浑话，并且不会遇到任何拦阻。当然，在实施宵禁前，偶尔地，他们也会偷偷懒，在某个角落里找个小馆子逗留下来，躲在里头彻夜地喝酒猜拳，一直喝到东方发白，河边纤夫们喊出的号子声，一阵阵钻进他们的耳朵眼里。如果不是汛期，遇到这种情况，他一般都会佯闭着眼睛，由着他们糊弄过去。这样，至少在接下去的半个月，或者一个月，甚至更长一点的两个月里，他们每个人都会让自己恪尽职守，尽着一个巡警该尽的那份职责，"尽量不给他惹出什么麻烦事。"

在巡警局门口跳下马，谷友之叫开了关闭的大门。值夜的两个巡警，是来福和胖子伍金禄。伍金禄的小爸爸是醋园的工头伍春水。他和来福两个人，都是南明珠引荐进巡警局的。伍金禄打着哈欠拉开门，睡眼惺忪地对着谷友之躬下身子，手忙脚乱地从他手里接过了马缰。来福则在月光里打开了手电筒，给谷友之照着脚前的路。"这些稀罕东西，要节省着用。"来福明白谷友之说的是他手里的手电筒。他们都知道，这些手电筒，是那个美国人戴维先生，从美国给他们弄来的。"是是，局长大人。"来福关上了手电筒的开关。"您这么晚了还过来，是不是发生了什么大事？"来福打开门，把手电筒放到桌面上，划着火柴点亮油灯。谷友之走了进去。每天夜里过了十点钟，巡警局里的电灯就会因为电灯公司停止给电，而不再发出太阳光那般明亮的光线，继续把房间里每个角落都照得通亮。"一只虱子也别想在地面上隐下来。"来福一直都记着，沵口刚有电灯时，他那个开窑货铺子的父亲，在黑夜里给全家人描述电灯的这句话。至今，他父亲还一直把电灯叫做"小太阳"。"等咱们发财了，也会给咱们家里，每间屋里都装上个那样的小太阳。"他父亲满怀憧憬地对他们说，"连茅厕里也会装上一个。"他母亲听了这些话，则在那里突然忧虑起来，担心他们家连茅厕里也装上了电灯，这样的事情一旦传出去，会不会让外人觉得，"咱们是不懂节俭的人家，影响到儿女们以后的婚事？"那时候，拐走来福姐姐香艾那个年轻又聪明的小伙计，还没有从他的老家登州来到沵口，来到他们家的窑货铺子里。

"你去翻翻咱们那本沵口治安志，看看最近几年，沵口这块风水宝地上，除了黄河决堤，河水吞没庄稼地和一些人家的房屋，引发过两场饥荒，上年从关外传来一场瘟疫，还发生过什么大事？"谷友之靠在了椅子里。

"是这样。"来福说，"说不清为什么，从抓到那两个人，搜到那把枪，我的右眼皮就一个劲地在跳，跳得人心慌木乱。因为这个，局长老爷，噢，局长大人，我一直在琢磨，城里闹独立那些人，到底算不算是乱党，会不会有人跑到泺口来？听人说，那些人一直都在等着南方的乱党北上，来帮他们宣布独立。"

尽管暂时还拿不准，巡警们带回来的是两个什么人，但谷友之相信，一个平常百姓或是单纯的商人，不会随便就将这种"火器"揣在怀里。下午来福过来送枪，说那两个人被他们押着往巡警局里走时，一路都在"满嘴里胡咧咧着"，一个说他妹妹被人拐跑了，他们进到妓院里，是想探看探看，他妹妹是不是被卖进了窑子里。另一个则说自己是从北京到博山买瓷器的商人，过了河，找家酒馆坐下来喝点酒，喝醉了，想到窑子里找个小娘们，让她们伺候着解解乏。"皇帝老子也没规定，到窑子里花钱睡个女人还犯法。"那个说自己是到博山买瓷器的男人，高声嚷嚷着。

在羁押室门外，来福从口袋里摸出钥匙，打开了那间屋子的门锁。这是一间没有窗子的屋子。即使在白天，关上屋门后，屋子里头也会和黑夜一样黑。这是谷友之仿照新军第五镇营房里，关押偷吸鸦片和赌博那些兵丁的"戒烟戒赌室"，设计出来的。来福走进门，先拿手电在屋子里照一圈。被抓来的那两个人，两只手绑在一起，两条胳膊被绳子拉起来，吊在房梁上。谷友之曾经告诉巡警局的巡警们，被关进第五镇"戒烟戒赌室"里的兵丁，都是这种吊法。

"就是他们两个，局长大人。"来福站在羁押室门里边，来回晃动着手电筒，用那道电力不是很充足的光，围绕房梁上被吊着的人，画了两个不太圆的圆圈。然后，为了方便站在门口的谷友之看得更清楚一些，他将光束先对准其中一个人的面部照射一会儿，接着，又移到了另外一张脸上。

"那把枪，就是从这个家伙身上搜出来的。"来福扭过脸，毕恭毕敬地看了看谷友之，将手电筒的光束，落在了第二个男人脸上。在手电筒忽明忽暗的光束里，谷友之首先看清了，那个男人右侧眉头上，差不多像黄豆粒大的一颗黑痣。

第十四章　水　泥

太阳攀着河对岸的树木，从地面升到树梢之前，这一日假如天气晴好的话，周约瑟就已经从河里挑回了三十担水。当然，如果这天太阳没有照耀大地，也没有下那种让人怎么努力也无法睁开眼睛的大雨，到了太阳升起来这个时刻，他同样也会挑回三十担水。并且，他在挑这些水时，还不会因为那颗正在冉冉上升，满脸涂着通红颜色的太阳，多花上几分钟的工夫去端详它。他喜欢站在水边上，观看那颗红色的太阳慢吞吞地攀着树木，往上升。在他盯住那张又红又润的圆脸凝望时，醋园里另外那些和他一起挑水的人，就会不断地嘲笑着，问他是不是瞅见了还没穿好衣裳的日头娘娘。

伙计们每天早上从河里挑上来的水，都倒进了醋园内两个用青砖砌起来的水池里。砌水池子的洋灰，是南明珠通过洋女人马利亚的丈夫，从修建黄河铁路大桥的德国人那里弄到的。"我可以拿上帝的名来起誓，用德国人造的这种水泥砌成水池，这个水池在一百年里也不会损坏，从而流走一滴水。"那个美国人戴维站在一堆洋灰跟前，拍着一包洋灰说。周约瑟第一次知道，洋灰还有另一个称呼，叫"水泥"。戴维帮着周约瑟把几十包水泥装上马车，然后，又跟随着周约瑟和马车，一直把那车水泥送到醋园里，直到亲手教会两个泥瓦匠，用来砌石缝的水泥和沙子的比例是多少；砌完水池，水池内层防渗漏的泥浆中沙子的比例又是多少；最后，是涂抹水池内外层光滑面的那层细灰浆的搅拌浓度。把这些一一教完后，他又站在泥瓦匠旁边，看着那两个泥瓦匠在他面前亲手操作一遍，确定他们按着他教授的方法，"每个步骤都做得非常到位"，他才放心地离开醋园。

那时候，醋园里的伙计们跟这个美国人，早就格外地熟悉了。在他跟随周约瑟把水泥送进醋园前，他和他那个漂亮的太太马利亚，已经跟随大小姐南明珠，到醋园里来"视察了很多次"。

在他们第一趟走进醋园时，醋园里所有的人，包括工头伍春水，都停下了手里正在忙着的活计。伍春水的两只眼睛跟钉子一样，先是盯住了马利亚满头卷曲的黄头发，接下去是"白得让人晃眼"的那张脸，再然后，是让人觉得同样眼花缭乱的光滑的脖颈。"你看那个洋女人的脸，白得刺眼，像不像拿开水褪光了毛的猪脸。"伍春水站在两排醋缸中间，小声嘀咕着对周约瑟说。"你们好！"马利亚跟在南明珠身后，满脸微笑，一边走路，一边朝众人摇晃两只细嫩的手，和醋园里的人打着招呼。当时，醋园里所有的人，包括伍春水，他们还没有谁知道，这个洋女人到醋园里来，是为了教大小姐南明珠酿造花醋和果醋。后来，也是她给南明珠提出来，"应该在醋园里砌两个大型的水池子，用来沉淀黄河里的水。"她告诉南明珠和醋园里的伙计，她已经从她丈夫那里，了解过整条黄河，知道它的源头和途中经过的所有地域，知道黄河里一路流淌下来的水，大多都是雪山融化后的冰水。而用这种冰水酿出来的醋，肯定和使用水井里提上来的地下水，味道完全不一样。她还告诉他们，一定要赶在早上，太阳升腾起来变热前，将那些水从河里运回来，因为那时候的水在黑暗里沉睡一夜，早上苏醒过来，每个水分子都充满了饱满的活力。尽管醋园里的每个人，都对洋女人马利亚的这种说法充满了质疑，但他们还是因为大小姐南明珠，严格地按着她的说法去做了。

周约瑟不怎么喜欢那个美国男人戴维，但也不像讨厌洋人的伍春水和来家祥那样，讨厌他。不过，他却一直喜欢听那个洋女人马利亚说话。"你好，先生。"不管是在醋园里，还是在街上，在他能遇到她的任何地方，她都会率先这么和他打一声招呼。当然，他也会对她说："您好，夫人。""夫人"这个称呼，是他在突然想起了苏利士对他母亲的称呼之后，才这么说的。在那之前，他由于一时不知道怎么称呼她合适，所以，在最初两次，他每次都只是短促又窘迫地回答一句"您好"。而在马利亚教会大小姐南明珠酿造出那些花醋和果醋后，他几乎就对她充满尊敬了。因为它们弥散着的那种醉人的气息，总是会让他莫名其妙地感到浑身轻松，像在深夜里仰望着星空，摊开四肢躺在松软的沙滩上那样，只想放开喉咙唱点什么。

半夜里，巡警局长离开后，按着老爷的吩咐，热乎飞快地跑去打开了那间"老书房"。然后，他垂手侍立在门口，瞅着脚下的月亮光，一心一意地等着老爷过来。

不管碰到什么事情，只要老爷吩咐了他，让他先到这里来点亮灯，他就从来没让他和那些灯光等待的时间，超过半个时辰。即便是最长的一次，也没有越过那个界限。

月亮光白得灼眼。那些树木，都将各自的影子在月光里缩短一些，似乎月光抖落的寒气，让它们的枝叶觉到了寒冷，它们便索性蜷缩起身子，尽力在保持着身体内的热量。远处断断续续交错在一起的阴影，如被河水弄湿的沙滩，亮的地方，又如河面；河水无声地流淌着，水边，是纤夫们的赤脚用力踏入沙子，气息沉重的喘息声。偶尔，又会有一阵号子声，沿着一根纤绳滑入水中，在水面上荡漾开去，绕着途经它们开去的一条船，在船的两边打着无望又无奈的水漩，又白又亮。

热乎又朝那条小路上张望一下，怀疑是不是在他跑过来后，真的有人在他身后尾随着，迅速在那条路面上铺了层透明的水或是冰。现在，投在他面前那些树影，清晰得像是被谁拿支画笔，描在了一张上好的徽州宣纸上。他试着伸出脚尖，在那些树枝上来回擦几下。那些树影一点也没有被他抹掉。他又来回抹几次，它们还是清晰地铺展在那里，一丝一毫没有被擦去。"我来给你说吧爷们，我猜测着，独立就是人人都自由。自由就是天上飞的那些雀鸟，没有谁能不让它们在天上飞来飞去。大风不能，大雨也不能。即便是你们家那位大老爷，他也不能天天像拴骡子拴马那样，死死地拴着你，一辈子给他们做家奴。这么说吧，只要是你个人愿意，你可以到我铺子里来当伙计，也可以像那个伍三羊，到城里去，到洋人的杂货铺子里，给他们买卖洋人的玩意。"在他转身准备离开来家祥时，来家祥嘿嘿地笑着扯住了他一条胳膊，这样告诉他。

在又一次往那条小路上看过后，热乎想着二老爷和他带回大宅子里来的两位客人，胆战心惊着，慢慢地收回了他刚伸出去的那只脚尖。院子里寂静得骇人。他侧侧耳朵，似乎听见了月亮光河水那样哗哗流淌的声音。他猜不出来，尽管老爷是个无比和善的人，他要是把来家祥说的这些话和盘托给老爷，老爷会不会朝他两只耳朵眼里，挨个砸进去一截桃木楔子。

老爷迟迟没到老书房里来。热乎惶恐不安地站在那里，继续盯着地上的树影，计算着自己等待的时间，是不是超过了一个时辰。也许有两个时辰了。他犹豫着走进屋子里，擅自点上灯，但马上又将那簇跳跃的火苗吹熄了。那团火苗扭动的模样，让他觉得它是在害牙疼。火车跑得太快了，被肚皮底下那些石块磨破肚皮时，也会扭曲着身子疼成这样。不过，火车疼得厉害了，就会大喊大叫上一阵子。

熄灭灯火后，热乎重新回到了院子里。他蹚着铺满河水那条小径，找到了仍然在树木间踱步的南海珠。"老爷。"他走到距离他不足十步远的位置，立住脚，小心地喊声"老爷"。南海珠没有理会他。热乎迟疑一会儿。他站在那里，不知道该怎么办，是不是应该再叫一声"老爷"。栖落在花园里的所有雀鸟，不论是喜鹊还是麻雀，都已经睡熟了，在梦里安静地玩耍着，或是相互交谈着它们在梦境里的见闻。热乎猜测它们是钻进了不同颜色的梦里，而那些梦，就是它们裹着睡觉的棉被。他把喜鹊的梦想成了是天空的蓝颜色，一群喜鹊里，最多有一只喜欢大红大绿的颜色，或是粉红桃花那种颜色。而麻雀，他则把它们的梦全部想成了小麦和谷子的金黄色。

热乎紧张地瞪大眼睛，对着一院子相互交错的月光和树影，等待着老爷把他招呼过去，再次吩咐他"去老书房里点上灯"。房间里没有人就要熄灭灯火，这是南家花园里人人都知道和遵守的规矩。但是，他一直没有听到，老爷招呼他重新点亮油灯那声吩咐。后来，他抱住一棵树，觉得有一层类似剥开大蒜外皮后，在里面包裹住蒜瓣那种透明的薄膜，轻轻地覆盖住了他的心灵和头脑。他睡了过去，并且做起了梦。在睡梦中，他看见满院子树木和它们的影子，都被一种半明半暗的光影罩住了。那个光影，仿佛是一条鱼在水里吹出来的气泡。一个没法分清边际的气泡。所有的树木，都跟随着一个奇怪的声音，齐刷刷地，在那个气泡里来回摆动着枝条。他看着它们，心里突突地跳着。

第十五章　兄弟

黎明时分，南海珠在热乎"咚咚"响起的跑步声里，对着天色翻看一下手掌。他盯住手掌，考虑着天亮后，应该先干点什么。从半夜里送走了巡警局长，他就一直在这些树木间徘徊，直到那缕羸弱的晨曦照到他身旁的山楂树上，他视线里隐约跳进一团山楂的枝叶，和一簇模糊的红色果实，他才意识到，他面前的月色里，早就掺进了一抹晨光。从牲口棚那里，传来了一阵马的嘶鸣。他听着马的嘶叫声，知道他的兄弟南怀珠，要带着他的朋友们离开涍口，回城里去了。夜里的寒气，在树木上凝成了一层白霜。他伸出手指，在山楂树的叶片上抹一下，把那些沁凉的霜雪抹到了手上。他已经拿定主意，决定不到大门口去送他们。就是在这个时候，在距离他十几步远的地方，他听见那个小男孩，热乎，像是刚从地狱里逃出来一般，声色恐慌着喊了他两声："老爷！"

南海珠没有去看那个孩子跑走的背影。

即便想了一夜，他仍然觉得，他兄弟握笔那双手，不应该去碰那些不该碰的东西。尤其是那个什么"革命"。他该去想想醋园里那些人都是如何在酿醋。酿一道醋，仅仅是投料，清洗，粉碎，烘干，蒸煮，拌料，发酵，扒缸，就要花上几十天工夫；然后才能淋出，入缸晾晒，这期间还须经过半年甚至一年的风吹日晒，让它醇化陈香，散发掉三成的水分；醇化过后，要再次拼缸晾晒，滤清，装坛装瓶子。仅仅酿一缸醋，尚且要花这么多工夫，何况是去推翻一个皇帝。

从他们昨天夜晚的谈话里，他已经听出来，仅仅是那个谘议局里，就竖起了七个山头。再有两个，就是"齐烟九点"了。他心里嘲弄地笑着，想起南怀珠初学英文时，为记住那些字母，死乞白赖地缠着他的奶妈，给醋园里每个伙计缝件坎肩。然后，他把英文的二十六个字母，一个一个写在了坎肩背后。周约瑟背上是个"z"，陈芝麻背后是个"p"。等他记住那些字母，学了些英文，周约瑟因为背上的"z"，已经被他叫成了"贼尾巴""锡安山""动物园"，陈芝麻则被喊成了"猪屁精"和"骰子碗"。没人知道教他英文那位宣教士，在教给他英文字母时，还教了他一些什么玩意。由于几个伙计在跟着南怀珠分坎肩时，南怀珠故意把"d"的发音读成了"腚"，于是，这个字母落在伍春水身上，就成了"腚""四骑手""腚眼门"，最终，南怀珠选来选去，还是给那个工头选了"腚眼门"。开始，除了南怀珠，只有几个伙计鬼鬼祟祟地，用"腚"指代着伍春水。但是，没几天，醋园里和洓口所有认识伍春水的人，差不多全都知道了。甚至包括大宅子里的女眷们，也知道他在南怀珠学的那些英国话里，获得了一个不雅但又能让人大笑一阵子的称号。那以后很长一段日子，大宅子里的女仆们，凡是看见伍春水走进大宅子里，她们就会对视一眼，然后拿手捂住嘴，躲在旁边笑上一阵子。南海珠琢磨着，城里那个狗屁谘议局里，会不会也像南怀珠初学英文时弄那些字母，林立起了二十六个山头，有的山头全是"贼尾巴"，有的山头全是"猪屁"，而有的山头，干脆就是伍春水分到的那个"腚眼"。

在距离老书房几十尺的位置，南海珠听见有个声音趴在他耳朵上，告诉他，他正在经历并置身其中的这个早晨，对于他和南家花园，或许，仅仅是后面无数个难熬的清晨里，一个开始。那些马的嘶鸣声消失了。但它们在尘土飞扬的路面上飞奔着，不断响起的马蹄声，却漂浮在一层清冽透明的空气里，无比清晰地印进了他的脑海里。他努力让自己保持着安静，并停下了步子。尽管他事先并没有打算，在走进那间老书房前，允许自己疲惫的腿脚再次停顿下来。他站在那儿叹口气，然后，改变了先前的主意，决定不再去那间老书房。

大约两年前，在距离洓源门不足二百丈的街边，新开了一家绸布庄。那家店铺的掌柜，一位从南沂蒙县来的绸布商人，完全是为了他的第四个老婆，一个曾经在洋学堂里念过两年书的女人，从南沂蒙县来到了这里。

这位后来做了她丈夫的绸布庄掌柜，和他们家隔一条街住着。他早就认识这个天天从他家门前经过，到洋学堂里去念书的姑娘。每次站在店铺门口瞅见她，他都会熏熏欲醉地做上场白日梦，梦想着，能把这个"浑身透着股异香"的天仙姑娘娶回家，做他最后一个老婆。这位绸布商的祖辈都是读书人，家里曾经出过两第进士。而后面那位进士，尽管没人知道他的真实名字，但几乎全天下的读书人都认识他。他因见多了人世间的冷暖无情，官场的虚伪肮脏，又受到同僚们排挤诬陷，更感叹世事荒诞不经，便决意写几卷官场暗疾的书出来，骂一骂那些没有廉耻的贪官污吏，警醒一番世人。这位进士呕心沥血数载，最后竟写出部他自己也觉得"会令祖上和后人俱不齿"的《金瓶梅词话》。在他把书稿拿给一位友人刊印后，不久就懊悔起来，忧心他的后世子孙们知悉这部"淫书"为他所著，将无颜在世上堂堂正正地抬着头做人。于是，他便称病辞官，带着一家老小，悄悄地回到了他祖上在那里生活了上百年的兰陵镇。但仅仅在祖宅里住了半年，他又抛下那座老宅子，带上家人离开了那里，然后一路朝北，到了再没人认识他的南沂蒙县，在那里隐姓埋名地生活下去，并勒令他的子孙们，"世代俱不许读书做官"。这位绸布商却没有遵从他的祖训。他不仅粗通文墨，还偷偷地看了无数遍他祖宗留下的那部"为堂堂君子所不耻的淫书"，那是他那位祖宗，密封于夹壁墙内的十卷手稿。他在翻修宅第时，意外地将它们从墙壁里挖了出来。连同那些书稿一起挖出来的，还有他那位祖宗留下的，为什么写这部书的一封书信。

这个经营绸布庄的男人最大的一个梦想，就是把天下最绚丽的绸缎，穿在天下最妖娆的那些女人身上。可惜的是，他前面娶的三个女人，她们给他的想法全都一模一样：如果有人非要他去做一个什么样的交换，他愿意毫不犹豫地，用这三个老婆去完成那场交易——不管那场需要交换的交易是什么。所以，在大火吞噬这个姑娘家那天，他从一个街坊口里得知，因为这场灾难，这个无能为力的姑娘和她母亲，连安葬她们那些家人的银子都没有着落时，他立即打定主意，亲自给她们送去了二百块银圆，并代为她在大火中丧生的亲人，张罗好了一应的后事。

一个月后，姑娘的母亲，即将成为他第四个岳母的老太太，登门找到了他。她恳请着他能够答应她，收留她的女儿，不论他"让她做第几房偏室"。三年孝满后，这个"浑身透着股异香"的姑娘，做了绸布商的第四个老婆。两人成亲后，仅仅过了一个月，他的第四个岳母便悬梁自尽，找她更多的家人去了。

绸布庄掌柜对这个读过洋学堂，又会写诗作画的年轻小妾的宠爱，几乎到了无以复加的地步。后来，在来到济南府后，这位绸布商人多次在牌桌上告诉他的牌友们，他是在娶了这个小妾的第三个月，知道她心里那个愿望。当然，他没有告诉牌友们，为了满足她在他那些家人眼里"实在有些出格和轻佻"的愿望，在家人们知道这件事情的第二天，他不顾前面三个老婆的反对和哭闹，对她们宣布，他已经打定主意，决意带着她，他的最后一个老婆，离开南沂蒙县，离开她们和所有的家人，到济南府去生活。

在生意场上，这位绸布庄掌柜是个特别有头脑的人。在经营绸布庄的同时，他还拿出几百块银圆，与人合伙开了家不算大的钱庄。倒在街头那天早上，他刚刚在高都司巷的福德会馆里上"关"回来，和银钱业的一众同行们，议定了当天存放款的息率。

绸布庄掌柜倒在自己铺子门口那天，周约瑟和他的马车，还有两头拉车的骡子，恰好像之前的每一天那样，走过那里。他们，他和马车，以及两头骡子，一起亲眼见证了，那个人是怎么从站立着，到直挺挺地躺倒在地上，死去的。当时，周约瑟甚至没来得及扯一把手里的缰绳，把马车和骡子拉住，他就把它们扔在路当央，任由它们信马由缰地朝前走着。他连滚带爬地跑到绸布庄门口，但还是晚了。他慌慌张张地伸出手，去掐那个人的人中，掐了半天才发现，那个人的鼻孔里，早就没有了一丝气息。

等待那个人开口，讲述他为什么回到泺口来那段时间里，谷友之一直都保持着沉默。他的头脑因为缺乏睡眠在胀疼着。但他猜测，那种胀疼，也可能是由于另外一些原因。他不停地揉着太阳穴，努力在心中某一小块角落里，保持清醒。"一定得保持清醒。"他一再地告诫自己，尽管外面的天空中，悬挂着一颗饱满得不能再饱满的月亮，看上去天亮后会是个很好的天气，好得可以到黄河滩上去放风筝；甚至，如果他现在愿意走到院子里，仰起头，就可以望见九霄云外，玉皇大帝坐在他那个宝座上的模样。

偶尔地，谷友之才会在椅子上扭动下

身子，打量一眼坐在他对面的人。正在他面前度过的这个夜晚，始终在让他抑制着心跳，让他觉得恍惚和迟疑。"这是不是一个梦？"在那个人低声开始了与他交谈时，谷友之已经在心里问了自己十三遍。因为在这个夜晚之前，他差不多已经让自己完全忘记了，世界上还有这个人——他的兄长，冯一德。至少，他曾经几百上千次地让自己坚信，在他活着的日子里，见到这位兄长只能是梦境里的事情。

"先不要追问我这些年经历了什么，是怎么回来的。我只想告诉你，现在绝对是个千载难逢的机会。这一点，你绝对得相信我。"

谷友之瞅着冯一德的半边脸，揉着眼睛，担心他眼前看见的仍然只是一个梦境。而他和他，冯一德，在这个夜晚里所有的交谈，仅仅都是这个梦中的一部分。

"Believe me！"冯一德来回摸着他眉头上那颗黑痣，又重复一遍。他盯着谷友之，眼睛里藏着的那根铁钉子的尖，又亮又尖锐。谷友之在心里为他这句话画一道杠，接着又画上一道，紧跟着又画一道。这是在他认出了冯一德，告诉巡警来福他"需要单独讯问一下这个人"，把冯一德带进他办公的屋子内，和他相认后一个钟头里，冯一德对他重复次数最多的一句话。

巡警来福就站在外面院子里，距离门口不到十米远的地方。谷友之的一只耳朵听冯一德讲着他的过往和现在，一只耳朵则在留意着门外面的动静。来福做巡警的时间，已经超过了两年零一个月。按照他太太南明珠的说法，一个人的品行是否端正，只要足足地观察上两年，就能够做出不是很离谱的判断。谷友之一直不赞同她这个观点。他觉得要真正看清楚一个人，仅仅用两年时间，差得实在是太远了。"至少会差上三年加半树桃花。"当然，他一次也没有把这种想法列举出来，以此来反驳他的太太。

"是千载难逢。对这句话，我连一粒沙子那么小的怀疑都没产生。"谷友之盯着他心里刚画完那道杠，觉得自己画得有点弯曲了，以至于那道杠看上去像是被黄河里暗暗涌动的一个浪头，不是很用力地冲击了一下。他从冯一德眉头那颗黑痣认出了他。而冯一德告诉他，他一开口说话，他就从他的声音里，认出了他的兄弟。

"这是在浈口的巡警局里。"谷友之用一根别人无法看见的手指，在他一直盯着的那道杠上来回描一下，希望能把那道杠被水浪冲弯的地方，描得更直一点，或者看起来更直一些。"我是说，从现在起，你得时刻记住，这里是浈口，是大清帝国管辖的浈口。不是美利坚合众国，不是你在那里站立过的任何一小块破烂地方，也不是你刚才说的那些，你闯荡过的乱七八糟的国家中，任何一个破烂国家破烂皇帝和破烂国王管辖的地方。"

"一点没错，我在美国待的都是些破烂地方。我已经受够了那些破烂地方。就是因为美国和另外那些破烂地方，我才下定决心回来。让我意外的是，那位从没对我显示过半分仁慈的 God，和他那位被钉在十字架上的儿子，在今天，把他们吝啬的恩典同时赐给我，让我在这里见到了你。重要的是，你还在这里担任了地方治安官，手里有巡警局，有审判公所，连途经浈口的每条河流都归你管。我甚至又开始相信那位上帝的存在了。不瞒你说，在大海的浪头上颠簸着时，我一直都在思考着，如果不通过教会里那些洋杂种，其他到底还有什么渠道，能让我尽快找到我的兄弟。你知道，我可不想通过那些婊子养的骗子去找你。"

谷友之的耳朵一直在留意着院子里的动静。尽管他知道绝对不会有那种可能发生，但他还是担心着，来福会不会悄悄地离开他站立的那块地方，走过来，把左边或是右边一只耳朵，贴到木门的哪块板子上，犹如一根烂木头，在雨后长出了一颗黑木耳。

在外面的月光里，来福大声地咳嗽一声，这让谷友之意识到，把自己和一个被讯问口供的人关在一起这么久，这是他来浉口担任巡警局长到现在，从来没发生过的事情。"你不会想说，这得算是个神迹吧？"他努力尝试着，想让自己相信，在一定程度上，外面那些明晃晃的月亮光，月亮里那个嫦娥仙子，或是吴刚砍伐桂花树的声音，多少会让来福放弃掉内心里某些好奇的念头。

从莎士比亚夫人抛下他那天，他就不再相信什么上帝跟十字架了。他觉得那个十字架除了能做做晾晒衣物的架子，做个迷惑鸡鸭的栅栏，最多还能制作两柄在黑夜里吓唬小孩子的木剑。剩下来，就只能劈开做烧柴了。他不会愚蠢地把它背在背上，不管它有没有改变过重量，或是比他想象中要轻上一万倍。

"说起来，我还是非常喜欢那条河。"冯一德仿佛是在自言自语，"当然，我是说 Mississippi River。那真正算得上是一条波澜壮阔的大河。比起那条什么亚马孙河，它半点也不逊色。"

"这里只有黄河。再说一遍，这里是浉口。"

第十六章　　河岸

经过漫长的一个早晨，南海珠暂时压下了去找谷友之的念头。他一个人走出了大坝门，觉得最好还是先到河边坐一会，看着那些静静流淌的河水，让自己发热胀疼的头脑，暂时安静下来。南明珠不止一次地告诉过她的娘家人，不论浉口地面上有没有发生那种令全部浉口人都感到瞠目结舌的事情，每天早饭前的一个时辰里，都是谷友之忙碌着，对巡警局里那帮巡警们训话的时候。

南海珠仰头看眼天上的日头，估摸着，这个时辰，在谷友之"最忙碌的时候"，他即便是去了巡警局，谷友之也不会有耐心坐下来，心无旁骛地跟他谈论城里那些事。眼下所有的细枝末节都在警告着他，他不能再回避降到他面前的这个问题了。它像一把火，正迅速地烧向他的眉毛。他没法闭上眼睛，继续装作它不存在。现在，他迫切需要和谷友之专心致志地谈论一次，那个张牙舞爪，搅得他心神无法安宁的"独立"。谷友之在第五镇里做过帮带。这让南海珠相信，谷友之的某些见解，也许比南怀珠那些简单可笑的想法，更高远一些。无田甫田，唯莠骄骄。他向来没正眼瞧过谘议局里那帮议员。当然，他也一直认为，他兄弟是个头脑太过单纯的人。而一个这样的男人，他最正确的选择，就是坐在书房里潜心读书，或是守在他们家自己的醋园子里，一心一意地想着如何酿好

378

醋。只要他肯花比现在正插手那件事，少上五分的精力，他就能酿出全天下口味最好的醋。

关于酿醋这一点，他毫不怀疑，他兄弟天生的那份能力。"曹操酿酒的九酝春酒法，同样适于酿醋。""冬季里浸泡红米时，浸泡时间延长或是减少半个时辰，酿出的醋，就会是另外一种截然不同的味道。""上锅蒸原料，所燃木柴不同，则醋味全然异样。此与陆羽《茶经》里烹茶一事颇为相通。"南怀珠在十五岁时，就已经按着四季不同的季候、温度湿度、所用水质，各种所需原料的差异，酿造程序与各种操作手法的细微变化，编写出了一本叫做《南家酿醋秘籍》的小册子。在那本小册子写成后，他又异想天开，在伍春水的协助下，用陈年醋糕加入宏济堂的阿胶糕和冰糖蜂蜜，偷偷地熬制出了一种阿胶醋糕。制成阿胶醋糕后，他们又联手酿造出了花椒醋和姜醋。在南明珠动手酿造她那些果醋和花醋时，除了洋女人马利亚教给她的"西方酿造技术"，南怀珠那本差点被他丢弃的小册子，以及他制作阿胶醋糕、花椒醋和姜醋的工艺，都给她提供了一些意想不到的帮助。

在大坝门外的河岸上，南海珠看到了那个身材高大的美国人戴维，和他的太太马利亚。这个美国人的脚上，一年四季都穿着皮靴子。稍微不同的，是那些靴子的筒子有长有短。现在，戴维的头上戴了顶帽檐夸张的帽子。他和他的太太，共同骑在一匹马背上，正缓缓地朝前走着。可以说，他那顶宽边的看着有些软塌塌的帽子，没有一个浊口的男人会看上它。当然，他们看不上他的，还有他一年四季都穿在脚上的，那些长筒短筒的皮靴子。一开始，他穿着那种长筒的皮靴子在浊口大街上行走时，总会有三三两两的人尾随在他后面，盯住他两只包裹到膝盖的靴子筒，等着看他怎么摔倒在地面的泥土上。他们都坚信，他一定会摔倒。那两只靴子的长筒，在严重地妨碍着他的膝关节——它们让他的腿变成了几乎不能打弯的两根木棍。而在他迈开步子，尤其是需要打弯或者蹲下时，尾随他的那些人便一致认为，他要想弯下那两根"直挺挺的木棍子"，实在是太艰难了。他们猜测，他自己肯定也意识到了这个问题的严重性。因为在大多时候里，他们在浊口街面上看到的这个美国人，都是骑在马背上前行的。他们一直都想知道，是不是所有的美国男人，都是他这个样子。"要是都这种穿戴，他们老家的庄稼人怎么种地啊？"而对于那位"马利亚太太"，浊口的男人和女人们最津津乐道的，则是她那张雪白的洋面孔和金黄色头发。在穿戴上，他们早就没人好奇她那些花样百出的"洋老婆裙子"了。不管男人还是女人，也不管是河里的船夫纤夫，还是牲口市里在牲口间来回穿梭的猪经纪牛经纪，甚至包括那些满大街乱跑的小孩子，他们现在感兴趣的，倒是这个洋女人身着浊口女人们常穿的那些衣裳，在街市上来回地摇摆。只有这种时候，他们才舍得停下脚步和手里正忙的活计，三五成群地聚成堆，伸头缩脑，鸡一嘴鸭一嘴，指指点点着，对这个瞅上去不伦不类的洋女人的穿戴，褒贬一番。

南海珠看着马利亚。今天，这个洋女人没穿她那些花边和皱褶繁复多变得令人眼花缭乱的西洋衣裙，但也没穿成地道的"浊口女人"。她上身穿件黑色毛呢短大衣，下身穿条黑色紧腿裤子，大腿被裤子裹得紧绷绷的，骑在马背上，被那个美国男人揽在怀抱里。从马利亚身上收回眼睛，南海珠又盯住了那个美国男人脚上的靴子。随着马背的颠簸，他脚上那双被太阳光照射着的靴子皮面上，一团金黄的日光正水波那样在滑来滑去，"有时候，连日头光也会这样没骨头，变得像个醉汉。"南海珠让自己的视线离开了那双靴子。挨近大坝门熙熙攘攘的车马和行人。南海珠不愿意跟这个美国人打招呼。他低着头正下帽子，立在路边，希望这个骑在马上的美国男人和他太太，在策马走到距离他二百步之前，不要抬起头来观望什么，更不要看见他在这里。最好是水里有个鱼仙跑上来，在他们前面扯上道水帘，挡住他们企图朝他这边投来的目光。有那么一瞬间，他甚至想趁着戴维还没抬头张望前，自己先掉转头，走回大坝门内的街里。至少在这个早晨，他不想跟任何熟悉的人说话。从家里出来后，为避开更多的熟人，他让自己多绕了三条大街，四条胡同，才来到了大坝门外。他想一个人躲到河边上，找个地方，看着流淌的河水透口气。

"南老爷，有些日子没在河边看到您了。"

南海珠先是闻到一股新鲜的鱼腥味，接着便看见了水鬼。水鬼穿身鱼皮缝制的衣裤，肩上披着渔网，手里牵着那头瘦驴，驴背上驮两个柳条编的鱼篓子，里面混装着品种大小不一的鱼。最上面那层，有几条鱼还像在水里那样，不断地在摇头摆尾。不用猜，南海珠便知道，那两个篓子里面，会有一百条鱼。整个浃口的人都知道，水鬼一天里只许自己的网捕上来一百条鱼。多出来一条，他也会将它放回水里。"老天给每个人的东西，都有定数。"水鬼这样警告自己，也警告着他的堂弟黄二皮。黄二皮每回从窑子里出来，醉醺醺地跑到水鬼家门外，拿拳头砸着他家土墙，要求水鬼第二天多打几条鱼给他时，他每次得到的回答，都是前面这句话。

"今天的鱼个头都不小。"

南海珠敷衍着水鬼。他瞅着那头瘦驴，担心它走不进大坝门，那两篓子鱼就会压断了它的脊梁骨。那个美国人的眼睛仍然在注视着黄河。这些年，他一直习惯和这个洋人保持着某种距离，从来不愿像谷友之那样，滔滔不绝地和这个外国人谈话，即便客厅里只剩下他们两个人坐在那里，更多时候，他也会保持着沉默。这个美国人从来不介意他的态度。"一个不容易迷路的男人，都是这样。"戴维曾经不止一次地通过南明珠，对他表达着"作为一个男人对另一个男人的赏识与理解"。

"我挑上几条，一会儿给您送到府上去？"水鬼拍拍装鱼的篓子。"今天的鲤鱼个头不大不小，做糖醋鲤鱼是再合适不过了。"一年四季，水鬼都会按定好的那个日子，把不同的鱼送到南家花园的门口。除非那天不是送鱼的日子，而南家花园里又有哪位主子想吃鱼，或是意外地有亲戚朋友登门，管家来家兴才会跑到河边上，找到水鬼，亲自挑几条鱼回去。但今天，可不是他送鱼的日子。

"今日先不用了，您还是赶紧到鱼市里去吧。"南海珠不再看那头瘦驴和它背上驮着的鱼，而是盯住了水鬼身上的鱼皮裤子和脚上的鱼皮鞋。它们都显示着，水鬼家里有个女红上乘的女人。尤其是那双鱼皮鞋，从裁出的样式到缝制的针线，都不是一个性情粗糙的女人能制作出来的。鱼皮不同于普通布料，也和那些羊皮有着巨大差异。除去不喜欢吃鱼那一小部分人，剩下那些浇口人，差不多人人都吃过水鬼从黄河里打上来的鱼。但是，却很少有几个浇口人，见过水鬼的老婆。那是个几乎没走出过家门的女人。跟相信水鬼的前世就是个"水鬼"那样，浇口很大一部分人都相信，水鬼的老婆是他从河里弄上来的一条鱼。他们的另一个佐证，是水鬼穿在身上的衣裳鞋子，都是用鱼皮做的。并且，天上下着雪，水鬼的两个傻儿子，也会赤裸着身子在大街上行走。"那个鱼变的女人，在家里也是赤裸着身子。"住在他们家附近的一些女人说。那个女人的好手艺，没能阻止住那些鱼皮把水鬼弄得像条鱼一样，浑身上下都在扩散着冰凉的水汽。而且，每一粒水汽里，都包裹着足斤足两的鱼腥味。老管家来家兴前些天告诉他，这段日子，整个浇口的人都在暗地里流传着，谷友之从这个水鬼手里，买了一只会跟人一样说话的甲鱼。他还说，因为这只会说话的甲鱼，水鬼的堂兄弟黄二皮，那个长年在河边上拉纤，闲下来就去钻窑子的瘦小男人，已经被吓疯了。就是水鬼本人，也因为害怕捕上来这样一只甲鱼，眼下，进出都将一张渔网披在身上，以此来辟邪。但是，南明珠和谷友之，他们两个人，却从没给他提起过，巡警局里有只什么会说人话的甲鱼。

水鬼披在后背上的渔网，两根沉甸甸的网坠子，在网角上来回荡着，像两个青葱的小姑娘，来回地荡着秋千。南海珠盯住它们看着。他的两个妹妹，南明珠和南珍珠，至今还喜欢在花园的秋千架子上，荡秋千。他看见她们立在秋千架上。跟随秋千飞起来的衣摆和裙摆，正在把她们变成两只五彩斑斓的蝴蝶。他的太太厉米多则站在她们旁边，神色紧张地望着她们。那是个端庄又胆小的女人，从来不敢，也不会让自己坐着的秋千飞起来，哪怕飞到她头顶的那个高度。她最多是在那上面，安静地坐一会儿。更多时候，她都是站在一边，像他眼睛刚才看见的那样，小心翼翼地守着他的两个妹妹。

"好。那就等明日，我朝下走走，碰碰运气，看能不能打上几条稀罕的鱼，送到府上孝敬老太太。前两日来管家说，老太太想吃黄河刀鱼。可这个节气了，就算我是个实心的水鬼，也不能去乱了季候。您告诉老太太，只要我水鬼不被鱼虾拖进水里去当了饭食，等明年麦子一黄梢，我就驾船往河口那边去，给老太太捕回第一网刀鱼。有老太太在，我猜，我那点好运气就不会溜达进东海里，被海水吸干净，被东海老龙王全部拿走。"水鬼伸手拍拍那头瘦驴的屁股，那头驴听话地朝前迈开了步子。它那只瞎眼睛，一直都在紧紧地闭合着，好像它是跟这个世界上什么东西在打赌，而它的赌注，就是要永远闭着那只眼睛，无论什么神仙光景也不再睁开。

离开南家花园时，南明珠没让管家来家兴去套马车，也没乘坐厉米多的轿子。只是在最后，为了让厉米多安心，她才顺从她的意思，让那个叫热乎的男孩子一路跟随着，"把大小姐护送到家门口"。

"老爷呢，老爷早饭都吃了什么？"

南明珠问跟在她身后的锦屏。锦屏跟在后面，是为了告诉太太南明珠，那位马利亚夫人一早就差人送来口信，让她今日早一些到蒙智园去。南明珠往卧室里走着，打算进去换件外套。她需要重新和马利亚商量一下，是给那些女孩子们买两台缝纫

381

机呢，还是暂时先买一台。尽管杯水车薪，谷友之还是花了心思在游说她，希望她把孩子们募集到的那笔钱款，尽可能地多拿出一份，捐给第五镇的新军们做军饷。"多十块钱，就可能多让一个新军，在第五镇里安心待下去。"谷友之说。她担心的是，马利亚不会赞成她这么做。"明珠小姐，这些钱是孩子们募集来的，它们是属于孩子们的。"她相信，马利亚一定会摇着头，这么来回答她。

"老爷留在巡警局里，一夜没有回来。"锦屏回答道。

"一夜没回来？"南明珠收住步子，扭头看着她的仆人，猜测着谷友之为什么会一夜留在巡警局里。在此之前，他可从来没在巡警局里留宿过一夜，即便是她留在南家花园里不回家住，他也从没这么做过。他一直在用这种方式，以及那些面包，表达着他对她的爱和忠诚。

"是，老爷一夜没回来。说是一宿都在那里审案子。"

"谁去的巡警局？"

"没人去。是清晨一大早，老爷让那个叫来福的巡警到家里来了。他来告诉三德，老爷让他把咖啡磨好，拿到巡警局里去煮。除了去那里煮咖啡，老爷还特地吩咐，把他给您买回来的那些面包，也一块儿带了去。"

南明珠取了件黑色羊毛大衣拿在手里，打发锦屏去告诉车夫，为她准备好马车。然后，她站在客厅里一块被阳光照耀的地方，琢磨着谷友之为什么要把咖啡和面包，带到巡警局里去。他自己很少吃那些面包。他只是热衷于骑着马，跑到商埠，从那家德国人的面包房里，把它们带到浓口来。她心里跳出了他每次从商埠买面包回来，骑着马在路上飞驰的身影。差不多每次，他都会让胯下那匹白马跑得汗流浃背。"又不是十万火急的军情，你就不能在路上跑慢一点。"这些年，只要他手里提着那只装面包的篮子，骑着马冲进院子，差不多每次，她都要这么说一遍。"那位尊贵的太太不是说，有些面包只有刚从炉子里取出来，趁着外焦里嫩，才能吃出属于面包的那种香味吗？"他俯在马背上，伸手朝她递着盛面包的篮子，每次都是这样回答她，同样一回也没有改变过。

马车驶出大门后，南明珠吩咐车夫，在去蒙智园前，"先到巡警局里去一趟。""是，太太。"车夫答应着，同时摇了摇手里的马缰，让那匹步态稳健的马加快了一点步伐。无论在家里还是在外面，南明珠一直称呼这位车夫"马帮主"。他是谷友之在第五镇里的马夫。谷友之和她结婚后，安排他做了她的马车夫。他已经给她赶了六年马车，但她从来也没看见或是听见过一次，这个人将他手里的鞭子，真正落到那两头轮换着拉车的牲口身上。除此之外，每次套好马车，在南明珠上车前，他都会拉住驾辕那匹马，摸着它的身子，嘀嘀咕咕地对它唠叨上一阵子，嘱咐它走路步子要稳，遇到天塌下来也不能大惊小怪地乱窜乱跳，惊吓着太太。"太太金贵，咱们伺候得妥当了，回头我多给你们喂大麦，喂豌豆。要是不小心在路上吓到太太，仔细我报告了局长老爷，把你们牵到热汤锅里去。"他每次喂马，都对那两匹马恩威并施，像是在调教他带的两个小兄弟。南明珠无意间听见他对它们说的这番话，先是在旁边笑一阵子，然后，她走过去拍拍那两匹马，说她没想到，它们已经是有"有帮主"的马帮了。

在拐往巡警局的第一个岔路口上，南

明珠拉开马车前面的窗子，朝外探探头，催促车夫把车赶得再快一点。那个可以来回打开的玻璃窗子，是她亲自设计出来的。后来，马利亚让她的丈夫戴维，在他们那辆马车上，也安装了一个这样的窗子。并且，马利亚还分别给她和南明珠的马车窗子，取了两个有趣的名字，"自由之窗"和"世界之窗"。作为这个窗子的发明者，马利亚说南明珠有权优先为她的窗子作出选择。南明珠想了想，便将"自由之窗"的名字，给了自己这辆马车的窗子。由于这两个被戴维和谷友之称作"别具一格"的名字，马利亚还和南明珠一起，把她们在济南城里熟悉的宣教士，以及德国和英国领事馆里几位朋友，悉数请到了泺口，在戴维经常带着孩子们游玩，给他们讲述美国故事那片河滩上，举办了一场很有些规模的"自由派对"。

"已经够快了，太太。再快，两个车轱辘就飞走了。"车夫说，"再说，老爷要是看见马车跑得这么快，他一生气，怕是就把我赶回第五镇去了。您可不知道，前些天老爷打发我到第五镇里送信，听营房里几个兄弟说，他们已经两个月没发军饷了。大伙都在嚷嚷着，再这样下去，等不到解散的命令下来，他们就得靠去城里哄抢店铺养活家人了。眼下，营房里掌管军火物资的人，都在明目张胆地出卖军火物资。另外那些喜欢打牌喝花酒，在营房里又没处捞钱的人，有些熬不住，说是已经瞄上城内两家大户和商埠里几家铺子，嘀咕着要去下手抢了。"

"你说他们两个月没发军饷，这事我知道。后面那半截，怕是他们编造出来，逼迫着衙门里想法子，给他们发饷。"南明珠说。

第十七章　　年画

顺着大明湖南岸的街道，一路蜿蜒向西——周约瑟每次到按察司街上的聚贤楼送完醋，都会选择这条路线绕回到泺源门——司家码头是大明湖上最繁华的一处看点。在距离那个码头三十丈远的地方，一片民房旁边，是巡警局长谷友之和巡抚衙门里一位官员，合伙开的那间茶楼，"明湖居"。游完湖，从码头上下来的游人经过这里，有七成的人都会坐进去歇歇脚，吃盏茶，听上一段大鼓书。而那些忙碌得没法让两只脚停下步子的行人，在这条路上一边行走，眼睛瞧过湖面和司家码头上的热闹，耳朵里也能听进去两句茶楼里传出来的大鼓书。

马车驶上鹊华桥的拱桥顶，周约瑟拉着缰绳，远远地瞭望一眼黄河边上的华山和鹊山。在南家花园那间叫"有序堂"的小客厅里，他曾经看见过画上的这两座山。那位记者老爷告诉他，那幅画的名字叫做《鹊华秋色图》，是在济南做过官老爷的一个江南人画的。"那时候，黄河还没改道，还没有流到咱们泺口，挤占掉大清河。那两座山还像兄弟一样，肩并肩地站着，没变成王母娘娘用金簪子划在银河两边的牛郎织女，被那条浊浪滚滚的黄河水阻隔在河的两岸。"那位记者老爷笑着说。那时节，这位记者老爷正在山东大学堂里念书，已经不再是那个坐在河边钓鱼时，看着水面一言不发的男孩子。

谘议局门前的路上，散散落落地聚集了好些人，人群把高楼前的空地和道路，差不多都要占满了。一些半大男孩子，甚至爬到了路边的柳树上，吊着两条腿，骑在树杈上瞧热闹。

周约瑟吆喝着两匹骡子，神色慌张地下了桥。在桥头上，他拉紧手里的缰绳，死死地扳住车档，向迎面走来的一个卖水人问道："伙计，我刚才在桥上，望见谘议局那里围着一堆堆的人，出什么事了？"

"谁知道什么事！说是谘议局里一帮人，这两日聚在大楼里头开会，要闹什么山东独立，跟朝廷断绝关系。一些爱跟风添屁的闲人闻到了味，一拨拨地都聚拢了过去。刚才那边有两个瞧热闹的人，说他们都在等着领什么好处。"卖水的男人在路边停顿下脚步，转过头去，匆匆地朝身后瞥一眼。

马车已经完全停了下来。周约瑟扯着缰绳，看着前方。他赶着马车，整天在湖边这条路上行走，却极少让两只眼睛朝谘议局的大楼上望一眼，也从来没打听过，谘议局是个什么衙门。尽管他知道，大宅子里那位住在城里的记者老爷，除了"当记者"，还在这个叫谘议局的衙门里担份差事。至于那是份什么差事，他一直觉得，那不是他这个醋园里的伙计该去操心的事。他要操心的是怎么晾好那些醋糟，怎么喂好这两头骡子，不让它们闹出毛病。当然，也不能让那辆马车出什么毛病。然后，他和两头骡子，以及马车，各自尽着自己的本分，日复一日地上午进城，下晚赶回泺口，风雨无阻着，把城里各家饭店和铺子里那些主顾们订购的醋，按时按点送到他们手上。不管皇帝老子还是咱们这些伙计，当尽的本分，就得尽心尽意地去做好。他不但对自己这么说，对那两头骡子和那辆马车，他也会这么给它们说。他相信它们，不管是骡子还是马车，都能听懂他的话。

南海珠抬起头时，那个美国人手里拉着他那匹红马，已经让它踱着小步，跑到了他面前。现在，他正慢条斯理地，从马背上往下抱着他的太太马利亚。南明珠曾经告诉过他和家里人，一年四季，每个早上，"戴维先生都会骑着马，带着他的太太，到黄河的岸堤上遛马吹风。"

"上午好，南先生！我可以保证，刚才那位渔夫捕上岸的鱼，在你们泺口人眼里，一直都是最棒的鱼。"他对着南海珠抬了抬头上的帽子。

"泺口人都认为，他是这条河里的水鬼。"南海珠微笑着，向马利亚问了好，扭过脸，在人群里看着水鬼和他手里牵的驴。那头瘦驴的秃尾巴，仍然死气沉沉地垂在驴腚上，好像它的魂魄，早就脱离开那头驴勉强还算活着的躯体，跟着死神到别处游山玩水去了。

"这个我当然知道。"戴维笑着说，"另外，我还知道，凡是在济南城里稍微有点名气的饭馆，不论是马利亚喜欢的，能在江家池边上观赏着泉水用餐的德胜楼和锦盛楼，还是芙蓉街上最著名那家王府鲁菜馆，所有在'跃龙门'的鲤鱼，都是这个人从黄河里捕上来的。在那些馆子里，我发现你们中国人吃这些鱼时，完全不是为了享受鱼的美味。所有的顾客，都更喜欢这些鱼身上的金翅金鳞，和'鱼跃龙门'那个形象。"

"不过是图个喜庆。你们在泺口这些年，过大年的时候，明珠都会给府上送些年画过去。您要是留心了，就一定记得，那些年画里肯定会有一幅,画面是个怀里抱着金鲤鱼的胖娃娃。那幅画的含义,就是期望一家人的日子连年有余,人财两旺。"

戴维看了眼马利亚。他的太太马利亚,曾经在南明珠送给他们的杨家埠年画里,拿出两幅,邮寄给了她的堂兄查尔斯,伦敦国王学院一位热衷于人类学研究的教授。而那两幅画里,其中一幅,画面就是一个怀抱里搂条红色鲤鱼的胖娃娃。马利亚一直都希望她这位堂兄,能够来到中国,到她和戴维生活的地方来看一看,把这里当作他人类学研究的一个区域。"至少,这里不会比你在欧洲大陆的收获少。"她告诉他,她一直在感谢上帝把她带到了这里。让她观察到,一种文明的结束,或者说另一种文明的开始,正在像一朵盛开前的花朵那样,在这里缓缓地打开,缓缓地进行着季节的交替。"这座古老的东方城堡里,会有你完全意想不到的东西,在等待着你的到来。"她极力诱惑着那位堂兄,想使他就范。不幸的是,马利亚这位堂兄,在接到她这封信连同那两幅中国年画前,早已经放弃了他研究多年的人类学,正在试图研究发明一种能够净化空气的机器,卖到伦敦,以及那些因为浓雾包围而使天空和空气变得越来越糟糕的城市去。"一旦制造出这种机器,我就会成为二十世纪有着最伟大贡献的一位发明家。这可远比作为一个人类学家进行那些虚假探索,更让人着迷。"查尔斯不断地这样告诉他的家人和亲戚们,并以此来鼓励自己。而在马利亚写给他的信和两幅中国年画到达前,这项发明让他失败的次数,至少超过了三百二十七次。尤其是在第三百次失败后,他的家人和亲戚们,所有的人,都对他和他这项发明,不再抱任何幻想了。

南海珠看见,戴维越过马利亚的肩头,朝河堤下的河道看一眼,然后又对着他微笑一下。

"我想,"戴维说,"现在,我完全有理由相信,那些年画上的鱼,正是制作年画的画匠们,照着黄河里这些鲤鱼绘制上去的。"

第十八章　　咖啡

"我再说一遍,我听不懂你在说什么,也不想听见。"

"好,那就让我们从魔鬼的布袋里逃出来,两只脚重新站到结实的地面上。我刚才是不是说了,回浃口前,我已经在南方待过一阵子?我已经足足在那里待了半年。银子!除了枪支弹药,他们每个人最需要的就是白花花的银子。所以,对于南方那些搅弄风云的人,我想,我对他们的了解,可能比你对他们的想象,也比他们对自己的想象,要多上三倍。当然,也可能是五倍,十倍,或者十五倍。"

"我再声明一遍,这里是浃口,是大清国的地盘。"

谷友之想着几十年前,那个在厦门被美国领事馆总领事带领三名陪审员,判处一年监禁和罚金的美国人爱德华。这个美国人,将他在厦门征募的苦力,先是用船运到澳门,然后又从澳门转运到一个叫哈瓦那的鬼地方。他是被以贩卖人口等三项特别罪名,指控犯罪的,他却辩称自己无罪。谷兰德先生说,这个爱德华先生没有聘请律师,但他为自己辩护称,他带走的那些人不是苦力,他决不像他被指控的那样,是在非法募集人口,企图把他们贩运到北美洲去做奴隶。因为古巴岛一直是西班牙的殖民地,不是属于美国的领土,而他作为一个正直并且无比热爱美国的美国公民,即使是在睡梦里,他也从来没打算为美国之外的任何一个国家效力,"哪怕为他们奉献一块面包那么大的力量"。他只是在征得法国某代理副领事的特许后,在帮助他们,将那些"希望到另外一个世界去看看不同风光的游客",带到他们愿意去的地方。他仅仅就是为了赚到几块少得可怜的雇佣金,因为他居住在美国的老婆和三个孩子,也像那些希望到外面去看看另一个新世界的游客一样,在盼望着到东方来,看看他们没有亲眼看到过的这个神秘世界。这之前,他们只是从他写回去的信,或是寄回去的几张明信片上,对这个位于东方的世界,有过那么可怜的一点了解。那个倒霉鬼爱德华的诡辩没有起到任何作用。领事法庭在最后裁决时驳回了他的无罪辩护,当庭判处他一年监禁,罚款一千美金,并且负担全部诉讼费用。"那就是美国的法律。"那次,谷兰德先生微笑着对他们说。

谷友之看一眼冯一德,原本打算在"大清国的地盘"上提高点音量,或者加重点语气。不过,在最后,他还是放下了这个念头。他差不多二十年没有看见这个人了。"已经二十年了。"他在心里说着,开始在记忆里翻找谷兰德和莎士比亚夫人的画像。那是他们——莎士比亚夫人带着冯一德返回美国前,他在心里记下的那个他们。或许是由于埋藏的时间太久,他一下子没有找到莎士比亚夫人的脸,只把她的声音找了出来。"一定要记住,天国就在我们每个人自己手上。"莎士比亚夫人蹲在他面前,抚摸着他的小脑袋说。那种时刻,谷兰德先生总是喜欢站在莎士比亚夫人背后,微笑着,看着他们。他微微侧下脑袋,打算仔细回味一下那个声音,但它已经跑得没了踪影,就像它从来没在他耳朵里出现过。他的心更加揪疼起来。

"这些我都知道。另外有句话,我想你也许知道,也许不知道。"

谷友之没有说话。他再次转动一下脑袋,继续寻找着莎士比亚夫人说话的声音。

"楚虽三户,亡秦必楚。"冯一德笑起来,"以我对那些胡编乱造的历史的了解,这就是历史的必然。现在,我想应该是上帝要我回来帮助你的。自然,你也可以理解成是某种赎罪。尽管那不是我的错,但毕竟是你一个人被留下来,被所有的亲人抛弃了。所以,你和我,我们接下去要做的两件事情,一件是互相信任;另外一件,就是从现在起,你要绝对站稳泺口这块地盘,把你和我全部的智慧拿出来,去布置一盘好棋。"

"你准备怎么布置?"谷友之嘲弄道。他当然理解冯一德说的是什么。他快速地在心里核算着,巡警局,再加上第五镇里可能投靠过来的新军,最多会有多少兵力和武器,能掌握在他手里。算完后,他不动声色地看一眼冯一德,开始去回想莎士比亚夫人带着这个家伙离开他的那个早晨。"你快去拿好行李,我们一起离开这里。"那天,一整个早晨,他都在暗暗地等待着这句话,等待着莎士比亚夫人的这句话走进他的耳朵。

"你只要相信我就行了。"冯一德点头微笑着,说他只要相信他,至少就会有一块巴掌大的天空,完全装进他的口袋里。"我敢用这颗也算是见过几座王宫的脑袋作保证，我们将要拥有的，绝对不会只有眼前这一小块弹丸之地。"冯一德用一根食指，敲了敲面前的桌子，"我想你肯定还记得那幅世界地图。想想，就算那份地图展开后像这张桌子一般大，大清国也不过是拳头这么大一块地盘。"他停顿下来，等着谷友之对桌面那么大一张世界地图的理解。在他们小时候，谷兰德先生曾经有许多次，把他们带到一张世界地图跟前，并许诺，有一天，他将会带着他们，走遍上面所有那些标注着名字的地方。只是，那张用羊皮绘制的地图，远没有他们面前的桌子这么大，最多不会超过它的三分之一。

为了摆脱莎士比亚夫人带给他的痛苦，谷友之努力迫使自己，重新计算一遍他手里的兵力和武器。这次，他在犹豫着，要不要把晚饭后，他和姚帮带前去巡防营见到的那两个人手里的兵力，暂时先计算进来。也许他们的游说是失败的，但也说不上会成功。由于在这件事上左右拿不定主意，所以，他对冯一德的那些话，仅仅是"呃"了一声，其他再没有做出任何表示。

"老约瑟，你两个眼睛都看得不会打弯了，是在找我呢，还是在找你们那位上帝？我可以明确点告诉你，尽管谘议局的大楼高，比起地面，离天空也近了好几尺，但比起你说过的那座巴别塔，它显然还不够高，肯定还不能通到天上去，让你见到你们那位万能的上帝，听他亲口对你说：'This is My body which is given for you; do this in remembrance of me.'"

周约瑟手里牵着骡子，刚在谘议局前面一棵柳树下面停好马车，那位被南家花园里所有下人都称作"记者老爷"的南怀珠，就站到了他旁边，像《封神演义》里那个神出鬼没的土行孙，突然从他脚下哪块泥地里钻了上来。南怀珠一边说笑着，伸出一只手，一下下地在抚弄着那头黑骡子的鬃毛。在南家花园里，只有这位极少到醋园里去的二东家，喜欢和周约瑟开玩笑。而且，只要在街上遇到周约瑟和他驾驭的马车，他一定会伸出手，挨个摸一摸那两头骡子的鬃毛。看上去，那两头骡子，就是周约瑟领到街上的两个孩子。

"二老爷，您前头的话我是听明白了。"周约瑟说，"可您后头嘟哝那些洋人字码，我就不知道您在说什么了。"

"那些洋字码是在说，你活到一百岁后，就能牵着这两头骡子，拉着这辆马车，带着你想带的所有东西，坐到天堂里去喝酒了。"

"我可是做梦也没想活到一百岁。有句老话说，人活百岁变只茧。您是有学问的人，您来想想，一只茧怎么能到天上去。再说了，一只茧就是扑棱着翅膀上了天，它又能在天上做点什么。"

"抽出丝，织成丝绸，给你们那位上帝老爷裁衣裳，做鞋袜，缝烟荷包、钱袋子。不管做什么吧，我猜他都喜欢。"

在他们对面十几步远的地方，一个扮作孟婆的男人，推车上置着只铁皮炉子，上面放口黑铁锅，正一手握着勺子在锅内搅动，一边冲人群大声吆喝着："孟婆汤，孟婆汤，状元及第，洞房花烛，万事如意，花好月圆，鲜香可口的孟婆汤了。"

周约瑟说："要说好世道，这真是上好的世道，您看看那边，连孟婆都来卖孟婆汤了。"

"一碗孟婆汤，能解千古忧啊。"南海珠笑着说，"阎王爷也体贴上人间了。"

周约瑟晃一下缰绳，告诉大宅子里这

位从来不相信"上帝和天堂"的年轻老爷，他就是送完了醋，也还不能立马赶回浠口去。"我还得到二小姐那里去一趟。大太太差我过去问一声，看她能不能再回家去住几天。"他说。

"她不是刚回去了吗？"南怀珠望着周约瑟闪烁的眼神。这个老车夫今天把马车停到谘议局门前来，肯定不像他自己说的，是因为看见这里聚集了一堆人，就凑过来瞧个热闹，看看"能不能领上份什么好处"。他可是知道，在他们家那个醋园里，甚至，再加上大宅子里那些仆人，另外所有店铺的伙计，在他们中间，这个人是唯一一个，不会贪图半毫便宜的人。"就是一把醋糟，一个谷壳，他也不会私自将它们带出醋园那扇大门。"南海珠每次和他谈起醋园和各个铺子里的杂事，谈到那些伙计时，到最后，他总是忘不了，要这样评论一番醋园里这位车夫。实际上，他也一直觉得，这位车夫，值得他们兄弟两个花费点口舌，去谈论他。

第十九章　　占　卜

"南先生您好！请问，我能不能给您和这位赶马车的老哥，在这里拍个照？"

一位看上去年轻漂亮的小姐，走到了南怀珠和周约瑟跟前，脸上的笑蜂蜜般在流淌着。

"请问这位……小姐，我们之前在哪里见过面吗？"

南怀珠看着站在他们面前的那位小姐。

她身着一件西式黑色羊毛大衣，头上戴顶黑色帽子，帽子的模样像是一个拍扁的德国圆面包。他妹妹南明珠头上也有过这么一顶帽子，是那位叫马利亚的洋女人，托人从英国给她弄来的。他的太太，那位一直不受家人欢迎的"表小姐"，跟着他一起回浠口时，在南明珠的头上看到了它。于是，在返回城里的路上，因为这顶帽子，她差不多对它嘲笑了一路。"像泡摊在路边晒干的水牛屎，实在是难看死了。"她说。过一会儿，她又说："就算打个好听点的比方，也不过是个发霉的烂柿饼子。"由于懒得理会她，他让眼睛眺望着路两边的田野，自始至终没说一句话。后来，一直到载着他们的那辆马车进了城，她的眼睛四处忙碌起来，才终于闭上嘴，结束了对那顶帽子的嘲笑。

"您不认识我，可我认识您啊——大名鼎鼎的记者议员，南先生。"那位小姐继续笑着，从手包里摸出张小纸片递到南怀珠面前，说自己是两周前刚成立的那家《女子周报》的主笔，咸金枝。"喏，就是商会里那位石会长，你们谘议局的副议长，他介绍我过来访问您的。"她侧过身去，朝谘议局那边摇摆两下手。那里，一位个子中等、肚子微微有点凸起的男人，也在朝他们这里笑着，来回晃动着一只肥胖的小手。

周约瑟从"那位石会长"和他肥胖的手上收回眼睛，看见南怀珠已经从女人递给他的那张小纸片上抬起头，正朝"那位石会长"看着，并向他点着头致意。

"您刚才说，想给我和这位赶马车的大哥，在这里照张相？"南怀珠转过脸，笑着对那位自称主笔的咸小姐说，他很愿意为她这样一位有卓越能力的女主笔效劳。"不过，"他看了眼周约瑟，又摸摸挨着他的那

388

头骡子,"您还需要问一问,这位赶车的大哥和他这两头骡子,他们肯不肯让你照相。"

"只要您愿意,我猜,这位大哥和这两头骡子,肯定都不会拒绝。尤其是这两头骡子。"咸金枝信心十足地说。她一定会在这个庞大无边的世界上,成为一个了不起的女人。从她丈夫带着她离开南沂蒙县,来到济南,开始了她心里向往的那种崭新生活的第一天起,她就坚定了这样一份信心。她朝前走几步,学着南怀珠的动作,在南怀珠抚摸过的那头骡子身上,摸了摸。"我想把这辆马车和两头骡子,还有聚在这里等待上街游行的人群,连同谘议局的大楼,一起作为背景,全部拍摄进相片里。相片的标题我都已经想好了,就叫《民主共和的独立道路》,或者《我们的革命者》。如果两个都不行,还可以改成《通往独立之路》和《我们的梦想之光》。"

周约瑟朝后退一步,拉了拉手里的缰绳。若是照这个女人说的,不光他们家里这位记者老爷和他,包括马车和两头骡子,都会被她弄进照相机里去,和谘议局的大楼,还有那件"独立"的事扯在一起。这样的相片一旦白纸黑字地刻印到报纸上,被老爷南海珠看到,周约瑟想,他被赶出醋园的日子,大概就到了。

绸布商倒在地上死去那天,他隐约看见过她,却没能仔细地记住。如果真是那个女人,他觉得,他最好是即刻离开这里,离开这个不知道用什么手段将丈夫害死在当街上的女人,才可以向自己证明,上帝已经在他头脑里,安放进了最上等的一个主意。"我得赶紧到二小姐那里去,不然天就晚了。"他对着南怀珠躬下腰,惶恐不安地拉紧了两头骡子的缰绳。

"你这么着急拉着骡子走,是不是怕这两头牲口拉下屎来,臭着这位尊贵的小姐?"南怀珠笑着对周约瑟说。

周约瑟又瞅眼那个女人。这次,他认定了她就是那个绸布商的小老婆。这让他更加心慌起来。天下竟然还有这种女人。要不是他和那两头骡子都需要看路,他真想立即闭上自己的眼睛。他咳嗽一声。不管什么男人,他在心里对自己说,都该和这个女人离得越远越好,最好是从日头出来的那边,躲到日头落下的那一边。此时,她正放大了嗓门,尖声招呼着两个年轻男人,让他们赶紧到她这里来,帮着她一起拍相片。周约瑟看着跑过来的两个青年,心里一个劲地替他们惋惜着。"跟这种女人混成一堆,指不定哪天,就会和那个突然倒在地上的绸布商一样,横死在街面上。"他对两头骡子嘀咕道。那头黑骡子对着他来回晃晃脑袋,脖子下的铜铃铛随即发出一阵清脆悦耳的响声。作为对那头骡子听懂了他这句话的奖赏,周约瑟伸手摸下它的脖子,又摸摸那只发出欢快声音的铜铃铛。刚才拥堵在路上的人群,正蜂拥在谘议局门前,里三层外三层地围住了那位"石会长"。女人就该有女人的样子。不管是大宅子里那位太太,还是他买回家那个娼妓,他相信她们都能明白,即便是在一眼水井那样深的睡梦里,她们也知道自己是女人,并且知道,一个贤淑女人应该是什么样子。周约瑟吆喝着两头骡子,驾起车,避开那个女人有失风化的叫喊声,以及母鸡打鸣那样张开着的两条胳膊,毫不迟疑地,离开了他和两头骡子刚刚站立过的那块地方。

距离济南府大约二百五十公里的南沂蒙县,有个钱庄掌柜。他在南沂蒙县南部

389

的锦官城,开了家不算大的钱庄。不过,开钱庄赚到的钱,已经足够他供两个儿子读书,并且,其中一个儿子,已经考取了秀才。这个钱庄掌柜姓袁。除了开钱庄赚钱,他另外攒下的所有心愿,就是那个考取了秀才的儿子,能够在进入某场秋闱的考棚后,中个举人回来,然后一路平步青云,做个县令知府,让袁家几辈子都在种地做小本生意的祖宗们,即便是在天上地下,也能扬扬老脸,受些不一般的尊敬和香火。为此,每年春秋两季,这位钱庄掌柜都要到山上的花之寺里小住两日,沐浴焚香,礼拜佛祖,供奉各路神仙。但是,接连两场秋闱,花去六年工夫,他那个秀才儿子都没能如他心愿,高中举人。到了又一年春上,尽管有些灰心,袁掌柜还是打点起身,去了花之寺。一日,他在大殿里烧过香,磕过头,走到院中,看见偏殿旁一块空地上,有两个童子正在玩耍。他们一上一下窜动着身体,伸手够着头顶上方逸出的一根松树枝子,口里边则在哼唱着曲子。

历山灰山铁牛山,三山不显出高官。
东西南门北水门,四门不对出王位。

开始,钱庄掌柜并没有留意,两个小孩子在哼唱什么。但是,听他们唱到第三遍时,他停下了步子,站在两个童子一旁,笑着问他们唱的什么曲儿,跟谁学的。

"我们也不知道。是从历山来讲经的圆通师父,给我们讲天下名山录时讲到的,慧明就拿来胡乱编了唱。"说话的小童子指着他的伙伴,嬉笑着,"就是他,他就是慧明。""你叫慧德。你怎么不说你叫慧德。"叫慧明的童子不满地说。袁掌柜原本想再问问两个童子,是不是知道他们唱的三山在哪里。但等他扭头看见大殿门,就明白自己什么也不该问了。"这是大殿里那位佛祖显灵,在给我明示啊。"他想。因为那个童子已经明白地告诉他,圆通师父是从历山来的。历山在哪里,在济南府啊。他年轻时候跟父亲去过一趟济南府,在游历了趵突泉、黑虎泉、大明湖后,他隐约记得,他们还到南门内看过舜井。"大舜耕于历山时,常年都在吃这眼井里的水。"一位老夫指着那眼水井,告诉他父亲。然后,那个老人还热心地指着城门方向,说历山就在城外头,外地人来此看过舜井,都愿再出城去看看大舜昔日耕田的历山。"这些地方,都是济南府的风水宝地!"那个老夫子说,"要是有空,就去走一遭吧,说不上您哪位的衣襟上,就能沾染点福气。"当时,由于他父亲夜里感染了风寒,身子不适,父子两个就没有出城去看那座历山。而四门不对的北水门,他完全能够确定,大明湖里那个北水门,就是济南府的北城门。袁掌柜这么一路推算下来,琢磨着两个童子唱的出高官和王位的地方,一定就是济南府了。他满心欢喜,弹衣正冠,掉头又进了大殿,重新跪下给佛祖磕了头,往功德箱里捐进五两银子,心里诚惶诚恐着步出了大殿门。偏殿门前的空地上,已经不见了那两个唱曲儿的童子,却有两只喜鹊"喳喳"地叫着,绕着两个童子刚才跳动撩拨的松枝,在来回穿飞。钱庄掌柜盯住那两只喜鹊,脚底下仿佛生了根须,半天没有挪动步子。

嘈杂的人群还在顺着通往谘议局的道路,往谘议局前面这块空地上云集。

周约瑟和两头骡子走远后,南怀珠把

一只手放到身边的柳树上，两根手指在粗糙的树皮上敲击起来。那是刚才被他抚摸过的一头骡子，迈开步子离开时的节奏。然后，他一边敲击，一边建议那两位跑过来的青年助手，应该马上回到副议长石先生那里，抢拍几张他被群情激昂的人群围在中心的照片。"这种拥有风暴力量的场景，可不是每个时刻都会重演。"他对那位咸主笔说，这比她刚才想拍那两头骡子，和那个赶着马车过来围观的马车夫，更具有十二分的震撼力。他笑了起来。觉得这个女人如果稍微有一点头脑，就不该这么愚蠢地想象着，要把他们这些正奋力争取独立的革命者，跟什么骡子框在一起。

"差不多到时间了。请问咸小姐，您是否要一同到里面去，瞧瞧热闹？"南怀珠朝谘议局门口望一眼，盘算着她要是不那么愚蠢，等谘议局里的事情结束后，他倒是很愿意邀请上石会长和几位议员，携带上这位主笔小姐，一起到商埠里去喝杯葡萄酒，吃顿西餐。那里有一位总是说自己还不算太老的德国人保罗，他亲手做出来的那些黑椒牛排的力量，会让任何一位故作矜持的小姐，大方地伸出她们散发着茉莉花香味的手指，让那位保罗把他肥厚的嘴唇，印在她们又白又嫩的手背上。

"当然。我要进去采访你们谘议局里每位议员。"咸金枝笑着回答，然后吩咐她的两个助手，先到谘议局门前去等她。她躲开南怀珠的目光，又朝周约瑟离开的那条路上瞅一眼。她已经认出了他。在她的绸布商丈夫倒在地上死去的那个上午，扔下马车疾步跑到那个死人身边去察看的马车夫，就是这个老男人。

这段日子，在谘议局这座大楼内部发生的任何一件事情，包括不同派别的议员们在进行激烈争辩时，哪位议员因为情绪过度高亢，没管住自己的屁股眼，突然从裤裆里钻出一串响屁，引发整个会场爆出一阵笑骂声这种事，那位石会长都纤毫毕现地向她描述过了。至于昨天，他们准备对外宣布独立的决定在最后一刻被取消，继而被一群什么和平派保守派代之向北京提出"劝告政府八条"的过程，她同样知道得清清楚楚。甚至，谘议局里她熟悉的那几位先生，他们最初是怎么计划着炮制出的那个谎言，石会长也一字不落地告诉过她。"在你面前，只要你有兴趣听，不管是哪方面，凡是我知道的，我肯定半个字也不会隐瞒你。"每次会面，石会长一旦脱下他专门喷洒了科隆古龙水的外套，在包着杭州锦缎的软椅子上坐下，就会开门见山地，将这句话对她重复一遍。不到半年时间里，他已经送给了她五瓶味道完全不同的香水。"闻闻，这是日头晒在半开的栀子花上的香味。""再闭上眼睛闻一闻这个，是不是夏日里正响午的毒日头，晒在大明湖里那些莲心莲蕊和蒲草尖上，蒸腾出来的味道？""还有这个，半夜里露水珠滚动在牡丹和芍药花蕊里，浸泡到天光出来后，跟清早的晨风混合在一起，就是这个香味。"他仔细地，教着她辨别那些香水的味道，以及它们跟她使用那些扑粉和胭脂不一样的妙处。

"女人得学会把自己栽培成不同时令和品种的花木，每天开出的那朵花，都要香味殊异；即便不能让围着她观赏的那个人生出飘飘欲仙之感，至少，也要让他想入非非着，体味到什么是意乱情迷嘛。"在送给她那瓶茉莉花味道的香水时，石会长告诉她，茉莉花的香味是他最钟爱的一种味道。五年前，他作为新成立的济南商会会长，还兼任了商埠审判公所的第一任所长。在担任审判公所所长的第六个月，他跟随德国领事组织的一个德国法典考察团，到了德国。但在柏林，让他着迷的不是那位德国领事一直鼓吹的，他们所拥有的世界上最先进的人类文明法典，而是一条叫库弗斯坦达姆的街道上，空气中弥漫着的那些让他恨不得浑身都长满鼻孔的醉人芳香。从那时开始，用他那位德国领事朋友的话说，他到德国去找到了一位"最芳香的情人"。半年前，她第二次去拜见他时，他就是用拇指大一瓶"不经意间"失手打翻的香水，把她这个渴望新奇事物跟新鲜世界的女人，轻而易举地捏在了手心里。到第三次时，他就把一份浸透着香水的柔情蜜意，给了她这个倾国倾城，"遗世而独立"的女人。在初次去拜访他之前，她仅仅知道，他的身份是赫赫有名的商会会长，是商埠里第一大商户，却不清楚他还在老家明水开了两个煤矿，并且从德国人手里，购买了两台专门用来挖煤的机器。另外，他还管辖着商埠里所有的煤场和铁路公司里一半的煤炭运输线。除了这些，还有两家银行和十几家店铺，经营着丝绸粮食玻璃和上百种西洋货。她的绸布商丈夫死后，为了报答这位身份显赫的谘议局副议长对她的赏识与宠幸，她将那位绸布商死后遗留下的一大半财产拿出来，奉献给了他新成立的"新军军饷募集委员会"。在她决定拿出那笔钱时，尽管他一再慷慨地拒绝，她还是坚定地让他将它们拿了去，"做新军第五镇里那些官兵的军饷"。而作为回报，他则开始谋划着，以商会的名义，联合济南第一女子师范学堂和两家银行，为她成立一家专门属于女人的《女子周报》。"我的小肉鹁鸪，对你来说，这是一件再合适不过的礼物了。"他搂着她的腰，在绸缎上衣外头捏着她的乳头说。

咸金枝嘴角上一直在挂着笑。并且，是那种和太阳光一样颜色的笑。天上的阳光非常好，明亮地照射着立在她手指上的一片黄色柳叶。那片细小的叶子，产生出了一种神奇透明的效果，它让南怀珠觉得，它正在慢慢地变成一根金色的鱼钩。紧接着，在他心中某一点芥子粒那么大的地方，他瞅见了那个能徒手变出鳄鱼，让手指发出亮光的男人。"这个世界上最好玩的变戏法，是把一个世界，变成另一个世界。"那个男人笑着，用他那只能让手指发出亮光的手，来回地抚摸两下他的头顶。眼下，他愉快地想，他正在做的这件事情，算不算是在把一个世界，变成另一个世界呢？

"今天，您尽管不准备以议员身份跟我谈点什么，也不愿意让我给您拍照片。但我相信，有一天，您一定会以一名记者议员先生的身份，成为我们《女子周报》的贵宾。"

第二十章　布　告

在退园罗泉楼的二楼上，南怀珠花了差不多半个钟点的工夫，在俯瞰周边的景色。他先是让两条目光，落到了湖中一片莲叶残败的藕田里。那里，一些种藕的水户子们，正在藕田里忙着采藕。男人女人，还有成群的小孩子，都在那里劳动着。在靠他最近的藕田里，他看见一个男人，正把一根三四节长的白藕，放到船上。船的另一边，一个男人手里握节嫩藕，正在往嘴里送着。离船几步远的地方，是两个抱在一起打架的男孩子，他们已经双双摔进藕畦子边上的蒲草丛里。他们旁边，有个看样子还不会走路的小孩子，坐在藕畦子埂上的苇花堆里，挓挲着手，仰着头，在"哇哇"地大哭。一个麻秆样干瘦的妇人，走到两个打架的男孩子身边，对着他们没头没脑地各踹两脚。

这会儿，那个在告示中被断绝了父子关系的儿子，就站在他身边，神情苦恼地抽着烟。而他前些天被人砍过两刀的胳膊，刀口还没有彻底愈合。南怀珠扭头看他时，他脚下的地面上，已经躺了好几个洋烟头。南怀珠从他手里接过报纸后，给他递上了一包"密西西比河"。那是他妹妹南明珠带给他的，据说是一位回美国开什么基督教大会的宣教士，专程从美国带了来，送给那位戴维先生的。两个月前，戴维先生将其中一些，送给了南明珠的丈夫谷友之，那位巡警局长则又转一次手，把它们给了他。

谘议局大楼那座圆形鸟笼里汇集的上百名议员中，在这几天里，同南怀珠一样逃出议会大厅，热衷于跑到遐园来，站在罗泉楼上眺望大明湖和文庙的人，只有这个名字叫做袁世楷的议员。他和那位袁老爷，"两个名字念出来的声调一模一样。"

在巡抚袁世凯任职山东的两年零五个月里，袁世楷的父亲，那个从南沂蒙县搬到济南府的钱庄掌柜，逢人就会这么说上一遍，好像他将这件事情重复的次数多了，那两个名字读音都相同的人，他的儿子袁世楷和巡抚袁世凯，便会在某个阴雨的早晨或是下着浓雾的夜里，神奇地变作一个人。那段时间，这位钱庄掌柜对巡抚袁世凯做出的每件变革举措，都在竭尽全力地宣扬和支持，而且在巡抚袁世凯将济南最负盛名的一家书院——泺源书院——改造成官立山东大学堂后，他立即让他的秀才儿子放下了考取举人的梦想，考进了这所大学堂的正斋，习学政学。而这个与巡抚名字读音相同的人，在那两年里，也与他父亲一样，因为这两个发音完全相同的名字，暗自骄傲过无数次，甚至在很多个夜晚里，都因那种骄傲的缠绕，而无法得到真实的睡眠。在山东大学堂毕业前夕，这位来自南沂蒙县的袁世楷，在他的同乡鹿邑德家里，结识了济南师范学堂里一名教习，福田先生。福田是个日本人，但在济南府里生活着的、所有稍微有点身份的人，他差不多全都认识。就是在福田的举荐下，在山东大学堂毕业后的第二天，袁世楷就进了一所名字叫"山左公学"的私立学堂，在那里做了名治法学教习。不过，在那个时候，袁世楷并没有弄清楚，创办这所学堂的那个高密人，是个同盟会会员。他也从来没有想到，在他进入那所学堂后，仅仅一年时间，他就在不知不觉中，完全陷进了一种之前从没有接触到的新思潮——那是他的朋友，同在那里做教习的南怀珠，在一个名字叫做"望云霓"的读书会里，传播给他的"共和思想"。半年前，这个读书会被他们改成了"同胞文学社"，仅仅是第五镇里的新军，就有上千人加入了进来。

"眼下，我是真不知道该怎么办了！"这个前几天夜里被人从背后砍过两刀，又刚刚被父亲登报声明断绝父子关系的人，面色焦虑地踱到了南怀珠身边，眼睛眺望着他居住在泮壁街上的房屋。他告诉南海珠，今日一早，他父亲已经拟好了另外一则，要他与老婆孩子断绝亲情关系的启示。

"那位老人家声称,他想要的,是一个能够光宗耀祖的儿子。他不想跟着我被砍掉脑袋,也不愿让我的老婆孩子跟着掉脑袋。到正午,日头直直地照进我们家那座天井前,如果我还没辞掉谘议局里这个狗屁差事,没有回到他们中间,还在谘议局大楼里跟这群'乱世逆贼'们混在一起,瞎嚷嚷着跟朝廷作对,闹独立,我老婆孩子与我断绝关系那份声明,就会发布到今日晚间的《简报》上。"袁世楷指了指南怀珠手里的报纸,"不知道您会不会相信,他老人家居然说,我应该被那两刀子砍死在街头上。"他看了眼被砍了两刀的那条胳膊,冲南怀珠笑一下。

那份教会出资支持,由私人操办的《简报》,每日晚上十二点钟出版,报馆地址就在百花洲南岸的后宰门街上。对于出资办报那个英国教会和办报的经理人,南怀珠跟他们全都熟悉。报馆里的人自然不必说,他们既是同行又多是熟识的朋友。而居住在济南的所有宣教士、洋人,无论男女,几乎没有一个,不是他妹妹南明珠认识的人。在南明珠酿造出那些花醋和果醋后,她不止一次地告诉他,这个群体中的每个人,差不多人人都喜欢上了她酿造出的那些醋。"他们全都被我们南家的各种香醋迷倒了。"她像个孩子那样得意地笑着,说她的英文教师马利亚和丈夫戴维,正在帮她筹划着,准备将他们南家酿造出的花醋和果醋,送到美国政府即将筹备的一个展览会上去。美国人挖了一条名字叫巴拿马的运河,很快就要开通了。那位戴维先生告诉南明珠,为了庆祝这条穿越巴拿马地峡、连接太平洋和大西洋的运河开通,美国政府打算举办一个盛大的太平洋万国博览会,邀请世界上所有的国家去参加,展出他们最好的物产。

袁忠孝启
因子袁世楷不肖,致余与室人反目,故将财产鼎分脱离关系,呈准县署警务公所存案。此布。

"现在,我想,您和我,我们能做和需要做的,除了忍耐,就是静观其变。"南怀珠又看一遍报纸上那两行告白声明,甩着手,在那张折叠起来的报纸上拍打两下。

第二十一章　　织　女

在洋人医院里习学"西洋医术"的南家二小姐,南珍珠,是在五天前,回了一趟南家花园。自打去了城里,只要回到南家花园,这个在姐姐南明珠眼里,已经被她母亲和家人"宠得让人发恨"的姑娘,便会在吃过晚饭后的半个晚上,坐进她母亲的佛堂里,喋喋不休地,给她母亲讲述城里面发生的那些稀奇事。这是她每趟从城里回到家中,必定要"送给母亲大人的礼物"。而这被她自己和家里其他人,形容成"给母亲解闷的礼物",其中一多半,都是病人们相互间讲的市井笑谈。

"前段日子,芙蓉街上新开一间照相馆,两层楼,装扮得花里胡哨,要多勾人就有多勾人。历城有个男人进城来卖茉莉花,卖完了花,他从春和祥出来,溜达到照相馆跟前,抬头看见挂在门口的那些大相片,就站住了脚,在相片前观看。店里有个伙计走出来,见他站在那里满脸好奇,就走上前,连怂恿带哄骗,把他领进馆子里,给他照了张相。过几天,他按着约定的日子来取相片时,手里拿着那张相片,左瞅右看,都觉得相纸上那个他脸面模糊,似乎还有着另外一张生人的脸,在上面来回晃动。那人便猜疑,自己在照相的时候,要么是被鬼魂附了体;要么就像他老婆说的,被那个收魂镜锁住了魂子,上面来回晃动的人影,不过是他自己的一个魂魄,被关在那张不像纸的纸片里,在拼命挣脱着,想从那片纸里逃出来。因为他照完相回到家那天,把他在城里照相的事一说,他老婆当即就吓白了脸色,说她听一个亲戚说过,城里给人照相那个玩意,就是洋人弄出来收人魂子的收魂镜。'照的时候,你是不是看见眼前冒了股白烟?'他老婆问。然后她看着丈夫,告诉他,那股白烟一冒出来,人不光会被那个收魂镜锁住魂子,还会被它吸走好几两精血。开始,那个卖花的男人不信。不过,等他拿到相片,看着上面那张模糊不清的脸,越看越怕,心里骇得要死。后来,他举着那张相片挥舞一阵子,把它扔到地上,转身就朝街上跑,连盛花的筐子都撂了。结果,在跑回家的路上,他一边跑,一边啊啊地大声喊叫,大声叫着自己的名字,还没到家门口呢,人就已经疯了。"

讲完这类笑话,接下去,就是医院里那些宣教士们讲给病人听的,洋人们的善行福报。故事通常会是这样:"一个富翁,在和他的儿子发生争执后,他的儿子便离开家出走了。儿子出走后,这个富翁因为思念儿子,于是天天在画儿子的画像,将画像挂满了屋子。但是,十几年过去了,直到他病死,他的儿子也没有回来。他的一个仆人,非常爱他的主人,见主人天天在思念儿子,也和主人一样难过。富翁死之前,告诉他的管家,在他死后,家里所有的仆人离开时,都可在他家中任选一件物品带走。所有的人都选了贵重物品。只有那个爱主人的仆人,因为爱主人,知道主人到死一直在思念儿子,所以,他就挑选了富翁为儿子画的那些画像。他觉得看见了主人为儿子画的画像,就等于看到了死去的主人。在所有人都挑选完物品后,管家拿出了富翁的遗嘱。那个富翁在遗嘱上说,选他儿子画像那个人,将会得到他全部剩余的遗产。"

在南家花园里,只有二小姐南珍珠,能够口无遮拦地在母亲面前,讲洋人那些笑谈。这是因为她一直会和母亲争辩着,说她天天念阿弥陀佛,却不知道"阿弥陀"和洋人们说的 Amitabha 是一个词。"阿弥陀"不过是洋人们嘴里那个上帝的名字,在波斯国的叫法。这是医院里那个一脸络腮胡子的美国老宣教士,马洛牧师告诉她的。

从她们坐下来,厉月梅就在暗自端详着她的小女儿,心里想着城里和溇口有哪户人家,配得上娶走她这个心肝女儿。前些天,明珠回家来时,又提到了妹妹的婚事,说是第五镇里有位姓姚的帮带,武备学堂出身,年轻英俊,也有才干,在他二哥家里见过珍珠后,一眼就相中了她……她耐心地听大女儿说着,心里想的却是在溇口这巴掌大点的地方,家中有个巡警局长女婿,整天骑着马在大门口进进出出,就已经足够显眼了。明珠出嫁后,每次带着谷友之回到南家花园,她都要给大儿子南海珠嘀咕一遍,若不是明珠要死要活地闹腾,她无论如何也不会答应,让一个巡警局长的两只脚，走进南家大门。

由于整天在医院里同病人打交道，南珍珠已经学会了耐心等待。那天，她在等待了给病人打一次针那么长的时间后，才问她的母亲，她是不是压根还没听说过，鄂省独立的事。

"鄂省独立？"厉月梅对着女儿笑了笑，说鄂省她是听说过，可"独立"是个什么幺蛾子，她还没有见识过。

"电报，您总知道电报吧？"因为母亲没能完全理解她的话，这让南珍珠像是遇到了那些说不清事理的糊涂病人，她只好换一种办法，比如用"更加疼痛"给病人解释，她要他们"做好卫生"这件小事的重要性。

厉月梅摸摸女儿的头发。她自然明白电报。那个洋女人马利亚，一年里总会有那么两次，跑到家里来叫上明珠，让她陪着她到城里去，给她住在上海的宣教士父母拍电报。

"眼下，鄂省那里电报不叫电报，改成叫独立了？"

望着女儿漂亮的眉眼，厉月梅想不出一户什么人家的男儿，才配得上她这个温顺的女儿。而对于鄂省那个偏远的地方，她活了一辈子，也只是在偷偷地到庙里求梦那回，结识了一个从鄂省来的瘦小女人。

那个女人的丈夫，在他们老家鄂省是个耍猴人。由于连年饥荒，他到山里捉了几只猴子，带着一群猴子和一家人，从鄂省里走出来，满天下里游走着耍猴卖艺。那一年，他们快快乐乐地到了浉口。女人的丈夫发现这里靠着黄河，人口稠密，来往客商多，"是个难得的大码头"。在这样的码头，只要他们和那群猴子肯卖力气，谁也不偷懒，他们一家人就会在这里慢慢地变得富足起来。于是，他就让他们全家人，包括那几只猴子，一起举手，以举手多寡计数，决定他们一家子人是否要在这里安顿上两年。他们家所有的人和猴子，都举起了手，表示他们愿意留在这里。而且，他的一个儿子还和所有的猴子，都举起了双手。但是，他们却没有预料到，仅仅在这里住了不到半年，灾祸就如那些欲图财害命的歹人，踩着他们的脚后跟，暗暗地盯上了他们。那天，他们在下关渡口摆下场子，跟往日里一样，由一只老猴子敲打铜锣绕场子转着，开场子招引看客。在绕到第三圈时，那只老猴子的身体往前一扑，怀里抱着铜锣，丁零当啷地扑倒在地上，当场就死掉了。接着是第二只猴子，第三只猴子。然后是所有的猴子。所有的猴子都死光后，再下去，便是他们的七个孩子。在他们抱在怀里的第七个孩子，一个不足十个月的小女孩，和第三个刚刚十岁的男孩子一起死去的夜里，女人的丈夫也像猴子以及他们的孩子那样，悄无声息地离开了。全家人和一群猴子，最后只剩下那个女人，孤苦地活了下来。为了安葬丈夫和孩子，那个女人说她把自己卖给了渡口上一位老年船夫。她的丈夫和孩子离世后，她一次也没有梦到过他们。她那天到庙里去，就是为了能在梦里见到丈夫和孩子们，恳请他们饶恕她不再贞洁的罪恶。"我也想跳进黄河里，清白地跟着他们，和他们一道回到老家去。可我不能，不能做个不仁不义的妇人，糊弄一个拿钱安葬了他们的好人。他拿出的每个铜板，都是身上的血和汗换来的。每个铜板上，都沾着跟铜板一样厚的血汗。请我的男人和孩子们给我两年工夫，就给我两年，让我留下来报报恩吧。"因为没梦到丈夫和孩子，在清晨的晨光里，那个女人趴在一位老和尚脚下，大声地哭诉着，直到哀恸让她在昏死中安静下来。

后来，正是这个在哀伤里昏厥过去的鄂省女人，让她内心里的冰块一点点地消融着，原谅了那个抛下她和整个家庭，一次次跑去草原的男人。

照着主人的吩咐，热乎赶着马车，尽量避开了人多热闹的地方。马车到了普安门。在那里，他们和那辆马车，都甩开了黄河从身后包围过来那层氤氲水汽，沿着泺口通往城里的宽阔大道，一路往南，往济南城里去。南海珠没选择骑马。现在，他不想无遮无拦地骑着马，走在路上，与可能遇到的那些熟人打招呼。"南老爷好啊。您瞅瞅这天气，这会儿有点薄雾，可一会儿就是个让人欢喜的好天气。""南先生，有些日子没在这条路上，看到您和这匹结实的马啦。"他没有一点心思，与人闲扯这些没油盐的片儿汤。

"路边上站的那个，是不是伍三羊？"在距离普安门大约二百步远的地方，南海珠看见了站在路边的伍三羊。"是他，老爷。是伍三羊。"热乎肯定地回答。

南海珠犹豫一下，然后吩咐热乎："到他跟前停下车。"

马车很快到了伍三羊跟前。

热乎吃喝着那匹马，手里拉紧缰绳，让那匹马和马车停了下来。

"热乎，你这是要进城吗？"伍三羊看见热乎和那辆马车，朝路中间走两步，在马车停下来前，高声和热乎打着招呼。

"老爷在车上。是老爷进城。"热乎提醒着伍三羊。在他没弄明白，老爷为什么让他停车前，他担心伍三羊冒冒失失着，不知道老爷坐在车里，会说出一些不该说的话，尤其是城里正闹独立那些事。要是那样，可就糟烂透了。从二老爷带着朋友回到泺口，这两日里，老爷脸上一直阴沉着，要是能像风拧一块云彩，他相信，那张脸上大概能拧出一场烂街雨。"也是老爷瞅见了你站在这里。"他扭回头去看看车厢。南海珠已经将车门推开。早晨的太阳光，正在那条敞开的缝隙里前呼后拥着，照射着老爷探出车门的一截身子和脑袋。

"南先生，早上好。"

伍三羊朝后退一步，给南海珠请个安。尽管他爷爷和父亲，两辈人都是南家醋园里的工头，而且在他小时候，跟着他们去南家花园，或是去醋园，他都会按着他们教他的规矩，称呼南海珠"老爷"。但到商埠里做了伙计后，他就再也没叫过他老爷。"先生。"这两年，他见到所有被人称作老爷的人，都是这么称呼。

"你待在这里，是要回城里去？"南海珠问。他不喜欢说商埠，而是一直把那里称为城里。在不说城里时，他会把那里叫做西外城。

"是。是要回商埠。"伍三羊恭恭敬敬地回答。他瞅见南海珠的夹袍子外面套着野狸子皮坎肩，手里拿着顶黑色礼帽。

"既然是回城里，就到车上来吧。"南海珠说。

"谢谢您先生。"伍三羊打量着马车，考虑着坐上去是不是合适。要是那位记者先生，他想，他会毫不犹豫地，一下就跳到他的马车上。他站在那里笑着，来回搓着手："我怕弄脏了您的马车。"

"你是一筐子臭鱼烂虾？"南海珠笑着说，"要不是臭鱼烂虾，就赶紧上来。"

伍三羊对着热乎笑了笑。热乎也对着

他咧咧嘴。然后，他两条腿一跃跳上马车，坐在了热乎身边。热乎摇晃下缰绳，吆喝着那那匹马迈开了步子。

南海珠关上车门，推开了车门上的窗子。他这辆车上的窗子，原本是要那位木匠，仿照南明珠那辆车窗的样式去安装。但管家来家兴找来的这位木匠，是个既聪明又心灵手巧的人。他绕着南明珠那辆马车转一圈，在窗子前端详一会，第二天，就构想出了一种全新的，比南明珠那个车窗更便于打开和关闭的窗子。而且，他还建议车辆的主人，最好是将车厢的四面，都装上这么一个窗子。"如果是那样，您坐在车里，就可以看到四面八方，您想瞭望的任何方向。想吹吹风了，只要您愿意，哪个方向的风，都能随心所欲地让它们吹进来，和您坐在一起。"那位木匠说。

开始，南海珠拒绝在车上安装玻璃窗子。听了这位木匠的设想后，他几乎是犹豫都没犹豫，就接受了他的提议。于是，那位木匠，来家兴父亲活着前收下的唯一徒弟，用他从师傅手上继承来的，那部分精湛手艺的十二分之一，为南海珠的马车装上了一扇"绝对独一无二的窗子"。他先是将一块玻璃的四周，用雕花的木条镶起来，并将右侧那根木条做得稍宽一些，在上面安了一个漂亮的铜拉环。然后，他又在车厢的木板上，利用夹层，弄出一个方槽。在这些方槽四周，他分别给它们镶嵌上了，他用锉刀弄出各种花纹的铜条。在底槽和镶木条的玻璃接触那面，他则给它们装上了能够自由滑动的几颗珠子。这样，坐在车里面的人，只要愿意，他就可以拉住玻璃木条上的铜拉环，随时把他想要打开的那扇窗子，打开，或是关上。除了窗子，在最后，那位木匠还把四面车厢，都弄成了能够随意打开的车门。

女娲补天的传说

《淮南子·览冥训》：往古之时，四极废，九州裂；天不兼覆，地不周载；火爁炎而不灭，水浩洋而不息；猛兽食颛民，鸷鸟攫老弱。于是女娲炼五色石以补苍天，断鳌足以立四极，杀黑龙以济冀州，积芦灰以止淫水。苍天补，四极正；淫水涸，冀州平；狡虫死，颛民生。

第二十二章　天桥

透过车窗，南海珠一直在盯着伍三羊。他想起来，最近几个月，南怀珠每趟回家，在他们坐下来东拉西扯地说闲话时，差不多每一次，他都会有意无意地提到这个小青年。"那个叫伍三羊的孩子，就是醋园里伍春水的儿子，你还记得他吧……""伍三羊那个小子，他居然对我说，有朝一日，他兴许能把自己的铺子，开到英国最繁华的一条街上去，让他的洋人掌柜回英国去给他当伙计。"他发现，每次说到这个伍三羊，南怀珠脸上的表情，都会比他们在那之前的谈话，至少愉悦上两倍。

"你在洋行里做几年事了？"

"已经两年了。再过一个星期，就满两年零一个月。"伍三羊瞅眼热乎，热乎专心地赶着马车，好像完全没有听见，他正在和他的老爷说话。

"你今年多大了？"

"已经十九了。"

"呃，十九了？"南海珠笑了笑，"已经是个大男人了。前两日，你爹告两天假，回家给你张罗相亲的事。一个十九岁的大男人，是该相亲了。"

"可我觉得，我还是应该像二先生说的，再等两年，先看看天下有多大。至少能够站在天桥上，看明白火车跑得有多快。"伍三羊抿下嘴唇，"先生您没去过我们商行，我们商行经理室的山墙上，挂了张比饭桌还大的彩色世界地图。在那张地图上，咱们整个大清国，也不过像片桑树叶子那么大。但那上面，那片深蓝颜色的海水，莫多克先生说那片海水叫大西洋，仅是那个大西洋上，就能铺开多少张这样的桑树叶子。莫多克先生还说，除了上帝，没人知道那个大西洋会有多深，里面藏了多少种稀奇古怪的鱼。我猜，那个整天在黄河里打鱼的水鬼，他要是到了大西洋里，一天捕获的鱼，兴许比他一辈子在黄河里捕到的都多。莫多克先生，噢，就是开商行那个英国人，他说那张地图上标出的国家，不过是人们现在所知道的，这个地球上很多地方中的一部分。还有很多个地方和很多国家，都因为画这张地图的人不知道它们的存在，没有把它们画在上面。他还说，他有一位喜欢探险的哲学家朋友，从英国乘上一艘汽船，准备到一些文明人类的脚步还没完全踏上去，比如像非洲那样荒蛮的地方，去作考察，看看自己有没有哥伦布那样的好运气。结果，您猜怎么着，他们那艘船在海面上遭遇了大风浪，漂流到了一个海岛上。他在那个荒岛上生活了十几年，后来还被那个岛上的国王看中，将他们最漂亮的一个公主嫁给了他。可是他一直忘不了英国，忘不了生活在苏格兰一个农场里的家人，以及众多的朋友。于是，他一边和那个公主生孩子，一边找机会逃跑。最后，他的两只脚重新走到英国地面上时，距离他当初离开英国的日子，已经过去了差不多十五年。他回到英国后的第一件事情，就是买来一张世界地图，每天趴在那张地图上，寻找他娶了人家公主那个小岛。结果，他在上面找了两年，放大镜都被他摔坏十三个，还是没有找到那个将公主嫁给他，然后有他八个孩子在那里出生的岛国。所以，莫多克先生总是喜欢给我们说：你们闭上眼睛想想看，这个世界到底有多大吧。"

在伍三羊讲到岛上那个公主时，热乎快速地转过脸，瞥了眼伍三羊。他觉得这种事情一定是伍三羊那个洋人东家，或者他认识的什么人，做过的一个乱七八糟的梦。就像他在自己那些五花八门的梦里见过的，他的母亲，居然是蒙古草原上一座白色宫殿里，一位仪态万方的王妃。那座宫殿像白色的棉花一样洁白，而他那位做了王妃的母亲，早就不是娼妓了，身边光是年轻漂亮的婢女，就有一百多个，一杯滚烫的热水被她们传递到王妃手中时，水温恰好是王妃最满意的那个温度。这种梦常常会真实得让人误以为，那才是他真实活着的一个世界，而他醒来后这个人世间，只不过是他做过的许多梦里，最瞎包、最糟糕透顶的一个梦。

如果那不是一个人的梦，那么，就一定是伍三羊的洋人东家，跟那个在黄河上修铁路桥的美国人戴维一样，天生有一种编造奇闻异谈的嗜好。那位经常到南家花园里做客的"戴维先生"，每次见到他，或是南家花园里其他一些喜欢和他说话的人，他总会讲出两件稀奇古怪，据他说是发生在他们美国的真实事情。比如在他们美国南部，他说有一些黑人小孩子，每天都要想方设法地抓住一只蝴蝶，吃进他们的肚子里。因为那些吃蝴蝶的小孩子坚持认为，人吃了蝴蝶后，在他遇到某种危险时，他后背上就会突然生出两只看不见的蝴蝶翅膀，带着他，飞离他两只脚站立的那块土地，离开那些可能会让他失去生命或者自由的人。又比如在美国西部，靠近大海的地方，那里的土地一望无际，生活在那片土地上的很多女人都相信，在早上太阳出来前，只要她对着大海说出十个心愿，并且在最后一个愿望说出时，恰好有只海鸥飞过她的头顶，那么，她在那一天里许下的十个愿望，至少就会实现一个。

所以，对伍三羊的洋人东家讲的，那个荒岛和公主的故事，热乎一点也不愿相信。他断定，它和那个美国人讲的那些没边没沿的事情，完全是一回事。不过，伍三羊那个东家说的，世界上还有很多地方，并没有被那个画地图的人画到地图上这句话，热乎倒相信它是千真万确的。天底下总会有些地方，有些事情，不是人人都会知道。他最厌恶的车夫周约瑟，在他家院子里挖那个专门给老太爷养壁虎的地窖子，就没有几个人知道。至少，除了那个假瘸子和他老婆，老爷跟他，他从来没有听说，南家花园里的仆人和醋园的伙计当中，还有谁下到过那个地窖子里面，看见过那些断了尾巴后，还能重新长出一条崭新尾巴的壁虎。

"你时常能见到他?"

南海珠望着前面路上的行人，漫不经心地问。在他们马车前方，大约一百步远的地方，两个行人一边走路，一边在那里相互打斗着。

"也不是时常见。二先生到商埠里办事情，看电影或是看戏喝茶，路过我们商行，有空了就会进去瞧一眼。时候大了也能坐上片刻，跟我们那位洋人东家说会儿话。"伍三羊有点眉飞色舞起来。"他们坐在那里说话时，我们这些伙计，都会争着抢着挤在经理室门外，听二先生讲话。他们都说，二先生是他们见到的，最博学多识的一位议员先生，是万事通。我们那个洋人东家，不论说到他们西方人的什么事，二先生几乎都能知道。"伍三羊停顿一下，快速地瞅眼身边赶马车的热乎。热乎目不斜视地看着前方，他的两只眼睛，好像正被一条看不见的线牵着，钉在了那里的某个点上，而紧跟在后面的那个嘴巴，正在一点点地慢慢变大。伍三羊又看见了那个和他一起观看苏利士提供的幻灯片时的热乎——两只眼睛盯着画片上英国和非洲那些又陌生又奇妙的人和事物，大张着嘴巴，像是要把西洋片里装着的东西，全部吞进他肚子里。"就连我们洋人东家都说，二先生是他在咱们这里见到的议员中，最可敬的一位议员先生。"伍三羊想着热乎眼睛后面那个大嘴巴，笑了起来。

"你们那位洋东家说话，倒是会夸大其词。"尽管不知道伍三羊咧开的嘴巴在笑什么，南海珠还是被这个小伙子的笑感染着，跟着他笑了笑。

第二十三章　　面包

约莫十点钟，南海珠乘坐那辆马车，

和骑在马背上的谷友之,并排经过了天桥。西边的火车站上停靠了两列火车。东边的铁轨上没有蛇那样游动的火车,但有几个人沿铁路线移动着,走走停停,仿佛是在搜索着火车遗失在地面上的细小物品。

从天桥上下来,他们很快就到了经二纬二路的交叉口。伍三羊那位洋人东家的商行,就在这个路口朝西不足一百五十丈的地方。而谷友之每个星期都要光顾的那家德国面包房,也同样是在这条东西方向的经二路上。

路对面,德华银行那座洋楼门前的空地上,一个身着西式大衣和长裙子的洋女人,正面含微笑站在那里,两只眼睛望着路上来往的行人。谷友之从马背上转过头,瞅着那个洋女人垂到脚踝的蕾丝花边长裙。那条黑色裙子的外面,套了件颜色像红葡萄酒的大衣。在距离那个洋女人两步远的位置,他看到了同样穿戴的南明珠。那条裙子和那件大衣,它们穿在南明珠身上,至少比在那个洋女人身上耀眼了七分。他又看眼那个洋女人。这一次,他看到了那个洋女人头顶镶着黑色蕾丝花边的漂亮风帽,但没有看到他的太太南明珠。每一年的春天和秋天,马利亚都会将几件英国或是法国裁缝亲手缝制的衣服裙子,当然还有帽子和手套,送到南明珠手上。它们和她送给南明珠的其他东西一样,都是搭乘着某一艘轮船,漂洋过海,先抵达上海,然后再从那里辗转来到泺口,挂到南明珠的衣橱里。他一直都在奇怪,在遇见南明珠之前,他的记忆从来都没有跑出来告诉他,泺口还有一座叫做南家花园的大宅子。

洋女人背后的德华银行那栋楼,曾是马利亚夫妇的临时住所。在南明珠跟着她的英文教师马利亚,陪同那位英国来的军事专员黑格,到第五镇的营房里去探访时,他们就住在这幢房子里。那时候,跟马利亚夫妇一起住在这里的,是一位将戴维和马利亚从上海邀请来的德国工程师。这位工程师的家里,有着三个非常可爱的小孩子。只是,其中一个,那个生着和天空一样湛蓝眼睛的三岁小姑娘,始终在拒绝说她的母语。原因是工程师请到家里去带她的那个女仆人,是个当地人,而且只会说济南本地的土话。那个孩子稍微长大一些后,大约到了六岁或是七岁,虽然被迫学会了用她的母语说话,但她发出的声调里,始终夹杂着济南土话的味道。并且,在此后漫长的一生里,到了九十五岁,直到离开这个世界那天,她也没有能够改变。

谷友之扭回头看眼天桥。然后,他骑在马背上,朝那家德国人的面包房走去。那匹马走得很慢。好像它完全知道,这会儿,它的主人,根本不需要它走路的步伐过急过快。

前行了大约一百米后,谷友之拉着他那匹马的缰绳,让它立在了路边一棵挺拔的槐树下面。他抖着绳子,告诉那匹马,让它扭转一下身子。他在马背上看着南海珠刚才停下马车那个路口。这会儿,路口上只有一堆金黄的日光铺在那里,火焰般燃烧跳跃着,伸卷着舌头。除了那堆明晃晃的金色火焰,其他的,他什么也没有看见。

经过翻来覆去的思考,他已经决定,还是不把冯一德的事情告诉南怀珠。想到这个突然冒出来,弄得他心烦意乱的该死的"摩西",他又在心里骂了他一句。若不是这个该死的家伙,他此刻绝对不会没头

401

没脑地跑到商埠,跑到这个面包房里来。现在,他脑子里可是没有一丝一毫想买面包的念头。谷友之摘下头上的黑色礼帽。他屈起右手的中指,轻轻在上面弹两下,又把它戴了回去。在街的另一边,从面包房对面那间银匠铺子开始,朝西数过六家铺面,就是大广寒电影院。在这家电影院后院的西墙上,开有一扇月亮门,除去冬天,一年三季,那堵开着月亮门的青砖墙上,都挂满爬山虎浓密幽绿的心瓣形叶子。有这些叶子映衬,那个月亮门便如一轮饱满圆润的真实圆月,美轮美奂地镶嵌在一片碧空之中。南怀珠和谐议局里一些老爷们,看完电影,从那轮月亮的这面穿到另一面,就到了他们最常光顾的全聚德烤鸭店。眼下,尽管已经有冰霜覆盖在万物之上,但他知道,比照往年的气候,那些爬山虎的叶子,有一大半,还会在那道墙上鲜绿着,看上去充满了活力。

　　谷友之摸出那只镀了一层纯金的怀表,看了看上面的刻针。包裹在表壳里的分针和时针,都在有条不紊地朝前挪移着,丝毫也没有因为他心里藏着的那些焦虑,变快那么一点点。他把银行门前那个女人身上的裙子和大衣,重新套在了南明珠身上。那条裙子和那件大衣,在南明珠身上闪着一种奇异的光。尤其是那件葡萄酒颜色的大衣,他发现,它仿佛变成了一件披着霞光的五彩羽衣。而在羽衣的两腋,已经伸展出一对优美的翅膀,好像它们随时都会带着南明珠,离开她脚下那一小块又干燥又洁净的地面,离开他,飞到莎士比亚夫人曾经一遍遍给他们描述过的,那个"甜美得妙不可言的天堂"去。

　　在遇到南明珠之前的很多年里,他都坚持不再相信,莎士比亚夫人反复描述过的那个天堂的存在。他握紧那只镀了纯金的怀表。这是一只表盘里镶嵌了万年历的钟表。谷兰德先生告诉过他,这只表里面装着的差不多一千个部件,可以让它准确地走时到一百年之后。而除了正面表盘里的万年历,双追针计时,以及带有分钟和小时的计数器,在它背面银制的后置表盘里,还有指示恒星时的秒、分及小时,日出和日落时,显示出纽约北部天空的星辰和时差。甚至,这块表上显示的纽约天空的星辰,与真正的纽约天空的星辰,每天都是对应的。在和南明珠成亲那天,他犹豫了几次,最终,还是没有把这只表的故事,告诉她。如同他没有告诉南明珠,这只怀表曾经属于谷兰德先生一样,他也没有告诉过她和任何一个人,他曾经是被宣教士谷兰德先生和莎士比亚夫人,收养过的一个孩子,曾经在渌口生活过差不多五年。这些人当中,既包括他的太太南明珠以及她的家里人,也包括马利亚夫人和她那位美国丈夫戴维。为此,他从没在任何人面前流露出,他能听懂并且能讲一口流利的英语和法语,甚至还懂得一些德语和拉丁语。谷兰德先生在教他法语的时候,曾经夸奖他是个语言天才,因为他仅仅跟着他学了六个月法语,就能够把一些《旧约》里的诗篇,从法文翻译成英文,再由英文翻译成汉语。这些年,他努力做的所有事情,就是把过去那个被人一次次抛弃的谷友之,埋在一个完全没有人知道的地方。当然,他一次也没有设想过,当年那个和他一起被莎士比亚夫人收养,后来被她带到美国去的冯一德,有一天,会莫名其妙地重新在他面前冒出来,而且还是被他手下两个巡警,抓到了他的巡警局里。在他少有的一些梦到莎士比亚夫人的梦里,至少有三次，他梦见了她和冯一德乘坐那艘轮船，在去往美国的途中，因为突然席卷起来的风暴，沉进了无边无际的大海里。

那是个夏日的早上。不断从河面上吹来的风，在它们经过那座院子的上空时，几乎把一院子的空气都给抽光了。因此，一整个清晨，谷友之差不多都在拼命抢夺着那点仅剩的空气，一边喘息，一边默默祷告着，盼望莎士比亚夫人能够在他的祈祷里，突然改变主意，把他和冯一德一起带走，不再执意留下他。他和冯一德都愿意陪着她，穿越她一直都在觉得恐惧的大海，回到她和谷兰德先生的美国。莎士比亚夫人跟随她的宣教士丈夫谷兰德，离开美国国土后的十二年，除了在轮船上度过那三个月，以及上岸后在上海逗留半年，其余剩下的所有时间，按她的说法，"都在晒着济南的太阳光。"而在那十二年里，莎士比亚夫人的丈夫，一位认为"只要天气允许，就应该把基督教的书籍摆放在大门外一张桌子上，供行人阅读"的宣教士，曾经两度返回美国——一次是到南卡罗来纳州新成立的美国长老会学院，交流他在中国内地的传教心得；一次是回去度假，看望他和莎士比亚夫人共同的在纽约生活的家人们。但是两次，莎士比亚夫人都没有随同丈夫回美国去，原因是她死也不愿意再枕着大海里的波涛睡觉。"那几个月的海上航行，让她在上岸后的半年时间里，看见洗手盆里荡漾起来的水纹，都要晕倒。"

谷友之祷告一遍，又祷告一遍。在他祷告到差不多第一百遍时，莎士比亚夫人仍然没有改变主意。屋子里空空的，中间放着那两只装着行李的箱子。"上帝一定是在忙着和哪个天使下棋。或者就是在跟谷兰德先生下棋。也或者是，他们正一起，并排坐在椅子上，晒着天堂里透明的日头，然后就在椅子里睡着了。"谷兰德先生常常是这样，手里拿着一卷书，坐在院子里的日头底下，一会儿就被日头晒出了呼噜声。天堂离日头一定更近。谷友之觉得真是那样的话，日头肯定就更容易让人打盹。"求您了！"他走到箱子跟前，轻轻地在一只箱子上拍打着，想用这种方法，叫醒在天堂里睡着的谷兰德先生。谷兰德先生想把他们从睡梦中叫醒时，最常使用的就是这个办法。不同的是，他一边轻轻地拍打着床板，还会对着他们的耳朵，哼起某支欢快的圣歌。

他们住的小院子里，一年四季都会有花。春天是两树桃花在沸沸扬扬地开着。夏日里则会飘着一院子的茉莉花香。莎士比亚夫人非常喜爱茉莉花。她不但跟附近一位妇人学会了亲自制作茉莉花茶，还跟她学会了，采下没有完全开放的茉莉花骨朵，加上鸡蛋面粉和盐，用它煎成那种叫做"咸食"的面饼。那是一种味道与其他鲜花蛋饼完全不同的美食。莎士比亚夫人还给用茉莉花煎出来的那种"咸食"，取了个富有诗意的名字。"天使的歌声？嗯，这的确是个非常富有诗意的名字。"她的丈夫，谷兰德先生对她赞美道。

谷友之让自己的脊背贴着墙壁，一点点地蹭出屋子，是在那个早上更晚一点的时候。他不知道已经几点钟了，也不知道马车是不是立刻就到，因为他们每天用来"确认时间"、底座的玻璃罩里面有着一个微型伊甸园和两个小天使的钟表，已经被莎士比亚夫人卖掉了。买走它的，是教会莎士比亚夫人做"茉莉花咸食"那位妇人带来的，一个满脸麻子的肥胖男人。在给莎士比亚夫人介绍时，那位妇人说麻子男人是她的远房亲戚，"他开着全济南府里最阔的一家玻璃店，卖博山的琉璃，也卖你们西洋人造的各种镜子。不瞒您说夫人，看见他铺子里那些明晃晃的镜子，我就害怕得要死，觉得它们像冰冻块子吸日头光一样，在吸走我身上那点不多的热乎气。您可不知道，我这两只手和脚，从年头到年尾，就是热死牛的三伏天里，也跟冰冻块子一样冷得扎人手。"那个妇人说。但她没有告诉莎士比亚夫人，除了有一家叫"玻璃大世界"的玻璃店，那个麻子还在南门里经营着一家规模不小的妓院。而他来买这座钟表，就是为了把它摆放在那家妓院的大厅里。

谷友之先是站到了一株桃树旁边。桃树上的桃子刚一成熟，就被谷兰德先生采摘下来，拿到厨房里，请莎士比亚夫人给他们做成了美味的桃子馅饼。现在，桃树上只有一些茂密的叶子，偶尔在细风里摇动两下。谷友之伸手扯住一根桃树枝条，同时闭上了两只正在流泪的眼睛。"土地神爷爷，求您让莎士比亚夫人把我也一块带走吧。或是，让我们全都留下来，谁也不离开这个家。"那个早上，谷友之手里握住一片桃树叶子，突然想起了土地庙里的土地神。他忘记了是谁曾经告诉他，凡是有人居住的地方，哪怕是只有一个小孩子住着的村庄里，也会有位土地神爷爷守在那里，替他掌管着那块地皮上所有的大小事物。由于把"基督"换成了"土地爷"，谷友之惊恐地睁开双眼，闭上了嘴巴，心脏剧烈地跳动着，扭过头去看着屋门口。莎士比亚夫人没有出现在那里，冯一德也没有出现在那里。害热病死去的谷兰德先生，也没有出现在那里。"他被上帝叫到身边服侍去了。"三个月前，谷兰德先生被热病带走那天，莎士比亚夫人从那间"隔离热病的屋子里"走出来，告诉一直等候在门外的谷友之和冯一德，以后，他们无论是对上帝说话，还是对谷兰德先生说话，都将是一回事儿。"因为从现在开始，无论是吃饭还是睡觉，谷兰德先生都时刻和上帝在一块儿了。"莎士比亚夫人说着，走到桃树跟前，摘下了上面最后一个还没熟透的桃子。那是她留下来，准备为谷兰德先生"做今年最后一次桃子馅饼的"。

在面包房的茶室里，谷友之喝完第二杯咖啡，第五次摸出那只怀表时，他在表盘上那一小片，他从来没有真正见到过的纽约星空中，看见了谷兰德先生的笑脸。"您好，先生。"他望着谷兰德先生，同时，差不多是被自己的声音吓了一跳。

"您好，谷先生。"

谷友之惊慌地抬起头。谷兰德先生消失了。在他面前站着的，是面包房的东家，那个叫霍夫曼的德国人。"在德国人那里，霍夫曼的意思就是长工。不过，我太太喜欢说我是上帝的长工。"谷友之第五次来买面包时，这位霍夫曼先生，就风趣地和他开起了玩笑，好像他是他多年的一位老朋友。他还告诉他，实际上，他不能算是个地道的德国人。虽然他母亲是纯粹的日耳曼人，可他父亲，却是个纯正的犹太人。"不过，我的太太，她绝对算个清白的德意志人，这点一直是她深感骄傲的地方。当然，如果别人误解她有着那么一点奥地利血统，她倒是会非常愿意。因为她不可思议地崇拜着那位其貌不扬的海顿先生。在写给亲戚和朋友们的信里，她会不断地强调和重复着,她最心驰神往的生活,就是坐在莱茵河畔,从早到晚地听着海顿先生的清唱剧——《创世纪》。"在第七次,他带着太太南明珠一起来买面包时,这位霍夫曼则像讲别人的故事那样,把他太太写信给亲戚们的另外一些事情,讲给了南明珠。"她说,上帝总是凭借着他巨大的能力,随心所欲地和人类开着各种各样的玩笑,比如他就一意孤行地,安排她遇到了她的丈夫,在她与他共同生活了十年后,她仍然爱他爱得失去理智。于是,她就跟着他离开德国,漂洋过海到了另外一个,不管她怎么努力,也无法爱上的世界。"在提着面包回浉口的路上,南明珠一路都在重复着,霍夫曼讲他太太的那些有趣情节。

"谷先生,您还好吗?"霍夫曼两只缺乏神采的大眼睛望着谷友之,微笑着,又重复一遍他的问候。他曾经告诉过谷友之,他这双大而无神的犹太眼睛,曾经是他太太最迷恋他的地方之一。当然,在后来,它也成了她最常拿来嘲笑他的那部分。在到中国来的轮船上,他的太太因为海上旅途实在太过枯燥,而那种枯燥,完全超出了她心理和身体的双重承受能力,几乎让她忧郁起来。于是,在那艘从法国出发的"奥克萨斯号"邮轮上,她与他发生了两个人自打相识后,唯一的一次争吵。就是在那次后来被他们形容为"完全是出于某种爱"的争吵中,他说,她的舌头像被魔鬼操纵着一样,不但说他们的意绪私语发音像耗子在叫,还脱口说出了"上帝对犹太人的唯一惩罚,就是给了他们两只毫无神采的眼睛"这样的话。

谷友之坐直身子,眼睛望着霍夫曼。这是位个子不算很高大的男人,一年四季都戴着礼帽,穿雪白的衬衣,而且喜欢戴蝴蝶结。另外,这位霍夫曼先生还喜欢搜集邮票和明信片,喜欢旅行,喜欢朗诵诗歌。正是在一次朗诵诗歌的时候,他说,他赢得了后来成为他太太的那位美貌女子的青睐和爱情。当然,除了这些,霍夫曼最迷恋的,则是星象学以及画画。他面包店里挂的这幅《椅子里的圣母》,就是他照着从家里带出来的那幅画临摹的。那幅原画,被挂在了他和太太的卧房里。

"您知道,谷先生,您知道我只是一个商人。我最大的梦想,就是在你们大清国的每一座城市里,都有一间属于我的面包房。"

霍夫曼的喉咙用力地吞咽一下。

"这个我当然知道。"谷友之笑着回答。

"所以,我要表达的意思是,我个人一点也不愿意,参与到任何国家的任何纷争中去。我讨厌人类所有的争战和杀戮。"

"我好像没太弄明白您的意思,霍夫曼先生。"谷友之收起了微笑,但依然在注视着霍夫曼。

"我相信您很快就会明白的。"霍夫曼说,"您知道吗,就在刚刚过去的这个夜里,天亮前,你们第五镇的新军里一位帮带,一个卖力煽动独立的革命党,他的十几口家人,全部被人杀死了。其中,还包括两个不到五岁的小孩子。"

第二十四章 溺水

日光由惨白重新变回金黄。搅进三分

火焰的暖红，穿过谘议局大楼透明的窗玻璃，把它一天里最成熟的光影，覆盖到一排面色各异的议员们身上时，南怀珠顺着那道靓丽的光影，看见玻璃上染的一层亮黄色，记起来，谘议局的名字早就被取消了。现在，它最新的名称是"保安会"。他在椅子上舒展下身体，伸着懒腰，眼睛盯住门口几位荷枪实弹的新军。他们持枪把守在那里，一脸杀气，俨然一尊尊门神。保安会的大门，已经被关闭了半天。从大门被这些新军关上那刻起，屋子里所有的人，就没有谁的双脚，能够自由地迈出这个会场了。当然，在门外把守的新军，同样持着枪械，同样一脸杀气，同样不会把外面任何一个人，或者一条狗，一只苍蝇，一只蚂蚁，放进这座群狼对峙、风雨满楼的"人间地狱"里。

"人间地狱"几个字，是《女子周报》那位主笔咸小姐，用铅笔写在一张纸上，递给他的。字的下方，她还涂抹出了几个面目模糊的人头像，绕着它们，画了一圈盛开的牵牛花和一只蝴蝶。挨近蝴蝶那朵花旁边，是只猫头狗身子的"猫"。南怀珠盯着模糊的人头像看一会儿，又盯住那只作势要扑向蝴蝶的猫，想着这个装猫变狗的小婊子可真会消遣，不但把那些鸡派鸭派狗派猫派与他们共和派人奋力争取独立的混乱场景，说成了"人间地狱"，还弄出只不伦不类的猫，让它在那里游戏"独立"这只蝴蝶。

从把纸片递给他，这位主笔小姐就歪着颗尖核桃脑袋，压抑住满脸得意的神色，一直在瞧着他。南怀珠不想立即回应这个女人。他继续低头瞅着手里的纸，猜测着，这个摇首弄姿的女人耍出来这套玩意，是打算从他这里勾摸出点什么东西。有一个瞬间，那些面目不清的人头像，让他极度不安起来。"倒像是在预示着某种凶相。"他想，"在有些时候，妇人们往往就是一身晦气的不祥物。"他挪动一下坐麻的屁股，觉得这一天里最糟糕透顶的事，或许就是和这个女人挨在了一起。

争论打斗半天，这会儿，所有派别的老伙计们，都因为疲惫和那些枪口，安静了下来。会场里死寂一片，如同被人暗暗裹进了一块密不透风的厚铁皮里。南怀珠告诫着自己："不能发烧！不能发烧！"今日，除了他们等待降生的那个"独立"，余下的，即便天塌下来，他也不能跑出去观望。所以，在这个时刻，他不准备让自己的脚从这里移开半步，更不能发起高烧，听从一个也许藏了满肚子邪恶玩意的女人撩拨。

那个女人还在歪着脑袋，像寻找食物的麻雀，在紧盯着他。南怀珠拖延一会儿，最终还是抖下手里的纸，扭过头冲她笑一下。他在合计着，若是按周约瑟当年买下他那个娼妓老婆时的猪肉价折算，这个女人能值几个钱。不过，他觉得，要是让周约瑟重新再来挑选一回，单独把这个女人摆到周约瑟面前，他肯定跟看见一堆臭狗屎那样，掉头就走。想着在谘议局大楼前面，周约瑟拉起两头骡子，把这个女人甩在一边的场景，南怀珠又笑了一下。

"咱们现在打个赌怎么样？如果今天能够宣布独立，就由南先生您来请一场电影。如果继续维持这几天的老局面，今日晚间，就由我来请您去吃西餐。"

第三张写着字的纸递到他手里后，南怀珠盯着上面的字，迫使自己冷静下来。两天前，那位石会长在和他喝酒时，已经把这个女人的底细完全告诉了他。他看着纸上的字，琢磨着她之前递到报社，声明跟她的绸布商丈夫离婚那些字，是不是也这样面目端庄。为拦阻她捐献资产给商会，支持山东独立，她的丈夫一度把她锁在了家中。但这个女人从家里跑出来，做的第一件事情，便是找到报社，在报纸上发表一则与她绸布商丈夫离婚的声明。尽管在那天上午，她的绸布商丈夫，就已经死在了他那间绸布庄门口的街上。

南怀珠弯腰拿起放在地上的布包。他找出铅笔和做记录的纸张，开始给这个女人回话。这个小婊子固然令他觉得有些厌烦，但在眼下，他至少还不想有什么地方招惹到她。他瞄了眼在他前方正襟危坐的石会长。谘议局先后改成了联合会、保安会，他也由原来的谘议局副议长，变成了副会长，与原来商会会长的头衔合成一体，成为了更加名副其实的"石会长"。

"尊敬的主笔小姐，您可真是笔落惊风雨。但您看清楚了，新军和他们手上那些枪，现在是属于革命党，是在效忠着'独立'两个字。"南怀珠在纸上飞快地写着，"至于我的口袋里，可不光预备好了请您一场电影的银子。"

写完之后，南怀珠握着笔犹豫一会，把那张纸撕下来，递给了主笔小姐。

"您就那么有信心，一点也不担心，事情完全不是您想象的那样？您要知道，那些新军的头脑一热一冷，手里枪口一掉，对准的也许就是共和派的脑袋。"主笔小姐在南怀珠递过去的那张纸上写道。而在把那张纸重新递回南怀珠手里时，她还偏着脑袋，媚着眉眼笑了起来。

"看起来，咸小姐您好像完全丧失了信心，不情愿站在我们共和派这边了？"

"要是这么说，您就有失公平了，先生。您是把我为革命党做的所有大事小情，一件一件，全部给忘光了？我要告诉您的是，我这里的账目，每一笔，可都记得清清楚楚，一个铜钱的账目也不会错。"

"可从我这里来看您，此刻，您的信心似乎并不是那么充足。您和鄙人这些天里看见的那位主笔小姐，可是多少有了点儿差别。"

南怀珠写着字，暗自骂着自己，怎么会和这个女人在笔端上眉来眼去，没完没了。不过，等他再次抬起头，扫视一遍会场，他立即在心里感谢了一下这个女人。整个会场里，除了他们两个人在悄悄用笔说着话，打着嘴官司，左右还算是个"活人"，余下来，好像没有一个人还在活着，还在呼吸。"完全是坐了一屋子鬼魂。"后面紧接着冒出来这个"坐着一屋子鬼魂"的想法，让南怀珠不由得打个寒噤。他抽口冷气。身边这个叫咸金枝的女人，能在此前把整个会场描画成"人间地狱"，也算没屈了他冠给她那个"神婆子"的名分。他想着浠口人嘴里那个神婆子有莲花，又环视一圈会场，果真有几分神婆子有莲花说给人们的，她那个"阿弥陀佛接引站"的骇人气味。在结束环视前，南怀珠忽然意识到，他身边这个女人，差不多就是他在这个阴气森森的会场里，一个在帮助他喘息的"救星"了。

"您应该还记得，我给您说过，有一天，您一定会以一名伟大记者议员的身份，成为我们《女子周报》的贵宾。"那位咸主笔又递给他一张新的纸。

第二十五章　昔日

午后的太阳光照射在院子里，让地面和墙壁都像烤过了火。南明珠站在房檐下，指尖摩挲着一个孩子头发上的温暖日光，给围住她的孩子们，讲着他们要为圣诞节排练的《圣餐仪式》歌。前几天，这群孩子刚度过了令他们疯癫的诸神瞻礼节，这会儿，那个被她摩挲着头发的小孩子，孔雀，还一直在低声地哼唱着，马利亚在诸神瞻礼节前教给他们的那首 *This is halloween*：

Boys and girls of every age
Wouldn't you like to see something strange
Come with us and you will see
This our town of halloween
This is Halloween this is halloween
Pumpkins scream in the dsad of night
……

"孔雀，现在先不要唱这首歌了好不好？"南明珠把手指移到小姑娘的耳朵前，在她的小脸上来回摸两下。

"到圣诞节的时候，我们是不是还要唱这首歌？"孔雀仰起脸看着南明珠。金黄的太阳光顺着她额前的头发，滑落到了她干净的脸蛋上，在那张有着小巧鼻子和细长眼睛的脸上，覆上了一层明亮的光。

"那是诸神瞻礼节上才会唱的歌。"南明珠弯下腰，在孔雀的额头上亲一下，看着她黑宝石一样的眼睛，告诉她："到了圣诞节，大家都要唱圣诞节的颂歌。"

"就是到了圣诞节，俺还是愿意唱诸神瞻礼节的歌。"孔雀继续仰着脸，望着南明珠。

"圣诞节里还有更多好听的歌呢。"南明珠笑着说。

"可马利亚太太说，诸神瞻礼节是为了赞美田野里的庄稼，被人收回了家。俺爹把俺领来那天，嘱咐俺在这里等着他，哪里也不能乱跑。他说等把俺家地里的庄稼收回去，打下的粮食堆满了两个粮囤，他就来领俺。俺现在就想唱诸神瞻礼节的歌，一直唱，一直赞美地里的庄稼，唱到俺家粮囤都堆满了，俺爹就会来这里，把俺领回家。"

南明珠注视着那个孩子汪满水的眼睛，蹲下来，搂住了她单薄的身子。"好吧，那就按孔雀想的，我们大家每天都要唱两遍诸神瞻礼节的歌，赞美田地里的庄稼被收割回家。在圣诞节的时候，我们也要唱。"她又伸出胳膊，把面前几个孩子都搂了过去，看着他们说："来，现在，我们就和孔雀一起唱 *This is halloween*，好不好？"

太阳光铺满了院子。南明珠陪着孩子们唱完第三首歌时，她的目光跳过一个孩子的肩头，朝大门口看去。在那里，太阳光和院墙合谋着，将墙外落光叶子的那棵高大椿树的树干折断，又将它庞大的树冠，描绘在了院子中央一块干净的地面上。

正是在那块铺陈着树木枝丫的地面上，南明珠望见了走进院子的谷友之。在他身旁，是那匹浑身没有一根杂色毛的白马。

"你怎么牵着马就进来了？"南明珠安顿好孩子们，让他们继续在那儿唱歌。她快步走到了院子中央。在那里,谷友之和他那匹马,已经停下他们的步子。

"我已经完全把它给忘了。"谷友之抖着马缰,掩着一脸快意,望着南明珠说,"尊敬的园长夫人,请您包涵,我完完全全,把这个家伙给忘在脑后了。"他转身摸一把那匹马的鬃毛。那匹马昂起头,用力地甩了甩它的马鬃,然后,它伸过嘴巴,在南明珠胳膊上轻轻地蹭两下。

"欢迎你进来。"南明珠伸手抚摸着那匹马的脸颊,笑着对它说,"非常欢迎你进来。"

"看样子,你这是弄到想要的那些军饷了?"南明珠笑着,"感谢老天爷!马利亚再也不用忧心孩子们募捐来的那笔钱,被你惦记着,想方设法喊着它们的名字,钓鱼那样甩来鱼钩,把它们一个一个给钓走了。不瞒你说,咱们家那位车夫被我逼迫着,已经把你指派他干的那些事,都交代出来了。"

"别在这里卖关子了。"南明珠回头看眼孩子们。他们在那里拥挤成一团,相互嬉笑着,朝他们张望着,已经停止了歌唱。"有什么好事快点说!我还要带孩子们去排练《昔日如此美好》。这是马利亚老家一首歌,我们准备在圣诞节里给她表演。"

"今天这是个什么日子,我的局长太太!你还排练什么《昔日如此美好》!不是Auld lang syne,不是昔日如此美好,是今日如此美好,我的太太!"谷友之脱口而出,说完了,才发现自己一时忘情,居然把谷兰德先生教他们唱这首歌时,曾经说过的低地苏格兰语名字,顺嘴说了出来。他看着南明珠,笑了笑,说整天跟那两个洋人混在一起,他也跟着他们,学会说几句他们的鸟语了。"我现在就要骑着马赶到城里去。你呢,我的局长太太,你这会儿要做的事情,就是把这些孩子们交给别人,赶紧回家,到你们那座大宅子里,到南家花园去,告诉咱们那位愁容满面的大哥,告诉他城里已经宣布独立了!从今天开始,咱们整个济南府,全泺口,全山东,都跟皇宫里那位尿裤子的小皇帝,完全彻底断绝了关系!你让他把那颗胡乱猜测的心,稳稳地放回肚子里,和他喜欢的那些诗词文章混在一起,像放在书架上的书本,让里面每页纸,每个字,都气定神闲地在上面站着,坐着,别再像被窗缝里钻进去的坏风撩拨着那样,四处张望,心神不定。然后,你再让他吩咐厨子,像过年那样,置上几桌上好的酒菜,把南家花园里上上下下的人,包括醋园里那些伙计,悉数叫了来,今天晚上敞开了喝酒吃肉。只是别忘了告诉他们,一定要等到我们回来了再开席。我们回来后,要真正地大喝一场,来庆贺我们的胜利!庆贺今日之美好!"

"宣布独立了?"南明珠看看谷友之,又回头看眼孩子们,压低了声音。

日头还悬在距离醋园最高那棵榆树一丈远的地方,照耀着醋园,周约瑟就已经赶着马车,回到了醋园里。他拐进醋园后院,没顾得上给两匹疲乏的骡子卸套,就小跑着到了老太爷熬药那间屋子门前。冷风顺着黄河的水面,顺着一眼望不到尽头的沙滩,从四面八方的缝隙里钻出来,绕过远近的那些房屋,树木,杂草,石头,各种杂物,汇聚到了醋园的院子里。

几天前,南海珠进城那天,谘议局的名字刚从联合会,改成了保安会。到了第二日下晚,这位老爷打发热乎回了大宅子,然后,他就独自一人,在这间熬药的屋子里坐着，一直坐到日头将要落下去，周约瑟赶着两头骡子和那辆马车，跟平日里一样，从城里回到醋园。周约瑟卸下马车，将两头骡子牵进牲口棚，给它们刷了毛，喂上料，把需要放进杂物间里的物品，一一安放进去。等他收拾好一切，走出来，像往日里那样，准备在院子里转悠一圈，看看还有哪些需要归置的东西，没被归置到它们黑夜里该待的那个地方。醋园里那些伙计跟他们的手指头一样，有些人，哪怕是在谈论着街上一条不属于他的野狗，他也会因为过分投入或是想入非非，而在收工前，把应该属于他完成的那份活计，弄得丢三落四，或是完全丢在脑后头。

周约瑟在门外站下来。他等了等，声调尽量平静地喊声"老爷"。两只耳朵却在焦虑地等候着，老爷南海珠准许他进到屋里去。

"今日里是不是回来得早？"

周约瑟等一会儿，一直到南海珠在屋子里向他问话，他才让自己的两只脚迈进屋子。

"是回来得早，老爷。这两匹牲口路上走得汗流浃背，我也没让它们停歇下来。"

在走进屋子前，周约瑟又低头瞅眼脚下。太阳光在他站立的地面上，铺了块看不到尽头的暖黄地毯。这让他忽然想到了苏利士，想到了苏利士房间里那块地毯。几十年里，他差不多已经忘记了父亲周大河那张脸，却从来也没忘记过，苏利士那块地毯，曾经带给他那份日光一般的光亮和温暖。"世界上的万物，包括黑夜，也有自己的亮光。"他想起来，这是苏利士给他说过的一句话。

周约瑟让自己两只脚，尽可能地站在距离南海珠最远的那个位置上。哪怕是远上一寸，他身上那些夹杂着醋味和汗味的酸臭味道，也能离南海珠远上那么一点。他不想让这位老爷觉得，因为主人在某些时日里的某种需要，他就完全忘记了一个伙计该持有的本分。

南海珠手里正燃着根火柴，准备点烟。他对着那团红色火苗看会儿，又一口将火苗吹灭，把冒着烟的火柴棍扔到了脚下。

周约瑟闻着从那根火柴棍上跑散出来的硫磺味。南海珠脚下，已经横七竖八着，扔了好几根火柴棍。他盯着它们。他可以看见每根火柴燃烧时那团火焰，闻到它们沿着火苗跑出来的那股呛鼻子的硫磺味。苏利士神甫在礼拜日的布道会上，经常会说到一座名字叫巴比伦的城池。他说末日的审判到来，堕落的巴比伦城倾倒那一天，毁灭她的就是一场硫磺大火。他还说，因为她被大火烧尽了，地上客商的货物再没有人购买：金、银、珍珠、细麻布、紫色料、绸子、朱红色料、各样香木、各样象牙的器皿，各样极宝贵的木头和铜、铁、汉白玉的器皿，并肉桂、豆蔻、香料、香膏、乳香、酒、油、细面、麦子、牛、羊、车、马和奴仆，人口。周约瑟在心里念叨着苏利士数算过的那些货物，琢磨着能够烧掉一座巴比伦城的硫磺大火该有多大，烟火得冒几丈高。尽管他从来也没打算弄清楚，巴比伦在什么地方，有没有济南府繁华，但他这会儿还是有点懊悔，苏利士在讲到那座被大火吞噬掉的巴比伦城时，他为什么没有询问上一句，那座巴比伦城和济南府比起来，哪座城池看上去更大一点。要是济南城里烧起那样的大火，里面又堆满了苏利士来回数算的那些好东西，他觉得，不管怎么样，拥进城里去抢那些好东西的人，肯定比朝城外面跑的人要多上几十倍。

南海珠把手里的烟放回了桌子上。周约瑟脸上的神情和声音都在告诉他，城里面那件事情，也许有了不同于前一日的变化。尽管他一时不能完全臆断出来，他能不能真正弄明白那个变化，那个变化的结果又是什么。

"城里面又闹起来了？"

"没闹起来，可也让人心里不踏实。"

周约瑟迟疑着，谨慎地瞅着南海珠。他像喝多了酒那样心跳着。

"怎么个不踏实？"

"城里说是宣布独立了，老爷。"周约瑟尽量泰然地说道。

"你是说，城里也像武昌城那样，独立了？"

"说是独立了。"周约瑟重复一遍，"我赶着马车往西走，到了鹊华桥上，看见谘议局门前人山人海，一条街面都被淹没了。下了桥，先是听街边上有人议论说，那个谘议局的名字更了又更，前几日改成了联合会，接着又改成了什么……保安会？"

"开火了？"

南海珠的声调里带了丝没压住的惊慌。这几天，尽管他一直都在偷偷地，在替他那位没有头脑的兄弟做着许多准备，但他仍然不愿看见，坐在谘议局或是保安会大楼里那群高谈阔论的老爷们，会像武昌城独立时那样，拉着一帮新军，情急之下开火打起来。枪一响，他知道，现下安稳的日子就彻头彻尾地没有了。

"没开火。我在桥下停一会，看见人跟大坝决口子一样，朝大街上流淌出来。他们手里打着白旗，胳膊上缠了白章。从人群里走过来那个人说，清晨一大早，好几个绸布店里的白布，就被人抢购光了。那些店铺子的东家，都在跺着脚懊悔，埋怨伙计们事先没有多存下几匹白布，白白地丢了一箩筐银子。"

周约瑟朝门边退一步，给老爷南海珠让着路。这几日下晚，他每次走进这间屋子，站在靠近门口这个位置上，都会担心着他的身体，会不会挡住照射进这间屋子里的光。但是，除了他站立的这一小块地方，他又觉得，在这间屋子里，再没有比这个位置更适合他两只脚站立的地方了。

"老爷，还有件事。"

"刚一独立，就有主顾生事了？"

"不是这个，老爷。"周约瑟抬手挠下额头，"是回来的路上，在天桥北头看到谷老爷了。他骑在马上朝城里飞奔，就差那匹马长出对翅膀了。"

"你是说，谷友之到城里去了？"南海珠想起了巡警局里那部"电话"。肯定是城里头宣布独立的消息，通过那根从城里扯到泺口的铁丝，传到了谷友之耳朵里。在这之前，有很多次，南怀珠在城里有话要传回来，都是通过那根铁丝和那部电话，让谷友之把他要说的话，传到了家里。

"他到城里去，是再寻常不过的事了。"南海珠突然特别想跟这个车夫多说上几句话，在醋园里多待上一会儿。"除了公务，每个星期里，他至少还会去城里一趟，买些面包之类的洋玩意。咱们家那位大小姐，你不是不知道，哪天都要像洋人一样，吃面包，喝咖啡，好像她不是吃着咱们泺口这些食物长大的，没吃过油条馍馍，没吃过面条包子，没喝过小米豆汁。"

"您是没看见那匹马，跑得有多个快。我估摸着，要不是为了逃命，没有哪匹马，哪头牲口，腿脚能跑得像它那么快，眼看

411

着蹄子上就要长出翅膀，飞起来。"周约瑟跟在南海珠后面，小声嘟哝着，"看来真是万物有灵，城里一闹独立，连一匹马都变了神形，成了天马，跑起来快得没了命。"

"城里独立了，兴许是巡警局里有什么要务，要他快马加鞭地跑去办。咱们不在衙门里当差，不懂衙门里的事务。战场上开起战，从来都是军令如山倒。"南海珠抬头望眼天空。由于天气变冷，天空显得又远又高。城里既然已经宣布独立，他想，谷友之一定是跑到城里，找南怀珠和那些共和派革命党的人，庆贺他们的"独立"去了。

"城里独立了，不再听朝廷的话，咱们涿口是不是也得跟着变了？"

"恐怕是要跟着变了。"南海珠又端详一会儿天空。现在，天还是安静地支撑在那里，日头也还是稳稳地挂在天上。他估摸着就是到了晚上，满天的星星也还是会一如往日，豆粒似的在天上眨巴着眼睛，不动声色地瞅着人世间。至于昨天夜里那弯月牙，他想，它在今天的黑夜里，也仍然会是一弯月牙，不会因为天下又多一个宣布独立的省份，就在一夜间，变成一轮光辉四溢的满月。

南海珠瞅着伍春水。他正在同那个陈芝麻一前一后，从醋园的大门口，向他们这里走来。

"东家。"伍春水走到南海珠面前，脸上带着笑说，"我在街口上遇到了大小姐。她说您要是在醋园里，就让您紧着点回去，说是家里有事。"

"她没说什么事？"

"大小姐没说什么事。可她欢天喜地的，看上去该是有喜事。"

第 二 十 六 章 王 室

这天晚上，众人的酒还没喝过三巡，南明珠就按捺不住了。她往马利亚身边挨了挨，挽住她的胳膊，低声恳请着她的朋友，请她给酒席上的人说一说，在她这位欧洲人眼里，她亲眼见证的这次"独立"，是不是要比一百多年前的法国革命，或是英国的那个光荣革命，要成功上几倍。"至少，这些革命的人，没有跑到北京，跑进紫禁城里，去砍掉那位小皇帝和那些大臣的脑袋。在人民大众当中，也没有像您说的法国革命那样，乱哄哄地闹起来，从皇帝到乡下的农民，都在相互滥杀，刽子手们忙着砍脑袋差点累断了手腕，乡下的农民埋死人时，找不到一块干净的土地。也不像英国的光荣革命，从上到下制造出了一串一串的阴谋，人人都在借着革命的名义，在干自己那些肮脏的勾当。"南明珠的目光在马利亚脸上来回扫着，期待着她能够给城里刚刚宣布的独立，献上一份赞美。

但是，最终，马利亚还是让她失望了。不管南明珠怎么努力，马利亚始终也没有满足她的愿望。不仅如此，马利亚还用一种显得过于郑重的口吻告诉她，无论是他们远在天堂里那位神，还是一个正直欧洲人自觉遵守的律法，所有这些需要她恪守的信条，现在都在提醒着她，并且丝毫也不允许她，参与到她所游历的这个国家里，任何一件与政权变更有关的事情中。马利亚安静地坐在那里，看着南明珠，脸上带着戴维先生一直赞美的那种"天使般迷人"的微笑说，她自己，当然也包括她的丈夫戴维——她停下来，转过脸望了眼紧挨着她坐在旁边的丈夫，和他碰了下手里的杯子——他们两个人，一个负责建造铁路大桥的工程师，和一个负责教导小孩子识字的女教师，他们谁也没有哪怕芥子粒那么一点点权利，改变上帝和法律赋加在他们身上那点东西。"上帝把每个人安放在不同世界里，给每个人赋予不同的脸孔，又给他们赋予不同的权利。我们站立的这块土地属于你们国家，这个国家里发生的所有事情，都是它的人民自己的事情。"马利亚手里端杯兑了水的苹果醋，她把那杯苹果醋来回摇动两下。"就像这杯苹果醋。"她说，"它是苹果酿造出来的。梨子，葡萄，或者其他别的任何水果，它们都跟这杯果醋本身，不发生关系。如果说有关系，那也只能说，它们至多都是水果。"她看了看一直在注视着她的戴维，又补充道，"再或者，也许可以这样说，我们现在走进剧院里去看一场戏，因为我们不是剧本作者，不是剧本导演，也不是在舞台上演出的演员；我们这些走进剧院的人，唯一的任务，就是安静地坐在包厢里，做个称职的观众，看着舞台上的剧情一步步自己发展下去。这场戏精彩还是糟糕，我们这些观众，都没有任何能力和权力，去改变属于它的命运。"

"您已经亲眼见证这出大戏落下了幕布。现在，您能不能给出一个评判，粗略地说两句，您观看的这场戏，是真正的精彩还是糟糕透顶？"南怀珠已经喝多了，他端着酒杯，差不多是踉跄着步子，走到了戴维和马利亚身边。他和他的妹妹南明珠一样，为他们共和派没有动用任何武装就取得的这次独立，还在抑制不住地激动着。在他看来，那是一份再公平不过的交易了。想想，整个过程里没动过一刀一枪，尽管保安会的会场内外，都站着一圈一圈荷枪实弹的新军。"没有一颗子弹射出枪膛。那么惊险的场面，最终却没有一颗子弹跑出枪膛，跑到外面来瞧热闹。"

"非常抱歉！南先生。如果您一定要我说点什么，我想，我大概只能给您讲个故事，为你们的胜利助助兴。讲个什么故事呢？"她又看眼她的丈夫，"讲讲那个带领以色列人逃出埃及地的摩西吧。"马利亚微笑着，又摇晃一下手里的杯子。"明珠小姐知道这位摩西，"马利亚看着南明珠说，"神呼召了摩西。在埃及地经过血灾、蛙灾、虱灾、蝇灾、雹灾、蝗灾、畜疫、疮灾和黑暗之灾后，又经过了逾越节和除酵节。摩西照着神的吩咐，经过千难万险，带领以色列人逃出埃及地，过了红海。但是，他自己并不晓得，他带着众人逃出埃及地，那仅仅只是一个序幕……"

"序幕？夫人，您认为我们现在的独立，也只是一个序幕？"南怀珠笑着打断了马利亚。他曾经听过这个摩西的故事。不过现在，他半点都不相信，这个世界上有什么上帝与摩西的存在。

戴维先生端着他的酒杯，起身走到了巡警局长谷友之身旁。他坐到了南怀珠的座位上，和谷友之聊起了他们右手边的霍夫曼，那位在商埠里开面包房的德国人。这会儿，那位面包商已经喝得有了七分醉意。他一只手搭在他太太的胳膊上，正在请求着她，给他新研制出的一款星星形状的面包取名字。那位太太在霍夫曼先生的脸颊上亲吻一下，同样用德语低声咕哝着

"OK，OK，Schatz"。她不停地叫着他亲爱的，请求着她的丈夫安静下来。

黄河里刮来的夜风，吹过泺口上方的天空，把水面上凝结的一层带霜的冷汽，吹进南家花园里，然后攀着树木和雕着梅花喜鹊富贵牡丹的窗棂，落了下来。

南怀珠看眼手上的杯子，拇指在杯口那朵"玫瑰花"上来回抚摸两下，暗自笑着，想着那个叫咸金枝的女人。这个让人生厌又有点可怜的小婊子，在宣布独立前，她居然变戏法一般，不知道从哪里变出了两朵半开半放的月季花。而且，她还硬是将它们，说成了是两朵"玫瑰"。她将其中一支玫瑰，别在了她黑色宽檐软帽的那圈飘带上；另一支，则被她"顺手"插在了他的西装口袋里。当然了，他完全可以一把扯下它，随手把它抛到地面上，尘土里。可是最终，他选择了戴着那朵"玫瑰"。从宣布独立的那一刻，一直戴到半夜。在赶回泺口来的路上，他仍然戴着它。在马背上飞驰时，他就任由着它，一瓣一瓣地，迎着深夜里迷人的寒风，像被摊薄的一滴一滴血那样，飘落在了那条比之前任何时候都宽阔的大路上。有那么两次，他似乎在马蹄子溅起来的微风里，嗅到了一阵马蹄踏过鲜花时，飘浮起来的幽香。那一会儿，在颠簸的马背上，他甚至又想了一会儿那个小婊子，想她是不是把那位石会长送给她的，法国的什么香水，悄悄地洒在了那朵月季花的花心里。因为，她在给他口袋里插那朵花时，还那么可笑地，给那两朵月季花，取了个"香水玫瑰"的名字。

南怀珠对着马利亚笑了笑。"马利亚太太，在您教明珠酿造那些玫瑰花醋的时候，您是不是说过，玫瑰是你们的国花？我记得您好像还说过，在拉丁语里，玫瑰的名字是什么 Rosa rugosa Thunb。但是，夫人，我猜明珠一定没有告诉过您，在我们这里，在泺口，那些玫瑰花，还会被人叫做徘徊花或是刺客。徘徊花。刺客。您说，这两个名字，是不是也别有一份丰富的含义？"

"二哥，你是不是喝多了，怎么扯到玫瑰上去了？玫瑰花早就开过去了，咱们醋园子里现在酿的，都是秋日里祛火毒的菊花醋。"南明珠笑着站起来，走到她哥哥跟前。

"怎么就不能说玫瑰了？现在最该说到的就是玫瑰。咱们这里的玫瑰开败了，你得相信，世界上总还有个地方，有些玫瑰在盛开着，成片成片地盛开着，一望无际，一个玫瑰园连着一个玫瑰园，一直开到了天上那座天宫里。当然，也可能是王母娘娘的御花园里。"南怀珠把手放在南明珠的肩膀上拍两下，让她回到自己的位子上去。"我是想告诉马利亚太太，独立就是一朵玫瑰。玫瑰能够叫做玫瑰，能够叫做 Rose，还能够叫做 Rosa rugosa Thunb；那位做面包的霍夫曼先生还说，它在德语里叫 Die Rose，在西班牙语里叫 Rosas。它能叫那些各种各样的洋名字，它就能叫做徘徊花，还能叫做刺客。在你愿意的情况下，你愿意把它叫做什么，就可以把它叫做什么。"

戴维盯着桌子上来回摇动的烛光看一会儿，低声告诉谷友之，他现在差不多完全了解那位德国人霍夫曼了。他敢对着上帝发誓，他说，这位德国犹太人，愿意在济南城里宣布独立的夜里，爽快地跟着他们一起来到泺口，他相信，他的第一百零一个目的,都是因为他想在第二天一早,在天色允许人们的眼睛清晰地打量这个世界时,他能够第一时间跑到那座黄河大桥上,看到那座大桥上面的轨道,距离他上一周前来观看时,又多钉下了几个螺丝。"你们这么快宣布独立,一定是让这个德国人觉得太意外了。我敢保证,他现在最担心的,就是他投到这座大桥上那几枚金马克。假如你们的独立引发了战火,他那些金马克,也许就要白白地扔进黄河水里了。"戴维看眼霍夫曼先生,又扭头看了看南怀珠。南怀珠还在那里颠来倒去地说着他的玫瑰。戴维笑了笑。他看着谷友之,说他从来没见南怀珠先生喝过这么多酒,当然也没见他像今天这样,在朋友们面前"表现得这么有趣"。

"您铺铁路那些道轨,可都是从矿石里炼出来的钢铁。"谷友之低声说着。Sainte nuit! Nox sancta! Stille Nacht! Heilige Nacht! 真是个神圣的夜晚啊。他觉得那个德国犹太人,完全可以把他新研制的面包,叫做"神圣的夜晚"或是"上帝之夜"。他又晃下手里的水晶杯,"还有这些耀眼的水晶,您和我都清楚,它们也是从地下某个宝藏里开采出来的。"

"干了这杯吧谷先生,您实在太有意思了。"

戴维举着杯子,和谷友之碰了碰。一整个晚上,他都在心里面计划着,一会儿,回到他的书房后,他到底是先记录下这个非同寻常的、中国家庭的不眠之夜呢,还是先给他的朋友写信。或者,他想,也许应该选用他在英文之外最熟悉的西班牙语,首先给居住在马德里的弗洛雷斯,写去一封不少于十三页纸的长信,把他在这段日子里听到和亲自见证到的,东方人的这场"独立革命",完整地,告诉那位热衷于搜集世界各地有关暴动和革命,喜欢"歌颂正义战争"的弗洛雷斯。他相信,这位一直自称"阿斯图里亚斯王子"的西班牙人,在收到他的信后,一定会对他此刻所在的这个国家,对这里正在发生的、也许将彻底改变这个国家命运的革命,充满了无法估量的好奇。"我想,我很快就会抵达中国,抵达您所在那座奇妙的城市。"说不上,这个每年至少要在信里被他邀请两次的人,完全会因为他寄去的这封长信,令人意外地来到中国,和他重逢。在斯坦福大学的最后两年,正是由于他给他讲述的,在美国那场解放黑奴的战争结束后,他的祖父,帮两位失散多年的黑人奴隶重新找回他们至爱的故事,感动了弗洛雷斯。"战争是上帝烧毁一切人间桎梏和不平等的圣火!"弗洛雷斯说。从那开始,有两年时间,他和他几乎形影不离。他想着弗洛雷斯修长优美的手指。那是一双能够在琴键上弹出世界上最美妙乐声的手。他相信,只有上帝身边的天使,才会生有那样令人着迷的手指。他和他面对面坐在一起,每一次,他的眼睛都会狂热地吻着那双完美的手,心中狂跳着,渴望上前捧住它们,把它们放到他炙热的嘴唇上——尽管他心里毫不怀疑,他那样做的后果:那些优美的手指握成的拳头,只要伸到他面前,就能够带着他两颗坚固的门齿,离开他的肉体。

在谷友之又一次举起手里的水晶杯子,和戴维手里的杯子碰到一起,两只杯子发出清脆悦耳的声音时,戴维最终决定,他要首先用英文,写一篇关于他居住的这座城市独立始末的文章,交给《圣路易斯星报》和他做兼职记者的《华盛顿邮报》,然后再给西班牙王室那位"阿斯图里亚斯王子"写信。他已经想好了,不管是写给两家报纸的文章,还是写给那位王室成员的信,他都要以南家这位正在不断重复着"玫瑰"的记者先生为核心,来撰写他亲眼目睹的这场东方人的革命,一个王室与它的奴仆们的关系的终结。"玫瑰。玫瑰。"戴维在心里重复了两遍,猜测着这位年轻的革命者,在他们取得胜利的这个夜晚,为什么会一直在絮叨着象征爱情和浪漫的玫瑰。

在南海珠身后,热乎一直不远不近地跟随着他。走出客厅门口时,他没有朝他身上看一眼。他已经决定了,他要亲自到下人们坐席的地方,当面叮嘱家里的厨子,让他们中的一个,去给南怀珠和那位霍夫曼先生,做两碗大白菜醒酒汤。另外,他还要去给请来帮忙的两位行厨,敬上两杯酒。当然,最重要的一点,他要去到那边的酒席上看两眼,大宅子里的仆人及醋园和铺子里的伙计中间,有没有人因为贪恋那点辣水,又把自己横倒在桌子底下。

热乎像匹儿马那么温顺地跟在他后面。这个孩子的脚步声,让南海珠心里稍稍地安稳了一点,尽管那些安慰看起来只有一颗麦粒那么大。"等会儿你留下来吃饭。"南海珠说,"要是有人喝多了,就帮着周约瑟,把他们赶紧弄出去。"

"是,老爷。"

热乎回答着,脚下快步地朝前紧跟两步,又犹豫着慢了下去。

"步子走得兵荒马乱的,肚子里又藏了什么话?"

"没有,老爷。"

"你的嘴不会说谎话,你的脚步也没学会。"

南海珠走到旁边一根雕花的铁质灯柱前,停下步子,想将上面那盏马灯的灯芯,拧大一点。这种不怕风雨的马灯,南家花园里共有十二盏,全部是那位已经和南怀珠一样喝醉的霍夫曼先生,从德国弄来的。来送这些马灯时,那位先生还和南怀珠一道,在宅院里转半天,为这些马灯选好了安放它们的位置,并在他根据德国灯柱画出的几份图样中,挑选出一款水波状的造型,作为与那些马灯相匹配的灯柱。不过,除了在年节上,他会吩咐管家,把它们全部从库房里取出来,挂到院子里这些特意为它们竖立的灯柱上,平常日子里,他只允许其中的两盏,可以在外面使用。这个晚上,是他的妹妹南明珠,让人把这些马灯挂了起来。

"是下晚时候,大小姐差我去马利亚夫人家里送帖子;回来路上,遇到了伍三羊。"

"伍三羊,他也回来了?"

南海珠站在那盏马灯下,转动着调节灯芯的铁丝旋钮。灯芯上蹿起来的一簇黑烟,把马灯薄冰般透明的玻璃罩子,熏黑了半边。他把熏黑那边换到了路的里侧。

"他在街上走着,说是刚从谷老爷的巡警局里出来。"

南海珠盯着忽闪的火苗看一会儿,重新把灯芯调了回去。

"他也是回涞口,庆祝城里宣布那个独立来了?"

"他没说这个。他是到巡警局里找伍金禄去了。"

"伍金禄?他背地里也去掺和独立的事了?"

"我不知道这些。"热乎盯着马灯上下

416

蹿动的火苗,"他和我说了件巡警局里头的事。"

"巡警局里有什么可说道的事?是不是满大街上谣传的,巡警局里有只会和人一样说话的甲鱼?"

"不是这个老爷。他说谷老爷的巡警局里,关押了两个人。"

"巡警局里关押人,还不是常有的事。"

南海珠迈开步子,踩着自己铺在地上那条黑影,朝前走着。尽管在开始,他也和母亲一样,不赞同南明珠嫁给一个新军出身的武夫。可最终,他还是帮着妹妹,成全了她的婚事。在观察过一阵子后,他发现那位刚到添口巡警局上任的局长,并不像他之前想象的,是个粗鲁的人。他承认,在有些地方,他不是像站在太阳地里那样,能把一个人身上的穿戴,看得一清二楚;更多时候,他是站在月亮地里,并不能完全看清楚这位巡警局长。但在那个时候,他至少觉得,这位巡警局长的相貌和言谈举止,还算配得上他那个性格不是很温顺的妹妹。

"他说,伍金禄告诉他,这回,巡警局里关押了两个不一样的人。"

"怎么个不一样法?是像孙猴子那样会七十二变,还是长了哪吒的三个头,六条胳膊。"

"他说那两个人就像是洋人,喜欢吃洋人的东西。谷老爷还安排了人,天天跑到商埠去,专门给他们买洋人吃的面包跟西餐。"

南海珠不想让他身后这个男孩子觉得,他对这件事情有什么兴趣。他转了话头,问他是不是也相信街上谣传的,巡警局里有一只会和人一样说话的甲鱼。

第二十七章 糖果

周末这天,南明珠和她的丈夫,那位巡警局长,在下午三点钟,就乘坐她那辆有着"自由之窗"的马车,赶到了马利亚家里。城里宣布独立一个星期了。南明珠执意要到马利亚家里去,是想和马利亚夫妇一起,四个人,为这个崭新的"独立周",再作一次小小的庆祝。

在刚刚过去的因独立而变得崭新,里里外外都"冒着新鲜麦子香味"的一周里,南明珠,南家这位大小姐,差不多是在每日里,都让自己沉浸在某种盛大节日的狂欢中。她一刻也没有让自己安静下来。城里宣布独立的第二天,她先是给自己家里的下人们统统放了三天假。接着,她又跑到学堂里,告诉蒙智园和初级学堂里所有的孩子,他们可以整整一个星期,都不用坐到课堂里来了。"回家告诉你们的爹娘,我们现在已经独立了!学堂里正是为庆祝独立,才给你们散的假。"她对初级学堂里的孩子们说,给他们分着大把的糖果。

那些孩子虽然弄不明白什么是"独立",这个"独立"和他们又有什么关系,但听到他们拿在手里的糖果和一个星期的假期,都是来自这个"独立",他们便高声喊着:"独立!独立!我们天天都要独立!"在课堂里嬉戏打闹起来。有两个孩子,由于那些糖果带给他们的兴奋,他们甚至爬到课桌上,踩着一张张桌子跳跃奔跑起来。南明珠站在旁边,一直微笑着,瞅着那些

417

孩子欢笑打闹，甚至是胡闹。她没有阻拦他们，也不像往日那样责备他们。她所做的一件事情，只是一个劲地嘱咐他们，回家后，一定要把她说给他们的话，原样学给他们的爹娘知道。

醋园和巡警局那边，这位大小姐同样建议谷友之和她的哥哥南海珠，给巡警和醋园里的伙计们，都放上三天假。"这样的日子不值得给他们放上三天假，还有什么日子值得？"她说。当然，她的哥哥和她的丈夫，他们两个大男人，谁都没有听从她的建议。"你只管给那些小孩子放几天假就好了。"她的哥哥南海珠说。"就是天天过年，人人也要张口吃饭。"而那位从独立开始，就一直没黑没白地在城里和浉口间来回穿梭的巡警局长，则拍着她的手背笑了笑，说她每天只负责吃他买回家那些香甜的面包就行了。"好好吃那些甜面包吧，我的局长太太，只有面包上那些蜂蜜，才是真正的蜂蜜。"他对她说，不管城里有没有宣布独立，她喜爱那些又香又甜的烤面包，才是实实在在拿在手里的东西。还有他手下那些巡警，对他们来说，城里的独立，与他们没有一个铜子的关系。就算一天有一个独立，他们只要不是喝风就能活命的神仙，他们就要先干好各自份内的活，然后领上份俸禄捧回家。"我的太太，包括你和我在内，我们这些蝼蚁之人，活命的本分是要优先保障到我们每个人，每个人的爹娘老子，老婆孩子，老老少少一家人，都能按时吃上活命的一口饭，平安地活着。"那位巡警局长笑着说，"先有了这些，然后才是大家想要的那个独立。"

南明珠没有和那两个大男人计较。他们都是粗粗拉拉的男人，她对自己说。并且第一次，她在心里嬉笑着，把她的丈夫称作了一介武夫，将她的兄长，称作一个只为南家花园活命的迂腐读书人。

当然，南明珠并没有因为家里那两个男人不接受她的倡议，就让自己内心里减少一分香甜的气氛。尤其是她丈夫，她心里非常清楚，他为城里那个独立都做过什么。不过，在她陶醉于这种说不上来的香甜味道之外，她唯一觉得有些小小遗憾的，还是马利亚和她的丈夫戴维，他们两个人，从城里宣布了独立，他们一次也没有当众或是单独与她谈论过它。仿佛这是一件在他们两个人的日子里，完全没有发生过的事情。

而在城里宣布独立那天晚上，她按照谷友之的吩咐，在南家花园里张罗起十桌酒席时，马利亚和戴维夫妇，是她发出邀请的第一对客人。为了表示隆重，她还学着马利亚之前的方式，找出块绣花的白丝帕，专门在上面写了份请束，亲自打发那个叫热乎的男孩子，把它送到了马利亚家里。

但是，那天夜里，无论是马利亚还是戴维先生，他们围坐在南家花园的酒席上，坐在众人旁边，坐在一群不停地说着独立的人们中间，始终也不肯开口去谈论一下，城里刚刚宣布的那个独立。似乎正在经历的人和事，只不过是他们睡梦里一个梦境。仅仅就是一个梦境。

武昌宣布独立的消息传到济南，拿纸票到银行里兑换银子的人"跟着了魔一样"，把各家银行钱庄大门挤垮掉那天，在天黑前，谷友之就接到了巡抚亲自传达的一道密令：配合城里面的宵禁，连夜把浉口的铁匠们召集起来。巡警们从各个方向，把浉口和周围村子里十三家铁匠铺的人，悉数带到巡警局的院子中时，谷友之早就等候在那里了。他站在他们面前，下令给那些铁匠，请他们立即着手，在为他们临时搭建起来的棚子里燃起灯火，支下炉灶，连夜动手打造铁链子。"从打下第一锤开始，接下去，只许更换人手，轮流歇息。在完工前，任何一座炉子，中间都不许停下一锤。若一人犯禁，前后炉子连坐，当家师傅收监一年。"谷友之望着铁匠们背后的夜空，稍稍停顿一会儿，缓和下语气，"这是巡抚衙门里下达的命令，事出紧急，谷某在这里也是听喝办差，为此，就劳请各位兄弟爷们体谅一番，辛苦上几日了。"

这天半夜里，除了被铁锤声吓得满街乱窜乱叫的野猫、野狗和老鼠，泊在黄河里的船，包括那些舱里没有货物的船只，每条船都吃下去了一寸深的水。差不多有一半的泺口人，都在睡梦中，被那些叮叮当当着敲打铁器的锤子，从睡梦里敲醒了过来。并且，这些被锤子声击打醒的人，在醒来的一刹那，全都惊恐地认为，自己那颗脑袋，已经被成千上万把锤子，击打成了一团烂泥。而在睁开眼睛前，所有醒来的人都做了件一模一样的事，那就是惊慌地伸出手去，在黑暗里摸了摸他们的脸和脑袋。直到他们的手指，摸到了自己那颗还算滚圆的真实脑袋，摸到它们依然通过脖颈子连接着自己的身体，他们才松下一口气，相信自己只不过是做了个噩梦。他们的头颅，并没有在睡梦中被那些来回敲打的锤子，敲扁敲烂。

在被铁锤声弄醒的人群里，有三个梦游的人。他们当中，一位是奎文街角"百乐坊"隔壁人家的大脚女人；一个是在来家和的窑货铺里当伙计的矬子；另一个，是神婆子有莲花的哥哥，有官运，天生瞎了一只眼的老光棍。

那个大脚女人被铁锤声震醒后，看见自己赤身裸体，正在邻居家门外的石磨上，抱着根木棍在推磨。她的邻居是个露阴癖男人，每次看见女人，他都会把他腿裆里驴具般的玩意，掏出来给她们看。大脚女人被惊醒过来，首先看见了邻居家那个男人，也和她一样赤身裸体着，站在磨道边上。他左手里托着腿裆里那一嘟噜东西，右手里举着根点燃的苘秆。她抬头看见他时，他正努着嘴吹亮了苘秆上的火点，抬起头来对她笑着。大脚女人惊叫一声，先是扔下磨棍，用两只手护住乳房，接着就瘫倒在地上。再下去，因为惊慌，她完全忘记了要跑回自己家的院子，而是让脚下的一线路牵引着，一路跑到了她白天常去挑水的那眼水井边。

在水井的井口边，神婆子有莲花的哥哥有官运，刚趴在井口上方，对着一只在水里来回游动的青蛙，和它低声细语地谈论着，他在落进井里的星星上面看到的奇异天象："四象不稳，四兽跃动，四维有异，四方神乱。外冷内热，虚危室壁震雷惊……"

大脚女人跑到井边时，有官运刚被铁锤的声音敲醒。他望着井里那只青蛙和满井的星星，疑惑着自己到井里来打水，怎么会没带水罐子。在他准备起身去找水罐子时，抬头看见一个浑身赤条条的女人，站了他眼前。他生来没见过光着身子的女人。他看着那个女人，两只膀子一缩，两手跟着一抖，双腿打了几下酥颤，人就一头栽进了井里。那个跑到井边的大脚女人，先是看见有一条光从井里上来，井边上一团黑影，抓着那道光扑进了井里，接着，那道光又抻了一抻，铺到了她脚下。她就踩着那道飘着奇异香味的白光，把两只大脚迈了上去。

来家和窑货铺子里的小矬子,是个二十五岁的男人。在铁匠们的铁锤声没敲响之前,他一直趴在窑货铺子后面的猪圈里,在干草堆中,搂着刚产过猪仔的一只母猪,含着母猪的一个奶子,拼命地吸吮着奶水。自从女儿香艾被那个来自登州的伙计拐跑后,因为家里还有两个小女儿,来家和再也不敢雇佣有身有架的年轻伙计。经过千挑万选,他给自己的窑货铺子里,选中了一个矬子。

三个梦游的人里面,最先被铁匠们挥舞的铁锤摇晃醒的,是这个小矬子。他醒过来的一瞬间,先是惊骇地吐出了嘴里的猪奶子,然后从干草堆里一跃而起,踩着两只小猪仔逃出猪圈,疯了一般在大街上狂跑起来。他听见风在他的耳朵眼里呼呼响着,就像那头母猪在噗噗地放屁。他没有听见过猪放屁,可他相信,那些风就是猪放屁的声音。他一边跑,还在那些猪屁里,听见了那只猪在叫他的名字。那只猪哭着问他为什么要逃走,说他是它的丈夫呀。从他这个矬子第一次叨住它的奶头子,他就是它的丈夫啦。那些小猪崽子,全都是它们的孩子。小矬子一边跑,一边憎恶地抠着自己的嘴,抠得鲜血淋漓,一心想把从那头母猪身上吸到的东西,全部呕吐出来。结果,他什么也没有吐出来。在跑到一盘石磨跟前时,他在石磨的磨眼里,看见了一个燃着的红火点。开始,他以为自己跑上了千佛山,跑进了兴国禅寺。直到他停下步子,不再抠嘴,才看清磨眼里插的是一根点燃的苘芯,而不是一炷香火。在石磨下面的磨道里,他看见了两个赤身裸体搂抱在一起的人。他走到他们跟前,在他们粘在一起的屁股上用力踢两脚。然

后,他看到一个瘦小的白色身影,从地上爬起来,就像他刚才那样,疯狂没命地奔跑起来。他跟在那个瘦小的身影后面,追着那个影子跑到了一眼水井边。在那里,他看见那个瘦小的白色影子,像从天上劈下来的一道电光,"刷"的一声淹没在了黑漆漆的井口里。

半个月后,那些把黄河里来往船只震得船身摇晃的铁锤声,才慢慢停歇下来。也就在那个时候,那些几乎被日夜不停的铁锤声敲出胆汁的泺口人,和那些日夜不能停顿的铁匠们,才弄清楚,他们打造出来那些堆成小山的铁链子,是为了挨家挨户,将泺口所有人家的刀具,不管铡草的大铡刀,还是切菜的菜刀,杀猪宰羊的弯刀,一律用那些铁链子,固定在各家各户的房梁上,只有切菜铡草和宰猪羊时,方能使用,且不许将那些刀具移出屋门半步。

"左邻右舍,家家户户,父与子,兄与弟,皆要相互督察,相互举报。举报落实者,奖赏银圆十块。"在巡警局贴出的告示上,谷友之吩咐手下人,一定要把这些话用大字写上。"钱没有腿脚没有眼目,可它哪里都能走到,什么都能看到。"他对站在身边的伍金禄说。

现在,尽管城里已经宣布了独立,谷友之还是没有下令,让那些拴在铁链子上的各样刀具,在他这里获取到独立与自由。"最好是再等一等。"他告诉自己,"对于整个泺口,和那些把刀具拴在铁链子上的好人家,都不会有什么坏处。"

因为各家各户的刀具都被铁链子拴了起来,在过去差不多一个月里,泺口地面上,几乎没有发生大的人身伤害事件。只有牙行里两个酒鬼,在喝得烂醉后,用抬秤称猪崽子的两根枣木杠子相互殴打起来,

420

一个被打掉两颗门牙,一个被打折半条胳膊。不过,第二天早晨,那两个醉汉在巡警局里清醒过来后,俩人都矢口否认,他们曾经在喝醉酒后打过架。

第二十八章 杂种

在来家祥的杂货铺子门外,谷友之挽着缰绳,勒住了那匹白马的四个蹄子。城里宣布独立已经一个多星期了,这个杂货商才挑出了两根布条子。他打量着铺子两旁张挂的一红一黄两挂布幅,琢磨着这个杂货商又在出什么幺蛾子。城里宣布独立前,这位杂货商竟然学着城里一些读书会,在他铺子前摆张桌子,免费供着茶水,弄出个什么"时事辩伪会",让那些南来北往,进出渎口的人,在那张茶桌前坐下来,喝着上好的茉莉花茶,对城里的"独立之时事"轮番进行辩论。仅仅三两天的工夫,就连河里那些扛活的苦力,拿到工钱就想钻进窑子里"去找小娘们出火"的船夫纤夫,都被他这个辩伪会招引过去,变成了一个个"恪守本分的男人",围在那张桌子四周不断地拍手叫好。

那几天里,每天直到半夜宵禁了,来家祥的铺子前还会围着一层层的人,不肯散去。最后,谷友之不得不打发那个来福,跑过来告诉这位杂货商,他要是不想自己的铺子像城里有些店铺那样,在半夜里被人抢光,而且,他还不想睡进自己铺子里造出的某口棺材中,他最好是把那张茶桌子搬回屋内。从那开始,那个杂货商的茶桌子,才没有再摆到街上。

谷友之端坐在马上,嘴里喊着"来掌柜",问他门外吊着两根布条子,是挂出酒幌子,准备改弦更张开酒铺子,还是好心地给铺子里哪个伙计请了痘神娘娘。

来家祥抬头看眼谷友之。他手里攥着把被铁链子拴住的剪刀,正在门口的光亮里剪着指甲。从铁匠们被召集进巡警局里打造完那些铁链子,所有铁匠铺子里再打造出任何东西,不管大刀小刀,镰刀剪刀,铁匠和前去打造东西的人,须一并到巡警局里备了案底,铁匠才能接下活,动火锻造。各家铁器行和杂货铺子里售卖的刀具、剪刀,巡警局里也悉数做了登记,一一用铁链子拴了起来。要买刀具的人,也须先到巡警局里开出张身家证明,才能拿着这位巡警局长亲笔签字的购买证明,到各家铺子里买货。

"噢?那是我近日得了燥热症,眼神脑子都烧混沌了。这几日里走来走去,打你这儿经过好几趟,硬是没瞧出来,来掌柜您得了痘花。"

"许是芫荽豆子汤喝得晚了,没发好痘苗,没在脸面上表出来;也或许是天宫里那位玉皇大帝老爷新纳了月宫里的嫦娥,昼夜里只顾着花下施恩布泽,心爽神悦,眉开眼笑,天地万物都跟着新娘子承恩,天也新,地也新,日月星辰都换了新颜。那位新老爷一时怜悯起我这个老东西年岁大了,屋里又只有两个丑到不能再丑的瞎包老婆,不忍心再给我一脸麻子,腌臜了众人,就硬生生地把它们捂在了裤裆里,外人眼目见不到的地方。"

"要是这么说,你只给痘神娘娘烧香挂旗可就不够了。"谷友之哈哈地笑着,"除了痘神娘娘,凌霄宝殿里的玉皇大帝王母娘娘,月宫里的嫦娥仙子玉兔吴刚,太上老君托塔天王,泰山奶奶观音大士,雷公闪婆,四海龙王过海的八仙,桃园三结义的红脸关公爷,就是洋教堂里三位一体的圣父圣子圣灵,圣母娘娘六翅天使十二门徒,你也得一一拜到,才能保住余生里平安,大吉大利。"

"您说的这些都对。我夜里翻来覆去睡不着觉,也在这么琢磨。人活着就是虚情假意。除了洋教里什么圣父圣母天使门徒,咱们跟他们言语不通,我没法子拜到,您说这些神仙圣人我都拜过了。就是阎王老爷黑白无常,河神灯神火神灶神,穷神瘟神山神路神,车神药神谷神夜游神,福禄寿禧财五路神仙,土地老官送子娘娘,释迦牟尼佛琉璃光佛弥勒佛,文殊菩萨普贤菩萨,观世音菩萨大势至菩萨,日光菩萨月光菩萨地藏菩萨,四大金刚十八罗汉,三皇五帝金木水火土二十八星宿,连茅厕神跟孔圣人他老人家,我都在心里烧香礼拜到了。"

站在马屁股旁边的伍金禄朝前凑两步,站在马头一侧,手里摸着那匹白马的脖子,仰头看着谷友之,嘿嘿笑着说:"局长大人,您和来掌柜这么一念叨,天上地下,水里陆上,所有这些神仙们,好像都到戏台子上来回走一遭,亮了个相。要是过路的人打咱们这儿经过,一耳朵乍听过去,还以为您这是号令着一众神仙,在云里雾里瞅不见的一个仙境戏台子上,指引着他们跟来掌柜斗法呢。"

"斗法?斗法这个说法好。"谷友之瞅眼来家祥,又哈哈着笑两声,侧过脸去对伍金禄说:"要论斗法,你们几只耳朵都听见了,我还真是斗不过来掌柜这位地主。从城里宣布独立开始,是个什么情况?秩序井然有条,市贾不贰,繁华如常。不光黄河水流淌得稳当,就是大街小巷里昼夜游荡的那些野狗野猫,也在四处安安稳稳地走动。这个节骨眼上,谁要是胆敢站出来,对你庆贺独立这些旌旗说三道四,那就是在反对独立,反对共和,要跟新成立的中华民国山东军政府作对了。"

"在咱们沶口地界上,恐怕就只有局长大人您,能拿着独立和自己说这种笑话。"来家祥又朝前走几步,仰头看着谷友之,"您就是把机器局里那些枪炮火药都弄了来,堆到我身上,把我埋起来,再亲自点上火线,我也不敢对您有半点不恭敬。"

"你这话可是言重了。"谷友之哼哼地冷笑着,"现在城里已经宣布独立,我这个老旧巡警局长,屁股还能在巡警局里安坐几天,这事只有头顶上那位老天爷才一清二楚。我怕是没有你那么好运气,能碰上玉皇大帝纳妾那种天大的喜事。我怕的是,他万一在睡梦里做了什么噩梦,梦见了他不愿意正眼瞅见的人和事,惊醒过来拿着我出恶气,我在沶口的安稳日子,就要在另一张白纸上写着了。写在一张他擦完屁股的纸背面,也是说不准的事。"

"天塌下来,也不会有这么不长眼的事落到您身上。"来家祥说,"您自己肯定都不知道,在咱们沶口镇,在我们这些小老百姓眼里,局长大人您,一直就是那位老天爷在地面上来回晃动的影子。"

"说来说去,还是来掌柜最会说锅底上那点笑话。"谷友之哈哈地笑起来,"这些年咱们跟西洋人打交道多了,都知道他们喜欢把七天称作一个星期。星期这个说法很有点意思。从这点上说,西洋人和咱们老祖宗们,头上那顶帽壳子差不了多少。咱们的祖宗们,也一直在用天上那七颗星宿，在计算日月，无非不像西洋人那么琐碎，要不停地伸着手指头去数那七颗星。眼下，从城里宣布独立到今日，已经过去西洋人说的一个星期了，也就是说从那把勺子的把上，数算到勺子头，已经数算完了整整一遍。这一勺子的路程里，虽然装满了咱们人人都想要的那个独立和自由，可也装进了不少流言蜚语。这每一日里，那些满天乱飞的蝗虫，可都没少在我耳朵眼里撞来撞去。"

"我和局长您不一样。我这两只耳朵，除了天上刮风下雨，向来什么动静都不往里塞。要说流言，流言是什么，就是大坝外头黄河里哗哗流着的黄水水，只要它不撒开欢作恶，不乱冲乱撞着跑出大坝，让那些鱼子鱼孙把咱们泍口人当了饱腹的鱼食，就只管让它顺着河道流淌好了。"

谷友之晃着手里的马缰说："要是整个泍口镇，人人都像来掌柜，安分守己地过自己的日子，该开铺子的开铺子，该赶脚的赶脚，该保媒拉纤的保媒拉纤，猫娶老鼠，钟馗嫁妹，各满心愿，我这个芝麻粒巡警局长，就能天天安心地窝在屋里，喝一壶热茶，嚼两块贵心斋的点心，享享清福了。"

第二十九章　莲花

泍口人人口里谈论的神婆子，就是有莲花。凡是知道她的人，都还会知道，这位神婆子有个长年累月坐在一口缸里，当"莲花"养着的"疯子女儿"。因为极少有人亲眼见过她生长在水缸里的女儿，也鲜有人能够忆起，有莲花怀过孕的大肚子。为此，人们都在怀疑，神婆子这个"女儿"，是不是她豢养的一个只有身子没有腿的小鬼。与她邻墙而居的两户人家，日里夜里都会听到一个尖细古怪的声音，拖着长长的腔调，在不断喊叫。

"我是一条毛毛虫啊，我已经长出了十只脚，我要走了啊。"

"我是只牛头鸭嘴的熊啊，我身上没有一根毛，让我回到山里去长长毛吧！"

"我是天下最好看那只水母呐，谁把我的花边长裙子偷走了……"

那位自诩是泍口最见多识广的老船帮，一个名字被人叫做"混江龙"的鳏夫，也从来没听说过那个"小鬼"喊叫出的古怪东西。每隔十天，这位老鳏夫就会到有莲花西面的邻居家里，去私会他相好的女人。"又是企鹅，又是水母，都是些什么杂七杂八的鬼东西。"他每次从那个女人身上下来，都会用一只手摸着她两条空面口袋般的奶子，对着那个女人说一遍，"这个小鬼念叨的鬼玩意，怕是只有天庭上那位王母娘娘家里，和她那个独眼舅舅的阴曹地府里，才会有。"

神婆子有莲花则告诉她的邻居和亲戚们，她从没听出来，她那个跟一朵莲花样养在缸里的女儿，说出的哪句话奇怪。"佛观一钵水，八万四千虫。"即便有人咒骂她，说她是因着装神弄鬼，行了伤天害理的事，老天爷才给了她一个不能示人的小鬼闺女。但她从来不生气。她只是对那些假装同情和可怜她的街坊邻居，以及亲戚们说："我可不把她当小鬼和疯子看。"

除了有个疯子小鬼女儿，神婆子家里还有个让泍口所有小孩子又惊又怕的"阿弥陀佛接引站"。凡是前去请她看病的人，都要先听她讲说一遍,她的这个接引站。"所有那些死后入不了仙界人道,又不愿下到地狱里去的人和物,不管是游魂还是坠入了魔道,就是一棵草一株花,一块石头一只蚂蚁,只要它还有善根,我就会千方百计地寻到它们,把它们从魔道中引进我的'阿弥陀佛接引站'。一是管束着它们,不许它们再在人间作祟行恶;二是引领它们潜心修炼,等待来日进入仙界或是人道。"给人说完这些,她还会告诉那些请她看病的人,在外人眼里,她女儿疯疯癫癫,像个小鬼,可是她知道,她女儿不仅不疯癫,不是小鬼,还是上天派来给她助力的一个大帮手,因为她女儿不仅会说仙界、佛界、魔界的话语,就是各种猪狗牛猴芝麻高粱大豆稗子这些动物植物,甚至石头瓦片的语言,她也一样听得懂,一样会说。"虾有虾语,蟹有蟹话,哪怕它们像那个洋婆子,是天外来的物种,操着外邦洋人的鸟语,她要是愿意开口,也照样能跟它们对答如流。"

南明珠从来不喜欢见到神婆子有莲花。

"这么好的夜晚,咱们能不能不说她。"在谷友之给她说"那个神婆子,真是个神婆子"的时候,她闭着眼睛,躺在谷友之身边,这样回答了那位巡警局长,以此提醒着她的丈夫,不要再说外面那些乱七八糟的事情了。谷友之看了看她,没有再说下去。他俯下身子,在她的额头上亲吻一下。他们很久没有过床笫之欢了。接下去,那天晚上晚一点的时候,他们做了爱。谷友之搂抱着她,第一次说,在他们家里,真的需要有个他们自己的小孩子了。

蒙智园里所有的孩子,都喜欢吃独眼老头有官运做的豆腐。每年,南明珠会分两次,提前支付他半年的豆腐钱,买下他的豆腐。这样,每隔一天,那个独眼老人就会赶在午饭前,把半包热豆腐送进蒙智园里。

独眼老人死在水井里后,有莲花拿着他的账本子,在洑口的街巷里来回跑两天,跟她哥哥事先收下钱的每个主顾,说着"人死了,账更得比豆腐清白"。她没有见到有官运留下来的钱,所以,她同样没有办法把钱退还给南明珠。"我能做的,就是把他欠下的那些豆腐,按日子给大小姐您送过来。"到蒙智园里来找到南明珠那天,神婆子细声细气地说着话,声音干净得像个小姑娘。那是第一次,南明珠和这个神婆子面对面地站着说话。

"大小姐,大小姐在屋子里没有?要是在,劳烦您出来一趟。"

南明珠把身体在打哆嗦的孔雀,交到了马利亚手中。

"老太太,我在呢。"南明珠快步走到了院子里。

洑口街面上的人,老老少少,人人都尊称有莲花为老太太。现在,她的确也是个满头白发的老太太了。

有莲花手里拿着她独眼哥哥那只枣木梆子,眼睛盯着南明珠在她面前停住步子,她才缓缓地开口,说她今日里叨扰大小姐了。

"老太太您不用客气,有什么事情,您尽管吩咐。"

院子里异常安静,几只麻雀在不远处的日光里跳着,寻觅着食物。一棵垂柳投到地面上的影子,仍然枝叶婆婆的柳条子,在麻雀身上扫来荡去。那几只麻雀,便犹如关在了一只柳条编织的大鸟笼里。

"是想给您说,到后日,得再拖欠您一回豆腐账。"

"没有事。您给灶房里说一下,他们会准备旁的菜。"

"阿弥陀佛。"有莲花弯下腰,打算去推车子。不过,她马上又站直了身体。"朝这里来的路上,我看到您府上那位巡警老爷了。他骑那匹白马,通身上下一根杂毛都没有。您看看街面上那个肮脏,到处是臭水臭气,一匹白马在这般的尘世里跑来跑去,哪里就能那么干净。"

"他那匹马啊?"南明珠笑着说,"是通身没有一根杂毛。正是这点,他才没命地稀罕它。"南明珠越过有莲花,看了看大门口,不明白神婆子为什么忽然说到了那匹马。谷友之每天都会骑着他那匹"天下最纯洁"的白马,在街上走,高兴了,他就直接称呼它是天下最纯洁的白马先生。"比你们那位上帝身边的天使,还要纯洁上一尺。"有一次他喝多了,这么对马利亚和戴维先生说。

"人无完人。一件东西也得让人找出点褒贬,看起来才更像件好营生。"

"您老是说,那匹白马要有几根杂毛才好?"南明珠笑着,想起有一年,她在贴春联时,也给那匹马身上糊个"福"字。有了那幅红底黑字,那匹马的神态立时就是另一种滋味了。

"我不光是说那匹马。"有莲花眼睛里闪出两簇光,盘住了南明珠,"我这些日子来送豆腐,来回在瞧着大小姐。今日里是想给大小姐说,是时候,该给您那盏灯添些油了。"

"您是不是说南家花园路口上那两盏灯?它们专门有人伺候着。"

"不是它们,是您自己那盏灯。"

"我自己的灯?"

"巨胜尚延年,还丹可入口。金性不败朽,故为万物宝。"

"我怎么……没明白您意思,老太太?"

南明珠看着那个神婆子。她一时拿不准,这个神婆子是什么意思。可她到底是个神婆子呐。她明白这一点。"她说佛观一钵水,八万四千虫。"有官运死在水井中那天夜里,谷友之和她亲热完,躺在她身边,用手掌抹了抹她胸口上的汗,忽然哈哈地笑着说,他倒是有点相信,神婆子一直在念叨的这句话。

"金为水母,母隐子胎。"

"老太太,我愈发糊涂了。"

"您是大小姐,不知道您是不是也喜好吃螃蟹。"

"吃螃蟹?"南明珠浅笑着,不明白这个神婆子到底要说什么。

"是吃螃蟹,大小姐。南家花园是浇口的大户人家。咱们浇口最富有那位盐商,就是整条小火车道都归他们家的衣老爷,想必您也熟识。早些年,他们家一位小姐做场子'还人'。还回去了,请我坐酒席。席上,我看见过他们家一群太太小姐们吃螃蟹,剪刀,钳子,夹子,钩针,一大堆家什摆满桌子。她们气定神闲地坐在那里,就为吃只螃蟹。瞧着她们劳神费力地忙活半天,我眼里就瞅见了一堆螃蟹壳子和爪子。今日里,我想给大小姐您说一句,什么事都怕等一等。等一等,就知道螃蟹没有多少肉可让人忙活。赶巧在节口上,人才有福气,抿上一舌头膏黄。"

南明珠回过头去,往屋子门口看着。那里,一个孩子在仰头望着天空,独自唱着"东拜拜,西拜拜,出来日头我晒晒"。几个胆量大的男孩子,则拥挤在门口,伸头缩脑地叫着"神婆子。神婆子"。她没有看见马利亚,但她知道,马利亚一定是在某扇窗子后面,在悄悄地注视着她和这位神婆子。马利亚一直想研究这位神婆子拥有的"东方神秘力量"。她曾经请南明珠带着,前去拜访了神婆子三次,三次都被关在了院门外面。有一次,有莲花甚至从门内扔出一把裹了烧纸的秃头笤帚,驱赶马利亚和她身上的鬼怪。"大小姐,您别再带这个洋婆子来了。"有莲花在门内央求着南明珠,说她每次在街上看见这个洋婆子,就会听见自己浑身的骨头在咯吱咯吱地响。她给他们烧纸钱,甚至烧了纸马纸人,他们也没离开她。"那是洋人的鬼神,在和我这个神婆子作战争地盘呢。"她说,她实在害怕这个洋婆子走进她家后,跟在她身上那些身强力壮的洋人鬼神,会弄得她身上骨头跟烂木头块子那样,一节节地断掉。

回巡警局的路上,谷友之两只眼睛盯住白马在风里颤动的马鬃,脑子里反复在揣摩着城里面的情势。城里是宣布独立了,可这些日子,他在浉口和城里来回奔跑,眼睛看到的可不都是风平浪静,艳阳高照。尽管城里没有跟武昌城那样,被响起来的炮火变成地狱,但他还是在那些刮过大街小巷的风里,闻到了丝丝的血腥味,火药味。

"也许那真的是个序幕。"

为了躲开城里那些事情的缠绕,不去判断那个"独立"的最后命运,谷友之不断强迫着自己,去想冯一德讲的那些故事。地牢真是个不错的地方,他想,至少是个比地面上能朝外冒更多奇怪思路的地方。这段日子,每到半夜前后,他只要下到地牢里给冯一德送去食物和咖啡,冯一德就会坐在那里,一面啃着面包香肠,喝着咖啡,一面给他讲那些不着边际的海外奇闻。

关于莫卧儿王朝,冯一德在地牢里讲述的第一段故事:

"阿克巴实在是位令人着迷的人物啊。"冯一德让他的后背懒洋洋地靠在墙壁,"与他生在同一个时期的人,是英国的伊丽莎白一世,法国的亨利四世,还有咱们大明王朝的万历皇帝。不过,世界的奇妙就在于,这个世界实在是千变万化,那位让人琢磨不透的上帝老爷,他从来都不会让人弄懂他真实的意图。我猜,除了当朝的人,很少有人能够想到,这位令人着迷的人物,他的父亲,却是个非常柔弱和令人同情的男人。他先是被人赶下宝座和王位,赶出了他的国家,十几年后,他刚刚夺回权力,却又因为吸食鸦片,全身中毒,从他私人天文台和藏书楼的石头台阶上摔了下来,并因此而丢掉了性命。"

"咱们再说那位阿克巴吧。他在二十岁的时候,娶了位拉结普特公主。这里要先说明一下,阿克巴的父亲,就是那位在台阶上自己摔死的老皇帝,他的名字叫做胡马雍。胡马雍的父亲是巴伯尔,一位被称作'老虎'的中亚领袖。令人称奇的是,他还是个天才的波斯语诗人。这只老虎,这位伟大的诗人,带领着一支强悍的骑兵,在德里西北的旁遮普巴尼帕德战役中,击溃了人数占绝对优势的洛迪军队和他们的战象,打垮了拉杰普特军队。就是这样不可思议,一位天才的波斯语诗人,建立起了一个伟大的莫卧儿王朝。"冯一德停顿下来,用一只手抚摸着他的肚子,似乎是在肚子里打捞着突尼斯人扔进大海里的一只戒指,"你得先弄明白,莫卧儿在波斯语里,就是'蒙古'的意思。"他打了个嗝,"当然,莫卧儿时代的伟大,不是从这位天才诗人开始的。他只能算是一个奠基人。

那个伟大的时代，是从令人着迷的阿克巴开始的。因为这位阿克巴，胜过了他同时代里所有的那些人。"

"这位伟大的人物，这可真是位伟大的人物啊。"冯一德重复说，"这位伟大的人物，从来不掩饰他爱好美食和美酒的缺陷。他喜欢交通员每天从多雪的喜马拉雅山区，给他送去的冰冻果汁露。想想吧兄弟，是冰冻果汁露，是每天从多雪的喜马拉雅山区运输去的。他还非常欣赏舞蹈的女郎，喜欢音乐，喜欢戏剧和文学艺术。但这些，都丝毫不影响他成为一个庄严的帝王。他当然也有苦恼。那时候，他最大的苦恼之一，是他结婚六年后，仍然没有子嗣。后来，他放下尊严，去求助一位苏非派圣人，才生下了第一个儿子。世界就是这样充满谬论。你猜怎么着，兄弟，到了他的晚年，这位阿克巴大帝，却正是因为这个长子的叛乱，而变得心情黯然。最终，我想你已经猜到了，他正是被自己这个叛逆的儿子下毒，毒死了。他的这个儿子，贾汗季，被人称为'世界猎犬'。世界猎犬，这也是个不错的称号啊。"冯一德呵呵地笑了两声。

第三十章　零落

戴维先生家里那位"会变魔术的厨子"，引领着周约瑟，走进戴维和马利亚居住的院子那会儿，戴维先生正坐在靠近壁炉的一张半圆桌子前，给他的朋友，远在马德里的弗洛雷斯写着信。

Su Alteza Real el Príncipe（尊敬的王子殿下）：

他嘴里嘟噜着英语，却在用几乎和英文一样流畅的西班牙语写道。

现在这封信里，我想，我要告诉您的，将是件令人非常不安的事情：这座城市刚刚获得的那份"独立"，仅仅过去了不到两个星期，就在昨天，被宣布取消了。

当然，在上帝那里，这并不能算作什么意外的事情，因为日光还是原来那些日光。尤其令人不解的是，贪婪与要阴谋诡计，那些西方革命者身上的恶习，在中国的革命者身上一样也没有缺少。上一封信里，（噢，赞美那位永恒的造物主。此刻，那封信应该还在路上，您那双连撒旦看见了都会嫉妒的手，还不能给予它一颗蔓越莓那么点儿的温暖呵护。）我给您介绍过的一位东方革命者，被我们称作"玫瑰先生"的那位记者先生，在今天，大概已经能够确定，他暂时失踪了。这座城市里，正在对参与过独立的革命党人，大肆进行搜捕。戏院，电影院，茶社，饭馆，还有妓院，这些革命者们之前常去聚会，或者说寻欢作乐的地方，都被已经恢复旧有秩序的官府搜查过，并一一安插进了他们的探子。人手不够的地方，他们想方设法地收买了大量的店员，伙计。承诺那些店员跟伙计们，他们报告一个身份可疑者，即可从官府里领取三块银圆；协助抓住一个革命党，则可获取十块银圆的酬劳。

您也许不相信，包括妓院，那些衙门里的官员们也没有放过。他们在妓院门口贴出告示，诱惑着里面的妓女们，告诉她们，凡是发现革命党人藏身妓院，举报并已落实的妓女，不用交一分赎金，她们就会由官府里出面，获得自由之身，而且还会得到一笔意外的"从良安家费"。愿意嫁人的，也由官府出面保媒婚配。

而在昨天，这座城市宣布取消独立的同时，在城里一处叫做五龙潭公园的地下密道里，还发生了一场令人震惊的爆炸案。我猜想，我们那位"玫瑰先生"，极可能会在这场爆炸中，丢掉了性命。因为他是他们那群奋力争取独立的革命党成员中，一个最纯粹的狂热分子。您知道，我最尊敬和亲密的朋友，在这些喜欢幻想的议员先生，围坐在他们谘议局的大楼里，从早到晚，为他们这座城市如何取得"独立"，近似天真地争论不休时，自然也包括他们对外宣布这座城市"独立"后，盲目尽情地享受着"独立"带给他们盛大狂欢的那些时刻，我心中一直都在为我的朋友一家，也就是这位"玫瑰先生"和他的家人们，在暗暗地忧心着。我的朋友，此刻，请允许我亲吻一下您的手，让它给我增添一分力量。因为，非常不幸的是，我此前所担忧的一切，正在变成我们都不愿面对的现实……

马利亚走到丈夫面前，盯住了他握笔的手。"戴维。"她叫了他一声。他没有抬头，也没有停下手里的笔。她稍稍停顿一下。等时间过去大约够她在心里念五遍以马内利那么长一段后，她才又再次开口。"戴维。"她说，"现在，可能有比你写信更重要的一件事情，需要你来做。"

"请您再耐心地等一等，这位太太，我正在写一封比您想象中更为重要的信。"戴维仍然没有抬头看马利亚。他心里还在晃动着弗洛雷斯王子那双修长优美的手，而那双让他心醉神迷的手，在刚才，就要抚摸到他的眼角了。他的额头和鼻尖，甚至全身，都因为那双手带来的微微电流，暂时脱离了他的肉体。"您已经打断我了。"他有些恼火。

"南家花园里差遣人来了。"马利亚说，"醋园里那位马车夫，现在就站在院子里。"

"他带来了什么新消息？"

"我还不清楚。他刚刚才站到那里。"

"快招呼他过来！"戴维放下了手里的笔。因为起身急促，他差点将身后那把椅子弄翻。幸好马利亚伸过手，及时地扶住了它。然后，戴维一边朝门口走，一边低声嘀咕着，抱怨马利亚没有直截了当地告诉他，是南家花园里派人来了。

"他刚刚走进院子。这会儿，也许，还没有让他的呼吸平静下来。"马利亚解释说。

"对他们来说，这个时候，没有人还能够平静地呼吸。"戴维对着马利亚摇摇头，说她还不能完全知道，对于她的朋友一家，现在到底意味着什么。

"戴维先生您好！夫人您好！"周约瑟在距离这对洋人夫妇差不多五步远的地方，收住了步子。

马利亚微笑着点点头，问客人要不要进屋喝杯茶，或是来杯咖啡。"我刚刚亲手煮好的咖啡。"她说。

"谢谢您的好意，夫人。"周约瑟又对着马利亚施个礼，告诉她，他这会儿什么也喝不下去。

"是那位记者先生有新消息了吗？"

戴维耐心地等待着，他的太太行使完女主人的权利。

"我们二老爷那里，还没有新消息，先

428

生。"周约瑟朝戴维那边转了转身子,"只有我们二太太,让二小姐带着他们的两个孩子,回浍口来了。老太太得悉了城里搜捕人的事,又听说二老爷好几天没了踪影,一下病倒了。我们老爷奔波着,到城里找门子打探消息去了。大太太游荡的毛病也犯了。整座大宅子,里里外外,眼下就靠大小姐一个人撑着。她没法子离开,就差我来问您和夫人,能不能劳顿您们两位,到南家花园里去一趟。"

"你是说,你们住在城里那位太太,把孩子送到浍口来了?"

"是。她让两个孩子,跟着二小姐回来了。"

"她有没有带回来,你们记者先生其他的消息?"

"这个我就没法告诉您了先生。二太太到医院里找到二小姐,说二老爷一直没回家。她让二小姐打电话问家里,他有没有回浍口。得知二老爷没回来,她就慌了。她对二小姐说,从城里宣布独立,二老爷就极少在家中过夜,最近几天更是没了踪影。这几天,新军先是把大炮架到了街上,接着是衙门里突然宣布了'取消独立',官府里开始四处抓人。她猜不出,他是提早逃去了南方,还是已经遭了黑手。害怕两个孩子再有意外,她就让二小姐带上他们,回到浍口来了。"

"唔,我明白了。"戴维转脸望向站在他身边的太太,对着她郑重地点点头。

"万能的上帝啊。"马利亚用她的母语小声念着"阿门",恳求着上帝,请他在这里施恩,别把血腥带到他们面前来。

傍晚的薄雾正在四周围升腾,栖息在院子内的杂物,以及院里院外的树木上面。那些还没有掉光叶子的枝杈上,零零落落的叶子,正在一点点地浸入稀薄的牛乳里。马利亚低声吩咐着凤凰,去给戴维先生和她,"找两件保暖的衣服出来。""好的太太,我马上就来。"那个女孩子同样声音低低地答应着,脚步轻盈地走进了两位主人背后的屋子内。

"请回去告诉你们大小姐,我们随后就来。"

"快着点步子走吧,伙计。"周约瑟晃晃缰绳,对那两头骡子嘀咕道。迎面,老成先生佝偻着身子,正在朝他走来。尾随在那个佝偻身子后头的一群孩子,则在高声低声地喊着"自由。自由"。"成先生,您这是又到哪里去云游?"他让两头骡子朝路边靠了靠,眼睛瞅着老成先生左手里拎的那条黑乎乎的毯子。几十年了,这条毯子一直都不肯烂掉。"到真主要我去的地方。"老成先生从他身边走了过去。"到真主要我去的地方。"他身后那群孩子重复着他的话,哄笑着挤成一团,像一群嗡嗡响着的土蜂,挤在了一个臭气熏天的什么花头上。

"天黑了,都赶紧回家去吧!"周约瑟冲着那团土蜂吆喝一声,认出两个高一点的孩子,是来家祥的两个儿子。"银蛋,"他叫着个子最高那个孩子,"别在街上乱叫唤了,领着他们回家吧。"

"俺才没乱喊呢。俺们园长夫人说,城里独立了,浍口也跟着独立了。独立就是人人都自由。男人自由,女人自由;大人自由,我们小孩子也自由。"

"你还没有一只剥了皮的狸猫大呢,知道什么是自由。"周约瑟牵了牵缰绳,告诉那两头骡子,它们该抬起蹄子赶路了。

"自由就是自由。俺们园长夫人还说,

429

河里的船和鱼一样自由，背纤的人也和水一样自由。"银蛋俯下身子，绕到马车另一边，伸出手里的木棍，朝外面那头骡子的腿裆里戳一棍子，脚下踩着干燥的杂树叶子，又跑回了那群孩子中间。"他那辆马车可真臭啊！我们还是追成先生去，他能让那条毯子飞到河当央的水面上，再飞回来。我那天看见过，毯子飞回来的时候，上面拖着一圈鱼，就像是那些鱼叼着毯子在天上游。"

"东拜拜，西拜拜，出来日头我晒晒。东拜拜，西拜拜，出来日头我晒晒……"

在那群哄笑着前进的孩子中间，有个孩子大声地唱起了歌。

城里"取消独立"的消息，在那一个上午里，差点让周约瑟跑断了腿。卸完车上的醋，他片刻没敢在城里停留，晌午饭也没去吃，吆喝着两头疲惫不堪的牲口，慌慌地朝它们抽着鞭子，催促着它们朝商埠里赶。在南山米行，他又跟催牲口般，催着两个伙计往车上装红米，趁机在那里喂了喂两头骡子。他心里跟着火一样，急着赶回洑口，把这个消息报告给老爷南海珠。城里宣布独立前那种恐惧气味，又密不透风地缠裹住了他，让他隐约觉得，事情怕是比那个时候还要糟了。那阵子，闹独立的各位老爷，天天拥挤在谘议局里，人山人海地开大会，号召着一票人到街上聚众游行，官府里却没有出兵抓人。拥进城里的新军，最乱的当口，也就是在夜里抢了几间铺子和两家大户。那天回到洑口，他当即就把抢劫的消息告诉了老爷南海珠。"谁也不知道夜里会转什么风。"他记得老爷听完后，这么对他说。后面那些天，尽管城里家家户户的菜刀剪子，都跟洑口一

样，还是被拴在铁链子上，他也没再听到城里有人家被哄抢的传言。包括独立前从城里躲到洑口来的那些大户人家，也纷纷回了城里。但老爷南海珠，还是暗暗地将一些细软转移出来，藏到了他的地窖子里。因为经历了义和拳那节，在挖地窖子为老太爷饲养壁虎时，他趁机挖出了两间，一间用来养那些小玩意；另外那间，他本意是想给苏利士预备着，万一哪天世道再乱了，就用它来帮着苏利士藏身护命。

站在两头牲口前，周约瑟一边看它们吃料，一边琢磨着，回到洑口见了老爷，他该先说哪句话，是先说城里收回了独立，还是官府里正四处搜捕革命党。不管先说哪句，他明白，老爷听到后，都会像洑口那座机器局里全部的火药堆成一垛，被人放在南家花园里点了火。

马车快要走出商埠时，周约瑟想来想去，决定还是绕到伍三羊做工那家洋人的商铺前，找到伍三羊，先去问问他，城里面发生的这些糊涂事。这个小子头脑灵光，门路也多，重要的是，他们记者老爷和谘议局里一些大老爷们，时常会出入那家洋人的铺子。谘议局是换了门庭，可进出那座大楼的先生老爷们，个个都是药神，药罐子里的汤换上百遍，里面的药应还是那一味，熟地还是熟地，砒霜还是砒霜。但不管他们是熟地砒霜，还是白术甘草，他盼望着，伍三羊最好是从他们嘴里，打探到了一些有用的针头线脑。他现在急切地需要点线头。"我猜想咱们那位老爷，更需要一些这样的线头。"他对那两头骡子说。

刚靠近那间洋人的铺子，周约瑟顿了顿手里的缰绳，还没吆喝两头骡子停下，就看见商埠巡警局里三个背着枪的巡警，押住伍三羊两只胳膊，从洋人的商铺里走

了出来。后面，跟着三羊那位洋人东家和两个伙计。

"三羊？三羊你犯了什么事？"周约瑟一把勒住了牲口。"我说，三位巡警大人，这是犯了什么事，你们就抓人？"他迎着伍三羊和三个巡警跑过去，伸手拦着他们。

"你是什么人？"一个巡警打量着周约瑟，瞅着他手里的鞭子。

"这位巡警大人，我是他叔。"

"约瑟叔，我什么事也没犯。全城里人都知道，城里独立，是衙门里那些老爷们宣布的。现在要撤销独立，也是那帮老爷们。我一直都在铺子里，老老实实地卖力气干活。"

"你没犯事？那你可要找个地方闭上眼，好好审问一下，自己肚子里那几根花花肠子。"跟在后面那个巡警嬉笑着说，"按咱们衙门里说法，造反，闹独立，都是杀头的买卖。"

"大人，咱可不能吓唬着孩子。您瞧瞧他，还是个半青小子，能做下什么天大的事，就说到了杀头份上。"周约瑟满脸堆着笑，拉住后面那位胖巡警的胳膊，请他借一步说话。

"独立已经取消了。你说前面造反闹独立，算不算杀头的大事？"胖巡警推开周约瑟，赶狗一般，朝旁边驱赶着他。"去去去！你要不是他们同伙的话，听我说，最好是离这里远两步，这可不是赶着去喝酒坐席。"

周约瑟从怀里摸出几块银圆，又朝前走两步，想把它们塞进那个胖巡警手里。早上出门前，周茉莉把五块银圆给了他，嘱咐他到院前大街的福瑞祥绸布店里，扯上块做帽子的杭州绸缎，再扯两块上好的青布。"再有几十天就过年了，我得给咱娘和你，预备过年穿的长袍了。"他知道，裁出衣裳，帽子，她还要用那些边边角角的布料，给他一家人，还有南家花园里的老太爷和老太太，做鞋子。每逢过年，这个女人都会给大宅子里那两位天尊，各做上一顶帽子，一双鞋。尤其是那位老太太和他母亲的鞋子，她都要花细功夫，不惜花上几十个黑夜，绣出那些活灵活现的凤凰和牡丹花。可他上午一走到院前大街，就听到了城里取消独立，五龙潭下面发生了爆炸的事。

"滚开，老酸鬼！青天白日的，你也敢来糟蹋老子。你以为是在花两文钱买个鸡蛋？就想用这点眼药水，来断送老子的前程！"那个巡警骂骂咧咧着，一把推开了周约瑟。看到他还想上前，他又端起枪口对准了他。"再敢胡来，老子现在就先结果了你。我可告诉你，今日里，老子愿意打死哪个，哪个就是他奶奶的革命党，乱党。"

第三十一章　月光

从城里回到泺口，南海珠先是在铺着层暗淡月光的大宅子里，来回绕几圈。然后，他径直走向了父亲那间老书房。他没让那个叫热乎的孩子尾随在后面。那会儿，除了天上繁密的星星和半弯月亮，他觉得自己不愿看见其他任何一丝光亮，也不想让他自己之外的任何人走过来，和他说话，打扰他。"你喂上马，再去告诉大小姐，让她给老太太和太太说，我回来了。"马车在院子里停下时，他吩咐着那个男孩子，并且告诉他,在他没有招呼他之前,他和家里所有的人,最好都不要到那间屋子里去。"我想安静地歇一歇。就是大小姐和那位巡警局长,也别让他们过来。"南海珠说。

"是,老爷。"热乎垂着手站在车门旁边,小心地回答着他的主人。南海珠扫了他的仆人两眼。在他们绕着城里跑来跑去的一天里,这个男孩子对他所有的回答,几乎都是这句话。一天时间里,他自己没吃东西,他也没有看见这个孩子吃过东西。在往书房走的路上,有那么一瞬间,他突然想起来,这个孩子刚到南家花园不久,拿着把修剪花树的剪刀,剪掉一头骡子的阳物后,被他关进牲口棚里那次。他把他和那些牲口关在一起,关了他五天五夜,而且吩咐管家"一口水也不许给他喝"。后来,管家告诉他,太太曾差他偷偷地给这个孩子送过吃的东西,"可这个小子,他竟然扭过头去喝口马尿,也没吃那些吃食。"管家说。

在准备推开书房门前,南海珠又在门外那片月光里,站了下来。

"他们两个应该一般大。"他想着远在英国的两个儿子中,年龄大两岁的那个。他已经两年没有见到他们了。"他是不是也这样高了?"他看着自己投在地上的影子。那个大的儿子,差不多和他年轻时长得一模一样。在他们离开家时,他要求他们,每过上半年,就要给家里寄来一张兄弟两个并排站着拍的照片。在夏天里,他们最晚寄来的那张照片上,他隐约地看见,那个大儿子的唇角上,似乎长出了毛茸茸的胡须。那次,他放下那张照片,马上把站在门外的热乎叫到了跟前。他什么也没吩咐他去做,只是让他在面前站一会儿。然后,他挥下手,打发他重新站到了门外。

在这个男孩子的嘴角上,他真切地看见了,一个青年人嘴角上生长着的,那些柔软又细小得让一位父亲内心既欣喜自豪,又感到慌张的绒毛。

"至少,眼下不用操心他们。"南海珠安慰着自己。他突然想念起那两个孩子,尤其是那个和他长得一模一样的大儿子,想得揪心。已经快半夜了。也许再过半个时辰,月亮就要落下地面去。他看着地上的月亮光,记起在《南海奇闻录》里看到的一则奇事:有个人因为太想念自己在外经商的儿子了,就在子夜时分,咬破十根手指,把热血滴到了自己的影子上。结果,他那个影子,就化成他的儿子,站到了他面前。

"儿子。"南海珠想着那则奇事,心里念叨着儿子,把一根手指放在牙齿间,用力地咬了下去。他往自己的影子上滴完第一根手指上的血,接着又咬破第二根。将十根手指上的血,依次滴落下去后,南海珠看见,他刚才还铺在地上的暗淡身影,陡然间就变成了他想念的那个儿子。

那个男孩子,结结实实地站在了他面前。

"爹。"儿子声音洪亮地叫他一声。

"我在想,你们兄弟两个幸好都不在,眼下不用我为你们操心。"

"到底发生了什么事情?"

"都是那个独立。因为那个独立,咱们家怕是……"

"爹。"儿子又叫他一声,"您是不是多虑了。"

"不是我多虑。"他说,"是城里现在的情形,差不多跟阴曹地府一样,让人心里害怕。街两边店铺的门上,十家有九家都加上了护板。大街小巷里那些人家,大门也死死地关着，没人敢发出一丝声息。甚至连小孩子的哭叫声都听不到。以前满街流窜的那些野狗，也跑得不见了踪影。今天，我坐着马车在街上走，像是走在了一座没有人烟的鬼城里。只有肩膀上背着枪那些新军，吵吵嚷嚷着，在日头底下大摇大摆地走来走去，活像阎王派出来拿人魂魄的鬼差。"

"爹。"儿子放低了声音，"我想不出来，城里这些事，跟咱们家有什么关系。咱们家在浠口，马车还要走上半天。您说那个伍三羊，被抓走了？"

"就是他，被抓走了。"

"他也参加了革命党？"

差不多十年后，这个小伙子从英国归来，因为参加一个名字叫共产主义小组的组织，参与编辑了一份《劳动周刊》的报纸，在五龙潭旁边的东流水街被巡警抓走，那时候，他的父亲南海珠，正是用这同一句话，在询问着谷友之。

南海珠抬起一只手，捂了额头上。在刮过他面前的风里，他闻见了冷风中夹着的一丝凝结后的血腥味。那些腥咸冰冷的味道，在让他眼睛里突然流下两行热泪的同时，也让他胸口里涌出了一股子滚烫的东西。他清楚嗓子眼里将要喷出来的是什么。由于担心那些脏东西喷到儿子身上，他伸出手去，用力地推了他一把。在喷出那口腥热东西的同时，他觉得自己头脑里，仿佛有把月亮光扎成的笤帚，像鸽子身上一根羽翎那样，在里面轻轻地扫动一下。

很长日子没这么轻松过了。他这么想着，感觉身体已经被那把月亮光的笤帚，扫到了老成先生常年拎着的毯子那么大的一块月亮上面。它从他脚下的地面上飞了

起来。他甚至还没来得及招呼一声儿子，那块白色的月光，就飞到了黄河上空。在黄河的水中央，他清晰地看到，老成先生踏着他随时会跪在上面祷告的那张波斯毯子，在水面上疾速地前行着。河面上的月光亮如白昼。毯子四周，缀着一颗一颗的人头。它们周围是成群的鱼。那些鱼自由自在地游来游去，像进出一座座无人把守的城池，在每颗人头的眼窝嘴巴和鼻孔里，灵巧地甩动着它们焰火般的尾巴。

南明珠和马利亚接受戴维先生的建议，给学堂里所有的孩子放了假。那些无家可归的孤儿，南明珠则请求着马利亚，将他们带回了她和戴维的家里。那个叫孔雀的女孩子还在发烧，并且，一直都在哭闹着，死死地搂抱着南明珠，不肯去乘坐马利亚夫人带走他们的马车。她狠着心给了那个孩子一巴掌。南家花园里发生的事情，让她无心再顾及这里的任何一个孩子。

马利亚抱着孔雀，带着孩子们坐上马车，让他们挨个从那扇"世界之窗"里伸出小手，跟园长夫人说"再见"。南明珠看着那辆马车驶出了院子。她独自一人，在空荡荡的后院里走了两圈。然后，在园圃里那片盛开的菊花跟前，她让身体靠着一棵柳树，站了下来。

恐惧像漩涡下的淤泥，不断地在南明珠心里弥漫着。因为恐惧，在那些菊花旁边，她没有闻到它们一丝凛冽的香味。尽管那些灿烂的花朵，它们拥拥挤挤着，铺满了她的眼睛。在她酿造的花醋里，马利亚形容着这些菊花，为了那些花醋"宁可放弃枝头抱香死"。但是，今年，由于城里的"独立"，她这个亲手栽植下它们的主人，既没有如往年的花开时节，带领孩子

们，把一部分盛开的花头采撷下来，"将它们的芳香保存进花醋里"，也没有像之前那样，在下午这种闲适的太阳光里，让孩子们围绕着这些植物，反复地诵读古人写给它们的诗行。而现在，尽管是站在花朵跟前，她柔软的目光，甚至连一次也没有真实地，落到这些可怜的植物们身上。

走到前面孩子们上课的院子，在谷友之曾经牵着马闯进来，心醉神迷地告诉她，"城里已经宣布了独立"那个位置上，南明珠流着眼泪跪下去，伸手摸着泥土上面椿树投下的一片斑驳光影。"仅仅过去了不到两个星期啊，上帝，它怎么就消失了呢。"她用袖口抹下眼睛，瞅着眼泪滴在泥土上面，打湿的两个小点。"时间是刚过去了不足两个星期，但天上风和云的事，就是这样没法揣测。"清晨，谷友之离开南家花园前，这么回答过她。他第一次在南家花园里，度过了完整的一个夜晚。半夜里，他们在老书房门口看到南海珠时，他跪在地上，身体抵在老书房门上。她叫了声"大哥"。南海珠没有回应她。她走上前去，摇晃一下他垂着的那只胳膊。他顺着她的手，倒了下去。她惊叫起来。在马灯照射出去的光里，她先是在门板上瞅见一片像血的东西，接下来，又在他的嘴巴和衣襟上，看见了它们。她呼喊着那个叫热乎的男孩子，让他抓紧去套马车请大夫，一边帮着谷友之和戴维，把南海珠弄进了书房。然后，谷友之亲自驾着马车，到蒙智园对面的医世堂里，请回了那位擅长针灸的解老先生。这天黑夜里，谷友之没有再离开南家花园。马利亚和戴维两个人也没有离开。

"大哥现在这个样子，二哥又没有踪影，这座宅子里得有个男人撑着。"在周约瑟赶着马车，载着那位老先生离开后，南明珠对她的丈夫谷友之说。谷友之朝她看一眼，没有开口说话。她以为他会拒绝，并为此做好了对他发脾气的准备。但他留了下来。他们先是陪着马利亚和戴维，将这对洋人夫妇安排到客房里去歇息。随后，两个人又回到老书房里，瞧了瞧南海珠。十宣放血和安宫牛黄丸，让这个黑夜里只能睡在椅子里的人，睡得非常安稳。离开老书房，两个人去了南海珠和厉米多住的那座院子。屋子和院子里的灯火都还亮着。那是厉米多还在来回地游荡着，没有停歇下来。不过，南明珠早已经在她身边，安排了两个大一点的丫头，并嘱咐她们，万一有事情，就去喊周茉莉。下房里，周茉莉和另外一个年长的女仆人，彻夜地守在那里。从周约瑟带回"城里取消独立"的消息，他和周茉莉，夜间就被南海珠留在了大宅子里。

离开那座亮着烛火的院子，他们回了她昔日那间"闺房"。谷友之第一次，在她这间曾经的闺房里睡下来，并和她做了爱。她没有拒绝他。尽管她浑身疲惫，整颗心都被恐惧紧紧地攫住，鼻子里嗅到的全是血的腥味。她那两只手，也用痉挛的方式，在暗示着她：这样的日子里，实在不适合亲热。"我的小甜面团，我们现在真的该有个孩子了。"一到床上，谷友之就搂抱住她，一件一件地脱掉了她贴身的衣裳。蜡烛红色的光团在微微摇动着。谷友之伸着舌尖，反复亲吻着她的两只眼睛和胸口。她在他的爱抚里，浑身在冒着汗。他以为她是因为身体里的情欲。他们每次做爱，她都会这样流着汗，把两个人弄得水漉漉的。但这次，她心里明白，自己身上那些汗，完全是由于荒草一样疯长着塞满她胸腔的那些恐惧，才流淌出来的。

南明珠对着镜子里那个在夜间黑了眼圈的女人，用手指按了按眼睛周围。她又想起了他那些亲吻。他反复地用舌尖亲吻着她的眼睛，对她说着"我的小甜面团，我们现在真的需要有个孩子了"。可刚才，在祈求那些神仙们，请他们保佑她的两个哥哥和伍三羊时，她对他们说的都是些什么啊，她说的竟然是"只要他们能活着，只要他们都能平安地活着，我愿意终生不生育自己的孩子"。

现在，因为死亡的恐惧和对丈夫的愧疚，南明珠心里愈加恐慌起来。她像个失足跌进漩涡里的人，淤泥在瞬间封住了她的口鼻，也灌满了她的心灵。有那么一会儿，她在想能不能从神仙们那里，收回她前面的誓言。但这个念头刚冒出来，就被她一把掐灭了。她害怕这样会惹怒了各路神仙，让灾难速度更快地席卷南家花园。"现在，你们要做的准备，或许是该如何保全家里面其他的人。"在这之前，一整个晚上，戴维先生和马利亚跟他们讨论的，都是如何保护南家花园那座大宅子和它里面的人。最后，也正是这个沉闷的话题，让他们到院子里"去呼吸点新鲜空气"。他们信步走着，恰好看见了倒在老书房门口的南海珠。

跨过河面的风，在窗子外来回旋转着。一团被风推来晃去的树影，透过玻璃，落在了南明珠面前的桌面上。她手里捏着那只小巧的口红瓶子，盯住它看着，觉得她现在也许该到巡警局里一趟，去见见她的丈夫。他喜欢她嘴唇上涂抹这个小瓶子里的口红。她想在回到南家花园前，先到他那里看看，他办公桌上那部通往城里的电话，有没有传来南怀珠的什么消息。她还想让他看看，她嘴唇上刷的这些，他喜欢的口红。毕竟，她刚才是对着神仙们，说出了那样一番话。

"园长夫人，园长夫人，一只老鸹飞进屋里了。"

南明珠走到门口，看见那个叫银蛋的男孩，手里拿只弹弓，已经穿过院子跑到了她跟前。

"已经放假了，你怎么又跑回来了？"尽管厌恶那个开杂货铺子的男人，但她却喜欢他两个又调皮又聪明的儿子。

"我在追那只老鸹呢。它一路飞着，穿过三条街，飞到这里来了。"

"我可没看见哪里有老鸹。"南明珠努力让自己笑起来，对那个男孩说，"快点回家吧，大家都走了。我现在就要关大门了。"

"它真的飞进来了。您看这里还有根羽毛，是我拿弹弓打下来的。"男孩子手里举着根黑色羽毛，给南明珠瞧。

"园长夫人，城里取消独立，我们是不是就不能自由了？"

"这是谁告诉你的？"

"俺爹说的。他把铺子门口庆贺独立的布条子都扯了下来。他还说，城里取消独立后，衙门里派出了新军和巡警，满大街上在抓闹过独立的人，抓住了就拉去砍脑袋。他还给棺材铺子里的伙计加了工钱，要他们白天黑夜地赶工做棺材，说城里杀人多了，来买棺材的人肯定得排队。"

"那是城里的事。咱们洑口离城里还远着呢。"南明珠听见自己的声音像被大风吹动的风筝，在来回地摇摆着。在这句话结束时，她几乎听不见它后面的尾音了。

第三十二章　淤泥

在南怀珠失踪后的第七个晚上，周约瑟和他老婆，那个一直被伍春水和醋园里的伙计称作"娼妓"的女人，在大宅子里吃过夜饭后，赶着马车，回到了他们自己的院子。"你们两个回家去歇一宿吧，也照看一下家里面。"在仆人们吃饭的那两间屋子门口，南海珠站在门外一小块暗黄的灯影里，对周约瑟说。这些天，大宅子里吃夜饭的时间越拖越晚，时常是入了亥时，主子们屋里还没开饭。听到院子里有人在低声喊"老爷"，周约瑟就已经放下饭碗，离开了饭桌。他在门外候着老爷走近，听到老爷吩咐他回家，他立时明白，老爷是要在这个黑夜里，往他那间地窖子里搬东西了。

从城里宣布取消独立开始，每隔一个两个晚上，南海珠就往那里搬运一回东西。"老爷这是在做坏得不能再坏的打算了。"南海珠第一次往那里搬运完东西，离开后，周约瑟回到黑着灯的屋子里，对他老婆周茉莉说。

到这会儿，醋园里的伙计们中间，还没有第二个人知道，它的主人南海珠，已经写下一份文书，将醋园和醋园里一切财产，包括他们这些在醋园里干活的伙计，都写在那份文书上，赠给了洋人戴维和他的太太马利亚。除了赠送醋园，周约瑟还从二小姐南珍珠那里得到了另一个消息。老爷不但把醋园给了两个洋人，与醋园一起交到他们手上的，还有这位天使般的二小姐，和那位记者老爷的两个孩子。那是两个在城里出生的孩子，他们每次在泺口居住的时间，最长也没超过七天。因为他们的母亲，那位"巡抚家的表小姐"，一点也不喜欢泺口这座大宅子。除了她的丈夫，她几乎厌恶这座大宅子里的所有人，甚至讨厌里面所有的东西。"园子里那些在夜晚飘来飘去的气味，熏得人心慌，睡不着觉。"她对她丈夫说。她丈夫则解释说，那应该是黄河里水的气息。"这倒是。千里黄河流到这里，里面什么没有啊，死人死猪死猫烂狗。"那位表小姐十分鄙夷，"就算黄河之水是从天上来的，天上死在水里的七星八宿，想借着雨中雷电升仙不成的各样杂碎玩意，哪样不是腐在了里头？"

"马利亚说，这两天里，我们就得离开泺口，从商埠乘火车到上海，再从那里坐邮轮到英国，去找我大哥那两个孩子。"这是前一日傍晚，周约瑟走进大宅子，在院子里遇到二小姐南珍珠时，她告诉他的。她牵住他的胳膊，把他拽到一棵山楂树旁边，躲开经过他们的两个仆人，眼睛里不停地流着泪水。"为什么城里取消独立，你们找不到我二哥，我们就得离开泺口？"她问他。"这些我也说不明白，二小姐。可我觉得，您听老爷和大小姐的安排，肯定没错。"周约瑟只能这样含糊其辞着。因为他实在说不准，后头的日子里，还会有什么意外发生。

他不敢告诉二小姐，取消独立的第二天，他赶着马车从辘轳把子街走到南门，就看到了两户被洗劫的人家。住在泮池街那户，大门外石板路上都是流淌的血。他看到那些血迹时，它们已经在石头上变成黑色，被日头晒干了。后宰门左家热汤锅的掌柜告诉他,这户人家的老爷子,一个钱庄掌柜,二十天前还登报纸发过声明,和他在谘议局里带头闹独立的儿子断绝父子关系。

"掌灯吗,老爷?"周茉莉瘦小的身影跟在周约瑟后面,小声地问道。

"没什么要照的,摸着黑吧。"

"今黑夜,大宅子里是不是又要来搁东西?"

"估摸得等上个把时辰。"周约瑟转身抓过身后那个瘦小的黑影子,将她拉到床边,扯着她的裤腰带,把她按到了床上。眼下,能过一天安稳日子,就是老天在厚待咱们一天。他把先前的谘议局、联合会、保安会,跟现在的维持会串在一起,默默地把这几个名字念叨一遍,发现自己一个也没有弄明白,它们都是干什么的。

"好日子肯定会像屋梁上那个燕子窝,会一直筑在咱们家里,老爷。"周茉莉在黑暗里等待一会儿,仿佛是在害怕,她的声音会在空荡荡的夜里撞碎什么东西,像她在大宅子里看见的,大太太在游走中撞碎那些灯光。

"那是你没闻到过,城里面漾着的那层血腥味。"周约瑟的手在老婆的两只乳房上来回摸着。

"咱们这里是浉口,不是城里。"

"从浉口到城里,要是骑着马走的话,扬两下鞭子就到了。"

"那也不是城里,还有两鞭子的路程呢。"周茉莉把身子往周约瑟身上贴了贴,伸手揉捏着他的耳朵,"天塌下来,只要不落在咱们这个天井里,咱们就还是这么过日子。"

天塌下来?天已经坠到云彩眼里,离地面只有一老鸹翅膀的高度了。现在,醋园都被那位老爷写在文书中,暗地里送给了那对洋人夫妇。还有二小姐,她就要离开浉口,漂洋过海地到外国去了。他是个车夫,可也能够猜出老爷的几分心思:他担心自己没有力量护住南家花园了,但他还想护住这个醋园子。周约瑟想把这些都告诉老婆,但最后,他还是把塞进喉咙里的话收回去,重新装进肚子里靠近肚脐眼的地方,并用空着的一节肠子缠了缠。他没有不相信她。他是不想让这个女人跟着忧心。

周约瑟怜悯着二小姐,把老婆揉搓他耳朵那只手,捏在了手里。"还是等老爷来放下东西吧。"他说。那个没有翅膀子的天使,在他离开她时,她把一只小香荷包塞给了他,请他保管着,等那位"表小姐"的第三个孩子降生后,替她"给那个小孩子买件礼物"。她自己生死都难卜呢,却还在惦记着,给一个没有出世的孩子买礼物。周约瑟暗暗地感叹着,觉得哀伤像黄河那些漩涡里泛上来的泥沙,一下子吞噬了他的心。白天,他按着老爷的吩咐,又到二老爷在双忠祠街的住宅去一趟。那座宅子的大门,还和前一天一样锁着。二老爷不见了,那位怀着身孕的"表小姐"也没有了踪影。在二小姐带着两个孩子,回到浉口的第二日,天还没亮,老爷就让他带着热乎"进城去把二太太接回浉口来"。但他们到了那里,只看见了大门上挂着的一把铁锁。"苏利士常说万物都有定时,先朝着最坏处盘算吧。"周约瑟坐了起来。他在穿过门缝钻进屋子的风里,似乎闻到了一阵血腥味。那些血腥让他的心在腔子里剧烈地摇荡起来,并促使着他快速地坐起身,穿上了衣服。

437

"是风是雨,都只能睁眼看着,等着了。"周约瑟走向屋门,"心里有点不踏实。我到外面去转转,看下动静。"

周约瑟站在同样漆黑一团的院子里,伸着耳朵,辨别着四周的动静。刚才在床上,他隐约地听见,似乎是在某个地方,那位记者老爷在低声地叫着他"老约瑟"。

"二老爷,二老爷,是您吗,二老爷?"

周约瑟觉得,他的心被一根线吊到了嗓子眼里。

"不是我,你是不是盼着我被衙门里砍掉脑袋,变成了鬼?"南怀珠的声音,从一垛柴草后面冒了出来,"快出来,帮我把三羊弄进去。"

"三羊?我的老天神!您是说,二老爷,您还把三羊给弄回来啦?"

周约瑟拼命压住了嗓子。他几乎是在低声地惊呼着,一边在黏稠得让他迈不开步子的黑暗里,朝那个声音小跑过去。

大坝门内的剃头铺子街上,沿街驻扎着十个剃头匠子。在谷友之到浽口任巡警局长前,这些剃头匠子们,全部是把担子摆在露天场里。客人们剃头修面,采耳朵眼,修龙须,挖鸡眼,正骨点瘊子,敲背刮痧拔罐子,都是在日光下的空地里,至多是在三伏天和下雪时,拉着四角撑上块白布顶棚。春夏秋冬,一年四季,只要不是大雨浇面,天天如是。每日清晨,日头刚露面,剃头匠子们肩上挑着担子,就到了这里。担子一头是个三条腿架子,里面是烧水的炉子,洗头敷面泡脚,一天的热水全指着它。架子其中一条腿向上伸出那部分,伸成根"旗杆",杆上挂着钢刀布和手巾。担子另一头是个木箱式凳子,下面带着两个抽屉,一个抽屉放钱;另一个里面放着剃头修面修脚的刀具,刮痧板,火罐子,洁面的香胰子。会采耳的,自然还会有耳扒子、鹅毛棒、铗子、震子、马尾、刮耳刀、耳起、白酒和棉花棒。

谷友之成为浽口巡警局长的第一年,他就在大坝门内,沿街盖起了一排简易房屋,勒令这条街上的剃头匠子们,全部搬进屋内。开始,这些手艺人里,没有一个人愿意额外花销那部分房屋租赁费。后来起作用的,首先是巡警局里贴出的那张告示。告示上标明:十天之内拒不进屋者,一律不许再于浽口从事"顶上营生";其次是有人仔细地思想两夜,觉得进屋亦有进屋的好处,起码在雨雪天气里,也不用愁没有生意可做。有一个人带头搬进屋子,余下的也就鱼贯而入了。

十位剃头匠子,十间剃头铺子。把头的一间,是给戴维先生正过臂膀的那个老贾。他也是第一个搬进屋子里的人。紧跟着老贾搬进屋子里的,是位姓罗的小个子。老罗人长得瘦小,剃头修面,采耳修脚的手艺,在一群匠人中间都算不上拔尖。可在修脚之余,他治疗鸡眼和除瘊子的功夫,却堪比老贾给活鱼对接鱼刺。街面上的人,因此极少有谁肯提他的姓氏,老少都称呼他"瘊子王"。但实际上,这位剃头匠子最不一样的地方,是他从来不使用洋人产的"洋胰子",给客人洁面。他自己会制作一种,被他老婆夸张地形容为"王母娘娘和嫦娥仙子都会在睡梦里来向他讨要"的香胰子。他用来制作香胰子那些原料,成分极其复杂,传说有白面,米汤,黄豆粉,皂角肉,杏仁,樟脑,猪胰子,麝香,白檀,白丁香,白僵蚕,白术,白芷,白附子,白芨,白敛,白蒺藜这些平日里常见的东西,还有白狐狸板油,大雁蛋清,青

438

木香，草乌，甘松，大黄，稿本，广陵香这些不很常见的玩意。除了前面这些，更有密陀僧，孩儿茶，排香草，鹤白，轻粉等很少有人听闻过的"奇药奇物"。这些东西或是日常或是名贵，都在其次；包括配制的过程里，自始至终不能见到一丝日光，也不算什么难事；哪怕熬制米汤的水，他要从子时的栀子花上，收集上一个盛夏，并且中间不能遭遇一次雨水。

城里宣布独立前，巡警局里聚集铁匠们打完铁链子，将各家各户的菜刀剪刀拴到房梁上，也将剃头匠子们手里的剃头刀，统一编码计数，拴在了铁链子上那天，一条街上的剃头匠子都扔下了手里的剃头刀子，相互串着门子，或是聚集在门前，三三两两地嘀咕着，这到底算是一出什么戏时，也只有老贾，背着手，到瘊子王的屋内踱一圈，笑着问他："剃刀吊在链子上，使起来是不是省下些腕力了？"

在更早一些日子，鄂省独立的消息传到涑口那个上午，整个剃头铺子街上，同样只有老贾一个人，挨个铺子里串一趟。进到瘊子王的铺子里时，他问他有没有听说，"城里面银价哄抬得厉害，拿着纸票子进到银行里兑换银圆的人，把银行的门都挤掉了，门外还踩死了好几个人。"起初，瘊子王装作不知道发生了什么事，问老贾是从哪条河沟里听到的这些谣言。"那些来抹了你香胰子的权贵老爷们，他们随便吐出一颗唾沫星子，都高过你那点香胰子的价码。"老贾嘲弄道，"你天天乌龟样在这间铺子里缩着头，不知道天下已经变了，眼下鄂省已经宣布独立，脱离开了朝廷和旧制。一个武昌城，因为这个独立，早就打成了阎王爷的阴曹地府。"瘊子王探过脑袋，从老贾身子一边朝门外街上看着。老贾不知道他在看什么，也转过头朝外面看一眼。除了天天在这条街上溜达的一条瞎眼狗，和一个赤裸着身子到处乱闯的疯女人，他什么也没看到。

那天，在收摊回家前，老贾又进了老罗的铺子。这位剃头匠子，第一次，在一天时间里，允许自己的脚两次走进另一位剃头匠的铺子里。"要是你手里攥着买一把剃刀的纸票子，而不是一咬一个印的银子，那些纸票子在你手里多攥一天，就等于你亲手将那把剃刀弄出了一个豁口，也可能是两个，三个。还可能一觉醒来，你睁开两只大眼，就瞧见那把剃刀刃上全是豁口，完全成了把不能用的废物东西。"瘊子王在钢刀布上蹭着他的剃刀。在一天所有空闲下来的时光里，这个人不是在盯住他的剃刀看，就是在磨着他的剃刀。"我说伙计，你能不能别再蹭它了！"因为那个磨刀子的人一直不接他的话，老贾忽然有些气恼起来。"要是他娘的河水能切开的话，我得相信，你这把刀子，准能一下子就把整条黄河拦腰抹断喽。"但在这天傍晚的天光将要消失殆尽那一刻，老贾忽然醒悟过来，明白了两天前，他此时站立在里面的这间剃头铺子，为什么无缘无故地关了半日门。这完全是由于它的主人，在那一天里，不声不响地跑去了城里啊，他想。差不多半个涑口的人都知道，除了大年初一，这间铺子的主人，从来都不肯让自己手里的剃刀安歇上半日。恰恰就是那一天，落日前的昏黄铺满剃头匠子街时，南家醋园里前来剃头的马车夫周约瑟告诉他，他的马车在城里走，在那家"大清中国银行"的门口，他和他的两头骡子，都看到这个想把一天过成两天的人，钻进了那家银行。

第三十三章　呼　吸

南怀珠带着伍三羊回到浉口这天夜里，周约瑟背着伍三羊，走回屋子的整个过程中，他都在不停地重复着"谢天谢地！""二老爷，您总算平安回来了。谢天谢地啊！"直到他的两只脚蹒跚着迈进屋子。屋子里仍旧漆黑一片，和他刚才离开时一样，没有燃灯。

"二老爷来了，快掌灯。"周约瑟朝那张床的方向走着，低声吩咐他老婆，同时提醒着那个女人，同他们这位失踪多日的二老爷打招呼。"快点招呼二老爷，是二老爷从城里回来了！"周约瑟又重复一遍，几乎跟呵斥一个孩子那样，呵斥着那个女人。"二老爷，您回来啦。"周茉莉在那里划着火柴点灯。但她划了两次，都因为手颤而没有划出火焰。到第三次的时候，整只火柴盒都从她手里掉在了地上。"真是没用的东西！"周约瑟已经把伍三羊放到了他们那张床上。他转过身子，跪到地上，先是摸到了两根散落的火柴，接着又摸到了火柴盒。他跪在那里划着火柴，举起胳膊点亮了油灯。那盏灯，是用二小姐给他的一只装过西药的小玻璃瓶子改成的。然后，他一只手撑着地面爬了起来。

南怀珠背对灯光，俯着身子，一直在察看着伍三羊。"阿门。阿门。"周约瑟心里不住地念着"阿门"，站在这位主子身后，朝前探过脑袋，瞅着被暖黄色灯光照耀着的那张脸。要不是鼻翼左侧那颗绿豆粒大小的黑痣，他几乎认不出这张脸就是伍三羊了。现在这个伍三羊，脑袋大得像是戴上了蹚蹚鬼的头盔，两只眼睛因为肿胀，在放着一种水波样的亮光，似乎是谁把他那张脸，像闰月里六月六蒸面鱼那样，先是在笼屉里蒸成一张发面的面脸，然后又奢侈地，拿猪鬃刷子在上面刷了层亮光光的猪油。

"二老爷，您这些日子到哪里去了？老爷那里焦急得，日头都没有落的时候了。他天天跑去城里打探消息，找疯了，也没找到您一根线头。"

"就在城里，哪里也没去。"南怀珠回答。

"还有三羊，我在商埠里亲眼看着他被巡警抓走了。回来告诉老爷，老爷当即去了巡警局，托付谷老爷进城，不知托了多少门路，也没能把他搭救出来。我的老天爷，真不知道您是从哪里把他弄回来的。"

"从德国人那里。"

"您是说，那个卖面包的人？老爷和谷老爷可都去找过他。"

"他帮不上这个忙。"南怀珠盯住伍三羊，犹豫一下，告诉他身后这个老实的车夫，他找的是德国领事馆的人。当然，他没有告诉周约瑟，德国人也有他们的利益诉求，他已经说服他们，在城里重新宣布独立前，他们首先要帮助他取得浉口独立。

"这个小子跟着您，算是他福大命大。"周约瑟还想给这位记者老爷说，老爷南海珠已经不指望能救回这个孩子了。同样，他们，整个南家花园里的男人和女人，包括主子和所有的仆人，当然还有醋园里那些伙计，他们当中也没有一个人能够想到——这位被他们称作"记者老爷"的人，还能活着回到浉口来。但现在，他不仅自己活着回到了浍口，还把伍三羊带了回来。当然，他站在那里思想一会儿，最终，什么也没有说。

"这些日子，你还是天天进城？"

"您知道，刮风下雨得去，下冰攒刀子也得去。老爷说了，不管世道乱成什么样，什么人坐天下，一园子人都得靠那些醋养家糊口。"

周约瑟瞅着南怀珠的后背。他身上从什么地方冒出来的一阵香气，让他忽然记起了城里那个被这位老爷称作"咸主笔"的女人。城里宣布取消独立的第五天，他见到过这个女人。她正在绸布商铺子门前跟一个男人说笑着。他一眼瞅见她，就惶惶地将马车拉到旁边那棵榆树下面，火急火燎地走到了她面前。"您好啊这位小姐。"他朝她躬下腰，"我在谘议局门前见过您，知道您和俺们那位记者老爷熟识。眼下，他已经好几天不见人了，到处找不到踪影。谢天谢地！这会子遇到了您，能不能请您帮个忙，给打探一下他的下落？""我好像不认识你，自然就谈不上认识你说的什么记者老爷了。我猜你一准是认错人了。"那个女人笑了起来，声音像在揉搓着一把晒干的谷秸。

那天，离开那个女人时，他手里的鞭子，已经被几根指头攥出了一把水。周约瑟在裤子上抹擦一下手心。要不是他拼命攥着它，他想，那条鞭子，在那天里一定会自己挣脱出去，狠狠地抽在那个小婊子的粉脸上。

南怀珠在试着伍三羊的鼻息。

从周约瑟把伍三羊放到床上，到这会儿，这位老爷已经试过了三次。"大宅子里不安稳，你这里就有天兵天将把守着？"南怀珠从伍三羊鼻前收回那只手。

"这里有个地窖子。除了老爷和热乎，没有旁人知道。"

"还有我知道，老太爷吃的那些壁虎，不是都养在里头。"

"我在下头挖了两间。我是说，您要是放心，就让三羊在下头养着。"

伍三羊右侧脸颊上，结着块月季花瓣状的黑色血痂。周约瑟瞅着那块血痂，想着城里宣布独立那天夜里，他按着大小姐的吩咐，挑着灯笼站在大宅子门口，等着这位记者老爷和那位巡警局长从城里回来。在接马缰时，他瞥见这位记者老爷胸前的口袋里，奇怪地插着朵月季花。他的眼睛仅仅是在那朵花上滑了一下。"你认识它的主人，就是在谘议局门口，要给你和马车照相那位小姐，咸主笔。是她把它插在了这里。"南怀珠哈哈地笑着，指了指他那只插着花朵的口袋，"她说这是朵独立之花。为庆贺咱们宣布了独立，我也得戴着它，就算它花瓣全落尽了，只剩下个秃头花萼插在这里。"

"城里的情形，你可都听说了？好几户人家的血，都淌到了大门外头。"南怀珠想给这个车夫说，城里宣布独立不是开始，现在取消独立也不是结束。

南怀珠盯住墙壁看着。这个奇怪的世界——他在心里对身后的车夫说——不是让人觉得一天有一年那么长，就是一夜像条露水闪那么短。"您得相信，我知道自己在做什么。"在城里，他一直藏身的那座房子里，那位曾经的主笔小姐，也对他说过这句话。

城里宣布取消独立那天，他正睡在她的床上。那时候，独立与胜利带来的喜悦已经烟消云散；取代它的，正是这场革命

441

焰火一样的光芒后，陡然到来的寂灭与死亡。他一边怒火中烧，一边担惊受怕。夜里鸡叫第二遍时，他还在和她做爱。一周前，那位石会长就已经南下去了上海。离开前，他把这个女人亲自交到他手里，让他帮忙"照顾她几天"。那是他们在那天夜里第三次做爱。算上下午的两次，他们已经做了五次。开始，他以为那个女人根本就猜不到，他是在用不停地交媾这种方式，在蹂躏着内心里那团恐惧和绝望的怒火。他没有想到，那个可怜又贪心的女人，她不但喜欢在床上和他一样没完没了，还说出了那句话来宽慰他。那天，第二次做爱前，她又跟变戏法那样，不知道从哪里弄出了一盒子月季花瓣，仿佛早就预备好了，只等着这个时刻到来。她依然固执地把它们叫做"玫瑰"。而他，再次顺应了她的叫法。

她把那些"玫瑰"花瓣全部铺到了床上，又将拇指大一瓶子真正玫瑰花的香水，倾洒在了屋子里。在第一滴香水挥发出浓烈香味的瞬间，他想到了他的妹妹南明珠。她热爱法国人制造的那些服饰和香水，爱得像是要发疯。而从小到大，对于这个妹妹，他要做的就是不断地告诫自己，"千万别抹掉了她脸上那些让他欢喜的笑。"

在真假玫瑰花那些几乎让他无法呼吸的香气里，他抱着她，把身体埋进了那些花瓣里，颠来倒去，一次次地死过去，又一次次地活了过来。当然，最终，正是他这些"贪欲"救了他一条命。早上，他差不多睡到了十点钟，延误了到五龙潭密道里开会的时间。从那个女人身边离开后，他走到距离蜜脂泉大约五百米远的地方，脚下就传来了轰轰隆隆的爆炸声。后来，那个女人告诉他："所有进入密道开会的人，都被埋在了五龙潭下面。"那些人里，包括他曾经带回南家花园的两个人。而那位副议长的日本老婆和两个孩子，在那天下午，就被三个新军打死了。打死他们前，三名新军还用划拳的方式，挨个把那个日本女人睡了一次。

伍三羊微弱地呻吟两声。

"快去看看，水烧开没有。现在需要给他喂点热水。"南怀珠握住了伍三羊的手。"要是有现成的糖，能放上一点，就更好了。"

"有，有糖有糖。"周约瑟慌忙转过身，朝灶房里去。他巨大的身影率先离开这间屋子里的两位客人，跑到了他前头。

"伏求圣神降临。以圣神之名，满信者之心，天主者，赐我等圣神光辉。"他向那位天帝求告着，朝大门口走去，想到那里听一听，老爷南海珠的马车会不会提早来了。城里面那些人家流淌到大门外的血，仍在他鼻子前荡着腥味，固执地提醒着他，明天，再一个明天，然后再一个明天，在日头出来后，或许都跟今天没什么不同。

第三十四章　　谣　言

时间早已经到了太阳该升起来那个钟点。在透进房间的一线晨光里醒来时，谷友之睁开眼睛，首先看了看他的妻子。南明珠仍然在熟睡中。他在昨天晚饭的桌子上，多喝了两杯玫瑰色香槟酒。这种被戴维先生称作"魔鬼酒"的东西，是马利亚在城里宣布独立那天晚上，带进南家花园

442

的。在介绍这种酒时,马利亚说它是用巴黎东北部一百五十公里的马恩省汉斯葡萄种植区里生产的葡萄,酿造出来的;而只有用那个地区的葡萄为原料,制造出的气泡葡萄酒,才可以被称之为香槟。除此之外,其他所有流行在市面上的所谓香槟酒,都只能叫做气泡酒或是气泡葡萄酒。"一座王者之城生产的香槟啊。"那天夜里,马利亚这样形容着她带来的香槟酒。"我这么夸张,是因为在法国历史上,有二十多位国王,是在那座汉斯圣母大教堂里加冕的。"她微笑着对南明珠说。

这是他第二次整夜地留在南家花园里,留在南明珠这间"闺房"里过夜。南明珠怀了身孕的喜悦,一夜都在他睡梦里盘旋着,到现在仍然没减少一粒芥末子的万分之一。他看着南明珠,微笑着。不过,他随即又命令着那两只眼睛,重新阖上了眼睑。这是由于他突然意识到,在这么重要的日子里,他似乎不应该这么草率地,就让两只眼睛随便睁开。他安静地躺在她身边,听着她带有两个人的呼吸声,对着那位曾经掩面不再看他的上帝,差不多说了十遍"以马内利",又屈起指头,念了十遍"阿门"。那会儿,他发现,在谷兰德先生离开他们,莎士比亚夫人最终抛下他,带着冯一德回了美国后,差不多二十个年头里,他这是第一次,纪念起那位从来也不是父亲的父亲,并感谢了他。有些时候,他闭着眼睛默默地想,迦南美地或许并不仅仅只是一块眼睛能够看到,手指能够触摸得到的真实土地。但在这之前,他总自以为是地认为,一块现实的迦南美地,才能算是迦南美地。"上帝永远是上帝。"他记起谷兰德先生说过的这句话。

做完这些,他才重新睁开眼睛,坐起来,凝视着他的太太,知道属于他的那块迦南美地,这些年一直就在他眼前。现在,他播撒的种子,一个属于他的小孩子,正在这块肥美的土地里生长着。因为那份持续的喜悦,他俯下身子,捧起南明珠的手,放在嘴唇上轻轻地亲吻着。这是城里取消独立后的第十二天。从城里赶来的那些死亡的恐惧,仍然在包围着整个南家花园。可神的奇妙,或者说世界的奇妙,正在于水乳交融。一个崭新的生命,一个完全属于他的孩子,恰恰在这个时候,悄悄地孕育诞生了。他继续凝视着南明珠。由于这些日子的过度担忧以及孩子上身,他发现,她红润的嘴唇,正在失去一些令他着迷的血色。

谷友之手里握着那只有着"纽约的天空和星辰"的怀表。它又让他想了一遍冯一德。这会儿,那个家伙还被他藏在巡警局的地牢里,没有任何人知道他的真实身份。没有一只蚂蚁知道,也没有一只老鼠知道。或者说,根本就没有一只蚂蚁或是一只老鼠,属于知道这个蹲在地牢里的家伙是谁。他每天都会下去看他。但是,出于一种他自己也无法说清楚的原因,即便是在城里宣布独立那十二天里,他也没有和他谈起过,城里面已经宣布的独立。他觉得他和那些刀具一样。他下令用铁链子锁起来的刀具,现在仍然被老老实实地锁着。他非常清楚,自己一直在等待着某种东西。虽然他现在还没彻底想透彻,他在等待什么。那个家伙的一些话,尽管让他始终半信半疑,但他在世界上见过世面,从美国跑回来这件事,他丝毫都不用怀疑。南怀珠回到浗口后,他曾经动过两次念头,打算让他和冯一德会个面。不过,现在,他有一种感觉,似乎听见那个还没有出世的孩子在告诉他，已经完全没有这个必要了。"也许，对于一个生活在渌口的巡警局长来说，或者，对他未来的家人们来说，眼下最好的生存方式，就是坐看云起云落，以不变应万变。"他对自己笑了笑。

他又用力攥下那只怀表，上面那片纽约的天空和星辰。然后，他把它们揣进口袋里，关紧了地下室的那道门。谷兰德先生一直把藏在地下的房子叫做"地下室"，而且告诉他，每个人的心灵里都会藏有一间"只有上帝和自己才能够打开，并自由出入的地下室"。纽约的那片天空与星辰，它们怎么存在，是不是真正存在，都应该和他没有多大关系了。因为它从来也没有真正属于过他。有些梦境和想象中的东西，归根到底都是梦境和想象。谷兰德先生有一次跟莎士比亚夫人发生过争吵后，曾经苦恼地说，在上帝那里，人类世界也许仅仅是他在伊甸园里走累了，坐下来打瞌睡时，恶作剧般地构想出来的一个梦境。仅此而已。而他，他想，或许应该比现在更早地认识到这点。这是多么重要的一点，你这个笨蛋！他骂自己。

在绒布窗帘的一条缝隙里，谷友之看见，车夫周约瑟的老婆周茉莉正在走来。在她手里，提着一只鲜艳的大红色食盒。

敲门声很轻很轻地，从外面传进了屋内。

"大小姐。"

周茉莉声音极小地叫着"大小姐"，说太太让她送来了糖水荷包蛋。

"我现在不想吃，你先拿回去吧。"南明珠说，"太太夜里睡得安稳吗？"

周茉莉回答她说太太半夜里上了床，一直睡到了五更天。

"我知道了。"南明珠把脑袋落回了枕头上。

周茉莉仍然站在那里，没有离开。

"还有别的事吗？"南明珠转过脸望着她的丈夫。

"老爷说，待会儿姑老爷起了床，请他先到老书房里去一趟。他和二老爷都在那里。"

"你回去说，我们一会儿就过去。"

他们是要去商量伍三羊的事。南怀珠把这个孩子从城里弄回了渌口，但他还是死在了周约瑟的地窖子里。南海珠指派周约瑟到南门外的教会医院，请来了那位母亲是土耳其人的马洛牧师。"病人的五脏六腑都腐烂了。在他体内四处流淌的胆液，将他受伤的内脏完全腐蚀透了。"那位老医生说。南明珠瞅着从门缝和窗帘缝隙里透进房内的微光。这些天光，从今日起，将要照到那个尘埃般消失的男孩的坟墓上，而不再是他活蹦乱跳的躯体上，手脚上，头发上，笑容上。

那天傍晚，伍三羊彻底阖上眼时，南怀珠将手掌覆在他肿胀的眼睛上，说他从来没有像喜爱这个年轻人一样，喜爱过任何一个孩子，包括他自己亲生的两个儿子。

而伍春水的老婆，一个平时不怎么爱说话的高个子女人，在见到死去的儿子后，她伸出两条胳膊，像只大鹅那样护在儿子身上，不停地哭诉了半夜，不许任何人靠近她的儿子，直到她的嗓子完全发不出声音，她的丈夫才不得不举起条板凳，从背后把她砸晕过去。伍春水自己则对着他儿子的身体，狠狠地吐了三回口水。"就算是个坑人鬼，也让他跟个新郎倌那样，找猴子王来给他收拾收拾吧。"最后吐完口水那次，他掩面背过他的儿子，声音极小地说。南怀珠一下子没弄清楚他在说什么。直到旁边的谷友之提醒了他，他才明白，那个似乎天生就会酿醋的工头，究竟说了什么。

瘌子王的剃头铺子已经开了门。
"老罗！老罗！"老贾高声喊着他的邻居。每日清晨，不管下雨还是落雪，老罗都是这条街上第一个敞开铺子门的人。巡警来福挡住了他，他才突然清醒过来，问："街上那个谣言是不是真的？"
"谣言？什么谣言！"来福挡在门外，朝街当央赶了他两步。
"独立啊。现在满大街上都在传说，咱们浃口也要独立了。可城里那个独立咱们都知道，它宣布独立才十二天，就跟钻出裤裆的屁一样，没了踪影。"
"日头只管在天上挂着，你只管在铺子里剃头修面。管那么多闲事，您老眼蛋子和舌头根子不疼？"来福朝那间敞开的剃头铺子里看着。
"说起来还有件稀奇事。"老贾从大坝门那里收回眼睛，又左右扫两眼。他站立的街上，这会儿没有一个行人。"刚才在半路上，那个疯子黄二皮又拦住了我。这回，他破天荒地没说水鬼被大鱼吞进肚子里。"老贾停顿下来，让眼睛穿过来福身体一侧的缝隙，朝面前的铺子里头望过去。由于阴天，太阳没有露出脸面，那间屋子里显得又阴又暗。门口里钻出了一股子烧头发的焦臭味。那个吝啬鬼，总是把一些零碎头发茬子扫进炉膛内，跟木柴烧在一起。这些焦臭味，说明瘌子王就在屋内。可从他走过来，大着嗓门喊了几声"老罗"，到这会儿，一泡屎都该拉完了，那个家伙居然还没吭一声。也没听到他磨刀子的声响。
"你猜猜看，他今日对我说了些什么？"
老贾歪过头去，又朝铺子里张望一眼。他想试着弄明白，他面前这个窑货商的儿子，为什么在拦挡着他，不让他靠近瘌子王那间铺子。大街上四处在流传着浃口要独立的谣言呢。他琢磨着，一大清早，瘌子王的铺子就被巡警堵着，若不是巡警局里那位局长老爷想趁着浃口闹独立，来搜刮这位剃头匠子的香胰子，就是这个总爱独来独往，喜欢偷着吞吃独食的老家伙，果真摊上了倒霉事。当然，要是独立能让这些家伙口袋里棺材钉子一样结实的银子，统统变回废纸般的纸票子，他想，谁爱让浃口独立上几天，那就让它跟前些天的城里一样，随便独立几天好了。
"我琢磨着，整个浃口，包括你和我，没几个人肯花掉手上仅有那点闲工夫，去听一个疯子说胡话。"来福对老贾说着，并且笑了笑。
这个清晨，来福的心情非常好，好到可以对一条朝着他乱吼的狗不扔石头。这是因为牙行里那个左手缺了两根手指的行头，天一亮就跑到了他家里，告诉他和他的家里人，他的老婆，想把自己的妹妹从洪家楼带到浃口来，给她在浃口找个好人家。"我被关进巡警局那天，我老婆去送赎金，你见过我老婆了。"行头说，"我敢说，我老婆那个妹妹，可是比她还要俊出去三条街。"那个行头的老婆就足够好看了，即便是月亮里那个嫦娥仙子，来福认为也不会比她更好看多少。他们当场就约好了，"两天后的正中午，到窑货铺子里来相亲"。比起那个姑娘，浃口流传什么谣言，是不是宣布独立，伍金禄那个叫三羊的小兄弟是生是死，来福觉得这和他都没有一个铜钱的关系。"只有把那个比嫦娥还要好看三条街的姑娘娶进家门，夜夜搂在怀里，才是我要尽全力去做的事。"一个早上，他都在对自己这样说着。由于一直渴望着那个姑娘，他心里差不多盛了满满一罐子蜂蜜。现在，那些溢出罐子口的蜂蜜，让他想提醒这个不开眼的剃头匠子，这会儿，他最好是回到他自己的铺子里去。

"怎么，老罗没在铺子里头？"老贾从来福身侧往那间铺子门口探着头，"这种事情按说不会有。从清早开门到黑夜关门，这个老东西连尿都不肯跑出来尿一泡。"

"要我说，有时候，有些风最好是别去过问雨的事。"

伍金禄从铺子里面晃荡了出来。

"磨蹭半个时辰了，他是在给玉皇大帝剃头，还是给王母娘娘修脚？"来福说，"我说过，这个家伙谁也请不动。"

伍金禄把他肩上的枪取下来，提在了手里。老贾瞅着伍金禄满脸的怒气，才注意到，两名巡警手里今天竟然都有了枪。这之前，巡警们在街上巡逻，都只是在腰里挂着根刻有花纹的短木头棍子。

"以前没见你们背枪。"老贾朝前走两步，"你们这是？……"

"退回去。"来福抬起枪口，朝老贾晃一下，"这里没你事。"

"你们都不摸这个老家伙的脾性。他不卖那些秘制的香胰子，也从来不会离开铺子，上门给伺候任何主顾。"老贾又朝前迈一小步。他想告诉面前这两个小巡警，老罗就是个瞎子，谁也别指望他能看见天上有光。哪怕来请他的人，已经出到了比在铺子里剃头修面要高出五倍，或是十倍的价钱。

"他给你说了，让你退回去！"

伍金禄瞪着眼睛走到老贾跟前，把枪口顶在了他脑门上。

"现在，街上到处都在传着，说沭口也要独立了！"老贾握住了那杆枪的枪管。他脸上仍然笑着，抖着身子，却始终也没弄明白，他为什么要说出这句话。

"独立！独立！都是城里那个狗日的独立，让三羊搭上了一条命！"伍金禄压住喉咙喊叫着。从他咧开的嘴里，老贾闻到了一股又热又臭的血腥味。"他要娶媳妇了。他就快娶媳妇了！让你独立！让你独立！"伍金禄骇人地嘶喊起来。老贾听见那杆枪也跟着吼叫一声。有个炸雷在远处的半空里滚了过来。他恐惧地盯着眼前黑乎乎的枪管，看见它一下子变长了几尺，又像是退远了几步。然后，他脑门子上热一下，好像有条狗的舌头舔在了那里。他想伸出手去，驱赶开那条滚烫的狗舌头。但是，他又突然发现，他实在是太累太困了，连膝盖都跟着迷糊起来，浑身上下轻飘飘的，就跟刚睡完一个那种让男人抱起来就不打算要命的娘们似的。"肯定是我在这里站得太久了，又吹了点风。"他想。

第三十五章　鬼皮

在马背上，想着南海珠说的那个"鬼皮"，谷友之暗自笑了起来。他盯着在前面牵马的来福，问他有没有听说过，用什么法子能得到一张鬼皮。

"鬼皮？"来福扭转头，茫然地看着马

背上的巡警局长。"局长大人,在下听书,只听说过那个画皮吞噬人心的鬼。从没听过,人能拿到他那张'鬼皮'。"来福的一只手在来回摸着马鬃,仿佛那些马鬃能指示他如何得到一张鬼皮。"要说怎么能弄到,我猜想,除了有莲花那个神婆子,和她养在缸里面的那个小鬼,怕是没人再有法子。鬼是什么呀局长大人,它们千变万化,凡人哪里能杀得了鬼。"

谷友之伸出鞭子把,敲了敲来福的脑袋,想着他曾经听到过那个人杀鬼的滑稽法子。那是他在新军第五镇里时,一个老伙夫讲的。"在鸡叫前,要是跟鬼相好的女子,死死地抱紧那个鬼,死活不让他离开,在听见鸡鸣后,那个没办法走脱的倒霉鬼,就只有伸直两条麻秆细腿等死了。"老伙夫说,为了弄到张鬼皮,他舍出去了三个老婆,"结果三个老婆的皮都被鬼扒走了。"那个老伙夫是他见过的最善于讲鬼故事的人。"为什么要弄鬼皮?"老伙夫对围坐在他周边的人说,"鬼死后,他们变化成人时那张皮,不管什么人得到,他都可以把它套在身上,让自己无影无踪地在半空里飞。除了会飞,他还可以跟鬼那样,做任何人力不能做到的事情。因为不管他干什么,偷盗奸淫,还是去金銮殿上刺杀皇帝,凡人的眼目一律不会看见。"

那个鬼就在那里。谷友之摸了摸从冯一德身上弄到的那把短枪。那个家伙相信了他。他最终同意了,和他做那笔交易——他安静地在地牢里待满五个星期,他就做回他的兄弟,还和谷兰德先生活着时一样。而他所以提出这个条件,仅仅是因为,他还没有想明白,他要怎么做。"相当于我待在船舱底下,又重新在大西洋里穿行了一趟。"冯一德笑着说,他在那天早上,半梦半醒中,突然看到了谷兰德先生。他安静地站在旁边看着他,脸上带着惯常的微笑,告诉他,在上帝面前,即使是拿纯金打造上一本《圣经》的封面,神的话语依然半句也不可更改。

在靠近大坝门的街口上,谷友之看到了刚从河里上来的水鬼。水鬼照旧牵着他那匹瞎掉一只眼的长毛驴子,慢吞吞地走着,身上披挂的渔网,所有的网坠子都在叮当叮当地发出响声。水滴顺着他的鱼皮裤子,一路在打湿他身后的青石路面。在水鬼和那头瘦驴身后,几个小孩子玩着单腿跳的游戏,跟在他们后面。他猜想着,那些小孩子会不会是水里的鱼变的。浉口的人一直都相信,这个水鬼会把水里的一些鱼变成人,也会把浉口的一些成年男女和小孩子变成鱼。那些单腿蹦跳的孩子们中间,有一个在高声地叫着:"水鬼。水鬼。"其余几个,则在胡乱吼着新近流行到浉口的几句歌谣:"有个军人身带弓,只言我是白头翁,东边门里伏金剑,勇士后门入帝宫。"

看见谷友之,水鬼拽住了那匹瞎眼的驴子,向这位巡警局长打着招呼,问他能不能仰头瞅下天,帮他看看日头还会不会出来。

"我说老水鬼,你这是打算晒鱼干子,预备过冬了?"水鬼身上的水味和鱼的腥味,在空气里飘荡着。谷友之抽着鼻子闻了闻空气,在马背上笑着。然后他发现,这是他今天第三次在马背上发出笑声。"不过看你这模样,是不是今天的运气又不怎么样,又没赶上神集,没见到那位河神老爷?"他伸着鞭子朝头顶上指了指,"日头嘛,要我说,今天肯定没戏了!你没听见,雨点子正在路上喘着粗气,拼着全力朝这里跑？那些雨会越下越大，最后下成瓢泼大雨。它们是准备给你的瘦驴和篓子里的鱼，痛痛快快地洗个澡，就跟沙子给水搓澡那样，把它们身上的臊气腥气，都冲刷个干净。"

有个小孩子把他拎在手里的半只烂鞋底，扔到了那头瞎驴的脑门上。那头老驴晃了晃脑袋。谷友之朝那个男孩挥两下鞭子，吓唬着他，再敢朝这头瞎眼驴身上扔一回东西，不管扔的是什么，烂树叶子还是石头瓦片，他都会把他抓进巡警局的地牢里，让里头那些瞎眼的老鼠，先啃掉他两只手的手指头，再啃掉他两只脚的脚趾，最后啃掉他的鼻子和耳朵。

"俺们园长夫人说，城里独立自由了，泺口也独立自由了。"那个小孩子瞅两眼谷友之，皱起鼻子，冲他吐下舌头。然后，他带领着另外那些更小的孩子，一路高声喊着"阿莱夫，贝丝，吉梅尔"，朝剃头匠子街上跑去。

"跟他爹那个杂货商一样，又是个小杂货商。"

这些小孩子嘴里跑出来的希伯来文，毫无疑问，是马利亚夫人教给他们的。他那位聪明的太太，也仅仅学会了英文。谷友之示意来福掉转马头。他在马背上瞅着那些小孩子奔跑的身影，哈哈大笑起来。"阿莱夫。贝丝。吉美尔。"他想着谷兰德先生一边抬高了脚在院子里走着，一边教给他们这三个数字的情景。谷兰德先生还告诉他们，"除了是希伯来字母表中第一个字母，是一切的开始，在一些神秘哲学家那里，阿莱夫还是无限纯真的神明，代表着'要学会说真话'。"

关于莫卧儿王朝，冯一德在地牢里讲述的第二段故事：

"那位贾汗季，不是他父亲那样的神秘主义者。他和他的朝臣们，都喜欢丝绸香水，喜欢珠宝装饰的服装，也喜欢美酒和歌曲。当然，他还喜欢跟皇后妃子们，在华丽的后宫和花园中享乐。为此，他还训练了一大批身披绸缎珠宝的象队和舞女。长话短说吧，无论如何，这是位喜欢奢靡的皇帝。他那些儿子们的婚礼庆典，常常会持续上一个月，也许是两个月，或者三个月还不止。这都要看他的心情。在他那个时代里，绘画开始倾向于自然主义。我理解的自然主义，就是咱们那位上帝的伊甸园。结果一点也没错。在这位贾汗季皇帝的王朝当中，正统伊斯兰教禁止表现人和动物形象的条规，统统让位给了经典的拉杰普特。凡是熟悉伊甸园的人自然都会明白，那些自然主义的画面里，肯定都是些赤裸的人物和拥抱在一起的男女。所以，就是这位皇帝自己的肖像，也常常会出现在他所钟爱的花园里。

"在他的敌人，阿拔斯沙赫带领着军队，从伊朗攻进莫卧儿，并征服了大半个阿富汗时，这位贾汗季皇帝，这位喜欢奢靡与享乐的皇帝，仍然沉溺于花园、美酒和他的后妃们中间，不愿意率领他的军队翻越高山，痛击他的敌人。他想把军队的指挥权，交给他的儿子沙贾汗。可他宠爱的那个儿子，却拒绝了他，拒绝离开他们的首都。因为这位沙贾汗王子，在毒死他的哥哥后，正密谋着夺取他父亲的皇位。当然，这位聪明的王子非常清楚，他最大的敌人并不是他的父亲，那位老皇帝。他最大的敌人是皇后，努尔·贾汗。因为在那个时候，皇后已经任命她的父亲和兄弟们，担任了整个王朝的最高官职。他们完全操纵了老皇帝贾汗季。那位皇后正在梦想着，自己做一个女皇帝。宠爱皇后的贾汗季老皇帝，被皇后的美貌和才智，早就迷惑得神魂颠倒啦。并且，正是他赐给了这位皇后努尔·贾汗的名字，意思是'时间之光'。这位皇后希望自己做个能主宰时间，主宰世界上一切的女人——她一直都在天真地认为，他们那个莫卧儿王朝就是整个世界，而不仅仅是世界的一部分——当然，接下来的故事是，公开反叛的王子沙贾汗，杀死了他最近的那些亲人们，自己如愿坐上了皇帝的宝座。他为他的登基，举行了三个星期的豪华庆典，也许是四个星期，谁知道呢。世界上的人知道的，就是他把自己封为了'世界皇帝'。"

第三十六章　棺　木

这个早晨，谷友之跟随巡警来福离开不久，南海珠朝那间老书房的门口凝望一会儿，忽然举起右手，对着自己的脸狠狠地抽了两巴掌。

"大哥——"南明珠被南海珠的举止吓住了。她先是愣在那里，直到回过神来，才慌慌地跑上去，一把抱住了南海珠的胳膊。

"这是我替伍春水一家，和刚死的那两个剃头匠子，在打咱们南家！人变不成鱼，也没有鱼能变成一个人。"

南海珠在地上顿两下脚，低垂下了脑袋。更大的灾难已经来了，他相信。他像在每个清晨嗅见黄河水的味道那样，嗅到了它的气息。那是一种腥甜的气味。在城里刚宣布取消独立那两天，他就在城里一户人家的大门口，在敞开的院门内躺着的三个大人和两个小孩子身上，闻到了它的味道。而在妹妹珍珠带着两个年幼的侄子，从城里回到南家花园后，那种腥甜的味道，便让他再也无法在夜里入眠。"当年，他怎么就没被那个变戏法的人带走呢。"有两次，他甚至幻想着，他失踪的这位兄弟，在他少年时失踪那次，就再也没有回到南家花园。"那会是一种终生难忘的美好怀念。"因为这个恶毒的念头，他曾狠狠地责骂过自己几次。但在伍三羊死后，在他亲自到来家祥的铺子里，为那个孩子挑选棺木时，他紧紧绷着的那根神经，还是在他手指触摸到棺木盖子上那些细密木纹的瞬间，绷断了：那还是个孩子，只比他的头生儿子大两岁的孩子。一副棺木，就算是用黄金白银打造成，再镶满珠宝玉石玛瑙翡翠，也配不上那个孩子咧嘴一笑。而现在，仅仅过去两天，居然又有两个剃头匠子，因为这个孩子的死，无辜地搭上了性命。他低垂着脑袋。从心底涌起来的恐惧浓雾般包裹过来，让他的两只手都哆嗦起来。"珍珠带着那两个孩子，实在是走对了。"他听见脑袋里有个声音在说，"还有那座醋园，交给戴维先生，也一点没有做错。"

"大哥，您就没觉得，一个早晨，您都在说鬼皮吗？"南明珠笑了笑。她想用自己的笑，让南海珠的情绪缓和下来。从巡警来福前来报告谷友之、伍金禄开枪打死了两个剃头匠子，她忽然就害怕起了"鬼皮"两个字。

"天地鬼神都知道，一个人穿上了鬼皮，才有本事去做那些没边没沿的事。"南海珠看着他的兄弟,"刚才那个巡警跑过来,说是街上谣言四起,到处都在疯传着,泺口要宣布独立。这么说,城里败了,你们是要跑到泺口来,成立什么中华民国泺口军政府了?"

"您都说了,那是个谣言。"南明珠眼睛瞟着南怀珠,希望他能表示点什么,让他们的大哥平静下来。"眼下最要紧的是那个孩子,他还在那里躺着呢。"她说。

"最好是谣言。不然的话,也许明天,也许今日黑夜里,南家花园的血就会随着那些骡马的蹄子,淌到黄河里去了。"

一切都需要重新开始。就算天地鬼神,也只能垂手站立在路的两边。南怀珠望向窗外的树木。一多半的树木都已凋光叶子。真正的冬天就要来了。他想告诉他的大哥,南家花园赶上了这个在他眼里烂透的年月,它的生死存亡,就跟黄河里一滴水的存亡,不会有丝毫区别。不过,在瞥见南明珠怀有身孕的腹部后,他又把窜进喉咙里的这些话吞了回去。桌子中央是谷友之扔在那里的一盒"密西西比河"香烟。南怀珠把它拿到手里,抽出一根放在鼻子下闻了闻,又将它塞了回去。那支烟里挥发出来的某种香味,让他想起了咸金枝柔软的床上,那些香水的气息。他抽动两下鼻子。在他身上某处,或许是他的头发丝里,也或许是指甲缝或是衣服的布纹内,他似乎又捕捉到了它残留在那儿的一缕淡淡香气。那是他在南明珠和洋女人马利亚身上,从没有闻到过的一种香味。他看眼他的妹妹。尽管非常淡,淡到一个粗心的男人几乎闻不到那些香甜,但他知道,南明珠身上细心地喷洒了香水。"有人说过,这是种让男人们想死在里面的香气。"那个"缠人的小婊子"俯在他耳朵上说。他当然明白,她说的那个人是谁。他已经完全抛弃了她,那个老东西,老杂种。她一点都不知道,他在准备逃往南方时,实际上已经把她送给了他。而她对他说话那会儿,谁也说不上,他是不是正在某个南方女人的被窝里,对着那个女人,在重复着他对她说过的那些话。

南怀珠的手指弹着那盒"密西西比河",继续回想着最后在城里度过的那个夜晚。如果可以,他想,他倒是非常愿意,将那张床上令人在恐惧中销魂的香味,命名为"真正的杂种和婊子"。"我向您保证,先生,在您回来前,我会日夜守在德国人的领事馆里。哪怕一根眼睫毛落下来那么大点动静,我也会通过那根细铁丝,将它们传递到泺口,传递到您这只耳朵里。"回泺口前,在伍三羊还未被送到他手里那段时间,咸金枝在她那张睡着"真正的杂种和婊子"的床上,浑身汗津津地搂抱着他,不停地用舌尖舔着他右耳的耳垂。"吃人的小婊子!"他捏住她的鼻子尖轻柔地晃两下,对她说,等到城里重新宣布独立那日,他要一刻不停地睡她三天三夜,直睡到她的身子跟蛇一样蜕掉几层皮,然后匍匐在他脚前,苦苦地向他求着饶。

他套好衣服,带着被窝里的热气离开她时,她翘着脑袋看了看他,又把身体埋进了拥挤着"真正的杂种和婊子"的被窝里。那会儿,德国领事馆里派人前去送伍三羊的马车,恰好在那扇大门外,摇响了手铃。

"当初,衙门和你们谘议局的人,都说你们在代表民意。可独立来独立去,你们谁也没能代表谁。兴,百姓苦;亡,百姓苦。听我一言，回来安稳地过日子吧。三羊还是个不足二十岁的孩子，就躺在那里了。一个人无病无灾地活着，至多能活上百年，别说跟一块石头攀比，就是河滩里一粒沙子，也比几辈子人活得长久。"那种美国烟草的香甜味道，南海珠非常不喜欢，甚至有些厌恶。事情怎么会是这个样子？从城里开始闹独立，宣布独立，再到取消独立，短短几十个昼夜之间，天河边那把看不见的勺子把，也许还没移动上半寸，这座宅子里便什么都不一样了。他看着阻隔在他们兄弟俩之间的烟雾，放缓了声调。"咱们得知道，这个世上，差不多什么都比人活得长远。人生一世，草木一秋。咱们经历这些日月，不过就是场长一点的春秋大梦。人在梦里瞧见的这个世间，对咱们谁来说，都没有过开头，也不会是结尾。梦里的世界，不管它发生什么天翻地覆的事情，都等同于没有发生。"

"老爷。老爷——"热乎在外面叫了两声南海珠。然后，这个男孩子非常小心地走进屋子，报告他的主人，"戴维先生家的车夫刚送来信，说戴维先生和马利亚夫人，早饭后就会到南家花园里来拜访。"

谢天谢地。他们终于可以休战了。南明珠停止了正在默念的主祷文。她立起身子，暗暗地舒口气。那位主显灵了。马利亚和她丈夫的到来，会像泼过来的一盆水，暂时浇灭在那两兄弟间蔓延的战火。她猜，马利亚一定是带来了，那三个孩子抵达上海后的最新消息。这是南海珠最关心的事情。

那对洋人夫妇带进南家花园的电报，让南海珠觉得那个上午的时间，比前几日里稍微变短了一小节。五天后，那三个孩子，就能够乘上一艘开往伦敦的邮轮。再过上几十天，他们就会和他的两个儿子，在异国他乡团聚在一起！喜悦和忧伤交替着在他心里蔓延开，它们一会儿像早晨逐渐升高的日头，一点点缩短了地上树木的影子；一会儿又像临近傍晚那颗落日，把那些树木的影子拉得细长，细长得犹如一条没有尽头的绳子。

"独立！独立！"南海珠手里攥着那份马利亚父亲从上海拍来的电报，看着两位客人和南明珠朝客厅的方向走去，"都是城里那个短命的独立，"他低声对自己咕哝着，"让这座宅子里的天和地，都失了原来的颜色。"

"老爷！"热乎远远地站着，告诉主人马车已经备好了。

"我让你备车了？"

南海珠又把眼睛落在了那份电报上。谢天谢地，他们终于平安了！那个独立的胳膊再长，枪杆子再长，枪口也够不到那几个孩子的后背了。

"您说吃过早饭，要到三羊家里去。"

"客人来了，先等一等吧。"

南海珠朝前走几步，又回过头，把他的仆人叫到了跟前。他想起来，伍三羊的死，似乎让这个孩子突然安静了许多。他带着他出门，他差不多一句多余的话也没有了。这几天，他一直没有顾上这个孩子。现在，手里这份电报带来的平安信息，终于使他放松下来。

"老爷。"热乎站到了距离主人两步远的地方。

"我是想问你，不管人还是牲口，是不是要不紧不慢地走，才能走远路？"

"是，老爷。"热乎疑惑地望着他的主人。他显然没弄明白他的意思。

451

第三十七章　长夜

那天，夜幕降临前，来福从大坝门走到来家祥的杂货铺子门口，把缉捕伍金禄的最后一张告示，贴到了杂货铺子门前的榆树上。

"还有没有茶水？"他把浆糊罐子扔到木质人行道下面，吆喝着铺子里一个伙计，让他赶紧倒碗茶水出来。"都是伍金禄这个狗杂种，让老子的腿都跑细了！"他两只胳膊支在身后，仰着身子，对着谷友之常常过来拴马那棵榆树，喷出一口痰去。

"依我看，你最好是滚回巡警局里，对着你们局长老爷骂去。要是害怕他，就到伍金禄家里，堵在他家门口骂。"

来家祥手里盘着两只拇指大的葫芦，从铺子里踱了出来。街上的天色正在变得更暗。他铺子里头，如同沤了盆烟火，一众货物都在薄烟里藏起了本来面目，像一个人残缺不全的梦境。通往黄河的大坝门那里，水汽已经离开大坝，跟着行人骡马的腿脚，游荡在了青石路面上。一个人若是想永远躲藏起来，或是预备在黑暗处捣弄点下三滥的勾当，那个让他心花怒放的好时机，正一点点地从远处向他走来。

那位手里时刻拎着块破毯子的成先生，正在经过他的棺材铺子，往大坝门的方向走去。来家祥对着手里的葫芦哈出两口气，琢磨着这位成先生跟那位老苏利士，恐怕已经没有多少浈口人记得，他们是从什么时候来到浈口的了。从城里闹独立开始，他对那个独眼老人的预言越来越深信不疑，深信那些洋人和他们带到浈口来的那位上帝，和他们谈论的什么魔鬼，不过是一回事。要不然，那座铁路大桥还没建成，它就让"独立"的大火头从城里蔓延到了浈口？"这都是浈口的劫数。"他朝手里的葫芦吐口唾沫。

"依您老人家看？若是依我看，您最好是赶紧关了铺子，回家烧香拜关公老爷去。"

"他倒是该去问问那只王八，伍金禄跑走一天，逃到什么鬼地方去了。而不是指派着你们白费力气，满大街上张贴这些狗屁告示。"

来家祥又嘿嘿着笑两声，想着他在铺子前张挂庆贺城里"独立"的布条时，那位巡警局长扔给他的半包"密西西比河"。他以为，口袋里的烟盒上印着美国一条河的名字，手里就能攥死了流油流蜜的好日子？你得相信，那条河就算跟天上的银河一样宽广，它也还是外国人的一条河。他在心里对那位巡警局长说。

来福在踢着那只盛浆糊的罐子。他出来贴告示前，谷友之已经派出人去，把伍金禄的爹娘和老婆孩子，全都拘押进了巡警局的牢房里。他一直没弄明白，他们那位局长大人为什么要拘押伍金禄的家人。"您最好别操心那只会说话的甲鱼了。"来福继续踢着那只罐子。

"十把菜刀。十五把剪刀。三把砍骨刀。七把斧头，五把剔骨刀。三把杀猪刀。十二把镰刀。"今天的数量和昨日里一模一样，也和前日里一模一样，因为他们已经两天没卖出去一件铁器了。他替那个小伙计数算着那些刀具的件数。尽管每个买刀具的人和卖刀具的商家，买卖之前，双方

452

都要到巡警局里登记备案,但按着那位巡警局长的要求,每日里日落后,铁匠铺子和售卖刀具的杂货铺子,皆要将铺子里一日售出刀具之数量,誊写在簿子上,上报到巡警局里去。

在平常,从普安门走到南家花园,路上须经过三条大街,二十条胡同,几十家店铺。但这天清晨,热乎站在普安门一侧的黑影里,朝通往城里的路上眺望着,等着他们记者老爷从城里回来时,有件怪异的事情发生了。天才拂晓,夜里那颗透明的圆月亮还在天上悬着。可他看见,从普安门到南家花园要经过的那些大街,胡同,排列在胡同里的一间间房屋,连同房顶上枯竭的狗尾巴草,院墙上碧青的油罐子,全都消失不见了。他不知道它们是去了天上,还是钻进了河滩上的沙漩里。再或者,是像有人在河滩上玩耍那样,漫不经心着,用手掌抹平一排矮小的沙丘般,抹平了它们。

热乎揉着眼睛,伸长脖子,想让眼睛看得更清楚一些。他得相信,他的眼睛比任何时候都要明亮。但千真万确,那些大街、胡同和房屋,全部消失了。在那块空出来的地块的对角上,他看见几个官兵簇拥在一起,正从南家花园的大门里走出来。开始,他以为是那位巡警老爷,和他手下的巡警们。因为搜寻杀了两个剃头匠子的伍金禄,这两日,那位巡警老爷带着他的手下,一直在挨门挨户地搜查,叮叮当当地检查着那些被铁链子锁了几十天的刀具。为此,泺口有五个刚生下孩子的女人,和六个小孩子,被那些叮当响的刀具吓得身体起了高热。其中一对孪生兄妹,由于高热,日夜都在不停地翻白眼和吐奶。那户人家请了神婆子有莲花,到家里跳了一夜大神,天亮时,那个男孩子安静下来,不再吐奶了,但那个女孩子却没有止住。她已经两天没再吃下去一口母乳,却源源不断地有奶从她的嘴角溢出来。更令人不可思议的是,她两个花生粒大小的乳头里,也在不断地往外淌奶。而在同时,她母亲的乳房正在日渐萎缩,奶水也在一点点地消退。仅仅过去三天,那位母亲干瘪的乳头里,便再也挤不出一滴奶水。那家人没了主意,只能用小女孩乳房里流出的奶水,来喂养她的兄弟。一家人怎么也没弄明白,那些奶水,是怎么从他们母亲身上,跑到小女孩乳房里去的。并且,这个女孩的奶水再也没有停止,直到她长到了十三岁,初次来了经血,她乳房里的奶水才像突然流出来那样,忽然间消失了,犹如在流淌的河水间,拦上了一道高耸入云的水坝。

现在,那条路变得越来越宽,也越来越短。热乎慢慢看清了,走出南家花园的那群官兵,不是巡警局里的巡警。他们是巡防营里的一队新军。记者老爷走在几个官兵中间,脖子上套着绳索,头上戴顶怪异的帽子。那顶帽子看上去是拿柳树条子编的,帽子周围,还羽毛样颤动着许多细长的叶子。他远远盯着那些叶子的形状,就知道它们属于柳树。让他好奇的是,那几个人每朝前迈出一步,记者老爷头上那顶怪异的帽子,就在他们的上空划出一圈水波纹。这样,那些细长的树叶子,又仿佛是一条条鱼,在水里自由自在地游动着,随意地甩着尾巴。不断扩散的水波纹,弹跳着,荡漾到普安门时,热乎又发现,那些肆意摇摆的鱼尾巴,原来是在不断地甩出一滴滴的鲜血。正是那些飘落的血滴,让天空像水面一样,在荡着一圈圈的涟漪。

"二老爷!"

热乎惊叫一声,猛地站了起来,身上带起的沙子在黑暗里簌簌响着。四周一片黑暗。除了周约瑟,他在身边什么也没看到。

"听到二老爷的脚步声了?"

"是看见我自己骑在一条大狗背上,在黄河上面飞。"

从河面上吹来的冷风,让这个男孩子的身体抖起来,但也让他一下子清醒过来。这是他前一天夜里做过的梦。在那个梦里,他和伍三羊骑在一条黄狗背上,在黄河上空飞着,伍三羊手里还举着老宣教士送给他的一只望远镜。从那只望远镜里,他们看见了从来没有看见过的大海。现在,他想都没有去想,这句话就从他的牙齿间跑了出来。

热乎靠着墙壁,蜷缩起了身子。千真万确,他想,千真万确,现在,四周一片黑暗,他跟前既没有那位记者老爷,更没有滴着鲜血的细长柳叶子,在那位老爷头上颤动。

"是不是赶上神集了?"

热乎怦怦地心跳着,在黑暗里注视着周约瑟,猜测那一定是自己因为害怕,想用"神集"来说服自己:他刚才看见的情形,不过是河神或是前来赶神集的哪个神仙,在集市上喝大了酒,把别处一些街道搬到浂口来了。还有他们记者老爷和押解他的官兵,全是那位喝醉酒的神仙,像水鬼用鱼变人那样变出了他们,来吓唬他。如果真是这样,在那一会儿,普安门里边那些街巷跟房屋,又被那个神仙弄到哪里去了? 他问自己。

第三十八章 阴阳

河面上卷来的风中,夹带了一团团河水的冷硬和千里流淌后积淀的泥腥。南怀珠抓起把沙子,朝河水的方向投去。水面上黑漆一片。更远处那座铁路大桥,即便这会儿有弯月亮贴在天上,它的光泽也不足以照亮那团墨黑,让它与黑夜完全分离开。在河流上空,星星们犹如被牧放的羊群,散落在一轴天幕上。此刻,他们和它们,世间万物,都被黑夜包在一块包袱里,抱在了它怀内。这让南怀珠想到了西方人的圣诞节里,那个挨门挨户给小孩子送礼物的"老货郎"。他的两个儿子,尤其是那个大儿子,听珍珠姑姑讲过一次圣诞故事后,他整日里都在盼望着,那个口袋里什么都有的"老货郎",能在平安夜里,赶着梅花鹿拉的马车来到他们家,从布袋里掏出个魔法盒子送给他。那样,在他什么时候想让天上有彩虹时,打开那个盒子,一道彩虹就会挂在天上。他喜欢彩虹,是因为他们邻居家的小女孩喜欢。现在,那个渴望拥有一只魔法盒子的孩子,正和喜欢给他们讲故事的小姑姑一起,乘着一艘驶往英国的轮船,在大海里航行着。即使没有任何意外,他想,在那艘邮轮将他们安全地带上英国的陆地时,那个"老货郎"口袋里的东西,大概也分光了。他突然想让自己闭上眼睛,为他盼望得到魔法盒子的儿子,向那位外国上帝求告一次,尽管这有悖于他一贯的思想。不过,无论如何,

454

他还是希望他的儿子，在抵达那块遥远陌生的土地后，能得到一个里面装有彩虹的魔法盒子，就如他当年在那个男人手上看见的，那根闪闪发光的手指。

城里宣布取消独立时，他自己都没能计算出来，他已经多少天没回家了。好像从城里宣布独立那天开始，他就没在家中待过完整的一天。直到回到溇口，看见两个儿子，他才想到了他的老婆，那位"表小姐"。他的哥哥告诉他，他曾两次打发周约瑟到城里去，"想把她接回溇口"。但是，周约瑟问遍了他们的左邻右舍，也没有探听到她的下落。"她的身子差不多有七个月了。"那天，他突然想到了她腹中的孩子，并为此惊诧着，在这段如此漫长的时间里，他竟一直忽略了她的身孕。

水面上没有一点光亮。横跨在河水上空那座黑黝黝的铁桥上，最后一簇炫目的火焰——那些由红色，黄色，蓝色，紫色，白色，黑色等众多颜色组成的，闪电般明灭着的烟火——在差不多两个时辰前，就钻进黑夜的被子里做梦去了。而在整个白日，那些光芒，即便是在几里地之外，它们也能照耀得万物睁不开眼睛。"那是氧气和氮气，在大气中发生的化学反应。当然，你们也完全可以把它想象成，是上帝恩赐给人类的某种焰火。说不上，那也正是上帝自己喜欢玩的一种游戏。"称呼自己人类学家的那位美国人，戴维先生，差不多在他每次到南家花园里做客时，都会给园子里的主人或是某个仆人，这样描述上一遍，那座铁路大桥上，"那些在钢铁上燃烧着的奇异烟花"。

开始想孩子和妻子前，大半个夜晚里，他都在强迫着自己，一遍遍地去回想"玫瑰"的气味，回想那个"缠人的小婊子"撒在床上的"玫瑰花瓣"，幻想着用它们打发掉那些模糊成一团的时间。在商埠里短短的几天时间，他给这位主笔小姐标了好几个名称："小婊子。""缠死人的小婊子。""玫瑰小姐。"另外还有"小肉包子"和"小鲤鱼"。她喜欢他叫她"小鲤鱼"，他却最喜欢叫她"小婊子"。

水面上吹来的细风，虽然不是一种刺骨的冷，但整个世界还是冻进了一坨冰块里。他想完一遍玫瑰，从口袋里摸出那张纸条，用力地握在手里，想象手指是在捏着那个"玫瑰小姐"一只结实的乳房。"玫瑰！一定还会盛开的玫瑰！"他对自己说着，闭上了眼睛。在闭上眼睛的一刹那，他看见了天上那位织女。织女手里正在忙着结一张网。转眼间，那张网就结成了，并从天上撒落下来，天下万物，都被悉数收在了那张网里。他直了下身子。面前的黑夜并没有告诉他，他刚才"看见"的一切，还将是他在这天夜里，在他人生里最后那次闭上眼睛时，看见的情景。

有一会儿，他听见那张被他攥疼的纸条，急剧地喘息起来，就像那条突然令他着迷的"小鲤鱼"，在他身体下面夸张地扭动身子，夸张地喘息着甩掉鱼鳞的声音。有好几次，他都对她充满了感激，尽管他心里仍在叫着她"小婊子"。他想着在城里宣布取消独立那个昼夜里，她肉鼓鼓的身体给他提供的，一个突然失败后的男人在那种被虚无、恐惧、死亡、愤怒折磨的痛苦里，所需要的全部尊严和抚慰，以及输送给他的重新开始的所有勇气。"如果现在一定要选择死，那就死在这个小婊子身上吧。"有两次，他俯在她身上，在地动山摇间，这个念头差不多是一下子就跳出来，攥住了他，并且带着那种几乎令他窒息的力量。后面那次,他两手死死地抱着她,竟在陡然间毫无羞耻地哭了起来。

周约瑟又扯开了烟荷包上的绦络,放在了鼻子下面。从南怀珠带着伍三羊回到涑口,他就在涑口闻到了弥漫在城里的那种血腥味。伍三羊死后,谣言跟蝗虫似的,飞满了涑口的大街小巷,连骡马的蹄印子里,都是谣言的碎末子。"涑口要独立了?"那两天,走在街上的人,几乎每个人嘴里和耳朵里,都说过和听见过类似这句话。接下去,便是"南家那位在城里做记者的老爷,已经把老婆卖进了窑子"。尽管没一个人说得出来,他为什么卖老婆,但又好像人人都亲自瞅见了,他拿着卖老婆的银钱回到涑口,连夜进了水鬼家,央求着水鬼去黄河里弄鱼人,帮着他占领涑口,效仿着城里,宣布涑口独立。谣言一起来,剃头匠子街上就出了凶案,两个剃头匠子死在了巡警伍金禄的枪口上。同样是在那一天里,神婆子有莲花的闺女,那个被她养莲花般常年养在缸里,从没人见过,但又一直被人疑为"阴阳鬼"的小姑娘,天黑前死在了她那间"缸屋里"。尽管没人见过这个小"阴阳鬼",但她舅舅,那个同样是二尾子的独眼鬼有官运,在她出生那天就给人说过,他妹妹怀胎十三个月,产下的竟是老鼠那么大一个"小二尾子"。

与两个剃头匠子实实在在的死不同,那个小"阴阳鬼"二尾子并不是真死。有莲花走进她邻居家里,告诉他们,她女儿先是化作一缸清水,到了夜间,那缸清水里又生出一株莲花。天亮前,那朵纯白的莲花,就开得跟缸口差不多大了。"佛观一钵水,八万四千虫。"邻居们犹疑闪烁的眼神,让有莲花第一次主动打开家门,邀请那些邻居走进自己家的屋子。她男人十几年前在河滩上行走时,一步走进鱼眼漩涡里,沉进了河底。从那以后,她家里就只剩下了她和那个声音尖细古怪,日夜拖着长腔长调喊叫的"阴阳鬼"。邻居们前去看过她"变成莲花"的女儿后,有莲花又站到了十字街口上,请求所有从此经过的行人,到她家里去观看她的"莲花女儿"。"阿弥陀佛!我闺女变成朵莲花,她已经功德圆满,升进佛界啦!"她说着,并从每个围着那朵莲花观看的人手里,收取一样他们随身携带的东西——半节小木棍,一片树叶子,鞋子里的一颗沙粒,或是发髻、衣襟上别的一根针之类的玩意。手上什么东西也没有的人,她就提醒着他们,从衣角上揪下个线疙瘩,或是咬下一牙手指甲,作为他们看到过那朵神秘莲花的见证物。然后,她就拿着他们交到她手上的那些物件,三言两语地,挨个给他们算上一次命。"算一下吧,过上一天,也说不上是过上半夜,那个命就不在咱们哪个人身上了。"那个神婆子一边给人算命,一边不停地嘟哝着。"别说咱们这凡体肉胎,就是涑口跟那条大河,也会说没就没了。"

两个剃头匠子和"阴阳鬼"姑娘死去的第五天夜里,巡防营里一队官兵跑了出来。他们先是抢劫了沿街几十家店铺,末了又点上一把火,将所有那些被抢的铺子烧个精光。被他们一起烧掉的,还有那些铺子门前的木质人行道。杂货铺子的主人来家祥跑到他的店铺前时,他的两间铺子——杂货铺子和棺材铺子——都只剩下了几面烧黑的墙壁,矗在街边上。他在那里坐到日头升起来,钻进杂货铺子的废墟里,找出把残存的砍骨刀,转身跑去了巡警局。他从东到西,一路叫骂着,纠集起另外那些店铺被烧光的人，要求巡警局长立马派人去搜捕捉拿罪犯。因为没找到局长谷友之，他挥舞着砍刀，先后砍倒两个驱赶他的巡警。被他砍倒的第一个人，是他哥哥的儿子，巡警来福。他一刀砍开了来福的小半个脑袋。而三天前，来福刚刚相看过，行头家那个比她姐姐还要好看三条街的小姨子。由于一再地回想着那个姑娘的美貌，他兴奋得两个夜晚都没有睡着觉。

有关织女的传说之三
《续齐谐记》：桂阳成武丁，有仙道，常在人间。忽谓其弟曰："七月七日，织女当渡河，诸仙悉还宫，吾向已被召，不得停，与尔别矣。"弟问曰："织女何事渡河？去当何还？"答曰："织女暂诣牵牛，吾复三年当还。"明日失武丁。至今云织女嫁牵牛。

第三十九章　　玫瑰

穿过运署街上的十字路口时，谷友之拽下马缰，让马蹄子迈得稍微慢了一点。城里宣布独立前，他想，他半夜里从南家花园出来，准备回巡警局里审讯那两个持枪的家伙时，就算有个神仙让他从天庭门前想到地狱门口，他也不会料想到，已经消失二十年的冯一德，会重新出现在浉口，重新和他面对面地说话。而在那个晚上，他让马蹄子在铺满月光的路口停下来，他坐在马背上，朝四周张望着，打量着运署街中间两家客栈和奎文街角"百乐坊"门外亮着的红灯笼，他同样没有想到，一个人的内心也好，整个狗娘养的世界也好，仅仅经过那么二十个三十个四十个白日黑夜，就会完全变了模样。不过，话说回来，在这个狗屁人世间，日子一直就是这么轮番变化的。几十天，一个季节就会完全被另外一个季节所取代。而在这个季节到来时，前面那个季节无论如何都要消失得干干净净。如同树叶子落下的时候，新芽早已开始了生长，那个不算远的春天，就已经跟在隆冬的后面了。

走到来家祥被烧塌的杂货铺子前，谷友之对着那片藏在黑夜里的废墟笑了笑。那天夜里，它面前那棵榆树也被烧焦了。一年里，他不记得会有多少回，他胯下这匹白马要被拴在它的树干上。明年春天，但愿它还能活回来，发芽抽枝，结出一串一串碧绿的榆钱，让他继续把这匹马拴在那里。不过，他现在还不能知道，那个亲手砍死自己侄子的杂货铺子掌柜，一个爱裹乱的老杂种，还有没有这棵树的好运气了。当然，如果他仅仅是带着那帮没脑子的家伙，跑到巡警局里去滋点事，他倒觉得，自己或许还会因为他那两间被烧塌的铺子，表示上一点同情。现在好了，他不仅亲手砍死自己的侄子，他的一个老婆在去给这个侄子守灵，半夜里回家时，又被家中的骡子踢进天井一角的浑水坑里，淹死了。

"我说，这一路上都是焦糊味，好像整条街都过火了？"

"要是有油，整条黄河也能烧起来。"谷友之说，"就是这么回事。"

这种和煦的夜风，是他太太南明珠需要的，也是他们的孩子需要的。谷友之想象着，这会儿，南明珠一定还在南家花园的某处地方走动着，正在前往或是刚刚看过最后一个，她认为睡前要去探望的人。那座宅子里有一大家子人呢。街上店铺被巡防营的杂种们抢劫焚烧前，她让他给那座大宅子里弄去了三杆枪。不过，那恰好也是他正准备去做的。尽管他早已经安排了人，每天夜里都去那座宅子外面守着。"什么事情都没有万无一失啊。"那天夜里，他躺在南明珠身边，抚摸着她的腹部，心里不停地在对自己和他们的孩子说着这句话。

大雪才过去了一周。谷友之叉开手指，摸了摸风。到了冬至，进入数九寒天，风里自然就会长出牙齿，骨头，或是刀刃。河水也是。但是，老天的事谁能做主呢？也说不上，不用过上一天，仅仅到天亮前，那些牙齿骨头和刀刃，就在这些暖洋洋的风里长出来了。对洓口来说，黄河严严实实地封河和开河淌凌的日子，可是洓口人最重要的两个大日子。

"我还是想弄清楚，我们这是往哪里去？"冯一德说，"你知道，一个船员在上船前，他得先知道，那艘船最终航行到哪里，是去人人都向往的威尼斯，还是一块从来没人探索过的魔鬼新大陆。"

"你只要弄清楚，咱们现在是在洓口就行啦！"

谷友之想以此提醒冯一德，他现在不是在狗日的什么美国，也不是在一艘什么乱七八糟由魔鬼掌舵的轮船上。没错，他们现在就是在洓口，是在他的地盘上，尽管他们正在走的这条大街，被冯一德在他新绘的那张洓口地图上，用"格拉斯哥"这个鬼名字重新命名了它。可笑的是，冯一德为它取这个名字，竟然是因为他在马萨诸塞州爱上的一个妓女，来自那个鬼地方。"她先是跟一个爱丁堡男人跑到了罗马，后来又从那里到了西班牙的地上天堂——马拉加。他们到那里去，完全是因为她好奇罗马人建造的那座半圆形露天剧场。一年后，那个男人因思念家乡，抛下她，独自回了爱丁堡。她则跟着另外一个男人，西班牙一名马戏团驯兽师，到了纽约。"谷友之让自己拿出足够的耐心，听冯一德说这些屁话，是在他把他弄进地牢的第七天夜里，冯一德刚绘制完那张地图的草图，并在上面标下了第一条街的名字。冯一德说他在缅因湾的塞勒姆镇遇到那个妓女时，她已经二十七岁了，"正是熟得最饱满的时候"。而她离开格拉斯哥时，才十九岁，在港口一家小酒馆里做了半年女招待。

昨天黄昏，夜幕拉开前，那位主笔小姐通过巡警局的电话，给南怀珠传来了城内的消息："南先生要的玫瑰，城里面已经卖光了。"

谷友之将电话筒里那个女人的话，一字不落地抄写在了纸上。然后，他骑着那匹白马，从巡警局一路奔到了南家花园，满脸疑惑着，把它递到了南怀珠手里。

南怀珠盯住上面的字看一会儿，就将那张纸攥成一团，扔到了地上。他脸上没流露出任何表情，只是在心里想着城里"宣布独立"那天夜里，他回到南家花园，摆宴庆贺他们的胜利时，那位自称人类学家的美国人戴维先生的太太马利亚，在这间客厅里，讲述的什么摩西的故事。序幕。她说那位摩西带领以色列人逃出埃及地时，仅仅是一个序幕。她的预言应验了。而在那时候，他想，是不是所有的洋人，包括

458

德国领事馆里那帮操蛋的家伙，他们都已经在暗地里，将他们这些谋求独立的革命党，之前其他政治势力，可笑地放在了一个筐子里。

起初，谷友之完全没有弄明白，他抄写下那几个字的真正意义。他并没有把它们跟南怀珠刚回到浉口时说过的，什么德国舰船联系起来。仅凭着这位记者先生的力量，他在浉口起不了任何事。他没有请来帮手的银子和任何本钱。当然，他也控制不了黄河这条水上隘口。

"玫瑰！玫瑰！"在客厅里只剩下他们两个人时，谷友之重复着"玫瑰"两个字，问南怀珠，电话里那个女人传来的"玫瑰"，到底是个什么狗屁玩意。"我可知道，现在已经不是酿玫瑰花醋的最好季节啦。"他说。

南怀珠一直在盯着地上那张纸。城里宣布独立那个下晚，尽管谷友之没有亲眼看到，那位玫瑰小姐是怎么把一朵"玫瑰"插到他口袋里的，但他相信，这位巡警局长一定不会忘记，他骑着马从浉口飞奔到城里后，在谘议局门前的大街上，他的眼睛首先是望见了那朵"玫瑰"，之后才看到了他。"怎么还弄朵月季花，什么意思？"谷友之瞅着那朵花，抬起手臂擦着额头上的汗水。他们面前是潮水般躁动喧哗的人群，沿街道向前席卷着，扬起的灰尘不断落在他们的头上和身上。"这不是月季花，是玫瑰！"他微笑着，纠正着谷友之，并扭过头去，瞟了眼距离他们几步远的主笔小姐。那会儿，除了她的手，他还没有触摸过她身体的任何部位。主笔小姐穿着件长到脚踝的黑呢子大衣，头上戴顶跟那件大衣同样颜色与品质的宽边帽，站在商会那位石会长身旁，手里来回摇动着一块白色手帕，试图用它驱赶扑到她面前的灰尘。她那顶帽子上的缎带，从左侧系出一只在他看来并不算漂亮的蝴蝶结。蝴蝶结上，也插了朵半开的"玫瑰"。随着手绢扇动起来的微风，其中一条缎带浅浅地飞舞着，像是那只蝴蝶的翅膀，袭着花香，不停地在那朵"玫瑰"的花瓣上起落。他的鼻子嗅到了一缕从来没有闻到过的香气。后来，一直到那天半夜，从城里回到南家花园，他上衣的口袋里，一路都插着那朵假冒的"玫瑰"。在家门口，甚至连站在门外等候着给他牵马的老车夫周约瑟，眼珠子都在它上面滑了两脚。而且，他的妹妹，南明珠，还在第二天早晨告诉他，那一夜里，他来回重复着"玫瑰，玫瑰"，叫着它千奇百怪的名字，曾让她一度怀疑，他会不会因为城里的独立突然疯癫了。

在屋子两端踱完步子，走回谷友之跟前时，南怀珠又把扔在地上的那张纸捡起来，折叠两下，装进了之前插过"玫瑰"的那只衣袋里。他本来准备对着谷友之笑一下，什么也不去回答他。但是，到最后，他对着这位巡警局长说出的话却是："你应该明白那是什么意思。"

"不是什么石头都能拿来铺路啊。"谷友之笑着回答。停了一会儿，他又告诉南怀珠，他可以带个人来见他。"那也许是你，或者说我们，眼下正需要的一个人。"那个按着契约生活在地下的杂种，他想，现在或许是时候让他到地面上来，呼吸一口混合着霜雪跟黄河水味道的凛冽空气了。一点不错，是黄河，不是他妈的什么Mississippi River。那会是他喜欢的东西，他又想。他注视着那双还在母腹里的眼睛，那双眼睛也在注视着他。"他需要的不是一个圣人，也不是一个为了什么狗屁独立被

459

砍掉脑袋的英雄。他需要的是一个活着、能够牵着他的手，随时看着他笑的父亲。"

"是的，爹。"那个还在母腹里的孩子回答着他，并且对他眨眨右边那只眼睛，笑了笑。

"什么人？"

"一个从美国来的人。先是到了南方，又到了这里。"

离开涑口回美国时，莎士比亚夫人将两件家具——谷兰德先生在大门外摆放《圣经》的那张桌子和属于他的那把椅子——"还有一个无法带走的孩子"，送给了城里一位叫苏利士的神甫。"请您在我离开这里的早晨，来带走他吧。"莎士比亚夫人抚摸着他的头顶，对那位神甫说。但她离开那天早晨，他坐在那位苏利士雇来的马车上，仅仅走过两个街口，他就逃走了。他先是躲进了谷兰德先生废弃在后院的一个地窖子，在里面藏了两天。当然，也可能是五天或是更多日子，因为惊慌与恐惧，他已经忘记了计算白天和黑夜。后来，他寻到了谷兰德先生的朋友，一位敲渔鼓的独身老瞎子。"跟着我学渔鼓吧。"老瞎子沉默一阵后，对他说。"那位天神没饿着你的肚皮，我也不会让它空着。"谷兰德先生每次带他去给老瞎子送东西，食物或是另外的杂物，老瞎子都称呼谷兰德先生"天神"。半个月后，老瞎子带着他，从下关渡口过了黄河。"白日里，我牵着他的竹竿云游四方，夜里就跟着他学敲渔鼓。"他一直告诉他的太太南明珠，他的父亲是个瞎子。"我母亲也是个瞎子，在我出生三天后，她就死了。"如果不是在新军第五镇的营房里遇到南明珠，他愿意一辈子都忘掉涑口，把它埋进黄河最深的那层泥沙里。

老瞎子死的时候，他差不多是十五岁，也许是十四岁，因为他从来不知道自己具体是几岁。老瞎子是在睡梦里死去的。那是个冬日的早晨。他跪在老瞎子身边，宁愿相信是那位上帝派谷兰德先生接走了他，并带他看尽了天国里最好看的地方。"一个好人，上帝肯定会让他在走进天堂大门前，睁开眼睛。而且比我们的眼睛还要明亮。"每回，在他们离开老瞎子后，谷兰德先生都会这样对他说一遍。

"又是一个洋人。要是从戴维先生那里认识的，可不怎么可靠。"南怀珠看着谷友之，想得到这种确认。那位戴维先生在修桥之余，一直喜欢鼓吹自己是位人类学家。可他从来没有弄清楚，这位人类学家在涑口都研究出了什么。他和妹妹南明珠以及这位巡警局长不同，他跟洋人交往，仅仅是局限于一种礼节性的往来。他想着现在仍然下落不明，从始至终被家人们在背后称作"表小姐"的太太。他和她一样，从来就没真正喜欢过马利亚带进南家花园中的任何洋人玩意。不过，这位戴维先生送给他的一本 *Manifesto of the communist party*（《共产党宣言》）和另一本 *The civil war in france*（《法兰西内战》），倒是让他欣然接受了。正是因为那两本书，他才没有真正地讨厌这位美国人。

第四十章 寂静

天空中布满了群星。尽管天上那条银河已经不见了踪影，但从黄河里刮上来的风，却带着一层那条银河的波光和泥沙的甜味。浽口人普遍都在相信，他们身边这条黄河，是跟天上那条银河连在一起的。"黄河之水天上来，天上的水都在那条银河里。"谷友之又想起了太太南明珠腹中那个小孩子。如果需要，他可以带着那个小孩子，乘着水鬼捕鱼那条船，一直将船划到天上去，他想，只要那个小孩子需要他这么做。

"我明白浽口是你的地盘。这点我绝对能清楚。"冯一德说，"就像明白那位上帝，不管他是不是真的存在，在一些人那里，他永远都是上帝。"

万物都有定时。现在，这张鬼皮已经走在路上了。他对着自己那个还没出生的孩子笑了起来。有这张鬼皮，浽口就会风平浪静。他在想象中摸着那个小孩子柔软光滑的小屁股说。浽口风平浪静，南家花园就会风平浪静。所以，眼下没有什么比浽口风平浪静更重要的事了。好死不如赖活着。独立？没有了性命，自由和独立是个什么鬼东西！只要浽口能够风平浪静，那些刀具完全可以在铁链子上拴到烂成废铁那一日，巡警局的牢房里也可以天天被犯人们挤得密不透风。当然，被铁链子拴住的刀具，还有牢房里关押的那些造谣生事的杂种，喜欢偷偷告密的瞎包玩意，他们跟这张鬼皮比起来，这会儿完完全全不值得一提，比一根鸡毛还轻。

谷友之又仰头看看天空。

这次，他仍然没有在群星中间，找到那条耀眼的带状河流。现在是冬天了，他想，他完全可以这样理解天上那条消失的银河：天上的神仙们害怕冻住那些河水，担心它日后跟黄河那样凌汛决堤，于是，他们干脆就拿床无边无际的被子，把它严严实实地给盖起来啦。

"这里现在是被德国人占领着。说到死人，再给你讲个欧洲人的笑话。你猜那里的小偷夜里去偷东西，他们事先都会准备什么？"冯一德笑着停顿一下，接着说，"在斯拉沃尼亚，小偷会预备下一块死人骨头，扔到被偷人家的房顶上。而在塞尔维亚和保加利亚，小偷会把从坟地里带出来的泥土，撒在被偷那座房子的四周。他们都相信谷子地里有个什么谷神婆子，所以，他们也就愚蠢地相信，因为有了死人骨头和坟地里的泥土，那座被偷的房子就成了坟墓，里面的人会睡得跟死人一个样，再也听不到世界上任何风吹草动。就像死亡看见了死亡。"

"等一个人成了死人，他才会明白什么是死人，才知道他是不是真的什么都听不到。当然，也会有些人死了，仍然不知道他已经死了。"那个孩子能看懂星星时，他一定要在每个能看到那条天河的夜里，带着他去观看那条耀眼的"河流"。谷友之仍然在琢磨着天上那条银河。此刻，如果一个人骑着马行走在美国，行走在那里一条靠近河边的大街上，他对着天空仰起头时，会看到那条灼目的河流吗？他强迫着自己不去扭脸，不去看走在旁边的冯一德。这将是他最后一次头顶着满天繁星，最后一次走在这条空旷的街上了。"好好看看这条街吧。"他对冯一德说，"到了明天，咱们再看到的这条街，或许就不是今天黑夜里见到的这条街了。"

冯一德朝着夜空甩了两下鞭子。谷友之猜测着他是在想那个梦呢，还是又想起了什么塞勒姆那个死去的妓女。之后，一直到走出大坝门，走上河堤，冯一德都沉默着，没有再开口说话。这一点，正是谷友之最想要的。

关于那个莫卧儿王朝，冯一德在地牢里讲述的第三段故事：

"沙贾汗，这位'世界皇帝'，统治了莫卧儿王朝三十年之久。他统治的王朝，得算是所有莫卧儿皇帝中，最爱挥霍浪费的一个王朝了。他喜爱镶嵌着各种珍贵宝石的雄伟建筑，沿袭着他父亲那一套豪华奢侈的宫廷生活。仅仅是后妃，他的皇宫里就有五千个。五千个妃子啊，要是让她们排队站着，得站满好几条大街。当然，在这五千个妃子里，他专心宠爱的，只有为他生育了十四个孩子的皇后。可惜的是，他的这位皇后，最后却死于了难产，而且仅仅只有三十九岁。因为心爱皇后的去世，这位多情的皇帝，从此便陷入了莫大的孤独和凄凉之中。他再也不去见另外那四千九百九十九个妃子。他对身边服侍他的官员说，对于他这个皇帝来说，没了皇后，他的帝国再也没有可爱的地方，他的生活再也没有了生趣。

"他众多的儿子们——因为他有五千个妃子——早已经在那里相互敌对，暗中策划着搞阴谋了：他们中的大多数人，都已经准备着，趁这位老皇帝在病中，夺走他的皇位。正和人们习惯想象的那样，这位老皇帝，他有个自己最中意的儿子，一个被人们叫做达拉的王子，一位哲学家。这位王子也和他的曾祖父阿克巴那样，是位神秘主义者。本来，这位幸运的王子，可以成为一位出色的统治者。但这位未来的出色的统治者，在最后，却只成为了人们的一种想象。因为他的弟弟，一个名字叫做奥朗则布的家伙，是个贪得无厌的野心家。这个奥朗则布，这个野心家，他先是把他们的父亲沙贾汗，监禁在了阿格拉红色堡垒的地牢中。在夺走他们父亲的皇位后，他又将他的哥哥，那位神秘主义者达拉的首级，送到了那位孤独的老皇帝面前。

"耶路撒冷被毁灭的时候，决不留一块石头在另一块石头上。你一定想不到啊兄弟，那位衰老的沙贾汗，就是那位孤独的'世界皇帝'，他自己从来也不会想到，在他人生的末年，只能透过牢房里一扇紧闭的窗户，去瞅一眼他最钟爱的泰姬陵。当然，你更加想不到的是，那个野心家，那位夺走了皇位的奥朗则布，在听到这个消息后，他竟然用石头把牢房的那扇窗户给堵上了。"

第四十一章　泺口

"城里的天气和乡下不一样，泺口所有的树木都落光叶子了，城里有些榆树香椿和杨树上，叶子还在青黄着。"周约瑟刚从醋园那里回来，在一小块地面上坐下来，低声和热乎在说着伍三羊的死。这些日子，只要老爷不把他留在大宅子里过夜，他都会在夜半时分走到醋园那边，绕着醋园走一遭。或是站在院墙下面，听听院子里面沙粒和草叶蹑手蹑脚的移动，偶尔跳进蓄水池子里一片树叶砸开的水花；或是闻一闻趁着夜深人静从醋缸、醋糟和泥地里翻腾起来的浓稠醋味，并在里面仔细地分辨出花醋和果醋那些特别的香气。

屋子内逃出来的那个声音，在跑出院门前，先是攀着星光，窜到了院子上空。在那里，它犹豫着停滞一阵子，仿佛有坨迅速冻结的冰块意外地拦腰抱住了它。然后，它挣扎着落下来，撞碎那坨封锁它的物质，撞开两扇关闭的木门，吊在了门板中央两只冰冷的黑铁环上。在门环急剧的响声里，它惊魂不定地摇晃着身子，掉到了门前那一小块坐着两个人的空地上。

周约瑟迎着那个声音奔到了屋子门口。但他没有立即跑进去。他看见巡警局长站在屋内，油灯把他肥大的影子，从地面一直贴到了西墙上。

"谷老爷，怎么了谷老爷？怎么像是在打枪。"

"是在打枪。"谷友之抬手朝面前指了指。

周约瑟迈进屋子，看见南怀珠和巡警局长带来的那个男人，都躺在油灯下面的阴影里。

"我的天，二老爷！二老爷您这是出了什么事？"周约瑟手脚慌张着扑过去，跪倒在南怀珠身边。他弯下身子，打算把南怀珠从地上弄起来。可他没能做到。他的一只手在南怀珠的衣服上，摸到了一些黏稠的液体。那些又黏稠又烫手的东西跟牙齿一样，咬得他迅速把手指缩了起来。"二老爷！"他又叫一声，伸出手在南怀珠身上摸索着。

"是那个杂种！那个杂种突然朝他开了枪。"谷友之说，"要不是我早有防备，带了枪来，今黑夜里，我们几个怕是都没命了。"他走到周约瑟旁边蹲下来，把手放到了南怀珠鼻子下面。没人想要他的命，是那个革命和独立杀了他，他对自己说。"不行了，没鼻息了。"他告诉周约瑟。接着，他又挪到冯一德身边，同样将手指放到他鼻子前试了试。然后，他拿起了冯一德手里的枪，站直身子，嘴里骂着"婊子养

的！"对着那个身体狠狠地踢了一脚。

"这可怎么办哪！天塌下来了，谷老爷！"周约瑟在南怀珠胸口的位置上，摸到了两个冒血的地方。血还在不断地从那里涌出来。

"热乎呢？"谷友之说，"赶紧去把他喊进来！"

"我让他在门口守着呢。屋里枪一响，那个孩子就吓瘫了。"

"快去把他弄进来！"

满屋子里的血腥，已经让周约瑟完全丧失了分寸。"咱们得赶紧去请大夫，看还能不能把人救回来。"他想试着把南怀珠弄起来，让他靠近他胸前坐着。

"先去把热乎弄进来！"谷友之低声吼道，"人已经死了，你有仙丹能让他起死回生？"

周约瑟放下南怀珠，在地上爬行两步。他站起来，想往门口走，身体却一下子撞到了墙上。他扶着墙壁，慢慢地摸到了屋门口。门外，热乎已经站在了门前铺开的一块灯光里。那块铺在地上的灯光，形状像一把拴在地上的菜刀，而热乎就站在那把刀的刀刃上。周约瑟让自己在门口停下来，两只眼睛瞅着铺在地上那把刀。"这个情形，谁知道是谁先杀了谁。"在他准备迈出门口时，他心里钻出来的这个声音，几乎和那道门槛一起，把他绊倒在了地上。他没能确定是哪只脚被门槛绊到了。在他觉察到自己被绊了一脚时，他的整个身体早就摔倒在门外，摔在了热乎脚前。"快进去！快进去！"周约瑟抱着热乎的身体，挣扎着爬起来，扯住热乎的胳膊，朝屋里推着他。"快进去看看二老爷吧！"他哭了起来，跟在热乎身后，重新回到屋子内。谷友之仍然站在他离开时那个位置上，手里

463

拿着刚捡起来的那把枪，一动不动地看着躺在地上的两个人。

"这到底是个什么人，他怎么会跑来杀了二老爷？"

"他的朋友。一个从城里跑来，鼓动他宣布浨口独立的杂种。他先是去了巡警局，让我带着他到了这里，说是他们之前已经联络好了。现在看，别管出于什么缘由，这个杂种都是专门跑来杀人的。"谷友之掂了掂冯一德那把枪。在它将第一颗子弹，从后面射进冯一德的脑袋时，他看见他低下头，疯狂地跑出了屋子，拼命朝河边泊着的一条船逃去。Damn！他咬住牙，照准那颗脑袋，毫不犹豫地补开一枪。再接下去，它就让第三颗子弹，钻进了南怀珠的胸膛里。那会子，南怀珠已经站立起来，并且一直在盯着他和他手里那把枪。他有些意外，也有些吃惊。这是他那双眼睛告诉他的。为了保险起见，最后，他打出了第四颗子弹，并将那把枪迅速塞进冯一德手里，让它暂时回到了它的主人身边。周约瑟出现在门口前，他再次对着他开了两枪，并给自己的两只脚换个站立的位置。

热乎蹭到门后边，背靠墙壁站住，但只一会儿，他就滑到地面上，抱住脑袋哭了起来。周约瑟跟过去，挨着他蹲下，伸手在他头上摸了摸。那个男孩子哭得更厉害了。他身子下面，一摊水渍跟团黑色阴影那样，慢慢地朝周围洇着。周约瑟弄不明白这个黑夜里发生了什么，但刚才在门口摔倒前那种恐惧，又卷了回来。现在，他唯一能记起来的，是二老爷带着热乎先到了他家里，后面，是巡警局长带了那个陌生客人来；眼下，二老爷跟那个客人都死了，只有巡警局长老爷还活着。这是他唯一确定的。他心里慌乱地跳着，拿不准这位局长老爷会不会忽然冒出个歹念头，把他和热乎全给杀了。这个莫名其妙着窜出来的想法，是巡警局长手里两把枪塞给他的。

那个男孩子不再发出声响。他两只手抱着低垂的脑袋，并把它抵在了膝盖上。

"我再问一遍，你们想不想看见南家花园没了，浨口再也没有南家花园了？"

"不能啊谷老爷，南家花园要是没了，那一大家子人可怎么办。还有二小姐和那几个孩子，等他们回来了，到哪里去找南家花园。"周约瑟看着躺在地上的南怀珠，试着想让自己镇静下来。二老爷已经死了。他告诉自己，就算是为了二小姐，南家花园也得平安地待在那里。这些日子，他每天都在惦记着二小姐，祈求上帝保佑这位天使经过的海面上，从早到晚都风平浪静，保佑她乘坐那艘船，早一天走到周茉莉口里那个"鹅国还是鹰国"。不管是个什么国，只要她不遭到浨口这些塌天的事就行了。

"我也是这么想。二老爷已经没了，眼下最要紧的就是保住南家花园。"谷友之一直在盯着周约瑟。枪声完全消失了。浨口已经平安了。这会儿，那个还没出生的小孩子又跑了来，眼睛看了看他手里那把枪的枪口，轻轻地，温热地，握住了他另外那只手的一根手指。

桌子上那盏油灯的火苗慌乱地跳两下，又恢复了平静。周约瑟瞅着那盏平静下来的油灯，问巡警局长，是不是先打发热乎回大宅里，去把老爷找来。

"要是你们老爷看到这个场面，"谷友之用枪口指指躺在地上的两个人，握着他手指的那个小孩子，一蹦一跳着离开了他，"你觉得到明日晚上，那座南家花园还会在？

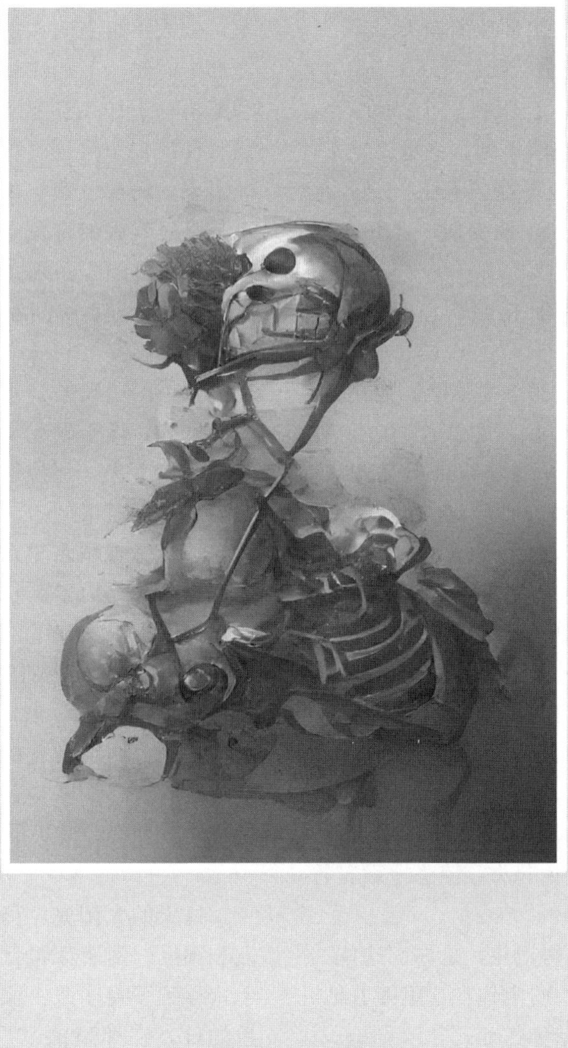

你天天赶着马车朝城里跑，就是那两头骡子也清楚，从城里到泺口的路程，是二十里地，还是十九里地。"

"您拿主意吧谷老爷，俺们都听着。"周约瑟抽动两下鼻子，停止了哭泣和祷告。他的手仍然在抚摸着南怀珠的额头。

"眼下最好的办法，就是死无对证。活不见人，死不见尸，让跟在这个杂种后头的恶鬼，什么臭味也嗅不到。就是二老爷，除了咱们三个人，也不能再有人知道，他已经没了。咱们就等于他变成一条鱼，游进了黄河里。"

"只要能保住南家花园，您现在说什么，俺们都听着。"

周约瑟心里哆嗦得想要呕吐。他相信，上帝真实存在，那个撒旦也真实存在。他现在还不清楚，老爷南海珠是不是知道，他往地窖子里放那些东西，这位巡警局长都摸得清清楚楚。"谷老爷已经派出人，去保护南家花园了。"在通往大坝门那条街被烧之前，他老婆就告诉过他，南家花园的院墙外头，有背着枪的巡警在四周走动了。"就连大小姐的卧房里，也竖进了一杆洋枪。"周茉莉说。

"我天天晚上跟着二老爷。老爷说，他走到哪里，我都得像他的影子，跟到哪里。"热乎从膝盖上抬起头，惊恐地瞅着谷友之手里那把枪。

"从现在起，你得记住，是你们这位二老爷把你带到这里，吩咐你在这里等着他。这一点，周约瑟会给你作证。"

"可二老爷已经死了！"热乎又哭了起来。

"我知道他死了，比你还明白。"

"二老爷已经死了！"在他不是很漫长的一生里，这是热乎说出的最后一句话。

二十多年后，侵占济南的日本兵在鹊山脚下架起大炮，从黄河对岸炮轰泺口镇那天，炮火瞬间就将南家花园夷为了平地。他按着大小姐南明珠的吩咐，到牲口棚里牵了马，正在套着马车，准备陪着老爷搬进城里，到大小姐南明珠的家中去避难。就是在那个时候，一颗飞过黄河的炮弹，将他和那辆马车炸飞到了天上。到那一刻，也没有任何一个字词，再从他张开的嘴唇间吐出来。而在飞到空中时，他眼睛看见的不是已经残破的南家花园，不是老爷南海珠，也不是醋园跟那条黄河。他又看见了车夫周约瑟和他那间地窖子。在地窖子里，巡警局长谷友之将二老爷南怀珠和那个陌生男人，用壁虎的精水化掉后，周约瑟手里的木棒，终于砸在了那位巡警局长的脑袋上。接下去，那位巡警局长老爷，就跟二老爷和那个陌生人一样，只一小会儿，就在那缸壁虎精水里消失了。巡警局长消失不见后，周约瑟又拉起他的手，和他一块跳进了那口大缸里。"我们也坐进来歇一会吧。"周约瑟闭着眼睛说。他们坐进去里面，谁也没有去看谁，但他知道，他们的身体，正像两坨融化的冰块那样，在壁虎那些带有点椿树味道的温暖精液里，慢慢地变小，变轻，溶进了那些壁虎的精水中。

这天的太阳光，仍旧是初冬里那种亮度和温度。南明珠将目光从她面前的桌面上，移到了窗子外。窗外的地面上，暖黄色的日光在那里铺了层并不发烫的火焰。她的目光停留在那层火焰上，在火焰的亮光里闭了会儿眼睛。

"每个人都有自己的位置和归宿。"南明珠在心里重复着马利亚说过的一句话。她感觉马利亚距离她无限遥远，远得就像是在世界尽头，尽管那会儿，她就在她身边不足一英尺远的地方，微笑着，刚刚说完"人和天上的星星一样，无论在什么时候，每个人都有自己的位置和归宿"，并把一杯热水放在了她面前。

南明珠望向马利亚面前那杯咖啡。咖啡的苦味道，一直在往她鼻子里硬闯。咖啡的味道不一样了。从城里宣布独立到它被取消，再到现在，短短几十天里，所有一切都变了模样。再也没有什么跟先前一模一样的东西了，包括她自己。她一只手放在自己还没有隆起的腹部。现在，她身体里已经装进了另外一个崭新的生命。每日早晚，谷友之都会抚摸它几次，说它里面有着一座"最圣洁的宫殿"。悲伤再次像黄河漩涡里冒上来的泥沙，漫过了她的头顶。她让那只手离开了腹部。"天使把一粒种子放在了一个人嘴里，这粒种子长成一棵大树后，便做了十字架。"马利亚第一次给她讲到圣母玛利亚时，就是这样开始的。

"咖啡的味道，好像跟原来不一样了？"

"里面没有加奶。您忘了，我们那只山羊，好几天都不产奶了。戴维先生说，就像是天使趁着黑夜，把它的奶水全都偷光了。"

"是不是因为，河水冻住了？"

"亲爱的，您是说，山羊不产奶，会跟河水结冰有关系？"马利亚转过身体，俯在了椅子扶手上，笑着说，"我可没教过你这种冷门的学问啊。不过，我想，在某本我没读过的写给小孩子看的书里，也许会有人这样描写。就像我们苏格兰人一直都在相信，谷神会藏在最后割倒的那捆谷子里。"

靠近她右手的窗台上，是一盆开着两朵玫瑰色花朵的月季。马利亚让眼角掠过还没完全绽开的一朵，心里闪过了南怀珠的身影。在他回到浃口庆祝城里"宣布独立"的那个夜晚，他口袋里插着的那朵月季花，几乎和这朵一模一样。而在那整个晚上，这位陶醉于胜利喜悦之中的男人，一直都在称呼它"玫瑰"。大约十天前，这位"玫瑰先生"跟某一阵空气和风那样，突然从浃口消失了。包括南家花园里所有的人，没有任何一个人知道，他去了哪里。现在，整个浃口的人，除了暗地里仍在谣传着"浃口早晚都要独立"，另外又添加上了这位议员先生"被水鬼变成一条鱼，隐遁进了黄河水里"。

南家花园的主人，南海珠，把一直跟随他的那个年轻仆人捆绑起来，扔进牲口圈里，挥着马鞭把那个男孩子抽得浑身没了一寸好皮肉，那个忽然变成哑巴的小仆人，也没能开口说出二老爷去了哪里。"没有人会真正变成什么鱼。"夜里，戴维不止一次地和她这样谈论过。"也许，他早就成了一根被割下的麦穗。"戴维说。在他那本一直用西班牙语书写的日记里，他对一个名字叫做弗洛雷斯的人，也是这样说的。在那本他以为她无法看懂的日记里，他不是称呼那个人"最最亲爱的弗洛雷斯"，就是称呼他"天使般的王子"。他告诉他"最最亲爱的王子"，浃口镇上这位记者先生再次失踪后，他一直都在猜想，他早就成了一根被割下的麦穗。La tierra de Europa ha enterrado inumerables cabezas como tales.（欧洲大地上埋葬过无数颗这样的脑袋。）他在后面继续写道："因为，对于一个缺乏理性头脑的革命者来说，这是再正常不过的事情了。大地跟陶轮那样翻转起来时，没有任何一个人能够阻挡。"当然，他和她，他们从来也没对她的朋友南明珠或是那位巡警局长，流露出半个类似的词语。

"在浈口，母鸡冬天里饮了雪水，就不再生蛋了。"南明珠说，"要等来年日光晒得青草发了芽，它们才会再趴到草堆里去，把脸憋红。"

跟随她手指的移动，一些细小的尘埃，在明亮的日光里张开翅膀飞跃起来。"现在，您也许需要多吃点儿甜品。"马利亚一边点头赞同着自己的想法，目光朝另外那间房子的门口移去。那里，戴维先生和那位巡警局长，在谈论完醋园里那个车夫的意外死亡后，一直在高声谈论着，他正建造的那座铁路大桥。一个星期前，醋园里的车夫周约瑟赶着马车经过天桥时，那两匹骡子突然发起疯，拖着身后的马车，还有那个可怜的车夫，一起从天桥坠落在了下面的火车道上。那会儿，一列驶出站台的火车，刚好在钻过那座天桥阔大的桥洞。"一定是火车鸣笛的声音和它喷出的蒸汽，让那两匹牲口忽然受到了惊吓。"车夫周约瑟死去那天，巡警局长谷友之从出事现场回到浈口，对南家花园和醋园里每个询问他的人，都在这样解释。对于南家花园里那位主人，再次开始了每天到城里去寻找他兄弟下落的南海珠，这位巡警局长同样用这句话回答了他。而关于他沿着火车轨道走近那位车夫，看见他和两头骡子以及那辆马车，共同裹在一张巨形蜘蛛网里的事情，除了她和她的丈夫戴维，这位巡警局长谁也没有告诉。

院子里，那个叫孔雀的女孩子，还沉浸在刚刚过去的平安夜里。她一天都在唱着歌，唱完了《昔日如此美好》，又在唱诸神瞻礼节时马利亚教给他们的 *This is halloween*。现在，她正大声地唱着"你是去斯卡保罗集市吗？芫荽，鼠尾草，迷迭香和百里香。你是去斯卡保罗集市吗？芫荽，鼠尾草，迷迭香和百里香……"

南明珠望着马利亚，手里握着那只变空的杯子。"您得相信，马利亚，"她喃喃道，"您得相信，世界上万物都会被冻住，大地被冻住时，天空也会被冻住。"

第四十二章 中国

中国。

[特约编辑：钟红明]

历史转型期中国社会素描之一种
——关于常芳长篇小说《河图》

王春林

最早接触常芳长篇小说《河图》的时间，是2021年的秋天。当时，因为担任首届凤凰文学奖评委的缘故，我曾经有幸在作品尚未正式出版前就阅读到了一批长篇小说，其中就包括有常芳这一部《河图》。

面对这部长篇小说，首先引起我们注意的，就是小说标题的特别及其由来。由"河图"二字，我们所不由自主联想到的，便是中华文化中源远流长的所谓"河图洛书"。因为本人这一方面知识结构的欠缺，所以这里姑且只能照录百度百科中的相关说法。"河图洛书，是中国古代流传下来的两幅神秘图案，蕴含了深奥的宇宙星象之理，被誉为'宇宙魔方'，是中华文化、阴阳五行术数之源。语出易经《系辞·上》，'河出图，洛出书'，河，黄河。洛，洛水。""河图洛书是远古时代人民按照星象排布出时间、方向和季节的辨别系统。""河图洛书的来由，是中华文明史上的千古之谜。'河图洛书'最早收录在《尚书》之中，其次在《易传》之中，诸子百家多有记述。但从实证的角度确定河图洛书出在某个具体地点，很难找出严格的科学依据。"

尽管未能从常芳那里得到确切的证实，但据我猜测，作家之所以一定要征用"河图"来为自己的小说命名，其原因极有可能与传统所谓"河图洛书"的说法紧密相关。当然，这种关联，无论如何也只能从一种象征的层面上来加以理解。从象征的层面上来说，常芳的深层意图或许是借助于自己笔下的历史故事以探究挖掘中华民族内蕴的某种精神密码也未可知。

与此同时，无法被忽略的另外一点是，"河图"这一标题的征用，也有可能与故事的发生地有关。无论是作为省府所在地的济南，抑或还是距离济南不太遥远的泺口镇，所依傍着的均是作为中华民族母亲河的黄河。既如此，从绘制一幅转型期历史图谱的角度来说，小说标题的含义也完全解释得通。需要强调的一点是，这里转型期的具体所指，就是1911年辛亥革命前后的那个特定历史时期。以对封建帝制的终结为显著特点的辛亥革命，从社会政治的角度来说，无论如何都应该被看作是中国社会由传统转向现代的一个重要历史转型时期。借用李鸿章那句"数千年未有之大变局"的名言来说明这个历史时期，一点都不为过。正因为常芳紧紧地抓住了这个重要的历史关节点来展开自己的小说故事，所以，我们才更愿意把《河图》看作是一部旨在对转型期中国社会各种现象进行素描式艺术表现的长篇小说。

尽管说作品的整体叙事脉络比较繁多（原因在于，常芳的初衷或许是试图全方位、立体化地对那一特定历史时段的社会生活做一种全景式的艺术呈示），但相比较而言，由于南氏家族在文本中所处的核心地位，所以《河图》又可以被看作是一部带有一定家族叙事意味的长篇历史小说。某种意义上，整部小说的故事情节全都是依托于南氏家族的醋园（南氏家族主要经营酿醋生意）而渐次向外辐射展开的，活跃于文本中的南氏兄妹主要包括有大少爷南海珠、二少爷南怀珠、大小姐南明珠，以及她的丈夫，那位身为泺口镇巡警局长的谷友之。三兄妹中，社会政治立场最激进的，是那位身为记者老爷的二少爷南怀珠。南怀珠激进行为的突出标志，就是在武昌起义发生的消息传到济南后，他和一群貌似"志同道合"的朋友，热衷于效仿武昌，在山东济南也宣布独立。用他对哥哥南海珠的话来说，就是："不过，你肯定想不到，就在今天，在谘议局召开的各界代表会议上，我们共和派拿出了拟定好的《山东独立大纲》。可惜的是，最后时刻，事情却砸在了从北京请来的那帮和平派手里。只差一小步，我们就能跟武昌城那样，宣布与清政府断绝关系，宣布独立，成立中华民国山东军政府了。"面对弟弟所持有的激进社会立场，对世事有着更清醒认识的南海珠，所持有的是一种不赞成的态度。他的不赞成态度，乃是因为受到了洋太太（也即我们稍后会提及的那个名叫马利亚的英国女人）相关观念影响的缘故："南海珠低头看着手里的烟斗。情形也完全可能是这样：他们前脚推翻紫禁城里的小皇帝，后脚就变成了那对洋人夫妇讲过的法国革命，断头台上的刽子手们，个个都忙得脚打后脑勺。"尤其令南海珠倍感忧心的一点是，弟弟南怀珠他们以"独立"为招牌的那个什么"革命",甚至一定会影响到他们南氏家族以酿醋为中心的平稳生活。

问题在于,南海珠的反对态度并没有能够影响到一心一意地投身于独立运动的南怀珠他们。到最后,经过一番相互扯皮,一番彼此"讨价还价"的努力,在"谘议局"换名为"保安会"之后,南怀珠他们的独立终于宣告成功。但出乎南怀珠他们意料之外的一点是,宣布"独立"后仅仅过去了不到两个星期的时间,曾经的"独立"就被宣布取消了。在"独立"被宣布取消的同时,"在城里一处叫做五龙潭公园的地下密道里,还发生了一场令人震惊的爆炸案。"若非南怀珠侥幸地恰好躲在咸新枝的温柔乡里一晌偷欢,这一场爆炸案发生时他恐怕就已经在劫难逃了。

问题在于,在劫难逃者尽管侥幸逃过一劫,但却终归还是在劫难逃。革命者南怀珠尽管在德国领事馆的帮助下,偷偷地溜回到了醋园("当然,他没有告诉周约瑟,德国人愿意帮助他们背后也有自己的利益诉求。而且,他已经说服他们,在城里重新宣布独立前,他们首先要帮助他取得泺口独立。"),企图东山再起,但他根本就不可能料想到,正所谓"螳螂捕蝉,黄雀在后",自己的行踪在被妹夫谷友之发现之后,竟然会命丧于这个很是有些城府的巡警局长之手。在巧妙设计让南怀珠与冯一德会面后,谷友之先把两颗子弹射进冯一德的身体,紧接着又把接下来的两颗子弹射向了毫无心理准备的南怀珠:"最后,他打出了第四颗子弹,并将那把枪迅速塞进冯一德手里,让它暂时回到了它的主人身边。"这样一来,谷友之就貌似神不知鬼不觉地成功制造了一个南怀珠和冯一德他们两人相互火并的假象。

尽管没有看到所有这一切的过程,但周约瑟却凭借本能感觉到了巡警局长的过分阴险:"现在,他唯一能记起来的,是二老爷带着热乎先到了他家里,后面,是巡警局长带了那个陌生客人来;眼下,二老爷跟那个客人都死了,只有巡警局长老爷还活着。这是他唯一确定的。他心里慌乱地跳着,拿不准这位局长老爷会不会忽然冒出个歹念头,把他和热乎全给杀了。"此后发生的事实,果然再度证明了周约瑟预感的精准。他虽然又多活了几天,但终归却还是由于巡警局长的进一步设计而难逃意外死亡的结局:"'一定是火车鸣笛的声音和它喷出的蒸汽,让那两匹牲口忽然受到了惊吓。'车夫周约瑟死去那天,巡警局长谷友之从出事现场回到泺口,对南家花园和醋园里每个询问他的人,都在这样解释。"尽管说关于谷友之一定要杀害南怀珠的心理动机,作家并没有给出直接的交代,但认真想来,巡警局长如此一种作为,一方面固然是为了保住手中的权势,另一方面恐怕却也与他对南氏家族财产潜意识中的觊觎有关。

事实上,只有在目睹了革命者南怀珠的由最初向往独立,到后来宣布独立，再到独立被取消后他自己也命丧谷友之手的整个过程之后，我们方才能够明白作家为什么一定要在叙事过程中穿插讲述那个带有深邃寓意的"鹅笼书生"的故事。所谓"鹅笼书生"的故事，典出南朝梁吴均《续齐谐记》，说一个坐在鹅笼里的书生，先是从口中吐出一个女人，那个女人又从口中吐出一个男人，那个男人又从口中吐出一个女人……如此循环往复，意在传达一种人生幻中生幻、命运变化无常的意味。将"鹅笼书生"的典故与南怀珠他们流产的"独立"或"革命"联系在一起，所首先凸显出的，就是南怀珠他们激进行为的某种"乱哄哄你方唱罢我登场"，到头来"落了个白茫茫一片大地真干净"的人生虚无况味。更进一步说，也不只是南怀珠他们的"独立"与"革命"，扩展开来，包括《河图》中所有的那些出场人物在内，他们的人生所具有的又何尝不都是如同"鹅笼书生"一样变幻无常的虚无本质呢？！

然而，且慢，虽然说南怀珠他们"独立""革命"的激进行为构成了《河图》的核心故事，但《河图》又绝不仅仅只是一部讲述"独立""革命"故事的长篇小说。除了围绕"独立""革命"所生发出的那些故事，作家的视野也还投向了更为广阔的社会层面。其中，最不容忽视的一个部分，就是对辛亥革命前后西方思想观念进入中国后所引发的中西纷争的关注与表现。

与这一个部分紧密相关的，就是南氏家族的那位大小姐南明珠。因为马利亚身为南明珠在女子学堂读书时的英文教师的缘故，她们俩的关系便日渐亲近起来，甚至干脆亲密到了更像一对姐妹的地步。至于马利亚的丈夫，则是那位宣教士的儿子，正在黄河上建造铁路大桥的工程师戴维。用马利亚父亲的说法，"上帝派他们到大清帝国来的目的，完全是为了把东方人的灵魂从毁灭中拯救出来，而不是奴役他们的身体。"很大程度上，正是出于如此一种理念，所以，南明珠和马利亚她们，才会通过自己的努力，既想方设法救济旱灾，也在浞口建立了一所初级学堂。现代性这一物事及其相关观念，与包括传教士在内的西人的进入中国存在着密切的内在关联。无论是铁路与火车的出现，抑或还是世界理念（"在那张地图上，咱们整个大清国，也不过像片桑树叶子那么大。但那上面，那片深蓝颜色的海水，莫多克先生说那片海水叫大西洋，仅是那个大西洋上，就能铺开多少张这样的桑树叶子。""他说那张地图上标出的国家，不过是人们现在所知道的，这个地球上很多地方中的一部分。""所以，莫多克先生总是喜欢给我们说：你们闭上眼睛想想看，这个世界到底有多大吧。"）的生成，全都是现代性进入中国的突出表征。

正如读者已经预想到的，面对来自西方的现代性这一物事，国人所采取的是颇为复杂的应对方式。除了南明珠这样理性方式的拥抱者之外，一种是如同周约瑟这样的虽然搞不明白其中的含义，但却出于本能的接受者，甚至于他的名字，也都是拜神甫苏利士所赐的结果。另一种，则是如同来家祥这样的莫名仇视者。在他的想象中，一旦拥有了生杀予夺的权力，立马就会磨刀霍霍，不管青红皂白地杀向洋人洋物："到那时候，他选择去做的第一件事，就是带领上一众人，先去把德国人正在修建的那座铁路桥给拆毁了，或者干脆到机器局里去，弄上几吨火药，痛痛快快地把它炸烂了。炸完后，再把修桥那些洋人，他们的老婆孩子，以及帮洋人干活那帮男人，全都四脚捆绑起来，扔进黄河里去喂鱼喂虾。不过，那个叫马利亚的洋女人，他倒是可以考虑，把她留下来。他要先睡上她几天，睡疲了，再找铁匠打造上一副铁链子，跟拴狗那样，拴住她的脖子或是一只脚，让她老老实实地教他的孩子们念书。"细细琢磨来家祥如此一种看似无端的"莫名狂想"，我们在其中强烈感受到的，正是一种毫无理性可言的敌洋仇外心理。尤其需要注意的一点是，作者也许正借此隐喻，虽然表现方式有所不同，但当下某些狭隘的社会心理不能不令人警醒。常芳《河图》书写的重要现实意义，于此即可见一斑。

由于篇幅所限，关于《河图》的探讨，到这里就要告一段落了。但请注意，文章以上的分析，也仅仅只是抓住了其中的若干重要关节而已。除了以上两个方面，其他一些，比如文本中关于辛亥革命前后真正可谓是众声喧哗的民间社会的悉心描摹与呈现，以及作家对这一问题的深度思考，便很遗憾地没有能够触及。对民间社会那毛茸茸的生活细节，且作家意欲全方位、立体化地对辛亥革命前后那一特定历史时段的社会生活做一种全景式艺术显示的高远志向，在文本中也有着丰富的体现。

[特约编辑：钟红明]

图书在版编目（CIP）数据

收获长篇小说.2022.秋卷/《收获》文学杂志社编.
-- 上海：上海文艺出版社，2022（2024.3重印）
ISBN 978-7-5321-8479-8
Ⅰ.①收… Ⅱ.①收… Ⅲ.①长篇小说－小说集－中国－当代 Ⅳ.①I247.5
中国版本图书馆CIP数据核字(2022)第165009号

主　　编：程永新
副 主 编：钟红明　谢　锦

发 行 人：毕　胜
责任编辑：李伟长　张诗扬　金　辰
封面设计：陈安栋
特约法律顾问：王　嵘　光　韬

书　　名：收获长篇小说.2022.秋卷
编　　者：《收获》文学杂志社
出　　版：上海世纪出版集团　　上海文艺出版社
地　　址：上海市闵行区号景路159弄A座2楼　201101
发　　行：上海文艺出版社发行中心
　　　　　上海市闵行区号景路159弄A座2楼206室　201101　www.ewen.co
印　　刷：苏州市越洋印刷有限公司
开　　本：710×1000　1/16
印　　张：29.75
插　　页：2
字　　数：617,000
印　　次：2022年9月第1版　2024年3月第2次印刷
Ｉ Ｓ Ｂ Ｎ：978-7-5321-8479-8/I.6690
定　　价：55.00元
告 读 者：如发现本书有质量问题请与印刷厂质量科联系　T:0512-68180628